AF278147

No hay lugar seguro

Tana French
No hay lugar seguro

Traducido del inglés por Gemma Deza Guil

 TUBOLSILLO

Título original: *Broken Harbour*

Primera edición en TuBolsillo: septiembre de 2025

Diseño de colección: REGA
Diseño de cubierta: Elsa Suárez Girard / www.elsasuarez.com
Imagen: Freepick

Reservados todos los derechos. El contenido de esta
obra está protegido por la Ley, que establece penas
de prisión y/o multas, además de las correspondientes
indemnizaciones por daños y perjuicios, para quienes
reprodujeren, plagiaren, distribuyeren o comunicaren
públicamente, en todo o en parte, una obra literaria,
artística o científica, o su transformación, interpretación
o ejecución artística fijada en cualquier tipo de soporte o
comunicada a través de cualquier medio, sin la preceptiva
autorización.

PAPEL DE FIBRA
CERTIFICADA

Copyright © Tana French, 2012
© de la traducción: Gemma Deza Guil, 2012
© de esta edición: TuBolsillo (Grupo Anaya, S. A.), 2025
Valentín Beato, 21
28037 Madrid

ISBN: 979-13-87739-10-2
Depósito legal: M-13676-2025
Printed in Spain

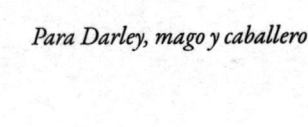

Para Darley, mago y caballero

1

Antes de nada, aclaremos algo: yo era el hombre idóneo para este caso. Les sorprendería saber cuántos de los muchachos habrían puesto pies en polvorosa de haber tenido la posibilidad de hacerlo, y yo la tenía, al menos al principio. Un par de ellos me dijeron a la cara: «Prefiero que pringues tú, colega». Pero a mí no me preocupó lo más mínimo. Los compadecía.

A algunos detectives no les gustan demasiado los casos complicados, las apuestas altas; demasiada intromisión de los medios de comunicación, afirman, y la caída es muy dura si no los resuelves. Sin embargo, yo no soy partidario de ese tipo de negatividad. Si inviertes la energía en pensar cuánto dolerá la caída, ya estás a medio camino. Yo prefiero concentrarme en los aspectos positivos, y los hay a patadas: puedes fingir que estás por encima de eso, pero todo el mundo sabe que los grandes casos son los que acarrean grandes promociones. Yo me quedo con los casos de titulares y vosotros podéis quedaros con los apuñalamientos entre camellos de drogas. Si no sois capaces de comeros el marrón, seguid con el uniforme puesto.

Algunos de los muchachos no soportan los casos en los que hay niños involucrados, lo cual me parece estupendo, pero, si no soportan los asesinatos atroces, y perdóneseme la insolencia, ¿qué diablos hacen en el Departamento de Homicidios? Apuesto a que al Departamento de Derechos de la Propiedad Intelectual les encantaría tenerlos a bordo. Yo he llevado casos de bebés, asfixias, asesinatos con violación y una decapitación con una escopeta que dejó restos de cerebro esparcidos por todas las paredes, y nada de ello me quita el sueño, siempre que el caso se haya resuelto. Alguien tiene que hacerlo. Y si soy yo, al menos sé que lo hago bien.

Porque, ya que nos ponemos, dejemos otra cosa clara: soy puñeteramente bueno en mi trabajo. Lo creo de verdad. Llevo diez años en el Departamento de Homicidios y desde hace siete, desde que me habitué al puesto, ostento la tasa de casos resueltos más alta de la comisaría. Este año voy a quedar segundo, pero es que al tipo que me ha superado le tocó una ristra de casos domésticos que eran pan comido, casos donde el sospechoso prácticamente se puso las esposas solo y se entregó en bandeja aderezado con unas gotas de salsa de manzana. Yo, en cambio, me ocupé de los casos más difíciles, de los expedientes soporíferos de yonquis en los que nadie ha visto nada, y aun así conseguí resolverlos. Si nuestro superintendente hubiera tenido alguna duda sobre mí, habría podido apartarme del caso en cualquier momento. Pero no lo hizo.

Lo que intento decirles es que este caso debería haber ido como la seda. Debería haber acabado en los manuales como un ejemplo paradigmático del trabajo bien hecho. Desde todos los puntos de vista, debería haber sido un caso de ensueño.

En cuanto aterrizó en comisaría, supe por el ruido que se trataba de un gran caso. Todos lo supimos. Los homicidios básicos van directos a la sala de la brigada y se asignan a quien esté de turno o, si no está presente, a quien ande por ahí; solo los grandes casos, los casos sensibles que necesitan caer en las manos adecuadas, se entregan al superintendente para que sea él quien elija al hombre indicado. De manera que cuando el superintendente O'Kelly asomó la cabeza por la puerta de la sala de la brigada, me señaló con el dedo, dijo: «Kennedy, a mi despacho», y desapareció, todos sabíamos de qué se trataba.

Agarré mi chaqueta del respaldo de la silla y me la puse. El corazón me latía con fuerza. Hacía mucho tiempo, demasiado, desde que el último de aquellos casos se había cruzado en mi camino.

—No te muevas de aquí —le dije a mi compañero, Richie.

—¡Caramba! —gritó Quigley con horror fingido desde su pupitre, agitando su regordeta mano—. ¡Scorcher vuelve al infierno! Pensaba que jamás volveríamos a ver este día.

—Regálate la vista, socio —repliqué, al tiempo que comprobaba si tenía la corbata recta.

Quigley se comportaba como un capullo porque era el siguiente en el turno rotativo. De no haber sido una pérdida de espacio en lugar de un detective, tal vez O'Kelly le habría asignado el caso.

—¿Qué has hecho esta vez?

—Me he tirado a tu hermana. Y me llevé mis propias bolsas de papel.

Los muchachos soltaron una risita, cosa que hizo a Quigley fruncir los labios como una viejecita.

—No tiene gracia.

—La verdad ofende.

Richie estaba boquiabierto y a punto de saltar de la silla de curiosidad. Me saqué el peine del bolsillo y me peiné con gesto rápido.

—¿Estoy guapo?

—Lameculos —farfulló Quigley enfurruñado.

Le hice caso omiso.

—Sí —respondió Richie—. Estás fantástico. ¿Qué...?

—No te muevas de aquí —le repetí, y fui en busca de O'Kelly.

Mi segunda pista: O'Kelly estaba de pie detrás de su mesa, con las manos metidas en los bolsillos del pantalón, balanceándose adelante y atrás sobre sus talones. Aquel caso le había disparado la adrenalina lo bastante como para levantarlo de la butaca.

—Veo que te has tomado tu tiempo...

—Lo siento, señor.

Permaneció donde estaba, pasándose la lengua por los dientes y releyendo la hoja de convocatoria que había sobre su escritorio.

—¿Qué tal va el caso Mullen?

Me había pasado las últimas semanas organizando un expediente para el fiscal general sobre un lío peliagudo con un narcotraficante, pues quería asegurarme de que a aquel pequeño capullo no le quedara ni una sola grieta por la que colarse. Algunos detectives creen que su trabajo concluye en el preciso instante en que se presentan los cargos, pero yo me lo tomo muy en serio cuando una de mis presas se retuerce en el anzuelo para soltarse, cosa que rara vez ocurre.

—Listo para entregar, más o menos.

—¿Podría finiquitarlo otra persona?

—Desde luego.

Asintió y continuó leyendo. A O'Kelly le gusta que le pregunten, para dejar claro quién es el jefe, y, como de hecho es mi jefe, no tengo mayor inconveniente en ponerme panza arriba como un buen cachorrillo si eso sirve para que la situación fluya.

—¿Ha entrado algún caso, señor?

—¿Conoces Brianstown?

—Jamás he oído ese nombre.

—Yo tampoco lo había escuchado nunca. Es uno de esos lugares nuevos; está en la costa norte, pasado Balbriggan. Antes se llamaba Broken Bay o algo por el estilo.

—Broken Harbour —le corregí—. Sí. Conozco Broken Harbour.

—Pues ahora se llama Brianstown. Y esta noche todo el país habrá oído hablar de ese lugar.

—Malas noticias —aposté yo.

O'Kelly dejó caer pesadamente una mano sobre la hoja de convocatoria, como si quisiera sujetarla para que no se volara.

—Marido, mujer y dos críos apuñalados en su propia casa. La mujer va de camino al hospital; no saben si sobrevivirá. Los demás están muertos.

Guardamos silencio un momento y nos dedicamos a percibir cómo temblaba el aire tras aquella noticia.

—¿Cómo se ha descubierto?

—Por la hermana de la mujer. Hablan por teléfono cada mañana y, al ver que hoy nadie descolgaba el auricular, se ha puesto nerviosa, se ha metido en el coche y ha puesto rumbo a Brianstown. El coche del matrimonio estaba en el camino de acceso a la casa, con las luces encendidas en pleno día y, al no contestar nadie a la puerta, ha llamado a la policía. Los agentes han tirado la puerta abajo y... ¡sorpresa!

—¿Quién está ahora en la escena del crimen?

—Solo los uniformados. Han echado un vistazo y enseguida han visto que el asunto les quedaba demasiado grande y nos han telefoneado.

—Maravilloso —dije yo.

Hay un montón de imbéciles sueltos que se habrían pasado horas jugando a ser detectives y revolviendo el caso hasta destrozarlo antes de admitir una derrota y llamar a quien toca. Al parecer, habíamos sido afortunados al dar con un par de policías con el cerebro activo.

—Quiero que te ocupes de este caso. ¿Lo aceptas?

—Será un honor.

–Si hay algo que no puedas delegar, dímelo ahora y se lo asigno a Flaherty. Esto tiene máxima prioridad.

Flaherty es el tipo que se ha anotado los casos chupados y ha conseguido la mayor tasa de casos solventados.

–No será necesario, señor. Puedo asumirlo –le aseguré.

–Bien –replicó O'Kelly, pero no me entregó la hoja de convocatoria. La inclinó hacia la luz y la inspeccionó mientras se frotaba la mandíbula con el pulgar–. ¿Y Curran? –preguntó–. ¿Está libre para ayudarte?

El joven Richie solo llevaba en la brigada dos semanas. A muchos de los muchachos no les gusta formar a los novatos, así que yo me encargo de hacerlo. Si conoces bien tu trabajo, es tu responsabilidad transmitir ese conocimiento a los recién incorporados.

–Lo estará –le aseguré.

–Puedo enchufarlo en cualquier otro sitio y facilitarte a alguien que sepa lo que se hace.

–Si Curran no es capaz de apechugar con un caso así, será mejor que lo descubramos cuanto antes.

No me interesaba que me asignaran a alguien que supiera lo que se hacía. El lado bueno de formar a los cachorros es que te ahorra muchos problemas: todos los que llevamos un tiempo trabajando en el departamento tenemos una manera personal de hacer las cosas y, en este sentido, dos son multitud. Si sabes manejarlo, un novato te hace perder mucho menos tiempo que un viejo zorro. Y yo no podía permitirme perder tiempo jugando al «después de ti; no, tú primero», no en este caso.

–Tú dirigirías la investigación en cualquier caso.

–Confíe en mí, señor. Estoy seguro de que Curran estará a la altura.

–Es un riesgo.

Los novatos se pasan el primer año en período de pruebas. No es oficial, pero eso no lo hace menos serio. Si Richie cometía un error recién salido de la escuela, con un caso tan destacado como este, podía empezar a recoger los trastos de su mesa.

—Lo hará bien. Me aseguraré de que así sea —respondí yo.

O'Kelly añadió:

—No me refiero solo a Curran. ¿Cuánto hace que no te ocupas de un caso importante?

Me miraba escudriñándome, con los ojos entrecerrados y penetrantes. Mi último caso de relevancia había salido mal. No había sido culpa mía: alguien a quien consideraba un amigo me tendió una trampa y me dejó tirado, pero, aun así, la gente no olvida.

—Casi dos años —aclaré yo.

—Así es. Soluciona este caso y volverás a encaminarte.

Se calló la otra mitad, un silencio que se convirtió en algo denso y pesado sobre el escritorio que nos separaba.

—Lo resolveré.

O'Kelly asintió con la cabeza.

—Eso creo. Mantenme informado.

Se inclinó hacia delante, por encima de la mesa, y me entregó la hoja de convocatoria.

—Gracias, señor. No lo defraudaré.

—Cooper y la policía científica están de camino. —Cooper es el forense—. Necesitarás refuerzos; haré que la Unidad General te envíe un puñado de eventuales. ¿Con seis te bastará?

—Seis suena bien. Si necesito más, le telefonearé.

Cuando ya me marchaba, O'Kelly añadió:

—Y por lo que más quieras, haz algo con la ropa de Curran.

—Ya hablé con él sobre eso la semana pasada.

—Pues vuelve a hacerlo. ¿Qué era lo que llevaba ayer? ¿Una capucha?

—He conseguido que deje de llevar zapatillas deportivas. Pasito a pasito.

–Si quiere continuar en este caso, será mejor que dé un paso de gigante antes de que lleguéis a la escena del crimen. Los medios de comunicación se van a abalanzar sobre el lugar como moscas sobre la mierda. Al menos, oblígalo a que se ponga el abrigo y se tape el chándal o lo que sea con lo que ha decidido honrarnos hoy.

–Tengo una corbata de repuesto en mi mesa. Lo adecentaré.

O'Kelly murmuró algo sobre un cerdo vestido de esmoquin.

De regreso a la sala de la brigada, leí por encima la hoja de convocatoria: justo lo que O'Kelly acababa de explicarme. Las víctimas eran Patrick Spain, su esposa Jennifer y sus dos hijos, Emma y Jack. La hermana que había dado el aviso se llamaba Fiona Rafferty. Bajo su nombre, el remitente había añadido, en mayúsculas, a modo de advertencia: «NOTA: EL OFICIAL AVISA DE QUE LA MUJER QUE LLAMA ESTÁ HISTÉRICA».

Richie estaba de pie, dando saltitos de un pie a otro como si tuviera muelles en las rodillas.

–¿Qué...?

–Coge tu ropa. Vamos a salir.

–Te lo dije –le dijo Quigley a Richie.

Richie lo miró con cara de inocentón.

–¿De verdad? Lo siento, tío, no te estaba prestando atención. Tenía otras cosas en la cabeza, entiéndeme.

–Estoy intentando hacerte un favor, Curran. Puedes tomarlo o dejarlo –replicó Quigley aún con cara de dolido.

Me puse el abrigo y comprobé el contenido de mi maletín.

–Vaya, parece que habéis mantenido una conversación fascinante. ¿De qué iba?

–De nada –se apresuró a decir Richie–. Andábamos dándole a la sinhueso.

—Le decía al joven Richie —me aclaró Quigley en tono de superioridad moral— que no es buena señal que el superintendente te llame aparte y te dé la información a espaldas de tu compañero. ¿Qué implica eso con relación al puesto que ocupa el muchacho en la brigada? He creído que sería conveniente que reflexionara un poco sobre ello.

A Quigley le encanta jugar a confundir a los novatos, tanto como le gusta apretar a los sospechosos un poco más de la cuenta; todos lo hemos hecho alguna vez, pero él disfruta haciéndolo más que la mayoría. No obstante, normalmente es lo bastante listo como para no meterse con mis muchachos. Richie lo habría molestado con algo.

—Va a tener mucho sobre lo que reflexionar en el futuro inmediato —repliqué yo—. No puede permitirse perder el tiempo en tonterías. Detective Curran, ¿listos para marcharnos?

—*Bien* —contestó Quigley, remetiendo los carrillos hacia dentro—. No me hagáis caso.

—Yo nunca lo hago, socio.

Saqué la corbata de mi cajón y me la guardé en el bolsillo del abrigo tapándome con la mesa: no había necesidad de darle munición a Quigley.

—¿Listo, detective Curran? En marcha.

—Nos vemos —se despidió Quigley de Richie, con desagrado, cuando nos dirigíamos hacia la puerta.

Richie le lanzó un beso en el aire, pero se suponía que yo no debía verlo, así que no lo hice.

Corría el mes de octubre, una mañana gris, fría y densa de martes, nublada y erizada como un día de marzo. Saqué mi Beemer plateado favorito del garaje (oficialmente, la política establece que el primero que llega es quien escoge coche, pero, en la práctica, a ningún chaval del Departamento de Violencia Doméstica se le ocurre acercarse al mejor vehículo de Homicidios, de manera que los asientos están siempre como

17

me gusta y nadie lanza envoltorios de hamburguesas al suelo). Habría apostado lo que fuese a que aún era capaz de desplazarme por Broken Harbour con los ojos cerrados, pero no era día de descubrir si estaba en lo cierto, de manera que activé el GPS. Resultó que aquel aparato no sabía dónde estaba Broken Harbour. Solo sabía llegar a Brianstown.

Richie se había pasado las dos primeras semanas en la brigada ayudándome a componer el informe sobre el caso Mullen y a volver a interrogar a algún que otro testigo; este sería el primer caso de homicidios real que vería y se moría de la emoción. Logró contenerla hasta que nos pusimos en marcha. Pero luego me espetó:

–¿Tenemos un caso?

–Así es.

–¿Qué tipo de caso?

–Un caso de asesinato. –Me detuve en un semáforo en rojo, saqué la corbata del bolsillo y se la pasé. Estábamos de suerte: llevaba puesta una camisa, aunque fuera una baratita blanca tan fina que, de haberlo tenido, se le habría transparentado el pelo del pecho, y unos pantalones grises que habrían estado bien de no haberle quedado una talla grandes–. Ponte esto.

Miró la corbata como si no hubiera visto una en su vida.

–¿En serio?

–En serio.

Por un momento pensé que tendría que echar el freno y ponérsela yo mismo; probablemente la última vez que se había puesto una había sido para la confirmación, pero al final consiguió anudársela, más o menos. Inclinó el espejo de la visera parasol del coche para comprobar cómo le quedaba.

–Estoy elegante, ¿eh?

–Mejor, sí –confirmé yo.

O'Kelly tenía razón: la corbata servía de bien poco. Era una corbata bonita, de seda granate con una raya sutil ondulada, pero hay gente que sabe vestir y gente que no. Richie mide un metro cincuenta y cinco en su mejor día, es todo codos y tiene las piernas canijas y los hombros estrechos. Nadie le echaría más de catorce años, pese a que su expediente afirma que tiene treinta y uno. Y, seguramente tenga mis prejuicios, pero con solo mirarlo habría podido decir exactamente de qué vecindario procede. Lo lleva escrito: el pelo demasiado corto y sin color definido, los rasgos afilados y esa manera de andar saltarina e inquieta, como si tuviera un ojo puesto en buscar problemas y el otro en detectar cualquier puerta que no esté bien cerrada. En él, la corbata parecía robada.

La frotó con un dedo, como si quisiera experimentar su tacto.

—Es bonita. Te la devolveré.

—Quédatela. Y cómprate unas cuantas cuando tengas un momento.

Me miró y, por un instante, pensé que iba a decir algo, pero se contuvo.

—Gracias —replicó en su lugar.

Habíamos llegado a los muelles y nos dirigíamos hacia la autopista M1. El viento marino soplaba con fuerza por el río Liffey y obligaba a los peatones a inclinar la cabeza hacia él. En un momento de atasco (un inútil en un 4x4 no se había dado cuenta de que no conseguiría atravesar la intersección o le había importado un bledo no hacerlo), saqué mi BlackBerry y le envié un mensaje a mi hermana Geraldine: «Geri, favor URGENTE. ¿Puedes recoger a Dina en el trabajo lo antes posible? Si se resiste alegando que va a perder sus horas, dile que yo le pagaré los gastos. No te preocupes, está bien, al menos por lo que yo sé, pero será mejor que se quede contigo un par de días. Te llamo después. Gracias».

El superintendente tenía razón: contaba aproximadamente con un par de horas antes de que los medios de comunicación inundaran Broken Harbour, y viceversa. Dina es la pequeña; Geri y yo seguimos cuidando de ella. Cuando escuchara esta noticia, necesitaría estar en un lugar seguro.

Richie no hizo comentario alguno sobre mi mensaje, lo cual estaba bien. En su lugar, se dedicó a observar el GPS.

—Vamos fuera de la ciudad, ¿no? —preguntó.

—A Brianstown. ¿Lo conoces?

Sacudió la cabeza.

—Con un nombre así, debe de ser una de esas urbanizaciones nuevas.

—Así es. Está en la costa norte. Antes era un pueblecito llamado Broken Harbour, pero al parecer alguien lo ha urbanizado desde entonces. —El capullo del 4x4 había logrado quitarse de en medio y el tráfico volvía a avanzar. Una de las cosas buenas de la recesión: ahora que por las carreteras ya no circulan ni la mitad de los coches, quienes todavía tenemos que ir a algún sitio conseguimos llegar—. Dime una cosa, ¿qué es lo peor que has visto en este trabajo?

Richie se encogió de hombros.

—Trabajé en tráfico mucho tiempo, antes de incorporarme a Vehículos Motorizados. Vi algunas cosas duras. Accidentes.

Todos lo creen. Estoy seguro de que yo también lo pensé alguna vez.

—Chaval, aún no has visto nada. Eso me revela lo inocente que eres todavía. Sé que no tiene ninguna gracia ver a un crío con la cabeza partida en dos porque un gilipollas ha tomado una curva a demasiada velocidad, pero eso no es nada comparado con ver a un niño con la cabeza abierta porque un cabronazo lo ha machacado contra la pared hasta que ha dejado de respirar. Hasta ahora, solo has visto lo que la mala suerte puede hacerle a la gente. Estás a punto de echar un vistazo a lo que las personas pueden hacerse mutuamente. Y créeme: no es lo mismo.

Richie preguntó:

–¿Es un niño lo que vamos a ver?

–Una familia. El padre, la madre y los dos hijos. La mujer quizá sobreviva. Los demás han muerto.

Se le habían quedado las manos inmóviles sobre las rodillas. Era la primera vez que lo veía completamente quieto.

–Madre mía. ¿Qué edad tenían los críos?

–Todavía no lo sabemos.

–¿Qué les ha sucedido?

–Al parecer, los han apuñalado. En su propia casa, probablemente anoche, en algún momento.

–El mundo está podrido. Está absolutamente podrido. –Richie hizo una mueca con la cara.

–Sí –confirmé yo–, lo está. Y para cuando lleguemos a la escena, necesito que lo hayas asimilado. Regla número uno, y será mejor que la anotes bien: nada de emociones en la escena del crimen. Cuenta hasta diez, reza el rosario, explica chistes verdes, haz lo que tengas que hacer. Si necesitas algún consejo sobre cómo afrontarlo, pídemelo ahora.

–Estoy bien.

–Será mejor que así sea. La hermana de la mujer está allí y no tiene ningún interés en verte afectado. Lo único que quiere saber es que tenemos la situación controlada.

–Tengo la situación controlada.

–Bien. Lee esto.

Le pasé la hoja de la convocatoria y le di treinta segundos para leerla por encima. Le cambiaba el rostro cuando se concentraba; parecía mayor y más inteligente.

–Cuando lleguemos allí –le dije una vez se le hubo acabado el tiempo–, ¿cuál será la primera pregunta que querrás hacerles a los uniformados?

–El arma. ¿La han encontrado en la escena del crimen?

–¿Y por qué no «¿Hay indicios de que hayan forzado la puerta?»?

–Porque alguien podría haberlos falseado.

–No te andes con rodeos –lo reprendí yo–. Por «alguien» te refieres a Patrick o a Jennifer Spain.

El estremecimiento fue tan débil que se me podría haber pasado por alto de no haberlo estado esperando.

–Cualquiera que tuviera acceso. Un pariente o un amigo. Cualquiera a quien le hubieran abierto la puerta.

–Pero eso no es lo que tenías en mente, ¿no es cierto? Tú pensabas en los Spain.

–Sí. Supongo que sí.

–Suele pasar, hijo. No tiene sentido fingir que no es así. El hecho de que Jennifer Spain haya sobrevivido la convierte en la principal sospechosa. Por otra parte, en estos casos, el culpable suele ser el padre: lo máximo que hace una mujer es matar a los niños y luego suicidarse, pero el hombre arremete contra toda la familia. De cualquier forma, no suelen preocuparse de fingir que alguien ha forzado la puerta. Hace mucho que han dejado de inquietarse por nimiedades como esa.

–De acuerdo, pero supongo que ya tendremos tiempo de llegar a una conclusión una vez la policía científica haga acto de presencia; no vamos a fiarnos de lo que nos digan los agentes de uniforme. En cambio, con respecto al arma, yo querría saber si la han localizado desde el principio.

–Buen chico. Esa es la máxima prioridad para los uniformados, estoy contigo. ¿Y qué es lo primero que le preguntarás a la hermana?

–Si alguien tenía algo contra Jennifer Spain. O contra Patrick Spain.

–Desde luego, pero eso se lo preguntaremos a todo el mundo a quien interroguemos. ¿Qué querrías preguntarle a Fiona Rafferty en concreto?

Sacudió la cabeza.

–¿Nada? Personalmente, a mí me interesa mucho saber qué hace en la casa –opiné yo.

–Aquí dice... –Richie sostuvo en alto la hoja de la convocatoria– ... que las dos hermanas hablaban cada día. Y hoy no ha conseguido contactar con ella.

–¿Y? Piensa en la hora, Richie. Pongamos que normalmente hablan ¿cuándo?, ¿en torno a las nueve?, ¿después de que los maridos se hayan largado al trabajo y los críos se hayan ido a la escuela?

–O cuando ellas mismas llegan al trabajo. Podrían ser mujeres trabajadoras.

–Jennifer Spain no trabajaba. De lo contrario, la hermana habría informado de que no ha ido a trabajar, y no de que no ha conseguido hablar con ella. Lo que tenemos entonces es que Fiona telefonea a Jennifer en torno a las nueve o a las ocho y media como muy temprano; hasta entonces, todo el mundo andaría trajinando para intentar arrancar el día. Y a las diez y treinta y seis –le di unos toquecitos a la hoja de convocatoria– está ya en Brianstown avisando a la policía. No sé dónde vive Fiona Rafferty ni dónde trabaja, pero lo que sí sé es que Brianstown está a una hora larga de distancia de cualquier otro sitio. En otras palabras, cuando Jennifer se retrasa una hora en su charla matutina (y estamos hablando de una hora como máximo; podría ser mucho menos), Fiona se pone lo bastante nerviosa como para dejarlo todo y poner rumbo al último rincón del mundo. A mí eso me suena a una reacción desmedida. No sé a ti, jovencito, pero a mí me gustaría saber por qué se ha puesto las bragas con tanta celeridad.

–Es posible que no viva a una hora de distancia. Quizá viva en la puerta contigua y simplemente se haya acercado a ver qué sucedía.

–Entonces, ¿por qué tendría que conducir? Si está demasiado lejos para caminar, está lo bastante lejos como para que acercarse a comprobar qué sucede sea raro. Y ahora te diré la regla número dos: cuando alguien se comporta de un modo raro, te hace un pequeño regalo, y no tienes que desprenderte de él hasta que lo hayas desembalado. Ya no estás en Vehículos Motorizados, Richie. En esta situación nadie descarta nada con un «Bah, probablemente no tenga importancia. Solo estaba un poco rara ese día. Olvidémoslo». Nunca.

Se produjo la clase de silencio que significa que la conversación no ha concluido. Finalmente, Richie dijo:

—Soy un buen detective.

—Estoy seguro de que algún día serás un magnífico detective. Pero, por el momento, te queda casi todo por aprender.

—Tanto si llevo corbata como si no.

—No tienes quince años, colega –le repliqué–. Vestir como un atracador no te convierte en una gran amenaza para los poderes establecidos; solo te convierte en un imbécil.

Richie se toqueteó el fino tejido de la pechera de la camisa y dijo, escogiendo sus palabras con cuidado:

—Sé que los detectives de Homicidios no suelen tener mi procedencia. Pero eso no nos convierte a todos los demás en paletos. Ni a ellos en unos maestros. No soy lo que esperabais. Lo he entendido perfectamente.

En el retrovisor pude ver sus ojos verdes y serenos.

—Poco importa de dónde vengas –objeté yo–. No hay nada que puedas hacer para remediarlo, de manera que no malgastes tu energía pensando en ello. Lo que importa es adónde vas. Y eso, amigo, sí puedes controlarlo.

—Ya lo sé. Por eso estoy aquí.

—Y es mi trabajo ayudarte a llegar aún más lejos. Una manera de controlar hacia dónde te diriges consiste en actuar como si ya estuvieras allí. ¿Me entiendes?

Parecía perplejo.

–Pongámoslo de esta manera: ¿por qué crees que vamos al volante de un Beemer?

Richie se encogió de hombros.

–He supuesto que te gustaba este coche.

Solté una mano del volante para apuntarle con el dedo.

–Has supuesto que a mi ego le gustaba este coche, quieres decir. No te equivoques: no es tan sencillo. No andamos detrás de ladronzuelos de tiendas, Richie. Los asesinos son los peces gordos en este estanque. Lo que hacen, lo hacen a lo grande. Si apareciéramos en la escena del crimen con un Toyota del 95 destartalado, pareceríamos irrespetuosos, como si las víctimas no se merecieran lo mejor que podemos darles. Y eso irrita a las personas. ¿Es así como te gustaría empezar?

–No.

–Pues claro que no. Y, además de eso, un Toyota viejo y destartalado nos haría parecer un par de perdedores. Y eso importa, amigo mío. No es solo cuestión de ego. Si los malos ven a un par de perdedores, tienen la sensación de tener más pelotas que nosotros y resulta más difícil conseguir que se vengan abajo. Y si los buenos de la historia ven a un par de perdedores, pensarán que jamás resolveremos este caso, de manera que ¿para qué molestarse en ayudarnos? Y si nosotros vemos a un par de perdedores cada vez que nos miramos al espejo, ¿qué crees que sucede con nuestras posibilidades de resolver el caso?

–Que se reducen, supongo.

–¡Bingo! Si quieres anotarte un éxito, Richie, no puedes ir por ahí oliendo a fracaso. ¿Entiendes lo que intento decirte?

Se tocó el nudo de la corbata nueva.

–Que vista mejor, básicamente.

–Salvo porque no es tan básico, chaval. No hay nada básico en vestir mejor. Las reglas existen por un motivo. Antes de romperlas, hay que meditar bien sobre cuál es ese motivo.

Me incorporé a la M1 y pisé el acelerador, dejando que el Beemer demostrara de lo que es capaz. Richie miró de reojo el velocímetro, pero yo sabía sin necesidad de mirar que avanzaba justo a la velocidad límite, ni un solo kilómetro por encima, y mantuvo el pico cerrado. Probablemente pensara que yo no era más que un capullo aburrido. Mucha gente lo piensa. La mayoría son adolescentes, si no física, al menos mentalmente. Solo los adolescentes piensan que el aburrimiento es malo. Los adultos, los hombres y las mujeres maduros que han dado ya un par de vueltas a la manzana, saben que el aburrimiento es un regalo divino. La vida guarda demasiadas emociones bajo la manga y parece estar lista para golpearte cuando menos te lo esperas, sin necesidad de que tú le añadas espectacularidad. Si Richie aún no lo había descubierto, estaba a punto de hacerlo.

Soy un firme defensor del desarrollo urbanístico; culpen ustedes a los constructores, a los banqueros y a los políticos acomodaticios de esta recesión si quieren, pero el hecho es que, si ellos no hubieran pensado a lo grande, jamás habríamos salido de la anterior. Yo prefiero ver un bloque de viviendas rebosante de gente que sale a trabajar cada mañana y mantiene el país activo y luego regresa a sus hogares, a esas casitas agradables que han ganado con el sudor de su frente, que un campo que no le hace ningún bien a nadie, salvo a un par de vacas. Los lugares son como las personas y como los tiburones: si dejan de moverse, mueren. Sin embargo, todo el mundo tiene un lugar que anhela que nunca cambie.

En el pasado, cuando era un chaval flacucho con el pelo cortado en casa y los vaqueros remendados, me conocía Broken Harbour como la palma de mi mano. Los críos de hoy en día han crecido disfrutando de vacaciones al sol durante el *boom* económico, dos semanas en la Costa del Sol como mínimo minimísimo. Pero yo tengo cuarenta y dos años y nuestra generación tenía pocas expectativas. Unos cuantos días a orillas del mar de Irlanda en una caravana alquilada te convertían en alguien especial.

En aquel entonces, Broken Harbour se encontraba en medio de la nada. Allí no había más que una docena de casas diseminadas ocupadas por familias apellidadas Whelan o Lynch, las cuales llevaban en el lugar desde tiempos inmemoriales. Había un comercio llamado Lynch's, un pub llamado Whelan's y un puñado de parcelas para caravanas, a solo una carrera descalzos por encima de las resbaladizas dunas de arena y entre matas de barrones para llegar a la vastedad de color crema de la playa. Íbamos allí dos semanas cada mes de junio y nos alojábamos en una *roulotte* con cuatro literas oxidadas que mi padre reservaba con un año de antelación. Geri y yo ocupábamos las literas superiores y Dina dormía en la inferior, en frente de mis padres. Geri era la primera en elegir, porque era la mayor, pero le gustaba más dormir de cara a tierra, porque así podía ver los ponis en el campo que se extendía detrás de la casa. De rebote, cuando yo abría los ojos cada mañana, me encontraba con blancas líneas de espuma marina y aves zancudas revoloteando por la arena, todo ello bajo la resplandeciente luz del amanecer.

Los tres nos despertábamos y salíamos a la calle al alba, con una rebanada de pan con azúcar en cada mano. Jugábamos durante todo el día a los piratas con los niños de las otras caravanas, nos salían pecas y nos pelábamos a causa de las quemaduras del viento y de la sal y de alguna que otra hora esporádica de sol. Para la cena, mi madre freía huevos y salchichas en el hornillo de *camping* y después mi padre nos enviaba a Lynch's a comprar helados. Al regresar, encontrábamos a mi madre sentada en el regazo de mi padre, con la cabeza apoyada en la curva de su cuello y sonriendo con ojos soñadores frente al mar; él se ovillaba la larga cabellera de ella alrededor de su mano libre para evitar que la brisa marina se la metiera en el helado. Yo esperaba todo el año para contemplarlos así.

Una vez saqué el Beemer de las carreteras principales empecé a recordar el camino, como había sabido que haría, como una evocación descolorida en mi memoria: dejar atrás esta arboleda (los árboles están más altos) y doblar a la izquierda en esa curva en el muro de piedra. Justo entonces el agua debería haber aparecido ante nuestros ojos por encima de un cerro verde, pero la urbanización pareció surgir de la nada y nos impidió el paso como una barricada: hileras de tejados de pizarra y gabletes encalados se extendían por lo que parecían varios kilómetros en todas las direcciones, tras un alto muro paravientos. La señalización en la entrada indicaba, con unas vistosas letras enroscadas del tamaño de mi cabeza: «BIENVENIDOS A OCEAN VIEW, Brianstown, UNA NUEVA REVELACIÓN EN LA VIDA CON EL MÁXIMO CONFORT. CASAS DE LUJO EN EXPOSICIÓN». Alguien había pintado con espray rojo un gran pene con testículos encima del cartel.

A primera vista, Ocean View parecía bastante selecto: grandes casas no adosadas que parecían valer su precio, elegantes parcelas de césped, pintorescas señales que conducían a la GUARDERÍA JOYITAS y el POLIDEPORTIVO DIAMANTE EN BRUTO. Pero, tras un segundo vistazo, el césped necesitaba segarse con urgencia y los caminos peatonales estaban llenos de baches. Y, tras el tercero, algo simplemente no encajaba.

Las casas eran demasiado parecidas. Incluso aquellas que lucían un triunfal cartel en rojo y azul que anunciaba a gritos «VENDIDA». Nadie había pintado la puerta con un color charro, ni había colocado macetas en los alféizares y tampoco había juguetes de plástico de los críos esparcidos por los jardines. Había algunos coches aparcados, diseminados, si bien la mayoría de los caminos de acceso a las casas estaban vacíos, y aquel vacío no insinuaba que alguien estuviera fuera estimulando la economía. Se podían atravesar con la mirada tres de cada cuatro casas y divisar fragmentos de cielo gris a través de las desnudas ventanas. Una muchacha corpulenta con un anorak rojo empujaba un cochecito por uno de los senderos peatonales, con el viento enzarzándose en su melena. Ella y su bebé con cara de luna podrían haber sido las únicas personas en kilómetros a la redonda.

–¡Caray! –exclamó Richie, y en medio de aquel silencio su voz sonó lo bastante alta como para sobresaltarnos a ambos–. Parece el pueblo de los malditos.

La hoja de la convocatoria indicaba que la casa ocupaba el número 9 de Ocean View Rise[1], lo cual habría tenido mucho más sentido si el mar de Irlanda hubiese sido un océano o, al menos, si hubiera resultado visible, pero supongo que cada uno saca el máximo partido de lo que tiene. El GPS pareció hundirse en las profundidades: nos condujo por Ocean View Drive[2] hasta una calle sin salida llamada Ocean View Grove[3] (nombre que remataba el trío, pues no había árboles a la vista en ningún sitio) y allí nos informó de que: «Hemos llegado al destino. Adiós».

Di media vuelta y decidí guiarme por la vista. A medida que nos adentrábamos en aquella urbanización, las casas se iban volviendo más esquemáticas. Era como ver una película al revés. Al cabo de un rato no eran más que combinaciones aleatorias de muros y andamios, con alguna que otra abertura para una ventana; en las viviendas sin fachada, las estancias estaban llenas de escaleras de mano rotas, tuberías

_____

[1.] Colina con vistas al océano. *(N. de la T.)*
[2.] Calle con vistas al océano. *(N. de la T.)*
[3.] Arboleda con vistas al océano. *(N. de la T.)*

enrolladas y sacos de cemento a punto de pudrirse. Cada vez que doblábamos una esquina esperaba ver un enjambre de albañiles en el tajo, pero lo más cerca que estuvimos de eso fue cuando vimos una excavadora amarilla estropeada en una parcela vacía, escorada de lado en un barrizal, y montones de escombros y basura por todas partes.

Allí no vivía nadie. Intenté que nos resituáramos en la dirección general de la entrada, pero la urbanización se había construido como uno de esos antiguos laberintos vegetales, toda llena de calles sin salida y curvas pronunciadas, y nos perdimos casi de inmediato. Sentí una pequeña punzada de pánico. Nunca me ha gustado desorientarme.

Frené en una intersección (por acto reflejo: tampoco es que fuera a salir alguien disparado delante de mí) y, en el silencio que siguió al ruido del motor, escuchamos el rugido del mar. Entonces Richie alzó la cabeza y preguntó:

–¿Qué ha sido eso?

Era un grito breve, descarnado y desgarrador que se repetía una y otra vez con tal regularidad que parecía mecánico. Se extendía a través del barro y del hormigón y rebotaba en las paredes inacabadas, tanto que podía proceder de cualquier sitio, o de todos. Hasta donde sabía, aquel y el del mar eran los únicos sonidos que había en la urbanización.

–Apuesto a que es la hermana –dije yo.

Me miró como insinuándome que pensaba que le estaba tomando el pelo.

–Debe de ser un zorro o algo así. Quizá lo hayan atropellado.

–Vaya, y yo que creía que eras el Sr. Curtido en la Calle que sabía perfectamente la tragedia a la cual nos enfrentábamos. Prepárate bien, Richie. ¡Ahora viene lo bueno!

Bajé una ventanilla y me guie por el sonido. Los ecos me desviaron del camino unas cuantas veces, pero supimos con certeza cuándo habíamos llegado a nuestro destino. Una cara de Ocean View Rise estaba integrada por prístinas casas adosadas con ventanas panorámicas, alineadas por pares, pulidas como fichas de dominó; la otra era todo andamiajes y escombros. Entre las piezas del dominó, por encima del muro de la urbanización, esquirlas de gris mar se balanceaban. Había vehículos aparcados delante de un par de casas, y en una de ellas había tres: un Volvo de cinco puertas blanco que llevaba el cartelito de «familiar» escrito encima, un Fiat Seiscientos amarillo que había conocido días mejores y un coche patrulla. La cinta de la escena del crimen de color azul y blanco recorría la tapia de baja altura que rodeaba el jardín.

Hablaba en serio al decirle a Richie que, en este trabajo, todo importa, hasta el modo que tienes de abrir la puerta del coche. Mucho antes de pronunciarle la «primera palabra» a un testigo o a un sospechoso, él debe saber que Mick Kennedy ha llegado y que tiene este caso agarrado por las pelotas. En este sentido, soy afortunado en algunos aspectos: soy alto, conservo toda la cabellera y sigue siendo castaña oscura en un noventa y nueve por ciento, tengo una pinta decente (y no peco de modestia) y la suma de todo ello ayuda, pero además he acumulado práctica y experiencia en otros aspectos. Mantuve la velocidad hasta el último segundo, frené en seco, salí del coche con un solo movimiento ágil, maletín en mano, y me dirigí a la casa con ritmo ágil y enérgico. Richie ya se espabilaría.

Uno de los agentes de uniforme estaba acuclillado torpemente junto a su coche, consolando a alguien en el asiento trasero que, sin lugar a dudas, era la fuente de aquellos gritos. El otro caminaba de un lado a otro delante de la verja, demasiado rápido, con las manos enlazadas a su espalda. El aire olía a fresco, a dulce y salado, a mar y a campo. Hacía más frío que en Dublín. El viento silbaba con poco entusiasmo a través de los andamios y las vigas vistas.

El tipo que caminaba rondaba mi edad, pero tenía barriga y parecía un saco de arena: en los veinte años que debía de llevar en el cuerpo jamás había visto nada parecido y le habría gustado no verlo durante otros veinte más. Se presentó:

—Soy el garda[4] Wall. Y el que está junto al coche es el garda Mallon.

Richie le tendió la mano. Era como tener un cachorro. Antes de darle tiempo a hacer amigos, dije:

—Yo soy el detective Kennedy, sargento, y este es el detective Curran, garda. ¿Han estado en la casa?

—Solo cuando llegamos. Salimos tan pronto como pudimos y les telefoneamos.

—Buen trabajo. Explíqueme exactamente qué han hecho desde que entraron y hasta que han salido.

Los ojos del policía uniformado se posaron sobre la casa, como si le costara creer que fuera el mismo lugar al que había llegado hacía apenas un par de horas.

—Nos llamaron para comprobar que todo estaba bien —nos explicó—. La hermana de la inquilina estaba preocupada. Llegamos al domicilio justo después de las once e intentamos establecer contacto con los residentes llamando al timbre y por teléfono, pero no obtuvimos respuesta. No detectamos indicios de que se hubiera forzado la puerta, pero a través de la ventana delantera vimos que las luces de la planta baja estaban encendidas y que parecía haber un cierto desorden en el salón. Las paredes...

---

[4] La Garda Síochána na hÉireann («Guardianes de la Paz de Irlanda», originalmente llamados la «Guardia Cívica»), también conocida como Gardaí, es la institución de policía nacional de la República de Irlanda; los agentes se denominan «gardas». *(N. de la T.)*

–Veremos el desorden con nuestros propios ojos dentro de un minuto. Continúe.

Nunca hay que dejar que alguien describa los detalles antes de llegar a la escena del crimen, pues, de lo contrario, ves lo que otros han visto.

–De acuerdo. –El uniformado parpadeó y retomó el hilo–. Intentamos dirigirnos a la parte trasera de la casa, pero, como comprobarán ustedes mismos, por aquí no cabe ni un niño. –Tenía razón: entre las casas únicamente quedaba un hueco para la pared medianera–. Consideramos que el desorden y la preocupación de la hermana bastaban para forzar la puerta delantera. Y encontramos... –Alternaba el peso entre sus pies, intentando encauzar la conversación de tal manera que pudiera ver la casa, como si fuera un animal acorralado que pudiera saltar en cualquier momento–. Entramos en el salón y no encontramos nada, por decirlo de algún modo: estaba desordenado, pero nada más... Luego procedimos a revisar la cocina, donde vimos a un hombre y a una mujer tumbados en el suelo. Ambos apuñalados, o al menos eso parecía. Tanto yo como el garda Mallon vimos claramente una de las heridas, en el rostro de la mujer. Parecía un corte de cuchillo...

–Eso lo determinarán los forenses. ¿Qué hicieron a continuación?

–Pensábamos que ambos estaban muertos. Estábamos seguros de ello. Hay un montón de sangre, muchísima... –Hizo un gesto vago hacia su propio cuerpo, un movimiento sin forma con la mano. Hay un motivo por el que algunos hombres jamás abandonan el uniforme–. El garda Mallon les tomó el pulso de todos modos, por si acaso. La mujer estaba de cara al hombre, como enroscada frente a él. Tenía la cabeza... tenía la cabeza apoyada en el brazo de él, como si estuviera dormida... El garda Mallon descubrió que aún le latía el pulso. Se llevó un susto de muerte. Jamás lo habría sospechado... No daba crédito, no hasta que agachó la cabeza y la oyó respirar. Entonces llamamos a la ambulancia.

–¿Y mientras esperaban?

–El garda Mallon permaneció junto a la mujer, hablándole. Estaba inconsciente, pero... le decía que todo saldría bien, que éramos policías, que había una ambulancia en camino y que aguantara... Yo subí al piso de arriba. En los dormitorios de la parte de atrás... hay dos críos pequeños, detective. Un niño y una niña, en sus camas. Intenté reanimarlos. Están... estaban fríos, tiesos, pero lo intenté de todos modos. Después de lo que había ocurrido con la madre, pensé que nunca se sabe, que quizá aún... –Se frotó las manos en la chaqueta, de manera inconsciente, como si intentara limpiarse la sensación. No le regañé por echar a perder pruebas; se había limitado a hacer lo que le había salido por instinto–. No hubo manera. Una vez estuve seguro de que así era, me reuní con el garda Mallon en la cocina y telefoneamos a ustedes y al resto.

–¿La mujer recuperó la conciencia? –pregunté–. ¿Dijo algo?

Él negó con la cabeza.

–No se movió. Pensábamos que se nos moriría allí mismo. Tuvimos que comprobar varias veces que seguía con vida... –Volvió a limpiarse las manos.

–¿Hay alguien en el hospital con ella?

–Llamamos a la comisaría para dar parte y hacer que enviaran a alguien. Quizá uno de nosotros debería haberla acompañado, pero teníamos que garantizar que nadie entrara en la escena del crimen, y la hermana, la hermana... Bueno, ya la oyen.

–Se lo han explicado –dije.

Soy yo quien da la noticia siempre que puedo. La primera reacción es muy reveladora.

34

–Le indicamos que esperara fuera, que no entrara –aclaró el uniformado a la defensiva–, pero no teníamos a nadie para que se quedara con ella. Así que esperó un buen rato y luego entró en la casa. Estábamos con la víctima, esperándolos a ustedes; la hermana se dejó caer en el suelo de la cocina antes de que notáramos su presencia. Empezó a gritar. Yo la acompañé afuera de nuevo, pero no dejaba de revolverse... Tuve que explicárselo, detective. Era el único modo de evitar que entrara en la casa de nuevo, aparte de esposarla, claro está.

–De acuerdo. Lo hecho, hecho está. ¿Qué pasó luego?

–Yo me quedé fuera, con la hermana. El garda Mallon esperó junto a la víctima hasta que llegó la ambulancia. Luego salió de la casa.

–¿Sin hacer un registro?

–Yo volví a entrar una vez él salió para ocuparse de la hermana. El garda Mallon, señor, tiene aversión a la sangre; no quería registrar la casa. Así que realicé un registro de seguridad básico, solo para confirmar que no había nadie en el domicilio. Nadie vivo, quiero decir. Dejamos el registro a fondo para ustedes y para la policía científica.

–Así me gusta.

Arqueé una ceja mirando a Richie. El muchacho prestaba atención. Se apresuró a preguntar:

–¿Han encontrado el arma?

El agente sacudió la cabeza.

–Pero podría estar ahí dentro. Bajo el cuerpo del hombre o... en cualquier otro sitio. Tal y como les he dicho, hemos intentado no alterar la escena del crimen más de lo imprescindible.

–¿Alguna nota?

Otra negación de cabeza.

Hice un gesto en dirección al coche patrulla.

–¿Cómo se encuentra la hermana?

–Hemos conseguido que se tranquilice un poco, a ratos, pero cada vez... –El policía miró abrumado por encima de su hombro en dirección al coche–. Los enfermeros querían darle un sedante, pero se ha negado. Podemos solicitar que regresen si...

–Continúen intentando calmarla. No quiero que esté sedada si podemos evitarlo, al menos hasta que haya hablado con ella. Vamos a echar un vistazo a la escena del crimen. El resto del equipo está de camino. Si llega el forense, hágalo esperar aquí, pero asegúrese de que los tipos de la morgue y la policía científica mantengan las distancias hasta que hayamos interrogado a la hermana. Si los ve, va a enloquecer de verdad. Aparte de eso, custódienla donde la tienen, mantengan a los vecinos alejados y si, por casualidad, alguien intenta acercarse, no se lo permitan. ¿Ha quedado claro?

–Completamente –respondió el policía de uniforme.

Habría interpretado para mí el baile del pollo si se lo hubiera pedido, del alivio que sentía al ver que alguien le quitaba aquel asunto de las manos. Lo imaginé deseando ir al pub local a beberse un whisky doble de un solo trago.

En cambio, yo solo quería estar dentro de aquella casa.

–Guantes –le dije a Richie–. Protectores de zapatos.

Yo ya estaba sacándome los míos del bolsillo. Él rebuscó los suyos y echamos a andar por el camino de acceso a la casa. El largo rugido y el susurro del mar se aceleraron y nos recibieron de frente, como una bienvenida... o un desafío. A nuestra espalda, aquellos chillidos seguían resonando como martillazos.

2

La escena del crimen no nos pertenece. De hecho, es una zona
vedada, incluso para nosotros, hasta que los de la policía científica dan el visto bueno. Hasta ese momento, siempre hay
otros asuntos de los que ocuparse, como interrogar a testigos o
notificar los posibles supervivientes, y es lo que hacemos, comprobando el reloj cada treinta segundos y obligándonos a hacer caso omiso de ese canto de sirena que nos atrae desde el
otro lado de la cinta que delimita la escena del crimen. Pero
este caso era distinto. Los policías de uniforme y los paramé-
dicos ya habían pisoteado hasta el último centímetro de la
vivienda de los Spain; Richie y yo no empeoraríamos las cosas
por echar un vistazo alrededor.

Era lo más práctico, puesto que, si Richie no era capaz de
soportar ver tanta maldad, sería mejor averiguarlo sin público,
si bien había, además, otros motivos. Cuando se te presenta la
oportunidad de ver la escena del crimen tal cual, la aprovechas.
Lo que te espera al otro lado es el crimen en sí, cada segundo
ensordecedor de él, atrapado y conservado en ámbar para ti.
No importa si alguien ha limpiado, si ha ocultado pruebas o si
ha intentado fingir un suicidio: el ámbar también conserva eso.
En cambio, una vez empieza el procedimiento, todo eso desa-

parece para siempre; lo único que queda es tu propia gente pululando por la escena y desmantelándola huella a huella, fibra a fibra. Aquella oportunidad se me antojaba un regalo, precisamente en este caso, donde más lo necesitaba; era un buen presagio. Silencié mi teléfono. Dentro de poco muchas personas querrían ponerse en contacto conmigo. Y todas ellas podían esperar a que yo hubiera recorrido el escenario de mi caso.

La puerta de la casa estaba entreabierta unos centímetros y se mecía levemente por efecto de la brisa. Cuando estaba de una pieza, debía haber parecido de roble, pero los policías la habían astillado para esquivar la cerradura y ahora se apreciaba el conglomerado barato del interior. Probablemente la hubieran roto de un solo hachazo. A través de la grieta se veía una alfombra con un estampado geométrico en blanco y negro, un artículo de moda con un precio elevado.

Le expliqué a Richie:

—Esto es solo una misión de reconocimiento preliminar. Haremos un registro en serio cuando los de la policía científica hayan revisado la escena. Por el momento, no podemos tocar nada, debemos intentar no pisar nada ni respirar encima de nada. Simplemente vamos a hacernos una idea de a qué nos enfrentamos y salimos. ¿Estás preparado?

Asintió. Abrí la puerta empujándola con la yema de un dedo por el borde astillado.

Lo primero que pensé fue que, si el garda Comosellame llamaba «desorden» a esto, tenía un serio trastorno obsesivo compulsivo. El pasillo estaba poco iluminado y en perfecto estado: había un espejo resplandeciente y una percha de abrigos bien organizada, y olía a ambientador de limón. Las paredes estaban limpias. En una de ellas se hallaba una acuarela, algo verde y pacífico con vacas.

Lo segundo que pensé fue que los Spain tenían un sistema de alarma. Estaba dotado de un panel moderno, discretamente oculto tras la puerta. La luz de apagado permanecía iluminada en amarillo continuo.

Luego vi el agujero en la pared. Alguien había intentado taparlo con la mesita del teléfono, pero era lo bastante grande como para que sobresaliera una forma irregular de medialuna. Entonces fue cuando noté esa vibración fina como una aguja que se iniciaba en mis sienes y me descendía por los huesos hasta los tímpanos. Algunos detectives la perciben en la nuca y a otros se les eriza el vello de los brazos. Conozco incluso a un pobre infeliz a quien se le hincha la vejiga, lo cual puede ser bastante molesto. Pero todos los buenos detectives notan algo. Yo lo percibo en los huesos del cráneo. Llámenlo como quieran: desviación social, trastorno psicológico, el animal que todos llevamos dentro o el mismísimo diablo, si creen en él: pero es lo que pasamos toda la vida persiguiendo. Toda la formación del mundo no te da esa voz de alerta cuando trabajas sobre el terreno. O la percibes o no.

Miré de reojo a Richie: hacía muecas y se chupaba los labios como un animal que ha probado algo putrefacto. Él la notaba en la boca, cosa que debería aprender a ocultar, pero al menos la notaba.

A nuestra izquierda había una puerta entreabierta: era el salón. Justo delante estaban las escaleras y la cocina.

Alguien se había dedicado a decorar el salón: había sofás de piel marrón, una elegante mesita de café de vidrio y acero cromado y una pared pintada de color amarillo mantequilla por una de esas razones que solo las mujeres y los diseñadores de interiores entienden. Para imprimir aspecto de que la casa estaba habitada, había un televisor de proporciones considerables y una buena marca, una consola Wii, un puñado de dispositivos brillantes, una pequeña estantería para libros y otra para discos DVD y juegos, además de velas y bonitas fotos en la repisa de la chimenea (la chimenea era de gas). Debería haber sido un salón acogedor, pero la humedad había combado el revestimiento del suelo y manchado una pared, y el bajo techo y las proporciones equivocadas de la estancia en general resultaban obstinadas. Tenían más peso que todo el amor y cuidados invertidos y convertían aquel en un salón estrecho y poco iluminado, un lugar donde nadie podía sentirse cómodo durante demasiado tiempo.

Las cortinas estaban prácticamente corridas, salvo por la ranura a través de la cual se habían asomado los agentes de uniforme. Las lámparas de pie estaban encendidas. Lo que fuera que había sucedido había ocurrido de noche, o alguien quería que eso pensáramos.

Encima de la chimenea había otro agujero en la pared, este del tamaño de un plato. Era más grande que el que había junto al sofá. En su oscuro interior se entreveían las tuberías y un amasijo de cables.

Junto a mí, Richie intentaba mantenerse lo más quieto posible, pero aun así noté que se le movía una rodilla. Quería acabar de una vez con el mal trago.

—La cocina —le dije.

Costaba creer que la misma persona que había diseñado el salón hubiera ideado algo así. Era una cocina-salón-sala de juegos que recorría la parte trasera de la casa en toda su longitud y estaba prácticamente acristalada. En el exterior, el día seguía gris, pero la luz penetraba en abundancia en aquella estancia y deslumbraba lo bastante como para obligarte a pestañear; iluminaba con un ímpetu y una claridad que revelaban que nos encontrábamos muy cerca del mar. Jamás he logrado entender la supuesta ventaja de que todos tus vecinos sepan qué desayunas (a mí que me den la privacidad de un buen visillo, esté de moda o no), pero con aquella luz estuve a punto de comprenderlo.

Tras el adecentado jardincito había dos hileras más de casas a medio construir, alzándose inhóspitas y feas contra el cielo, y una larga pancarta de plástico colgada de una viga desnuda se agitaba con fuerza. Tras las casas se erguía el muro de la organización y, tras él, cuando el terreno descendía, a través de los toscos ángulos de la madera y el hormigón, allí estaba: la vista que mis ojos llevaban esperando todo el día, desde que oí pronunciar de nuevo las palabras «Broken Harbour». La curva redondeada de la bahía, clara como la C de la mano; las colinas de baja altura que la resguardaban por cada extremo; la arena de color gris pálido; los barrones que se plegaban para protegerse del viento limpio, y los pajarillos diseminados por la orilla. Y el mar, aquel día con marea alta, elevándose ante mí verde y musculoso. El peso de lo que había en la cocina con nosotros inclinó el mundo e hizo que las olas cobraran fuerza, como si fueran a romper a través de aquel vidrio resplandeciente.

El mismo esmero que se había puesto en decorar el salón a la moda se había invertido en convertir la cocina en una estancia alegre y hogareña. Una larga mesa de madera clara, sillas de color amarillo girasol, un ordenador sobre un escritorio de madera pintado a juego, cachivaches de críos de colores vivos, pufs y una pizarra. Había dibujos a lápiz enmarcados y colgados en las paredes. La cocina estaba recogida, sobre todo teniendo en cuenta que era un lugar donde jugaban niños. Alguien la había ordenado mientras las cuatro personas de la familia avanzaban por el borde más lejano de su último día. Hasta aquí habían conseguido llegar.

La estancia era el sueño de un agente de la propiedad inmobiliaria, salvo por el hecho de que, una vez más, era imposible imaginar a nadie viviendo allí. En el fragor de la batalla alguien había lanzado la mesa por los aires, que había impactado por uno de los cantos en una ventana y había resquebrajado el cristal con una gran forma de estrella. Había más agujeros en las paredes: uno encima de la mesa y otro grande detrás de un castillo de Lego invertido. Uno de los pufs se había reventado y había diminutas bolitas blancas por doquier; en el suelo, había un montón de libros esparcidos a modo de abanico y fragmentos de cristal resplandecían en el punto en el que el marco de un cuadro se había hecho añicos. Había sangre por todas partes: salpicaduras en las paredes, estelas salvajes de gotas y huellas entrecruzadas en las baldosas del suelo, grandes manchas en las ventanas, densos coágulos empapados en la tapicería amarilla de las sillas... A unos centímetros de mis pies se hallaba la mitad arrancada de una tabla de altura y un dibujo infantil en el que un personaje trepaba por grandes tallos de judías y firmado como *Emma 17/06/09*, si bien la firma había quedado casi tachada por la sangre coagulada.

Patrick Spain se encontraba en el extremo opuesto de la estancia, en la que había sido la zona de juegos de los niños, entre los pufs, los lápices de colores y los cuadernos para colorear. Llevaba puesto el pijama: una camisa azul marino y unos pantalones a rayas azules y blancas salpicados por costras oscuras. Estaba tendido bocabajo, con un brazo doblado bajo él y el otro extendido por encima de su cabeza, como si la hubiera mantenido en alto hasta el último segundo, intentando avanzar a rastras. Tenía la cabeza hacia nosotros: quizá había intentado llegar hasta sus hijos, por la razón que se les ocurra. Era un tipo rubio y alto, de hombros anchos; su constitución revelaba que tal vez en el pasado había jugado al rugby. Había que ser bastante fuerte o estar muy enfadado o loco para enfrentarse a él. La sangre se había vuelto pegajosa y oscura en el charco que se extendía bajo su pecho. Estaba esparcida por todas partes, en una espantosa maraña de golpes, huellas de manos y marcas de arrastrarse; de todo aquel follón surgían unas borrosas huellas de pie que avanzaban en nuestra dirección y se desvanecían en la nada a medio camino de las baldosas, como si los caminantes ensangrentados se hubieran vaporizado.

A la izquierda del muerto, el charco de sangre se ampliaba aún más y se hacía más denso y brillante. Tendríamos que verificarlo con los agentes de uniforme, pero parecía bastante claro que allí era donde habían encontrado a Jennifer Spain. O ella se había arrastrado para morir acurrucada contra su marido, o él se había quedado cerca después de acabar con ella, o alguien les había permitido hacer aquella última cosa juntos.

Permanecí en el umbral más tiempo del necesario. Tardas un rato en procesar una escena como aquella la primera vez. Tu mundo interior se escinde del exterior, por mera protección: se te abren los ojos como platos, pero lo único que llega a tu mente son manchas de color rojo y un mensaje de error. Nadie nos observaba; Richie podía disponer de todo el tiempo que necesitara. Mantuve la mirada apartada de él.

Una ráfaga de viento se estrelló contra la fachada trasera de la casa, penetró en el interior a través de alguna grieta y nos anegó como agua fría.

–¡Jesús! –exclamó Richie. El viento lo hizo sobresaltarse y tenía un tono más pálido del habitual, pero su voz seguía siendo estable. Hasta el momento, parecía llevarlo bien–. ¿Has notado eso? ¿De qué está hecha esta casa? ¿De papel?

–¡No te quejes! Cuanto más delgadas sean las paredes, más probabilidades tenemos de que los vecinos oyeran algo.

–Eso será si hay vecinos.

–Crucemos los dedos. ¿Listo para continuar?

Asintió con la cabeza. Dejamos a Patrick Spain en su luminosa cocina, con la corriente de aire revoloteando a su alrededor y subimos las escaleras. La planta de arriba estaba a oscuras. Abrí mi maletín y saqué la linterna. Probablemente los uniformados lo hubieran toqueteado todo con sus manos grasientas, pero, aun así, jamás hay que tocar los interruptores de la luz: a alguien podría haberle interesado que esa luz estuviera encendida o apagada. Encendí la linterna y abrí la puerta más cercana dándole un golpecito con la punta del pie.

El mensaje se había tergiversado en algún momento, porque nadie había apuñalado a Jack Spain. Tras el desbarajuste rojo espeso del piso inferior, su dormitorio parecía casi apacible. No había sangre en ningún sitio, ni se había roto ni arrancado nada. Jack Spain tenía la nariz respingona y el pelo rubio y rizado. Estaba tumbado boca arriba, con los brazos por encima de la cabeza y la cara mirando al techo, como si hubiera caído dormido tras un largo día de fútbol. Habrías podido creer que escuchabas su respiración, salvo por algo raro y revelador en su rostro. Tenía la calma secreta que solo tienen los niños muertos, los párpados finos como el papel cerrados con fuerza, como en los bebés nonatos, como si cuando el mundo se vuelve asesino fueran capaces de viajar hacia dentro de sí mismos y hacia el pasado, hasta ese primer lugar seguro.

Richie emitió un leve sonido, como un gato con una bola de pelo. Recorrí la habitación con la linterna para darle tiempo de asimilarlo. Había un par de grietas en las paredes, pero no había agujeros, a menos que estuvieran ocultos tras los pósteres (Jack había sido un aficionado del Manchester United).

–¿Tienes hijos? –le pregunté.

–No. Todavía no.

Hablaba en voz baja, como si aún pudiera despertar a Jack Spain o provocarle una pesadilla.

–Yo tampoco. Con los tiempos que corren, creo que es lo mejor –repliqué–. Los niños te ablandan. Tienes a un detective duro como una piedra, capaz de asistir a una autopsia y pedir un bistec poco hecho para comer y, de repente, su mujer tiene un crío y lo siguiente que averiguas es que al tipo se le va la cabeza si la víctima es menor de dieciocho años. Lo he visto docenas de veces. Y cada vez doy gracias al Señor por las píldoras anticonceptivas.

Apunté de nuevo hacia la cama con la linterna. Mi hermana Geri tiene hijos y he pasado el suficiente tiempo con ellos como para aventurarme a ponerle edad a Jack Spain: unos cuatro años, quizá tres si era de los altos. El edredón estaba doblado donde el policía uniformado había intentado sin éxito hacerle la respiración asistida. Tenía el jerseicito del pijama levantado y bajo él se veía la delicada caja torácica. Casi podía ver la hendidura donde la reanimación (o al menos esperaba que fuera eso) le había roto una o dos costillas. Tenía los labios azules.

–¿Lo han asfixiado? –preguntó Richie, esforzándose por mantener su voz bajo control.

–Tendremos que esperar a que lo determine la autopsia –respondí yo–, pero es posible. Si eso es lo que tenemos, los sospechosos serían los padres. Muchas veces se inclinan por algo suave, si es que se puede describir así...

Seguía sin mirar a Richie, pero lo noté tensarse para reprimir un estremecimiento.

–Vayamos a ver a la hija –propuse.

Tampoco allí había agujeros en las paredes, ni señales de lucha. El policía había tapado a Emma Spain con el edredón rosa cuando había desistido de devolverla a la vida, para salvaguardar su decencia, porque era una niña. Tenía la misma nariz respingona que su hermano, pero los rizos eran de un color pelirrojo tierra y tenía la cara llena de pecas, que resaltaban contra el fondo azul blanquecino. Era la mayor, seis o siete años: tenía la boca entreabierta y pude ver que se le había caído una paleta superior. La habitación era de color rosa princesa, llena de florituras y volantes; sobre la cama había un montón de almohadas bordadas y gatitos y perritos de ojos inmensos que nos miraban de hito en hito. En medio de la oscuridad tan solo interrumpida por la luz de la linterna y junto a aquel pequeño rostro vacío parecían carroñeros.

No miré a Richie cuando regresamos al descansillo.

−¿Has notado algo raro en los dos dormitorios? −le pregunté al cabo de un rato.

Incluso bajo aquella luz parecía padecer los efectos de una mala intoxicación alimenticia. Tuvo que tragar saliva dos veces antes de responder:

−No había sangre.

−Bingo. −Abrí suavemente la puerta del cuarto de baño con mi linterna. Toallas de colores a conjunto, juguetes de plástico para la bañera, los habituales champús y geles de ducha y unos elementos fijos de un blanco inmaculado. Si alguien se había bañado en aquel cuarto de baño, lo había hecho con sumo cuidado−. Pediremos a los de la policía científica que analicen este suelo con luminol en busca de huellas, pero, a menos que se nos escape algo, o bien había más de un asesino o primero fue a por los niños. Nadie que saliera de ese berenjenal −dije, señalando con la cabeza hacia la cocina, en la planta inferior− tocó algo aquí arriba.

−Tiene pinta de violencia doméstica, ¿no es cierto? −aventuró Richie.

−¿Por qué lo dices?

−Si yo fuera un psicópata que quisiera eliminar a toda una familia, no empezaría por los niños. ¿Qué pasaría si uno de los padres oyera algo y subiera a comprobar si están bien y me pillara con las manos en la masa? Sin darme tiempo a reaccionar, la madre y el padre se abalanzarían sobre mí. ¿No? Yo esperaría a que todo el mundo estuviera bien dormido y luego empezaría por eliminar las mayores amenazas. Lo único

46

que me llevaría a comenzar por aquí –le temblaban los labios, pero continuó– sería saber que nadie me va a interrumpir. Y eso señala a uno de los padres.

–De acuerdo. No es definitivo, pero, a primera vista, es lo que parece –confirmé–. ¿Has detectado el otro elemento que señala en esa misma dirección?

Sacudió la cabeza.

–La puerta frontal –aclaré yo–. Tiene dos cerraduras, una Chubb y una Yale, y antes de que los de uniforme entraran por la fuerza, ambas estaban echadas. La puerta no la cerró alguien al marcharse; estaba cerrada con llave. Y no he visto ninguna ventana abierta ni rota. De manera que, si alguien entró de fuera o si los Spain le abrieron la puerta a alguien, ¿cómo consiguió salir? Una vez más, no es definitivo: una de las ventanas podría no estar cerrada con pestillo, el asesino podría haberse llevado las llaves o un amigo o conocido podría tener un juego adicional. Tendremos que comprobarlo todo. Pero es indicativo. Por otro lado... –señalé con la linterna: otro agujero, del tamaño de una novela más o menos, situado algo por encima del rodapié del rellano–... ¿cómo es posible que las paredes hayan acabado así de hechas polvo?

–Una pelea. Después de... –Richie se frotó de nuevo la boca–. Después de los niños o si se despertaron. A mí me parece que alguien se resistió.

–Probablemente así fuera, pero eso no es lo que ha dañado las paredes. Despeja tu mente y vuelve a mirar. Estos desperfectos no son de anoche. ¿Me explicas por qué?

Lentamente, la mirada de desconcierto cedió terreno a la concentración que había visto en el coche. Al cabo de un momento, Richie respondió:

–No hay sangre alrededor de los agujeros ni trozos de yeso en el suelo. Ni siquiera hay polvo. Alguien ha limpiado.

–Ahí lo tienes. Es posible que el asesino o los asesinos se quedaran por aquí para pasar el aspirador a la casa, por motivos que solo ellos saben; pero, a menos que hallemos algo que nos revele qué sucedió, la explicación más plausible es que esos agujeros se realizaron hace un par de días, quizá mucho antes. ¿Se te ocurre a qué pueden deberse?

Tenía mejor aspecto ahora que estaba trabajando.

–¿A problemas estructurales? –planteó–. A humedad, asentamiento o quizá alguien estuviera revisando un cableado defectuoso... Hay humedad en el salón. Has visto el revestimiento del suelo, ¿verdad? ¿Y la mancha en la pared? Además, hay grietas por todas partes; no me sorprendería que el cableado esté deteriorado también. La urbanización al completo parece un vertedero.

–Quizá. Haremos venir a un inspector de construcción para que eche un vistazo. Pero, seamos sinceros, habría que ser un electricista muy malo para dejar la casa en este estado. ¿Se te ocurre alguna otra explicación?

Richie se pasó la lengua por los dientes y miró el agujero con ojos pensativos.

–Si dejo volar la imaginación, diría que alguien buscaba algo –aventuró.

–Igual que yo. Y ese algo podrían ser armas u objetos de valor, pero normalmente acostumbra a ser lo de siempre: drogas o dinero en efectivo. Haremos que la policía científica compruebe si hay trazas de drogas.

–Pero... –me cortó Richie, señalando con la barbilla hacia la puerta de la habitación de Emma–... ¿y los niños? ¿Guardaban algo los padres que pudiera costarles la vida? ¿Con los críos en casa?

–Pensaba que los Spain encabezaban tu lista de sospechosos.

–Es diferente. La gente se vuelve loca, comete locuras. Puede ocurrirle a cualquiera. Pero guardar un kilo de heroína detrás del papel pintado, donde tus hijos pueden encontrarla, eso sencillamente es impensable.

Se oyó un crujido a nuestros pies y ambos dimos media vuelta de repente, pero no era más que la puerta de entrada meciéndose por efecto del viento.

–¡Vamos, muchacho! Lo he visto centenares de veces. Y apuesto a que tú también.

–No con gente como esta.

Enarqué las cejas.

–No te tenía por un esnob.

–No, no me refiero a la clase. Me refiero a que esta gente lo estaba intentando. Echa un vistazo a este lugar: todo es perfecto, ¿entiendes lo que quiero decir? Todo está impoluto, hasta detrás del inodoro. Todo combina. Incluso las especias de la estantería de la cocina están al día, al menos en las que he podido ver la fecha de consumo preferente. Esta familia se esforzaba por que todo estuviera bien. No se habrían involucrado en negocios turbios... No parece su estilo.

–Por lo que sabemos hasta el momento, no –corroboré yo–. Pero, recuerda, por ahora no sabemos un carajo de esta gente. Tenían la casa impecable, al menos de vez en cuando, y los han asesinado. Y te aseguro que lo segundo es mucho más revelador que lo primero. Cualquiera puede pasar un aspirador, pero no a todo el mundo lo asesinan.

Richie, bendito sea su ingenuo corazón, me miró con el más puro de los escepticismos y un toque de indignación moral.

–Muchas víctimas de asesinato jamás hicieron algo peligroso en sus vidas.

–Algunas no, es cierto. Pero ¿muchas? Te voy a contar un pequeño secreto sobre tu nuevo oficio, Richie, amigo mío. Es la parte que nunca sale en las entrevistas ni en los documentales, porque la reservamos para nosotros. La mayoría de las víctimas andaban buscando exactamente lo que han encontrado.

Empezó a abrir la boca.

—Evidentemente, los niños no. Aquí no estamos hablando de los niños. Pero los adultos... Si intentas vender heroína en el territorio de otro cabronazo, o si continúas adelante y te casas con el Príncipe Azul después de que te haya enviado a la UCI cuatro veces seguidas, o si apuñalas a un tipo porque su hermano apuñaló a tu amigo por apuñalar a su primo, entonces, perdóname si suena políticamente incorrecto, pero estás suplicando justo lo que al final te van a dar. Sé que no es lo que nos enseñan en la academia de detectives, pero ahí fuera, en el mundo real, amigo mío, te sorprendería las pocas veces que el asesinato se abre camino a la fuerza en la vida de las personas. En el noventa y nueve por ciento de las ocasiones, entra porque tienen la puerta abierta y e invitan a hacerlo.

Richie movió los pies; una bocanada de viento subió por las escaleras, se arremolinó alrededor de nuestros tobillos e hizo vibrar la manija de la puerta de Emma.

—No consigo entender cómo alguien podría querer algo así —dijo él.

—Ni yo tampoco, al menos por el momento. Pero si los Spain eran una familia ideal, entonces, ¿quién abrió sus paredes a golpes? ¿Y por qué no llamaron a alguien para que viniera a reparar los desperfectos... a menos que no quisieran que nadie se enterara de en qué estaban involucrados? O, como mínimo, en lo que uno de ellos estaba involucrado.

Richie se encogió de hombros.

—Tienes razón: este podría ser ese caso entre cien —dije—. Mantendremos abiertas todas las posibilidades. Y, si lo es, será un motivo más para que no la pifiemos.

El dormitorio de Patrick y Jennifer Spain era de postal, como el resto de la casa. Lo habían decorado en tonos rosa pastel, crema y dorado, a la antigua usanza. Tampoco allí había sangre ni señales de lucha, ni una mota de polvo en ningún sitio. Sí había, en cambio, un pequeño agujero, donde la pared y el techo confluían sobre la cama.

Dos cosas llamaban la atención: en primer lugar, el edredón y las sábanas estaban arrugados y retirados, como si alguien hubiera salido de la cama de un salto. El resto de la casa indicaba que la cama no permanecía deshecha durante mucho tiempo. Al menos uno de ellos había estado arropado cuando todo había comenzado.

Y en segundo lugar, estaban las mesillas de noche. En cada una de ellas había una lamparita con una pantalla con borlas; ambas estaban apagadas. En la mesilla del fondo había un par de tarros femeninos, crema para el cutis o algo por el estilo, un teléfono móvil rosa y un libro con la portada rosa y letras estrambóticas. La más próxima estaba abarrotada de dispositivos: algo que parecían dos *walkie-talkies* blancos y dos móviles plateados, todos ellos colocados de pie en sus cargadores, y tres cargadores vacíos, todos plateados. Desconocía con qué conectaban los *walkie-talkies*, pero las únicas personas que tienen cinco móviles son los corredores bursátiles de altos vuelos y los traficantes de drogas, y aquello a mí no me parecía la casa de un agente de la Bolsa. Por un segundo, pensé que las cosas empezaban a encajar.

Entonces Richie exclamó, con las cejas arqueadas:

–¡Joder! Eran un poco exagerados, ¿no?

–¿A qué te refieres?

–A los intercomunicadores de los críos. –Señaló con la cabeza la mesilla de noche de Patrick.

–¿Es lo que son?

–Sí. Mi hermana tiene hijos. Los blancos son los que solo emiten sonido. Y los que parecen teléfonos tienen vídeo. Son para ver a los críos dormir.

—Al estilo *Gran hermano*. —Deslicé el haz de la linterna por encima de los dispositivos: los blancos estaban activados, con las pantallas ligeramente retroiluminadas; los plateados, apagados—. ¿Cuántos suele tener la gente normal? ¿Uno por niño?

—No sé la mayoría de la gente, pero mi hermana tiene tres hijos y solo tiene un monitor. Está en la habitación del bebé, para cuando está dormido. Cuando las niñas eran pequeñas, solo tenía el de audio, como esos —los *walkie-talkies*—, pero el pequeño nació prematuro, de manera que compró uno con vídeo para vigilarlo mejor.

—De manera que los Spain eran unos padres sobreprotectores. Un monitor en cada habitación.

Se me habían pasado por alto. Era comprensible que Richie se hubiera distraído con el meollo de verdad y se le hubieran escapado los detalles, pero yo no era ningún novato.

Richie sacudió la cabeza.

—Pero ¿por qué? Eran lo bastante mayores para ir en busca de su madre si la necesitaban. Además, esto no es ninguna mansión: si se hacían daño, los oirías gritar.

—¿Sabrías cómo es la parte que falta de estos trastos si la vieras? —le pregunté.

—Probablemente.

—De acuerdo. Pues vamos a buscarlas.

Sobre la cajonera rosa de Emma había una cosa blanca redonda parecida a una radio-despertador que, según Richie, era un intercomunicador de audio:

—Es un poco mayor para esto, pero quizá sus padres tenían el sueño profundo y querían estar seguros de que la oirían si los llamaba...

El otro monitor de audio estaba sobre la cajonera de Jack. No había ni rastro de las cámaras de vídeo; no hasta que regresamos al rellano de nuevo.

–Haré que la policía científica compruebe el altillo, por si acaso alguien buscaba... –Enfoqué la linterna hacia el techo y me quedé mudo.

La trampilla del altillo estaba en su sitio, hasta ahí todo bien. Abría paso a la negritud: la luz atrapó la tapa, apoyada contra algo, y dejó entrever momentáneamente una viga del techo vista en lo alto. Alguien había tapado la abertura con malla de alambre desde abajo, sin preocuparse demasiado por la estética: bordes irregulares de alambre y grandes clavos sobresalían en ángulos violentos. En el rincón opuesto del descansillo, en la parte alta de la pared, había algo plateado y mal montado. No necesité que Richie me dijera que era un monitor de vídeo. La cámara apuntaba directamente a la trampilla.

–¿Qué demonios...?

–¿Ratas? Los agujeros...

–¡No montas dispositivos de vigilancia para las ratas! Lo que haces es cerrar la trampilla y llamar a los exterminadores.

–Entonces, ¿qué?

–No lo sé. Una trampa, quizá, por si quien había golpeado las paredes regresaba para un segundo asalto. La policía científica va a tener que esmerarse de lo lindo aquí. –Seguí apuntando al techo con la linterna y la moví alrededor, intentando atisbar qué había en el altillo: cajas de cartón, una maleta negra polvorienta...–. Veamos si el resto de las cámaras nos brinda alguna pista más.

La segunda cámara estaba en el salón, sobre una mesa esquinera de vidrio y acero cromado que había junto al sofá. Apuntaba al agujero que había sobre la chimenea y una lucecilla roja indicaba que estaba encendida. La tercera había rodado hasta un rincón de la cocina, donde había quedado rodeada por bolitas del puf y apuntando hacia el suelo, pero seguía conectada: había rodado encendida. Había un visor medio metido bajo los fogones: yo lo había divisado la primera vez, pero lo había confundido con un teléfono. Y había otro bajo la mesa de la cocina. No había ni rastro del último ni de las dos cámaras restantes.

–Pondremos al corriente a los de la policía científica y les diremos que mantengan los ojos bien abiertos. ¿Te gustaría echar un segundo vistazo a algo antes de que los haga pasar?

Richie parecía inseguro.

–No es ninguna pregunta trampa, muchacho.

–Ah. De acuerdo. Entonces no. Todo en orden.

–Para mí también. Venga, salgamos.

Otra bocanada de aire se apoderó de la casa y en esta ocasión ambos nos sobresaltamos. Es lo último que me habría gustado que Richie viera, pero aquel lugar empezaba a ponerme los pelos de punta. No eran los niños ni la sangre. Tal y como he explicado, soy capaz de manejarme con eso sin problemas. Quizá fueran los agujeros en las paredes o las cámaras impasibles... o todo ese vidrio, todos esos esqueletos de casas contemplándonos como animales famélicos alrededor de una hoguera. Tuve que recordarme que había lidiado con escenas de crimen mucho peores y jamás había sudado ni una gota, pero aquel escalofrío que me recorría los huesos del cráneo me decía: «Esto es distinto».

3

Les contaré un pequeño secreto poco romántico: la mitad de ser un detective de homicidios consiste en tener habilidades de gestión. Los aprendices imaginan al lobo solitario adentrándose en la selva guiado por un oscuro presentimiento, pero, en la práctica, quienes no saben relacionarse con los demás acaban en la unidad de la policía secreta. Incluso en una investigación pequeña, y esta no iba a ser pequeña, participan refuerzos, oficiales de enlace con los medios de comunicación, la policía científica, el forense y ciento y la madre, y es preciso estar seguro de que todos ellos están en todo momento ayudándote a avanzar con la mayor celeridad posible, de que nadie está entorpeciendo el camino de alguien y de que todos colaboran en un gran plan general, porque, en última instancia, la responsabilidad es tuya. El silencio de cámara lenta dentro del ámbar había concluido: en el mismísimo instante en que pusimos un pie fuera de la casa, incluso antes de que dejáramos de caminar con paso tranquilo, tuve que empezar a discutir con gente.

Cooper, el forense, estaba al otro lado de la verja, tamborileando con los dedos en el expediente y con cara de pocos amigos. De hecho, es la cara que tiene siempre: en sus mejores momentos, Cooper es un cabronazo negativo y, cuando yo ando involucrado, nunca son sus mejores momentos. No le he hecho nada, pero, por algún motivo que desconozco, no le gusto y, cuando no le gustas a un capullo arrogante como Cooper, te lo hace saber. Una errata tipográfica en un formulario de solicitud y me lo devuelve para que comience de nuevo. Por no mentar ya que jamás podré meterle prisas con nada: mis casos aguardan su turno sean urgentes o no.

–Detective Kennedy –me saludó, resoplando como si yo apestara–. ¿Le importa decirme si tengo pinta de que me guste esperar?

–En absoluto, doctor Cooper. Le presento al detective Curran, mi compañero.

Ignoró a Richie.

–Me alegra saberlo. En ese caso, ¿por qué estoy esperando?

Seguramente se había pasado todo aquel tiempo maquinando aquel comentario ingenioso.

–Discúlpeme –dije yo–. Debe de haber habido algún malentendido. Evidentemente, yo jamás le haría desperdiciar su valioso tiempo. Adelante, la escena del crimen es toda suya.

Cooper me lanzó una mirada fulminante con la que me dejó claro que no me creía.

–Lo único que espero –añadió– es que no hayan contaminado la escena demasiado –y pasó junto a mí como un rayo en dirección a la casa, mientras se ajustaba bien los guantes.

Por el momento, no había ni rastro de los refuerzos. Uno de los agentes uniformados continuaba rondando el coche patrulla y ocupándose de la hermana. El otro estaba en la parte alta de la calle, hablando con un puñado de tipos entre dos furgonetas blancas: los de la policía científica y la morgue.

–¿Qué hacemos ahora? –le pregunté a Richie.

En cuanto habíamos salido de la casa había empezado a agitarse de nuevo: giraba la cabeza adelante y atrás para comprobar la calle, el cielo o el resto de las casas y tamborileando con dos dedos sobre su muslo.

Mi pregunta lo frenó en seco.

–¿Enviamos a la policía científica a la casa?

–Desde luego, pero ¿qué tienes previsto hacer tú mientras ellos trabajan? Si nos quedamos por aquí preguntando «¿Han encontrado algo?», lo único que conseguiremos será hacerles perder el tiempo a ellos y perderlo nosotros.

Richie asintió.

–Si fuera mi decisión, yo hablaría con la hermana.

–¿No quieres comprobar si Jenny Spain puede explicarnos algo?

–He dado por supuesto que habrá de transcurrir un tiempo antes de que pueda hablar con nosotros. Siempre que...

–Siempre que sobreviva. Probablemente tengas razón, pero no podemos darlo por descontado. Debemos anticiparnos.

Yo ya tenía el teléfono en la mano y estaba marcando. A juzgar por la cobertura que había, cualquiera habría dicho que estábamos en Mongolia Exterior (tuvimos que dirigirnos hasta el final de la calle, una vez sobrepasadas las casas, para recibir señal) y fueron necesarias un puñado de complicadas llamadas de ida y vuelta antes de que pudiera hablar con el médico que había atendido a Jennifer Spain y convencerlo de que no era ningún periodista. Sonaba joven y muy cansado.

–Sigue con vida, pero no puedo prometerle nada. Ahora mismo está en el quirófano. Si logra sobrevivir, podremos hacernos una mejor idea de la situación.

Activé el altavoz para que Richie escuchara la conversación:

–¿Puede darme una descripción de sus heridas?

–Solo la he examinado brevemente. No estoy seguro...

La brisa marina borró el rastro de su voz; Richie y yo tuvimos que inclinarnos sobre el teléfono para escucharlo mejor.

–En realidad, me interesaría tener un informe preliminar. Nuestro propio médico la examinará más tarde, de un modo u otro. Por ahora, lo único que necesito es hacerme una idea general de si la dispararon, la estrangularon, la asfixiaron... Dígamelo usted.

Un suspiro.

–Entienda que el diagnóstico es provisional. Podría equivocarme.

–Lo entiendo.

–Bien. Básicamente, ha tenido suerte de llegar hasta aquí. Tiene cuatro lesiones abdominales que, a mi parecer, parecen heridas de cuchillo, pero será el médico quien lo determine. Dos de ellas son profundas, pero no parece que hayan alcanzado los órganos ni las arterias principales, pues, de lo contrario, se habría desangrado antes de llegar al hospital. Tiene otra herida en la mejilla derecha; también parece una cuchillada, que le atraviesa la boca. Si consigue salir de esta, necesitará someterse a diversas operaciones de cirugía plástica. Además, tiene un golpe rotundo en la nuca. Las radiografías mostraban una fractura en el nacimiento del pelo y un hematoma subdural, pero, a juzgar por sus reflejos, existe una posibilidad considerable de que haya escapado sin lesiones cerebrales. Como digo, ha sido muy afortunada.

Probablemente, aquella sería la última vez que alguien utilizaría ese adjetivo para describir a Jennifer Spain.

–¿Algo más?

Lo escuché remover algo, probablemente café, y ahogar un bostezo.

–Lo siento. Podría haber lesiones menores, pero no me he preocupado de buscarlas. Mi prioridad era meterla en el quirófano antes de perderla y la sangre podría haber tapado algunos cortes y contusiones. Sin embargo, no hay nada más de relevancia.

–¿Hay algún indicio de agresión sexual?

–Tal y como le he indicado, comprobarlo no estaba entre mis prioridades. Sí le diré, no obstante, que no he visto nada que pudiera apuntar en esa dirección.

–¿Cómo iba vestida?

Se produjo un instante de silencio mientras se preguntaba si se habría equivocado al entenderme o si yo era algún tipo de pervertido.

–Un pijama amarillo. Nada más.

–Debería haber un agente en el hospital. Me gustaría que metiera el pijama en una bolsa de papel y que se lo entregara. Anote todas las personas que hayan podido tocarlo, si puede.

Ya tenía dos puntos más que me revelaban que Jennifer Spain era una víctima. Las mujeres no se deforman la cara y bajo ningún concepto salen a la calle en pijama. Se ponen su mejor vestido, se toman su tiempo aplicándose el rímel y seleccionan el método que consideran (la mayoría de las veces erróneamente) que las dejará tranquilas y guapas, con el dolor borrado del rostro y nada más que una paz fría y pálida. En algún rincón de sus mentes en proceso de desmoronamiento, piensan que no les gustaría que las hallaran afeadas. La mayoría de los suicidas no creen que la muerte sea el final del camino. Quizá ninguno de nosotros lo haga.

–Ya le hemos entregado el pijama. Le confeccionaré la lista en cuanto tenga un momento.

–¿Ha recuperado la mujer la conciencia en algún momento?

–No. Como ya le he dicho, la posibilidad de que lo haga es mínima. Pero lo sabremos mejor después de la cirugía.

—Si la recupera, ¿cree que podríamos hablar con ella?

Un suspiro.

—Sé lo mismo que usted. Con lesiones craneales, no hay nada predecible.

—Gracias, doctor. ¿Podría ponerse en contacto conmigo si se produce algún cambio?

—Haré lo que esté en mi mano. Y ahora, si me disculpa, tengo que...

Y colgó. Le hice una llama rápida a Bernadette, la administradora de la brigada, para hacerle saber que necesitaba que alguien empezara a revisar las cuentas bancarias y los registros telefónicos de los Spain a la mayor brevedad posible. Acababa de colgar cuando el teléfono vibró: tres mensajes de voz nuevos, de llamadas que no habían conseguido pillarme con cobertura. O'Kelly me hacía saber que me había agenciado dos refuerzos más, un contacto periodista que me suplicaba una primicia que esta vez no iba a conseguir y Geri. La voz llegaba entrecortada: «... no puedo, Mick... vomitando cada cinco minutos... no puedo salir de casa, ni siquiera para... ¿Va todo bien? Llámame cuando...».

—¡Joder! —exclamé yo sin poder contenerme.

Dina trabaja en la ciudad, en una tienda de *delicatessen*. Intenté calcular cuántas horas me costaría llegar a algún punto cercano a la ciudad y cuánto tiempo pasaría ella antes de que alguien encendiera una radio.

Richie me hizo un gesto interrogativo con la cabeza.

—Nada —respondí yo. No tenía sentido telefonear a Dina (odia los teléfonos) y no había nadie más a quien llamar. Hice una respiración rápida e intenté enterrar el pensamiento en mi mente—. Vamos. Ya hemos hecho esperar suficiente a los técnicos de la policía científica.

Richie asintió. Guardé el teléfono y me dirigí hacia la parte alta de la calle para hablar con los hombres de blanco.

El superintendente me había hecho un favor: había conseguido que la policía científica le enviara a Larry Boyle con un fotógrafo, un reconstructor de escenas del crimen y un par de técnicos más. Boyle es un tipo raro con cara de panqueque que transmite la impresión de tener una habitación en casa llena de revistas inquietantes, perfectamente apiladas por orden alfabético, pero maneja las escenas del crimen con impecabilidad y es el mejor técnico que tenemos en cuestión de salpicaduras de sangre. Y yo iba a necesitar ambas cosas.

–Vaya, ya era hora... –me dijo. Llevaba ya puesto el mono blanco con capucha y sostenía los guantes y las coberturas para los zapatos en una mano, listo para colocárselos–. ¿A quién tenemos aquí?

–Mi nuevo compañero, Richie Curran. Richie, este es Larry Boyle, de la policía científica. Sé amable con él. Es amigo nuestro.

–Deja de hacerme la pelota hasta que comprobemos si te soy de ayuda –me atajó Larry, haciéndome un gesto con la mano–. ¿Qué tenemos ahí?

–Un padre y dos hijos muertos. La madre está en el hospital. Los niños están en la planta superior y parecen haber muerto asfixiados; los adultos estaban en la planta baja, al parecer apuñalados. Hay salpicaduras de sangre suficientes para mantenerte contento durante semanas.

–¡Caramba, genial!

–No digas que nunca he hecho nada por ti. Aparte de lo habitual, me interesa todo lo que podáis averiguar sobre el desarrollo de los acontecimientos: a quién atacaron primero, dónde, cuánto se movieron después, cómo intentaron defenderse. Por lo que hemos podido ver, no hay sangre en la planta de arriba, lo cual podría ser indicativo. ¿Puedes comprobarlo, por favor?

–Ningún problema. ¿Alguna petición especial más?

–En esa casa pasaba algo raro, y me refiero a mucho antes de anoche –continué–. Hay un montón de agujeros en las paredes y no tenemos pistas de quién los hizo ni por qué. Si descubres algo, huellas, lo que sea, te estaríamos sumamente agradecidos. También hay un montón de monitores de bebés, al menos dos de audio y cinco de vídeo, conectados a los cargadores que hay sobre la mesilla de noche, pero podría haber más. Todavía no estamos seguros de para qué servían y solo hemos logrado localizar tres de las cámaras: en el rellano de la planta de arriba, en la mesilla esquinera del salón y en el suelo de la cocina. Me gustaría contar con fotografías de todos ellos *in situ*. Y necesitamos encontrar las otras dos cámaras, o cuantas haya. Y lo mismo para las pantallas: hay dos cargándose y dos en el suelo de la cocina, así que, como mínimo, nos falta una.

–Vaya, vaya –comentó Larry entusiasmado–. ¡Qué interesante! Gracias por existir, Scorcher. Una sobredosis más en una habitación alquilada y me habría muerto de aburrimiento.

–En realidad, pienso que podría haber alguna conexión con un caso de drogas. No es nada definitivo, pero me gustaría saber si había drogas en esa casa o si las ha habido.

–No, por favor, drogas otra vez no. Limpiaremos todo lo que parezca prometedor, pero me encantaría que esta vez saliera negativo.

–Necesito sus teléfonos móviles y toda la documentación económica que encontréis. Y hay un ordenador en la cocina que convendría revisar. Además, dale una buena pasada al altillo, ¿de acuerdo? No hemos subido, pero el misterio al que nos enfrentamos está conectado de alguna manera con ese altillo. Ya comprobarás a qué me refiero.

–Eso ya me gusta más –comentó Larry alegremente–. Me encantan esas pequeñas rarezas. ¿Podemos empezar?

–La que está en el coche patrulla es la hermana de la mujer herida –expliqué–. Ahora vamos a hablar con ella. ¿Os importa esperar un minuto más, hasta que os la apartemos de la vista? No quiero que os vea entrar en la casa, por si enloquece.

–Causo ese efecto en las mujeres... Ningún problema; esperaremos aquí hasta que nos avises. Divertíos, muchachos. –Se despidió de nosotros agitando la mano en la que sostenía las fundas de los zapatos.

Mientras descendíamos de nuevo por la calle en dirección a la hermana, Richie comentó con tono grave:

–No estará tan contento cuando entre en la casa.

–Y tanto que sí, muchacho. Lo estará, y mucho.

No siento compasión por nadie a quien conozco a través del trabajo. La compasión es divertida, te permite vanagloriarte de lo maravilloso que eres y todo eso, pero no le hace ningún bien a las personas a quienes compadeces. En el preciso instante en el que empiezas a ponerte sentimentaloide con lo que deben estar atravesando, pierdes el balón de vista. Te vuelves débil. Y lo siguiente que sabes es que no puedes levantarte de la cama por las mañanas porque no puedes afrontar ir a trabajar, y a mí me cuesta entender en qué sentido eso puede hacerle bien a alguien. Yo invierto mi tiempo y mi energía en obtener respuestas, no abrazos ni un chocolate a la taza.

Pero si siento pena por alguien, es por los familiares de las víctimas. Como le había explicado a Richie, el noventa y nueve por ciento de las víctimas no tienen nada de qué quejarse: han encontrado justo lo que andaban buscando. Las familias, aproximadamente en el mismo porcentaje, jamás habían pedido tener que vivir este infierno. No me trago que sea culpa de mamá si el pequeño Jimmy se vuelve camello de heroína y es tan tonto como para timar a su proveedor. Quizá su madre no lo haya ayudado exactamente a aprovechar todo su potencial, pero yo también tuve problemas de niño y no he acabado con dos tiros en la nuca descerrajados por un capo de la droga enfadado. Pasé un par de años yendo al psicólogo para asegurarme de que esos problemas no me impidieran avanzar y, entre tanto, me las apañé como pude porque soy un hombre adulto y eso implica que soy yo quien lleva las riendas de mi vida. Si una mañana aparezco con la cara reventada por una bala, la culpa será toda mía. Y bajo ningún concepto la metralla debe alcanzar a mi familia.

Me pongo la coraza principalmente cuando trato con los familiares. Nada puede confundirte más que la compasión.

Cuando aquella mañana Fiona Rafferty salió de su casa, es probable que fuera una muchacha guapa (a mí, personalmente, me gustan más altas y mucho más arregladas, pero esos tejanos descoloridos ocultaban unas bonitas piernas y tenía una cabellera lustrosa, aunque no se hubiera tomado la molestia de alisársela ni teñírsela de algún color más vistoso que aquel marrón rata). Ahora, no obstante, estaba hecha un cuadro. Tenía la cara roja, hinchada y cubierta de mocos y rastros de rímel. Los ojos se le habían abotargado de tanto llorar y había estado enjugándose la cara en las magnas de su abrigo rojo de lana gruesa. Como mínimo, había dejado de gritar, al menos por el momento.

El agente uniformado también empezaba a estar un poco crispado.

—Necesitamos hablar con la señorita Rafferty —anuncié—. ¿Por qué no regresa a la comisaría y pide que nos envíen a alguien para acompañarla al hospital cuando hayamos concluido?

Asintió con la cabeza y retrocedió. Escuché su suspiro de alivio.

Richie se arrodilló sobre una pierna junto al coche.

—¿Señorita Rafferty? —preguntó con amabilidad.

El muchacho tenía maña tratando a las personas. Quizá incluso se excediera: había apoyado la rodilla en un surco de fango e iba a pasarse el día con aspecto de haberse caído, pero no pareció darse cuenta.

Fiona Rafferty levantó la cabeza, despacio, titubeante. Parecía ciega.

—La acompaño en el sentimiento.

Transcurrido un momento, Fiona Rafferty bajó la barbilla en un leve asentimiento.

—¿Quiere que le traigamos algo? ¿Agua quizá?

—Tengo que telefonear a mi madre. ¿Cómo voy a...? Dios mío, los niños, no puedo decirle que...

—Van a enviar a alguien para acompañarla al hospital —la informé yo—. Ellos harán saber a su madre que puede reunirse allí con usted y la ayudarán a explicárselo.

No me escuchó; su mente había vuelto a estremecerse con aquel pensamiento y se había perdido en algún otro derrotero.

—¿Cómo está Jenny? ¿Va a ponerse bien?

—Esperamos que así sea. Se lo comunicaremos en cuanto nos lo hagan saber.

—Los de la ambulancia no me han dejado acompañarla. Necesito estar con ella, ¿qué pasa si ella...? Necesito estar...

—Ya lo sé —la reconfortó Richie—. Por ahora, los médicos la están cuidando. Saben lo que hacen. Lo único que usted haría en este momento sería entorpecer su trabajo. Y dudo que eso sea lo que quiere.

Movió la cabeza de lado a lado: no.

—No. Además, de todos modos, primero debe ayudarnos a nosotros. Tenemos que hacerle algunas preguntas. ¿Cree que está preparada para respondernos?

Se le abrió la boca de golpe y tomó aire.

—¡No! ¿Preguntas? Ahora no puedo... No. Lo único que quiero es ir a casa. Quiero estar con mi madre. Quiero...

Estaba a punto de desmoronarse de nuevo. Vi cómo Richie empezaba a retroceder y alzaba las manos con gesto tranquilizador.

Antes de que la dejara ir, me anticipé:

—Señorita Rafferty, si necesita ir a casa un rato y regresar luego para hablar con nosotros, no tenemos inconveniente. Es su elección. Pero, por cada cinco minutos que perdamos, nuestras oportunidades de atrapar a la persona que ha hecho esto irán mermando. Las pruebas se destruyen, la memoria de los testigos se nubla y el asesino puede alejarse. Considero que debe usted saberlo antes de tomar una decisión.

Los ojos de Fiona empezaron a enfocar.

—Si yo... ¿podrían perderlo? Si me pongo en contacto con ustedes más tarde, ¿podría haber escapado ya?

Quité a Richie de su campo de visión agarrándolo fuerte por el hombro e inclinándome sobre la puerta del coche.

—Así es. Como le he explicado, es su elección, aunque, personalmente, a mí no me gustaría vivir con ese cargo de conciencia.

Se le crispó el rostro y, por un instante, pensé que se había ido, pero se mordió con fuerza el interior de la mejilla y logró recomponerse.

—De acuerdo. Está bien. Puedo... Está bien. Yo solo... ¿Podrían darme dos minutos para fumarme un cigarrillo? Luego responderé a sus preguntas.

—Creo que ha tomado usted la decisión correcta. Tómese su tiempo, señorita Rafferty. Aquí la esperamos.

Salió del coche, torpemente, como alguien que se pone en pie por primera vez después de una intervención quirúrgica, y avanzó tambaleándose por la calle, entre los esqueletos de las casas. No aparté la vista de ella. Encontró una pared a medio construir en la que sentarse y logró encenderse el cigarrillo.

Nos daba la espalda, más o menos. Le hice a Larry un gesto de aprobación con los pulgares. Me saludó con la mano alegremente y avanzó con pesadez hacia la casa, mientras se ponía los guantes, seguido por el resto de técnicos.

La chaqueta cutre de Richie no estaba hecha para el clima de la campiña; el muchacho no dejaba de moverse arriba y abajo, con las manos remetidas bajo las axilas, esforzándose por disimular que se estaba helando.

–Estabas a punto de enviarla a casa, ¿no es cierto? –le pregunté en voz baja.

Giró la cabeza hacia mí rápidamente, desconcertado y receloso.

–Sí. Pensé que...

–Pues no pienses. No sobre algo como esto. Soy yo quien decide si dejamos marchar a un testigo, no tú. ¿Entendido?

–Parecía estar a punto de desmoronarse.

–¿Y qué? Eso no es motivo para dejarla irse, detective Curran. Eso es un motivo para que intente recomponerse. Has estado a punto de desperdiciar un interrogatorio que no podemos permitirnos perder.

–Precisamente intentaba no desperdiciarlo. Pensaba que sería mejor interrogarla dentro de unas horas en lugar de disgustarla tanto que no pudiera ponerse en contacto con nosotros hasta mañana.

–Pues no es así como funciona esto. Si necesitas que una testigo hable, te ingenias una manera de que lo haga. Punto y final. No la envías a su casita a tomarse una taza de té con galletas y le pides que regrese cuando le convenga.

–Pensaba que debía darle la oportunidad de hacerlo. Acaba de perder...

–¿Acaso me has visto poniéndole las esposas? Le he dado todas las oportunidades del mundo. Lo único que tienes que hacer es asegurarte de que va a escoger la que a ti te conviene.

Regla número tres, cuatro, cinco y media docena más: en este trabajo no te dejas llevar por la corriente; haces que la corriente vaya por donde tú quieres. ¿Ha quedado claro?

Transcurrido un momento, Richie respondió:

—Sí. Lo siento, detective. Señor.

Probablemente en aquel momento me odiara con todas sus fuerzas, pero soy capaz de soportarlo. Me importa un bledo si mis aprendices cuelgan fotos de mí en sus casas y se dedican a dispararles dardos, siempre que, cuando el polvo se asiente, no hayan perjudicado el caso ni sus carreras.

—No volverá a suceder. ¿No es cierto?

—No. Quiero decir: sí, así es, no volverá a suceder.

—Bien. Entonces vayamos a por ese interrogatorio.

Richie ocultó la barbilla en el cuello de su chaqueta y miró a Fiona Rafferty con ojos dubitativos. Estaba combada sobre la pared, con la cabeza casi en las rodillas y el cigarrillo colgando de una mano, olvidado. Desde aquella distancia parecía un desecho, un trapo granate arrugado y arrojado entre los escombros.

—¿Crees que lo soportará?

—No tengo la menor idea. Pero no es nuestro problema, siempre que sufra la crisis nerviosa en el momento oportuno. Adelante, vamos.

Crucé la calle sin volver la vista atrás para comprobar si Richie me seguía. Al cabo de un momento escuché el crujido de sus zapatos en la grava, apresurándose para alcanzarme.

Fiona estaba un poco más entera: aún seguía sacudiéndola algún escalofrío esporádico, pero habían dejado de temblarle las manos y se había limpiado los rastros de rímel de la cara, aunque lo hubiera hecho con la pechera de su camisa. La conduje a una de las casas a medio construir, a refugio del crudo viento, y, lejos de la vista de lo que Larry y sus muchachos pudieran hacer, le encontré una agradable pila de bloques de cemento sobre los cuales sentarse y le ofrecí otro cigarrillo. Yo no fumo, nunca lo he hecho, pero siempre llevo una cajetilla en mi maletín: los fumadores son como cualquier otro adicto, la mejor manera de ponértelos de tu parte es pagarles con su propia moneda. Me senté junto a ella en los bloques de cemento; Richie encontró un alféizar a la altura de mi hombro desde el que podía observar, aprender y tomar apuntes sin que se notara demasiado. No era la situación ideal para un interrogatorio, pero había tenido que lidiar con cosas peores.

—Bien —le dije mientras le encendía el cigarrillo—. ¿Necesita que le traigamos algo más? ¿Un jersey? ¿Un vaso de agua?

Fiona tenía la mirada clavada en el cigarrillo, que sacudía entre sus dedos y se fumaba a caladas cortas y rápidas. Tenía todos los músculos del cuerpo tensos; cuando el día acabara, se iba a sentir como si hubiera corrido un maratón.

—Estoy bien. ¿Podríamos acabar con esto de una vez? ¿Por favor?

—Desde luego, señorita Rafferty. Es comprensible. ¿Por qué no empieza por contarme cómo era Jennifer?

—Jenny. No le gusta que la llamen Jennifer; le suena repipi... Siempre la hemos llamado Jenny, desde que éramos pequeñas.

—¿Quién es la mayor?

—Ella. Yo tengo veintisiete y ella veintinueve.

Había echado a Fiona menos edad de la que tenía, en parte por su físico (era bajita, con la cara puntiaguda y rasgos pequeños e irregulares bajo el cuadro que era su cara en ese momento), y en parte también por su ropa, por ese desaliño estudiantil. Cuando yo era joven, las chicas solían vestir así incluso después de haberse licenciado en la universidad, pero hoy en día se arreglan mucho más. A juzgar por la casa, habría apostado a que Jenny se esforzaba mucho más por estar guapa.

—¿A qué se dedica? —pregunté.

—Es relaciones públicas. Bueno, lo era hasta que Jack nació. Desde entonces se ocupaba de la casa y de los niños.

—Bien jugado. ¿Echa de menos trabajar?

Algo que podría haber sido una negación con la cabeza, salvo por el hecho de que Fiona estaba tan rígida que pareció más un espasmo.

—No creo. Le gustaba su trabajo, pero no es una persona superambiciosa ni nada por el estilo. Sabía que no podría reincorporarse si tenían otro hijo; si contrataban a alguien para cuidar de los dos críos, no le habrían quedado más de veinte euros de sueldo para ella a la semana. Aun así, decidieron ir en busca de Jack.

—¿Tenía problemas en el trabajo? ¿Alguien en particular con quien no se llevara bien?

—No. A mí las otras chicas de la empresa me parecían unas zorras, con todos sus comentarios insidiosos si una de ellas no lucía su mejor bronceado falso durante unos días, y cuando Jenny estaba embarazada la llamaban *Titanic,* le decían que debería ponerse a dieta, desde luego que..., pero Jenny no le daba demasiada importancia. Ella... A Jenny no le gusta imponerse, ¿sabe? Prefiere dejar que las cosas fluyan. Siempre piensa... —Un silbido entre los dientes, como si hubiera sentido una punzada dolorosa—. Siempre piensa que al final todo saldrá bien.

—¿Y qué hay de Patrick? ¿Se lleva bien con la gente?

Hay que mantenerlos siempre en movimiento, saltar de tema en tema, no darles tiempo a bajar la vista. Si caen, es posible que no vuelvan a ponerse en pie.

Me miró, con aquellos ojos azul grisáceo hinchados y abiertos como platos.

—Pat es... ¡Dios Santo! ¡No pensarán ustedes que él ha hecho esto! Pat nunca, nunca...

–Ya lo sé. Pero dígame...

–¿Y cómo demonios lo sabe usted?

–Señorita Rafferty –insistí, con un tono algo más duro–. ¿Quiere ayudarnos o no?

–Por supuesto que sí...

–Bien. Entonces concéntrese en las preguntas que le estamos formulando. Cuanto antes obtengamos respuestas, antes las tendrá usted también. ¿De acuerdo?

Fiona miró a su alrededor como una loca, como si la estancia fuera a desvanecerse en cualquier momento y ella fuera a despertarse de una pesadilla. Era toda de hormigón visto y mortero en declive, con un par de vigas de madera apoyadas contra una pared que parecían sostenerla. Había una pila de barandales de roble falso recubierto con una densa capa de mugre, tazas de espuma de poliestireno aplastadas en el suelo, una sudadera azul llena de barro en un rincón: parecía un yacimiento arqueológico congelado en el momento en que sus habitantes lo habían abandonado todo y habían huido de alguna catástrofe natural o de algún ejército invasor. En aquel momento, Fiona no veía aquel lugar, pero se le iba a quedar grabado en la mente para el resto de su vida. Es uno de los pequeños extras que el asesinato arroja en la vida de los familiares: mucho después de que olvides el rostro de la víctima o las últimas palabras que te dijo, continúas recordando hasta el último detalle del limbo pesadillesco en el que esta cosa le dio un zarpazo a tu vida.

–Señorita Rafferty –continué–. No podemos permitirnos perder tiempo.

–Sí. Estoy bien. –Aplastó la colilla contra los bloques de cemento y se la quedó mirando fijamente, como si acabara de materializarse en su mano de la nada.

Richie se inclinó hacia delante, tendiéndole un vaso de plástico, y le ofreció en voz baja:

–Aquí tiene.

Fiona asintió, arrojó la colilla al vaso y se lo quedó, agarrado con ambas manos.

–¿Cómo es Patrick? –insistí yo.

–Es encantador. –Un destello desafiante en sus ojos enrojecidos. Bajo aquellas ruinas de persona había alguien tozudo–. Lo conocemos de toda la vida. Todos somos originarios de Monkstown y siempre hemos salido con la misma pandilla, desde que éramos niñas. Él y Jenny llevan juntos desde los dieciséis años.

–¿Qué tipo de relación tenían?

–Estaban locos el uno por el otro. El resto de la pandilla pensábamos que la cosa se ponía seria si salíamos con alguien más de unas cuantas semanas, pero Pat y Jenny eran... –Fiona respiró hondo, echó la cabeza hacia atrás y clavó la mirada en el hueco vacío de la escalera y las caprichosas vigas recortadas sobre el cielo gris–. Ellos supieron desde el primer momento que habían encontrado al amor de su vida. Y eso hacía que parecieran mayores, más adultos. El resto de nosotros no éramos más que unos críos pasando el rato; solo jugábamos, ¿entiende? Pero Pat y Jenny iban en serio. Era amor de verdad.

El amor de verdad puede matar más que ninguna otra cosa que se me ocurra.

–¿Cuándo se comprometieron?

–A los diecinueve años. El Día de los Enamorados.

–Vaya, muy jóvenes para los tiempos que corren. ¿Qué pensaron sus padres?

–¡Estaban encantados! Adoran a Pat. Simplemente les pidieron que esperaran a acabar la universidad y Pat y Jenny no tuvieron inconveniente en hacerlo. Se casaron a los veintidós años. Jenny dijo que no tenía sentido seguir posponiéndolo, porque no iban a cambiar de opinión.

–¿Y qué tal iba el matrimonio?

–¡Genial! Pat trata tan bien a Jenny... Debería verlo: aún sigue iluminándosele la cara cuando descubre que ella quiere algo y no ve el momento de comprárselo. De adolescente, yo siempre soñaba con conocer a alguien que me quisiera como Pat quiere a Jenny. ¿Entiende?

Se tarda un tiempo en dejar de hablar en presente. Mi madre falleció cuando yo era un adolescente, pero de vez en cuando Dina aún habla de qué perfume lleva mamá o de qué helado le gusta más. A Geri la enerva. Sin intentar sonar demasiado escéptico, le pregunté:

–¿No ha habido discusiones? ¿En trece años?

–Yo no he dicho eso. Todo el mundo discute. Pero sus discusiones no tienen mayor trascendencia.

–¿Sobre qué discuten?

Fiona me miraba; una fina capa de recelo empezaba a solidificarse sobre todo lo demás.

–Sobre lo mismo que cualquier pareja. Cuando éramos más jóvenes, Pat se enfadaba si a algún otro chico le gustaba Jenny. O, cuando estaban ahorrando para la casa, Pat quería ir de vacaciones y Jenny creía que debían ahorrarlo todo. Siempre acababan resolviéndolo. Como le he dicho, nada importante.

Dinero: la única cosa que mata a más personas que el amor.

–¿A qué se dedica Patrick?

–Trabaja en recursos humanos... trabajaba. Trabajaba para Nolan and Roberts; buscan personas para servicios financieros. Lo despidieron en febrero.

–¿Por algún motivo concreto?

A Fiona volvieron a tensársele los hombros.

–Él no hizo nada. Despidieron a varias personas, no solo a él. En los tiempos que corren, las empresas de servicios financieros no necesitan reclutar más personal, ¿no cree? La recesión...

–¿Tenía algún problema en el trabajo? ¿Algún resentimiento cuando los despidieron?

–¡No! Intenta que parezca que... que Pat y Jenny tienen enemigos por todas partes y que discuten todo el tiempo. Y no es verdad.

Se había apartado un poco más de mí y tenía el vaso aferrado entre las manos, con los brazos extendidos hacia fuera, como si llevara un escudo.

–Es el tipo de información que necesito –le expliqué con voz sosegada–. Yo no conozco a Pat ni a Jenny; solo intento hacerme una idea.

–Son encantadores. Caen bien a todo el mundo. Se adoran. Y quieren mucho a los niños. ¿De acuerdo? ¿Le sirve eso para hacerse una idea?

En realidad, eso no me servía un carajo, pero era evidente que era lo mejor que iba a conseguir.

–Desde luego –contesté–. Se lo agradezco mucho. ¿Sigue viviendo la familia de Patrick en Monkstown?

–Sus padres fallecieron. Su padre murió cuando éramos niños y su madre hace unos años. Tiene un hermano pequeño, Ian; vive en Chicago. ¿Por qué no llama a Ian y le pregunta cómo eran Pat y Jenny? Le explicará exactamente lo mismo que yo.

–Estoy seguro de que así será. ¿Guardaban Pat y Jenny objetos de valor en la casa? ¿Dinero en efectivo, joyas o algo por el estilo?

Los hombros de Fiona se destensaron un poco, mientras pensaba la respuesta.

–El anillo de compromiso de Jenny (Pat pagó un par de miles de euros por él) y un anillo de esmeraldas que nuestra abuela le dejó a Emma en herencia. Y Pat tiene un ordenador; es bastante nuevo, se lo compró con el finiquito, quizá aún valga algo... ¿Todo eso sigue aún en la casa? ¿O lo han robado?

—Lo comprobaremos. ¿Algún otro objeto de valor?

—No tienen objetos de valor. Antes tenían un todoterreno, pero tuvieron que devolverlo; no conseguían pagar los plazos. Y supongo que también la ropa de Jenny; solía gastar mucho dinero en ropa hasta que Pat perdió su empleo. Pero ¿quién haría esto por un montón de ropa de segunda mano?

Hay personas que lo harían por mucho menos, pero no consideré que eso fuera lo que buscábamos.

—¿Cuándo fue la última vez que los vio?

Tuvo que pensárselo.

—Quedé con Jenny en Dublín para un café este verano, hará unos tres o cuatro meses. Hacía mucho que no veía a Pat, desde abril, creo. No sé cómo ha podido pasar tanto tiempo...

—¿Y qué hay de los niños?

—Desde abril, igual que a Pat. Vine para el cumpleaños de Emma, cuando cumplió seis años.

—¿Notó algo fuera de lo normal?

—¿Como qué?

La cabeza levantada, la barbilla hacia fuera, actitud a la defensiva.

—Cualquier cosa —aclaré yo—. Algún invitado fuera de lugar, quizá. Una conversación extraña.

—No. No vi nada raro. Había un puñado de críos de la clase de Emma y Jenny encargó instalar un castillo hinchable. Madre mía... Emma y Jack... Los dos... ¿está seguro de que los dos...? ¿No podría alguno de ellos estar solo herido, solo, solo...?

—Señorita Rafferty —la interrumpí con mi mejor tono amable, a la par que severo—, estoy seguro de que ninguno está solo herido. Le comunicaremos inmediatamente cualquier cambio, pero por el momento necesito que siga aquí conmigo. Cada segundo cuenta, ¿recuerda?

Fiona se tapó la boca con fuerza y tragó saliva.

–Sí.

–Bien hecho. –Le ofrecí otro cigarrillo y encendí el mechero–. ¿Cuándo fue la última vez que habló usted con Jenny?

–Ayer por la mañana. –No tuvo que pensar la respuesta–. La telefoneo cada mañana a las ocho y media, cuando llego al trabajo. Nos tomamos el café y charlamos de cómo estamos, solo unos minutos. Para empezar el día, ¿entiende?

–Suena bien. ¿Qué tal estaba Jenny ayer?

–¡Normal! ¡Estaba completamente normal! No noté nada, se lo juro por lo que más quiera, he revisado la conversación en mi cabeza un montón de veces y no me dijo nada raro...

–Estoy seguro de que así fue –intenté tranquilizarla–. ¿De qué hablaron?

–De trivialidades, no sé bien. Una de mis compañeras de piso toca el bajo y dentro de poco su banda da un concierto. Se lo expliqué a Jenny. Y ella me contó que había estado buscando en internet un estegosaurio de juguete, porque Jack había venido a casa con un amiguito de preescolar el viernes y habían estado cazando un estegosaurio en el jardín... Sonaba bien. Completamente bien.

–¿Cree que, de haber ido algo mal, se lo habría explicado?

–Sí, creo que sí. Lo habría hecho. Estoy segura.

Lo cual no sonaba en absoluto a certeza.

–¿Están ustedes unidas? –quise saber.

–Solo somos las dos –contestó Fiona, pero, al escucharse, se dio cuenta de que aquello no era una respuesta y corrigió–: Sí. Estamos unidas. Evidentemente, estábamos más unidas cuando éramos más jóvenes, adolescentes. Luego cada una tomó su propio camino. Y, además, ahora que Jenny vive aquí no resulta tan fácil.

–¿Desde cuándo viven aquí?

–Compraron la casa hace unos tres años.

En 2006, en el momento álgido de la burbuja inmobiliaria. Desconocía cuánto habían pagado, pero hoy en día esa casa no valía ni la mitad.

—Pero entonces no había nada aquí —añadió—. Todo era campo. La compraron sobre plano. Pensé que se habían vuelto locos, pero Jenny estaba en la luna. Estaba tan emocionada... Una casa en propiedad. —Aunque Fiona torció el gesto con la boca, logró recomponerse—. Se mudaron aquí el año pasado, más o menos. En cuanto la casa estuvo concluida.

—¿Y qué hay de usted? ¿Dónde vive? —inquirí.

—En Dublín. En Ranelagh.

—¿Ha dicho usted que comparte piso?

—Sí, con otras dos chicas.

—¿A qué se dedica?

—Soy fotógrafa. Estoy intentando montar una exposición, pero, mientras tanto, trabajo en Studio Pierre, el Pierre con el programa en televisión sobre bodas irlandesas de élite, no sé si lo conoce. Yo me encargo principalmente de fotografiar a bebés o, si Keith (Pierre) consigue dos bodas el mismo día, cubro una de ellas.

—¿Estaba fotografiando bebés esta mañana?

Tuvo que esforzarse por recordar; le quedaba muy lejos.

—No. Estaba revisando unas fotos de la semana pasada. La madre tiene que venir hoy a recoger el álbum.

—¿A qué hora se ha marchado del trabajo?

—A las nueve y cuarto, aproximadamente. Uno de los empleados me dijo que acabaría de montar el álbum por mí.

—¿Dónde está Studio Pierre?

—Junto a Phoenix Park.

A una hora de Broken Harbour, como mínimo, con el tráfico matinal y esa birria de coche.

—¿Estaba preocupada por Jenny?

Esa sacudida de cabeza como de cortocircuito.

–¿Está segura? Es mucha molestia solo porque alguien no responda al teléfono.

Un encogimiento de hombros tenso. Fiona dejó con cuidado el vaso de plástico en equilibrio junto a ella y sacudió la ceniza.

–Quería asegurarme de que estaba bien.

–¿Por qué no iba a estarlo?

–Porque no. Siempre hablamos. Cada día. Lo hacemos desde hace años. Y, además, yo tenía razón, ¿no es cierto? No estaba bien.

Le temblaba la barbilla. Me incliné hacia ella para ofrecerle un pañuelo de papel y no retrocedió.

–Señorita Rafferty –continué–. Ambos sabemos que hay algo más. Nadie se escapa del trabajo, a riesgo de enfadar a un cliente, y conduce una hora solo porque su hermana no contesta al teléfono durante cuarenta y cinco minutos. Podría haber supuesto usted que se había metido en la cama porque tenía migraña, que había perdido el teléfono o que los niños habían pillado la gripe, hay infinidad de excusas, todas ellas mucho más probables que lo que ha ocurrido. Pero, en su lugar, usted llegó inmediatamente a la conclusión de que algo iba mal. Tiene que explicarme por qué.

Fiona se mordió el labio inferior. El aire apestaba a humo de cigarrillo y lana chamuscada (le habría caído ceniza sobre el abrigo) y ella despedía un olor frío, húmedo y acre que le salía por el aliento y transpiraba por todos sus poros. Un dato interesante desde la línea del frente: el dolor más puro huele a hojas rasgadas y ramas astilladas, un chillido verde irregular.

–No era nada –contestó finalmente–. Pasó hace un montón de tiempo... meses. Prácticamente se me había olvidado, hasta que... –Esperé–. Era solo que... Una noche Jenny me llamó. Dijo que alguien había entrado en la casa.

Noté cómo Richie se ponía en alerta sobre mi hombro, como un terrier listo para ir a buscar el palo.

–¿Lo denunció Jenny a la policía? –quise saber.

Fiona apagó el cigarrillo y tiró la colilla en el vaso.

–En realidad no pasó nada. No había nada que denunciar. No rompieron ninguna ventana ni forzaron la cerradura ni nada por el estilo. Y tampoco les robaron nada.

–Entonces, ¿qué la hizo sospechar que alguien había entrado en la casa?

Ese encogimiento de hombros de nuevo, esta vez más tenso. Agachó la cabeza.

–Solo tuvo esa impresión. No lo sé.

–Esto podría ser importante, señorita Rafferty –dije yo, dejando que la firmeza de mi voz desbancara la amabilidad–. ¿Qué le dijo su hermana exactamente?

Fiona respiró hondo, temblorosa, y se remetió el cabello por detrás de la oreja.

–Está bien –dijo al fin–. De acuerdo. Está bien. Jenny me telefoneó y me dijo: «¿Has hecho alguna copia de nuestras llaves?». Yo solo había tenido sus llaves durante dos segundos el invierno pasado; Jenny y Pat se llevaron a los críos a las islas Canarias a pasar una semana y querían que alguien pudiera entrar en la casa si había un incendio o sucedía algo. Le respondí que no, por supuesto que no...

–¿Y las había hecho? –preguntó Richie–. ¿Hizo una copia?

Se las ingenió para que sonara a mero interés, en absoluto a acusación, lo cual estaba bien: significaba que no debería echarle una bronca, o al menos no demasiado severa, por hablar cuando no era su turno.

–¡No! ¿Por qué iba hacerlo?

Se había enderezado. Richie se encogió de hombros, le sonrió con desaprobación y dijo:

—Solo quería asegurarme. Tengo que preguntárselo, entiéndalo.

Fiona volvió a desplomarse.

—Sí, supongo que sí.

—¿Y nadie más podría haber hecho copias esa semana? ¿No dejó las llaves en algún lugar donde sus compañeras de piso o alguien del trabajo pudieran cogerlas? ¿Nada de eso? Tal y como le he dicho, tenemos que preguntar.

—Las llevaba en mi llavero. No las guardé en ninguna caja de seguridad ni nada por el estilo. Cuando estoy en el trabajo, las llaves están en mi bolso, y cuando estoy en casa, las cuelgo de un colgador en la cocina. Pero nadie habría sabido a dónde correspondían, si es que a alguien le hubiera importado. No recuerdo siquiera haberle dicho a alguien que las tenía...

Sus compañeras de piso y compañeros del trabajo iban a tener una charla en profundidad de todos modos; además, comprobaríamos sus antecedentes.

—Regresemos a la conversación telefónica —propuse yo—. Usted le explicó a Jenny que no había hecho un duplicado de las llaves...

—Sí. Y Jenny me dijo: «Pues hay alguien que las tiene y tú eres la única persona que ha podido dárselas». Tardé casi media hora en convencerla de que no tenía ni idea de a qué se refería y le pedí que me contara qué sucedía. Finalmente me explicó que ella y los niños habían salido aquella tarde, de compras o a algún otro sitio, y que, al regresar a casa, alguien la había registrado. —Fiona había comenzado a hacer trizas el pañuelo de papel; caían briznas blancas sobre la tela roja de su abrigo. Tenía las manos pequeñas, los dedos delgados y se mordía las uñas—. Le pregunté cómo lo sabía y, aunque al principio se negaba a decírmelo, al final conseguí sonsacárselo: las cortinas estaban mal enganchadas en los agarradores y le habían desaparecido medio paquete de jamón y el bolígrafo que siempre tiene junto a la nevera para anotar las listas de la compra. Le contesté que tenía que estar de broma y estuvo a punto de colgarme el teléfono. La tranquilicé y, una vez dejó de fastidiarme, sonaba realmente asustada, ¿entiende? Tenía miedo de verdad y Jenny no es ninguna cobardica.

Este era uno de los motivos por los que había regañado severamente a Richie cuando intentó posponer aquel interrogatorio. Si consigues que alguien hable justo después de que se le acabe el mundo, hay una posibilidad considerable de que no sea capaz de parar. En cambio, si esperas al día siguiente, ya habrá comenzado a reconstruir sus defensas pulverizadas (la gente funciona rápido cuando las apuestas son altas). Pero si lo atrapas justo después del hongo nuclear, te lo contará todo, desde sus gustos pornográficos hasta el apodo secreto que utiliza para su jefe.

–Es natural –alegué yo–. Debe de ser bastante inquietante.

–¡Pero si solo eran lonchas de jamón y un bolígrafo! Si le hubieran robado las joyas o la mitad de su ropa interior o lo que sea, sí, claro, entonces es normal perder la cabeza. Pero esa chorrada... Le dije: «Está bien. Imaginemos que alguien ha estado en tu casa por alguna razón concreta. Está claro que no era Hannibal Lecter, ¿no es cierto?».

Pregunté antes de que asimilara lo que acababa de decir:

–¿Y cómo reaccionó Jenny?

–Volvió a ponerse hecha un basilisco conmigo. Me dijo que lo importante no era lo que había hecho, sino todo lo que ella no podía saber, como si había estado en las habitaciones de los niños, si había registrado sus cosas. Jenny llegó a decir que, si pudieran costeárselo, tiraría todo lo que tenían los niños y lo compraría todo de nuevo, solo por si acaso. No sabía qué podía haber tocado. Me dijo que todo parecía un poco fuera de lugar de repente, unos centímetros, como si lo hubieran corrido. ¿Cómo había entrado? ¿Y por qué había entrado? Eso era lo que de verdad le inquietaba más. No dejaba de repetir: «¿Por qué nosotros? ¿Qué quería de nosotros? ¿Tenemos pinta de ser gente con dinero? ¿Qué?».

Fiona se estremeció, un escalofrío repentino que estuvo a punto de doblarla por la mitad.

—Es una buena pregunta —comenté yo—. Tienen un sistema de alarma; ¿sabe si lo tenían activado aquel día?

Negó con la cabeza.

—Se lo pregunté. Y Jenny dijo que no. No solía utilizarlo, al menos no durante el día... Creo que sí lo activaban por la noche, antes de irse a dormir, pero lo hacían porque los chicos de los alrededores dan fiestas y entran en las casas vacías y a veces se descontrolan. Jenny decía que la urbanización estaba prácticamente muerta durante el día, pueden verlo ustedes mismos, de manera que no se preocupaba de activar la alarma. Sin embargo, dijo que empezaría a hacerlo a partir de entonces. «Si tienes esas llaves, será mejor que no las utilices —me advirtió—. Voy a cambiar el código de la alarma ahora mismo y, después de esto, va a estar activada día y noche, fin de la historia». Como ya les he dicho, sonaba muy asustada.

Sin embargo, los agentes de uniforme habían derribado la puerta y los cuatro habíamos andado pisoteando la preciosa casa de Jenny y la alarma estaba desactivada. La explicación obvia era que, si alguien hubiera venido de fuera, los mismos Spain le hubieran abierto la puerta y que Jenny, por muy asustada que estuviera, no sintiera miedo de esa persona.

—¿Cambió la cerradura?

—También se lo pregunté... Tenía previsto hacerlo. Estaba indecisa, pero al final dijo que no, que probablemente no lo haría, porque le costaría unos doscientos euros y no podía costearse el gasto. La alarma bastaría. Me dijo: «La verdad es que no me importa que intente entrar de nuevo.

82

De hecho, casi me gustaría que lo hiciera. Al menos averiguaríamos quién es». Como ya les he explicado, de cobarde no tiene un pelo.

–¿Dónde había estado Pat ese día? ¿Sucedió antes de que perdiera el empleo?

–No, después. Había ido a Athlone a una entrevista de trabajo; fue cuando Jenny y él aún tenían los dos coches.

–¿Y qué opinaba él del posible allanamiento de morada?

–No lo sé. Jenny no me lo dijo. Pensé... para ser sincera, pensé que no se lo había contado. Hablaba en voz bajita por el teléfono. Podría ser solo porque los críos estaban durmiendo, pero ¿en una casa tan grande? Y además solo hablaba en primera persona: «Voy a cambiar el código de la alarma... No puedo costearme el gasto... Si encuentro a ese tipo se va a enterar...». En ningún momento habló en plural.

Y ahí volvía a estar: ese elemento fuera de lugar, el regalo que había anunciado a Richie que debía esperar con ojo avizor.

–¿Por qué no habría de decírselo a Pat? ¿No sería la primera cosa que debía hacer si pensaba que podían haber entrado intrusos en su hogar?

Otro encogimiento de hombros. Fiona tenía la barbilla clavada en el pecho.

–Porque no quería preocuparlo, supongo. Ya tenía bastantes preocupaciones propias. Por eso pensé que tampoco iba a cambiar la cerradura. No podía hacerlo sin contárselo a Pat.

–¿Y a usted no le pareció un poco raro? ¿Arriesgado, incluso? Si alguien había entrado en su casa, ¿no tenía Pat derecho a saberlo?

–Quizá, no lo sé, pero yo no creí realmente que hubiera entrado nadie. Quiero decir: ¿cuál es la explicación más lógica? ¿Que Pat se llevó el bolígrafo y se comió el puñetero jamón y que uno de los niños había estado toqueteando las cortinas o que un ladrón fantasma había atravesado la pared porque le apetecía un bocadillo? —Se le estaba tensando la voz; empezaba a ponerse a la defensiva.

—¿Le dijo eso a Jenny?

—Sí, más o menos. Pero solo sirvió para que se enfureciera aún más. Me dijo que era el bolígrafo del hotel en el que habían pasado la luna de miel y que era especial, que Pat no lo cambiaría de sitio, y que además ella sabía cuánto jamón quedaba en el paquete...

—¿Es de la clase de personas que sabría esas cosas?

Al cabo de un momento, Fiona contestó, algo herida:

—Sí, supongo que sí. A Jenny... le gusta hacer las cosas bien, de manera que, cuando dejó de trabajar, se tomó muy en serio lo de ser madre y ama de casa, ¿sabe? La casa estaba impoluta, alimentaba a los niños con comida orgánica que ella misma preparaba, hacía ejercicio físico con un DVD cada día para recuperar la figura... Así que es posible que supiera exactamente qué tenía en el frigorífico, sí.

—¿De qué hotel era el bolígrafo? ¿Lo sabe? —preguntó Richie.

—Del Golden Bay Resort, en las Maldivas... —Levantó la cabeza un poco y lo miró fijamente—. ¿De verdad cree...? ¿De verdad creen que alguien se lo llevó? ¿Creen que es la persona que... que...? ¿Cree que regresaron y...?

Su voz se sumía en una espiral peligrosa. Antes de darle tiempo a que perdiera pie, le pregunté:

—¿Cuándo sucedió este incidente, señorita Rafferty?

Me miró con los ojos como platos, apretó fuerte el bulto del pañuelo hecho trizas y se recompuso.

—Hará unos tres meses.

—¿En julio?

—O podría haber sido antes, quizá. Durante el verano, en cualquier caso.

Tomé nota mental: comprobar el registro telefónico de Jenny para llamadas nocturnas a Fiona y comprobar las fechas de los informes de cualquier posible merodeador en Ocean View.

—Y desde entonces, ¿no habían vuelto a tener ningún problema por el estilo?

Fiona tomó aire, rápido; noté el dolor de su garganta al tragar.

—Podría haber vuelto a suceder. Pero yo no lo sabría. Jenny no me lo habría explicado, no después de la primera vez. —Empezó a temblarle la voz—. Le dije que se controlase, que dejara de decir chorradas. Pensé... —Sonaba como un cachorrillo al que han propinado una patada. Se tapó la boca con las manos y de nuevo rompió a llorar desconsoladamente—. Pensé que estaba loca —le costaba respirar—. Pensé que había perdido la cabeza. Que Dios me perdone, pensé que se había vuelto loca.

4

Y eso era todo lo que íbamos a obtener de Fiona aquel día. Tranquilizarla habría tomado mucho más tiempo del que podíamos brindarle. El uniformado de repuesto había llegado ya; le pedí que consiguiera los nombres y los números de teléfono de amigos, familiares, lugares y compañeros de trabajo retrocediendo en el tiempo hasta que Fiona, Jenny y Pat eran unos mocosos, que trasladara a Fiona al hospital y se asegurara de que no explicara nada a los medios de comunicación. Luego se la entregué. Seguía llorando.

Yo había sacado el móvil y estaba telefoneando incluso antes de dar media vuelta (comunicarse por radio habría sido mucho más sencillo, pero hoy en día hay demasiados periodistas y tipos raros con interceptores de ondas). Agarré a Richie del codo y lo arrastré carretera abajo. El viento seguía soplando procedente del mar, generoso y fresco, y le había peinado el pelo a Richie en mechones; saboreé la sal en mi boca. En vez de aceras, había delgados senderos polvorientos que recorrían la hierba sin segar.

Bernadette me puso con el policía que se encontraba con Jenny Spain en el hospital. Debía de tener unos doce años de mente, proceder de una granja remota y ser un tipo sumiso, justo lo que yo necesitaba. Le di las órdenes pertinentes: en cuanto Jennifer Spain saliera del quirófano, si sobrevivía, debían instalarla en una habitación privada y él debía vigilar la puerta como un rottweiler. Nadie podía entrar en esa habitación sin mostrar una identificación, nadie debía entrar sin compañía y la familia no podía visitarla bajo ningún concepto.

–La hermana de la víctima se presentará allí dentro de un minuto y su madre aparecerá también antes o después. No pueden entrar en la habitación. –Richie estaba inmóvil, mordiéndose la uña del pulgar, con la cabeza inclinada sobre el teléfono, pero aquello lo hizo alzarla para mirarme–. Si quieren una explicación, y sin duda se la pedirán, no les diga que son órdenes mías. Discúlpese y explíqueles que es el procedimiento habitual y que no está autorizado a romperlo, y repítalo una y otra vez hasta que se den por vencidas. Y, muchacho, búsquese una silla cómoda. Va a quedarse ahí un buen rato –le aconsejé antes de colgar.

Richie entrecerró los ojos para mirarme a contraluz.

–¿Crees que exagero? –le pregunté.

Se encogió de hombros.

–Si eso que decía la hermana sobre el allanamiento de morada es verdad, es cuando menos espeluznante –respondió él.

–¿Crees que es por eso por lo que activo el protocolo de máxima seguridad? ¿Por que la historia de la hermana es espeluznante?

Retrocedió unos pasos, con las manos en alto, y caí en la cuenta de que le había alzado demasiado la voz:

–Quería decir que... –intentó defenderse.

–Por lo que a mí respecta, la palabra «espeluznante» no existe. Las cosas espeluznantes solo existen en Halloween y son para niños. Lo que yo estoy haciendo es asegurarme de tener todas las bases cubiertas. ¿No crees que quedaríamos como unos pardillos si alguien se colara a hurtadillas en ese hospital y finiquitara su trabajo? ¿Querrías explicárselo tú a los medios de comunicación? O, ya que nos ponemos, ¿te gustaría explicárselo al superintendente si en la portada del diario de mañana apareciera un primer plano de las heridas de Jenny Spain?

–No.

–Pues yo tampoco. Y, si es necesario exagerar un poco para evitarlo, que así sea. Y ahora entremos en la casa antes de que este viento malo y frío acabe por congelarte la pelotas, ¿te parece?

Richie mantuvo la boca cerrada mientras volvíamos por el camino de acceso a la casa de los Spain. Entonces dijo con cautela:

–Los familiares.

–¿Qué pasa con ellos?

–¿Por qué no quieres que la vean?

–¿Cómo que por qué? ¿Has detectado la pieza de información clave en lo que Fiona nos ha contado, entre todo eso que te parece tan espeluznante?

–Tenía las llaves –contestó él a regañadientes.

–Efectivamente –coincidí yo–. Tenía las llaves.

–Está hecha pedazos. Quizá sea un ingenuo, pero a mí me parecía sincera.

–Quizá lo sea y quizá no. Lo único que sé es que tenía las llaves.

–«Son fantásticos, se quieren mucho, adoran a los niños...». Seguía hablando como si todavía estuvieran vivos.

–¿Y? Si es capaz de mentir con lo otro, también puede mentir en eso. Y la relación con su hermana no era tan cordial como ella pretende hacernos creer. Vamos a pasar mucho más tiempo con Fiona Rafferty.

–De acuerdo –dijo Richie, aunque cuando abrí la puerta de un empujón se quedó atrás, inquieto en el umbral, frotándose la nuca.

—¿Qué sucede? —le pregunté, asegurándome de erradicar el tono incisivo de mi voz.

—Ha mencionado otra cosa.

—¿A qué te refieres?

—Los castillos inchables no son baratos. Mi hermana quería alquilar uno para la comunión de mi sobrina. Cuestan unos doscientos euros.

—¿Adónde quieres llegar?

—Su situación financiera. En febrero despiden a Patrick, ¿no es cierto? Y en abril aún tienen una economía lo bastante boyante como para alquilar un castillo hinchable para la fiesta de cumpleaños de Emma. Sin embargo, en algún momento de julio están demasiado apurados para cambiar las cerraduras, pese a que Jenny cree que alguien ha entrado en la casa.

—¿Qué hay de raro en eso? Se les estaría acabando el dinero del finiquito de Patrick.

—Sí, probablemente. A eso me refiero. Se les estaba acabando antes de lo que debería. Muchos de mis amigos han perdido sus empleos. La mayoría de los que habían trabajado en la misma empresa durante varios años obtuvieron un finiquito suficiente como para mantenerse durante bastante tiempo, si lo gestionaban bien.

—¿Qué se te ocurre? ¿Ludopatía? ¿Drogas? ¿Chantaje?

En la liga de malos hábitos de este país, la bebida bate todos los récords, pero no te despluma la cuenta bancaria en unos cuantos meses.

Richie se encogió de hombros.

—Quizá, sí. O quizá continuaron gastando como si siguieran cobrando. También tengo un par de amigos que lo han hecho.

—Eso es lo que le pasa a tu generación —alegué yo—. A la generación de Pat y Jenny. Jamás habéis estado sin blanca, nunca habéis visto este país arruinado, de manera que ni os lo imagináis, ni siquiera cuando empezó a caer ante vuestras narices. Es una buena forma de ser, mucho mejor que la de mi generación: la mitad de nosotros podríamos estar revolcándonos en dinero y seguir siendo unos paranoicos por tener dos pares de zapatos, por si acaso nos quedamos tirados en la cuneta. Eso no evita que vuestra actitud también tenga desventajas.

En el interior de la casa, los técnicos desempeñaban su trabajo: alguien gritó algo que acababa en un «...¿Tienes de sobra?» y Larry contestó alegremente: «Por supuesto, mira en mi...».

Richie asintió.

—Pat Spain no contaba con quedarse en la ruina —continuó— o, de lo contrario, no habría despilfarrado la pasta en un castillo hinchable. O estaba seguro de que encontraría un nuevo empleo a finales del verano o lo estaba de poder obtener dinero por otra vía. Si se le ocurrió, aunque fuera de pasada, que no iba a ser así y el dinero empezó a acabarse... —Alargó la mano para tocar el extremo roto de la puerta con un dedo, pero la apartó a tiempo—. Para un hombre es mucha presión saber que no puede mantener a su familia.

—De manera que sigues apostando por Patrick —aventuré yo.

—No apostaré nada hasta saber qué opina el doctor Cooper —aclaró él con precaución—. Solo lo menciono.

—Bien. Patrick es el favorito, de acuerdo, pero tenemos un montón de obstáculos por salvar todavía; aún no podemos descartar la posibilidad de que lo haya hecho un extraño. De manera que lo siguiente que tenemos que hacer es ver si podemos conseguir que alguien nos cerque el campo. Sugiero que empecemos por intercambiar unas rápidas palabras con Cooper antes de que se largue y luego vayamos a ver si los vecinos pueden revelarnos algo. Para cuando hayamos acabado de hacerlo, Larry y sus hombres deberían estar en disposición de ponernos al día y deberían tener la planta de arriba lo bastante despejada como para que podamos hurgar por ahí e intentar obtener alguna pista sobre cómo pudieron derrochar el dinero. ¿Te parece bien?

Asintió.

–Bien visto eso del castillo hinchable –lo felicité, al tiempo que le daba una palmadita en el hombro–. Ahora vayamos a ver qué nos cuenta Cooper.

La casa era un lugar distinto. Aquel silencio de varios kilómetros de profundidad se había desvanecido, evaporado como la niebla, y el aire estaba iluminado y zumbaba con el trabajo eficaz y confiado. Dos de los muchachos de Larry se encargaban metódicamente de las salpicaduras de sangre; uno de ellos metía hisopos empapados en los tubos de ensayo, mientras el otro se ocupaba de sacar Polaroids para indicar a qué mancha correspondía cada hisopo. Una joven flacucha con la nariz demasiado grande pululaba por la casa con una videocámara. El tipo de las huellas dactilares andaba arrancando una tira adhesiva del tirador de una ventana, y el cartografiador de la escena del crimen silbaba entre dientes mientras dibujaba sus esbozos. Todo el mundo avanzaba a un ritmo constante que indicaba que estarían allí bastante rato.

Larry estaba en la cocina, acuclillado sobre un cúmulo de marcadores de pruebas amarillos.

–¡Menudo follón! –exclamó con deleite cuando nos vio–. Vamos a pasarnos aquí toda la eternidad. ¿Habíais entrado en esta cocina antes?

–Nos detuvimos en la puerta –respondí yo–. Pero los uniformados sí que entraron.

–Por supuesto. No los dejéis que se marchen sin facilitarnos antes las huellas de sus zapatos, para descartarlas. –Se puso en pie y se llevó una mano a los riñones–. Maldita sea, me estoy haciendo demasiado viejo para este trabajo. Cooper está arriba, con los niños, si lo buscáis.

–No queremos interrumpirlo. ¿Algún indicio del arma?

Larry sacudió la cabeza.

–*Nothing*[5].

–¿Alguna nota?

–¿Te sirve: «Huevos, té y gel de ducha»? Porque, si no es así, tampoco. Si piensas que lo hizo este tipo –señaló con la cabeza a Patrick–, sabes tan bien como yo que muchos hombres no dejan notas. Son tipos duros y silenciosos hasta el final.

Alguien había tumbado a Patrick boca arriba. Estaba blanco y tenía la mandíbula floja, pero podías hacerte una idea de su pasado: había sido un tipo guapo, con el mentón cuadrado y las cejas rectas, el tipo de hombre que gusta a las chicas.

–Aún no sé qué pensar –aclaré–. ¿Habéis encontrado algo abierto? ¿La puerta de atrás, una ventana?

–Por el momento, no. Además, las medidas de seguridad de la casa no estaban mal. Había cierres sólidos en las ventanas, doble acristalamiento y una cerradura como es debido en la puerta trasera, no de esas que pueden abrirse con una tarjeta de crédito. No querría inmiscuirme en tu trabajo, no me malinterpretes. Lo que digo es que no es la casa más sencilla para colarse, sobre todo sin dejar rastro.

Larry también apostaba por Patrick.

–Hablando de llaves –comencé a decir–, házmelo saber si encuentras alguna. Al menos deberíamos tener tres juegos de llaves de la casa. Y estate al tanto por si encuentras un bolígrafo en el que pone «Golden Bay Resort». Espera...

Cooper avanzaba por el pasillo como si estuviera sucio, con el termómetro en una mano y su maletín en la otra.

---

5. *Nada* en el original. *(N. de la T.)*

–Detective Kennedy –dijo a regañadientes, como si hubiera albergado la esperanza insólita de que yo me desvaneciera del caso–. Detective Curran.

–Doctor Cooper –lo saludé yo–. Espero no interrumpir.

–Acabo de finalizar mis exámenes preliminares. Ya pueden retirar los cadáveres.

–¿Podría proporcionarnos alguna información nueva?

Una de las cosas que más me molesta de Cooper es que, cuando está cerca, acabo hablando como él.

Cooper levantó su maletín y arqueó las cejas con gesto interrogante mirando a Larry, quien le respondió alegremente:

–Puedes apoyarlo en la puerta de la cocina, no hay nada de interés ahí.

Cooper colocó el maletín en el suelo con cuidado y se agachó para guardar su termómetro.

–Ambos niños parecen haber sido asfixiados –explicó. Noté a Richie agitándose un poco más sobre mi hombro–. Es imposible dar un diagnóstico definitivo, pero la ausencia de cualquier otra lesión o síntoma de envenenamiento evidente me inclina hacia la privación de oxígeno como causa de la muerte, y no muestran evidencias de estrangulamiento, no hay marcas de cuerdas ni tampoco la congestión y la hemorragia conjuntival que suelen asociarse con la estrangulación manual. El laboratorio deberá examinar las almohadas en busca de saliva o mucosidades que indiquen si se presionaron contra las caras de las víctimas –Cooper miró a Larry, que le respondió con los dos pulgares hacia arriba–, aunque, dado que las almohadas en cuestión están sobre las camas de las víctimas, la presencia de fluidos corporales no sería una prueba irrefutable, desde luego. En el examen forense, que empezará mañana por la mañana a las seis en punto, intentaré acotar al máximo los motivos de la muerte.

–¿Hay indicios de agresión sexual? –pregunté.

Richie se detuvo como si yo fuera eléctrico. Los ojos de Cooper se deslizaron por encima de mi hombro por un segundo, divertidos y desdeñosos.

–En la exploración preliminar –continuó– no se aprecian indicios de abusos sexuales, ni recientes ni crónicos. Por supuesto, exploraré esa posibilidad en más detalle durante la autopsia.

–Por supuesto –dije yo–. ¿Y esta víctima? ¿Puede darnos alguna pista?

Cooper extrajo una hoja de papel de su maletín y la inspeccionó con detenimiento, hasta que Richie y yo nos acercamos a él. El papel tenía impresos dos contornos de un cuerpo masculino genérico, delantero y trasero. El primero estaba moteado con un código Morse terrible y preciso de puntos y rayas realizados con bolígrafo rojo.

–El hombre recibió cuatro heridas en el pecho con lo que parece ser una cuchilla de una sola hoja –explicó Cooper–. Una –dio unos golpecitos en una línea horizontal roja a medio camino del lado izquierdo del pecho del dibujo frontal– es una cuchillada relativamente poco profunda: la cuchilla chocó con una costilla cerca de la línea media y patinó hacia fuera por el hueso unos doce centímetros, pero no parece haber penetrado más. Si bien podría haber ocasionado un desangramiento considerable, no habría resultado letal, ni siquiera sin tratamiento médico. –Desplazó el dedo hacia arriba, hasta las tres manchas con forma de hoja que describían un arco tosco desde la clavícula izquierda del dibujo hasta el centro del pecho–. Las otras heridas importantes son punciones, también realizadas con una cuchilla de una sola hoja. Esta penetró entre las costillas izquierdas superiores, esta dio en el esternón y esta otra rasgó el tejido blando que hay en el borde del esternón. Por supuesto, hasta que no hayamos concluido la autopsia no podré establecer las profundidades, las tra-

94

yectorias de las heridas ni describir el daño que ocasionaron, pero, a menos que el asaltante fuera excepcionalmente fuerte, la cuchillada directa en el esternón probablemente no habría hecho nada más que despellejar una astilla de hueso. Creo que podemos postular sin temor a equivocarnos que o la primera o la tercera de estas heridas fue la que provocó la muerte.

El *flash* de la fotógrafa emitió un destello que dejó una estela de imagen residual sostenida en el aire delante de mis ojos: garabatos de sangre en las paredes, brillantes y retorcidos. Por un instante estuve seguro de poder oler la sangre.

–¿Hay lesiones de autodefensa? –pregunté.

Cooper pasó su dedo por las manchas rojas en los brazos del diagrama.

–Hay una cuchillada superficial de unos siete centímetros de longitud en la palma de la mano derecha, y una más profunda en el músculo del antebrazo izquierdo. Yo apostaría por pensar que esa herida es la fuente de gran parte de la sangre que hay en la escena del crimen; debió de sangrar con profusión. La víctima también muestra distintas lesiones menores: pequeños rasguños, escoriaciones y contusiones en ambos antebrazos, las cuales son coherentes con un enfrentamiento.

Patrick podría haber estado en cualquier bando de ese enfrentamiento, y la palma cortada podía interpretarse de ambas maneras: una herida de autodefensa o el desliz de su mano por la cuchilla mientras apuñalaba.

–¿Podría haberse autoinfligido esas heridas con el cuchillo?

Cooper enarcó las cejas, como si yo fuera un niño tonto que ha conseguido decir algo interesante de chiripa.

–Así es, detective Kennedy: cabe contemplar esa posibilidad. Se precisaría una fuerza de voluntad considerable, por supuesto, pero, en efecto, es plausible. El corte superficial podría ser una herida dubitativa, un intento preliminar de prueba, antes de perpetrar las siguientes, más profundas y certeras. Se trata de un patrón bastante común en los suicidas que se cortan las muñecas; no veo ningún motivo por el que no pudiera darse en otros métodos. Si asumimos que la víctima era diestra, cosa que deberíamos verificar antes de aventurarnos siquiera a teorizar, la localización de las heridas en la parte izquierda del cuerpo sería coherente con unas lesiones autoinfligidas.

Poco a poco, el siniestro intruso de Fiona y Richie se alejaba del panorama, desvaneciéndose en el horizonte tras nosotros. Aún no se había largado del todo, pero Patrick Spain se perfilaba como principal sospechoso y tomaba carrerilla en el primer plano. De hecho, es lo que yo había imaginado desde el principio, pero sentí una breve punzada de decepción. Los detectives de homicidios somos cazadores; lo que persigues es atrapar a ese león blanco al que has seguido la pista por la oscura y sibilante jungla, no a un gatito doméstico que ha sufrido un ataque de rabia. Y bajo todo eso, una vena sentimental en mí me había llevado a sentir algo parecido a la compasión por Pat Spain. Como Richie había dicho, el tipo se había esforzado.

—¿Podría darnos una hora aproximada de la muerte?

Cooper se encogió de hombros.

—Como siempre, no es más que una aproximación y el retraso con que se han examinado los cadáveres no ayuda a mejorar su precisión. No obstante, el hecho de que el termostato esté activado para mantener la temperatura de la casa a veintiún grados resulta de utilidad. Diría sin temor a equivocarme demasiado que las tres víctimas fallecieron entre las tres y las cinco de la madrugada, con la balanza de la probabilidad inclinada hacia la hora más temprana.

—¿Algún indicio de quién falleció primero?

Cooper respondió despacio, como si estuviera hablando con un idiota:

—Fallecieron entre las tres y las cinco de la madrugada. Si las pruebas hubieran revelado más detalles, se lo habría comunicado.

En todos y cada uno de los casos, solo por placer, Cooper encuentra alguna excusa para denostarme delante de la gente con quien debo trabajar. Antes o después averiguaré qué tipo de queja presentar para mantenerlo a raya, pero por ahora, y él lo sabe, he relegado esa misión porque en los momentos que escoge para hacerlo tengo cosas más importantes en la mente.

—Estoy seguro de que lo habría hecho —repliqué—. ¿Puede darnos alguna información sobre el arma? ¿Qué puede explicarnos al respecto?

—Un cuchillo de un solo filo, tal y como ya he dicho. —Cooper estaba inclinado sobre su maletín de nuevo, guardando la hoja de papel; ni siquiera se molestó en fulminarme con la mirada.

—Y aquí es donde entramos nosotros —intervino Larry—, si no le importa, desde luego, doctor Cooper. —Cooper le hizo un gesto amistoso con la mano; no sé cómo, pero Larry y él se llevan bien—. Ven aquí, Scorcher. Mira lo que ha encontrado mi amiguita Maureen, solo para ti. O lo que no ha encontrado, para ser más precisos.

La chica con la videocámara y la nariz se apartó de los cajones de la cocina y señaló en su interior. Estaban dotados de unos complicados dispositivos a prueba de niños y entendí por qué: en el cajón superior había un bonito maletín moldeado, con las letras «Cuisine Bleu» descendiendo por el interior de la tapa en una elegante tipografía. Estaba fabricado para guardar cinco cuchillos. Cuatro de ellos estaban en su sitio, desde un largo cuchillo de trinchar hasta una cosa insignificante más corta que mi mano: resplandecientes, afiladísimos con una piedra, perversos. El segundo cuchillo de mayor tamaño no estaba en su sitio.

–El cajón estaba abierto –explicó Larry–. Por eso los hemos visto tan pronto.

–¿Y no hay señal del quinto cuchillo? –pregunté.

Negaron con la cabeza.

Cooper se quitaba los guantes con delicadeza, dedo a dedo.

–Doctor Cooper, ¿podría echar un vistazo a esto y decirnos si este cuchillo podría encajar con las heridas de la víctima?

No se dio la vuelta.

–Para emitir una opinión informada se precisaría un examen completo de las heridas, tanto a nivel superficial como en la sección transversal, preferiblemente contando con el cuchillo en cuestión para poder compararlas. ¿Tiene usted la impresión de que he realizado un examen de tales características?

De niño habría perdido los estribos con Cooper a cada momento, pero ahora sé controlarme y jamás le daría tal satisfacción.

–Si pudiera excluir este cuchillo ya, quizá por el tamaño de la hoja o por la forma de la empuñadura, entonces necesitaríamos saberlo ahora mismo, antes de que envíe a una docena de refuerzos a perder el tiempo en vano.

Cooper suspiró y echó un segundo vistazo a la caja.

–No veo motivo para excluirlo de mis consideraciones.

–Perfecto. Larry, ¿podemos llevarnos uno de los otros cuchillos para mostrárselo al equipo de búsqueda e informarles de qué estamos buscando?

–Por favor. ¿Qué te parece este? A juzgar por los moldes de la caja, es básicamente igual que el que estáis buscando, aunque un poco más pequeño. –Larry agarró el cuchillo mediano, lo dejó caer con destreza en una bolsa transparente para pruebas y me lo entregó–. Devolvédmelo cuando hayáis acabado.

–Desde luego. Doctor Cooper, ¿puede darme una idea de qué distancia habría podido recorrer la víctima después de infligirse las heridas? ¿Cuánto tiempo pudo sostenerse en pie?

Cooper volvió a mirarme con ojos de pez.

–Menos de un minuto –respondió– o posiblemente varias horas. Menos de dos metros u ochocientos. Escoja lo que más le convenga, detective Kennedy. Me temo que soy incapaz de proporcionarle la respuesta que busca. Hay demasiadas variables en juego para posibilitar un cálculo inteligente y, al margen de lo que usted haría si estuviese en mi lugar, me niego a hacer uno no inteligente.

–Si lo que quieres saber es si la víctima pudo librarse del arma, Scorcher –apuntó Larry para salvar la situación–, puedo decirte que no salió por la puerta. No hay una sola gota de sangre en el pasillo ni en la puerta principal. Tiene empapadas las suelas de los zapatos y las manos, y eso nos dice que tuvo que agarrarse para sostenerse en pie a medida que se debilitaba, ¿no es cierto?

Cooper se encogió de hombros.

–Yo creo que sí –continuó Larry–. Además, mirad a vuestro alrededor: el pobre tipo debía parecer un aspersor. Nos ha dejado manchas por todas partes, por no mencionar el bonito camino de Hansel y Gretel. No: una vez empezó todo este drama, este tipo no salió por la puerta de la casa ni subió al piso de arriba.

–De acuerdo –contesté–. Si aparece el cuchillo, hacédmelo saber de inmediato. Hasta entonces, nos quitaremos de en medio. Gracias, muchachos.

Volvió a accionarse el *flash*. Esta vez inmortalizó la silueta de Patrick Spain ante mis ojos: blanca como la nieve, con los brazos en cruz como si estuviera realizando un placaje, o como si estuviera cayendo.

–Así que al final no ha sido alguien de la familia –comentó Richie mientras avanzábamos por el camino de acceso a la casa.

–No es tan sencillo, muchacho. Patrick Spain podría haber salido por el jardín posterior, quizá incluso haber saltado por encima de la tapia, o sencillamente podría haber abierto una ventana y haber arrojado el cuchillo tan lejos como pudiera. Y recuerda: Patrick no es el único sospechoso. No te olvides de Jenny Spain. Cooper aún no la ha examinado: por lo que sabemos, podría haber salido de la casa, haber escondido el cuchillo, haber regresado y haberse acurrucado junto a su esposo. Podría haber sido un suicidio pactado o bien podría haber estado protegiendo a Patrick; parece el tipo de mujer que invertiría los últimos minutos de su vida en salvaguardar la reputación de su familia. O quizá esta fiesta fue suya, de principio a fin.

El Fiat amarillo había desaparecido: Fiona se dirigía al hospital para intentar ver a Jenny. Deseé que condujera el uniformado, para evitar que se estrellara contra un árbol durante un ataque de llanto. El lugar del Fiat estaba ocupado ahora por un montón de vehículos nuevos, una cola que se extendía hasta el final de la calle, hasta la altura de la furgoneta de la morgue. Podrían haber sido periodistas o residentes a quienes los uniformados mantenían alejados de la escena, pero la intuición me decía que eran mis refuerzos. Me encaminé hacia ellos.

–Y piensa en lo siguiente –añadí–: un intruso no entraría en la casa sin un arma, con la esperanza de revolver los cajones de la cocina y encontrar algo interesante. Llevaría su propia arma.

–Quizá lo hiciera, y luego vio aquellos cuchillos y pensó que sería mejor utilizar algo que no apuntara hacia él. O quizá no tenía previsto matar a nadie. O quizá ese cuchillo no sea el arma, para empezar: tal vez lo robara para confundirnos.

–Tal vez. Precisamente por eso necesitamos localizarlo lo antes posible: para asegurarnos de que no nos conduce por la senda equivocada. ¿Quieres darme otro argumento?

Richie contestó:

–Antes de que se deshaga de él.

–Exacto. Pongamos que se trata de un intruso: nuestro hombre (o mujer) probablemente arrojara el arma al agua anoche, si era lo bastante inteligente, pero si, por casualidad, es demasiado lerdo como para que se le haya ocurrido por sí mismo, toda esta actividad acabará por darle una pista de que quizá sería conveniente deshacerse de un cuchillo ensangrentado. Si lo abandonó en algún punto de la finca, nos interesa sorprenderlo cuando regrese a buscarlo; si se lo llevó a su casa, tenemos que estar alerta para sorprenderlo cuando se desprenda de él. Todo eso suponiendo que se encuentre en esta zona, claro está.

Dos gaviotas alzaron el vuelo repentinamente desde un montón de escombros, chillando, y Richie giró la cabeza sorprendido.

–No encontró a los Spain por casualidad –comentó–. Este no es el tipo de lugar por el que alguien pasa sin proponérselo y detecta al azar un grupo de víctimas que acciona sus botones.

–No –coincidí yo–. Desde luego no es uno de esos lugares. Si no está muerto ni es un lugareño, entonces vino aquí buscando esto.

Los refuerzos eran siete hombres y una mujer, todos ellos rozaban el final de la veintena y aguardaban alrededor de sus coches con pinta de personas astutas y eficientes, listas para cualquier cosa. Cuando nos vieron acercarnos, enderezaron la espalda, se colocaron bien la chaqueta y el tipo más corpulento apagó su cigarrillo. Señalé la colilla y pregunté:

—¿Qué plan tienes?

Se quedó en blanco.

—Pensabas dejarla ahí, ¿no es cierto? En el suelo, para que los de la policía científica la encuentren y la envíen a comprobación de ADN. ¿Qué esperas? ¿Encabezar los puestos de la lista de sospechosos o la de los capullos que nos hacen perder el tiempo?

Recogió la colilla y la guardó en su paquete, con lo que de inmediato los ocho estaban sobre aviso: si formas parte de mi investigación, no se te escapa el balón. El Hombre Marlboro se puso como la grana, pero alguien tenía que llevarse una buena reprimenda por el bien del equipo.

—Mucho mejor. Soy el detective Kennedy —me presenté— y este es el detective Curran. —No les pregunté sus nombres; no había tiempo para apretones de manos ni para chácharas y, de todos modos, se me habrían olvidado. No me apunto los bocadillos favoritos de mis refuerzos ni me sé los cumpleaños de sus críos. De lo que me acuerdo es de la misión que cada uno tiene asignada y de si la desempeña bien o no—. Más adelante os explicaremos el caso en detalle, pero, por el momento, esto es todo lo que debéis saber: buscamos un cuchillo de la marca Cuisine Bleu, con la hoja curva de quince centímetros y empuñadura de plástico negra, parte de un juego de cuchillería, muy parecido a este, pero algo más grande—. Sostuve en alto la bolsa transparente de pruebas—. ¿Todos tenéis un teléfono móvil con cámara? Sacad una fotografía para tener un recordatorio de qué buscamos exactamente. Y borrad la foto antes de abandonar la escena del crimen esta noche. No lo olvidéis.

Sacaron sus móviles y fueron pasándose de mano en mano la bolsa con el cuchillo, manejándola como si estuviera hecha de burbujas de jabón.

—El cuchillo que acabo de describiros probablemente sea el arma del crimen, pero en este juego no hay nada garantizado, de manera que, si encontráis otro cuchillo entre la maleza os ruego, por lo que más queráis, que no os vayáis tan campantes solo porque no encaja con la descripción. También debemos estar alertas por si encontramos ropa con sangre, huellas, llaves o cualquier cosa que parezca fuera de lugar, aunque sea remotamente. Si encontráis algo que tiene potencial, ¿qué debéis hacer?

Le hice un gesto con la cabeza al Hombre Marlboro (si le bajas los humos a alguien, luego tienes que darle la oportunidad de recuperar el honor).

—No tocarlo. Pero tampoco dejarlo desatendido. Llamar a la policía científica para que lo fotografíe y lo guarde en una bolsa.

—Exactamente. Y llamarme a mí también. Quiero ver cualquier cosa que encontréis. El detective Curran y yo estaremos interrogando a los vecinos, así que necesitaréis nuestros teléfonos móviles y viceversa; por ahora no nos comunicaremos por radio. La cobertura en este lugar es nefasta, así que, si no conseguís que una llamada entre, escribid un mensaje de texto. No dejéis mensajes en el buzón de voz. ¿Lo ha entendido todo el mundo? —En el extremo opuesto de la carretera, nuestra primera periodista se había colocado frente a un pintoresco andamiaje y hablaba a la cámara, intentando que el viento no le levantara los faldones del abrigo. Dentro de una hora o dos habría docenas como ella pululando por allí. Muchos de ellos no tendrían reparo alguno en escuchar ilegalmente el buzón de voz de un detective. Intercambiamos los números de teléfono—. Dentro de poco llegarán rastreadores

–continué–. Cuando así sea, os reemplazarán y os asignaré otra misión, pero por ahora debemos empezar a movernos. Comenzad por la parte de atrás de la casa. Partid de la tapia del jardín y avanzad hacia fuera. Aseguraos de no dejar ningún hueco entre vuestras zonas de búsqueda; ya conocéis el procedimiento. En marcha.

La casa adosada que compartía un muro con la vivienda de los Spain estaba vacía (permanentemente vacía, no había nada en el salón delantero, salvo una bola de papel de un diario y una telaraña casi arquitectónica), lo cual era un verdadero fastidio. Las señales de vida humana más próximas se encontraban dos puertas más abajo, en la acera de enfrente, en el número 5: el césped estaba marchito, pero había visillos en las ventanas y una bicicleta de niño tirada a un lado del camino de acceso.

Percibí movimiento detrás de los visillos mientras avanzábamos por el sendero. Alguien nos observaba.

Nos abrió la puerta una mujer recia, con un rostro plano y receloso y la cabellera oscura recogida en una delgada cola de caballo. Llevaba un jersey con capucha rosa varias tallas más grande y unas mallas grises varias tallas más pequeñas que le sentaban como un tiro, y un bronceado falso desmedido que, misteriosamente, no conseguía que dejara de parecer pálida.

–¿Sí?

–Policía –anuncié, al tiempo que le mostraba mi placa de identificación–. ¿Nos permite entrar a hacerle unas preguntas?

Contempló mi placa como si mi foto no estuviera a la altura de sus expectativas.

–Antes he salido y les he preguntado a los guardias qué sucedía. Me han dicho que regresara a casa. Tengo derecho a estar en mi propia calle. Los suyos no pueden prohibírmelo.

Esto iba a ser pan comido.

–Lo comprendo –le dije–. Si quiere salir de su casa en algún momento, no se lo impedirán.

–Será mejor que no. No tenía intención de hacerlo, de todos modos. Lo único que quería era saber qué ocurría.

–Ha habido un crimen. Nos gustaría intercambiar unas palabras con usted.

Sus ojos nos pasaron de largo a mí y a Richie para concentrarse en la acción. La curiosidad puede a la cautela, suele hacerlo. Se apartó de la puerta. La casa parecía exactamente igual que la de los Spain, pero no continuó del mismo modo. El vestíbulo parecía más estrecho debido a los montones de trastos que había por el suelo (a Richie se le enganchó el tobillo en la rueda de un cochecito de niño y soltó un improperio poco profesional) y en el salón, decorado con un papel pintado sobrecargado, hacía demasiado calor, reinaba el desorden y olía a sopa y a ropa húmeda. Un crío gordito de unos diez años estaba encorvado en el suelo, con la boca abierta, jugando a algún juego de la PlayStation recomendado para mayores de dieciocho años.

–No ha ido a la escuela porque está enfermo –nos informó la mujer, con los brazos cruzados a la defensiva.

–Mejor para nosotros –respondí yo, saludando con la cabeza al chaval, que hizo como si no nos viera y continuó pulsando botones–. Quizá nos sea de ayuda. Soy el detective Kennedy y este es el detective Curran. ¿Y usted es...?

–Sinéad Gogan. La señora Sinéad Gogan. Jayden, apaga ese trasto.

Tenía acento de alguna barriada periférica de Dublín.

–Señora Gogan –comencé, al tiempo que tomaba asiento en el sofá floreado y sacaba mi cuaderno de notas–, ¿conoce usted bien a sus vecinos?

Hizo un gesto con la cabeza señalando hacia la casa de los Spain.

–¿A ellos? –preguntó–. A los Spain, sí.

Richie me había seguido hasta el sofá. Los ojos pequeños y afilados de Sinéad Gogan se movieron en nuestra dirección, pero, transcurrido un instante, se encogió de hombros y se apoltronó en un sillón.

–Nos saludábamos, pero no éramos amigos.

–Dijiste que era una vaca esnob –intervino Jayden, sin perder cuerda mientras mataba zombis.

Su madre le lanzó una mirada que él no vio.

–Tú cierra el pico.

–¿O?

–O te vas a enterar.

–¿Es una vaca esnob? –inquirí yo.

–Yo nunca he dicho eso. Antes he visto una ambulancia ahí fuera. ¿Qué ha pasado?

–Ha habido un crimen. ¿Qué puede explicarnos acerca de los Spain?

–¿Han disparado a alguien? –quiso saber Jayden. El crío era multitarea.

–No. ¿Qué tenían de snob los Spain?

Sinéad se encogió de hombros.

–Nada. Son geniales.

Richie se rascó una aleta de la nariz con el bolígrafo.

–¿En serio? –preguntó, poco seguro de sí mismo–. Porque…, no sé, yo no tengo ni idea, no los conocía, pero su casa me ha parecido un poco remilgada. Se nota cuando alguien se las da de rico.

–Pues deberían haberlos visto antes. Con el todoterreno fuera y él lavándolo y encerándolo cada fin de semana, el muy presumido. Pero les duró poco, déjenme que se lo diga.

Sinéad seguía desplomada en el sillón, con los brazos cruzados y sus gruesas piernas separadas, pero la satisfacción estaba borrando la altanería de su voz. Normalmente, yo no habría dejado que el novato realizara el interrogatorio en su primer día en acción, pero Richie había tomado la senda correcta y su acento nos estaba llevando mucho más lejos de lo que nos conduciría el mío, así que lo dejé en sus manos.

–Ahora ya no tienen mucho de lo que presumir –convino él.

–Pero eso no les frena de hacerlo. Aún siguen creyéndose superiores. Jayden le dijo algo a la cría...

–La llamé «zorra estúpida» –aclaró Jayden.

–... y la mujer vino a vernos toda preocupada, diciéndome que los niños no se llevaban bien y que había que encontrar un modo de que se entendieran. Me pareció tan falsa, ¿saben a qué me refiero? Se hacía la dulce. Le dije que los críos son críos y que ya se encargarían ellos de resolver sus asuntos. No le gustó; así que ahora no deja que su pequeña princesa se nos acerque. Como si no fuéramos lo bastante buenos para ellos. Lo que tiene son celos.

–¿De qué? –quise saber yo.

Sinéad me miró con cara avinagrada.

–De nosotros. De mí.

A mí no se me ocurría ni una sola razón por la que Jenny Spain pudiera sentir celos de aquella gente, pero, al parecer, eso no importaba. Probablemente nuestra Sinéad pensara que no la habían invitado a la despedida de soltera de Beyoncé porque Beyoncé estaba celosa.

–Ah –respondí–. ¿Cuándo sucedió eso exactamente?

–En primavera. En abril, más o menos. ¿Por qué? ¿Ha dicho ella que Jayden les haya hecho algo? Porque él nunca... –Estaba a punto de saltar de la silla, en actitud contundente y amenazadora.

–No, no, no –dije para apaciguarla–. ¿Cuándo fue la última vez que vio a los Spain?

Transcurrido un momento, decidió creerme y volvió a repantigarse en el sillón.

—No hemos vuelto a hablar. Desde entonces los veo de vez en cuando, pero no tengo nada que decirles, no después de aquello. La vi entrar en la casa con los críos ayer por la tarde.

—¿A qué hora?

—Hacia las cinco menos cuarto, más o menos. Parecía que había ido a recoger al pequeño a la escuela y había ido de compras. Llevaba un par de bolsas. Estaba muy guapa. Al crío le estaba dando un berrinche porque quería patatas fritas. Están más mimados...

—¿Estaban usted y su marido en casa anoche? —pregunté.

—Sí. ¿Dónde íbamos a estar? Aquí cerca no hay nada. El pub más próximo está en el pueblo, a veinte kilómetros. —Los pubs de Whelan's y Lynch's probablemente se hallaran bajo hormigón y andamios en aquellos momentos, arrasados para dejar paso a versiones más nuevas y resplandecientes que aún no se habían materializado. Por un instante recordé el aroma de la comida de los domingos en Whelan's: pollo frito y patatas congeladas fritas, olor a cigarrillo y a sidra—. Además, no tiene sentido ir; no puedes beber porque luego has de coger el coche para regresar a casa. No hay autobuses que te lleven. No tiene sentido.

—¿Oyeron algo fuera de lo normal?

Otra mirada, esta más hostil, como si la estuviera acusando de algo y ella estuviera sopesando la posibilidad de romperme una botella en la cabeza.

—¿Qué habríamos tenido que oír?

Jayden soltó una risita repentina.

—¿Tú escuchaste algo, Jayden?

—¿Como qué? ¿Como gritos? —preguntó Jayden, quien incluso se había vuelto para mirarnos.

—¿Oíste gritos?

Una mueca de estar cabreado.

–¡Qué va!

Antes o después, otro detective tropezaría con Jayden en un contexto muy distinto.

–Entonces, ¿qué escuchaste? Cualquier cosa podría sernos de ayuda.

Sinéad seguía con aquella mirada en el rostro, una mezcla de antipatía y recelo.

–No escuchamos nada. Teníamos la tele puesta –aclaró.

–Sí –añadió Jayden–. Nada. –Algo en la pantalla hizo explosión–. ¡Mierda! –exclamó, y volvió a enfrascarse en la partida.

–¿Y qué hay de su esposo, señora Gogan? –inquirí.

–Tampoco escuchó nada.

–¿Podríamos confirmarlo con él?

–Ha salido.

–¿A qué hora regresará?

Un encogimiento de hombros.

–Cuando le dé la gana.

–¿Puede decirnos si ha visto a alguien entrar o salir de la casa de los Spain recientemente? –le pregunté.

Sinéad frunció los labios.

–Yo no me dedico a espiar a los vecinos –espetó, lo cual significaba que era justo lo que hacía, como si a mí me cupiera alguna duda al respecto.

–Estoy seguro de que no –repliqué–. Pero esto no tiene nada que ver con espiar. Usted no es ciega ni sorda; no puede evitar ver si alguien entra o sale, o escuchar sus coches. ¿Cuántas casas habitadas hay en esta calle?

–Cuatro. Nosotros, ellos y dos en el otro extremo. ¿Por?

–Porque si ve a alguien merodear por aquí, no puede evitar saber que han venido a ver a los Spain. Así que, dígame, ¿han tenido visita últimamente?

Puso los ojos en blanco.

–Si la han tenido, yo no he visto nada. ¿De acuerdo?

–Así que no son tan populares como se creen –intervino Richie, con una sonrisita de complicidad.

Sinéad le sonrió.

–Exacto.

Richie se inclinó hacia delante y en tono confidente le dijo:

–¿Hay alguien que se moleste en venir a verlos?

–Ahora ya no. Cuando se mudaron aquí sí invitaban a gente los domingos: eran como ellos, conducían grandes todoterrenos e iban por ahí pavoneándose con botellas de vino. Se ve que las latas de cerveza no son lo bastante buenas para ellos. Solían dar barbacoas. Siempre presumiendo.

–¿Y ahora ya no?

La sonrisa se amplió.

–No; desde que él se quedó sin trabajo ya no. Celebraron el cumpleaños de uno de los críos, en primavera, pero fue la última vez que vi a alguien por aquí. Aunque, como ya he dicho, yo no ando husmeando. Pero a veces es imposible no mirar, ¿no es cierto?

–Desde luego. Díganos algo: ¿han tenido problemas de ratones, ratas o algo por el estilo?

Eso captó la atención de Jayden. Incluso accionó el botón de pausa.

–¡Madre mía! ¿Se los han comido las ratas?

–No –contesté yo.

–¡Aaah! –exclamó él decepcionado, pero continuó mirándonos.

Aquel crío me ponía nervioso. Tenía los ojos planos y sin un color definido, como un calamar.

–Nunca ha habido ratas –aclaró su madre–. No me sorprendería, por cómo está el alcantarillado de este sitio, pero no. O al menos, aún no.

—No hay mucho que hacer aquí fuera, ¿no es cierto? —comentó Richie.

—Es un basurero —dijo Jayden.

—¿Sí? ¿Por qué?

Se encogió de hombros.

—¿Han echado un vistazo? —preguntó Sinéad.

—A mí me parece que está bien —comentó Richie sorprendido—. Casas bonitas, un montón de espacio, ustedes han conseguido hacer un hogar acogedor...

—Sí, eso es lo que creíamos nosotros. Parecía genial sobre plano. Espere... —Se levantó con esfuerzo del sillón, gruñido mediante, y se inclinó hacia delante (no me habría pasado nada por vivir sin esa imagen) para buscar con las zarpas entre el barullo que había en una mesita rinconera: revistas de famosos, azúcar derramado, un monitor de bebés, medio pastel de salchicha en un plato grasiento—. Tenga —dijo, entregándole un folleto a Richie—. Esto es lo que pensábamos que estábamos comprando.

La portada del folleto anunciaba OCEAN VIEW, en la misma tipografía con florituras del cartel de la entrada a la urbanización, sobre una foto de una pareja riendo y abrazando a sus dos hijos de catálogo delante de una casa blanca como la nieve y un mar azul como el Mediterráneo. En el interior se desplegaba el menú: viviendas de cuatro dormitorios, de cinco, no adosadas, dúplex, lo que se te antojara, todas ellas tan prístinas que casi resplandecían y tan bien retocadas con Photoshop que casi parecían maquetas a escala. Las viviendas tenían nombres: «Diamante» era una casa no adosada de cinco dormitorios con garaje, «Topacio» era un dúplex de dos dormitorios, «Esmeralda», «Perla» y el resto eran algo intermedio. Diría que estábamos en la «Zafiro». Más letras con florituras susurraban jadeantes las beldades de la playa, la guardería, el polideportivo, una tienda de barrio, un parque para niños, «un paraíso independiente con todas las instalaciones de máxima calidad de las viviendas de lujo junto a su puerta».

Debería haber parecido un bombón. Tal y como he aclarado antes, a mucha gente le encanta comentar con esnobismo la construcción de nuevas urbanizaciones, y no tengo problema en que lo hagan, pero a mí me encantan; me parecen algo positivo, como grandes apuestas hechas a futuro. No obstante, por algún motivo, quizá porque ya había visto lo que había fuera, aquel folleto se me antojó, por citar a Richie, «espeluznante».

Sinéad señaló el folleto con uno de sus dedos regordetes.

–Esto es lo que nos prometieron. Todo esto. Hasta lo pone en el contrato.

–¿Y no es lo que han obtenido? –preguntó Richie.

Sinéad soltó una carcajada.

–¿A usted qué le parece?

Richie se encogió de hombros.

–Aún no está acabado. Quizá sea genial cuando lo terminen.

–¡Pero es que los muy capullos no piensan terminarlo! La gente ha dejado de comprar, con la crisis y todo eso, de manera que los promotores han dejado de construir. Hace unos meses salimos a la calle y se habían largado. Se lo habían llevado todo, incluso las excavadoras. Y ya no han vuelto más.

–¡Joder! –lamentó Richie, sacudiendo la cabeza.

–Eso digo yo. Tenemos el aseo de la planta baja hecho un desastre, pero el albañil que lo puso no quiere venir a arreglarlo porque no le pagaron. Todo el mundo nos dice que deberíamos denunciarlos ante los tribunales y obtener una compensación, pero ¿a quién vamos a denunciar?

–¿A los constructores? –sugerí.

Me volvió a mirar con aquella cara de pez, como si estuviera pensando si propinarme un puñetazo por ser idiota.

–Sí, claro, eso ya lo pensamos. Pero no los encontramos. Empezaron a colgarnos el teléfono y al final han acabado por cambiar de número. Incluso acudimos a la policía, pero nos dijeron que nuestro lavabo no era un asunto policial.

Richie levantó el folleto para captar la atención de Sinéad de nuevo.

–¿Y qué hay de todo esto de la guardería y demás?

–Ah, eso –dijo Sinéad. Torció la boca con gesto de asco. Así incluso parecía más fea–. Eso es lo único que verás ahí dentro. Nos quejamos de lo de la guardería un millón de veces... Fue uno de los motivos por los que compramos la casa, y luego, nada de nada. Al final, la inauguraron. Pero la cerraron al cabo de un mes porque solo asistían cinco niños. Y donde se suponía que debía estar el parque infantil parece Bagdad: los críos arriesgan su vida jugando ahí. El polideportivo ni siquiera llegaron a construirlo. De eso también nos quejamos. Pero se limitaron a poner una bicicleta estática en una de las casas vacías y nos dijeron que nos diéramos con un canto en los dientes. Luego robaron la bici.

–¿Y qué hay de la tienda?

Una risotada irónica.

–Sí, otra que tal baila. Para comprar leche hay que ir hasta la gasolinera que hay en la autopista, a ocho kilómetros. Y ni siquiera tenemos farolas. Me da miedo salir a la calle sola cuando se hace de noche; podría haber violadores o delincuentes... Hay un montón de extranjeros que alquilan casas en Ocean View Close. Y, si algo me ocurriera, ¿vendrían ustedes a hacer algo? Mi marido los telefoneó hace unos meses porque había unos maleantes dando una fiesta en una de las casas, al otro lado de la calle. Pero la policía no se presentó hasta la mañana siguiente. Por ustedes, como si nos matan.

En otras palabras, obtener algo de Sinéad siempre iba a ser así de divertido.

–¿Sabe si los Spain también tenían problemas similares, con la constructora, con los de la fiesta al otro lado de la calle, con cualquiera?

Encogimiento de hombros.

–No lo sé. Tal y como le he dicho, no éramos amigos, ¿sabe a qué me refiero? Pero ¿qué les ha pasado? ¿Están muertos o qué?

En breve los de la morgue iban a sacar los cadáveres.

–Quizá Jayden debería esperar en otra habitación.

Sinéad lo miró.

–No serviría de nada. Escucharía detrás de la puerta.

Jayden asintió.

–Ha habido un ataque violento –expliqué–. No puedo darle detalles, pero el delito en cuestión es un asesinato.

–¡Madre mía! –exclamó Sinéad echándose hacia delante. Se le abrió la boca, húmeda y ávida–. ¿A quién han matado?

–No podemos facilitarle esa información.

–La ha matado él, ¿verdad?

Jayden se había olvidado del juego. En la pantalla había un zombi congelado a media caída, con pedazos de su cabeza salpicados por todas partes.

–¿Tiene algún motivo para creer que él querría matarla? –inquirí.

Un parpadeo precavido. Se desplomó en el sillón y cruzó los brazos de nuevo.

–Solo preguntaba.

–Si lo tiene, señora Gogan, es su deber decírnoslo.

–Ni lo sé ni me importa.

¡Y un carajo! Pero ya me conozco la tozudez de los tontos: cuanto más los fuerzas, más tercos se ponen.

–De acuerdo –le dije–. En estos últimos meses, ¿ha visto a alguien en la urbanización a quien no reconozca?

Jayden soltó una risilla aguda y afilada.

–La verdad es que casi nunca vemos a nadie –contestó Sinéad–. Y, de todos modos, no reconocería ni a los vecinos. Aquí no somos amigos. Yo tengo mis amigos. No necesito mezclarme con los vecinos.

Traducido: no había dinero suficiente en el mundo para pagar a los vecinos para que se relacionaran con los Gogan. Aunque probablemente lo que sucediera es que todos los vecinos tuvieran celos de ellos.

–Entonces, ¿ha visto a alguien que pareciera fuera de lugar? ¿Alguien que le haya inquietado por algún motivo?

–Solo a los extranjeros de Ocean Close. En esa casa viven docenas de ellos. Diría que muchos son inmigrantes ilegales. Pero seguramente ustedes no vayan a comprobarlo, ¿no es cierto?

–Se lo comunicaremos al departamento pertinente. ¿Alguien ha llamado a su puerta? ¿Para venderle algo, quizá? ¿Alegando que venía a comprobar las cañerías o el cableado?

–¡Anda que sí! ¡Como si a alguien le importara nuestro cableado! ¡Lo que hay que oír! –Sinéad se tensó de repente–. ¿Acaso se ha colado en la casa algún psicópata? ¿Como en ese programa de la tele? ¿Un asesino en serie?

Pareció cobrar vida de súbito. El miedo había desterrado la perplejidad de su rostro.

–No puedo facilitarle los detalles de...

–Porque, de ser así, será mejor que me lo digan ahora mismo. No pienso quedarme aquí esperando a que un enfermo mental entre y nos torture mientras ustedes se quedan ahí mirando sin hacer nada...

Era la primera emoción real que nos mostraba. Los niños de color azul fantasma de la puerta contigua no eran nada más que pasto de cotilleo, tan poco reales como un programa de televisión, hasta que el peligro se volvía personal.

115

–Le prometo que no nos quedaremos ahí plantados mirando.

–¡No me falte al respeto! Voy a llamar a la radio, se lo advierto, telefonearé al programa de Joe Duffy...[6]

Y nos pasaríamos el resto de la investigación abriéndonos camino en medio del ciclón de los medios de comunicación y comentarios histéricos sobre cómo la policía se despreocupa del ciudadano corriente. Eso ya lo he vivido. Es como si alguien utilizara una máquina de pelotas de tenis para dispararte doguillos hambrientos. Antes de que se me ocurriera algo tranquilizador, Richie se inclinó hacia delante y le dijo con seriedad:

–Señora Gogan, tiene usted todo el derecho del mundo a estar preocupada. Al fin y al cabo, es usted madre.

–Exacto. Tengo que preocuparme por mis hijos. No voy a...

–¿Era un pedófilo? –quiso saber Jayden–. ¿Qué les ha hecho?

Empezaba a entender por qué Sinéad no le hacía caso.

–Usted sabe que hay muchas cosas que no podemos revelarle –continuó Richie–, pero no puedo dejar que una madre se preocupe, así que voy a confiar en que no se lo contará a nadie. ¿Puedo hacerlo?

Estuve a punto de atajar la conversación allí mismo, pero se había trabajado aquel interrogatorio tan bien hasta aquel momento, que lo dejé proseguir. Además, Sinéad empezaba a sosegarse; su mirada ávida volvía a ocultarse bajo el miedo.

–Claro. De acuerdo.

–Se lo diré en pocas palabras –prosiguió Richie, y se inclinó hacia delante–: No tiene nada de qué preocuparse. Si

---

[6.] Se refiere al programa radiofónico *Lifeline* que emite la emisora RTÉ Radio 1 y en el que el presentador, Joe Duffy, pide la opinión pública sobre diversos temas, normalmente relacionados con noticias de actualidad polémicas. *(N. de la T.)*

hay alguien peligroso ahí fuera, y fíjese que digo «si», estamos haciendo lo que hay que hacer para ocuparnos de él. –Hizo una pausa para causar mayor efecto y realizó un gesto de complicidad con las cejas–. ¿Ha quedado claro, verdad?

Silencio de confusión.

–Sí –contestó Sinéad al final–. Desde luego.

–Así me gusta. Y ahora recuerde: no diga ni una palabra.

Ella replicó remilgadamente:

–No lo haré.

Evidentemente, iba a contárselo a todos sus conocidos, aunque no tenía nada que contarles: tendría que poner cara de suficiencia y dar pistas vagas sobre una información secreta que no podía revelar. El truco de Richie estuvo bien. Ascendió un peldaño en mi escalera.

–Y ya no estará preocupada, ¿verdad? Ahora que ya lo sabe...

–No, claro. Estoy perfectamente.

El monitor de bebé emitió un chillido furioso.

–¡Ya era hora! –exclamó Jayden, al tiempo que accionaba el botón de «Reproducir» y subía el volumen de los zombis.

–Se ha despertado el pequeño –dijo Sinéad, sin moverse–. Tengo que ir a atenderlo.

–¿Hay algo más que pueda decirnos sobre los Spain? –intervine yo–. Lo que sea...

Otro encogimiento de hombros. No cambió la cara de pez, pero algo resplandeció en sus ojos. Sin duda, regresaríamos a ver a los Gogan.

Mientras caminábamos por el sendero de acceso a la casa, le dije a Richie:

–¿Quieres que hablemos de algo espeluznante? Pues basta con mirar a ese crío.

–Sí –dijo Richie. Se tocó la oreja y miró por encima de su hombro hacia la casa de los Gogan–. El crío oculta algo.

117

–¿Él? La madre, seguro. ¿Pero el niño?

–Segurísimo.

–De acuerdo. Cuando regresemos a verlos, es todo tuyo.

–¿En serio?

–Has estado genial ahí dentro. Piensa en cómo lo abordarás. –Me guardé el cuaderno de notas en el bolsillo–. Entre tanto, ¿a quién quieres interrogar sobre los Spain?

Richie se volvió para mirarme a la cara.

–¿Quieres que te confiese algo? –me preguntó–. No tengo ni la menor idea. Normalmente diría que hay que hablar con la familia, con los vecinos, con los amigos de las víctimas, con sus colegas del trabajo, con los amigos del pub de siempre y con las últimas personas que los vieron con vida. Pero los dos estaban en el paro. Él no frecuenta ningún bar, sencillamente porque no hay ninguno por aquí cerca. Nadie viene a visitarlos, ni siquiera su familia, porque esto está en el quinto pino. Podrían haber transcurrido semanas desde que alguien los vio con vida por última vez, salvo, quizá, en la puerta de la escuela. Y eso de ahí son los vecinos.

Señaló con la cabeza hacia atrás. Jayden tenía la nariz pegada a la ventana del salón, con el mando en una mano y la boca aún abierta. Vio cómo la miraba, pero ni siquiera pestañeó.

–Pobre gente –dijo Richie en voz baja–. No son nadie.

5

Los dos grupos de vecinos en el extremo opuesto de la calle estaban en el trabajo o en algún otro lugar. Cooper se había largado, supuse que hacia el hospital, a echar un vistazo a lo que quedaba de Jenny Spain. La furgoneta de la morgue tampoco estaba: los cadáveres andarían de camino hacia el mismo hospital, a la espera de que llegara su turno para captar la atención de Cooper, solo una planta o dos más abajo que Jenny, si es que esta había logrado sobrevivir.

El equipo de la policía científica seguía trabajando con denuedo. Larry me hizo una señal con una mano desde la cocina para que me acercara:

—Ven aquí, jovencito. Mira esto.

«Esto» eran los visores de los monitores de bebés, cinco, cuidadosamente dispuestos en bolsas transparentes de pruebas sobre la encimera, todos ellos cubiertos de polvo negro para detección de huellas.

—Hemos encontrado el quinto en ese rincón de allí, bajo una pila de libros infantiles —explicó Larry triunfante—. Su Señoría pide las videocámaras y nosotros le damos las videocámaras. Y, créeme, son bastante buenas. No soy ningún experto en cachivaches de bebés, pero diría que son de alta gama.

119

Tienen opción de panorámica y de zum, y durante el día captan la imagen en color, mientras que en la oscuridad se activa el infrarrojo de manera automática y graban en blanco y negro. Probablemente también te preparan unos huevos pasados por agua por la mañana... –Recorrió con dos dedos la línea de monitores, chasqueando la lengua alegremente para sí mismo. Asió uno de ellos y pulsó el botón de encendido a través de la bolsa–. Adivina qué es esto. Adelante, ¡adivínalo!

La pantalla se iluminó en blanco y negro: cilindros y rectángulos grises se agolpaban a cada lado de ella, motas de polvo blanco volaban en el aire y una mancha informe y oscura se cernía en el medio.

–¿La Masa? –pregunté.

–Es lo mismo que he pensado yo al principio. Pero entonces Declan (Declan es ese de allí), saluda a estos hombres tan amables, Declan..., entonces Declan se ha percatado de que este armario estaba entreabierto, aunque solo fuera un poquito, de manera que ha mirado en su interior y adivina qué ha encontrado. –Larry abrió de par en par la puerta del armario con una floritura–. Míralo tú mismo.

Un anillo de deprimentes luces amarillas nos devolvió la mirada desde el otro lado y luego se atenuaron y se apagaron. La cámara estaba enganchada a la parte interior de la puerta del armario con lo que parecía un rollo completo de cinta aislante. Habían apartado a los lados de los estantes las cajas de cereales y las latas de legumbres. Tras ellas, alguien había realizado un agujero del tamaño de un plato en la pared.

–¿Qué diablos es eso? –pregunté.

–Para el carro... Antes de decir nada, echa un vistazo a esto.

Otro monitor. Los mismos tonos borrosos y monocromos: vigas inclinadas, latas de pintura y una maraña mecánica con púas que no atiné a desentrañar.

–¿Es el altillo? –pregunté.

—Justamente. ¿Y ves esa cosa que hay en el suelo? Es una trampa. Una trampa para animales. Pero no una trampa para ratoncitos bonitos. No soy ningún experto de la naturaleza, así que no sé decirte con certeza para qué sirve, pero lo que sí puedo decirte es que podría reducir a un puma.

—¿Tiene cebo? —preguntó Richie.

—Este chico me gusta —me dijo Larry—. Un joven listo; va directo al grano. Llegará lejos. No, detective Curran, por desgracia no hay cebo, así que no hay modo de saber qué pretendían atrapar. Hay un agujero bajo los aleros donde podría haber caído algo, pero no te emociones, Scorcher, no estamos hablando de ninguna persona. Quizá podría haberse colado un zorro a dieta, pero nada que requiriera una trampa para osos. Hemos peinado el desván en busca de huellas o excrementos de animales, para comprobar si obteníamos alguna pista en este sentido, pero lo más grande que hay es una cagadita de araña. Si vuestras víctimas tenían alimañas, eran unas alimañas muy, muy discretas.

—¿Habéis encontrado huellas?

—Y tanto. Hay huellas a patadas. Huellas dactilares en las cámaras, en la trampa y en esa instalación que tapa la trampilla del altillo. No obstante, el joven Gerry afirma, aunque no quiere que lo citen, que un examen preliminar no invita a pensar que no coincidan con las de tu víctima (me refiero a este tipo de aquí, evidentemente, no a los críos). Y lo mismo con respecto a las huellas de zapatos del altillo: corresponden a un hombre adulto y la talla del zapato coincide con la de este tipo.

—¿Y qué hay de los agujeros en las paredes? ¿Habéis encontrado algo alrededor de ellos?

—De nuevo, montones de huellas. No bromeabas al decir que nos mantendríamos ocupados, ¿eh? Hay infinidad de ellas y, a juzgar por su tamaño, corresponden a los críos, que debían de andar explorando. Con respecto al resto de las huellas, en su mayoría Gerry afirma lo mismo: no hay razón para creer que no encajen con tu víctima, pero necesitará examinarlas en el laboratorio para confirmarlo. A bote pronto, yo diría que las víctimas fueron quienes realizaron esos agujeros y que no tienen nada que ver con lo sucedido anoche.

–Observa este lugar, Larry. Yo soy un tío ordenado, pero mi casa no ha estado así de pulcra desde el día en que me mudé. Esta gente dejaba en mantillas a la persona más hacendosa del mundo. Si hasta alineaban los botes de champú... Te doy cincuenta euros si eres capaz de encontrarme una mota de polvo. ¿Por qué iban a molestarse en tener la casa impoluta si luego iban a llenar las paredes de agujeros? Y, si las tuvieron que agujerear por algún motivo, ¿por qué no las repararon luego? ¿O por qué no taparon los agujeros?

–La gente está chiflada –contestó Larry. Estaba perdiendo interés; lo único que le importa es lo que ha ocurrido, no el porqué–. El mundo se ha vuelto loco. Y tú deberías saberlo, Scorch. Lo único que digo es que, si algún intruso realizó todos esos agujeros, parece que o han limpiado las paredes después o este llevaba guantes.

–¿Algo más alrededor de los orificios? ¿Sangre, residuos de drogas? Lo que sea...

Larry negó con la cabeza.

–No hay sangre, ni dentro ni alrededor de esos agujeros, salvo la que ha salpicado de todo este follón. Tampoco hemos encontrado residuos de drogas, pero, si crees que se nos podría haber escapado algo relacionado con este tema, haré que traigan a un perro adiestrado para detectar drogas.

–De momento no hace falta, a menos que algo apunte en esa dirección. ¿Has encontrado algo en la sangre? ¿Alguna huella que no corresponda a nuestras víctimas?

–Pero ¿tú has visto este lugar? ¿Cuánto rato hace que estamos aquí? Tendrás que volvérmelo a preguntar dentro de una semana. Aquí hay tantas huellas de pisadas que podría creerse que ha desfilado la banda musical de Drácula, aunque apuesto a que la mayor parte de ellas corresponden a los uniformados y a los enfermeros y a sus grandes y torpes pies. Lo único que podemos esperar es que algunas huellas del crimen se hayan secado lo suficiente como para conservar las formas incluso después de que esos inútiles las pisotearan una y otra vez. Y lo mismo te digo con respecto a las huellas dactilares: hay muchísimas, pero nadie sabe si nos servirán de algo.

Estaba en su elemento: a Larry le encantan las complicaciones y quejarse de todo.

–Si alguien puede salvarlas, Lar, ese eres tú. ¿Algún rastro de los móviles de las víctimas?

–Tus deseos son órdenes para mí. El móvil de la mujer estaba sobre su mesilla de noche y el del hombre sobre el taquillón del recibidor, y hemos guardado en una bolsa el teléfono fijo solo por diversión. También tenemos el ordenador.

–¡Magnífico! –repliqué–. Envíalo todo a Delitos Informáticos. ¿Qué hay de las llaves?

–Había un juego completo en el bolso de la mujer, sobre el taquillón; las dos llaves de la puerta principal, una de la puerta trasera y la llave del coche. Y otro juego completo en el bolsillo del abrigo de él. Además, había un juego extra de la casa en el cajón del taquillón. De momento no hemos encontrado ningún bolígrafo del Golden Bay Resort, pero, si lo encontramos, te lo haremos saber.

–Gracias, Larry. Vamos a echar un vistazo en el piso de arriba, si te parece bien.

–Y yo que pensaba que iba a encontrarme con otra aburrida sobredosis –comentó Larry en tono alegre, mientras nos marchábamos–. Gracias, Scorcher. Te debo una.

El dormitorio de los Spain era como una joya acogedora y borrosa; las cortinas habían permanecido cerradas para impedir que los vecinos se asomaran, salivando como estaban de curiosidad, y evitar que los periodistas desplegasen sus teleobjetivos y captasen su interior. Los muchachos de Larry habían dejado las luces encendidas para nosotros cuando acabaron de tomar las huellas de los interruptores. El aire tenía ese olor íntimo e indefinible de los lugares con vida: un toque leve de champú, loción para después del afeitado y para la piel.

Un armario empotrado recorría una pared y había dos cajoneras de color crema en los rincones, de esas con las patas redondeadas que alguien ha limado con papel de lija para conferirles un aspecto viejo e interesante. Sobre la cajonera que había en el lado de Jenny descansaban tres fotografías enmarcadas de veinticinco por veinte centímetros. Dos correspondían a bebés rojos y regordetes; la imagen del medio era una fotografía de bodas tomada en la escalera de un coqueto hotel rural. Patrick vestía un esmoquin con corbata rosa y llevaba una rosa en el ojal; Jenny lucía un vestido ajustado con una cola que se desparramaba por los escalones situados a sus pies y sostenía en las manos un ramo de rosas; había mucha madera oscura y los rayos de sol penetraban cual lanzas a través de la ornamentada ventana del descansillo. Jenny era guapa, o lo había sido. De altura media y esbelta, llevaba el pelo largo y alisado, teñido de rubio y enroscado en un complejo tocado sobre la coronilla. Patrick aparecía en mejor forma por aquel entonces, con el pecho ancho y el estómago plano. Rodeaba a Jenny con un brazo y ambos sonreían de oreja a oreja.

—Empecemos por las cajoneras —propuse, y me dirigí a la de Jenny.

Si alguno de los dos tenía secretos guardados, sería ella. El mundo sería un lugar distinto, mucho más difícil para nosotros y mucho más dichoso para los maridos si las mujeres fueran capaces de tirar las cosas alguna vez.

El cajón superior contenía, principalmente, maquillaje, un blíster de píldoras anticonceptivas (la del lunes no estaba, las había tomado hasta el último momento) y un joyero azul de terciopelo. A Jenny le gustaba la joyería: tenía de todo, desde bisutería ostentosa barata hasta algunas piezas con bastante gusto que a mí se me antojaron bastante caras (a mi exesposa le gustaban los pedruscos, así que sé calcular más o menos en quilates). El anillo de esmeraldas que Fiona había mencionado seguía allí, en una caja expositora negra bastante maltrecha, a la espera de que Emma se hiciera mayor.

–Mira esto –dije.

Richie miró en mi dirección. Se hallaba revisando el cajón de la ropa interior de Patrick; trabajaba con rapidez y eficacia: daba a cada par de calzoncillos una sacudida y los colocaba en una pila en el suelo.

–De manera que no fue un ladrón –comentó.

–Probablemente no. Al menos, no un profesional. Si fue cosa de un ladronzuelo aficionado y el asunto se torció, quizá le invadió el miedo y se largó corriendo, pero un profesional o alguien que viene a saldar una deuda no se marcharía de aquí sin llevarse lo que venía buscando.

–Un aficionado no encaja. Tal y como hemos dicho antes, esto no ha sido aleatorio.

–Es cierto. ¿Puedes darme una teoría que explique lo que tenemos hasta ahora?

Richie fue desenrollando pares de calcetines y arrojándolos en un montoncito mientras aclaraba las ideas.

–El intruso del que habló Jenny –dijo al cabo de un momento–. Pongamos que encuentra un modo de volver a entrar en la casa, quizá más de una vez. La propia Fionna ha aclarado que Jenny no se lo habría contado.

No había condones clandestinos en la parte inferior del joyero, ni ningún Pequeño Amiguito de Mamá oculto entre los pinceles del maquillaje.

–Sin embargo, Jenny sí le dijo a Fiona que pensaba empezar a utilizar la alarma. ¿Cómo consiguió el tipo salvar ese obstáculo?

–La primera vez consiguió forzar la cerradura. Todo apunta a que Patrick pensaba que entraba por el altillo. Y es posible que estuviera en lo cierto; puede que entrara por el tejado de la casa contigua.

–Si Larry y su equipo hubieran encontrado un punto de acceso en el altillo, nos lo habrían comunicado. Y ya los has oído: lo han buscado.

Richie empezó a plegar los calcetines y los calzoncillos y a meterlos de nuevo en el cajón ordenadamente. Por lo general, no nos preocupamos por dejar las cosas perfectas; yo no sabía si lo hacía porque imaginaba que Jenny tenía que regresar a aquella casa, su hogar, lo cual, a juzgar por las escasas perspectivas de que alguien la comprara, era una posibilidad real, o para evitar que Fiona tuviera que limpiarla y ordenarla. En cualquier caso, la empatía era algo que tendría que aprender a dominar.

–Está bien –continuó–. Quizá nuestro hombre logró desactivar el sistema de alarma. Quizá se dedique a instalar y desinstalar alarmas. Incluso podría ser que fuera así como escogió a los Spain: les instaló el sistema, se obsesionó con ellos...

–El sistema venía instalado con la casa, según el folleto. Estaba aquí antes que ellos. Así que frena el carro, que no estamos en *Un loco a domicilio*[7], jovencito.

[7.] Comedia negra dirigida por Ben Stiller y protagonizada por Jim Carrey y Matthew Broderick cuyo argumento gira en torno a un instalador de cable que acude a una vivienda a realizar una instalación y traba amistad con la pareja de inquilinos, de la que acaba convirtiéndose en un acosador neurótico. *(N. de la T.)*

El cajón de la ropa interior de Jenny estaba claramente dividido en prendas *sexys* para ocasiones especiales, ropa interior blanca deportiva y lo que supuse que serían sus braguitas y sujetadores de diario, rosas, blancos y con volantes; no había nada raro ni juguetes sexuales. Al parecer, los Spain estaban chapados a la antigua.

–Sin embargo –continué–, supongamos por un momento que nuestro hombre encontró un modo de entrar en la casa. ¿Qué pasó entonces?

–Quizá empezara a hacerse más visible, quizá comenzara a hacer esos agujeros en las paredes. Ya no habría tenido manera de ocultárselo a Patrick. Quizá Patrick pensara como Jenny: puede que quisiera descubrir qué sucedía, tal vez prefiriera atrapar al tipo que dejarlo fuera o asustarlo para que no volviera. De manera que instaló todas las cámaras de vigilancia donde creía o pensaba que había estado el intruso.

–¿Crees entonces que lo que hay en el altillo es una trampa para hombres? ¿Para atrapar al hombre in fraganti y retenerlo hasta que ellos llegaran?

–O hasta que Patrick acabara con él –aventuró Richie–. Depende.

Arqueé las cejas.

–Tienes la mente muy retorcida, muchacho. Y eso es bueno. Pero no dejes que se te vaya de las manos.

–Si alguien asustara a tu esposa y amenazara a tus hijos... –Richie sacudió un par de calzoncillos de color caqui; en comparación con su escuálido trasero parecían inmensos, como si hubieran pertenecido a un superhéroe–... quizá estarías dispuesto a infligirle un poco de dolor –remató.

–Encaja. No es ningún disparate. Tiene sentido. –Cerré el cajón de la ropa interior de Jenny–. Salvo por una cosa: el porqué.

–¿Te refieres a por qué iba a ir alguien tras los Spain?

127

–¿Por qué iba a hacer algo así? Estamos hablando de meses de acoso, rematados con un asesinato en serie. ¿Por qué escoger a esta familia? ¿Por qué colarse en su casa y no hacer nada peor que comerse unas lonchas de jamón? ¿Por qué volver a entrar y destrozar las paredes? ¿Por qué escalar hasta llegar al asesinato? ¿Por qué asumir el riesgo de comenzar por los críos? ¿Por qué asfixiarlos a ellos y apuñalar a los adultos? ¿Por qué nada de esto?

Richie pescó una moneda de cincuenta céntimos del bolsillo posterior de los calzoncillos caqui y se encogió de hombros (lo hacía como un niño, subiendo los hombros hasta las orejas).

–Quizá esté loco.

Dejé lo que estaba haciendo.

–¿Es eso lo que tienes previsto indicar en el expediente para el fiscal general? «No sé, quizá esté completamente loco...».

Richie se puso como la grana, pero no se retractó.

–No sé cómo lo denominan los médicos, pero ya sabes a qué me refiero.

–Si te soy sincero, muchacho, no lo sé. Estar «loco» no es un motivo. Hay locos de todos los colores; la mayoría no son violentos y todos y cada uno de ellos tienen alguna lógica, pese a que para ti o para mí eso carezca de sentido. Nadie masacra a una familia porque ese día se ha vuelto loco.

–Me has pedido una teoría que explique lo que tenemos hasta ahora. Eso es lo mejor que se me ocurre.

–Una hipótesis edificada sobre un «porque está loco» no es una teoría. Es una zafia evasión de responsabilidad. Y señal de un pensamiento vago. Espero algo mejor de ti, detective. –Le di la espalda y volví a enfrascarme en los cajones, pero lo notaba allí, inmóvil, y lo alenté–: Suéltalo de una vez.

–¿Qué le dije a la mujer de los Gogan? Que no necesitaba preocuparse de que hubiera algún psicópata. Solo quería impedir que no telefoneara a los programas de la tele, aunque el hecho es que tiene todo el derecho del mundo a estar asustada. No sé qué palabra quieres que utilice, pero, si este tipo es un loco, entonces nadie buscaba problemas. Él los trajo consigo.

Cerré el cajón, apoyé la espalda en la cajonera y me metí las manos en los bolsillos.

—Hace unos cuantos siglos, un filósofo afirmó que la respuesta correcta es siempre la más simple —afirmé—. Pero no se refería a la respuesta más fácil. Se refería a la solución que implica añadir la menor cantidad de elementos adicionales a lo que ya tienes entre manos. Cuantos menos «sis» y «quizás», menos tipos anónimos tendremos que hayan podido verse inmersos en medio de esta acción por casualidad. ¿Entiendes adónde quiero llegar?

Richie contestó:

—Tú no crees que fuera ningún intruso.

—Te equivocas. Lo que yo creo es que lo que tenemos entre manos es a Patrick y a Jennifer Spain, y cualquier solución que los implique necesita menos extras que cualquier otra. Lo que ha sucedido aquí vino de uno de dos lugares: o de dentro de la casa o de fuera. No digo que no hubiera un intruso. Lo que afirmo es que, incluso si el asesino vino de fuera, la solución más simple es que la razón procedía de dentro.

—Espera un segundo —intervino Richie—. Tú dijiste que aún quedaba espacio para pensar en un intruso. Además está la trampilla del altillo: dijiste que quizá el objetivo fuera atrapar al tipo que hizo los agujeros. ¿Qué...?

Suspiré.

—Richie. Al decir «intruso» me refería al tipo que le dejó a Patrick Spain dinero para jugar, al tipo a quien Jenny se follaba a escondidas, a Fiona Rafferty. No hablaba del maldito Freddy Krueger. ¿Entiendes la diferencia?

129

–Sí –contestó Richie. Tenía la voz tranquila, pero su mandíbula tensa indicaba que empezaba a estar molesto–. Lo entiendo.

–Sé que este caso parece... ¿qué palabra has utilizado antes?... «espeluznante». Sé que es el tipo de caso que desata la imaginación. Pero eso es un motivo aún mayor para mantener los pies en la tierra. La solución más probable sigue siendo la que barajábamos cuando veníamos en el coche: el típico homicidio con suicido estándar y aburrido.

–Eso –dijo Richie señalando al agujero que había sobre la cama–, eso no es estándar ni aburrido. Para empezar.

–¿Cómo lo sabes? Quizá a Patrick Spain le estaba consumiendo los nervios el tiempo libre y había decidido hacer algunas mejoras en la casa o quizá había algún problema con la instalación eléctrica, tal y como tú mismo has sugerido antes, e intentó arreglarlo por sí mismo en lugar de pagar a un electricista. Eso podría explicar también por qué la alarma estaba desactivada. O quizá los Spain tenían una rata, al final la atraparon y dejaron la trampa en el altillo por si a otros roedores se les ocurría asomar la nariz por aquí. Quizá los agujeros se hacen más grandes cada vez que un coche pasa por la calle y querían reproducir un vídeo ante los tribunales cuando denunciaran a la constructora. Por lo que sabemos, todas las rarezas de esta casa se reducen a una construcción chapucera.

–¿Eso es lo que crees? ¿En serio?

–Lo que creo, Richie, amigo mío, es que la imaginación es algo muy peligroso. Regla número seis (o el número que toque): quédate con la solución más fácil y aburrida, la que requiera menos imaginación, e irás bien encaminado.

Y me dispuse a escarbar entre las camisetas de Jenny Spain. Reconocí algunas de las etiquetas: tenía los mismos gustos que mi ex. Al cabo de un minuto, Richie sacudió la cabeza, lanzó la moneda de cincuenta céntimos sobre la cajonera y empezó a doblar los calzoncillos caqui de Patrick. Nos dejamos tranquilos el uno al otro durante un rato.

El secreto que yo había estado esperando me aguardaba en el fondo del cajón inferior de Jenny: era un bulto escondido en la manga de un jersey de cachemir rosa. Cuando sacudí la manga, algo salió volando y cayó sobre la gruesa alfombra, algo pequeño y duro, bien guardadito en un pañuelo de papel.

–Richie –dije, pero él ya había dejado el suéter que lo tenía ocupado y se había acercado a echar un vistazo.

Era una chapa redonda, de esas baratas de metal que se compran en los puestos callejeros si sientes la urgencia de llevar una hoja de marihuana o el nombre de una banda prendida a la ropa. La pintura estaba gastada de forma irregular, pero en un principio había sido azul cielo; a un lado había un sol amarillo y sonriente, y al otro algo blanco que podría haber sido un globo de aire caliente o quizá una cometa. En el centro se leía, con letras amarillas y llenas de vida: «YO VOY A JOJO'S».

–¿Qué te parece esto? –pregunté.

–A mí me parece una chapa normal y corriente –replicó Richie con una mirada dura.

–A mí también, pero el lugar donde la he encontrado no lo es. A bote pronto, ¿podrías darme una explicación típica y estándar?

–Quizá uno de los críos la ocultara ahí. A los niños les gusta esconder las cosas.

–Quizá. –Le di la vuelta a la chapa en la palma de mi mano. En el alfiler había dos bandas estrechas de óxido, lo cual indicaba que había estado prendida en la misma prenda de ropa durante mucho tiempo–. Me gustaría saber qué es, de todos modos. ¿Te dice algo el nombre de Jojo's?

Negó con la cabeza.

–¿Una coctelería? ¿Un restaurante? ¿Un jardín de infancia?

–Podría ser. Jamás lo he oído mencionar, pero podría haber desaparecido hace tiempo; esta chapa no parece nueva. O podría estar en las Maldivas o en algún otro sitio al que fueran de vacaciones. Pero no veo por qué Jenny Spain tendría que ocultar algo así. Si fuera algo caro, podría pensar que es un regalo de un amante, pero ¿esto?

–Si recupera la conciencia...

–Le preguntaremos qué es. Pero eso no significa que vaya a decírnoslo.

Volví a guardar la chapa en el pañuelo de papel y busqué una bolsa para pruebas. Desde la cajonera, Jenny me sonreía, acurrucada en la curva del brazo de Patrick. Bajo su estudiado peinado y todas las capas de maquillaje, se había casado demasiado joven, a una edad ridícula. El triunfo sencillo y resplandeciente de su rostro me dijo que a partir de aquel día todo había sido una nube borrosa y dorada en su mente: «Vivieron felices y comieron perdices».

Cooper estaba de mejor humor, probablemente porque este caso superaba con creces la escala de los casos macabros. Me telefoneó desde el hospital después de echar un vistazo a Jenny Spain. Para entonces, Richie y yo ya habíamos empezado a revisar el armario ropero de los Spain, en el que habíamos encontrado más de lo mismo: la mayoría, prendas de marcas comerciales estándar, aunque a la moda, y en gran cantidad: Jenny tenía tres pares de botas Uggs; no había drogas, dinero en efectivo ni una cara oscura. En una vieja lata de galletas, guardada en el estante superior de Patrick, había un puñado de cañas marchitas, un trozo de madera gastada por el mar y con pintura verde desconchada, un puñado de guijarros y conchas marinas: regalos de los niños, recogidos durante los paseos por la playa para dar la bienvenida a papá cuando regresara a casa.

–Detective Kennedy –dijo Cooper–, le complacerá saber que la víctima que sobrevivió aún está con nosotros.

–Doctor Cooper –lo saludé. Activé el altavoz y sostuve la BlackBerry entre mi oreja y Richie, quien dejó un puñado de corbatas (muchas de ellas de Hugo Boss) para escuchar–. Gracias por contactar con nosotros. ¿Cómo está la víctima?

–Su estado es crítico, pero el médico que la atiende cree que tiene muchas posibilidades de sobrevivir. –Le solté un «¡Sí!» mudo a Richie, quien me respondió con una mueca reacia: que Jenny Spain sobreviviera sería fantástico para nosotros, pero no tanto para ella–. Y yo estoy de acuerdo con el diagnóstico, pese a que los pacientes vivos no son mi especialidad.

–¿Puede revelarnos algo acerca de sus heridas?

Se produjo una pausa mientras Cooper consideraba si me hacía esperar a su informe oficial, pero el buen humor le pudo.

–Sufrió varias heridas, algunas de ellas importantes. Tiene una cuchillada que va desde su pómulo derecho hasta la comisura derecha de los labios. Y otra puñalada que empieza en el esternón y se extiende hacia el pecho derecho. Otra herida de arma blanca justo debajo del omóplato derecho. Y una última en el abdomen, justo a la derecha del ombligo. Tiene, además, varios cortes más pequeños en la cara, el cuello, el pecho y los brazos; los detallaré en mi informe, donde incluiré un diagrama. El arma fue un cuchillo de un solo filo (o varios cuchillos) y coincide con la utilizada para apuñalar a Patrick Spain.

Cuando alguien le destroza la cara a una mujer, sobre todo a una mujer guapa y joven, suele haber un motivo personal. Miré de reojo aquella sonrisa y aquel ramo de rosas y les di la espalda.

–También tenía una contusión en la nuca, justo en la parte izquierda de la línea media. La golpearon con un objeto contundente cuya superficie de impacto se correspon-

133

de, aproximadamente, con la forma y el tamaño de una pelota de golf. Tiene morados recientes en ambas muñecas y antebrazos; sus formas y ubicaciones indican que alguien la agarró con las manos durante un forcejeo. No hay indicios de agresión sexual y no ha mantenido relaciones sexuales recientemente.

Alguien se había ensañado de lo lindo con Jenny Spain.

—¿El o los agresores eran personas fuertes?

—A juzgar por los contornos de las heridas, el arma parece haber estado muy afilada, lo cual indica que no se requeriría una fuerza excepcional para infligir las puñaladas y los cortes. La contusión con el objeto contundente en la cabeza dependería de la naturaleza del arma: si el atacante la golpeó con una pelota de golf en la mano, por ejemplo, sí habría requerido una fuerza considerable, pero si, por decir algo, la pelota hubiera estado metida en un calcetín, el impulso habría compensado la falta de fuerza, lo cual implica que hasta un crío podría haberlo hecho. Sin embargo, los morados de las muñecas nos dicen que no fue un niño: los dedos del agresor se resbalaron durante el forcejeo, cosa que me impide medir el tamaño de las manos que retuvieron a la señora Spain, pero lo que sí puedo asegurarle es que no corresponden a un niño pequeño.

—¿Existe alguna posibilidad de que ella misma se infligiera esas heridas?

Hay que comprobarlo dos veces todo, incluso las cosas que parecen más obvias, o el abogado de la defensa lo hará por ti.

—Se requeriría a un suicida con un talento extraordinario para ello —opinó Cooper, usando su voz de hombre que susurraba a los imbéciles una vez más—, para apuñalarse a sí misma debajo del omóplato, golpearse en la nuca y luego, en una milésima de segundo antes de quedar inconsciente, ocultar ambas armas con tal esmero que pasaran inadvertidas al menos durante unas horas. En ausencia de pruebas de que la señora Spain sea una contorsionista experta o una maga, creo que podemos excluir la posibilidad de que ella misma se infligiera esas heridas.

–¿Probablemente? ¿O definitivamente?

–Si duda de mí, detective Kennedy –alegó Cooper con voz dulce–, lo invito a que pruebe usted mismo a perpetrar tal hazaña –y colgó.

Richie se frotaba detrás de la oreja como un perro rascándose, concentrado.

–Eso elimina a Jenny de nuestro panorama –sentenció.

Me guardé de nuevo el teléfono en el bolsillo de la chaqueta.

–Pero no a Fiona. Y, si iba a por Jenny, por la razón que fuera, es muy probable que la atacara en la cara. Ser la normalita de las dos podría haberla ido minando a lo largo de la vida. Adiós a la hermana mayor, nada de ataúd abierto, se acabó ser la niña bonita de la familia.

Richie contempló la fotografía de la boda.

–En realidad, Jenny no es más guapa que ella. Solo iba mejor peinada.

–El resultado es el mismo. Si las dos salían juntas de discotecas, me apuesto lo que quieras a quién de las dos captaba la atención de los hombres y quién se quedaba con el premio de consolación.

–No hay que olvidar que esa fotografía corresponde a la boda de Jenny. Quizá no se arreglara tanto normalmente.

–Te apuesto lo que sea a que sí. Hay más maquillaje en ese cajón del que Fiona ha utilizado en toda su vida, y cada prenda de ropa vale más que el vestuario de Fiona al completo... y ella lo sabía. ¿Recuerdas su comentario sobre lo cara que era la ropa de Jenny? Jenny es una mujer atractiva y Fiona no; tan sencillo como eso. Y ya que nos ponemos a hablar de captar la atención de los hombres, piensa en esto: Fiona se mostró muy muy protectora con Patrick. Explicó que los tres se remontaban a hacía mucho tiempo; me gustaría conocer un poco más en detalle su historia. He visto muchos triángulos de amor extraños a lo largo de mi vida.

Richie asintió, sin dejar de examinar la foto.

–Pero Fiona es demasiado menuda. ¿Crees que podría haber derribado a un tipo corpulento como Patrick?

–¿Con un cuchillo afilado y el elemento sorpresa? Sí, creo que podría haberlo hecho. No digo que sea la sospechosa número uno, pero aún no podemos descartarla.

Fiona escaló uno o dos peldaños más en la lista cuando retomamos la búsqueda. Escondido en el fondo del armario de Patrick, tras el estante zapatero, estaba el premio gordo: un fornido archivador gris. Fuera de la vista (no encajaba con la decoración), pero no fuera de la mente: habían guardado tres años de contabilidad perfectamente ordenados. Estuve a punto de besar aquella caja. Si me dan a escoger una perspectiva desde la cual contemplar la vida de una víctima, de largo me quedo con la economía. La gente envuelve sus correos electrónicos, amistades e incluso sus diarios en múltiples capas de basura, pero los extractos de sus tarjetas de crédito nunca mienten.

Todo aquello se vendría con nosotros a la comisaría para que pudiéramos familiarizarnos más con los datos, pero decidí echarle un vistazo rápido de inmediato. Nos sentamos en la cama (Richie dudó por un segundo, quizá por temor a contaminarla, o viceversa) y abrimos el archivador.

Primero estaban los documentos más importantes: los cuatro certificados de nacimiento, los cuatro pasaportes y el certificado de matrimonio. Tenían un seguro de vida contratado y actualizado que liquidaba la hipoteca en caso de fallecer uno de los dos. También habían tenido otra póliza, con doscientos mil euros para Patrick y cien mil para Jenny, pero había caducado durante el verano. En su testamento se lo dejaban todo el uno al otro y, en el caso de que ambos fallecieran, todo, incluido la custodia de los niños, quedaba en manos de Fiona. Hay mucha gente por ahí suelta a la que le encantaría hacerse con unos cientos de miles de euros y una casa nueva, y le gustaría incluso más si eso no llevara un par de críos acoplados.

Pero luego llegamos a los extractos económicos y Fiona Rafferty cayó tan en picado en la lista, que apenas la divisaba. Los Spain habían optado por la vía más simple: lo ingresaban y lo retiraban todo de una única cuenta conjunta, lo cual nos iba de fábula. Y, tal y como habíamos previsto, estaban en la ruina. El viejo empleo de Patrick le había dado un finiquito nada desdeñable, pero, desde entonces, los únicos ingresos que habían recibido habían sido los de la prestación por desempleo y la pensión de los niños. Y habían continuado derrochando. En febrero, marzo y abril, el dinero había continuado fluyendo de la cuenta al mismo ritmo que siempre. En mayo habían empezado a recortar gastos. Y en agosto toda la familia vivía con menos de lo que lo hago yo solo.

Demasiado poco, demasiado tarde. Llevaban tres meses de retraso en el pago de la hipoteca y habían recibido dos cartas de la entidad crediticia (una empresa que sonaba a vaqueros del Lejano Oeste llamada HomeTime). La segunda era mucho más desagradable que la primera. En junio, los Spain habían pasado sus móviles de contrato a tarjeta y ambos habían dejado prácticamente de efectuar llamadas: en las facturas de las recargas de los últimos cuatro meses que había unidas por un clip figuraba una cantidad que a una adolescente no le bastaría ni para una semana. El todoterreno había regresado por donde había llegado en julio, e iban con una letra de retraso para pagar el Volvo, cuatro meses de retraso en la tarjeta de crédito y debían cincuenta euros de la factura de electricidad. Según figuraba en su último extracto bancario, tenían trescientos catorce euros y cincuenta y siete céntimos en la cuenta corriente. Si los Spain se habían dedicado a algo raro, o eran pésimos haciéndolo o les había ido a las mil maravillas.

Pero incluso cuando se habían vuelto más cautelosos habían mantenido la conexión inalámbrica a internet. Necesitaba ponerme en contacto con Delitos Informáticos para etiquetar ese ordenador con la máxima urgencia. Puede que Patrick y Jenny no hubieran visto a nadie de carne y hueso, pero habían tenido todo internet para hablar, y algunas personas revelan en el ciberespacio cosas que no explicarían ni a sus mejores amigos.

En cierto sentido, podría decirse que se habían arruinado incluso antes de que Patrick perdiera su empleo. Había ganado un buen sueldo, pero el límite de su tarjeta de crédito era de seis mil euros y la mayoría de las veces lo habían superado (había un montón de cargos de tres cifras a nombre de los grandes almacenes Brown Thomas y Debenhams y de unas cuantas páginas web con nombres femeninos que me sonaban vagamente familiares), y luego estaban los dos créditos de los coches y la hipoteca. No obstante, solo los inocentes creen que la ruina se mide por cuánto cobras y cuánto debes. Pregúntenle a cualquier economista: la ruina se mide por cómo te sientes. La crisis crediticia no ocurrió porque la gente se despertara un día y fuera más pobre de lo que se había acostado; sucedió porque la gente un día se despertó asustada.

En enero, cuando Jenny se gastó doscientos setenta euros en una página web llamada Shoe 2 You, los Spain habían continuado como si nada. Pero en julio, cuando tuvo miedo y se planteó cambiar las cerraduras para protegerse de un intruso, ya estaban sumidos en la ruina.

A algunas personas, cuando las alcanza un sunami, clavan las uñas en la tierra y resisten contra viento y marea; se concentran en los aspectos positivos y continúan visualizando el camino hasta que se abre de nuevo ante ellas. Pero otras pierden la cordura. La ruina puede conducir a las personas a lugares que jamás habrían imaginado. Puede empujar a un ciudadano cumplidor con la ley por ese borroso precipicio que se viene abajo donde una docena de delitos distintos parecen quedar al alcance de la mano. Puede echar por tierra una vida decente y pacífica hasta que lo único que queda son los dientes afilados, las garras y el terror. Casi pude oler el hedor del miedo, húmedo y frío como algas en descomposición, emanando de aquel lugar oscuro en el fondo del armario donde los Spain habían mantenido ocultos a sus monstruos.

—Parece que, después de todo, no vamos a tener que perseguir a la hermana —comenté.

Richie repasó con el dedo gordo los extractos bancarios de nuevo y se detuvo en aquella patética última hoja.

—¡Caray! —exclamó, sacudiendo la cabeza.

—Un tipo campechano, con esposa e hijos, un buen empleo, consigue la casa y la vida que quería y, de repente, de la nada, todo empieza a desmoronarse delante de sus narices. Pierde el trabajo, se queda sin coche y su casa está en peligro... Y ¿quién sabe? Quizá Jenny planeara abandonarlo, ahora que ya no aportaba nada, y llevarse a los niños. Tal vez eso fuera la gota que colmara el vaso para él.

—Y todo en menos de un año —concluyó Richie. Depositó los extractos bancarios sobre la cama junto a las cartas de HomeTime, sosteniéndolos entre las puntas de los dedos como si fueran radiactivos—. Sí. Bien podría ser, desde luego.

—Aún tenemos un montón de «sis» sobre la mesa. Pero si los muchachos de Larry no encuentran ninguna prueba de la presencia de un extraño y si aparece el arma en algún lugar accesible y si Jenny Spain no recobra la conciencia y nos explica una historia plausible en la que este desbarajuste haya sido perpetrado por otra persona, y no por su marido..., este caso podría cerrarse mucho antes de lo que habíamos barruntado.

Entonces fue cuando me volvió a sonar el teléfono.

–Y ahí lo tienes –anuncié, mientras me lo sacaba del bolsillo–. ¿Qué te apuestas a que es uno de los refuerzos informando de que han encontrado el arma en un lugar cercano y conveniente?

Era el Hombre Marlboro y estaba tan emocionado que se le quebraba la voz como a un adolescente.

–Señor –dijo–. Señor, tienen que venir a ver esto.

Estaba en Ocean View Walk, la doble hilera de casas (no se la podía llamar «calle» con propiedad), entre Ocean View Rise y el mar. A nuestro paso, las cabezas de los refuerzos emergían de los agujeros de las paredes, como si fueran animales curiosos. El Hombre Marlboro nos hizo una señal con la mano desde una ventana de la primera planta.

La casa había llegado a la fase de tener paredes y tejado, bloques grises densamente forrados de enredaderas verdes. El jardín frontal estaba invadido por hierbajos y aulagas que llegaban a la altura del pecho, se agolpaban en el sendero de la entrada y penetraban a través del hueco de la puerta delantera. Tuvimos que escalar por el andamio oxidado, sacudiéndonos las enredaderas de los pies, y entrar a través del hueco de una ventana.

El Hombre Marlboro dijo:

–No estaba seguro de si... Me refiero a que sé que está usted ocupado, señor, pero como dijo que lo llamáramos si encontrábamos algo interesante. Y esto...

Con sumo cuidado, y a lo largo de bastante tiempo, alguien había convertido la planta superior de la casa en su guarida particular. Había un saco de dormir, uno de esos de calidad fabricados para expediciones semiprofesionales en plena naturaleza, con una tosca piedra de hormigón encima para que no se volara. Las aberturas de las ventanas estaban cubiertas con plásticos gruesos tachonados a las paredes para guarecerse del frío. Había tres botellas de agua de dos litros alineadas limpiamente contra una pared. Una caja de plástico transparente con espacio suficiente para guardar un desodorante de barra Right Guard, una pastilla de jabón, detergente para la ropa, un cepillo de dientes y un tubo de dentífrico. En un rincón limpio había una escoba y un recogedor: allí no había telarañas. Una bolsa de supermercado con otro pedazo de hormigón, un par de botellas vacías de bebida energética Lucozade, unos cuantos envoltorios de chocolatinas y la corteza de un bocadillo que sobresalía de un papel de plata arrugado. Colgado de un clavo, en una viga, había también uno de esos impermeables de plástico para la lluvia que llevan las mujeres. Y un par de prismáticos negros, dejados sobre el saco de dormir, junto a su caja, ahora maltrecha.

No parecían de una marca especialmente buena, pero no necesitaban serlo. Las aberturas de las ventanas posteriores daban directamente a la acogedora cocina acristalada de Patrick y Jenny Spain, situada solo a unos diez metros de distancia. Larry y su equipo conversaban sobre algo relacionado con uno de los pufs.

—Caray, caray —dijo Richie en voz baja.

Yo no dije ni mu. Estaba tan enfadado que lo único que habría podido proferir habría sido un rugido. Todo lo que sabía de aquel caso se había elevado en el aire, se había girado bocabajo y me había caído encima como una losa. Aquel no era el puesto de vigilancia de ningún sicario contratado para recuperar dinero o drogas; un profesional habría limpiado antes de hacer el trabajo; jamás habríamos tenido constancia de su presencia allí. Allí estaba el loco de Richie, con toda su artillería de problemas.

A fin de cuentas, Patrick Spain era uno entre un centenar. Lo había hecho todo bien. Se había casado con el amor de su adolescencia, habían tenido a dos niños sanos, había comprado una casa bonita y se había dejado la piel trabajando para pagarla, acondicionarla y dotarla de todo lo necesario para conseguir que pareciera una casa perfecta y resplandeciente. Había hecho todo lo que se suponía que debía hacer, absolutamente todo. Y luego aquel pedazo de mierda se había acercado con sus prismáticos baratos, había reducido a cenizas todo aquello y había dejado a Patrick sin nada, salvo la culpa.

El Hombre Marlboro me miraba nervioso, preocupado por haberla fastidiado de nuevo.

–Bien, bien, bien –dije yo con frialdad–. Pues parece que esto le quita un poco de culpa a Patrick.

–Parece el nido de un francotirador –observó Richie.

–Es exactamente como el nido de un francotirador. Está bien: ¡todo el mundo fuera! Detective, llame a sus colegas y dígales que se retiren de la escena del crimen. Dígales que lo hagan de manera informal, como si no hubiera sucedido nada, pero que lo hagan ahora mismo.

Richie arqueó las cejas; el Hombre Marlboro abrió la boca, pero algo en mi rostro le hizo cerrarla de nuevo.

–Este tipo podría estar observándonos en este preciso instante –aclaré yo–. Y lo único que sabemos de él, por ahora, es que le gusta mirar, ¿no es cierto? Les garantizo que ha estado observándonos toda la mañana, esperando a ver si nos gustaba su obra.

Hileras de casas a medio construir, a derecha, izquierda y delante, agolpándose para contemplarnos boquiabiertas. La playa a nuestra espalda, con dunas de arena y grandes matas

142

de hierbas sibilantes; los cerros a ambos extremos, con líneas irregulares de rocas a sus pies. Podría haberse ocultado en cualquier sitio. Allá donde mirara tenía la sensación de tener una mirilla apuntándome a la frente.

—Toda esta actividad podría haberlo asustado e incitado a retirarse durante un tiempo —continué—. Si estamos de suerte, no nos habrá visto encontrar esto. Pero regresará. Y, cuando aparezca, nos interesa que piense que su pequeño refugio sigue siendo un lugar seguro. Porque, a la primera oportunidad que se le presente, necesitará venir aquí. A por eso. —Señalé con la cabeza hacia abajo, en dirección a Larry y su equipo, que pululaban por la luminosa cocina—. Me apuesto hasta el último céntimo que tengo a que no será capaz de mantenerse alejado.

6

El asesinato es caos en todas sus variables. En resumidas cuentas, nuestro trabajo es bien sencillo: nos enfrentamos al asesinato por el bien del orden.

Recuerdo cómo era este país durante mi infancia. Íbamos a la iglesia, cenábamos toda la familia alrededor de la mesa y a ningún niño se le habría ocurrido jamás enviar a un adulto a la porra. Había mucha maldad, eso tampoco se me olvida, pero todos sabíamos exactamente cuál era nuestro lugar y no nos saltábamos las reglas a la ligera. Si eso les suena a trivialidad, si les aburre, si les parece anticuado o incluso poco glamuroso, piensen en esto: la gente sonreía a los desconocidos, saludaba a sus vecinos, dejaba las puertas de sus casas abiertas y ayudaba a las ancianas a llevar las bolsas de la compra, y la tasa de asesinatos rozaba el cero.

En algún momento entre entonces y ahora nos convertimos en fieras. El salvajismo penetró en el aire como un virus, y se propaga. Basta con observar a las pandillas de chavales que rondan las urbanizaciones de los barrios pobres, desnortados e irrefrenables como babuinos, siempre a la búsqueda de algo o alguien a quien destrozar. O a los empresarios que empujan a mujeres embarazadas para hacerse con un asiento en el tren y utilizan sus todoterrenos para obligar a los vehículos más pequeños a apartarse de su camino, con el rostro morado de la ira y escandalizados si alguien en el mundo se atreve a contradecirles. Observen a los adolescentes agarrar un berrinche cuando, por una vez en la vida, no consiguen algo justo cuando lo quieren. Todo lo que nos separa de los animales se está erosionando, borrándose como la arena del mar, desapareciendo, desaparecido.

El último estadio de esta fase brutal es el asesinato. Y nosotros nos interponemos entre eso y la población general. Decimos, cuando nadie más lo haría: «Existen unas reglas. Existen unos límites. Existen unas fronteras inamovibles».

Soy el tipo menos fantasioso que existe en la Tierra, pero en las noches en que me pregunto qué sentido ha tenido mi día, pienso en esto: lo primero que hicimos, cuando empezamos a volvernos humanos, fue trazar una línea divisoria frente a la puerta de nuestra cueva y decir: «Lo salvaje acaba aquí». Lo que yo hago es lo que hicieron los primeros hombres. Construyeron muros para retener el mar. Lucharon con los lobos por el fuego.

Reuní a todo el mundo en el salón de los Spain; era demasiado pequeño, pero bajo ningún concepto íbamos a mantener aquella conversación en aquella cocina-pecera. Los refuerzos se apiñaron como sardinas, intentando no pisar la alfombra ni rozar la tele, como si los Spain aún necesitaran que sus invitados dieran muestra de buenos modales. Les expliqué lo que había tras la tapia del jardín. Uno de los técnicos emitió un largo y tenue silbido.

—Escucha, Scorcher —dijo Larry. Se había sentado cómodamente en el sofá—. No pretendo ponerte en entredicho, nada más lejos de mi intención, pero ¿no podría ser que se tratara de un vagabundo que se ha buscado un lugar agradable y acogedor para echarse a dormir un rato?

–¿Con prismáticos, un saco de dormir caro y toda la pesca? Ni hablar, Lar. Esa guarida se estableció por un motivo: para que alguien pudiera espiar a los Spain.

–Y no es ningún vagabundo –intervino Richie–. O, si lo es, tiene algún lugar donde puede lavarse y lavar el saco de dormir. No huele mal.

–Contacta con la Unidad de Perros Adiestrados y pídeles que nos envíen un perro multiusos lo antes posible –ordené al refuerzo que tenía más cerca–. Explícales que buscamos a un sospechoso de asesinato y que necesitamos al mejor sabueso rastreador que tengan.

El refuerzo asintió con la cabeza y desapareció en el pasillo, justo después de sacarse el teléfono del bolsillo.

–Hasta que ese perro tenga la oportunidad de rastrear el olor –continué–, nadie entrará en la casa. Todos vosotros –señalé con un gesto a los presentes– podéis retomar la búsqueda del arma, pero esta vez manteneos alejados de esa guarida; dirigíos hacia la fachada, recorredla por ambas caras y continuad descendiendo hasta la playa. Cuando llegue el adiestrador de perros, os enviaré un SMS y regresaréis aquí de inmediato. Voy a necesitar montar un buen caos delante de esta vivienda: gente corriendo, gritando, conduciendo los coches patrulla con las alarmas y las sirenas puestas, formando grupos para mirar algo; haced todo el teatro posible. Luego escoged un santo o lo que os apetezca y rezad, porque, si nuestro hombre está observando, el caos lo atraerá hasta aquí para comprobar qué sucede.

Richie estaba apoyado en una pared con las manos en los bolsillos.

–Al menos se ha dejado los prismáticos. Si quiere ver qué sucede, no podrá ocultarse y observarlo desde la distancia; tendrá que acercarse, venir hasta aquí –apuntó.

–No tenemos ninguna garantía de que no posea un segundo par, pero debemos albergar esa esperanza. Si se acer-

146

ca lo suficiente, quizá podamos echarle el guante, aunque tal vez eso sea demasiado pedir; esta urbanización es un laberinto y tiene bastantes escondites como para pasarse meses oculto. Entre tanto, el perro olfateará su guarida, el saco de dormir (el adiestrador puede bajar el saco a pie de calle, si no consigue hacer que el perro suba a la primera planta del edificio) y empezará a rastrear. Uno de los técnicos irá hasta allí con ellos, discretamente, grabará el lugar en vídeo, tomará las huellas dactilares y se marchará. Todo lo demás puede esperar.

–Gerry –dijo Larry, señalando a un joven larguirucho, que asintió–. El tomahuellas más rápido del Oeste.

–Excelente, Gerry. Si obtienes huellas, te diriges directamente al laboratorio y haces lo que tengas que hacer. El resto nos dedicaremos a simular una actividad frenética frente a esta casa durante todo el tiempo que necesites y luego retomaremos lo que estábamos haciendo. Tenemos hasta las seis en punto. Luego despejaremos la zona. Quienes estén trabajando dentro de la casa pueden continuar, pero por fuera debe parecer que hemos recogido nuestros trastos y hemos concluido la jornada. Quiero despejar la costa, literalmente, para nuestro hombre.

Larry tenía las cejas casi en la calva. Era un juego arriesgado, apostar el trabajo de toda una noche a aquella única posibilidad: los recuerdos de los testigos pueden cambiar de la noche a la mañana, un aguacero puede eliminar toda la sangre y los olores, las mareas pueden arrastrar las armas y prendas ensangrentadas arrojadas al mar y hacer que desaparezcan para siempre, y yo no soy dado a los juegos arriesgados, pero este caso no era como la mayoría.

–Cuando oscurezca –añadí–, volveremos a desplegarnos.

–Estás dando por seguro que el perro no lo localizará –señaló Larry–. ¿Crees que este tipo sabe lo que se hace?

Vi a los refuerzos removerse como si esa idea hubiera desatado en su interior una oleada de alerta.

–Eso es lo que pretendo averiguar –contesté–. Probablemente no, o habría limpiado su escondite después del crimen, pero no me apetece asumir riesgos. El sol se pone en torno a las siete y media, quizá un poco más tarde. Alrededor de las ocho u ocho y media, en cuanto ya no se nos vea, el detective Curran y yo nos dirigiremos a esa guarida, donde pasaremos la noche. –Tropecé con la mirada de Richie; asintió–. Entre tanto, dos detectives patrullarán por la urbanización, de nuevo, con discreción, atentos a si detectan alguna actividad, sobre todo cualquier actividad que se dirija en esta dirección. ¿Algún voluntario?

Todos los refuerzos levantaron la mano. Escogí al Hombre Marlboro (se lo merecía) y a un tipo que parecía lo bastante joven como para que una noche de insomnio no lo dejara noqueado para el resto de la semana.

–Tened en cuenta que puede venir tanto de fuera de la urbanización como de dentro. Podría estar oculto en una casa abandonada o podría vivir aquí y así fue como convirtió a los Spain en su diana. Si detectáis algo interesante, telefoneadme de inmediato. Continuaremos sin radios: conviene asumir que este tipo conoce bien el material de vigilancia, al menos lo bastante como para tener un escáner de ondas radiofónicas. Si alguien os parece prometedor, seguidlo si podéis, pero nuestra máxima prioridad es asegurarnos de que no nos vea. Si tenéis la impresión, por leve que sea, de que va tras vosotros, retiraos e informadme. ¿Entendido?

Asintieron.

–También necesitaré que un par de técnicos pasen la noche aquí –anuncié.

–Conmigo no cuentes –se escudó Larry–. Sabes que te adoro, Scorcher, pero tengo un compromiso previo y soy demasiado viejo para mantenerme en guerra toda una noche, sin dobles sentidos.

–Ningún problema. Estoy seguro de que alguien estará dispuesto a trabajar horas extra, ¿me equivoco? –Larry fingió clavarse la mandíbula en el pecho: tengo reputación de no autorizar horas extra. Algunos de los técnicos asintieron–. Podéis traeros sacos de dormir y hacer turnos para echaros un sueñecito en el salón, si queréis; lo único que necesito es que haya algo de actividad visible. Sacad y meted cosas en el coche, limpiad con algodones utensilios en la cocina, dejad a la vista un ordenador con un gráfico de aspecto profesional... Vuestro cometido es azuzar lo bastante el interés de nuestro hombre como para que no pueda resistir la tentación de ir a su guarida a recoger los prismáticos y comprobar qué hacéis.

–Un anzuelo –dijo Gerry, el técnico de las huellas.

–Exactamente. Tenemos anzuelo, rastreadores y cazadores. Ahora lo único que nos queda es esperar que nuestro hombre caiga en la trampa. Contaremos con un par de horas de descanso entre las seis de la tarde y el anochecer; cenad algo y regresad a la comisaría si tenéis que fichar, coged lo que queráis para la operación de vigilancia. Por el momento, eso es todo. Retomad lo que estabais haciendo. Gracias, damas y caballeros.

Se retiraron. Dos de los técnicos lanzaron una moneda al aire para sortearse las horas extra y un par de refuerzos intentaban impresionarme o impresionarse mutuamente tomando notas. Me había manchado de óxido la manga del abrigo con el andamio. Encontré un pañuelo en mi bolsillo y me dirigí hacia la cocina para humedecerlo. Richie me siguió.

–Si quieres ir a buscar algo de comida, coge el coche y ve a la gasolinera que mencionó la señora Gogan.

Negó con la cabeza.

–No, estoy bien.

–Vale. ¿Te va bien quedarte esta noche?

–Sí. Ningún problema.

–A las seis iremos a la comisaría, informaremos al superintendente, cogeremos lo que necesitemos y luego volveremos a reunirnos y regresaremos aquí. –Si Richie y yo éramos capaces de llegar a la ciudad lo bastante rápido y no tardábamos demasiado en informar al jefe, existía una pequeña posibilidad de que me diera tiempo a hablar con Dina y enviarla en taxi a casa de Geri–. Puedes anotar las horas extra si quieres. Yo no pienso hacerlo.

–¿Por qué no?

–No creo en las horas extra.

Los muchachos de Larry habían cortado el agua y se habían llevado el fregadero, por si nuestro hombre se había lavado allí, pero aún manó un hilillo de agua del grifo. Mojé el pañuelo y me froté la manga.

–Sí, ya lo había oído decir. Pero ¿qué significa eso?

–No soy una niñera ni una camarera. Yo no cobro por hora. Y tampoco soy ningún político que inventa modos de que le paguen el triple por cada trabajo que hace. A mí me pagan un salario por hacer mi trabajo, implique eso lo que implique.

Richie no hizo ningún comentario al respecto.

–Estás bastante seguro de que nuestro hombre nos está observando, ¿no es así? –preguntó.

–Al contrario: probablemente esté a kilómetros de distancia, si es que tiene un empleo que atender y si ha tenido la sangre fría de ir a trabajar hoy. Pero, como le he dicho a Larry, no quiero correr ningún riesgo.

Capté de reojo cómo algo blanco se agitaba. Antes siquiera de saber que me había movido, me encontraba de cara a la ventana, listo para arremeter contra la puerta trasera. Uno de los técnicos estaba en el jardín, agachado sobre un adoquín, tomando muestras con un hisopo.

Richie dejó que la imagen hablara por sí misma mientras yo me enderezaba y guardaba el pañuelo en mi maletín. Luego dijo:

—Puede que «seguro» no sea la palabra correcta. Pero crees que nos observa.

En el suelo, la gran mancha de Rorschach donde los Spain habían yacido empezaba a oscurecerse y a formar una costra por los bordes. Encima de ella, las ventanas rebotaban la gris luz vespertina, arrojando reflejos dislocados y descentrados: hojas que revoloteaban, un fragmento de pared, el sobrecogedor vuelo en picado de un pájaro contra una nube.

—Sí —corroboré—. Creo que sí. Creo que nos observa.

Y así nos quedamos, esperando a que transcurriera el resto de la tarde, de camino a la noche. Los medios de comunicación habían empezado a acudir en manada, más tarde de lo que yo había previsto, debo indicar; era evidente que sus GPS no tenían mapeado el lugar mejor que el mío... Se dedicaban a hacer su trabajo, a asomarse por encima de la cinta de la escena del crimen para fotografiar a los técnicos entrando y saliendo y a grabar fragmentos de vídeo con la voz más solemne que eran capaces de impostar. En mi profesión, los medios de comunicación son un mal necesario: viven a costa del animal que todos llevamos dentro, ceban sus portadas con sangre de segunda mano para que las hienas se revuelquen en ella, pero muy a menudo nos son de utilidad, así que conviene tenerlos de nuestra parte. Comprobé mi cabello en el espejo del cuarto de baño de los Spain y salí a hacer una declaración para ellos. Por un instante pensé realmente en enviarles a Richie. Imaginar a Dina escuchando mi voz mientras hablaba de Broken Harbour me desgarraba por dentro.

Había un par de docenas de periodistas fuera, de todo tipo, desde reporteros de periódicos de gran formato hasta de tabloides y desde las radios locales hasta la televisión nacional. Intenté ser lo más conciso y monótono posible, por si acaso me citaban en lugar de utilizar el metraje real, y me aseguré de que se llevaran la impresión de que los cuatro Spain estaban muertos. Mi hombre vería las noticias y quería que se engrandeciera y se sintiera seguro: nada de testigos con vida, el crimen perfecto, que se diera una palmadita en la espalda por ser un ganador y descendiera a echar otro vistazo a su preciada obra.

El equipo de rastreo y el adiestrador de perros llegaron poco después, lo cual amplió el número de actores de reparto que participaban en el teatro del jardín frontal. La señora Gogan y su hijo dejaron de fingir que no nos espiaban y asomaron la cabeza por la puerta, y los periodistas estuvieron a punto de reventar la cinta de la escena del crimen intentando averiguar qué sucedía, lo cual se me antojó una buena señal. Mi incliné sobre algo imaginario en el vestíbulo con el resto de los muchachos, vociferé unas cuantas palabras en jerga policial hacia el exterior y corrí arriba y abajo por el camino de entrada para sacar cosas del coche. Tuve que desplegar toda mi fuerza de voluntad para no escanear la maraña de casas en busca de un movimiento fugaz o un destello de luz en unas lentes, pero no alcé la vista ni una sola vez.

El perro era un alsaciano atlético y resplandeciente que olfateó el olor del saco de dormir en una fracción de segundo, lo rastreó hasta el final de la calle y lo perdió. Pedí al adiestrador que paseara al sabueso por la casa (si nuestro hombre nos observaba, necesitaba que creyera que era por eso por lo que lo habíamos hecho venir). Luego ordené que el equipo de búsqueda retomara la caza del arma y asigné nuevas misiones a los refuerzos: ir a la escuela de Emma (rápido, antes de que concluyera la jornada), hablar con su profesora, hablar con sus amigas y con los padres de estas, ir a la guardería de Jack e ídem. Recorrer todos los comercios de los alrededores de las escuelas, descubrir dónde compró Jenny los productos que llevaba en las bolsas que vio Sinéad Gogan, averiguar si alguien había visto a alguien seguirla y si alguien tenía un circuito cerrado de televisión que pudiéramos revisar. Acudir al hospital donde estaban tratando a Jenny, hablar con los parientes que se hubiesen presentado, buscar a los que no lo hubieran hecho aún, asegurarse de que todos ellos tuvieran la boca cerrada y se mantuvieran alejados de los medios de comunicación; acudir a todos los hospitales en cien kilómetros a la redonda y preguntar si habían atendido alguna herida de arma blanca la noche anterior y esperar que nuestro hombre resultara herido en la refriega. Telefonear al cuartel general y averiguar si los Spain habían llamado a la policía en los últimos seis meses; telefonear también al Departamento de Policía de Chicago y pedirles que enviaran a alguien a comunicarle la noticia a Ian, el hermano de Pat. Ir en busca de cualquiera que viviera en aquella urbanización de mala muerte y amenazarlos con lo que se les ocurriera, incluso con penas de prisión, si contaban a los medios de comunicación algo sin habérnoslo contado antes a nosotros; descubrir si vieron a los Spain, si detectaron algo extraño o si vieron algo, lo que fuera.

Richie y yo retomamos el registro de la casa. La situación era muy distinta ahora que los Spain se habían convertido en una especie de leyenda, únicos como un pájaro oculto con un trino dulce que nadie jamás haya visto vivo: auténticas víctimas, inocentes hasta la médula. Hasta entonces les habíamos estado buscando el fallo. Ahora debíamos concentrarnos en buscar aquello en lo que jamás sospecharon fallar. Los recibos que indicaran quién les había vendido comida, gasolina, ropa para los críos; las tarjetas de cumpleaños que nos dirían quién había asistido a la fiesta de Emma; el folleto que listaba a las personas que habían acudido a las reuniones de vecinos.

Buscábamos ese atractivo señuelo que había hecho que alguien se aferrara a ellos con las garras, como un animal, y los siguiera a casa.

El primer refuerzo que telefoneó fue el que había enviado a la guardería de Jack.

—Señor —dijo—, Jack Spain no viene a este centro de preescolar.

Habíamos obtenido el número de una lista, escrita con caligrafía redondeada de niña, que estaba sujeta con una chincheta sobre la mesilla del teléfono: médico, comisaría de los garda, trabajo (tachado), escuela de E, preescolar de J.

—¿Nunca?

—No, solo fue hasta junio, hasta las vacaciones de verano. Estaba apuntado para regresar este año, pero en agosto Jennifer Spain telefoneó y canceló su plaza. Explicó que iba a quedarse en casa. La directora de la guardería cree que el problema fue el dinero.

Richie se encorvó más sobre el teléfono (seguíamos sentados en la cama de los Spain, sumergidos en el papeleo).

—James, hola, al habla Richie Curran. ¿Has conseguido el nombre de algún amiguito de Jack?

—Sí, de tres niños.

—Bien —dije yo—. Ve a hablar con ellos y con sus padres. Y luego regresa para informarnos.

—¿Puedes preguntarles a los padres cuándo fue la última vez que vieron a Jack? —añadió Richie—. ¿Y cuándo fue la última vez que trajeron a sus hijos a casa de los Spain a jugar?

—Lo haré. Me pondré en contacto con ustedes lo antes posible.

—Está bien. —Colgué—. ¿Qué estás buscando?

—Fiona dijo que, cuando había hablado con Jenny ayer por la mañana, Jenny le había dicho que iba a venir a la casa un amiguito de preescolar de Jack. Pero si Jack no iba a preescolar...

–Pudo referirse a un amiguito del año pasado.

–No sonaba a eso, ¿no te parece? Podría ser un malentendido, pero como tú mismo has dicho, debemos investigar cualquier cosa que no cuadre. No veo por qué Fiona nos habría mentido al respecto, ni por qué Jenny habría mentido a Fiona, pero...

Pero si alguna de ellas lo había hecho, estaría bien saberlo.

–Fiona podría habérselo inventado porque ella y Jenny tuvieron una discusión monumental ayer por la mañana y ahora se siente culpable –conjeturé yo–. Y Jenny podría habérselo inventado porque no quería que Fiona supiera que estaban en la ruina. Regla número siete (creo que vamos por esa): todo el mundo miente, Richie. Los asesinos, los testigos, los transeúntes y las víctimas.

Los otros refuerzos fueron telefoneando, uno por uno. Según la policía de Chicago, Ian Spain había reaccionado con un «entendido», la típica mezcla de conmoción y pesar, nada que levantara sospechas; les había dicho que él y Pat no se habían escrito muchos correos electrónicos últimamente, pero que Pat no había mencionado a ningún acosador, ninguna pelea ni que nadie lo preocupara. Jenny tampoco tenía mucha más familia; su madre se había presentado en el hospital y tenía unos primos en Liverpool, pero eso era todo. La madre también había reaccionado con un «entendido», acompañado de un ataque de histeria al saber que no podía ver a su hija. Al final, el refuerzo había logrado obtener una declaración básica de escaso valor: Jenny y su madre no tenían una relación estrecha y la señora Rafferty sabía aún menos de las vidas de los Spain que Fiona. El refuerzo había intentado convencerla de que regresara a su casa, pero ella y Fiona habían instalado un campamento en el hospital, lo cual al menos nos daba la garantía de saber dónde localizarlas.

Emma sí había continuado asistiendo a la escuela primaria, donde los profesores la describían como una niña buena de una buena familia: popular, bien educada y agradable, no era ninguna lumbrera en los estudios, pero progresaba bien. El refuerzo había recopilado una lista de maestros y amigos. No había heridas de arma blanca sospechosas en los servicios de Urgencias de los alrededores ni llamadas de los Spain a la policía. Las entrevistas puerta a puerta no habían arrojado nada: de las aproximadamente doscientas cincuenta casas, unas cincuenta o sesenta mostraban indicios de ocupación oficial, pero solo en la mitad había alguien dentro y ninguna de las personas de ese par de docenas de viviendas sabía gran cosa de los Spain. Ningún vecino recordaba haber visto u oído nada raro, aunque no estaban seguros: por la urbanización solían pulular ladrones de coches y adolescentes asilvestrados que vagaban por las calles vacías, encendían hogueras y buscaban cosas para destrozar.

Jenny había realizado las compras en el supermercado del pueblo más cercano, donde, en torno a las cuatro de la tarde anterior, había adquirido leche, carne picada, patatas fritas y algunos otros artículos que la cajera no recordaba; la tienda estaba en proceso de facilitarnos una copia del recibo, aparte de la cinta del circuito cerrado de televisión. Jenny se comportó con normalidad, según la cajera; iba algo apresurada y estaba un poco estresada, pero fue educada; nadie había hablado con la familia y nadie los había seguido, al menos que la joven hubiera visto. Solo los recordaba porque Jack había estado dando botes en el carrito, canturreando y, mientras ella pasaba su compra por el lector de códigos, le había explicado que iba a disfrazarse de un animal grande y temible para Halloween.

La búsqueda solo nos aportó restos del naufragio. Álbumes de fotos, agendas, tarjetas de felicitación a los Spain por su compromiso, por su boda y por el nacimiento de los críos; facturas del dentista, del médico y de la farmacia. Anoté todos y cada uno de aquellos nombres y números de teléfono en mi cuaderno de notas. Poco a poco, la lista de interrogantes se reducía y la lista de posibles puntos de contacto se alargaba.

Los de Delitos Informáticos me telefonearon a última hora de la tarde para explicarme que habían echado un vistazo preliminar al material que les habíamos enviado. Estábamos en la habitación de Emma: habíamos registrado su mochila del colegio (montones de dibujos con lápiz rosa, «HOY SOY UNA PRINCESA» escrito en esmeradas y temblorosas letras mayúsculas). Richie se había arrodillado en el suelo y había estado ojeando los cuentos de hadas de la estantería. Ahora que la niña no estaba y que la cama estaba deshecha (los muchachos de la morgue la habían envuelto en sus sábanas y se lo habían llevado todo, por si acaso nuestro hombre había dejado caer algún pelo o fibra mientras la asesinaba), la habitación estaba tan vacía que te faltaba el aliento, como si se la hubieran llevado mil años atrás y nadie hubiese entrado allí desde entonces.

El técnico informático se llamaba Kieran, Cian o algo por el estilo. Era joven, locuaz y estaba disfrutando: este caso se parecía más a lo que había firmado que a revisar discos duros en busca de pornografía infantil o lo que fuera que hacía cada día. No había nada destacable en los teléfonos ni nada de interés acerca de los monitores para bebés, pero el ordenador era otro asunto. Alguien lo había borrado.

—No iba a encender la máquina y estropear todos los tiempos de acceso a los archivos, ¿no es cierto? Además, alguien configuró el interruptor para que todo el contenido se borrase al accionarlo. De manera que lo primero que he hecho es guardar una copia de seguridad del disco duro.

Activé el altavoz. Sobre nuestras cabezas se oía el zumbido insistente y desagradable de un helicóptero describiendo círculos a muy poca altura: los medios de comunicación; uno de los refuerzos debería averiguar de quién se trataba y advertirles de que no podían emitir grabaciones clandestinas.

–He enchufado la copia en mi propia máquina y he consultado el historial del navegador; si hay algo interesante, ahí es donde estará. Pero este ordenador no tiene historial de navegación. No hay nada. Ni una sola página web.

–Quizá solo utilizaban internet para enviar correos electrónicos. –Yo sabía que no era cierto, por las compras en línea de Jenny.

–Hummm, siga intentándolo. Nadie utiliza internet solo para enviar correos electrónicos. Hasta mi abuelita ha conseguido encontrar una página web de fans de Val Doonican y tiene un ordenador, que yo le compré para que saliera de una depresión tras el fallecimiento de mi abuelo. Puedes configurar el navegador para que borre el historial cada vez que lo cierras, pero la mayoría de las personas no lo hace; es un parámetro de configuración que se usa en ordenadores públicos, en los cafés de internet y en esa clase de lugares, pero no en los ordenadores personales. De todos modos, lo he comprobado y, no, el navegador no está configurado para borrar el historial. De manera que he buscado los archivos eliminados en el historial de navegación y los archivos temporales y *¡voilà!*, a la cuatro y ocho minutos de esta madrugada alguien los ha borrado manualmente.

Richie, todavía de rodillas en el suelo, buscó mi mirada. Nos habíamos concentrado tanto en el puesto de vigilancia y el allanamiento de morada que ni siquiera se nos había ocurrido que nuestro hombre tuviera modos más sutiles de ir y venir, escotillas menos visibles para merodear por la vida de los Spain. Tuve que frenarme para no mirar por encima del hombro, para asegurarme de que no había nadie observándome desde el armario de Emma.

–Buen trabajo –dije.

El técnico continuó hablando.

–Pero quería explicarles algo más sobre lo que el tipo hizo mientras andaba hurgando por ahí, ¿de acuerdo? Pues bien, he escaneado todos los archivos suprimidos en torno a la misma hora. Y ¿adivinan qué he encontrado? Han borrado todo el archivo PST del Outlook. Se diría que ha habido una guerra nuclear. Erradicado a las cuatro y once minutos de la madrugada.

Richie tenía el cuaderno de notas apoyado en la cama e iba apuntando.

–¿Corresponde ese archivo a su correo electrónico?

–Y tanto. A todo su correo electrónico, todo lo que han enviado y recibido. Y también las direcciones de la agenda.

–¿Han borrado algo más?

–No, eso es todo. Hay mucha más información en la máquina, lo típico: fotos, documentos y música, pero no se ha accedido ni modificado ningún archivo en las últimas veinticuatro horas. Su hombre entró ahí, fue directo a por el material de internet y lo borró.

–«Nuestro hombre» –dije yo–. Pareces seguro de que no fueron los propietarios quienes lo hicieron.

Kieran o Cian soltó una carcajada.

–Ni de casualidad.

–¿Por qué no?

–Porque no son precisamente genios de la informática. ¿Sabe lo que tienen en esa máquina, en el mismo escritorio? Un archivo titulado (no daba crédito a lo que veía) «Contraseñas». E imaginen lo que contiene: todas las contraseñas de esta gente. Las del correo electrónico, las de la cuenta bancaria, todo. Pero no queda ahí la cosa. Utilizaban la misma contraseña para un montón de conexiones, como diversos foros, eBay y el propio ordenador: «EmmaJack». Aunque me ha dado mala espina desde el primer momento, siempre me gusta concederle a la gente el beneficio de la duda, de manera que, antes de empezar a golpearme la cabeza contra el teclado, he telefoneado a Larry y le he preguntado si los propietarios tenían niños y cómo se llamaban. Y me ha contestado, prepárense: Emma y Jack.

—Probablemente pensaran que, si alguien les robaba el ordenador, no sabría el nombre de sus hijos, con lo cual no podrían encenderlo y leer el archivo de las contraseñas —aventuré yo.

El técnico emitió un suspiro hastiado que indicaba que acababa de englobarme en la misma categoría que a los Spain.

—Humm, no creo. Mi novia se llama Adrienne y yo me arrancaría los ojos antes de utilizar su nombre como contraseña para «nada», porque tengo «principios». Créame, por favor: nadie lo bastante incauto como para utilizar los puñeteros «nombres» de sus hijos como contraseña sería capaz de limpiarse el culo, por no hablar ya de limpiar el disco duro de un ordenador. Esto lo hizo otra persona.

—Alguien con conocimientos informáticos.

—Sí, al menos con ciertos conocimientos. Como mínimo, con más conocimientos que los dueños del ordenador. No digo que se trate de un profesional, pero sí sabía cómo manejar una máquina.

—¿Cuánto rato le habría llevado?

—¿Borrarlo todo? No demasiado. Apagó el ordenador a las cuatro y diecisiete de la madrugada. En total, menos de diez minutos.

—¿Crees que ese tipo podría haber sabido que vosotros averiguaríais lo que había hecho? —preguntó Richie—. ¿O quizá pensaba que estaba borrando su rastro?

El técnico emitió un sonido evasivo.

–Depende. Mucha gente piensa que somos una pandilla de palurdos con apenas conocimientos para encontrar el botón de encendido. Y también hay mucha gente que va de espabilada en cuestiones informáticas y acaba metiéndose en líos, sobre todo si anda con prisas, como podría haberle pasado a su hombre... Si hubiera querido borrar de verdad todos estos archivos o hubiera querido eliminar sus huellas para que yo no hubiera adivinado nunca que alguien había tocado el ordenador, podría haberlo hecho (hay programas de borrado), pero para eso hace falta más tiempo y más conocimientos. A su hombre le faltaba uno o lo otro, o ambas cosas. En general, apostaría a que sabía que detectaríamos que había eliminado la información.

Pero eso no le había impedido hacerlo. Aquel ordenador había contenido algún dato crucial.

–Dime que puedes recuperar los datos –le supliqué.

–Probablemente, parte de ellos sí. La cuestión es cuántos. Voy a probar con un programa de recuperación que tenemos, pero si ese tipo sobrescribió los archivos eliminados varias veces (y yo en su lugar lo habría hecho), van a estar hechos polvo. Estos malditos archivos se corrompen un montón solo con el uso normal; así que no te cuento si los borras a propósito... Podríamos acabar en una sopa de letras. Aun así, déjenme que pruebe.

Su voz revelaba que se moría de ganas de ponerse manos a la obra.

–Prueba todo lo que se te ocurra –lo alenté–. Cruzaremos los dedos.

–No se preocupen. Si no consigo batir a un aficionado de pacotilla que se dedica a ir por ahí pulsando el botón de «eliminar», lo mejor es que cuelgue los hábitos y me busque un empleo en las cloacas de los servicios de atención al cliente de alguna empresa informática. Algo les daré. Confíen en mí.

–«Aficionado de pacotilla» –comentó Richie mientras yo guardaba el teléfono. Seguía arrodillado en el suelo, toqueteando con aire ausente una fotografía enmarcada que había sobre la estantería: Fiona y un tipo con el pelo lacio y castaño sostenían en brazos a la diminuta Emma, arrullada en su vestido de puntilla para el bautizo; los tres sonreían–. Pero consiguió adivinar la contraseña de inicio de sesión.

–Sí –dije yo–. O el ordenador estaba encendido cuando llegó en plena noche, o sabía los nombres de los niños.

–¡Scorcher! –gritó alegremente Larry, alejándose de la ventana de la cocina cuando nos vio en el umbral–. Justo el hombre en quien estaba pensando. Ven aquí y tráete a este joven contigo. Lo que os voy a enseñar os va a poner muy muy contentos.

–Cualquier cosa que me ponga muy contento en estos momentos es bienvenida. ¿Qué tienes?

–¿Qué te alegraría el día?

–No estoy para bromas, Lar. No me queda energía. ¿Qué te has sacado de esa chistera de mago?

–La magia no pinta nada aquí. Ha sido cuestión de suerte. ¿Recuerdas que tus agentes de uniforme anduvieron pisoteando por aquí como una manada de búfalos en época de celo?

Le hice un gesto de advertencia con el dedo.

–No son mis uniformados, amiguito. Si yo tuviera uniformados, pasarían por la escena del crimen de puntillas. Ni siquiera te percatarías de que hubiesen estado ahí.

–Bueno, pues sí que me percaté de que esa pandilla estuvo aquí, eso ya te lo digo. Evidentemente, tenían que salvar a la víctima con vida, pero te juro por Dios que, a juzgar por lo que hemos visto, se diría que anduvieron tumbándose en el suelo y restregándose por las paredes. De todos modos, pensaba que necesitábamos un milagro para obtener algo que no procediera de su torpe barrigota y, por extraño que suene, lo cierto es que lograron no malograr toda la escena. Mis encantadores muchachos han encontrado huellas dactilares. Tres. En sangre.

–¡Qué joya! –le dije yo.

Un par de técnicos me miraron y asintieron. Su ritmo empezaba a ralentizarse: se aproximaban al final y reducían la marcha para asegurarse de que nada se les pasara por alto. Todos ellos parecían cansados.

–No malgastes la pólvora en salvas –me advirtió Larry–. Ahora viene lo bueno de verdad. Siento tener que decírtelo, pero tu hombre llevaba guantes.

–¡Joder! –exclamé.

Incluso el delincuente más lerdo de hoy en día sabe que tiene que llevar guantes, pero siempre rezas por que el tuyo sea la excepción y se haya dejado llevar tanto por su arrebato de deseo que se le haya borrado todo lo demás de la mente.

–Bueno, no te quejes. Al menos te hemos encontrado una prueba de que en esta casa hubo alguien más anoche. Y yo que pensaba que eso serviría para algo...

–Y sirve de mucho. –Acordarme de cuando estaba en el dormitorio de Pat, echándole la culpa de todo alegremente, me provocó un escalofrío de malestar–. No te voy a echar en cara lo de los guantes, Lar. Mantengo mi teoría: eres una joya.

–Por supuesto que lo soy. Acércate aquí y echa un vistazo.

La primera huella era una palma de la mano con sus cinco dedos, a la altura de los hombros, en una de las ventanas de vidrio cilindrado, que indicaba que el asesino se había asomado al jardín posterior.

–¿Ves la textura, esos puntitos? Indica que son guantes de cuero –explicó Larry–. Y que tenía las manos grandes. No era ningún alfeñique.

La segunda huella correspondía a una mano agarrada al borde superior de la librería de los niños, como si nuestro hombre hubiera tenido que aferrarse para mantener el equilibrio. Y la tercera era una huella lisa en la pintura amarilla de la mesa del ordenador, junto al vago contorno del lugar donde había estado la máquina, como si hubiera apoyado una mano allí mientras se tomaba su tiempo para leer lo que fuera que hubiera en la pantalla.

—Eso es precisamente lo que bajábamos a preguntarte —apunté yo—. ¿Tomasteis las huellas de ese ordenador antes de enviarlo al laboratorio?

—Lo intentamos. Cualquiera pensaría que un teclado es una superficie de ensueño, ¿no es cierto? Craso error. La gente no utiliza toda la yema de los dedos para teclear, solo una fracción diminuta de la superficie, y la toca una y otra vez desde ángulos ligeramente distintos... Es como coger un trozo de papel e imprimir cien palabras distintas en él, una encima de la otra, y luego esperar a que podamos descifrar la frase a la cual pertenecían. Lo mejor es siempre el ratón; de ahí extrajimos un par de huellas parciales que podrían ser de alguna utilidad. Aparte de eso, nada lo bastante claro o grande para poder presentarlo en un juicio.

—¿Y qué hay de la sangre? ¿Había sangre en el teclado o en el ratón, en concreto?

Larry sacudió la cabeza.

—Había una salpicadura en el monitor y un par de gotas a un lado del teclado. Pero no había manchas en las teclas ni en el ratón. Nadie los utilizó con sangre en los dedos, si eso es lo que queréis saber.

—Entonces se diría que el ordenador lo tocaron antes de los asesinatos —planteé—, al menos de los de los adultos. Vaya, vaya, el tipo debe de tener unos nervios de acero para sentarse ahí a juguetear con el historial de internet mientras los demás dormían en el piso de arriba.

—El ordenador no lo tocaron antes del asesinato —me contradijo Richie—. Esos guantes eran de cuero; se habrían endurecido, sobre todo si estaban ensangrentados. Quizá no pudiera teclear con ellos y se los quitó; eso habría justificado que no tuviera sangre en los dedos...

La mayoría de los novatos mantienen el pico cerrado en sus primeros casos y se limitan a asentir a todo lo que digo. Normalmente, este proceder me parece bien, pero de vez en cuando, ver cómo otros compañeros discuten y rebaten sus teorías y se ponen de tontos para arriba me permite atisbar un destello de lo que podría ser la soledad. Empezaba a gustarme trabajar con Richie.

—Entonces el tipo se sentó ahí a toquetear el historial de internet de Pat y Jenny mientras ellos se desangraban a unos metros de distancia —corregí yo—. Lo del temple de acero es indudable en cualquier caso.

—Toc toc —dijo Larry, llamándonos con la mano—. ¿Os acordáis de mí? ¿Recordáis que os he anunciado que las huellas dactilares no eran la parte buena?

—Me encanta guardarme el postre para el final —dije yo—. Cuando tú lo creas conveniente, Larry, somos todo oídos.

Nos agarró a cada uno por un codo y nos dio la vuelta hacia el charco de sangre densa.

—Aquí es donde estaba la víctima masculina, ¿no es cierto? Bocabajo, con la cabeza hacia la puerta del pasillo y los pies hacia la ventana. Según vuestros búfalos, la mujer estaba a su izquierda, tumbada sobre el costado izquierdo, de cara a él, acurrucada contra su cuerpo, con la cabeza apoyada en el brazo izquierdo del tipo. Y aquí, a solo cuarenta y cinco centímetros de donde supuestamente estaba su espalda, tenemos esto.

Señaló hacia el suelo, a un chorreón de sangre a lo Jackson Pollock que radiaba alrededor del charco.

—¿Es una huella de zapato? —quise saber.

—De hecho, son unas doscientas huellas de zapato, ¡que Dios nos ampare! Pero mirad esta de aquí.

Richie y yo nos inclinamos sobre la mancha. La huella era tan tenue que apenas se veía contra el estampado de imitación de mármol de las baldosas, pero Larry y sus muchachos ven cosas que el resto de nosotros no vemos.

–Esta huella es especial –anunció Larry–. Corresponde a una zapatilla deportiva del pie izquierdo de un hombre, de una talla entre un cuarenta y cuatro y medio y un cuarenta y seis, estampada en sangre. Y ¡ojo al dato!: no corresponde a ninguno de los uniformados ni a ninguno de los enfermeros (hay algunas personas con el cerebro suficiente como para colocarse las fundas para el calzado); tampoco corresponde a ninguna de las víctimas.

Estaba a punto de estallarle el mono de satisfacción. Y tenía derecho a estar complacido consigo mismo.

–Larry –le dije–, te amo.

–Pues ponte a la cola. Pero no me gustaría darte falsas esperanzas. En primer lugar, es solo media huella (uno de tus búfalos borró la otra mitad) y, en segundo lugar, a menos que vuestro hombre sea tonto de remate, a estas alturas esa zapatilla estará ya en el fondo del mar de Irlanda. Pero si, por casualidad, conseguís echarle el guante, estaremos de suerte: la huella es perfecta. Ni yo mismo podría tomar una mejor. Cuando el laboratorio nos envíe las fotografías, podremos decirte exactamente la talla y, si nos das tiempo suficiente, es muy posible que incluso podamos indicarte la marca y el modelo. Proporcióname la zapatilla de verdad y te diré si encaja en menos de un minuto.

–Gracias, Larry –respondí–. Tenías razón, como siempre: es una buena noticia.

Había intercambiado una mirada con Richie y empecé a caminar hacia la puerta, pero Larry me dio un golpecito en el brazo.

–¿He dicho yo acaso que eso fuera todo? Esto no son más que los preliminares, Scorch, ya sabes cómo funciona, y, si me

166

citas, quizá tenga que divorciarme de ti, pero me dijiste que querías algo que te ayudara a hacerte una idea de cómo había sido el enfrentamiento.

–Siempre lo hago. Todas las aportaciones son bienvenidas.

–Pues parece que la lucha no se limitó a esta estancia, tal y como pensabais. Sin embargo, fue aquí donde adquirió toda su contundencia. Ocupó la cocina de punta a punta (vosotros mismos podéis ver el estropicio de este lugar), pero me refiero a la parte de después de que comenzaran los apuñalamientos. Tenemos un puf justo allí, en el extremo, que han abierto con un cuchillo ensangrentado, también hay una gran salpicadura de sangre en la pared de este lado, por encima de la mesa, y hemos contado al menos nueve salpicaduras entre medias. –Larry señaló las que saltaban desde la pared hacia mí, súbitamente vivas, como si fueran pintura–. Probablemente, algunas de ellas brotaran del brazo de la víctima masculina; ya habéis escuchado a Cooper: sangraba por todas partes; si movió el brazo para intentar defenderse, debió de salpicar sangre, y probablemente alguna también corresponda a vuestro hombre agitando el cuchillo. El caso es que entre los dos hubo mucho movimiento. Y las salpicaduras se encuentran a distintos niveles, en distintos ángulos: el asesino apuñaló a las víctimas mientras estas intentaban defenderse, mientras yacían en el suelo...

A Richie se le subió un hombro; intentó disimularlo rascándose, como si le hubiera picado algo.

Larry continuó en tono amable:

–En realidad es una gran ventaja. Cuanto más revuelto está el lugar, más pruebas encontramos: huellas, cabellos, fibras... A mí que me den una buena escena sangrienta y que se dejen de pamplinas.

Señalé hacia la puerta del pasillo.

–¿Y por allí? ¿Llegaron a acercarse?

Larry negó con la cabeza.

–No lo parece. No hay rastro a un metro de esa puerta: ni salpicaduras, ni huellas de sangre..., salvo las de los enfermeros y los uniformados. Nada fuera de lugar. Todo tal y como Dios y los decoradores lo planearon.

–¿Hay algún teléfono aquí? ¿Un inalámbrico, tal vez?

–No que nosotros hayamos encontrado.

–¿Ves por dónde voy? –le pregunté a Richie.

–Sí. El teléfono fijo estaba sobre la mesa del pasillo.

–Exacto. ¿Por qué no intentaron Patrick o Jennifer cogerlo y llamar al 999, o al menos intentarlo? ¿Cómo pudo contenerlos a ambos a la vez?

Richie se encogió de hombros. Sus ojos seguían deslizándose por la pared del fondo, de salpicadura de sangre en salpicadura de sangre.

–Ya has oído lo que dijo la señora Gogan –respondió–. No tenemos una reputación demasiado buena en esta urbanización. Quizá pensaron que no merecía la pena.

La imagen me palpitaba dentro del cráneo: Pat y Jenny Spain presas del más profundo pánico, creyendo que estábamos demasiado lejos y que nos mostraríamos indiferentes, tanto que ni siquiera tenía sentido telefonearnos, convencidos de que toda la protección del mundo los había abandonado; que estaban solos ellos dos, con la oscuridad y el mar rugiendo a cada lado, solos contra un hombre con un cuchillo en una mano y las muertes de sus hijos en la otra. A juzgar por el tenso movimiento de la mandíbula de Richie, él también estaba visualizando lo mismo.

–Otra posibilidad es que fueran dos luchas separadas. Que nuestro hombre hiciera sus cositas en la planta de arriba y luego Pat o Jenny se despertaran y lo oyeran salir de casa. Pat sería un mejor candidato; es menos probable que Jenny decidiera bajar a investigar por sí sola. Que Pat persiguiera al tipo, lo descubriera aquí e intentara agarrarlo. Eso explicaría el arma escogida al azar y la magnitud de la lucha: nuestro hombre habría intentado zafarse de un tipo fuerte y furioso. Quizá el ruido despertó a Jenny, pero, cuando llegó aquí, nuestro hombre ya había derribado a Pat, cosa que lo habría dejado libre para ocuparse de ella. Todo podría haber sucedido muy rápido. No se tarda demasiado en montar este follón, no cuando hay un cuchillo de por medio.

—Eso haría que los niños fueran los objetivos principales —apuntó Richie.

—En cualquier caso, eso es lo que parece. Los asesinatos de los críos fueron organizados, limpios: es indudable que estaban planeados y que todo salió según el plan. En cambio, el enfrentamiento con los adultos degeneró en este desbarajuste sangriento y descontrolado que podría haber acabado de un modo muy distinto. O no tenía previsto cruzarse en el camino con los adultos, o también tenía un plan para acabar con ellos y algo se torció. Sea como fuere, empezó por los niños. Y eso me dice que quizá fueran su máxima prioridad.

—O podría ser justo lo contrario —argumentó Richie. Sus ojos habían vuelto a alejarse de mí y se habían posado de nuevo en aquel caos—. Quizá los adultos fueran su objetivo principal, o solo uno de ellos, y organizar este follón de sangre y vísceras formara parte de su plan; quizá eso fuera lo que pretendiese. Tal vez los niños solo fueron algo de lo que tuvo que deshacerse para que no se despertaran y se entrometieran en el meollo de verdad.

Larry se había metido con mucho cuidado un dedo bajo la capucha y se rascaba el punto en el que debería haber tenido el nacimiento del pelo. Nuestra cháchara psicológica empezaba a aburrirle.

—Dondequiera que empezara, yo diría que acabó saliendo por la puerta de atrás, no por la principal. El pasillo está lim-

169

pio, y también lo está el camino de acceso a la casa. Sin embargo, hemos encontrado tres manchas de sangre en las losas del jardín trasero. −Nos hizo señas para que nos acercáramos a la ventana y señaló: tiras claras de cinta amarilla, una justo fuera de la puerta y dos en el borde del césped−. La superficie es irregular, de manera que no vamos a poder deciros de qué tipo de manchas se trata; podrían ser huellas de zapato o transferencias del punto en el que alguien arrojó un objeto manchado de sangre, o podrían ser gotas que se emborronaron de algún modo, por ejemplo si estaba sangrando y pisó la sangre. De hecho, incluso es posible que uno de los niños se hiciera un arañazo en la rodilla hace días y corresponda a eso. De momento, no sabemos nada. Lo único que sabemos es que están ahí.

−Eso quiere decir que tenía una llave de la puerta trasera −apunté.

−O eso o un teletransportador. Y hemos encontrado otra cosa en el jardín que creo que os gustará saber. Está relacionada con la trampa del altillo y todo eso. −Larry hizo un gesto con los dedos a uno de sus muchachos, quien agarró una bolsa de pruebas de un montón y la sostuvo en alto−. Si no os interesa, lo tiraremos a la basura y ya está. Es bastante desagradable.

Era un petirrojo, o gran parte del animal. Algo le había arrancado la cabeza hacía un par de días. Había un par de cosas pálidas enroscadas en el hueco oscuro e irregular del cuello.

−Nos interesa −afirmé−. ¿Tenéis manera de saber cómo murió?

−La verdad es que no es mi campo, pero uno de los muchachos del laboratorio hace actividades al aire libre durante los fines de semana. Persigue a tejones con mocasines o algo así. A ver qué nos cuenta.

Richie se inclinó para mirar más de cerca el petirrojo: garras diminutas y apretadas y terrones de tierra colgando de las coloridas plumas del pecho. Empezaba a atufar, pero Richie no parecía darse cuenta.

–Si lo hubiera matado un animal, se lo habría comido –dijo–. Me refiero a un gato, un zorro o algo por el estilo: le habrían sacado las entrañas. No matan por placer.

–Vaya, no te habría tomado por un naturalista –comentó Larry, arqueando una ceja.

Richie se encogió de hombros.

–No lo soy. Pero estuve destinado al entorno rural durante un tiempo, en Galway. Aprendí algunas cosas escuchando a los lugareños.

–Adelante entonces, Cocodrilo Dundee. ¿Qué le arrancaría la cabeza a un petirrojo y dejaría el resto?

–Un visón, tal vez. O una marta.

–O un humano –aventuré. No había sido la trampa del altillo, como yo había pensado; eso lo supe al ver lo que quedaba del petirrojo. Quizá Emma y Jack salieron a jugar al jardín un día, de buena mañana, y encontraron aquello entre la hierba y el rocío. Desde aquel escondrijo, alguien habría disfrutado de una visión perfecta–. Los humanos sí matan por placer, constantemente.

Hacia las seis menos veinte nos hallábamos concentrados en revisar la zona de la sala de juegos mientras la luz al otro lado de las ventanas de la cocina empezaba a enfriarse al caer la tarde.

–¿Te importa acabar tú aquí? –le pregunté a Richie.

Alzó la vista y, sin preguntar nada, contestó:

–Ningún problema.

–Volveré dentro de quince minutos. Estate preparado para regresar a la comisaría.

Me puse en pie (las rodillas me dieron una sacudida y me crujieron; me estaba haciendo demasiado mayor para aquello) y lo dejé a él agachado, hurgando entre libros ilustrados y estuches de plástico de lápices de colores, rodeado por la sangre salpicada que Larry y su equipo ya no necesitaban utilizar más. En mi camino hacia la puerta le di un puntapié a un animal de peluche azul que, al caer al suelo, soltó una risita aguda y empezó a cantar. Su canto ligero, dulce e inhumano me persiguió por todo el pasillo hasta fuera de la puerta.

Cuando el día se acercaba a su ocaso, la urbanización cobró vida. Los medios de comunicación habían recogido sus trastos y habían regresado a sus hogares, helicóptero incluido, pero en la casa donde habíamos hablado con Fiona Rafferty una pandilla de críos pequeños andaban trasteando, columpiándose en los andamios y fingiendo empujarse unos a otros por las altas ventanas, sus siluetas negras bailaban recortadas sobre el fondo de un cielo encendido. Al final de la calle, un puñado de adolescentes andaban apoyados en la pared alrededor de un jardín invadido por las malas hierbas; ni siquiera se molestaron en fingir que no estaban fumando, bebiendo ni mirándome. En algún lugar, alguien montado en una gran moto sin silenciador describía círculos furiosos al son del rugido del motor; algo más lejos, la cháchara se inflaba implacable. Los pájaros entraban y salían de los huecos de las ventanas y al borde del camino algo se hundió en un montón de ladrillos y alambre de púas, desencadenando en su estela una avalancha de polvo.

La entrada posterior de la urbanización estaba integrada por dos enormes pilares de piedra que daban a un vasto campo donde el césped, crecido por el descuido, se bamboleaba con la brisa y había cubierto densamente el hueco donde debería haber estado la verja. La hierba susurraba tranquilizadoramente y se aferró a mis rodillas, tirando de mí hacia atrás, mientras yo descendía por la suave pendiente hacia las dunas de arena.

El equipo de búsqueda se encontraba en la orilla, hurgando entre las algas marinas y los agujeros burbujeantes que enterraban a los bígaros. Se enderezaron, uno por uno, al verme acercarme a ellos.

—¿Ha habido suerte? —pregunté.

Me mostraron su botín de bolsas con pruebas, como niños ateridos de frío que llegaban rezagados a sus casas con sus hallazgos al final de un largo día de una caza carroñera grotesca. Colillas de cigarrillos, latas de sidra, condones usados, auriculares rotos, camisetas desgarradas, envases de comida, zapatos viejos... Cada casa vacía había ofrecido algo, cada una de ellas había sido reclamada y colonizada por alguien: niños en busca de lugares para desafiarse mutuamente, parejas en busca de privacidad o emoción, adolescentes a la caza de algo que destrozar, animales olfateando un sitio para criar y crecer, ratones, ratas, pájaros, malas hierbas, insectos diminutos y ajetreados. La naturaleza no deja que nada quede vacío, no desperdicia nada. En el mismísimo momento en el que los constructores y los agentes de la propiedad inmobiliaria se habían largado, otros seres se habían mudado a aquel lugar.

Eran pocos los hallazgos con algún valor: un par de cuchillas (un cortaplumas roto, probablemente demasiado pequeño para ser el que buscábamos, y una navaja automática que habría podido ser interesante de no haber estado oxidada), tres llaves que habría que comprobar en las cerraduras de los Spain y una bufanda con una mancha oscura y seca que podría resultar ser sangre.

—Bien hecho —los alenté—. Entregádselo todo a Boyle, de la policía científica, y marchaos a casa. A las ocho de la mañana en punto retomad el trabajo donde lo habéis dejado. Yo estaré en el depósito de cadáveres, pero me reuniré

173

con vosotros lo antes posible. Gracias, damas y caballeros. Buen trabajo.

Avanzaron con dificultad a través de las dunas en dirección a la urbanización, mientras se quitaban los guantes y se frotaban sus tensos cuellos. Yo permanecí donde estaba. El equipo supondría que me estaba tomando un momento de sosiego para reflexionar sobre el caso, para calcular las siniestras matemáticas de las probabilidades o para dejar que pequeños rostros muertos se tomaran su tiempo para llenar mi pensamiento. Si nuestro hombre me estaba observando, sin duda pensaría lo mismo. Pero no era así. Me había reservado aquellos diez minutos del programa del día para ponerme a prueba frente a aquella playa.

Permanecí de espaldas a la urbanización, con toda aquella esperanza hecha trizas donde antes hubo bañadores de colores alegres revoloteando colgados de los tendederos improvisados entre las caravanas. La luna había salido temprano y lucía pálidamente en el cielo claro, destellando tras delgadas nubes ahumadas; bajo ella, el mar se extendía gris y agitado, insistente. Las aves marinas reclamaban la orilla, ahora que los rastreadores se habían marchado; me quedé allí quieto y, al cabo de un minuto, se olvidaron de mí y retomaron su búsqueda de comida deslizándose por la superficie del mar con sus reclamos, altos y nítidos como el viento contra una roca apretada. En una ocasión, cuando el chillido de un ave nocturna fuera de la ventana de la caravana asustó a Dina y la desveló, mi madre le recitó a Shakespeare: *No temas: la isla está llena de ruidos y músicas que deleitan y no dañan.*

El viento se había vuelto frío; me levanté el cuello del abrigo y metí las manos en los bolsillos. La última vez que puse el pie en aquella playa tenía quince años: justo acababa de empezar a afeitarme a conciencia y comenzaba a acostumbrarme a mis nuevos hombros. Hacía apenas una semana que

174

había empezado a salir con una chica por primera vez en mi vida. Era una muchacha dorada de Newry llamada Amelia que me reía todos los chistes y tenía sabor a fresas. Entonces yo era muy diferente: eléctrico e inquieto, me precipitaba ante cualquier oportunidad de echarme unas risas o afrontar un reto, con un impulso tan denodado que me creía capaz de atravesar muros de piedra. Cuando los chicos sacaban bola para impresionar a las chicas, yo me enfrenté al corpulento Dean Gorry y lo derroté tres veces en una carrera, aunque él medía el doble que yo, porque lo que más ansiaba en el mundo era que Amelia aplaudiera por mí.

Oteé el agua. La noche se aproximaba sobre la marea, y yo no sentí nada de nada. La playa se me antojaba algo que había visto en una película antigua: érase una vez...; aquel crío exaltado me parecía el personaje de un libro cuya lectura había abandonado en la infancia. Solo en algún recoveco de mi columna vertebral y en un punto remoto de las palmas de mis manos, algo vibraba: como un sonido demasiado leve para escucharlo, como una advertencia, como un violonchelo cuando un arco afinado hace sonar la nota perfecta para despertarlo.

7

Y, por supuesto, maldita sea, por supuesto, Dina me estaba esperando.

Lo primero que uno aprecia en mi hermana pequeña, Dina, es que tiene ese tipo de belleza que hace que todo el mundo, hombres y mujeres por igual, olviden de qué estaban hablando cuando ella entra. Parece uno de esos dibujos antiguos de hadas a carboncillo y tinta: esbelta como una bailarina, con una piel que jamás se broncea, unos labios carnosos y pálidos y unos inmensos ojos azules. Camina como si se deslizara un centímetro por encima del suelo. Un artista con quien salió en el pasado le dijo en una ocasión que era una «auténtica mujer prerrafaelita», cosa que habría sido fantástica si no la hubiera dejado de malas maneras dos semanas más tarde. Aunque confieso que no nos pilló por sorpresa. Lo segundo que destaca en Dina es que está como un cencerro. Varios psicólogos y psiquiatras le han diagnosticado trastornos diversos a lo largo de su vida, pero lo esencial es que Dina no disfruta viviendo. Vivir tiene un truco que ella no parece haber aprendido. A veces es capaz de fingir que sabe hacerlo durante varios meses del tirón, en ocasiones incluso un año, pero le requiere la misma concentración que a un funámbulo caminando por la cuerda floja y siempre acaba tambaleándose y cayendo al vacío. Entonces consigue su asqueroso McTrabajo *du jour*, su pésimo novio *du jour* la abandona (a los hombres que les gustan las mujeres vulnerables, les encanta Dina, hasta que ella les demuestra qué significa de verdad ser vulnerable) y ella aparece en la puerta de mi casa o en la de Geri, generalmente a una hora intempestiva de la madrugada, completamente perdida.

Aquella noche, para evitar lo predecible, en lugar de presentarse en mi casa, se presentó en mi trabajo. Trabajamos justo delante del castillo de Dublín y, puesto que se trata de una atracción turista (estos edificios llevan ochocientos años defendiendo la ciudad, de un modo u otro), cualquiera puede entrar directamente de la calle. Richie y yo avanzábamos por los adoquines hacia la comisaría con paso rápido y yo andaba organizando los hechos mentalmente para exponérselos a O'Kelly, cuando una porción de oscuridad se desprendió del rincón de una sombra junto a un muro y se acercó volando hacia nosotros. Ambos nos sobresaltamos.

–¡Mikey! –exclamó Dina con una voz lastimera e intensa, al tiempo que me agarraba la muñeca con los dedos, tensos como alambres–. Tienes que venir a recogerme ahora. La gente no deja de empujarme.

La última vez que la vi, haría cosa de un mes, tenía el cabello largo, rubio y ondulado y llevaba un vaporoso vestido de flores. Desde entonces, le había dado por el *grunge:* llevaba el pelo teñido de un moreno brillante y cortado a modo de melenita redonda, a la moda de los años veinte (habría dicho que ella misma se había cortado el flequillo) e iba vestida con un cárdigan gris enorme y andrajoso sobre unas enaguas blancas y unas botas de motociclista. Los cambios de aspecto de Dina son siempre mala señal. Me maldije a mí mismo por haber permitido que transcurriera tanto tiempo sin comprobar cómo estaba.

La alejé de Richie, que estaba intentando despegar la mandíbula inferior de los adoquines. Parecía como si me contemplara bajo una nueva luz.

–Ya te tengo, cielo. ¿Qué ha pasado?

–No puedo, Mikey, noto cosas en el pelo, no sé cómo explicártelo, como si el viento me raspara en el cabello. Me duele, me duele mucho, y no encuentro el botón para hacer que pare.

Se me hizo un nudo en el estómago.

–Está bien –dije–. Está bien. ¿Necesitas quedarte en mi casa otra temporadita?

–Tenemos que irnos. Tienes que escucharme.

–Ahora mismo nos vamos, cielo. Solo espérame un segundo, ¿de acuerdo? –La conduje hasta las escaleras de uno de los edificios del castillo, cerrado durante la noche tras la marabunta de turistas del día–. Siéntate aquí y espérame.

–¿Por qué? ¿Adónde vas?

Estaba al borde del ataque de ansiedad.

–Estaré justo ahí –le dije, señalando con el dedo–. Necesito desembarazarme de mi compañero para poder irme contigo a casa. Tardaré un par de segundos.

–No quiero que venga tu compañero. Mikey, no habrá sitio. ¿Cómo vamos a meternos todos allí?

–Exactamente. Yo tampoco quiero que venga. Pero tengo que mandarlo a paseo y así nosotros podremos ponernos en marcha. –La senté en los escalones–. ¿De acuerdo?

Dina se abrazó las rodillas y clavó su boca en la parte interior del codo.

–De acuerdo –respondió con voz apagada–. Date prisa, ¿vale?

Richie fingía estar comprobando los mensajes de su teléfono móvil para otorgarme un poco de intimidad. Yo miraba de reojo a Dina.

–Escucha, Richie. Es posible que no pueda acudir esta noche. ¿Tú sigues dispuesto a ir?

Podía ver los signos de interrogación saltar arriba y abajo en su cabeza, pero el muchacho sabía cuándo mantener el pico cerrado.

–Claro.

–Bien. Escoge a un refuerzo. Él (o ella, si prefieres llevarte a Comosellame) puede cobrar las horas extra, aunque quizá intentes transmitirle el mensaje de que renunciar a ellas sería un movimiento más propicio para su carrera. Si sucede algo, telefonéame de inmediato. Me da igual que creas que no es importante o que puedes ocuparte tú solito de ello. Telefonéame, ¿entendido?

–Entendido.

–De hecho, si no sucede nada, telefonéame también, solo para tenerme al corriente. Cada hora, a la hora en punto. Si no descuelgo el teléfono, vuelve a llamar hasta que lo haga. ¿Entendido?

–Entendido.

–Dile al superintendente que he tenido una emergencia, pero que no se preocupe, que lo tendré todo bajo control y me reincorporaré a mi trabajo mañana por la mañana como muy tarde. Pásale el informe de la jornada de hoy y explícale nuestros planes para esta noche. ¿Crees que podrás hacerlo?

–Sí; probablemente seré capaz de manejarme.

El gesto en la comisura de los labios de Richie me indicó que no le había gustado la pregunta, pero su ego ocupaba un puesto muy bajo en mi lista de prioridades en aquel momento.

–Nada de «probablemente», jovencito: hazlo. Explícale que los refuerzos también tienen misiones asignadas para mañana, al igual que los rastreadores, y que necesitamos un equipo subacuático para que empiece a trabajar en la bahía lo antes posible. En cuanto hayas acabado, ponte en marcha. Necesitarás comida, ropa de abrigo y un envase de pastillas de cafeína (el café no va bien; no quiero que tengas que salir a mear cada media hora), además de un par de gafas de visión térmica: tenemos que suponer que este tipo tiene algún equipamiento de visión nocturna y no quiero que te pille desprevenido. Y comprueba tu arma.

La mayoría de nosotros acabamos la carrera sin haber desenfundado siquiera la pistola. Y hay quien se lo toma como una licencia para volverse descuidado.

–Sí, ya he realizado un par de operaciones de vigilancia antes –replicó Richie, con la serenidad necesaria para no permitirme saber si me estaba enviando a hacer puñetas–. ¿Nos vemos aquí mañana por la mañana?

Dina se estaba poniendo nerviosa; se mordisqueaba los hilos de la manga del jersey.

–No –respondí yo–. Aquí no. Intentaré ir a Brianstown en algún momento de la noche, pero no sé si lo conseguiré. Si no aparezco por allí, nos reuniremos en el hospital para ir al depósito de cadáveres. A las seis de la madrugada. Y, por todos los santos, no llegues tarde o Cooper se pasará el resto de la mañana enviándonos al diablo.

–Ningún problema. –Richie se guardó el teléfono en el bolsillo–. Entonces posiblemente nos veamos esta noche. De otro modo, intentaremos hacerlo lo mejor que sepamos para no fastidiarlo, ¿de acuerdo?

–No lo fastidiéis –contesté.

–No lo haremos –respondió Richie, esta vez en tono más amable; casi sonaba como si quisiera tranquilizarme–. Buena suerte.

Me dirigió un asentimiento de cabeza y puso rumbo a la puerta de la comisaría. Era lo bastante listo como para no volver la vista atrás.

–Mikey –farfulló Dina entre dientes, agarrándome con un puño de la espalda del abrigo–. ¿Podemos irnos ya?

Me tomé una fracción de segundo para alzar la vista hacia el penumbroso cielo y pronunciar una oración contundente y urgente a lo que fuera que estuviera ahí arriba: «Por favor, que mi hombre guarde la compostura más de lo que lo creo capaz de hacerlo. No dejes que se abalance en brazos de Richie. Haz que me espere a mí».

–Venga –dije, al tiempo que le ponía a Dina una mano sobre el hombro. Se acurrucó a mi lado, con sus codos huesudos y respiración rápida, como un animal asustado–. Vámonos.

Lo primero que hay que hacer con Dina en días como este es meterla en casa. Gran parte de lo que parece locura en realidad no es más que una tensión y un terror desatado que se agranda a medida que se alimenta con las corrientes y se ancla a todo lo que pasa junto a él a la deriva: Dina acaba completamente rígida por la inmensidad y la imprevisibilidad del mundo, como un depredador atrapado en un espacio abierto. En cambio, si consigues meterla en un espacio familiar cerrado, sin extraños ni ruidos estridentes y sin movimientos súbitos, se tranquiliza e incluso tiene ratos largos de lucidez en los que es posible esperar juntos a que se le pase. Dina fue uno de los factores que tuve en cuenta a la hora de comprarme el piso, después de que mi exmujer y yo vendiéramos nuestra casa. Escogimos un buen momento para separarnos, o eso me gusta repetirme: el mercado inmobiliario estaba en alza y mi mitad del patrimonio me permitió dar una entrada para un apartamento de dos dormitorios en un cuarto piso en el Centro de Servicios Financieros. Su céntrica ubicación me permite ir al trabajo a pie y el hecho de que sea un lugar moderno hace que me sienta menos perdedor por haber fracasado en mi matrimonio. Además, está lo bastante alto como para que a Dina no le asuste el ruido de la calle.

–¡Jolines, ya era hora! –dijo ella, con un arrebato de alivio, cuando abrí la puerta del apartamento. Pasó antes que yo y apoyó la espalda en la pared que hay junto a la puerta, con los ojos cerrados, mientras respiraba hondo–. Mike, necesito darme una ducha, ¿puedo?

Fui a buscarle una toalla. Dejó caer su bolso en el suelo, se metió en el cuarto de baño y cerró la puerta de un portazo. En un mal momento, Dina se puede pasar toda la noche en la ducha, siempre y cuando no se acabe el agua caliente y sepa que estás al otro lado de la puerta. Asegura que se siente mejor bajo el agua porque le permite dejar la mente en blanco, que está tan abarrotada de tantas versiones de Jung que no sabría ni por dónde empezar. En cuanto escuché el agua caer y a ella empezar a canturrear, cerré la puerta del salón y telefoneé a Geri.

Lo que más detesto del mundo es tener que efectuar este tipo de llamadas. Geri tiene tres hijos, de diez, once y quince años, un empleo como contable en la empresa de interiorismo de su mejor amiga, y un marido a quien no ve lo suficiente. Todas esas personas la necesitan. Las únicas personas vivas que necesitan algo de mí son Dina, Geri y mi padre, y lo que Geri más necesita de mi parte es que no efectúe estas llamadas telefónicas. Hago lo que puedo. Hacía años que no la decepcionaba.

–¡Mick! Espera un segundo, por favor, que enciendo la lavadora... –Un portazo, el clic de unos botones y un zumbido mecánico–. Cuéntame. ¿Va todo bien? ¿Recibiste mi mensaje?

–Sí, lo recibí. Geri...

–¡Andrea! ¡Te he visto! Devuélveselo ahora mismo o le doy el tuyo. Y seguro que eso no es lo que quieres, ¿verdad? No, claro que no.

–Geri, escúchame. Dina vuelve a estar mal. Está aquí conmigo, en mi casa, dándose una ducha, pero tengo cosas que hacer. ¿Puedo llevártela?

–Oh, no... –Escuché cómo le faltaba el aliento. Geri es la optimista de la casa: tras veinte años de esta situación, todavía alberga la esperanza de que cada vez sea la última, de que una mañana Dina se despierte curada–. ¡Pobrecilla! Me encantaría que viniera, pero esta noche no puede ser. Quizá dentro de un par de días, si todavía sigue...

–No puedo esperar un par de días, Geri. Estoy trabajando en un caso importante. Voy a estar cubriendo turnos de dieciocho horas por un tiempo y te aseguro que no puedo llevarla conmigo al trabajo.

–Oh, Mick, no puedo. Sheila tiene gastroenteritis, eso es lo que te decía en el mensaje, y se lo ha contagiado a su padre... Los dos se han pasado la noche vomitando, cuando no era el uno, era el otro. Y diría que Colm y Andrea se van a poner igual en cualquier momento. Llevo limpiando vómitos, lavando ropa e hirviendo 7-Up todo el día, y todo apunta a que voy a tener que seguir haciéndolo esta noche. Ahora mismo no podría ocuparme también de Dina. Me resulta imposible.

Los episodios de Dina se prolongan entre tres días y dos semanas. Yo me guardo parte de las vacaciones por si acaso, y O'Kelly no pregunta, pero esta vez no podía pedirme días de asuntos propios.

–¿Y qué hay de papá? ¿Solo por esta vez? ¿Crees que podría...?

Geri dejó que se hiciera el silencio. Cuando yo era niño, mi padre era un hombre erguido y esbelto, inclinado a las afirmaciones nítidas y cuadriculadas con poco espacio para los contoneos: «A las mujeres tal vez les gusten los borrachos, pero nunca los respetarán. No hay mal humor que el aire fres-

183

co y el ejercicio no puedan remediar. Paga siempre tus deudas antes de que venzan y nunca pasarás hambre». Sabía arreglarlo todo, cultivarlo todo, cocinar, limpiar y planchar como un profesional cuando tenía que hacerlo. La muerte de mi madre lo superó. Aún vive en la casa de Terenure donde nos criamos. Geri y yo vamos a verlo fines de semana alternos, para limpiar el baño, colocar siete comidas equilibradas en el congelador y comprobar que la televisión y el teléfono continúen funcionando. El papel pintado de la cocina sigue siendo el papel naranja con un estampado psicodélico que mi madre escogió en los años setenta; en mi dormitorio siguen mis libros de la escuela, sobados, con las esquinas dobladas y llenos de telarañas, en la estantería que fabricó mi padre. Entras en el salón y le formulas una pregunta: al cabo de unos segundos, aparta la vista de la tele para mirarte, parpadea y replica: «Hijo. Me alegro de verte», y vuelve a sumergirse en el visionado de series australianas con el volumen bajo. A veces, cuando se pone inquieto, consigue levantarse del sofá y da unas cuantas vueltas por el jardín arrastrando los pies, con las pantuflas puestas.

—Geri, por favor. Será solo por esta noche —le rogué—. Dina dormirá todo el día de mañana y espero tener el trabajo solucionado mañana por la noche. Por favor.

—Lo haría si pudiera, Mick. No es que esté demasiado ocupada, ya sabes que eso no me importa... —El ruido de fondo se había desvanecido; se había alejado de los niños para hablar con mayor privacidad. Me la imaginé en su salón, con jerseys de colores y cuadernos de deberes esparcidos por todas partes, colocándose en su sitio un cabello rebelde de su cuidada permanente rubia. Ambos sabíamos que yo no habría sugerido a mi padre a menos que estuviera desesperado—. Pero ya sabes cómo se pone si no estoy junto a ella en todo momento, y tengo que ocuparme de Sheila y de Phil... ¿Qué haría si uno de los dos se pusiera a vomitar en plena noche? ¿Dejar que sean ellos quienes limpien los vómitos? ¿O dejarla sola a ella y que me organice un escándalo y despierte a toda la familia?

Apoyé los hombros contra la pared y me pasé una mano por la cara. Me faltaba el aire en el apartamento: apestaba a las sustancias químicas con falso olor a limón que utiliza la mujer de la limpieza.

–Sí –respondí–. Ya lo sé. No te preocupes.

–Mick. Si nosotros no podemos hacernos cargo... quizá deberíamos plantearnos llevarla a algún sitio donde puedan ocuparse de ella.

–No –la corté. Lo pronuncié con tal contundencia que me estremecí, pero Dina continuaba cantando–. Ya me hago cargo yo. Todo saldrá bien.

–Pero ¿estarás bien? ¿Puedes pedir que te sustituya alguien?

–No es así como funciona mi trabajo. Encontraré la manera.

–Mick, lo siento de veras. En cuanto estén un poco mejor...

–No pasa nada. Diles a los dos que he preguntado por ellos e intenta no contagiarte de lo que sea que tengan. Hablamos pronto.

Un grito de furia en la distancia, en algún lugar de la casa de Geri.

–¡Andrea! ¿Qué te he dicho antes?... Vale, Mick, es posible que Dina esté mejor por la mañana. Nunca se sabe.

–Sí, quizá sí. No hay que perder la esperanza. –Dina lanzó un aullido y cerró la ducha: se había acabado el agua caliente–. Tengo que dejarte –anuncié–. Cuídate.

Escondí el teléfono y me dirigí derechito a la cocina para disimular. Cuando la puerta del cuarto de baño se abrió yo ya andaba cortando hortalizas.

Me preparé un salteado de ternera para cenar; Dina no tenía hambre.

La ducha la había reconfortado: se acurrucó en el sofá, con una camiseta y unos pantalones de chándal que sacó de mi armario, y se quedó mirando el infinito y secándose el pelo con una toalla, con aire pensativo.

–¡Shhh! –siseó, cuando empecé a preguntarle delicadamente por su día–. No hables. Escucha. ¿No es maravilloso?

Lo único que yo oía era el murmullo del tráfico, cuatro plantas más abajo, y el tintineo sintetizado de la música que la pareja del piso de arriba pone cada noche para que su bebé se duerma. Supuse que, a su modo, debía resultar tranquilizador y, tras una jornada de no perder hilo en aquella maraña de conversaciones, estaba bien cocinar y cenar en silencio. Me habría gustado poner las noticias para ver cómo los periodistas informaban sobre los acontecimientos, pero esa opción ni siquiera era contemplable.

Tras la cena molí café, mucho café. El sonido de los granos en el molinillo hizo que Dina se agitara de nuevo: con los pies descalzos, comenzó a describir círculos inquietos alrededor del salón, sacaba libros de las estanterías, los hojeaba y volvía a colocarlos en lugares equivocados.

–¿Tenías que salir esta noche? –me preguntó, de espaldas a mí–. ¿Tenías una cita o algo así?

–Es martes. Nadie tiene una cita los martes.

–Venga, Mikey, intenta ser más espontáneo. Sal las noches entre semana. Vuélvete un poco más salvaje.

Me serví una taza de café solo bien fuerte y me dirigí a mi sillón.

–Me parece que no soy un hombre espontáneo.

–¿Significa eso que tienes citas los fines de semana? ¿Tienes novia?

–Creo que no he llamado a nadie «novia» desde que tenía veinte años. Los adultos tienen parejas.

186

Dina hizo ver que se metía dos dedos en la garganta para vomitar, con efectos sonoros incluidos.

–Los *gays* que rondaban la mediana edad en 1995 tienen parejas. ¿Sales con alguien? ¿Follas con alguien? ¿Has disparado a alguien con el yogur de tu bazuca? ¿Has...?

–No. Me veía con alguien hasta hace poco, pero rompimos y no tengo previsto volver al ruedo en un tiempo. ¿Bien?

–No lo sabía –respondió Dina con voz mucho más baja–. Lo siento. –Se dejó caer en un brazo del sofá–. ¿Sigues hablando con Laura? –preguntó al cabo de un momento.

–A veces.

Al escuchar el nombre de Laura, la estancia se llenó con su perfume, marcado y dulce. Le di un gran sorbo al café para apartármelo de la nariz.

–¿Crees que volveréis?

–No. Ella sale con alguien. Con un médico. Cualquier día me llamará y me dirá que está comprometida.

–Vaya –replicó Dina decepcionada–. Me gusta Laura.

–Y a mí. Por eso me casé con ella.

–¿Y por qué te divorciaste de ella entonces?

–Yo no me divorcié de ella. Ella se divorció de mí.

Laura y yo optamos por la opción civilizada de informar a todo el mundo de que había sido un acuerdo mutuo, que no era culpa de nadie, que cada uno habíamos avanzado por un camino distinto y todas esas imbecilidades que se dicen, pero me había cansado de fingir.

–¿En serio? ¿Por qué?

–Porque sí. Dina, lo siento, pero esta noche no tengo energía suficiente para hablar de ello.

–Vale –dijo Dina, poniendo los ojos en blanco. Se deslizó sinuosamente del sofá y se dirigió sin hacer ruido a la cocina, donde la escuché abrir varias cosas–. ¿Por qué no tienes nada para comer? Me estoy muriendo de hambre.

–Hay comida de sobra. La nevera está llena. Puedo prepararte un salteado, hay cordero guisado en el congelador y, si te apetece algo más ligero, puedes comerte unas gachas o...

–Para, por favor. No me refiero a cosas de esas. A la porra los cinco grupos de alimentos, los antioxidantes y todas esas patrañas. Me apetece un helado o una de esas hamburguesas grasientas que se preparan en el microondas.

Cerró de un portazo un armario y regresó al salón con una barra de cereales para el desayuno del tamaño de un brazo.

–¿Cereales? Pero ¿qué eres? ¿Una niña pequeña?

–A ti nadie te obliga a comértelos.

Se encogió de hombros, se desplomó de nuevo en el sofá y empezó a mordisquear la barra por una esquina, poniendo cara de sospecha, como si pudiera envenenarla.

–Con Laura eras feliz. Es raro, porque tú no eres una persona de naturaleza feliz y yo no estaba acostumbrada a verte así. Tardé un tiempo en saber qué pasaba. Pero era muy agradable.

–Sí que lo era –convine.

Laura es el tipo de mujer esbelta, con mechas y una belleza cuidada, como Jennifer Spain. Todo el tiempo que permanecimos juntos estuvo a dieta, salvo en los cumpleaños y Navidades; acude al solárium para mantener su bronceado falso cada tres días, se alisa el pelo cada mañana de su vida y nunca sale de casa sin ir completamente maquillada. Sé que hay hombres a quienes les gusta que las mujeres sean más naturales, o al menos fingen que es así, pero la gallardía con la que Laura luchaba contra la naturaleza cuerpo a cuerpo era una de las cosas que más me gustaban de ella. Yo solía levantarme quince o veinte minutos más temprano por las mañanas para poder contemplarla mientras se acicalaba. Incluso los días en que tenía prisa, se le caían las cosas y maldecía para sus adentros, para mí era lo más reconfortante que la vida tenía que ofrecerme; era como observar a un gato ordenar el mundo al lavarse. Siempre me pareció que una mujer así, una mujer que se esforzaba tanto por ser lo que se suponía que tenía que ser, probablemente querría lo que se suponía que quería: flores, joyas buenas, una casa bonita, vacaciones al sol y un hombre que la amara y que la cuidara de corazón el resto de su vida. Las mujeres como Fiona Rafferty son un misterio absoluto para mí; no acierto a imaginar por qué alguien intentaría descifrarlas, y eso me pone nervioso. Con Laura tenía la impresión de poder ser feliz. Fui tan imbécil que me tomó por sorpresa que al final resultara querer exactamente lo que se supone que quieren todas las mujeres. Precisamente ella, con quien me había sentido seguro justo por ese motivo.

Dina dijo, sin mirarme:

–¿Te dejó Laura por mi culpa?

–No –contesté al instante.

Y era verdad. Laura descubrió la condición de Dina muy al principio de nuestra relación, de un modo previsible. Pero jamás dijo ni insinuó (y apostaría a que ni siquiera lo pensó) que Dina no fuera responsabilidad mía o que debería mantener su locura fuera de nuestro hogar. Cuando me metía en la cama tarde, las noches en que Dina finalmente caía dormida en la habitación de invitados que teníamos, Laura me acariciaba el cabello. Eso era todo.

–Nadie quiere lidiar con esta mierda. Ni siquiera yo quiero hacerlo –continuó Dina.

–Quizá algunas mujeres no querrían. Pero yo no me casaría con ellas.

Soltó una carcajada.

–He dicho que Laura me caía bien. Pero no he dicho que fuera ninguna santa. ¿Acaso crees que soy estúpida? Sé que no le gustaba que una loca apareciera en el umbral de su casa y le jodiera toda la semana. ¿Te acuerdas de aquella vez de las velas, la música, las copas de vino y vosotros dos despeinados? Me debió de odiar con todas sus fuerzas.

−No lo hizo. Nunca lo ha hecho.

−No me lo dirías en caso contrario. ¿Por qué, si no, te habría dejado? Laura estaba loca por ti. Y tú no tuviste la culpa; no le pegaste ni la llamaste «puta» ni nada de eso. La tratabas como a una princesa. Le habrías comprado la luna. «Ella o yo», ¿te lo dijo alguna vez? «Quiero recuperar mi vida; echa a esa lunática de aquí». ¿Te dijo algo así?

Empezaba a sumirse en una de sus espirales, con la espalda apoyada con fuerza contra el brazo del sofá. Tenía un destello de miedo en los ojos.

−Laura me dejó porque quiere tener hijos −le aclaré.

A Dina se le cortó la respiración y me miró fijamente, boquiabierta.

−¡Vaya, joder, Mikey! ¿No podéis tener hijos?

−No lo sé. No lo intentamos.

−¿Entonces...?

−Yo no quiero tenerlos. Nunca he querido.

Dina meditó sobre mis palabras en silencio, mientras chupaba la barra de cereales con aire ausente. Al cabo de un rato dijo:

−Laura probablemente se calmaría mucho si tuviera hijos.

−Quizá. Espero que tenga la oportunidad de descubrirlo. Pero nunca será conmigo. Laura lo sabía cuando nos casamos. Me aseguré de que le quedara claro. Nunca la engañé en ese sentido.

−¿Por qué no quieres tener hijos?

−Hay gente que no quiere. No soy ningún bicho raro.

−No he dicho que lo fueras. ¿Acaso te he llamado raro? Solo te he preguntado el porqué.

−No creo que los detectives de Homicidios deban tenerlos −respondí−. Se vuelven blandos: les supera la barbarie y acaban metiendo la pata en el trabajo y probablemente también con sus hijos. No se pueden tener ambas cosas. Y yo prefiero quedarme con el trabajo.

–¡Madre del amor hermoso! ¡Menuda sarta de gilipolleces juntas! Nadie deja de tener hijos porque no cree en tener hijos. Siempre le echas la culpa de todo a tu trabajo... Es aburridísimo, no te puedes imaginar cuánto. ¿Por qué no quieres tener hijos?

–Yo no le echo la culpa de nada a mi trabajo. Simplemente, me lo tomo en serio. Y, si eso resulta aburrido, me disculpo por ello.

Dina alzó los ojos al cielo y soltó un inmenso suspiro de fingida paciencia.

–De acuerdo –dijo, ralentizando el ritmo para que el idiota pudiera seguirla–. Me apuesto todo lo que tengo, que es una mierda, pero algo es algo, a que los tipos de tu brigada no se esterilizan el primer día de trabajo. Trabajas con hombres que tienen hijos. Y hacen exactamente la misma tarea que tú. Es imposible que dejen libres a los asesinos todo el tiempo; en caso contrario, los despedirían. ¿Estoy en lo cierto o no?

–Algunos de los muchachos tienen familia, efectivamente.

–Entonces, ¿por qué tú no quieres tener hijos?

El café empezaba a hacerme efecto. El apartamento se me antojaba pequeño y feo, crudo bajo la luz artificial; la urgencia de salir de allí y pisar el acelerador rumbo a Broken Harbour casi me hizo saltar del sillón.

–Porque corro un riesgo demasiado alto. Es tan enorme que solo pensar en ello me provoca arcadas. Por eso.

–El riesgo –repitió Dina tras un momento de silencio. Le dio la vuelta al envoltorio de la barra de cereales, con cuidado, y examinó el lado brillante–. No del trabajo. Te refieres a mí. Te da miedo que pudieran salir como yo.

–No eres tú quien me preocupa –repliqué.

—Entonces, ¿quién?

—Yo.

Dina me observó, con la bombilla reflejándose cual dos diminutos fuegos fatuos en aquellos ojos inescrutables de color azul lechoso.

—Serías un buen padre —sentenció.

—Tal vez sí. Pero es probable que no fuera lo suficientemente bueno. Porque, si ambos nos equivocamos y resultara ser un padre nefasto, ¿qué sucedería entonces? No habría nada que yo pudiera hacer. Una vez lo descubres, es demasiado tarde: los niños ya están ahí, no puedes devolverlos. Lo único que puedes hacer es seguir jodiéndolos, día tras día, y observar cómo esos bebés perfectos se convierten en una ruina ante tus ojos. No puedo hacerlo, Dina. O no soy lo bastante tonto o no soy lo bastante valiente, pero no me veo capaz de asumir ese riesgo.

—A Geri se le da bien.

—A Geri se le da de maravilla —concordé yo.

Geri lleva la maternidad con alegría, tranquilidad y naturalidad. Después de que nacieran cada uno de sus hijos, la telefoneé cada día durante un año (operaciones de vigilancia, interrogatorios, discusiones con Laura, todo el mundo podía ponerse en pausa para esa llamada telefónica) para asegurarme de que estaba bien. En una ocasión tenía la voz lo bastante ronca y apagada como para que yo obligara a Phil a ausentarse del trabajo e ir a comprobar si se encontraba bien. Estaba resfriada y, lógicamente, pensó que yo me sentiría como un idiota, pero no fue así. Más vale prevenir que curar. Siempre.

—Yo quiero tener hijos algún día —anunció Dina. Hizo una bola con el envoltorio y la lanzó al aire, en dirección a la papelera, pero falló—. Supongo que te parecerá una idea descabellada.

La idea de que apareciera embarazada la próxima vez hizo que se me congelara el cuero cabelludo.

–No necesitas mi permiso.

–Pero lo piensas.

–¿Cómo está Fabio? –pregunté.

–Se llama Francesco. No creo que funcione. Pero no lo sé.

–Creo que convendría que esperaras a tener hijos cuando encontraras a alguien en quien confiar. Llámame anticuado.

–Lo dices por si pierdo la cabeza, supongo. Por si un día estoy cuidando de mi bebé de tres semanas de vida y empieza a estallarme la cabeza. Sería mejor que hubiera alguien para vigilarme.

–Yo no he dicho eso.

Dina estiró las piernas sobre el sofá y se inspeccionó el esmalte de las uñas de los pies, de color azul claro perlado.

–Sabes que suelo anticipar cuándo voy a tener un ataque. ¿Quieres que te explique cómo?

La verdad es que nunca quiero saber nada sobre el funcionamiento interior de la mente de Dina.

–¿Cómo? –pregunté.

–Todo empieza a sonar mal. –Me lanzó una mirada rápida, bajo la cubierta de su cabello–. Me quito el jersey por la noche, lo dejo caer al suelo y oigo un «plop», como una roca cayendo en un estanque. O, por ejemplo, una vez iba caminando a casa desde el trabajo y cada vez que mis botas chocaban con el suelo chillaban, como un ratón en una trampa. Fue horrible. Al final tuve que sentarme en la acera y quitármelas para asegurarme de que no había ningún ratón atrapado dentro. Sabía que era imposible, no soy tonta, pero quería asegurarme. Entonces caí en la cuenta; de lo que estaba sucediendo, quiero decir. Aun así, tuve que coger un taxi para ir a casa. No podía soportar oír ese chillido todo el camino. Sonaba agónico.

–Dina, deberías ir a ver a alguien cuando eso sucede.

–Ya voy a ver a alguien. Hoy estaba en el trabajo y, al abrir uno de los frigoríficos para coger más panecillos, ha crepitado, como si fuera un fuego, como si hubiera un incendio forestal dentro. Así que me he marchado de allí y he ido a buscarte.

–Y eso está muy bien. Me alegra que lo hayas hecho. Pero me refiero a ver a un profesional.

–Médicos –dijo Dina con la boca fruncida–. He perdido la cuenta. ¿Y me han servido de algo?

Estaba viva, lo cual ya significaba mucho para mí y esperaba que al menos significara algo para ella, pero antes de poder señalarlo me sonó el teléfono. Mientras iba a buscarlo comprobé la hora: las nueve en punto, Richie se estaba portando bien.

–Kennedy –dije, me puse en pie y me alejé de Dina.

–Estamos en la posición –informó Richie en voz tan baja que tuve que apretarme el teléfono contra la oreja–. No hay ningún movimiento.

–¿Los técnicos y los refuerzos también han ocupados sus puestos?

–Sí.

–¿Algún problema? ¿Os habéis tropezado con alguien de camino? ¿Algo que debería saber?

–No. Todo va bien.

–Entonces hablaremos dentro de una hora, o antes si se produce alguna actividad. Buena suerte.

Colgué. Dina había enrollado y anudado la toalla y me miraba fijamente, a través de su mata de pelo brillante.

–¿Quién era?

–Del trabajo.

Me guardé el teléfono en el bolsillo. La mente de Dina tiene recovecos paranoides. No quería que me escondiera el teléfono para que no pudiera contactar con hospitales imaginarios para tratar su caso o, mejor aún, que respondiera y le dijera a Richie que sabía lo que pretendía y que ojalá se muriera de cáncer.

—Pensaba que no estabas de servicio.

—Lo estoy. Más o menos.

—¿Qué se supone que significa «más o menos»?

Empezaban a tensársele las manos en la toalla. Con la voz más relajada que pude, le contesté:

—Significa que algunas veces necesitan preguntarme cosas. En Homicidios no existe lo de estar «fuera de servicio». Era mi compañero. Probablemente telefoneará varias veces más esta noche.

—¿Por qué?

Agarré mi taza de café y me dirigí a la cocina para llenarla.

—Ya lo has visto. Es un novato. Antes de tomar alguna decisión importante, tiene que contrastarla conmigo.

—¿Decisiones importantes sobre qué?

—Sobre cualquier cosa.

Dina empezó a rascarse una costra del dorso de la mano con la uña del dedo gordo de la otra mano, con rasguños cortos y fuertes.

—Esta tarde estaban escuchando la radio en el trabajo —dijo. ¡Joder!

—¿Y?

—Y han dicho que habían encontrado un cadáver y que la policía creía que el muerto era el sospechoso. Era en Broken Harbour. Han entrevistado a un tipo, a un poli. Sonaba como tu voz.

Y entonces el frigorífico empezó a emitir sonidos de incendio forestal. Con mucho cuidado, mientras me sentaba de nuevo en el sillón, le dije:

—De acuerdo.

Empezó a rascarse con más fuerza.

–¡No hagas eso! ¡Joder! ¡Deja de hacer eso!

–¿Hacer el qué?

–No pongas esa cara de poli con un palo metido en el culo. No me hables como si fuera una testigo imbécil con la que puedes jugar a tus jueguecitos porque me intimidas demasiado para pararte los pies. No me intimidas. ¿Lo has entendido?

No tenía sentido discutir.

–Entendido –le respondí con calma–. No pretendo intimidarte.

–Entonces deja de dar rodeos y cuéntamelo.

–Ya sabes que no puedo hablar del trabajo. No es nada personal.

–¿Cómo puede ser que no sea personal? Soy tu hermana, ¡joder! ¿Qué puede ser más personal que eso?

Se había acurrucado en un rincón del sofá, con los pies firmemente apoyados en el suelo como si en cualquier momento fuera a saltarme al pescuezo, lo cual era improbable, pero no imposible.

–Tienes razón. Me refiero a que no te oculto nada a ti personalmente. Debo mantener la discreción con todo el mundo.

Dina se mordisqueó el antebrazo mientras me observaba como si fuera el enemigo, con los ojos entrecerrados y encendidos con la astucia de un animal calculador.

–De acuerdo –dijo–. Entonces, pongamos las noticias.

Había esperado secretamente que no se le ocurriera hacerlo.

–Pensaba que te gustaba disfrutar de la paz y la tranquilidad.

–Si es lo bastante público como para que todo el puñetero país pueda verlo, estoy más que segura de que no puede ser demasiado confidencial para que yo no pueda hacerlo. ¿No es así? Teniendo en cuenta que no es personal.

—Por el amor de Dios, Dina. He estado trabajando todo el día. Lo último que quiero hacer al llegar a casa es ver el trabajo en televisión.

—Entonces explícame qué demonios pasa. O voy a poner las noticias y vas a tener que frenarme para que no lo haga. ¿Quieres que haga eso?

—Está bien —dije, poniendo las manos en alto—. De acuerdo. Te lo voy a explicar, pero antes tienes que tranquilizarte un poco. Y eso significa que necesito que dejes de morderte el brazo.

—Es mi puñetero brazo. ¿A ti qué te importa si me lo muerdo?

—No puedo concentrarme si te veo hacerlo. Y, si no puedo concentrarme, no podré explicarte lo que sucede. Es decisión tuya.

Me lanzó una mirada de desafío, me enseñó sus pequeños y blancos dientes y se mordió una vez más, con fuerza, pero, al ver que yo no reaccionaba, se tapó el brazo con la camiseta y se sentó con las manos debajo del trasero.

—Ya está. ¿Contento?

—No hemos encontrado solo un cuerpo —la informé yo—, sino los cuatro miembros de una familia. Vivían en una urbanización en Broken Harbour, que ahora se llama Brianstown. Un intruso entró en su casa anoche.

—¿Cómo los ha asesinado?

—No lo sabremos con seguridad hasta que realicemos las autopsias. Al parecer utilizó un cuchillo.

Dina se quedó mirando el vacío, sin moverse ni respirar siquiera mientras pensaba en ello.

—Brianstown —dijo al fin, abstraída—. ¡Menuda basura de nombre! Al que se le ocurriera habría que meterle la cabeza debajo de un cortacésped y mantenerlo ahí bien quieto un rato. ¿Estás seguro?

–¿Sobre el nombre?

–¡No! Joder. Sobre los muertos.

Me froté la mandíbula, intentando destensarla un poco.

–Sí, estoy seguro.

Volvía a tener la mirada enfocada: tenía los ojos posados en mí, sin pestañear.

–Estás seguro porque te estás ocupando del caso.

No respondí.

–Has dicho que no querías ver las noticias porque habías estado trabajando todo el día. Lo has dicho tú.

–Mirar noticias de un caso de homicidios es trabajo. Cualquier caso. Me dedico a eso.

–Blablablá, este homicidio es el caso en el que tú estás trabajando. ¿No es cierto?

–¿Qué importa eso?

–Pues importa muchísimo, porque, si me lo dices, dejaré que cambies de tema.

–Sí –respondí–. Me ocupo de este caso. Yo y un puñado de detectives más.

–Humm –murmuró Dina.

Lanzó la toalla hacia la puerta del cuarto de baño, se deslizó fuera del sofá y empezó a dar vueltas de nuevo por el salón, dibujando círculos automáticos forzados. Me pareció poder oír el murmullo de la cosa que habita en su interior empezar a cobrar fuerza, como el leve zumbido de un mosquito.

–¿Podemos cambiar de tema ya?

–Sí –contestó Dina. Agarró un elefante de esteatita que Laura y yo compramos como recuerdo de nuestras vacaciones en Kenia un año, lo apretó con fuerza y examinó con interés las marcas rojas que le había dejado en la palma de la mano–. Antes estaba pensando algo. Mientras te esperaba. Quiero cambiar de piso.

–Bien –dije yo–. Podemos conectarnos a internet y buscar algo ahora mismo, si quieres.

El piso de Dina es un agujero inmundo. Podría costearse perfectamente un lugar decente (yo la ayudaría a pagar el alquiler), pero dice que los bloques de apartamentos construidos a propósito le dan ganas de golpearse con la cabeza en las paredes, de manera que siempre acaba en una casa georgiana decrépita dividida en los años sesenta en varias habitaciones amuebladas, compartiendo el cuarto de baño con cualquier perdedor peludo que se hace llamar músico y necesita que le recuerden de vez en cuando que el hermano de Dina es policía.

–No –replicó Dina–. Escúchame, por favor. Quiero cambiarlo de verdad. Lo odio porque me produce urticaria. Ya intenté trasladarme; pregunté a las chicas de arriba si querían intercambiar su piso con el mío, porque a ellas no les entraría el picor en los recovecos de los codos ni les subiría por las uñas de los pies como me sucede a mí. No hay bichos. Deberías ver lo limpio que lo tengo. Creo que es el puñetero estampado de la moqueta. Se lo expliqué a esas zorras, pero no me hicieron caso. Pusieron boca de besugo y parecía que los ojos iban a salírseles de las órbitas. Me pregunto si tendrán peces como mascotas. Así que, como no me puedo mudar, me gustaría cambiar algunas cosas. Quiero alternar las habitaciones. Creo que ya derribamos alguna antes, pero no lo recuerdo bien. ¿Lo hiciste tú, Mikey?

Richie telefoneó cada hora en punto, tal y como había prometido, para informarme de que no había ocurrido nada. Algunas veces Dina me dejó contestar al primer timbrazo, mordisqueándose los dedos mientras yo hablaba, y aguardó hasta que colgué antes de cambiar la marcha: «¿Quién era? ¿Qué quería? ¿Qué le has contado sobre mí?»... Otras veces tuve que dejar que el teléfono sonara dos o tres veces mientras ella describía círculos cada vez más rápido y hablaba en voz cada vez más alta para no oír la llamada hasta que al final se agotaba y se desplomaba en el sofá, o en la alfombra, y yo podía responder. A la una de la madrugada me pegó un manotazo en la mano que acabó con mi teléfono en el suelo, justo cuando yo estaba a punto de responder, y me gritó: «¡Te importa un comino lo que te estoy intentando explicar! ¡Intento hablar contigo! No me ignores. No contestes. Escúchame, escúchame, escúchame...».

Justo después de las tres de la madrugada cayó dormida en el sofá a media frase, acurrucada, formando una bola, con la cabeza escondida entre los cojines. Se había envuelto el puño con el dobladillo de mi camiseta y chupaba la tela.

Fui a buscar el edredón de la habitación de invitados y la arropé con él. Luego atenué las luces, me serví una taza de café frío y me senté a la mesa del comedor a jugar al solitario en el teléfono móvil. En la calle, un camión emitía pitidos rítmicos al dar marcha atrás; al otro lado del pasillo, alguien cerró una puerta de un portazo. Dina susurró algo en sueños. Llovió un rato, un suave susurro y repiqueteo en las ventanas que fue atenuándose hasta dejar paso al silencio.

Yo tenía quince años, Geri dieciséis y Dina casi seis cuando mi madre se suicidó. Desde que tengo uso de razón, una parte de mí había estado esperando a que llegara aquel día; con el ingenio que imbuye a las personas cuyas mentes han quedado despojadas de todo deseo de vivir, escogió el único día que no nos lo esperábamos. Durante todo el año nos ocupábamos de ella como si fuera un empleo a jornada completa, mi padre, Geri y yo: observábamos atentamente cualquier señal, como agentes secretos; la convencíamos para que comiera cuando no tenía ganas ni de levantarse de la cama; ocultábamos los analgésicos durante días cuando vagaba por la casa como un punto frío suspendido en el aire; le sosteníamos la mano toda la noche cuando era incapaz de dejar de llorar, y aprendimos a mentir con astucia y ligereza a vecinos, parientes y cualquiera que nos preguntara. Pero durante dos semanas en verano los cinco vivíamos en libertad. Había algo en Broken Harbour, quizá el aire, el cambio de escenario o la mera voluntad de no echar por tierra nuestras vacaciones, que cambiaba a mi madre y la convertía en una niña risueña que alzaba las palmas al sol, vacilante y asombrada, como si no diera crédito a la suavidad con que acariciaba su piel. Echaba carreras con nosotros y besaba a mi padre en la nuca después de ponerle crema solar. Durante esas dos semanas, no contábamos los cuchillos afilados ni nos sobresaltábamos en nuestros asientos al menor ruido en medio de la noche, porque mi madre era feliz.

El verano de mis quince años fue el más feliz de todos para ella. Yo no entendí el porqué hasta más tarde. Esperó hasta la última noche de nuestras vacaciones para meterse en el mar y ahogarse.

Hasta aquella noche, Dina era una chiquilla con chispa, desobediente y traviesa, siempre dispuesta a estallar en grandes carcajadas contagiosas. Después, los médicos nos advirtieron de que vigiláramos atentamente sus «consecuencias emocionales»; hoy la habrían enviado directamente a terapia (probablemente nos habrían enviado a todos), pero corrían los años ochenta y en este país aún se creía que la terapia psicológica era para personas ricas que necesitaban que alguien les arreara una buena patada en el culo. Y la observamos. Éramos expertos haciéndolo. Al principio la vigilamos veinticuatro horas al día los siete días de la semana, haciendo turnos sentados junto a la cama de Dina mientras ella se movía y murmuraba en sueños; pero no parecía estar peor que Geri o que yo, y desde luego tenía mucho mejor aspecto que nuestro padre.

Se chupaba el dedo y lloraba mucho. Al cabo de bastante tiempo recuperó la normalidad, al menos por lo que nosotros podíamos ver. El día que me despertó pasándome una toallita mojada por la espalda y se marchó corriendo, gritando y riendo, Geri encendió una vela a la Virgen María para agradecerle que Dina volviera a ser normal.

Yo también encendí una. Me aferré a lo positivo tanto cuanto pude y me convencí de creer en ello. Pero en el fondo lo sabía: una noche como esa no desaparece sin más. Y no me equivocaba. Esa noche horadó a Dina hasta las entrañas y se mantuvo allí aletargada, aguardando a que llegara su hora durante años. Cuando se hubo hinchado lo bastante, se removió, se despertó y se abrió camino a dentelladas hacia la superficie.

Nunca habíamos dejado a Dina sola durante un episodio. En alguna ocasión se desvió antes de llegar a mi casa o a la de Geri, apareciendo llena de moratones y drogada hasta las trancas, y una vez incluso con un mechón de pelo de dos centímetros y medio de grosor arrancado de raíz. Cada vez, Geri y yo intentábamos averiguar qué había sucedido, pero jamás esperábamos que ella nos lo explicara.

Pensé en telefonear al trabajo para decir que estaba enfermo. Estuve a punto de hacerlo; tenía el teléfono en la mano, listo para llamar a la comisaría y explicarles que mi sobrina me había contagiado una fuerte gastroenteritis y que otra persona debería hacerse cargo del caso hasta que yo pudiera alejarme del cuarto de baño. No fue la instantánea caída en picado de mi carrera lo que me detuvo, al margen de lo que todo el mundo que me conoce habría pensado. Fue la imagen de Pat y Jenny Spain luchando hasta la muerte, solos, porque creían que los habíamos abandonado. Me resultaba imposible vivir pensando que eso pudiera ser verdad.

Cuando apenas quedaban unos minutos para las cuatro, entré en mi dormitorio, silencié el móvil y observé la pantalla hasta que se iluminó con el nombre de Richie. Nada nuevo; empezaba a sonar somnoliento.

–Si a las cinco no ha habido actividad, empezad a recoger –le dije–. Dile a Comosellame y al resto de refuerzos que se vayan a echar un sueñecito y fichen de nuevo en la oficina a mediodía. Tú podrás aguantar unas cuantas horas más sin dormir, ¿verdad?

–Sin problema. Me quedan aún algunas cápsulas de cafeína. –Se hizo una pausa momentánea, mientras buscaba el modo correcto de decirlo–. Te veré en el hospital, ¿verdad? ¿O...?

–Sí, jovencito, ahí estaré. A las seis en punto. Dile a Comosellame que te deje allí de camino a casa. Y asegúrate de desayunar algo, porque, una vez nos pongamos en movimiento, no nos detendremos a tomarnos un té con tostadas. Te veo dentro de un rato.

Me duché, me afeité, saqué ropa limpia y me comí un bol de muesli con el máximo silencio que pude. Luego le escribí una nota a Dina: «Buenos días, lirón... He tenido que ir al trabajo, pero regresaré lo antes posible. Entre tanto, come lo que encuentres en la cocina, lee/ve/escucha lo que te apetezca de lo que hay en las estanterías, date otra ducha... La casa es tuya. Telefonéanos a mí o a Geri en cualquier momento si te pones nerviosa o si te apetece hablar. M.».

La dejé en la mesilla del centro, sobre una toalla limpia y otra barra de cereales. No dejé llaves: me había pasado un rato largo meditando sobre ello, pero al final tuve que escoger entre el riesgo de que el apartamento se incendiara con ella encerrada dentro y el riesgo de que se dedicara a vagar por una calle de mala muerte y se tropezara con la persona equivocada. Era una mala semana para tener que confiar en la suerte o en la humanidad, aunque, si me acorralan, siempre apuesto por la suerte.

Dina se retorció en el sofá y, por un instante, me quedé inmóvil, pero solo suspiró y aplastó más aún la cabeza en los cojines. Uno de sus delgados brazos colgaba fuera del edredón, pálido como la leche, impreso con semicírculos claros, rojos y leves de marcas de dientes. Levanté el edredón para tapárselo. Luego me puse el abrigo, salí del apartamento en silencio y cerré la puerta con llave tras de mí.

8

Richie me esperaba a las puertas del hospital a las seis menos cuarto. Normalmente, yo habría enviado a uno de los uniformados (oficialmente, lo único que íbamos a hacer allí era identificar los cuerpos y yo tenía maneras más productivas de invertir mi tiempo), pero aquel era el primer caso de Richie y era necesario que asistiera a la autopsia. Si no lo hacía, empezarían a correr rumores. Además, a Cooper le gusta que lo observemos trabajar y, si Richie lograba sacarle su cara buena, podríamos avanzar por la vía rápida si lo necesitábamos.

Aún era de noche, esa oscuridad fina antes del amanecer que te roba hasta el último ápice de fortaleza de los huesos, y soplaba un aire mordaz. La luz de la entrada al hospital, blanca y sin resquicio de calidez, parpadeaba. Richie estaba apoyado contra la verja, con un vaso de plástico de tamaño industrial en cada mano, pasándose una bola de papel de aluminio entre los pies. Se le veía pálido y tenía los ojos hinchados, pero estaba despierto y llevaba una camisa limpia, igual de barata que la anterior, así que le concedí varios puntos por haber pensado en cambiársela. Incluso llevaba puesta mi corbata.

–¿Qué tal? –dijo, mientras me tendía uno de los vasos–. He pensado que quizá te apetecería... aunque sabe a lavavajillas. Lo he comprado en el bar del hospital.

–Gracias –respondí–. Me lo imagino. –Pero al fin y al cabo era café.– ¿Qué tal anoche?

Se encogió de hombros.

–Habría sido más entretenido si nuestro hombre hubiese aparecido.

–Paciencia, muchacho. Roma no se construyó en un día.

Otro encogimiento de hombros, esta vez mientras golpeaba la bola de papel de aluminio con más fuerza. Detecté entonces que le habría gustado atrapar al sospechoso para entregármelo a primera hora de la mañana, bien atadito y listo para meterlo en el horno; el golpe para demostrar que era un hombre.

–Al menos los de la científica dicen que han avanzado mucho –aclaró.

–Fantástico. –Me apoyé contra la verja a su lado e intenté beberme el café: un solo esbozo de bostezo y Cooper me echaría a patadas por la puerta–. ¿Qué hay de las patrullas de refuerzo?

–Nada relevante. Detectaron unos cuantos vehículos entrando en la urbanización, pero todas las matrículas correspondían a direcciones de Ocean View: eran inquilinos que regresaban a sus casas. Una pandilla de adolescentes se reunió en una de las viviendas del extremo opuesto de la calle con un par de botellas y pusieron la música a todo volumen. Alrededor de las dos y media había un coche dando vueltas y más vueltas, muy despacio, pero era una mujer con un bebé llorando en la parte trasera, de manera que los muchachos dedujeron que intentaba dormirlo. Y eso fue todo.

–¿Crees que si hubiera habido algún tipo raro merodeando por ahí lo habrían divisado?

–A menos que fuera alguien muy afortunado, apostaría a que sí.

–¿Nada de medios de comunicación?

Richie sacudió la cabeza.

–Pensaba que interrogarían a los vecinos, pero no.

–Probablemente se hayan dedicado a fastidiar a los seres queridos: es más suculento. Parece, entonces, que la oficina de prensa los tiene bajo control, al menos por el momento. He echado un vistazo rápido a las ediciones matutinas: no hay nada que no supiéramos ya y no se menciona en ningún lado que Jenny Spain siga con vida. No obstante, no podremos mantener el secreto mucho más tiempo. Necesitamos echarle el guante a ese tipo rápidamente.

Todas las portadas recogían un titular enorme y una imagen angelical de los rubios Emma y Jack. Teníamos una semana, dos a lo sumo, para cazar a aquel tipo antes de convertirnos en una panda de incompetentes despreciables y al superintendente en un campista muy poco contento.

Richie empezó a formular una pregunta, pero un bostezo lo interrumpió a medio camino.

–¿Has conseguido dormir algo? –le pregunté.

–No. Acordamos hacer turnos, pero el campo es muy ruidoso, ¿lo sabías? Todo el mundo da la murga con la paz y la tranquilidad, pero no son más que chorradas. Se oía el mar y había un centenar de murciélagos como si estuvieran en plena fiesta, además de ratones o algún otro bicho correteando entre las casas. Y algo salió a dar un paseo al final de la calle; sonaba como un tanque, arrasando todas aquellas plantas. Intenté divisar qué era con los prismáticos, pero se escabulló entre las casas antes de que pudiera darle alcance. De todos modos, era algo grande.

–¿Demasiado espeluznante para ti?

Richie me miró de reojo con una sonrisa irónica.

—Conseguí no cagarme en los pantalones. Además, aunque hubiera estado tranquilo, habría preferido permanecer despierto. Por si acaso...

—Yo habría hecho lo mismo. ¿Cómo lo llevas?

—Bien. Estoy un poco cansado, pero no voy a desmayarme a medio camino de la autopsia ni nada por el estilo.

—Si conseguimos que duermas un par de horas en algún momento, ¿crees que podrías aguantar otra noche?

—Con un poco más de esto... —inclinó el vaso de café—... y sí, desde luego que podré. Igual que anoche, ¿no?

—No —respondí—. Una de las definiciones de locura, amigo mío, es hacer lo mismo una y otra vez y esperar obtener resultados distintos. Si nuestro hombre fue capaz de no picar el anzuelo anoche, también resistirá esta noche. Necesitamos un cebo mejor.

Richie volvió la cabeza hacia mí.

—¿Ah sí? Pensaba que el de ayer era bastante decente. Una o dos noches más y seguro que lo cazamos.

Alcé mi vaso hacia él.

—Aprecio el voto de confianza. Pero el hecho es que he subestimado a nuestro hombre. No le interesamos nosotros. Algunos de estos tipos son incapaces de alejarse de la policía: se infiltran en la investigación como pueden y eres incapaz de dar media vuelta sin tropezar con el Sr. Colaborador. Pero nuestro tipo no es así; de lo contrario, ya lo habríamos atrapado. Le importa un bledo lo que hagamos o lo que hagan los muchachos del laboratorio. ¿Sabes en qué está muy pero que muy interesado, no es cierto?

—¿En los Spain?

—Diez puntos para ti. En los Spain.

—Pero no tenemos a los Spain. Bueno, tenemos a Jenny, sí...

—Incluso aunque Jenny pudiera ayudarnos a resolver el caso, prefiero mantenerla a buen recaudo mientras sea posible, eso te lo garantizo. Lo que sí tenemos, no obstante, es a esa agente de refuerzo, ¿cómo se llama?

—Oates. La detective Janine Oates.

—Esa. Quizá no te hayas percatado, pero, desde la distancia y en el contexto adecuado, la detective Oates podría pasar perfectamente por Fiona Rafferty. Tiene la misma altura, la misma constitución, el mismo pelo... La detective Oates se lo arregla un poco más, por suerte, pero estoy seguro de que, si se lo pedimos, se lo podría revolver un poco. Ponle una trenca roja y ya la tienes. No es que se parezcan físicamente, pero para detectarlo tendrías que verlas de cerca, y, para que eso ocurra, necesitas un punto de mira decente y tus prismáticos.

—Volvemos a replegarnos a las seis, entonces ella aparece en el coche... ¿Tenemos un Fiat amarillo en el depósito, verdad? —preguntó Richie.

—No estoy seguro, aunque, si no lo tenemos, podemos hacer que un coche patrulla la deje frente a la casa. Entra y se pasa la noche haciendo lo que considera que haría Fiona Rafferty en su lugar, del modo más evidente posible... vagar por la casa con pinta de estar desconsolada con las cortinas abiertas, leer los documentos de Pat y Jenny, ese tipo de cosas. Y nosotros nos limitamos a esperar.

Richie bebió su café, poniendo una mueca inconsciente al dar cada sorbo, mientras sopesaba mi propuesta.

—¿Crees que sabe quién es Fiona?

—Creo que existe una posibilidad más que razonable de que sí. Recuerda: no sabemos en qué momento entró en contacto con los Spain; bien podría haberlo hecho a través de Fiona. Y aunque no fuera así, y por mucho que Fiona no haya venido desde hace varios meses, sabemos que lleva observándolos mucho más tiempo que eso.

En el horizonte empezaban a perfilarse las colinas, más negras que la oscuridad. En algún lugar, tras ellas, las primeras luces se alzaban sobre la arena de Broken Harbour y se filtraban en todas las casas vacías, y en la más vacía de todas ellas. Eran las seis menos cinco.

–¿Alguna vez has presenciado una autopsia? –pregunté. Richie negó con la cabeza.

–Siempre hay una primera vez para todo el mundo.

–Así es –respondí–, pero no suele ser de estas características. Va a ser bastante dura. Convendría que estuvieras presente, pero si crees que no podrás soportarlo, es el momento de decirlo. Podemos alegar que has ido a echar una cabezadita después de la misión de vigilancia.

Chafó el vaso de papel hasta hacerlo un taco y lo arrojó a la papelera con un gesto brusco de muñeca.

–Vamos –dijo.

La morgue se encontraba en el sótano del hospital, una estancia pequeña y de techos bajos, con suciedad y probablemente cosas peores incrustadas en la lechada entre las losas del suelo. El aire era gélido y húmedo, inmóvil.

–Detectives –dijo Cooper, mirando a Richie con una leve sonrisita anticipatoria. Cooper debe de rondar los cincuenta años, pero bajo la luz de los fluorescentes y recortado contra las baldosas blancas y el metal, parecía un anciano gris y marchito, como un alienígena salido de una alucinación, sondas en mano–. Me alegra verlos por aquí. Creo que empezaremos por el hombre: la edad antes que la belleza.

Tras él, su ayudante, un tipo corpulento con mirada estólida, abrió un cajón de herramientas que emitió un espantoso chirrido. Noté a Richie encogerse de hombros a mi lado, una sacudida nerviosa casi imperceptible.

Rompieron los sellos de la bolsa del cadáver y abrieron la cremallera para dejar a la vista a Pat Spain en su pijama acartonado por la sangre. Lo fotografiaron vestido y desnudo, le tomaron muestras de sangre y las huellas dactilares, se inclinaron sobre él, muy de cerca, para arrancarle un pellizco de piel con unas pinzas y le cortaron las uñas para extraer muestras de ADN. Luego, el ayudante aproximó la bandeja de instrumentos al codo de Cooper.

Las autopsias son brutales. Es la parte de este trabajo que suele pillar a los novatos desprevenidos: esperan delicadeza, bisturís diminutos y cortes de precisión, mientras que lo que de verdad se usan son cuchillos del pan que sierran tajos profundos y rápidos y pieles arrancadas como papel adhesivo. Ver a Cooper manos a la obra recuerda más a un carnicero que a un cirujano. No debe prestar cuidado a minimizar las cicatrices ni contiene el aliento para asegurarse de no cortar una arteria. La carne con la que trabaja ya no tiene valor. Cuando Cooper acaba con un cuerpo, nadie más lo volverá a necesitar, nunca.

Richie lo llevó bien. No se estremeció cuando le abrieron las costillas a Pat con las tijeras de podar ni cuando Cooper le plegó el rostro a Pat por la mitad, ni cuando, al serrar el cráneo, este desprendió un delgado olor acre a hueso abrasado. El chapoteo que emitió el hígado cuando el ayudante lo depositó en la balanza le hizo sobresaltarse, pero eso fue todo.

Cooper avanzó con destreza y eficiencia, dictando sus notas al micrófono que llevaba colgado e ignorándonos por completo. Pat se había comido un emparedado de queso y unas patatas fritas tres o cuatro horas antes de morir. Los restos de grasa en sus arterias y alrededor de su hígado indicaban que debería haber deglutido menos patatas y haber practicado más ejercicio, pero, en general, estaba en buena forma: no se apreciaban enfermedades ni anormalidades, la fisura antigua de su clavícula y sus orejas engrosadas podrían deberse a lesiones provocadas por el rugby.

—Cicatrices de un hombre sano —le dije a Richie por lo bajini.

Al fin, Cooper se enderezó, estiró la espalda y se volvió hacia nosotros.

—Para resumir —nos informó con satisfacción—, mi examen preliminar en la escena del crimen era correcto. Como recordarán, determiné que la causa probable de la muerte era o bien esta herida —pinchó en el corte en medio del pecho de Pat Spain con su bisturí— o bien esta otra. —Señaló la hendidura en la clavícula de Pat—. De hecho, cualquiera de ellas pudo provocarle la muerte. En la primera, la cuchilla rebotó en el borde central del esternón y sesgó la vena pulmonar. —Desplegó de nuevo la piel de Pat, con delicadeza, sosteniendo el doblez entre el pulgar y el índice, y señaló con su bisturí para asegurarse de que Richie y yo viéramos exactamente a qué se refería—. En ausencia de alguna otra herida o tratamiento médico, esta habría ocasionado la muerte en aproximadamente veinte minutos, mientras el individuo iba desangrándose por la cavidad pectoral. Sin embargo, en atención a lo ocurrido, esta secuencia de acontecimientos se interrumpió. —Dejó que la piel cayera de nuevo en su sitio y alargó la mano para fisgonear bajo la clavícula—. Esta es la herida que resultó mortal. La cuchilla penetró entre la tercera y la cuarta costilla, en la línea clavicular, y causó una laceración de un centímetro al ventrículo derecho del corazón. La pérdida de sangre debió de ser rápida y abundante. La caída de la tensión arterial seguramente lo dejó inconsciente al cabo de quince o veinte segundos y le provocó la muerte unos dos minutos después. La causa de la muerte fue el desangramiento.

De manera que Pat no pudo ser quien se deshizo de las armas, aunque no es que yo pensara que lo hubiera hecho él..., ya no. Cooper guardó el bisturí en la bandeja de instrumentos y le hizo un gesto con la cabeza al ayudante, que andaba enhebrando una gruesa aguja curva y tarareando en voz baja para él.

–¿Y la forma de la muerte? –quise saber.

Cooper suspiró.

–Según tengo entendido, por el momento barajáis la hipótesis de que había una quinta persona en la casa en el momento de las muertes –dijo.

–Eso es a lo que apuntan las pruebas.

–Humm –murmuró Cooper. Sacudió algo imperceptible de su bata al suelo–. Estoy seguro de que eso los lleva a suponer que este individuo –indicó con la cabeza a Pat Spain– fue víctima de un homicidio. Por desgracia, algunos de nosotros no podemos permitirnos el lujo de la suposición. Todas las heridas encajan con un ataque, pero también podrían haber sido autoinfligidas. La forma de la muerte no fue ni homicidio ni suicidio: indeterminada.

El abogado de la defensa iba a disfrutar de lo lindo con aquel dato.

–¿Por qué no lo dejamos en blanco en los documentos por el momento y lo rellenamos cuando obtengamos nuevas pruebas? Si el laboratorio detecta ADN bajo las uñas de los dedos de Spain...

Cooper se inclinó sobre el micrófono colgante y dijo, sin preocuparse de mirarme: «Forma de la muerte: indeterminada». Aquella sonrisita suya me sobrevoló para ir a posarse en Richie.

–Alegre esa cara, detective Kennedy. Dudo mucho que vaya a haber ambigüedad alguna con respecto a la forma de la muerte de este sujeto.

Emma Spain salió de un cajón con las sábanas netamente plegadas a su alrededor, como una mortaja. Richie se removió junto a mi hombro y escuché el rápido ruido áspero cuando empezó a rascar el interior de su bolsillo. La niña se había acurrucado cómodamente en aquellas mismas sábanas dos noches antes, tras recibir el beso de buenas noches. Si Richie empezaba a pensar en esa línea, para Navidades yo tendría un compañero nuevo. Me moví ligeramente, le di un codazo disimulado y carraspeé. Cooper me dirigió una larga mirada impertérrita desde el otro lado de aquella forma blanca, pero Richie captó el mensaje y se quedó quieto. El ayudante desplegó las sábanas.

Conozco a detectives que han desarrollado la habilidad de dejar la mirada desenfocada durante las peores partes de la autopsia. Mientras Cooper viola a los niños muertos en busca de señales de violación, el oficial a cargo de la investigación clava la vista en la nada, en una imagen borrosa. Yo lo observo sin pestañear. Las víctimas no escogieron sufrir o no lo que les sucedió. Me siento lo bastante afortunado de estar vivo junto a ellas como para pensar que contemplarlas pueda herir mi sensibilidad.

El caso de Emma era peor que el de Patrick, no solo porque fuera tan pequeña, sino porque no tenía heridas. Quizá suene retorcido, pero, cuanto más graves son las lesiones, más fácil resulta la autopsia. Cuando entra un cadáver macerado que parece proceder de un matadero, la incisión de en Y y el chasquido que se oye al abrir el cráneo no te producen tanta impresión. Las heridas dan al policía que llevas dentro algo en lo que concentrarse: transforman a la víctima en un espécimen compuesto de interrogantes que exigen una respuesta urgente y pistas frescas. Emma no era más que una niñita con sus piececillos descalzos y de plantas suaves, y su naricilla respingona y pecosa, a la que le habían dejado el ombligo al aire al haberle remangado la camiseta del pijama. Cualquiera habría jurado que estaba casi viva, que bastaría con susurrarle las palabras precisas al oído o tocarle en un punto concreto para despertarla. Lo que Cooper estaba a punto de hacerle en nuestro nombre era una docena de veces más brutal que cualquier cosa que le hubiera hecho el asesino.

El ayudante le quitó las bolsas de papel con las que tenía envueltas las manos para no estropear las pruebas y Cooper se inclinó sobre ella con una espátula para tomar muestras de sus uñas, raspándoselas.

–¡Vaya! –dijo de repente–. ¡Qué interesante! –Asió unas pinzas, hizo algo mañoso en la mano derecha de la cría y se enderezó con las pinzas en alto–. Tenía esto entre las uñas de los dedos índice y corazón –comentó.

Cuatro pelos rubios y finos. Un hombre rubio agachado sobre la alborotada cama rosa, esa diminuta niñita luchando...

–ADN. ¿Tenemos suficiente para comprobarlo? –quise saber.

Cooper me lanzó una sonrisa tenue.

–Controle su entusiasmo, detective. Por supuesto, será necesario llevar a cabo una comparación al microscopio, pero, a juzgar por el color y la textura, todo apunta a que estos cabellos pertenecen a la cabeza de la propia víctima. –Los guardó en una bolsa de pruebas, sacó su pluma y se encorvó para garabatear algo en la etiqueta.– En el supuesto de que las pruebas descarten la teoría preliminar de la asfixia, barajaría la teoría de que sus manos quedaron atrapadas junto a la cabeza, al lado de la almohada u otra arma, y que, incapaz de agarrar al atacante, se aferró a su propio cabello en los últimos instantes de conciencia.

Fue entonces cuando Richie se marchó. Al menos logró no atravesar la pared de un puñetazo ni vomitar hasta la primera papilla en el suelo. Simplemente giró sobre sus talones, salió de la sala y cerró la puerta tras de sí.

El ayudante soltó una risita, mientras que Cooper dirigió a la puerta una larga y gélida mirada.

–Me disculpo por el detective Curran –espeté.

215

Cooper posó en mí aquella misma mirada.

—No estoy acostumbrado a que interrumpan mis autopsias sin una razón excelente —replicó—. ¿Tienen usted o su colega alguna razón excelente?

Richie acababa de echar por tierra sus probabilidades de tener a Cooper de su lado. Y ese era el menor de nuestros problemas. Poco importaba la leña que Quigley le hubiera dado a Richie en la sala de la brigada, porque no iba a ser nada en comparación con lo que podía esperar a partir de ahora si no volvía a meter el trasero en la morgue y presenciaba aquella autopsia hasta el final. Hablábamos de un apodo para toda la vida. Cooper probablemente no difundiría el rumor, porque considera que está por encima de eso, pero el destello en los ojos del ayudante indicaba que él sí que se moría de ganas de hacerlo.

Mantuve la boca cerrada mientras Cooper proseguía con el examen externo. No hubo más sorpresas desagradables, gracias al cielo. Emma tenía una altura algo superior a la media para una niña de seis años y estaba completamente sana, al menos por lo que Cooper podía comprobar. No había fracturas curadas, marcas de quemaduras ni cicatrices, ninguna de las espantosas huellas que dejan los malos tratos físicos o los abusos sexuales. Tenía los dientes limpios y sanos, sin empastes; las uñas limpias y bien cortadas, y le habían cortado el pelo no hacía mucho. La habían cuidado bien durante su corta vida.

No tenía hemorragias conjuntivales en los ojos ni moretones en los labios que indicaran que le habían presionado la boca con algo, nada que nos revelara algo sobre qué le había hecho el asesino. Entonces Cooper iluminó el interior de la boca de Emma con su lápiz linterna como si fuera su doctor de cabecera y murmuró:

—Humm. —Agarró de nuevo sus pinzas, inclinó la cabeza de la cría un poco más hacia atrás y maniobró con ellas en las profundidades de su garganta–. Si lo recuerdo correctamente –dijo–, en la cama de la víctima había varios cojines decorativos con animales antropomórficos bordados en lana multicolor.

Gatitos y cachorrillos de perro devolviéndonos la mirada a la luz de la linterna.

–Así es –corroboré.

Cooper sacó las pinzas de la boca de la niña con un gesto dramático.

–En tal caso –dijo–, creo que tenemos una prueba de la causa de la muerte.

Un filamento de lana. Estaba empapado y oscurecido, pero cuando se secara sería de color rosa pastel. Pensé en las orejas puntiagudas del gato, en la lengua fuera del peluche.

–Tal y como ha visto –continuó Cooper–, la asfixia a menudo deja tan pocos rastros que es imposible diagnosticarla de manera concluyente. No obstante, en este caso, si esta lana coincide con la de esos cojines, no hallaré dificultades para afirmar que la víctima fue asfixiada con uno de los cojines de su cama. La policía científica se encargará de identificar el arma específica. Falleció o bien de anoxia o bien de paro cardíaco debido a la anoxia. La forma de la muerte fue homicidio.

Dejó caer la brizna de lana en una bolsa de pruebas. Mientras la cerraba herméticamente, realizó un leve asentimiento y su rostro dibujó una breve sonrisa de satisfacción.

El examen interno corroboró lo que ya sabíamos: era una niñita sana; nada indicaba que se hubiera lesionado o hubiera estado enferma en su vida. El estómago de Emma contenía una comida parcialmente digerida a base de carne picada, patatas machacadas, verduras y fruta, y pastel de requesón con macedonia de frutas de postre. La había ingerido unas ocho horas antes de morir. Los Spain parecían el tipo de familia que cena junta y me pregunté por qué Pat y Emma no habían cenado lo mismo aquella noche, pero era una nimiedad que podía quedar sin explicación para siempre. Un estómago revuelto que no tolera bien el requesón, una cría a la que le dan de cenar lo que se ha negado a comer a mediodía: el asesinato barre las pequeñas cosas y hace que se pierdan para siempre en el ir y venir de ese sunami rojo.

Cuando el ayudante empezó a coserla de nuevo, pregunté:

—Doctor Cooper, ¿me concedería dos minutos para ir a buscar al detective Curran? Querrá ver el resto de esto.

Cooper se quitó los guantes, ensangrentados.

—No sé qué le hace pensar tal cosa. El detective Curran ha tenido la oportunidad de ver «el resto de esto», como usted lo llama. Pero, al parecer, se considera por encima de tal mundanidad.

—El detective Curran ha venido directamente tras una misión de vigilancia que lo ha tenido en vilo toda la noche. Se ha marchado por imposición de la naturaleza, por si quiere saberlo, y no quería interrumpir su trabajo de nuevo volviendo a entrar. No creo que haya que penalizarlo por haber pasado doce horas seguidas de servicio.

Cooper me lanzó una mirada de asco con la que insinuó que más me habría valido buscarme una excusa más creativa.

—Le aseguro que las supuestas entrañas del detective Curran me tienen sin cuidado.

Se dio media vuelta para dejar sus guantes en el contenedor de material con riesgo biológico; el sonido metálico de la tapa puso fin a nuestra conversación.

—Al detective Curran le gustará estar presente durante la autopsia de Jack Spain —aclaré en tono conciliatorio—. Y yo creo que es importante que la presencie. Pienso hacer todo cuanto esté en mi mano para asegurarme de que esta investigación recibe toda la atención que merece y me gustaría pensar que todos los implicados harán lo mismo.

Cooper volvió a girarse sobre sus talones, tomándose su tiempo, y me miró con ojos de tiburón.

–Solo por curiosidad –dijo–, permítame preguntarle algo: ¿intenta decirme cómo dirigir mis autopsias?

Ni pestañeé.

–No –respondí con toda la calma–. Lo que le estoy diciendo es cómo dirijo yo mis investigaciones.

Tenía los labios más fruncidos que el ano de un gato, pero al final se encogió de hombros.

–Tengo previsto pasarme el próximo cuarto de hora dictando las notas sobre Emma Spain. Luego empezaré con Jack Spain. Quien esté en la sala cuando empiece la autopsia podrá permanecer en ella. Pero quien no esté presente en ese momento que se contenga de interrumpir otra autopsia entrando aquí.

Ambos sabíamos que yo acabaría pagando aquello antes o después.

–Gracias, doctor –respondí–. Se lo agradezco.

–Créame, detective, no tiene nada que agradecerme. No tengo intención alguna de desviarme ni un milímetro de mi rutina habitual, ni por usted ni por el detective Curran. Y ya que nos ponemos, creo conveniente informarle de que mi rutina habitual no incluye estar de cháchara entre las autopsias. –Dicho lo cual, me dio la espalda y empezó a hablar de nuevo al micrófono colgante.

De camino a la puerta, cuando Cooper no me veía, tropecé con la mirada de su ayudante y le advertí con el dedo. Trató de poner cara de inocencia y perplejidad, cosa que no le pegaba nada, pero le sostuve la mirada hasta que se vio obligado a parpadear. Si difundía aquel rumor, que le quedara claro a por quién iba a ir.

La hierba todavía estaba cubierta de rocío, pero el día se había iluminado algo más y ahora presentaba un tono gris perlado: la mañana. El hospital empezaba a desperezarse para la jornada. Dos ancianas con sus mejores abrigos se aguantaban la una contra la otra en las escaleras, hablando a voz en grito sobre cosas que yo habría preferido no escuchar, y un tipo joven en pijama estaba apoyado en el marco de la puerta fumándose un cigarrillo.

Richie estaba sentado en una tapia de baja altura que había cerca de la entrada, con la vista clavada en sus zapatos y las manos metidas hasta el fondo de los bolsillos de su chaqueta. La chaqueta era bastante decente, gris y con un buen patrón. Lograba que pareciera de tejido vaquero. No alzó la vista cuando mi sombra se posó sobre él.

–Lo siento –dijo.

–No hay nada de qué disculparse, por lo menos ante mí.

–¿Ha terminado ya?

–Ha terminado con Emma. Está a punto de empezar con Jack.

–¡Dios santo...! –exclamó Richie en voz baja, mirando al cielo.

No me quedó claro si blasfemaba o rezaba.

–Los niños son lo peor –expliqué yo–. De eso no cabe duda. Fingimos que no pasa nada, pero lo cierto es que nos destroza a todos y cada uno de nosotros, cada puñetera vez. No eres el único a quien le afecta.

–Estaba seguro de que podía soportarlo, convencidísimo.

–Y es el modo correcto de pensar. Siempre hay que pensar en positivo. En este oficio, las dudas pueden matarte.

–Jamás me había desmoronado de esa manera. Te lo juro. Incluso sobrellevé bastante bien la escena del crimen, sin problemas.

–Sí, estuviste fantástico. Pero la escena del crimen es diferente. La primera vez que la ves es horroroso, pero ahí acaba lo peor, la cosa no va a más.

Vi cómo se le movía la nuez al tragar saliva. Al cabo de un momento dijo:

–Quizá no esté hecho para esto.

Aquellas palabras sonaron como si le lastimaran la garganta.

–¿Estás seguro de querer estarlo?

–Es lo que he querido siempre. Desde que era niño. Desde que vi un programa en la tele, un documental, no una reconstrucción de esas de tres al cuarto. –Me miró de reojo para comprobar si me estaba riendo de él–. Era un caso antiguo, de una niña a quien habían asesinado en el campo. El detective explicaba cómo lo habían resuelto. Me pareció el tipo más listo que había visto nunca, ¿sabes? Mucho más inteligente que los profesores universitarios y cosas por el estilo, porque aquel hombre *resolvía* las cosas de verdad, cosas importantes. Entonces pensé: «A eso es a lo que me quiero dedicar».

–Y es lo que estás aprendiendo a hacer ahora. Tal y como te dije ayer, se tarda un tiempo. No puedes esperar tenerlo todo bajo control en tu primer día.

–Sí –replicó Richie–. O si no, tu colega Quigley tiene razón y debería volver a Vehículos Motorizados y pasar más tiempo arrestando a mis primos.

–¿Fue eso lo que te dijo ayer? ¿Mientras yo estaba con el superintendente?

Richie se pasó una mano por el cabello.

–No tiene importancia –respondió cansado–. Me importa un comino lo que diga Quigley. Lo que me preocupa es que tenga razón.

Limpié el polvo de un trozo de la tapia y me senté junto a él.

–Richie, muchacho, déjame preguntarte algo –comencé a decirle.

Volvió la cabeza hacia mí. Tenía de nuevo esa mirada de haberse intoxicado con la comida. Rogué al cielo que no me vomitara encima.

–Supongo que sabes que soy el detective con mayor tasa de resolución de homicidios de esta brigada.

–Sí. Lo supe al incorporarme. Cuando el superintendente me asignó contigo me alegré mucho.

–Y ahora que has tenido la oportunidad de verme trabajando, ¿a qué crees que se debe esa tasa de resolución?

Richie pareció incómodo. Era evidente que se había formulado la misma pregunta y que no había logrado dar con una respuesta.

–¿Acaso crees que es porque soy el tipo más listo de la brigada?

Hizo algo entre un encogimiento de hombros y un retorcimiento.

–¿Cómo puedo saberlo?

–En otras palabras: no. Entonces, ¿es porque soy adivino, como esos que salen en la tele?

–Tal y como he dicho, ¿cómo puedo...?

–¿Cómo puedes saberlo tú? De acuerdo. Entonces déjame que sea yo quien te lo explique: mi cerebro y mi instinto no son mejores que los de cualquier otra persona.

–Yo no he dicho eso.

En la pálida luz de la mañana, su rostro parecía contrariado y ansioso, desesperadamente joven.

–Lo sé. Pero eso no quita para que sea verdad: no soy ningún genio. Me habría encantado serlo. Durante un tiempo, cuando empecé, estaba convencido de que tenía un don especial. No me cabía ninguna duda de ello.

Richie me observaba, receloso, intentando descifrar si le estaba tomando el pelo.

–¿Cuándo...? –preguntó.

–¿Qué cuándo caí en la cuenta de que no era el Chico Maravillas?

–Sí, supongo que era eso lo que iba a preguntar.

Las montañas quedaban ocultas por la niebla; solo se divisaban pequeñas motas de verde, que aparecían y desaparecían de manera intermitente. No había modo de precisar dónde acababa la tierra y dónde empezaba el cielo.

–Probablemente, mucho después de lo que habría sido aconsejable –respondí–. No tengo un instante claro. Digamos que, a medida que fui haciéndome mayor y más sabio, me resultó evidente. Cometí algunos errores que no debería haberme permitido, se me pasaron por alto cosas que el Chico Maravillas habría detectado. Pero, principalmente, trabajé con un par de tipos de verdad a lo largo de mi carrera, tipos que me enseñaron cómo quería ser yo. Y resulta que soy lo bastante listo para captar la diferencia cuando la tengo delante de mis narices. Lo bastante listo para saber que no soy tan listo, supongo.

Richie no dijo nada, pero me prestaba atención. La alerta empezaba a velarle el rostro y a disipar todo lo demás; casi volvía a parecer un policía.

–Fue una sorpresa desagradable descubrir que no era nada especial –proseguí–. Pero, tal y como te he dicho, cada uno trabaja con lo que tiene a mano. De otro modo, será mejor que te compres un billete solo de ida para el tren hacia el fracaso.

–Entonces, ¿la tasa de resolución...? –preguntó Richie.

–La tasa de resolución, sí –respondí yo–. Mi tasa de resolución es la que es por dos motivos: porque me dejo la piel trabajando y porque mantengo el control... sobre las situaciones, sobre los testigos, sobre los sospechosos y, principalmente, sobre mí mismo. Si consigues ser bueno en eso, prácticamente puedes compensar todo lo demás. Pero si no lo eres,

Richie, si pierdes el control, entonces poco importa que seas un genio: lo mejor es que pliegues y te vayas a casita. Olvida la corbata, olvida tus técnicas de interrogatorio, olvida todo lo que hemos estado hablando en las últimas semanas. Son solo síntomas. Si quieres llegar al meollo de la cuestión, todo lo que te he explicado hasta ahora se reduce al control. ¿Entiendes lo que intento decirte?

La boca de Richie empezaba a convertirse en una línea dura, que es lo que yo quería ver.

—Yo sé controlarme. Lo que ocurre es que Cooper me ha sorprendido con la guardia baja.

—Pues que no vuelva a suceder.

Se mordisqueó el interior del carrillo.

—Sí. De acuerdo. No volverá a ocurrir.

—Eso creía. —Le di una palmadita en el hombro—. Concéntrate en lo positivo, Richie. Existe una probabilidad decente de que esta sea la peor mañana de tu vida, y aún sigues en pie. Si en solo tres semanas en el trabajo ya has descubierto que no eres el Chico Maravillas, puedes darte con un canto en los dientes.

—Quizá.

—Créeme. Tienes el resto de tu carrera para alinearte con tus objetivos. Y eso es un regalo, amigo mío. No lo desperdicies.

Las desgracias del día empezaban a llegar al hospital: un tipo vestido con un mono de trabajo se apretaba un trapo ensangrentado contra la mano, una joven con cara de preocupación acudía con un bebé con mirada aturdida... El reloj de Cooper seguía marcando las horas, pero la idea de regresar a la morgue debía salir de Richie, no de mí.

—Además, jamás podré reponerme de esto en la brigada, ¿no es cierto? —preguntó.

—No te preocupes por eso. Lo tengo dominado.

Me miró de frente por primera vez desde que había salido a verlo.

–No quiero que cuides de mí. No soy ningún niño. Soy capaz de defenderme solo.

–Eres mi compañero –aclaré–. Mi trabajo es combatirlos contigo.

Aquello lo cogió por sorpresa. Vi algo cambiar en su rostro mientras lo asimilaba. Al cabo de un momento asintió.

–¿Aún puedo...? ¿Me dejará regresar el doctor Cooper? –preguntó.

Comprobé mi reloj.

–Si nos damos prisa, sí.

–Bien –dijo Richie. Exhaló un largo suspiro, se pasó las manos por el cabello y se puso en pie–. Entonces, regresemos.

–Bien hecho. Y... Richie...

–¿Sí?

–No dejes que esto te afecte. Ha sido un problema pasajero. Tienes todo lo que se necesita para ser un detective de homicidios.

Asintió.

–Voy a intentarlo como mejor sepa. Gracias, detective Kennedy. Gracias.

Se enderezó la corbata y ambos nos dirigimos de nuevo al hospital, caminando el uno junto al otro.

Richie superó la autopsia de Jack. Fue una disección peliaguda: Cooper se tomó su tiempo y se aseguró de que viéramos perfectamente cada detalle, y si Richie hubiera apartado la mirada una sola vez, habría significado su fin. Pero no lo hizo. Observó atentamente, sin retorcerse, casi sin pestañear. Jack había sido un niño sano y bien nutrido, alto para su edad; activo, a juzgar por las costras que tenía en las rodillas y los codos. Había comido pastel de requesón y macedonia más o menos a la misma hora que Emma. Los residuos que tenía tras las orejas indicaban que lo habían bañado, pero que se había meneado demasiado para aclararle bien el champú. Luego lo habían acostado y en medio de la noche alguien lo había asesinado, supuestamente asfixiándolo con una almohada, pero esta vez no había modo de estar seguros. No tenía heridas defensivas, pero Cooper se aseguró de señalar que eso no significaba nada: tanto podía haberse deslizado por la línea del sueño como haber gritado durante sus últimos segundos de vida contra la almohada que le impidió luchar. A Richie se le había hundido el rostro alrededor de la boca y la nariz, como si hubiera perdido cinco kilos desde que habíamos entrado en el depósito de cadáveres.

Cuando salimos a comer, ninguno de los dos teníamos hambre. La niebla se había disipado con el calor del día, pero seguía estando oscuro como al amanecer; el cielo estaba densamente nublado y, en el horizonte, las montañas eran de un verde plomizo. El tráfico en el hospital había aumentado: entraba y salía gente, una ambulancia descargaba a un joven con un mono de motorista y una pierna en un ángulo incorrecto y las chicas de la limpieza reían sin poder contenerse de algo que una enseñaba en su móvil.

–Lo has conseguido. Bien hecho, detective –felicité a Richie.

Richie emitió un sonido ronco, a medio camino entre una tos y una arcada, y yo aparté mi abrigo de su camino, pero se restregó la boca con una mano y logró contenerse.

–Por los pelos, pero sí.

–Eso es lo que crees –repliqué–. La próxima vez que tengas ocasión de dormir, necesitarás tomarte dos chupitos de whisky antes. No te los tomes. Lo último que te conviene es tener pesadillas y no ser capaz de despertarte.

–¡Jesús! –exclamó Richie en voz baja, no dirigido a mí.

–Concéntrate en el premio. El día que sentencien a nuestro hombre a cadena perpetua, será la guinda del pastel y sabrás que has marcado todas las casillas a lo largo del proceso.

–Eso será si lo atrapamos. Si no...

–Nada de «si nos», amigo. No es así como yo funciono. Es nuestro. –Richie seguía con la mirada clavada en la nada. Me acomodé de nuevo en la tapia y saqué mi móvil para darle la oportunidad de respirar hondo unas cuantas veces–. Vamos a ponernos al día –añadí, mientras el teléfono sonaba–. Veamos qué ha sucedido en el mundo real.

Dicho lo cual, Richie se despertó y vino a sentarse junto a mí.

Primero telefoneé a la comisaría central: O'Kelly debía querer que lo pusiera al corriente y aprovechar la oportunidad para decirme que dejara de perder el tiempo y atrapara a alguien de una vez; estaba dispuesto a concederle ambas cosas, si bien yo también quería que me pusieran al corriente en algunos aspectos. Los rastreadores habían encontrado un pequeño alijo de hachís, una cuchilla de afeitar de mujer y un molde de pasteles. El equipo subacuático había encontrado una bicicleta muy oxidada y una pila de escombros de la construcción; aún seguían buscando, pero las corrientes eran muy potentes y no albergaban demasiadas esperanzas de que los objetos de menores dimensiones hubieran permanecido inmóviles durante más de una o dos horas. Bernadette nos había asignado una sala de investigación, una de las buenas, con muchos escritorios, una pizarra blanca de un tamaño decente y un reproductor de DVD y vídeo operativo, para que alguien pudiera encargarse de revisar el metraje del circuito cerrado de televisión y las películas caseras de los Spain. Un par de refuerzos se encargaban de forrar las paredes con fotografías de la escena del crimen, mapas y listas, así como de organizar los horarios de atención al número telefónico de colaboración ciudadana establecido. El resto estaba realizando trabajo de campo; habían acometido el largo proceso de hablar con cualquiera cuyo camino se hubiese cruzado en algún momento con el de los Spain. Uno de ellos había localizado a los amigos de preescolar de Jack: la mayoría no había sabido nada de los Spain desde junio, cuando la escuela había cerrado por las vacaciones de verano. Una madre informó de que Jack había estado en su casa un par veces desde entonces, para jugar con su hijo, pero en agosto Jenny había dejado de devolverle las llamadas. La mujer añadió que no le parecía nada propio de Jenny.

—Bien —dije mientras colgaba—. Una de las hermanas es una mentirosa, o Fiona o Jenny, ¿tú por quién apuestas? Bien visto. Y desde este verano, Jenny se comportaba de manera extraña con los amiguitos de Jack. Necesitaremos una explicación para eso.

Richie parecía haber recobrado la salud ahora que tenía algo en qué concentrarse.

—Quizá esa mujer hizo algo que molestó a Jenny, tan sencillo como eso.

—O quizá a Jenny le avergonzara admitir que habían tenido que desapuntar a Jack de preescolar. Pero es posible que algo la preocupara. Quizá el marido de esta mujer fuera demasiado amistoso o quizá uno de los empleados de la escuela hizo algo que asustó a Jack y Jenny no estuviera segura de cómo manejar el asunto... En cualquier caso, necesitamos averiguarlo. Recuerda la regla número dos, o el número que fuera: los comportamientos extraños son un regalo, al menos para nosotros.

Estaba marcando el número del contestador cuando sonó el teléfono. Era el genio informático, Kieran o como se llamase, y empezó a hablar antes incluso de que yo dijera mi nombre.

—He intentado recuperar el historial de navegación para ver qué era tan importante como para que alguien quisiera borrarlo. Hasta el momento, si quiere que le sea sincero, es bastante decepcionante.

—Aguarda un segundo —dije. No había nadie que pudiera escuchar la conversación, así que activé al altavoz del teléfono—. Adelante.

—Tengo un puñado de direcciones URL, enteras o parciales, pero corresponden a eBay, a sitios web para mamás y niños, a un par de páginas de deportes, a un foro de hogar y jardín y a una web que vende ropa interior femenina, cosa que a mí me ha resultado entretenida, pero que no creo que a ustedes les sirva de mucho. Me esperaba, qué se yo, una operación de contrabando, una pelea de perros o algo por el estilo. No veo el motivo por el que su hombre querría borrar la talla de sujetador de la víctima. —Sonaba más intrigado que decepcionado.

—Quizá no su talla de sujetador —aventuré yo—. Pero los foros es otra historia. ¿Algún indicio de que los Spain tuvieran problemas en el ciberespacio? ¿Alguien a quien cabrearan? ¿Alguien que los estuviera molestando?

—Y yo, ¿cómo podría saberlo? Aunque pueda entrar en un sitio web, no tengo modo de comprobar qué hicieron en él. Cada foro posee, como mínimo, unos cuantos miles de miembros. Y aunque partiéramos de la base de que las víctimas no eran miembros, sino meros fisgones, no sé en quién debería concentrar mis esfuerzos.

—¿Verdad que tenían un archivo con todas sus contraseñas? —preguntó Richie—. ¿No podrías utilizarlo para acceder a sus cuentas?

Kieran empezaba a perder la paciencia ante la estolidez de los profanos en la materia. El chaval tenía un umbral de aburrimiento bien bajo.

–¿Utilizarla cómo? ¿Introduciendo las contraseñas en cada nombre de usuario de cada página web del mundo hasta acabar iniciando la sesión en una de ellas? No guardaban sus nombres de usuario de los foros en el archivo de contraseñas; en la mayoría de los casos ni siquiera indican el nombre de la web, solo las iniciales o alguna seña. Por ejemplo, tengo una línea aquí que dice: «WW – EmmaJack», pero no tengo ni idea de si WW es Weight Watchers o World of Warcraft, ni de qué ID han utilizado en la web que sea de la que estamos hablando. Tengo el ID de eBay de la mujer porque he obtenido un par de resultados en la página de comentarios al introducir «sparklyjenny», de manera que he probado a iniciar la sesión y ¡bingo!, estaba dentro. Por si les interesa, los enlaces llevaban a ropa de niños y sombra de ojos. Pero no hay más pistas de esa clase, al menos no por el momento.

Richie había sacado su cuaderno y tomaba notas.

–Comprueba en todas las webs si hay algún usuario llamado «sparklyjenny» o variantes del nombre: «jennysparkly» y cosas por el estilo. Si no eran muy avezados con sus contraseñas, apuesto a que tampoco lo eran con sus nombres de usuario.

Casi pude oír a Kieran alzando los ojos al cielo.

–Sí, eso ya se me había ocurrido. De momento no hemos encontrado más «sparklyjennys», pero continuaremos buscando. ¿Hay alguna posibilidad de obtener los nombres de usuario de la víctima? Eso nos ahorraría mucho tiempo.

–Aún no ha recobrado la conciencia –respondí yo–. Nuestro hombre borró el historial por algún motivo. Se me ocurre que quizá hubiera estado acosando a Pat o a Jenny *online*. Comprueba los comentarios de los últimos días en cada foro. Si ha habido algo dramático en el pasado reciente, no debería ser demasiado difícil de encontrar.

–¿Quién? *¿Yo?* ¿Habla en serio? Consígase a un chavalito de ocho años y póngalo a leer foros hasta que sus células cerebrales cometan suicidio en masa. O, tengo una idea mejor, contrate a un chimpancé.

–¿Te has percatado de la cantidad de atención que este caso ha suscitado en los medios de comunicación, muchacho? Necesitamos a las personas más capacitadas para ocuparse de él, en todos y cada uno de los estadios. Aquí no valen chimpancés. –Kieran emitió un largo suspiro de exasperación, pero no discutió–. Para empezar, concéntrate en la última semana. Si necesitamos retroceder algo más, ya lo haremos a su debido tiempo.

–¿A quién se refiere con «necesitamos», amiguito? No quiero ir de listillo, pero recuerde que probablemente aparecerán más sitios web a medida que el programa de recuperación vaya restableciendo datos. Si sus víctimas consultaron un puñado de foros distintos, yo y mis muchachos podemos comprobarlos por encima o en profundidad, como usted prefiera.

–Comprueben por encima los foros de deportes, a menos que detecten algo raro. Estén al tanto de cualquier acontecimiento raro reciente. Y revisen en profundidad los foros de madres e hijos y hogar y jardín.

Tanto en internet como en la vida real, las mujeres son quienes hablan.

Kieran gruñó:

–Temía que dijera eso. El foro de madres es como el Apocalipsis: hay una especie de guerra nuclear en curso sobre cómo «controlar el llanto». Me habría parecido estupendo vivir el resto de mi vida sin averiguarlo...

–Como suele decirse, colega, aprender nunca está de más. Tendrás que aguantarte. Buscamos a una madre ama de casa con experiencia profesional en relaciones públicas, una hija de seis años, un hijo de tres, una hipoteca con pagos atrasados, un marido a quien despidieron en febrero y un variopinto abanico de problemas económicos. O eso es lo que creemos por el momento. Podríamos estar del todo equivocados, pero por ahora tendremos que tirar con eso.

Richie levantó la vista de su cuaderno de notas.

—¿A qué te refieres?

—En internet, Jenny podría ser madre de siete hijos, regentar una empresa de corretaje de bolsa y tener una mansión en los Hamptons —aclaré yo—. O podría haber vivido en una comuna *hippie* en Goa. La gente miente en internet. Todo el mundo lo sabe.

—Es cierto. Mienten como cosacos —convino Kieran—. Todo el tiempo.

Richie me miraba con escepticismo.

—En las páginas web de citas, sí, desde luego. Te añades unos cuantos centímetros de altura, te quitas unos cuantos kilos de peso, te dotas de una licenciatura o un doctorado e insinúas que compras en la sección de lujo de las tiendas. Pero ¿por qué contarles mentiras a otras mujeres cuando nunca van a verse en persona? ¿Cuál es el porcentaje en esos casos?

Kieran soltó una carcajada.

—Déjame que te pregunte algo, colega. ¿Alguna vez te has conectado a internet?

—Hoy en día, si no soportas tu vida, te conectas a internet y te inventas otra distinta —expliqué—. Si la gente con quien hablas se cree que eres una estrella del rock con un avión privado, te tratarán como a una estrella del rock, y, si te tratan así, te sentirás así. Si lo piensas bien, no se diferencia tanto de ser una estrella del rock real con un avión privado, al menos a media jornada.

La mirada de escepticismo se había multiplicado.

—Se diferencia precisamente en que no eres una estrella del rock con un avión privado. Sigues siendo Fulanito de Tal, del departamento de contabilidad. Sigues sentándote en tu apartamento de una sola estancia en Blanchardstown y comiendo porquería, aunque todo el mundo crea que estás bebiendo champán en un hotel de cinco estrellas en Mónaco.

–Sí y no, Richie. Los seres humanos no son tan simples. La vida sería mucho más fácil si lo único que importara es qué eres de verdad, pero somos animales sociales. Lo que otras personas crean que eres, lo que tú mismo creas que eres: todo eso también importa. Todo eso marca una diferencia.

–Básicamente –dijo Kieran con alegría–, las personas explican chorradas para impresionar a los demás. No es ninguna novedad. Lo han hecho en la vida real desde que existe el mundo y ahora el ciberespacio solo facilita las cosas.

–Esos foros podrían haber sido el lugar donde Jenny se evadía de las cosas que no funcionaban en su vida –añadí yo–. Podría haber fingido ser cualquiera.

Richie sacudió la cabeza, pero su mirada había pasado de la incredulidad a la perplejidad. Kieran preguntó:

–Entonces, ¿qué quieren que busque?

–Estate atento por si alguien encaja con su descripción, aunque el hecho de que no haya coincidencias no descarta que ella no esté ahí. Mantente ojo avizor con respecto a cualquiera que esté teniendo problemas graves con otro usuario, cualquiera que mencione que lo están acosando u hostigando, ya sea en internet o en la vida real, o que comente que están acosando a su marido o a su hijo. Si encuentras algo interesante, llámanos. ¿Ha habido suerte con los correos electrónicos?

Un tintineo de llaves de fondo.

–Hasta el momento, solo hemos conseguido un puñado de fragmentos. Tengo un mensaje de alguien llamado Fi, de marzo, preguntando si Emma tiene el pack completo de *Dora, la exploradora*, y alguien de la casa que entregó un currículo a una agencia de trabajo en junio, pero, aparte de eso, básicamente es correo basura... A menos que «Alárguese el pene para darle más placer» sea algún código secreto, no tenemos nada.

–Entonces, seguid buscando –ordené.

–Tranquilo –replicó Kieran–. Tal y como ha dicho usted mismo, su hombre no borró esta máquina solo para hacer halago de sus habilidades chifladas. Antes o después aparecerá algo. –Y colgó.

Richie comentó en voz baja:

–Ahí sentado, en medio de la nada, fingiendo ser una estrella del rock para gente a quien nunca conocerás. Hay que estar muy muy solo en el mundo para hacer algo así.

Desactivé el altavoz del móvil mientras comprobaba mi buzón de voz, por si acaso. Richie pilló la indirecta, se alejó de mí, sin bajarse de la tapia, y escudriñó su cuaderno como si tuviera escrita en algún lugar la dirección de la casa del asesino. Tenía cinco mensajes. El primero era de O'Kelly, a primerísima hora de la mañana: quería saber dónde estaba, por qué Richie no había conseguido arrestar a nuestro hombre anoche, si Richie llevaba puesto algo que no fuera un chándal brillante y si me interesaba cambiar de opinión y formar equipo para este caso con un detective de homicidios de verdad. La segunda llamada era de Geri disculpándose una y otra vez por la noche anterior y deseándome que el trabajo fuera bien y que Dina ya estuviera mejor: «Escucha lo que te digo, Mick; si todavía hoy no está bien, puede quedarse en casa esta noche, sin problema. Sheila está recuperándose y Phil ya está casi bien; solo ha vomitado una vez desde medianoche, así que puedes traerla a casa en cuanto tengas oportunidad. Lo digo en serio». Intenté no pensar en si Dina se habría despertado ya y qué le habría parecido encontrarse encerrada en casa.

El tercer mensaje era de Larry. Él y sus muchachos habían procesado las huellas del nido del francotirador en el ordenador y no habían obtenido resultados: aquel individuo no figuraba en el sistema. El cuarto mensaje era de O'Kelly, otra vez: idéntico al anterior, salvo que esta vez contaba con el extra de unos cuantos insultos. El quinto había entrado hacía solo veinte minutos; era de un médico de una de las plantas superiores del hospital: Jenny Spain se había despertado.

Uno de los motivos por los que adoro Homicidios es porque las víctimas, por regla general, están muertas. Sus amistades y parientes están vivos, lógicamente, pero podemos enviarlos con unas palmaditas en el hombro a la sección de apoyo a las víctimas tras interrogarlos una o dos veces, a menos que sean sospechosos, en cuyo caso hablar con ellos no te hace el cerebro picadillo del mismo modo. No tengo la costumbre de compartir estos pensamientos, por si me toman por un psicópata o, peor aún, por un pelele, pero prefiero un niño muerto, en cualquier circunstancia, a un niño llorando a moco tendido mientras le haces explicarte qué hizo luego ese hombre tan malo. Las víctimas muertas no se presentan llorando a las puertas de la comisaría para suplicar respuestas, no tienes que forzarlas a revivir cada momento atroz y, sobre todo, no tienes que preocuparte por lo que pasará con sus vidas si la fastidias. Se quedan tranquilitas en el depósito de cadáveres, a años luz de todo lo que yo pueda hacer bien o mal, y me dejan libertad para concentrarme en las personas que las han enviado ahí.

Con ello quiero decir que ir a visitar a Jenny Spain al hospital era mi peor pesadilla laboral hecha realidad. Una parte de mí había estado rezando por recibir la otra llamada telefónica, la llamada que nos informaba de que se había ido sin volver a recobrar la conciencia, que su dolor había tenido un límite.

Richie había girado la cabeza en mi dirección y caí en la cuenta de que estaba apretando el móvil con la mano con todas mis fuerzas.

–Hay novedades, ¿no? –preguntó.

–Al parecer, finalmente vamos a poder preguntarle a Jenny Spain por esos nombres de usuario –respondí yo–. Está consciente. Vamos a subir a verla.

El médico que estaba fuera de la habitación de Jenny era rubio y delgaducho y se esforzaba por parecer mayor de lo que era peinándose con una raya como un hombre de mediana edad y dejándose una sombra de barba. Tras él, el uniformado que vigilaba la puerta (quizá me parecía que todo el mundo tenía doce años solo porque estaba cansado) nos miró a Richie y a mí y se cuadró, con la barbilla clavada en el pecho.

Mostré mi placa.

–Soy el detective Kennedy. ¿Sigue despierta?

El médico revisó cuidadosamente mi identificación, cosa que me pareció estupenda.

–Sí, así es. Pero dudo de que disponga usted de mucho rato para interrogarla. Le hemos suministrado unos calmantes potentes; además, las lesiones de esta magnitud son agotadoras por sí mismas. Diría que no tardará en dormirse de nuevo.

–Pero ¿está fuera de peligro?

Se encogió de hombros.

–No tenemos garantías. Su pronóstico es mejor que hace un par de horas y nos mostramos optimistas, aunque con precaución, con respecto a sus funciones neurológicas, pero aún hay un riesgo importante de infección. Dentro de unos días tendremos una idea más definida.

–¿Ha dicho algo?

–Sabe que tiene una lesión facial, ¿verdad? Le cuesta mucho hablar. Le ha dicho a una de las enfermeras que tenía sed. Me ha preguntado quién soy y ha dicho: «Me duele» dos o tres veces antes de que le hayamos aumentado la dosis de calmantes. Eso es todo.

El policía de uniforme debería haber estado dentro con ella, por si se producía algún cambio en ese sentido, pero yo le había ordenado vigilar la puerta y no cabía duda de que lo estaba haciendo. Me habría gustado pegarme una patada en el culo a mí mismo por no emplear a un detective de verdad con un cerebro que funcionara en lugar de a un zángano pubescente.

–¿Lo sabe? ¿Lo de su familia? –preguntó Richie.

El doctor negó con la cabeza.

–No que yo sepa. Supongo que padece una ligera amnesia retroactiva. Es bastante habitual tras padecer una lesión craneal; suele ser transitoria, pero, de nuevo, no tenemos garantías de ello.

–Y usted no se lo ha dicho, ¿verdad?

–He creído que querrían hacerlo ustedes. Además, ella no ha preguntado. Ella..., bueno, ya verán a qué me refiero. No está en demasiada buena forma.

Había estado hablando en voz baja y, al decir aquello, deslizó sus ojos por encima de mi hombro. Yo no la había visto hasta entonces: una mujer, dormida en una silla de plástico duro apoyada contra la pared del pasillo, con un gran bolso floreado en el regazo y la cabeza inclinada hacia atrás en un ángulo doloroso. No parecía tener doce años. Parecía tener al menos cien, con aquel moño canoso desmadejado, el rostro hinchado y descolorido de tanto llorar y del agotamiento, pero no debía de tener más de setenta. La reconocí por los álbumes de fotos de los Spain: era la madre de Jenny.

Los refuerzos le habían tomado declaración el día anterior. Tendríamos que volver a hablar con ella antes o después, pero en aquel momento ya nos aguardaba suficiente agonía en el interior de la habitación de Jenny como para seguir acumulándola en el pasillo.

–Gracias –dije, en voz mucho más baja–. Si hay alguna novedad, háganoslo saber.

Entregamos nuestras identificaciones al zángano, quien las examinó desde todos los ángulos durante lo que pareció una semana. La señora Rafferty movió los pies y gimió en sueños y yo estuve a punto de apartar al uniformado de mi camino de un empujón, pero por suerte eligió ese preciso instante para decidir que estábamos autorizados.

–Señor –dijo con agudeza, mientras nos entregaba las identificaciones y se apartaba de la puerta.

Entramos en la habitación de Jenny Spain. Nadie la habría reconocido como la joven rubia platino que resplandecía de felicidad en aquellas fotografías de la boda. Tenía los ojos cerrados, los párpados hinchados y amoratados. Su melena, desordenada sobre la almohada bajo un ancho vendaje blanco, estaba pringosa y de un tono marrón rata por los días transcurridos sin un buen lavado; alguien había intentado limpiarle la sangre, pero aún había terrones endurecidos y mechones convertidos en puntas afiladas. Una almohadilla de gasa, adherida con descuidadas tiras de esparadrapo, le cubría la mejilla derecha. Sus manos, pequeñas y delgadas como las de Fiona, descansaban flácidas sobre la manta azul clarito llena de bolas; un delgado tubo se adentraba en un gran morado moteado; sus uñas estaban perfectas, cortadas en arcos delicados y pintadas de un tenue tono *beige* rosáceo, salvo dos o tres que tenía en carne viva de mordérselas. Más tubos salían de los orificios de su nariz hacia arriba, rodeaban sus orejas y serpenteaban por su cuello. A su alrededor, multitud de má-

238

quinas emitían pitidos, las bolsas de suero goteaban y la luz rebotaba en el metal.

Richie cerró la puerta tras nosotros y Jenny abrió los ojos. Se nos quedó mirando atónita, confusa, con ojos apagados, intentando descifrar si éramos o no reales. Estaba bajo los efectos de potentes calmantes.

—Señora Spain —susurré, pero aun así se retorció y alzó las manos para defenderse—. Soy el detective Michael Kennedy y este es el detective Richard Curran. ¿Le importaría hablar con nosotros unos minutos?

Lentamente, los ojos de Jenny enfocaron los míos. Con voz gruesa y arrastrada, a través del dolor y de las vendas, musitó:

—Sucedió algo.

—Sí. Me temo que sí.

Acerqué una silla al lado de la cama y me senté. Frente a mí, Richie hizo lo mismo.

—¿Qué ocurrió?

—Les atacaron en su casa hace dos noches —respondí yo—. Está malherida, pero los médicos han estado cuidando de usted y dicen que se pondrá bien. ¿Recuerda algo sobre el ataque?

—Ataque. —Luchaba por nadar hasta la superficie a través del denso peso de los medicamentos que le aplacaban el pensamiento—. No. ¿Cómo...? ¿Qué...? —De repente se le iluminaron los ojos, de un azul incandescente a causa del terror más puro—. «Los niños, Pat».

Todos los músculos de mi cuerpo habrían querido sacarme de golpe por aquella puerta.

—Lo lamento muchísimo —dije yo.

—No. ¿Están...? ¿Dónde...?

Intentaba con todas sus fuerzas sentarse. Estaba demasiado débil para hacerlo, pero no lo suficiente como para abrirse los puntos intentándolo.

–Lo lamento muchísimo –repetí. Posé mi mano sobre su hombro y le di un apretoncito reconfortante, lo más suave posible–. No pudimos hacer nada.

El momento que sigue a esas palabras tiene un millón de formas. He visto a personas aullar hasta quedarse sin voz, quedarse petrificadas como si pudiera sobrevolarlas y acercarse corriendo a otra persona para echarse a llorar en su pecho, eso cuando consiguen permanecer en pie. Las he sujetado para que no se aplasten la cabeza contra las paredes, intentando expulsar el dolor a golpes. Jenny Spain estaba muy por encima de eso. Había hecho todo lo posible por defenderse dos noches atrás; no le quedaban fuerzas. Se dejó caer en aquella almohada con funda gastada y lloró, de manera constante y silenciosa, una y otra vez.

Tenía el rostro enrojecido y crispado de dolor, pero no hizo ademán de tapárselo. Richie se inclino hacia delante y colocó sus manos sobre la de ella, la que no tenía la vía intravenosa; ella se las apretó hasta que los nudillos se le quedaron blancos. Tras ella, una máquina emitía un pitido leve y constante. Me concentré en contar los pitidos y lamenté no haber traído agua, chicles, caramelos, cualquier cosa que me ayudara a tragar.

Tras un largo rato, el llanto acabó desvaneciéndose y Jenny se quedó tumbada inmóvil, con sus nublados ojos rojos enfocados en la pintura desconchada de la pared.

–Señora Spain, estamos haciendo todo lo que podemos –le aseguré.

No me miró. Aquel murmullo grueso y descarnado:

–¿Están seguros? ¿Los... vieron con sus propios ojos?

–Me temo que estamos seguros.

–Sus hijos no sufrieron, señora Spain –la reconfortó Richie con voz amable–. No fueron conscientes de lo que ocurría.

Los labios empezaron a temblarle. Antes de que volviera a perderse en sus pensamientos, me apresuré a decir:

—Señora Spain, ¿puede decirnos qué recuerda de aquella noche?

Sacudió la cabeza.

—No lo sé.

—Está bien. No pasa nada. Es comprensible. Pero ¿podría tomarse un momento e intentar pensar en ello, comprobar si le viene algo a la memoria?

—No... No hay nada... No puedo...

Se estaba tensando, apretaba de nuevo con fuerza la mano de Richie.

—No se preocupe. ¿Qué es lo último que recuerda? —continué.

Jenny dejó la mirada vagando en la nada y por un momento tuve la sensación de que se había perdido en las musarañas, pero entonces musitó:

—El baño de los niños. Emma le lavó el pelo a Jack. A Jack le entró champú en los ojos. Estaba a punto de llorar. Pat... cogiendo el vestido de Emma por las mangas y haciéndolo bailar en el aire para hacer reír a Jack...

—Muy bien —repliqué, y Richie le apretó la mano en señal de aliento—. Fantástico. ¿Algo que pueda ayudarnos? ¿Qué sucedió después de bañar a sus hijos...?

—No lo sé. No lo sé. Lo siguiente que recuerdo es estar aquí, con ese médico...

—De acuerdo. Es posible que lo recuerde más adelante. Entre tanto, ¿puede decirme si alguien había estado molestándolos en los últimos meses? ¿Alguien que le preocupara? ¿Algún conocido que se estuviera comportando de un modo un tanto extraño o alguien merodeando que los inquietara?

—No, nadie. Nada. Todo iba bien.

–Su hermana Fiona nos ha contado que alguien entró en su casa el pasado verano. ¿Puede decirnos algo de eso?

Jenny removió la cabeza sobre la almohada, como si algo le doliera.

–No fue nada. Nada de importancia.

–Por lo que nos dijo Fiona, al principio sí pareció importante.

–Fiona exagera. Yo estaba muy estresada aquel día. Me preocupé sin motivo.

Los ojos de Richie buscaron los míos desde el otro lado de la cama. De algún modo, Jenny se las estaba apañando para mentir.

–Hay un montón de agujeros en las paredes de su casa –proseguí–. ¿Tiene algo que ver con ese allanamiento de morada?

–No. Son... No son nada. Era un poco de bricolaje.

–Señora Spain –intervino Richie–. ¿Está segura?

–Sí, del todo.

A través de la nebulosa de los calmantes y del dolor, algo en el rostro de Jenny Spain resplandecía denso y duro como el acero. Recordé lo que Fiona había dicho: «Jenny no es ninguna cobardica».

–¿Qué tipo de bricolaje? –quise saber yo.

Esperamos, pero los ojos de Jenny habían vuelto a nublarse. Su respiración era tan corta que apenas podía ver su tórax subir y bajar.

–Estoy cansada –susurró.

Pensé en Kieran y en su caza de nombres de usuario en internet, pero no había modo humano de que Jenny lograra recordarlos en el estado de devastación en que se encontraba su mente.

–Solo unas preguntas más y la dejaremos descansar –le dije con amabilidad–. Una mujer llamada Aisling Rooney (su

242

hijo Karl era un amigo de preescolar de Jack) nos ha explicado que había intentado ponerse en contacto con ustedes durante el verano, pero que dejaron de devolverle las llamadas. ¿Lo recuerda?

–Aisling. Sí.

–¿Por qué dejó de telefonearla?

Un encogimiento de hombros; apenas un tic nervioso, pero la hizo estremecerse.

–Simplemente dejé de hacerlo.

–¿Tuvo problemas con ella? ¿Con cualquier miembro de la familia?

–No, ninguno. Simplemente se me olvidó llamarla.

Ese destello de acero de nuevo. Fingí no haberlo visto y continué.

–¿Le explicó usted a su hermana Fiona que Jack había invitado a un amiguito de preescolar a su casa la semana pasada?

Tras un largo momento, Jenny asintió. La barbilla había empezado a temblarle.

–¿Y era cierto?

Negó con la cabeza. Apretó con fuerza los ojos y los labios.

–¿Puede decirme por qué mintió a Fiona?

Por las mejillas de Jenny comenzaron a deslizarse lágrimas. Logró balbucir:

–Debería haber venido... –Un sollozo la plegó como un puñetazo–. Estoy muy cansada... por favor...

Le apartó la mano a Richie y se cubrió el rostro con el brazo.

–Ahora la dejaremos descansar –dijo Richie–. Enviaremos a alguien de apoyo a las víctimas para que hable con usted, ¿de acuerdo?

Jenny negó con la cabeza, mientras intentaba coger agua. Tenía sangre reseca en las arrugas de sus nudillos.

–No. Por favor… no… solo… quiero… estar… sola.

–Le aseguro que son muy buenos en su trabajo. Sé que nada puede mejorar su situación, pero pueden ayudarla a sobrellevarla. Han ayudado a muchas personas a quienes les ha sucedido algo parecido. ¿Le gustaría probarlo al menos?

–No… –Logró tomar aliento, con un esfuerzo hondo y tembloroso. Al cabo de un momento preguntó, confusa–: ¿Qué?

Los calmantes le empañaban el pensamiento de nuevo.

–No importa –replicó Richie con dulzura–. ¿Hay algo que podamos conseguirle?

–No…

Se le cerraban los ojos. Se adentraba en las profundidades del sueño, que era el mejor sitio donde podía estar.

–Regresaremos cuando usted esté un poco más recuperada. Por ahora, le dejaremos aquí nuestras tarjetas. Si recuerda algo, lo que sea, telefonéenos a uno de los dos, por favor –añadí yo.

Jenny emitió un sonido entre un gemido y un sollozo. Estaba dormida. Las lágrimas seguían deslizándose por su rostro. Dejamos nuestras tarjetas en su mesilla de noche y nos marchamos.

En el pasillo todo seguía igual: el uniformado continuaba en posición de firme y la madre de Jenny seguía dormida en su silla. Se le había caído la cabeza hacia un lado y había aflojado los dedos, que ahora sostenían sin fuerza el bolso por un asa gastada. Envié al agente de uniforme al interior de la habitación con la voz más baja que me salió, doblamos la esquina a paso ligero para desaparecer de la vista de aquella mujer y acto seguido me detuve a sacar mi cuaderno de notas.

–Ha sido interesante, ¿no? –comentó Richie. Sonaba contenido, pero no agitado: los vivos no le removían tanto por dentro. Una vez que su empatía hubo encontrado un destino,

244

estaba bien. Si yo hubiese estado en el mercado buscando un compañero a largo plazo, habríamos encajado a la perfección–. Una sarta de mentiras como una catedral en unos pocos minutos.

–Entonces te has dado cuenta. Pueden ser o no ser relevantes (tal y como te he dicho, todo el mundo miente), pero tendremos que averiguarlo. Regresaremos a ver a Jenny.

Necesité tres intentos para sacarme el cuaderno del bolsillo del abrigo. Intenté ocultar mi fracaso dándole el hombro a Richie, pero se asomó por encima y, escudriñándome, me preguntó:

–¿Estás bien?

–Perfectamente. ¿Por qué lo preguntas?

–Pareces un poco... –Hizo temblar una mano–. Ha sido duro, ahí dentro. He pensado que quizá...

–Adelante. ¿Acaso crees que no puedo soportar lo mismo que tú? –repliqué–. No ha sido duro. Ha sido otro día más de trabajo, tal y como aprenderás una vez adquieras algo más de experiencia. Y aunque hubiese sido un infierno, yo estaría bien. ¿Recuerdas esa conversación que hemos mantenido antes sobre el control, Richie? ¿La has asimilado?

Se apartó y me di cuenta de que le había hablado con un tono algo más cortante de lo que pretendía.

–Solo preguntaba –dijo.

Tardé un segundo en procesarlo: realmente solo me estaba preguntando. No buscaba puntos débiles ni pretendía equilibrar la situación tras el incidente de la autopsia; lo único que hacía era preocuparse por su compañero. Con voz más amable, le dije:

–Y lo aprecio mucho. Siento haber saltado de ese modo. ¿Qué tal tú? ¿Estás bien?

–Sí, perfectamente. –Dobló la mano, con gesto de dolor. Pude ver las marcas de color morado que Jenny le había de-

jado al clavarle las uñas y miré por encima de su hombro–.
¿Qué pasa con la madre? ¿Vamos a...? ¿Cuándo le permitiremos entrar?

Caminé por el pasillo hacia las escaleras de salida.

–Cuando quiera, siempre que haya alguien de vigilancia.
Telefonearé al uniformado y se lo haré saber.

–¿Y a Fiona?

–Lo mismo: es bienvenida, siempre que no le importe tener compañía. Quizá consigan que Jenny les cuente algo más
de lo que nos ha contado a nosotros.

Richie mantuvo el ritmo sin decir nada, pero yo empezaba a pillarle el truco a sus silencios.

–Crees que debería concentrarme en cómo pueden ayudar a Jenny y no en cómo pueden ayudarnos a nosotros. Y
crees que debería haberlas dejado entrar ayer.

–Está viviendo un infierno. Son su familia.

Bajé rápido por las escaleras.

–Exacto, muchacho. Exactísimo. Son su familia, lo cual
significa que no tenemos ninguna oportunidad de entender
la dinámica de cómo se relacionan, al menos por el momento. No sé cómo podrían haber influido un par de horas con
mamá y la hermanita en la historia de Jenny y no quiero descubrirlo. Quizá la madre sea la típica mujer con complejo de
culpa y haga que Jenny se sienta peor por haber hecho la vista gorda al intruso, de manera que, cuando Jenny hable con
nosotros, se saltará el hecho de que entró varias veces más en
su casa. O quizá Fiona la advierta de que tenemos a Pat en el
punto de mira y, para cuando lleguemos a interrogar a Jenny,
se niegue a hablar con nosotros. Y recuerda algo: quizá Fiona
no encabece la lista de sospechosos, pero tampoco está des-
cartada, al menos no hasta que descubramos cómo nuestro
hombre seleccionó a los Spain, y sigue siendo la única que habría heredado si Jenny hubiese muerto. Me importa un bledo

246

que la víctima necesite un abrazo como agua de mayo; no pienso dejar que la heredera hable con ella antes que yo.

—Supongo que tienes razón —replicó Richie. A los pies de la escalera, se apartó a un lado para dejar paso a una enfermera que empujaba un carrito de plástico flexible y metal resplandeciente, y la observó trajinar en el pasillo—. Probablemente sea así.

—Piensas que soy un tipo sin corazón, ¿no es cierto? —le pregunté.

Se encogió de hombros.

—No soy yo quien debe decirlo.

—Quizá lo sea. Depende de cómo lo definas. Porque, por ejemplo, Richie, para mí un tipo sin corazón es alguien capaz de mirar a Jenny Spain a los ojos y decirle: «Lo siento, señora, no atraparemos a la persona que ha masacrado a su familia porque yo estaba demasiado ocupado asegurándome de caerle bien a todo el mundo. Hasta la vista» y luego se larga tranquilamente a su casa para disfrutar de una agradable cena y un sueñecito reparador. Yo podría hacerlo perfectamente. Pero no soy así. Así que, si tengo que mostrarme frío para asegurarme de que eso no ocurra, lo hago y punto.

Las puertas de salida se abrieron de una sacudida y una ola de aire frío causado por la lluvia nos sepultó. Dejé que penetrara el máximo de aquel aire en mis pulmones.

—Hablemos con el uniformado antes de que la madre se despierte —propuso Richie.

Bajo la densa luz gris, Richie tenía un aspecto lamentable: los ojos inyectados en sangre y el rostro liso y demacrado. De no haber sido porque iba vestido con aquellas prendas semidecentes, el personal de seguridad lo habría confundido con un yonqui. El chaval estaba exhausto. Eran poco menos de las tres del mediodía. Nuestro turno de noche empezaba dentro de cinco horas.

–Adelante –dije–. Llámalo. –La expresión de Richie me reveló que yo tenía una pinta igual de lamentable que él. Cada aliento que tomaba seguía teniendo un regusto a desinfectante y sangre, como si el aire del hospital se hubiera cerrado a mi alrededor y me hubiera penetrado por los poros de la piel. Casi deseé ser fumador. –Y luego nos largaremos de este lugar. Es hora de regresar a casa.

9

Dejé a Richie en la puerta de su casa, una casa adosada de color *beige* en Crumlin; el mal estado de la pintura indicaba que era alquilada, y las bicicletas encadenadas a las verjas revelaban que compartía vivienda con un par de amigos.

–Duerme un poco –le aconsejé–. Y recuerda lo que te he dicho: nada de alcohol. Debemos estar en plena forma para esta noche. Nos reuniremos en la puerta de la comisaría a las siete menos cuarto.

Mientras introducía la llave en la cerradura, vi cómo se le caía la cabeza hacia delante, como si no le quedaran fuerzas para mantenerla erguida.

Dina no me había telefoneado. Había intentado tomármelo como una señal de que estaría leyendo tranquilamente y viendo la tele o quizá aún dormida, pero sabía que no llamaría aunque se estuviera dando cabezazos contra la pared. Cuando Dina se encuentra bien, responde a los mensajes de texto y a las llamadas esporádicas que le hacemos, pero cuando no está bien desconfía tanto de su móvil que no se atreve a tocarlo. Cuanto más me acercaba a casa, más denso y volátil parecía tornarse ese silencio, una niebla acre por la que tuve que abrirme camino para llegar a mi puerta.

Dina estaba sentada a lo indio en el suelo del salón, con mis libros desperdigados a su alrededor, como si un huracán los hubiera barrido de las estanterías. Estaba arrancando una página de *Moby Dick*. Me miró a los ojos, colocó la página en un montoncito que tenía delante de ella, lanzó el libro de Melville contra la pared de enfrente con fuerza y cogió otro libro.

–¿Qué diablos...? –solté mi maletín y le arrebaté el libro de la mano; me dio un puntapié en la espinilla, pero tuve tiempo de retroceder de un salto–. ¿Qué demonios haces, Dina?

–¡Maldito capullo! Me has dejado aquí encerrada. ¿Qué se suponía que debía hacer, quedarme sentadita como una buena niña, como si fuera tu perro? ¡No te pertenezco! ¡No puedes obligarme a estar aquí!

Se echó hacia delante para agarrar otro libro; me dejé caer de rodillas y la agarré por las muñecas.

–Dina. Escúchame. Escucha, por favor. No podía dejarte las llaves. No tengo ningún juego de sobra.

Dina soltó una carcajada, un agudo aullido que dejó a la vista sus dientes.

–Claro, claro, claro. Míster Obsesivo tiene los libros alfabetizados pero no tiene un juego de llaves de sobra... Y yo voy y me lo trago. ¿Sabes qué pretendía hacer? Prenderle fuego. –Señaló con la barbilla, desafiante, el montón de páginas arrancadas que tenía delante–. Y luego comprobar si, al no conseguir sacarme de aquí, la alarma de incendios sonaba sin parar, cosa que a tus vecinitos yupis no les gustaría demasiado, ¿no es cierto? Tanto ruido en una zona residencial... ¡qué insoportable!

Lo habría hecho. Solo de pensarlo se me retorció el estómago. Quizá aflojé las manos: Dina se giró hacia un lado y estuvo a punto de zafarse de mí para poder atacar los libros de nuevo. La agarré con mas fuerza y le apoyé la espalda contra la pared; intentó escupirme, pero no le salió saliva.

–Dina. Dina. Mírame, por favor.

Luchó, retorciéndose, dando patadas y gruñendo con ira y los dientes apretados, pero yo no la solté hasta que conseguí que se quedara quieta y me miró de frente con aquellos ojos azules y salvajes como de gata siamesa.

–¡Escúchame! –le repetí, hablándole muy de cerca–. Tenía que ir a trabajar. Pensé que aún estarías dormida cuando regresara a casa. No quería tener que despertarte para que me abrieras la puerta. Así que me llevé las llaves. Eso es todo. No te oculto nada. ¿De acuerdo?

Dina dio por zanjado el asunto. Poco a poco, fracción a fracción, sus muñecas se relajaron entre mis manos.

–No lo vuelvas a hacer –me advirtió con frialdad– nunca. Llamaré a tus policías y les diré que me tienes aquí encerrada y que me violas cada día, de todas las maneras posibles. Ya me dirás entonces cómo te va el trabajo, sargento.

–Por todos los santos, Dina.

–Lo haré.

–Sé que lo harás.

–Y no me mires así. Si me encierras como si fuera un animal, una loca, es tu culpa si tengo que apañármelas para salir de aquí. No es culpa mía, sino tuya.

La pelea había concluido. Se zafó de mis manos como si estuviera ahuyentando mosquitos a manotazos y empezó a peinarse con las puntas de los dedos.

–Está bien –dije yo. El corazón me iba a mil por hora–. De acuerdo. Lo siento.

–Hablo en serio, Mikey. Lo que has hecho ha sido una estupidez.

–Eso parece, sí.

–No es que lo parezca. Es que es evidente. –Dina se levantó del suelo y pasó por mi lado airada, se sacudió el polvo de las manos y arrugó la nariz con desdén mientras se

251

abría camino entre los libros esparcidos por el suelo–. Vaya desorden.

–Mañana también tengo que trabajar y no he tenido ocasión de hacer una copia de las llaves –le dije–. Supongo que preferirás quedarte con Geri hasta que lo haga.

Dina gruñó.

–Madre mía, con Geri. Me dará la murga con los críos. Los adoro, desde luego, pero no sé por qué tengo que aguantar que me hable de la regla de Sheila y de los granos de Colm... Demasiada información. –Se desplomó en el sofá, rebotando con el trasero, y empezó a calzarse las botas de motorista–. Aunque no pienso quedarme aquí si solo tienes un juego de llaves. Mejor me voy a casa de Jezzer. ¿Me dejas utilizar tu teléfono? Me he quedado sin crédito.

Yo no tenía ni idea de quién o qué era Jezzer, pero no sonaba a mi tipo de persona.

–Cariño, necesito que me hagas un favor –le rogué–. De verdad. Estoy en medio de algo importante y me sentiría mucho mejor si te quedaras en casa de Geri. Sé que puede sonar estúpido y que te vas a aburrir como una ostra, pero a mí me facilitaría mucho las cosas. Por favor.

Dina levantó la cabeza y me miró de hito en hito, con esa mirada impertérrita de felino, con el cordón de la bota enrollado alrededor de las manos.

–Este caso –dijo–, el de Broken Harbour, te está tocando hondo, ¿no es cierto?

¡Maldita sea! ¿Cómo había podido ser tan tonto? Lo último que quería era que ella pensara en este caso.

–En realidad, no –respondí, hablando como si tal cosa–. Lo que ocurre es que tengo que mantenerme alerta con Richie, mi nuevo compañero, el novato del que te hablé, ¿recuerdas? Y es un trabajo duro.

–¿Por qué? ¿Acaso es tonto?

Me levanté del suelo. En algún momento de la refriega me había dado un golpe en la rodilla, pero permitir que Dina se percatara de ello sería mala idea.

–No tiene un pelo de tonto. Lo único que ocurre es que es nuevo en el oficio. Es un buen muchacho y será un buen detective, pero le falta mucho por aprender. Y mi trabajo consiste en enseñarle. Si a eso le añades que tendremos que hacer turnos de dieciocho horas, va a ser una semana muy larga.

–Turnos de dieciocho horas en Broken Harbour. Creo que deberías cambiarle el caso a alguien.

Salí de aquel follón intentando no cojear. Debía de haber un centenar de páginas arrancadas en aquel montón, y supuse que cada una era de un libro distinto. Intenté no pensar en ello.

–No funciona así. Estoy bien, cariño. De verdad.

–Humm. –Dina volvió a concentrarse en su cordón, del cual tiraba con fuerza para apretarlo bien–. Me preocupo por ti –dijo–. ¿Lo sabes?

–Pues no lo hagas. Si quieres ayudarme, lo mejor que puedes hacer es alegrarme el día y pasar una noche o dos en casa de Geri. ¿De acuerdo?

Dina se ató el cordón en una especie de lazada doble con floritura y se retiró para examinarlo.

–De acuerdo –dijo, con un largo suspiro de sufrimiento–. Pero tendrás que llevarme. Los autobuses son demasiado chirriantes. Y apresúrate en hacer una copia de tus llaves.

Dejé a Dina frente a la casa de Geri y me excusé por no entrar. Geri quería que me quedara a cenar, aludiendo que «no te contagiarás; Colm y Andrea no han pillado el virus; pensaba que Colm tenía descomposición antes, pero dice que está bien –Pookie, ¡baja de ahí!–. No entiendo qué hacía tanto tiempo en el lavabo, pero eso es asunto suyo...». Dina me lanzó un

253

grito en silencio por encima del hombro y me dijo con los labios: «Me debes una», mientras Geri la hacía entrar dentro, sin dejar de hablar, con el perro dando brincos y ladrando a su alrededor.

Regresé a casa, metí unas cuantas cosas en una bolsa de viaje, me di una ducha rápida y dormí una hora. Me vestí como un chico el día de su primera cita, con el corazón a mil por hora, pensando en que lo hacía solo para él: camisa y corbata por si tenía ocasión de interrogarlo, dos jerseys gruesos para poder esperarlo bajo el frío y un recio abrigo oscuro para guarecerme hasta que llegara el momento oportuno. Me lo imaginé ahí fuera, en algún lugar, vistiéndose para mí y pensando en Broken Harbour. Me pregunté si seguiría considerándose el acosador o si entendía que ahora se había convertido en la presa.

Richie estaba fuera de la verja posterior del castillo de Dublín a las siete menos cuarto. Llevaba una bolsa de deportes y una chaqueta acolchada, un gorro de lana y, a juzgar por su forma, todas las prendas de lana que tenía. Conduje a la velocidad límite hasta Broken Harbour, mientras los campos se atenuaban a nuestro alrededor y el aire se volvía dulce por efecto del rocío de la hierba y la tierra arada. Comenzaba a oscurecer cuando aparcamos en Ocean View Parade (frente a la urbanización de los Spain no había nada más que andamios y nadie detectaría un coche desconocido) y echamos a andar.

Había memorizado el trayecto en un mapa de la urbanización, pero aun así sentí que estábamos perdidos en cuanto nos alejamos del coche. Empezaba a anochecer: las nubes del día se habían disipado y el cielo lucía con un color azul verdoso oscuro. Sobre los tejados, un leve destello blanco anunciaba la salida de la luna, pero las calles estaban oscuras y fragmentos de tapia de jardín, farolas apagadas y alambreras combadas parecían emerger de la nada y retornar a ella unos pasos después. Cuando nuestras sombras se dejaban entrever, aparecían retorcidas y desconocidas, encorvadas por las bolsas que llevábamos al hombro. Nuestros pasos regresaban a nuestros oídos como si alguien nos persiguiera, rebotando en las paredes desnudas y sobre las extensiones de barro removido. No hablamos: el crepúsculo que nos ayudaba a protegernos podía estar encubriendo a cualquier otra persona, en cualquier lugar.

En la penumbra, el rugido del mar parecía más potente y desorientador y se elevaba hacia nosotros desde todas las direcciones al mismo tiempo. El viejo Peugeot azul oscuro de los refuerzos se materializó a nuestra espalda como un coche fantasma, tan cerca que ambos nos sobresaltamos, con el ruido del motor amortiguado por aquel largo y apagado rugido. Cuando fuimos conscientes de quién era, los refuerzos se habían marchado, deslizándose entre casas a través de cuyas ventanas sin acristalar se vislumbraban las estrellas.

Por Ocean View Rise caían rectángulos de luz sobre la carretera. Uno de ellos iluminó un Fiat amarillo aparcado a las puertas de la casa de los Spain: nuestra Fiona falsa estaba en su puesto. En la parte superior de Ocean View Walk, aparté a Richie hacia la sombra de la casa esquinera, acerqué mi boca a su oído y le susurré:

–Gafas.

Rebuscó en su bolsa de deportes a tientas y sacó un par de gafas de visión nocturna. Los de abastecimiento le habían facilitado las buenas, por mucho que fuera un novato. Las estrellas se desvanecieron y la oscura calle adquirió una presencia fantasmal, con las enredaderas colgando pálidas sobre altos bloques de paredes grises y las malas hierbas cruzándose en zigzags blancos cual flores de encaje donde debería haber estado la acera. En un par de jardines, pequeñas formas resplandecientes se agazaparon en rincones o se escabulleron entre los hierbajos, y tres palomos fantasmales dormían encaramados a un árbol, con la cabeza bajo las alas. No había nada caliente de mayores dimensiones a la vista. En la calle reinaba el silencio, salvo por los ruidos del mar y del viento enredándose en las trepadoras y por un pájaro solitario que piaba en la playa, al otro lado de la tapia.

–Parece despejado –le dije al oído a Richie–. Adelante. Con mucho cuidado.

Las gafas no revelaban la presencia de vida en la madriguera de nuestro hombre, al menos no en los rincones que yo alcanzaba a ver. El andamio estaba oxidado y lo noté temblar bajo nuestro peso. En la planta superior, la luna resplandecía a través del orificio de una ventana donde el plástico se había retirado y enganchado con unas chinchetas, como si fuera una cortina. La estancia había quedado desnuda; la policía científica se lo había llevado todo para buscar huellas, fibras, cabellos y fluidos corporales. Había manchas negras de polvo para detección de huellas en las paredes y los alféizares.

En casa de los Spain estaban encendidas todas las luces, cosa que convertía el lugar en un magnífico faro para atraer a nuestro hombre. Nuestra falsa Fiona estaba en la cocina, aún enfundada en el abrigo rojo de lana gruesa; había llenado la tetera de los Spain y estaba apoyada en la encimera, esperando a que el agua hirviera, con la taza entre ambas manos y con la mirada perdida en las pinturas de dedos adheridas al frigorífico. En el jardín, la luz de la luna rebotaba en las hojas brillantes y las volvía blancas y temblorosas, transmitiendo la impresión de que todos los árboles y setos habían florecido simultáneamente.

Colocamos nuestras cosas donde nuestro hombre había colocado las suyas: apoyadas contra la pared posterior de aquel escondite, para disfrutar sin obstáculos de las vistas de la cocina de los Spain, por si acaso, y en el orificio de la ventana frontal, de cara al mar, que el asesino había utilizado a modo de puerta. El plástico con el que estaban tapados los otros orificios nos revelaría si había algún observador oculto en la jungla que nos rodeaba. La noche era fría, helaría antes del amanecer; extendí mi saco de dormir para sentarme encima y me puse otro jersey bajo el abrigo. Richie se arrodilló en el suelo mientras sacaba las cosas de su bolsa, como un muchacho en un viaje de campamento: un termo, un paquete de galletas de chocolate y una torre un poco chafada de sándwiches envueltos en papel de aluminio.

—Me muero de hambre —dijo—. ¿Te apetece un sándwich? He traído para los dos, por si no te daba tiempo a prepararte nada.

Estaba a punto de decirle que no, por automatismo, cuando caí en la cuenta de que el muchacho tenía razón: se me había olvidado traer comida (Dina) y también desfallecía de hambre.

—Gracias —dije—. Te acepto uno con mucho gusto.

Richie asintió y empujó la torre de sándwiches en mi dirección.

—Queso y tomate, pavo o jamón dulce. Cógete varios.

Cogí uno de queso y tomate. Richie vertió un té contundente en el tapón del termo y luego lo inclinó hacia mí; al mostrarle yo mi botella de agua, se bebió el té de un solo trago y se sirvió otra taza. Luego se acomodó con la espalda apoyada contra la pared y dio buena cuenta de su sándwich.

Richie no parecía tener la impresión de que esta noche conllevaría una conversación profunda y cargada de significado, lo cual me reconfortaba. Sé que otros detectives se sinceran durante las misiones de vigilancia. Yo no lo hago. Uno o dos novatos han intentado hacerlo conmigo, porque les caía realmente bien o porque querían hacerle la pelota al jefe, pero no me molesté en averiguarlo antes de cortarlo de raíz.

—Están buenos —dije, al tiempo que cogía otro—. Gracias.

Antes de que oscureciera lo suficiente para entrar en alerta máxima, comprobé con los refuerzos que todo iba según lo previsto. Nuestra Fiona hablaba con voz calmada, quizá demasiado calmada, pero nos aseguró que estaba bien, gracias, y que no necesitaba cobertura. El Hombre Marlboro y su amigo dijeron que éramos nosotros lo más emocionante que habían visto en toda la noche.

Richie daba cuenta metódicamente de sus sándwiches mientras observaba la última hilera de casas junto a la oscura playa. La reconfortante fragancia de su té confería cierta calidez a la estancia.

—Me pregunto si en el pasado esto fue un puerto de verdad —comentó transcurrido un rato.

—Así es —le informé. Daría por sentado que había estado investigando, que el Señor Aburrido utilizaba sus pequeñas briznas de tiempo libre para peinar internet—. Esto era un pueblecito pesquero hace mucho tiempo. Aún puedes ver lo que queda del embarcadero en el extremo sur de la playa, si te fijas bien.

—Por eso lo llaman Broken Harbour, ¿verdad? ¿Por el embarcadero roto?

—No. Viene de *breacadh*, que significa «cuando rompe el alba». Supongo que antaño debió de ser un lugar fantástico para contemplar el amanecer.

Richie asintió.

—Seguramente fue un lugar precioso antes de que construyeran todo esto.

—Probablemente —repliqué yo.

El olor del mar acarició las paredes y entró por el orificio de la ventana descubierto, amplio y salvaje con un millón de secretos embriagadores. No confío en ese olor. Nos ancla a algo más profundo que la razón o la civilización, a los fragmentos de nuestras células que se mecieron en los océanos antes de que tuviéramos mente y nos atrae hasta que lo seguimos como insensatos animales en celo. Cuando era adolescente, ese olor me ponía a mil por hora, me activaba los músculos como una descarga eléctrica, hacía que rebotara en las paredes de la caravana hasta que mis padres me daban libertad de acudir a su llamada, saltando tras la tentación que fuera, que a mí ineludiblemente se me antojaba única en la vida. Pero ahora lo conozco mejor. Es el olor de la mala medicina. Nos atrae para que saltemos desde los acantilados, nos arrojemos hacia olas gigantescas, dejemos atrás a nuestros seres amados y nos adentremos en miles de kilómetros de aguas abiertas en busca de lo que quizá nos aguarde en la otra orilla. Ese olor había penetrado en la nariz de nuestro hombre dos noches atrás, cuando se descolgó por el andamio y saltó la tapia de los Spain.

–Ahora los niños cuentan que está encantada –dijo Richie.

–Probablemente.

–Se retan a ir corriendo hasta la casa y tocar la puerta. A entrar, incluso.

Bajo nosotros, las lámparas que Jenny había comprado para su acogedora cocina familiar resplandecían iluminadas con mariposas amarillas. Faltaba una de ellas, que habría ido a parar al laboratorio de Larry.

–Hablas como si fuera a quedar abandonada para siempre –dije yo–. Deshazte de esa negatividad, hombre. Jenny necesitará venderla una vez sea capaz de hacerlo. Deséale buena suerte. La necesitará.

Richie espetó:

–Dentro de unos cuantos meses toda esta urbanización estará abandonada. Está estancada. Nadie va a comprar una propiedad aquí; incluso si alguien pretendiera hacerlo, hay centenares de casas donde escoger. ¿Intentas decirme que tú elegirías precisamente esa? –Señaló con la barbilla hacia la ventana.

–Yo no creo en fantasmas –repliqué–. Y tú tampoco deberías, al menos mientras estés de servicio.

Omití decirle que los fantasmas en los que sí creo no estaban atrapados en las manchas de sangre de los Spain, sino que abarrotaban toda la urbanización, revoloteando como polillas gigantes, entrando y saliendo por las puertas y sobre las extensiones de tierra cuarteada, abarrotándose contra las escasas ventanas iluminadas, con las bocas abiertas en aullidos silenciosos: eran todas las personas que deberían haber vivido aquí. Los jóvenes que habían soñado con atravesar aquellos umbrales sosteniendo a sus esposas en brazos, los recién nacidos que deberían haber llegado a casa desde el hospital y haberse instalado en sus cómodos dormitorios, los adolescentes que deberían haberse besado por primera vez apoyados en aquellas farolas que jamás se iluminarían. Con el tiempo, los fantasmas de las cosas ocurridas se vuelven distantes; una vez que te han asustado un par de millones de veces, su temor apenas daña tu tejido cicatrizado, se vuelven evanescentes. Los que continúan cortando cual cuchillas hasta la eternidad son los fantasmas de las cosas que jamás tuvieron oportunidad de suceder.

Richie había devorado la mitad de los sándwiches y enrollaba un trozo de papel de aluminio en una bola entre las palmas de sus manos.

–¿Puedo preguntarte algo? –dijo.

No levantó la mano de milagro. Me hizo sentir como si tuviera el pelo lleno de canas y llevara unas gafas bifocales. Dije, consciente del tono acartonado de mi voz:

–No necesitas pedirme permiso, Richie. Forma parte de mi trabajo responder a las preguntas que tengas.

–De acuerdo –replicó él–. Entonces, me pregunto por qué estamos aquí.

–¿En la Tierra?

No sabía si reírse.

–No, quiero decir... aquí, realizando esta misión de vigilancia.

–¿Preferirías estar en tu camita en casa?

–¡No! Estoy fantásticamente bien aquí; lo prefiero a estar en cualquier otra parte. Solo me lo preguntaba. Simplemente me refiero a que... en realidad no importa tanto quién esté aquí, ¿no es cierto? Si nuestro hombre aparece, aparece; cualquiera podría detenerlo. Yo habría supuesto que tú..., no sé, que delegarías esta parte del trabajo.

–Probablemente no haya diferencia alguna en caso de tener que arrestarlo, es cierto –respondí–, pero la diferencia radica en lo que ocurrirá a continuación. Si eres tú quien le pone las esposas a tu hombre, se establece una relación transparente como el agua: le demuestras quién está al mando desde el principio. Siempre me gusta ser quien pesca al sospechoso.

–Pero no siempre ha sido así, ¿verdad?, no en todos los casos.

–De momento, amigo mío, no sé hacer magia. No soy omnipresente. A veces tengo que darle la oportunidad a otras personas.

–Pero esta vez no –terció Richie–. Nadie vigilará este caso hasta que los dos estemos tan cansados que nos desmayemos. ¿Estoy en lo cierto?

El tono risueño de su voz me hizo sentir bien; me agradó su confianza en dar por supuesto que estábamos en aquello juntos.

–Así es –contesté yo–. Y tengo bastantes grageas de cafeína como para mantenernos en vilo un rato.

–¿Es por los niños?

El tono risueño se había desvanecido.

–No –respondí–. Si fuera solo por los niños no tendría problema en dejar que cualquier refuerzo arrestara a nuestro hombre. Pero quiero ser quien le eche el guante al tipo que asesinó a Pat Spain.

Richie aguardó unos instantes, observándome. Al ver que yo no añadía nada más, dijo:

–¿Y eso por qué?

Quizá fuera porque me crujían las rodillas o porque tenía el cuello tenso de trepar por el andamio, por la molesta sensación de que empezaba a estar viejo y cansado; tal vez fuera eso lo que, de repente, me impulsó a querer saber de qué hablan los otros hombres en las largas y tediosas noches, qué los lleva a la sala de la brigada al día siguiente caminando con paso firme, adoptando decisiones compartidas con una leve inclinación de la cabeza o simplemente enarcando una ceja. Quizá fueran esos momentos, durante el último par de días, en los que me había sorprendido pensando que no solo estaba enseñándole al novato cómo funciona todo, momentos en los que había creído sinceramente que Richie y yo estábamos colaborando, codo con codo. Quizá fuera aquel traidor olor a mar, que erosionaba todos mis «por qué no» y los convertía en arenas movedizas. Quizá solo fuera el cansancio.

–Dime algo –respondí–. ¿Qué crees que habría sucedido si nuestro tipo hubiera hecho un poco mejor su trabajo? ¿Si hubiese limpiado esta guarida antes de salir de caza, borrado las huellas de sus pies y dejado las armas en la escena del crimen?

–Habríamos creído que el culpable era Pat Spain.

En la oscuridad apenas podía verlo; apenas divisaba el ángulo de su cabeza apoyada contra la ventana, su mejilla inclinada hacia mí.

262

–Sí. Probablemente. E incluso aunque hubiéramos tenido el presentimiento de que había alguien más implicado... ¿Qué crees que habrían pensado los demás si no pudiéramos dar una descripción, si no tuviéramos una sola prueba de que esa persona existía? La señora Gogan, todo Brianstown, el ciudadano común que sigue este caso en las noticias, las familias de Pat y Jenny. ¿Qué habrían dado por supuesto?

–Que había sido Pat –respondió Richie.

–Igual que hicimos nosotros.

–Y el culpable de verdad seguiría suelto, quizá preparándose para atacar de nuevo.

–Tal vez sí, pero no es eso a lo que me refiero. Incluso aunque este tipo regresara a casa anoche y encontrara un bonito lugar para colgarse de una soga, habría convertido a Pat Spain en un asesino. A los ojos de cualquiera que oyera su nombre, Pat habría sido un hombre que asesinó a la mujer con quien compartía el lecho y a los hijos que tuvieron juntos.

La mera formulación de aquellas palabras hizo que aquel zumbido agudo resonara en mi cráneo: el mal.

Richie replicó con un cierto tono amable:

–Está muerto. Ya no puede hacerle daño.

–Efectivamente, está muerto. Veintinueve años de vida es todo lo que tendrá. Debería haber disfrutado de cincuenta o sesenta más, pero este tipo decidió arrebatárselos. Y por si eso no fuera suficiente, pretendía retroceder en el tiempo y despojarlo de esos tristes veintinueve años precedentes. Quitarle todo lo que Pat había sido en la vida. Dejarlo sin nada. –Vi el mal como una nube baja de polvo negro y pegajoso que se extendía lentamente fuera de aquella estancia y sepultaba casas y campos hasta acabar tapando la luz de la luna–. Y eso es de capullo integral –continué–. Es tan despiadado que me faltan palabras para describirlo.

263

Permanecimos allí sentados en silencio mientras nuestra Fiona buscaba el recogedor y barría los añicos de un plato que había quedado roto en un rincón del suelo de la cocina. Al cabo de un rato, Richie abrió sus galletas, me ofreció una y, cuando decliné su ofrecimiento, devoró la mitad del paquete sin prisa pero sin pausa. Luego dijo:

–¿Puedo preguntarte algo?

–En serio te lo digo, Richie, vas a tener que quitarte esa costumbre. A nuestro hombre no le va a inspirar ninguna confianza si levantas la mano en medio de un interrogatorio y me pides permiso para hablar.

Esta vez sí sonrió.

–En esta ocasión es algo personal.

No respondo a preguntas personales, no cuando me las formulan agentes en prácticas, pero aquella era una conversación que no solía tener con ningún oficial en prácticas. Me tomó por sorpresa, por lo bien que me sentía y la facilidad con que habíamos derribado las barreras entre el veterano y el novato y todo lo que conllevan y habíamos pasado a ser, sin más, dos hombres charlando.

–Dispara –le alenté–. Si te pasas de la raya, te lo haré saber.

–¿A qué se dedica tu padre?

–Está jubilado. Era guardia urbano.

Richie soltó una risotada.

–¿Qué tiene de divertido? –quise saber.

–Nada. Es solo que... me imaginaba que haría algo más pijo, que sería profesor en una escuela privada, de geografía o algo así. Pero, ahora que lo dices, todo encaja.

–¿Debo tomarme eso como un cumplido?

Richie no respondió. Se metió otra galleta Hobnob en la boca y se limpió las migas de los dedos, pero podía oírlo pensar. Al cabo de un rato dijo:

–El otro día comentaste algo en la escena del crimen: que a la gente no la asesinan a menos que ande buscándoselo, que las cosas malas les suceden a las malas personas. Yo creo que pensar eso es un lujo. ¿Entiendes a qué me refiero?

Aparté de mi pensamiento el golpe de algo más doloroso que la irritación.

–La verdad es que no, muchacho. La experiencia me dice (y no pretendo pasarte mi experiencia por la cara, pero acumulo más que tú) que en la vida cosechas lo que siembras. No siempre, pero sí la mayoría de las veces. Si crees que eres un tipo con éxito, serás un tipo con éxito; si crees que no te mereces nada más que hundirte en el pozo, acabarás hundido en el pozo. Tu realidad interna da forma a tu realidad externa cada día de tu vida. ¿Me sigues?

Richie observó las cálidas luces amarillas de la cocina a nuestros pies.

–Yo no sé a qué se dedica mi padre, porque nunca estuvo presente –dijo él con total naturalidad, como si fuera algo que hubiese tenido que explicar demasiadas veces en el pasado–. Me crie en una barriada, aunque probablemente ya lo sepas. Vi a un montón de gente sufrir cosas espantosas que no habían pedido. Muchísimas.

–Y aquí estás ahora –repliqué yo–. Un detective en una brigada de máximo rango, haciendo el trabajo que siempre quisiste, implicado en el caso más importante del año y muy cerca de resolverlo. Procedas de donde procedas, eso cuenta como un éxito. Opino que eso viene a confirmar mi teoría.

Richie no volvió la cabeza hacia mí.

–Seguramente Pat Spain pensaba lo mismo que tú.

–Quizá sí. ¿Y?

–Pues que aun así perdió su empleo. Se dejó la piel trabajando, era optimista, lo hizo todo bien y acabó en el hoyo. ¿Cómo sembró todo eso?

–Lo que le ha ocurrido ha sido de lo más injusto y seré el primero en defender que no debería haberle sucedido. Pero, venga, vivimos en recesión. La coyuntura es excepcional.

Richie sacudió la cabeza.

–A veces, las cosas malas pasan sin más –sentenció.

El cielo estaba repleto de estrellas; hacía años que no veía tantas. A nuestra espalda, el ruido del mar y el silbido del viento agitando las hierbas altas se fundían en una larga y apaciguadora caricia de la noche

–No puedes pensar así. Me da igual si es verdad o mentira. Tienes que creer que, en algún momento de la vida, como sea, la mayoría de las personas obtienen lo que merecen.

–¿Y si no es así...?

–Si no es así, me pregunto qué te impulsa a levantarte por las mañanas. Creer en la causa y la consecuencia no es ningún lujo. Es esencial, como el calcio o el hierro: puedes pasar sin calcio un tiempo, pero al final acabas comiéndote por dentro. Tienes razón: de vez en cuando, la vida no es justa. Y ahí es donde entramos nosotros. Para eso estamos. Somos los encargados de solucionarlo.

Bajo nosotros se encendió la luz en el dormitorio de Emma; nuestra Fiona andaba generando interés. La luz tornó las cortinas en un rosa pálido traslúcido e iluminó las siluetas de los animalillos que hacían cabriolas por la tela. Richie señaló hacia la ventana con la cabeza.

–No vamos a solucionar eso –dijo.

La mañana en la morgue le permeaba en la voz.

–No –concedí yo–. Eso no hay manera de arreglarlo ya. Pero al menos podemos asegurarnos de que las personas indicadas paguen por lo que han hecho y que las buenas personas tengan una oportunidad de seguir adelante con sus vidas. Eso es lo máximo que podemos conseguir. Sé que no vamos a salvar el mundo, pero lo convertiremos en un lugar mejor.

–¿De verdad lo crees?

Su rostro alzado, blanco y joven bajo la luz de la luna, me indicaba cuánto deseaba que yo tuviera razón.

–Sí –respondí–, lo creo. Quizá sea un ingenuo, me han acusado de ello antes, un par de veces, pero lo creo. Ya descubrirás a qué me refiero. Espera a que atrapemos a este tipo. Aguarda a regresar esa noche a casa y meterte en la cama, sabiendo que está entre barrotes y que va a permanecer ahí cumpliendo sus tres cadenas perpetuas. Espera a ver si el mundo en el que vives no te parece un lugar mejor que el de ahora.

Nuestra Fiona descorrió las cortinas de Emma y se asomó a contemplar el jardín, una silueta menuda y oscura recortada sobre el papel pintado rosa. Richie la observaba.

–Ojalá sea así –dijo.

La frágil red de luces que se extendía por toda la urbanización había empezado a desintegrarse al tiempo que los luminosos hilos de las calles habitadas empezaban a fundirse en la negritud. Richie se frotó las manos enguantadas e intentó calentárselas con el aliento. Nuestra Fiona iba de un lado a otro por las estancias vacías, encendiendo y apagando luces, abriendo y cerrando cortinas. El frío se había instalado en el hormigón de nuestro escondite y se me clavaba en la columna a través de la parte posterior del abrigo.

La noche se alargaba. Un puñado de veces, un ruido, un largo culebreo en el sotobosque que había a nuestros pies, un estallido de refriega y escarbado en la casa al otro lado de la calle o un agudo chillido salvaje nos hicieron ponernos en pie y prepararnos para entrar en acción, protegiéndonos la espalda contra la pared, antes de que nuestra mente entendiera que habíamos podido oír cualquier cosa. En una ocasión, las gafas de visión nocturna detectaron un zorro, luminoso, en medio de la carretera, con la cabeza alzada y algo colgando de su boca; en otra, detectaron un hilillo sinuoso de luz que serpenteaba por los jardines, entre ladrillos y hierbajos. En unas cuantas ocasiones fuimos demasiado lentos y no atrapamos nada salvo el repiqueteo de guijarros y enredaderas balanceándose al unísono y un destello de blanco disipándose. Cada vez tardábamos más en recobrar el ritmo cardíaco y en poder sentarnos de nuevo. Se hacía tarde. Nuestro hombre estaba cerca, tiraba en ambas direcciones y se concentraba con fuerza mientras decidía.

—Se me había olvidado —dijo Richie de repente, después de la una de la madrugada—. He traído esto.

Se inclinó sobre su bolsa de deportes y sacó un par de prismáticos en una funda de plástico negro.

—¿Unos prismáticos? —Extendí la mano para cogerlos, abrí la funda y eché un vistazo. Parecían baratos y no se los habían proporcionado en Suministros; la funda aún olía a plástico nuevo—. ¿Has ido a comprarlos a propósito?

—Son del mismo modelo de los que utilizaba nuestro hombre —contestó Richie tímidamente—. Pensé que deberíamos tener unos también. Ver lo que él veía, ¿entiendes?

—¡Madre del amor hermoso! Dime que no eres uno de esos tipos sensibleros que se tragan la idea de ver a través de los ojos del asesino y se dejan llevar por la intuición.

—No, desde luego que no. Me refiero a ver lo que él veía literalmente para saber, por ejemplo, si conseguía divisar las expresiones faciales, si alcanzaba a ver la pantalla del ordenador, los nombres de las webs que consultaban o lo que sea. Esa clase de cosas.

Incluso bajo la luz de la luna detecté que se había puesto como la grana. Me conmovió: no solo la idea de que invirtiera dinero de su propio bolsillo y tiempo en buscar los anteojos exactos, sino que confesara sin remilgos cuánto le preocupaba lo que yo pensara. Le dije, con tono más amable, sosteniendo los prismáticos en alto:

—Buena idea. Echa un vistazo; nunca se sabe qué podemos descubrir.

Parecía desear que los prismáticos desaparecieran, pero los ajustó y apoyó los codos en el alféizar para enfocarlos hacia la casa de los Spain. Nuestra Fiona estaba junto al fregadero aclarando su taza.

—¿Qué ves? —quise saber.

—Veo la cara de Janine con total claridad; podría leerle los labios si quisiera, ver todo lo que dice. No veía la pantalla del ordenador si aún estuviera ahí, porque el ángulo no lo permite, pero alcanzo a leer los títulos de los libros que hay en la estantería y la pequeña pizarra blanca con la lista de la compra: huevos, té, gel de ducha. Eso podría servirnos, ¿no? Si podía leer la lista de la compra de Jenny cada noche, entonces sabía dónde iba a estar al día siguiente...

—No perdemos nada por comprobarlo. Prestaremos una atención especial al circuito cerrado de televisión de su ruta de compras para verificar si hay alguien que aparezca repetidas veces.

En el fregadero, Fiona giró la cabeza rápidamente, como si hubiera notado nuestra vista posada en ella. Incluso sin los prismáticos, la vi estremecerse.

—¡Joder! —espetó Richie de repente, tan alto que me sobresaltó—. Vaya, lo siento. Pero mira esto.

Me pasó los anteojos. Los dirigí a la cocina y los ajusté a mi vista, que, deprimentemente, era peor que la de Richie.

—¿Qué se supone que tengo que mirar?

—La cocina no. Más allá, por el pasillo. Se ve la puerta principal.

—¿Y?

—Mira justo a la izquierda de la puerta —continuó Richie.

Desplacé los binóculos a la izquierda y ahí estaba: el panel de la alarma. Silbé muy bajito. No veía los números, pero no era imprescindible: habría podido descifrar por el movimiento de los dedos todo lo que necesitaba saber. Jenny Spain podría haber cambiado el código cada día, si quería, y con solo pasar unos minutos aquí mientras ella o Patrick ponían la alarma habría bastado para echar por tierra todas sus precauciones.

—¡Caramba, caramba! —exclamé—. Richie, amigo mío, acepta mis disculpas por hacer guasa de tus prismáticos. Supongo que ya sabemos cómo consiguió saltarse el sistema de alarma. Buen trabajo. Aunque nuestro hombre no se presente, esta noche no habrá supuesto una pérdida de tiempo.

Richie agachó la cabeza y se frotó la nariz, con aspecto de estar entre avergonzado y complacido.

—Seguimos sin saber cómo consiguió las llaves, no obstante. Y el código de la alarma no sirve de nada sin ellas.

Justo entonces me vibró el teléfono, en el bolsillo del abrigo: era el Hombre Marlboro.

—Kennedy —respondí.

Hablaba con una voz que era apenas un susurro.

—Señor, tenemos algo. Hemos divisado a un hombre saliendo de Ocean View Lane. Es un callejón sin salida que linda con la tapia norte de la finca; allí no hay nada más que obras; solo podría proceder de ahí alguien que hubiese saltado la tapia. Es más bien alto y va vestido con colores oscuros, pero no queríamos acercarnos demasiado, así que esto es todo lo que puedo decirle. Lo hemos perseguido desde la distancia hasta que ha girado por Ocean View Lawns. También es un callejón sin salida en el que no hay ninguna casa acabada ni motivo alguno que justifique que alguien quiera estar ahí. No hemos querido seguirlo hasta allí, claro está, pero mantenemos la vigilancia en el extremo de Ocean View Lawns. Hasta el momento no hemos visto salir a nadie, pero podría haber saltado otro muro. Pensábamos dar una vuelta para ver si podíamos darle alcance.

Richie se había dado media vuelta y me observaba; los prismáticos le colgaban olvidados en las manos.

–Buen trabajo, detective. Sí, manténganse en línea y realicen un pequeño recorrido por la zona. Si consiguen ver bien al tipo y darnos una descripción, sería fantástico, pero, por lo que más quieran, no lo ahuyenten. Si detectan a alguien, no aminoren la marcha ni hagan que resulte evidente que lo están vigilando; continúen conduciendo y conversando hasta alejarse y averigüen lo que puedan. Adelante.

No podía activar el altavoz, no con nuestro hombre suelto y en cualquier sitio, donde fuera, entre las enredaderas. Lo señalé con el dedo y le hice un gesto a Richie para que se acercara. Se agachó y se colocó a mi lado, con la oreja pegada a la mía.

Murmullos de los refuerzos, uno de ellos abriendo un mapa y buscando una dirección, mientras el otro le ponía una marcha al coche; el ronroneo grave del motor. Alguien martilleando con las puntas de los dedos en el salpicadero. Y luego, un minuto después, el estallido repentino de un parloteo (¡Y la mujer me dice, adelante, mételo en la basura con el resto!) y una risotada artificial.

La cabeza de Richie y la mía se rozaban sobre el teléfono; ni siquiera respirábamos. El parloteo se alzó y se desvaneció. Tras una pausa que pareció durar una semana, el Hombre Marlboro dijo, con voz aún más baja, pero con un tono de emoción creciente:

–Señor, acabamos de pasar junto a un hombre de entre un metro setenta y cinco y un metro ochenta de altura, delgado de complexión. Se dirige hacia el este por Ocean View Avenue, justo al otro lado de la tapia de Ocean View Lawns. No hay iluminación en las calles, así que no hemos podido verlo con claridad, pero lleva un abrigo de tres cuartos oscuro, tejanos oscuros y un gorro de lana también oscuro. A juzgar por su forma de caminar, diría que debe de estar entre la veintena y la treintena.

Escuché una rápida exhalación de Richie. Con voz también muy baja, pregunté:

–¿Se ha percatado de que lo vigilabais?

–No, señor. No podría jurarlo, pero creo sinceramente que no. Ha vuelto la cabeza con gesto rápido cuando nos ha escuchado a su espalda, pero luego la ha agachado. No ha hecho ademán de escapar y, al menos mientras podíamos verlo por el retrovisor, seguía caminando por la calle al mismo ritmo y en la misma dirección.

–Ocean View Avenue. ¿Está habitada?

–No, señor. No hay más que paredes.

Así que nadie podía decir que estábamos poniendo en riesgo la vida de los habitantes al dejar a aquella cosa libre en plena noche para que se abriera camino hacia nosotros. Incluso aunque Ocean View Avenue hubiera estado repleta de familias confiadas y puertas abiertas, no me habría preocupado. No estábamos ante un asesino relámpago que ataca a cualquiera que se cruce en su camino. Para aquel tipo, las únicas personas que existían eran los Spain.

Richie se acercó a su bolsa de deportes y, muy agazapado para que su silueta no se recortara en los huecos de las ventanas, sacó un papel doblado. Lo extendió en el suelo, delante de ambos, bajo el pálido rectángulo que dibujaba la luz de la luna: era un mapa de la urbanización.

–Bien –dije–. Poneos en contacto con la detective... –Chasqueé mis dedos a Richie y le señalé la cocina de los Spain; «Oates», me dijo articulando para que le leyera los labios– ... la detective Oates. Hacedle saber que parece que está a punto de comenzar la acción. Decidle que se asegure de cerrar con llave todas las puertas, de cerrar bien las ventanas y de tener la pistola cargada. A continuación, deberá empezar a mover

272

cosas (papeles, libros, DVD... lo que sea), desde la parte delantera de la casa hasta la cocina, de la manera más visible que pueda. Vosotros dos regresad al punto en el que visteis por primera vez a ese tipo. Si le sobreviene el pánico e intenta regresar adonde os encontráis, arrestadlo. No me telefoneéis a menos que sea urgente. Si ocurre algo, os avisaremos.

Me guardé el teléfono en el bolsillo. Richie recorrió el mapa con un dedo: Ocean View Avenue, en el rincón noroeste de la urbanización.

–Es aquí –dijo con voz muy baja, un leve susurro bajo el potente murmullo del mar–. Si se dirige hacia nosotros y solo avanza por las calles desérticas y saltando tapias para atajar, tardará unos diez o quizá quince minutos.

–Parece correcto. No creo que venga aquí directamente. Debe estar preocupado por que hayamos encontrado su escondite. Primero husmeará un poco y luego decidirá si quiere arriesgarse a subir aquí: buscará policías, coches extraños, comprobará si hay actividad... Pongamos que tarde unos veinticinco minutos a lo sumo.

Richie alzó la vista para mirarme.

–Si decide que es demasiado arriesgado y se da a la fuga, serán los refuerzos quienes lo arresten, no nosotros.

–Ningún problema. Si no sube aquí no es más que un tipo que ha salido a dar un paseo de noche en medio de la nada. Podemos averiguar quién es y mantener una agradable charla con él, pero a menos que sea lo bastante temerario como para llevar las zapatillas ensangrentadas o hacer una confesión completa, no podremos retenerlo. Y me parece perfecto dejar que sea otra persona quien lo arreste y lo libere pocas horas después. No nos interesa que piense que nos lleva a ti y a mí una de ventaja.

Poco importaba lo que haríamos si echaba a correr: yo sabía que vendría hacia nosotros, lo sabía con tanta certeza como si pudiera olerlo, por el cortante olor a almizcle caliente que humeaba en los tejados y los escombros cuyas volutas se aproximaban más y más. Desde el preciso instante en que había visto aquella guarida, sabía que regresaría a ella. Antes o después, un animal que huye vuelve a casa.

El pensamiento de Richie había avanzado en la misma dirección

—Vendrá —dijo—. Ya está más cerca de lo que llegó anoche; se muere de ganas de averiguar qué sucede. Una vez vea a Janine...

—Por eso tenemos que hacer que mueva cosas hacia la cocina —expliqué—. Apuesto a que lo primero que hará nuestro hombre es comprobar la fachada de la casa de los Spain, desde las obras del lado opuesto a la calle. La idea es que, cuando la divise desde ahí, querrá saber qué está haciendo con todas esas cosas, pero para averiguarlo tendrá que regresar aquí. Las casas están demasiado pegadas para que se cuele entre ambas, así que no puede saltar por la tapia y entrar por detrás. Tendrá que venir por Ocean View Walk.

La parte alta de la calle estaba a oscuras, bajo las sombras de las casas; el tramo inferior describía una curva hacia la luz de la luna.

—Yo cubriré la parte alta y me llevaré las gafas de infrarrojos. Tú cubre la parte baja. Hazme saber si detectas cualquier movimiento, por pequeño que sea. Si no aparece por aquí, haremos lo posible por mantener las cosas en calma (estaría bien no alertar a los residentes de que algo sucede), pero es posible que no nos dé esa oportunidad. Lo que no debemos olvidar en ningún momento es que este tipo es peligroso. A juzgar por lo que sabemos de él, no hay motivo para pensar que vaya armado, pero tendremos que actuar como si lo fuera. Armado o no, es un animal rabioso y estamos en su madriguera. Recuerda bien lo que hizo ahí dentro y ten muy

274

claro que, si se le presenta la oportunidad, nos hará lo mismo a ti y a mí.

Richie asintió. Me pasó las gafas de visión nocturna y empezó a guardar las cosas de nuevo en su bolsa de deporte, con rapidez y eficiencia. Yo plegué el mapa, guardé los envoltorios de comida de Richie en una bolsa de plástico y la guardé. Segundos más tarde, la estancia volvía a ser tablones de suelo desnudos y bloques de hormigón, como si nunca hubiéramos estado allí. Lancé nuestras bolsas a un rincón oscuro, fuera de la vista.

Richie se colocó junto al hueco de la ventana que daba a la parte baja de la calle, agachado en un ángulo en sombra junto al alféizar, y liberó una esquina del revestimiento de plástico para poder mirar hacia el exterior. Yo vigilaba la casa de los Spain: nuestra Fiona entró en la cocina cargada con un montón de ropa, que dejó sobre la mesa, y se volvió a marchar. En la planta superior vi, a través de la ventana de Jack, el fulgor tenue de una luz en el dormitorio de Pat y Jenny. Me apoyé contra la pared, junto a la ventana que daba a la parte alta de la carretera, y levanté las gafas de visión nocturna.

A través de sus cristales, el mar se volvió invisible, de un negro insondable. En la parte alta de la calle, el zigzag gris liso de los andamios se extendía en la lejanía. Un búho sobrevoló la calle, dejándose mecer por las corrientes de aire como un papel en llamas. La quietud se prolongó.

Pensé que tenía los párpados abiertos como platos, pero debí de pestañear. No se produjo ningún sonido. En un momento, la parte superior de la calle estaba vacía y al siguiente él estaba ahí, resplandeciendo en un blanco violento como un ángel flanqueado por ruinas en sombras. Su rostro casi resultaba demasiado luminoso para mirarlo. Permaneció inmóvil, escuchando como un gladiador en la entrada al Coliseo, con la cabeza erguida y los brazos libres a los lados, con las manos medio cerradas, listo.

Contuve la respiración. Sin apartar la vista de él, levanté una mano para llamar la atención de Richie. Cuando este volvió la cabeza para mirarme, le señalé al otro lado de la ventana y le hice un gesto para que se acercase.

Agachado, Richie se deslizó por el suelo hasta el lado opuesto de mi ventana, como si fuera ingrávido. Al apoyar la espalda en la pared, vi su mano posarse en la culata de su arma.

Nuestro hombre avanzaba por la calle despacio, apoyando los pies con sumo cuidado, y volvía la cabeza al menor ruido. No llevaba nada en las manos ni gafas de visión nocturna puestas; solo estaba él. En los jardines, los pequeños animalillos resplandecientes se estiraban y se alejaban de él brincando cuando se acercaba. Radiante, recortado contra aquel entramado de metal y hormigón, parecía el último hombre que quedaba sobre la faz de la Tierra.

Cuando se encontraba a una casa de distancia, bajé las gafas y aquella alta figura resplandeciente se tornó una mancha negra, un problema deslizándose en la noche a punto de cruzar un umbral. Le hice un gesto a Richie y me aparté del hueco de la ventana, entre las sombras. Richie se situó en el rincón opuesto a mí; por un instante, escuché su respiración rápida, hasta que la contuvo y se serenó. El primer peso de la mano de nuestro hombre sobre la barra de metal hizo que todo el andamiaje vibrara con un escalofrío siniestro que hizo estremecerse toda la casa.

Aumentó a medida que trepaba, un zumbido grave como el pulso de un tambor, y luego se desvaneció en el silencio. Su cabeza y sus hombros aparecieron en la ventana, más oscuros que la oscuridad. Vi su rostro revisar los rincones, pero la estancia era amplia y las sombras nos ocultaban.

Entró a través de la ventana con una facilidad que indicaba que lo había hecho miles de veces. En el preciso instante en que sus pies tocaron el suelo y volvió el cuerpo hacia la ventana de su puesto de vigilancia, yo salí de mi rincón y me abalancé sobre él por detrás. Exhaló un suspiro ronco y avanzó dando traspiés; le agarré del cuello con un brazo, le retorcí el brazo tras la espalda con la otra mano y lo apoyé contra una pared. Respiró con un gruñido afilado. Cuando abrió los ojos, lo que vio fue la pistola de Richie.

–¡Policía! No se mueva –le advertí.

Tenía todos los músculos del cuerpo rígidos; parecía estar fabricado de varillas de acero. Con voz fría y entrecortada, una voz que podría haber sido la de cualquiera, le anuncié:

–Voy a esposarlo por la seguridad de todos. ¿Lleva algo encima que deberíamos saber?

No parecía oírme. Lo solté, sin dejar de observarlo; no se movió; ni siquiera hizo un gesto de dolor cuando le coloqué ambas muñecas tras la espalda y le puse las esposas. Richie lo cacheó, rápido y con contundencia, mientras iba depositando todo lo que hallaba en un pequeño montoncito en el suelo: una linterna, un paquete de pañuelos y un paquete de caramelos mentolados. Dondequiera que hubiese ocultado su coche, se había dejado el carnet de identidad, el dinero y las llaves dentro. Viajaba ligero de equipaje, asegurándose de que nada lo delatara aunque fuera con un suave tintineo.

–Voy a quitarle las esposas para que pueda bajar por el andamio –le dije–. Confío en que no intente ninguna estupidez; de lo contrario, solo conseguirá cabrearnos a mi socio y a mí. Vamos a dirigirnos a comisaría a mantener una charla. Allí le devolverán sus pertenencias. ¿Lo ha entendido?

Estaba en otro sitio, o ponía todo su empeño en estarlo. Sus ojos, entrecerrados bajo la luz de la luna, estaban fijos en algún punto del cielo, al otro lado de la ventana, sobre el tejado de los Spain.

–Fantástico –continué yo, cuando me quedó claro que no obtendría ninguna respuesta–. Deduzco que no tiene ningún problema con ello. Si se produce algún cambio, no lo dude y hágamelo saber. Y ahora, andando.

Richie descendió primero, torpemente, con una bolsa colgada de cada hombro. Yo esperé sosteniendo la cadena de las esposas entre las muñecas de nuestro hombre hasta que Richie me hizo un gesto con los pulgares en alto desde el suelo; entonces abrí las esposas y dije:

–Adelante. Nada de movimientos bruscos.

Cuando lo agarré por el hombro y le señalé la dirección correcta, se despertó y avanzó a trompicones por el suelo desnudo. Permaneció inmóvil ante el hueco de la ventana unos minutos; vi el pensamiento cruzarle la mente, pero antes de que tuviera tiempo de decirle nada, debió de ser consciente de que, desde aquella altura, tendría suerte si se rompía algo más que los tobillos. Salió por la ventana y empezó a descender, dócil como un perro.

Un chaval del instituto me apodó «Scorcher, el Pichichi» cuando metí un golazo en un partido de fútbol. Permití que me llamaran así porque pensé que me serviría de reto en la vida. En el instante en que me encontré solo en aquella terrible estancia tomada por la luz de la luna, el rugido del mar y meses de espera y de vigilancia, en algún recoveco de mi mente resonó: «Cuatro casos resueltos en cuarenta y ocho horas. Eso sí que es ser un pichichi». Sé que mucha gente diría que pensar así es enfermizo, y entiendo el porqué, pero eso no cambia las cosas: el mundo me necesita.

10

Richie y yo nos limitamos a las calles deshabitadas, agarrando a nuestro hombre por los codos, como si estuviéramos ayudando a un colega borracho a llegar a casa. Ninguno de los tres pronunció una sola palabra. La mayoría de las personas tendrían algunas preguntas que hacer si les colocaras unas esposas y las metieras en un coche patrulla, pero aquel tipo no. Lentamente, el sonido del mar fue amainando y cedió terreno al resto de la noche, a los murciélagos con sus alaridos desgarradores, al viento agitando los retales olvidados de lona, mientras los gritos recortados de los adolescentes nos llegaban desde la distancia y rebotaban en el hormigón y el ladrillo. En una ocasión lo escuché tragar saliva, lo cual me impulsó a pensar que nuestro hombre podía estar llorando, pero no volví la vista para comprobarlo. Ya había quemado bastantes cartuchos.

Lo acomodamos en el asiento trasero del coche y Richie se apoyó en el capó mientras yo me alejaba del alcance del oído para efectuar unas llamadas telefónicas: enviar a la patrulla de refuerzo en busca de un coche aparcado en algún lugar no muy lejano a la urbanización, avisar a la agente encubierta de que ya podía regresar a casa y poner en conocimiento del oficial de guardia que necesitaríamos tener lista una sala de interrogatorios. Luego regresamos a Dublín en silencio. Primero dejamos atrás la negritud encantada de la urbanización y los esqueletos de los andamios que parecían surgir de la nada y recortarse afilados contra el cielo estrellado; luego avanzamos a velocidad constante por la autopista, donde los faros de los coches cobraban vida y desaparecían en un pestañeo, cual ojos de gato, y la luna mantenía el ritmo a un lado, inmensa y observadora; y por último, poco a poco los colores y el movimiento de la ciudad fueron construyendo la realidad a nuestro alrededor, con sus borrachos y puestos de comida rápida, y el mundo regresó a la vida fuera de aquellas ventanas selladas.

La sala de la brigada estaba tranquila; solo se hallaban los dos agentes de guardia, que alzaron la vista de sus cafés cuando atravesamos la puerta para comprobar quién había estado de caza aquella noche y qué había cazado. Condujimos a nuestro hombre hasta la sala de interrogatorios. Richie le quitó las esposas y le leyó sus derechos con tono aburrido, como si no fuera más que burocracia sin sentido. Al escuchar la palabra «abogado», el tipo giró con violencia la cabeza; cuando le coloqué el bolígrafo en la mano, firmó sin formular ni una sola pregunta. Su firma era un garabato espasmódico en la cual no se leía nada más que la inicial, C. Recogí la hoja y me largué.

Lo observamos desde la sala de vigilancia a través del espejo de una sola cara. Era la primera vez que lo miraba de verdad. Tenía el cabello castaño y corto, los pómulos marcados, la barbilla picuda con una barba rojiza de dos días; llevaba una trenca negra desgastada por el uso, un jersey gris grueso de cuello vuelto y unos tejanos desteñidos, el equipamiento perfecto para una noche al acecho. Calzaba unas botas de montaña: sus zapatillas habían desaparecido. Era mayor de lo que yo había imaginado y más alto: debía tener veintimuchos y medir en torno a un metro ochenta, pero estaba tan flaco que parecía encontrarse en los últimos estadios de una huelga de hambre. Su flaqueza lo hacía parecer más joven, bajito e inofensivo. Posiblemente esa ilusión le granjeó la entrada a través de la puerta de los Spain.

No tenía cortes ni morados visibles, pero perfectamente podían estar ocultos bajo la ropa. Subí unos grados el termostato de la sala de interrogatorios.

Era agradable verlo en aquel lugar. A la mayoría de nuestras salas de interrogatorios no les iría mal una ducha, un afeitado y una reforma general, pero yo las adoro, hasta el último centímetro. Nuestro territorio juega en nuestro favor. En Broken Harbour, aquel tipo había sido una sombra que se movía a través de las paredes, un aroma yodado a sangre y agua marina, con fragmentos de luz de luna en sus pupilas. Aquí era solo un hombre. Todos lo son, una vez los encierras entre cuatro paredes.

Se sentó encorvado, rígido, en la incómoda silla, con la vista clavada en sus puños, que tenía sobre la mesa, mientras se preparaba para la tortura. Ni siquiera echó un vistazo a la habitación, al linóleo del suelo afeado por las quemaduras de cigarrillo y los chicles pegados, a las paredes llenas de grafitis, a la mesa y al archivador atornillados al suelo ni a la luz roja mate de la cámara de vídeo que lo observaba desde lo alto de un rincón, para saber a qué se enfrentaba.

—¿Qué sabemos de él? —pregunté.

Richie lo miraba con tanta intensidad que tenía prácticamente la nariz pegada al vidrio.

—No consume nada. Al principio pensamos que podía ser heroinómano, por lo flaco que está, pero no.

—Al menos, no ahora. Un punto a nuestro favor: si conseguimos que declare algo, no podrá alegar que fueron las drogas. ¿Qué más?

–Es solitario y nocturno.

–Bien. Todo apunta a que se siente más cómodo manteniendo las distancias de otras personas que estableciendo un contacto cercano: se divertía observando y entró en casa de los Spain cuando estaban fuera, en lugar de cuando estaban dormidos. Así que, cuando llegue el momento de intimidarlo, tendremos que acercarnos a él, acercarnos mucho a su rostro, los dos al mismo tiempo. Y, puesto que es de hábitos nocturnos, nos conviene mantenerlo en vilo hasta el amanecer, cuando empiece a marchitarse. ¿Algo más?

–No lleva anillo de casado. Lo más probable es que viva solo, así evita que alguien se dé cuenta cuando sale de noche y le pregunte a qué se dedica.

–Lo cual tiene su lado bueno y su lado malo por lo que a nosotros concierne. No contaremos con ningún compañero de piso que testifique que llegó a casa a las seis de la madrugada del martes y que puso la lavadora directamente, durante cuatro horas, pero, por otro lado, tampoco habrá tenido que preocuparse de ocultar sus cosas para que nadie las vea. De modo que, cuando localicemos su hogar, existe la posibilidad de que nos haya dejado algún regalito, como la ropa manchada de sangre o el bolígrafo de la luna de miel. Puede que se lo llevara a modo de trofeo la pasada noche.

El tipo se removió, se manoseó la cara y se frotó la boca con torpeza. Tenía los labios hinchados y cuarteados, como si hiciera mucho tiempo que no bebía agua.

–No tiene un trabajo de nueve de la mañana a cinco de la tarde –continuó Richie–. Podría estar en paro o ser autónomo, o quizá trabaja por turnos o a media jornada, algo que le permite pasar la noche en ese nido cuando le apetece, sin tener que inventarse excusas para ausentarse del trabajo al día siguiente. A juzgar por la ropa que lleva, diría que es de clase media.

–Yo también. Además, no está fichado; recuerda que sus huellas no figuraban en el sistema. Probablemente ni siquiera conozca a alguien que haya estado fichado. Debe estar desorientado y asustado. Y eso es bueno, pero debemos guardarnos esa baza para cuando la necesitemos. Lo que nos interesa es que esté lo más relajado posible, comprobar cuán lejos llegamos así y luego darle un susto de muerte cuando llegue la traca final. Lo bueno es que no nos plantará antes de que eso suceda. Es un tipo de clase media, probablemente sienta respeto por la autoridad y no conozca el sistema... Se quedará hasta que lo echemos de una patada.

–Sí, es probable. –Richie hacía dibujos abstractos ausente en el vaho que su aliento había dejado en el vidrio–. Y eso es todo lo que podemos figurarnos sobre él por el momento. ¿Sabes una cosa? Este individuo es lo bastante organizado como para establecer esa guarida y lo bastante desorganizado como para no molestarse en desmontarla después. Es lo bastante inteligente como para entrar en esa casa y lo bastante tonto como para llevarse consigo las armas. Tiene autocontrol suficiente para haber aguardado durante meses, pero no es capaz de contenerse ni dos noches tras el asesinato antes de regresar a su escondite... y debía saber que estaríamos vigilándolo, es nuestro trabajo. No consigo entenderlo.

Además de todo eso, aquel tipo parecía demasiado frágil para haber hecho aquello. Pero a mí no me engañaba. Muchos de los depredadores más brutales que he atrapado parecían dulces como gatitos y siempre se muestran mansos justo después de asesinar, porque están exhaustos y saciados.

–No tiene más autocontrol que un babuino –desmentí–. Ninguno de ellos lo tiene. Todos hemos deseado matar a alguien en algún momento de nuestra vida, y no me creo que tú no. Lo que diferencia a estos tipos de nosotros es que no se refrenan de hacerlo. Si rascas un poco en la superficie, descubrirás que son animales, animales que gritan, arrojan mierda y arrancan pescuezos. A eso es a lo que nos enfrentamos. Nunca lo olvides.

Richie no parecía convencido.

–¿Crees que estoy siendo demasiado duro con ellos? –le pregunté–. ¿Que la sociedad no los ha tratado bien y debería sentir un poco más de empatía?

–No exactamente. Es solo que..., si no tiene control, entonces, ¿cómo logró contenerse durante tanto tiempo?

–No lo hizo –respondí–. Hay algo que se nos escapa.

–¿A qué te refieres?

–Tal y como muy bien has dicho, este tipo se pasó al menos varios meses, y es probable que más tiempo, espiando a los Spain y quizá se coló de manera esporádica en su hogar cuando se ausentaban. Sin embargo, eso no es una prueba de su sorprendente autocontrol, simplemente es todo lo que necesitaba para saciar su sed. Y luego, de repente, salió como una fiera de su zona de confort y saltó de los prismáticos a un contacto directo total. Eso no brotó de la nada. Algo tuvo que ocurrir la semana pasada, diría, algo grave. Y necesitaremos averiguar qué fue.

En la sala de interrogatorios, nuestro hombre se frotó los ojos con los nudillos y clavó la vista en sus manos como si buscara sangre o lágrimas.

–Y te diré algo más –añadí–. Se siente emocionalmente muy conectado con los Spain.

Richie dejó de dibujar.

–¿De verdad lo crees? Yo pensaba que no era nada personal, por el modo en que había mantenido las distancias...

–No. Si fuera un profesional, ahora estaría en su casa: habría comprendido que no está bajo arresto y jamás habría entrado en el coche patrulla. Y tampoco es un sociópata que los concebía como objetos aleatorios que se le antojaron divertidos. La muerte dulce que propició a los niños y el asesinato por contacto directo de los adultos, esa manera de destrozarle la cara a Jenny... Sentía algo por ellos. Cree que tenía una relación íntima con ellos. Es más que probable que la única interacción real que tuvieran fuera que Jenny le sonriera un día en la cola del supermercado, pero, en su cabeza al menos, existía un vínculo entre ellos.

Richie volvió a echar vaho al cristal y retomó sus dibujos, esta vez más lentos.

–Hablas como si estuvieras seguro de que es nuestro hombre –dijo–, ¿no es cierto?

–Es demasiado temprano para afirmar algo definitivo –respondí yo. No sabía cómo decirle que el martilleo en mis oídos había alcanzado tales proporciones en el coche, con aquel individuo a mi espalda, que había temido incluso que nos saliéramos de la carretera. Aquel hombre permeaba el aire que lo rodeaba de maldad, de un olor fuerte y repelente como la naftalina, como si lo hubieran empapado en ella–. Pero, si lo que quieres saber es mi opinión personal, entonces sí. Y tanto que sí. Es nuestro hombre.

El tipo levantó la cabeza como si me hubiera escuchado, y sus ojos, abotargados y ribeteados de un rojo que se antojaba doloroso, se deslizaron alrededor de la estancia. Por un instante, se posaron en el espejo de una cara. Quizá había visto suficientes programas de policías para saber de qué se trataba; quizá lo que había notado revolotear a través de mi cráneo en el coche avanzaba en ambos sentidos y le había chillado como un murciélago en la nuca para advertirle también de que yo estaba ahí. Por primera vez, enfocó la mirada, como si pudiera clavar sus ojos directamente en los míos. Respiró hondo e hizo un gesto con la mandíbula. Estaba listo.

Me picaban las puntas de los dedos de las ganas que tenía de entrar en aquella sala.

–Le dejaremos preguntarse qué sucede otros quince minutos –anuncié–. Luego entrarás tú.

–¿Yo solo?

–Contigo se sentirá menos amenazado que conmigo. Eres más o menos de su misma edad.

Además, también estaba el salto de clase: un joven agradable de clase media denostaría fácilmente a un chaval de los barrios bajos como Richie, tildándolo de pobretón engreído. Los muchachos se habrían quedado patitiesos si me hubieran visto dejar a un novato de categoría suelto en aquel interrogatorio, pero Richie no era un novato normal y corriente, y tenía la sensación de que para aquel trabajo se precisaban dos hombres.

–Limítate a apaciguarlo, Richie. Eso es todo. Averigua su nombre, si puedes. Llévale una taza de té. No te acerques al maletín y, por todos los santos, no le permitas solicitar ver a un abogado. Te daré unos minutos con él y luego entraré. ¿De acuerdo?

Richie asintió.

–¿Crees que conseguiremos sacarle una confesión? –preguntó.

La mayoría de ellos nunca confiesa. Puedes mostrarle sus huellas impresas por el arma, las manchas de sangre de la víctima en su ropa y las imágenes del circuito cerrado de televisión aporreándola en la cabeza, y seguirán proclamándose inocentes, injuriados y aullando por la trampa que les han tendido. En nueve de cada diez personas, el instinto de supervivencia es mucho más profundo que el pensamiento. Uno siempre reza por dar con esa décima persona, la que presenta una grieta en ese instinto que permite que algo la recorra más hondamente: esa necesidad de ser entendida, de complacerte, y a veces incluso de conciencia. Ruegas por dar con esa persona que, en lo más profundo de su ser, no quiere salvarse; la persona

286

que se coloca al borde de un precipicio y tiene que combatir el impulso de saltar. Y cuando detectas esa grieta, presionas.

–Ese es nuestro objetivo. El superintendente llega a las nueve; eso nos concede seis horas. Tengámosla lista para entregársela cuando llegue, toda bien plegadita y atadita con un lazo.

Richie asintió de nuevo. Se quitó la chaqueta y tres jerseys gruesos y los dejó sobre una silla, tras lo cual volvió a parecer un adolescente escuálido y desgarbado con una camiseta azul marino de manga larga cuyo tejido estaba desgastado de tantos lavados. Permaneció en pie junto al vidrio, sin moverse, y observó al tipo encorvarse aún más sobre la mesa hasta que yo comprobé mi reloj y le dije:

–Venga, entra.

Entonces se pasó una mano por el pelo para levantárselo por un lado, sacó dos vasos de agua de la nevera y salió.

Lo hizo bien. Entró ofreciéndole un vaso al tipo y excusándole con un:

–Lo siento, amigo, pensaba traerte un poco de agua antes, pero me han entretenido... ¿Te apetece? ¿O prefieres una taza de té? –Hablaba con un acento más marcado: también se le había ocurrido explotar la diferencia de clases.

Nuestro hombre se había sobresaltado al abrirse la puerta y aún intentaba recuperar el aliento. Sacudió la cabeza.

Richie se cernió sobre él, como si tuviera quince años.

–¿Estás seguro? ¿Y un café?

Otra negación con la cabeza.

–Fantástico. Házmelo saber si quieres un poco más de agua, ¿de acuerdo?

El tipo asintió y alargó la mano para coger el agua. La silla se balanceó bajo su peso.

–Ah, espera –lo interrumpió Richie–. Te han dado la silla rota. –Una mirada rápida y subrepticia hacia la puerta, como si yo pudiera encontrarme tras ella–. Ten, cámbiala por esta.

Nuestro hombre avanzó arrastrando los pies con torpeza por la estancia. Quizá no apreciara ninguna diferencia, puesto que para las salas de interrogatorio se escogen a propósito sillas incómodas, pero contestó, con una voz tan baja que apenas pude oírlo:

–Gracias.

–De nada. Soy el detective Richie Curran.

Richie le tendió la mano. Nuestro hombre no se la apretó.

–¿Tengo que decirle mi nombre?

Tenía una voz grave y uniforme, agradable de escuchar, con un ligero matiz ronco, como si no la hubiera utilizado demasiado recientemente. El acento no me reveló nada: podría ser originario de cualquier sitio.

Richie pareció sorprendido.

–¿Prefieres no hacerlo? ¿Por qué no ibas a decírmelo?

Al cabo de un momento, el tipo dijo para sí mismo:

–... va a dar igual...

Y a Richie, con un apretón de manos mecánico:

–Conor.

–¿Conor qué?

Una fracción de segundo.

–Doyle.

No era su nombre verdadero, pero importaba poco. Por la mañana encontraríamos su casa o su coche, o ambos, y los destriparíamos hasta encontrar su documento de identificación, entre otras cosas. Lo único que necesitábamos por el momento era llamarlo de algún modo.

–Encantado de conocerte, señor Doyle. El detective Kennedy llegará en unos instantes y podremos comenzar. –Richie apoyó el filo del culo en la esquina de la mesa–. Déjame decirte de antemano que estoy encantado de que aparecieras.

Me moría de ganas de largarme de allí. Sé que hay gente que paga un dineral por acampar junto al mar y todo eso, pero el campo no es mi estilo, no sé si me entiendes.

Conor se encogió de hombros, con un movimiento tímido y espasmódico.

–Es tranquilo.

–Yo no soy ningún amante de la tranquilidad. Soy un urbanita; a mí dame el ruido y el tráfico de un día cualquiera. Y hacía un frío de muerte. ¿Tú eres de por aquí?

Conor levantó la vista bruscamente, pero Richie andaba bebiendo agua y mirando la puerta, solo dándole conversación mientras esperaba a que yo llegara.

–No hay nadie originario de Brianstown –respondió Conor–. Acaban de mudarse allí.

–Sí, eso es lo que preguntaba, si tú vivías ahí. Yo no lo haría ni por todo el dinero del mundo.

Aguardó, con fingida curiosidad inocua, en calma, hasta que Conor respondió.

–No. En Dublín.

Así que no era un lugareño. Richie había desmontado un ángulo de la investigación y nos había ahorrado un montón de trabajo innecesario. Alzó su vaso en señal de brindis, jovial.

–¡Hurra por los dublineses! No existe un lugar mejor. Ni los caballos más salvajes podrían sacarnos de aquí a rastras, ¿no es cierto?

Otro encogimiento de hombros.

–A mí me gustaría vivir en el campo. Depende.

Richie enganchó con el tobillo una silla de sobra, se la acercó para apoyar los pies y se puso cómodo para afrontar una conversación interesante.

–¿En serio? ¿Depende de qué?

Conor se frotó la mandíbula con una mano, con fuerza, intentando ordenarse el pensamiento: Richie lo empujaba para desequilibrarlo, interrumpiendo con pequeños detalles su concentración.

–No lo sé. Si tuviera familia. Así los niños tendrían espacio para jugar.

–Ah –dijo Richie, apuntándolo con un dedo–. Eso es lo que pasa, ya lo entiendo. Yo soy soltero: necesito tener cerca algún lugar donde pueda tomarme una copa y conocer a chicas. No sé vivir sin eso, supongo que ya me entiendes.

Había sido buena idea enviarlo dentro solo. Estaba tan relajado como si anduviera tomando el sol en la playa y lo estaba haciendo de maravilla. Me apostaba lo que fuera a que Conor había entrado en aquella sala con la intención de tener los labios bien cerrados, durante años si era preciso. Cada detective, incluso Quigley, tiene sus dones, cosas que hace mejor que ningún otro de los presentes: todos sabemos a quién llamar si queremos que el experto tranquilice a un testigo o que alguien lo intimide un poco. Pero Richie tenía uno de los dones más escasos que existen. Era capaz de hacer creer a un testigo, contra toda evidencia, que eran solo dos personas charlando, tal y como los dos habíamos conversado mientras aguardábamos en aquel escondite; Richie no veía un caso a punto de resolverse ni a un tipo malvado que merecía pasarse el resto de su vida entre rejas por el bien de la sociedad, sino a otro ser humano. Y era bueno saberlo.

–Al final uno acaba cansándose de salir –replicó Conor–. De mayor deja de apetecerte.

Richie levantó las manos.

–Te tomo la palabra, amigo. Pero ¿qué es lo que te apetece entonces?

–Tener un hogar. Una esposa, hijos, un poco de paz. Las cosas sencillas de la vida.

Se arrastró por su voz, lento y pesado, como una sombra que acecha bajo unas aguas oscuras: el pesar. Por primera vez sentí un destello de compasión por aquel tipo. La náusea que lo acompañó estuvo a punto de hacerme irrumpir en la sala de interrogatorios para camelármelo.

Richie cruzó los dedos índice y corazón en el aire.

–Espero que tú sientes la cabeza antes que yo –dijo alegremente.

–Espera y verás.

–Tengo veintitrés años. Aún falta mucho tiempo para que el reloj biológico se ponga en marcha.

–Espera. Las discotecas. Todas las chicas se acicalan y parecen iguales, la gente se emborracha para actuar como alguien que no es. Transcurrido un tiempo, todo eso te dará asco.

–¡Ah! Estás quemado, ¿eh? ¿Qué ocurrió? ¿Te llevaste a casa a una buenorra y te despertaste con una acosadora? –preguntó Richie sonriendo.

–Quizá. Algo parecido –respondió Conor.

–A mí también me ha pasado, tío. Las gafas de la cerveza son malas consejeras. Pero entonces, ¿dónde vas a ligar, si no te gusta salir a discotecas?

Un encogimiento de hombros.

–No salgo mucho.

Empezaba a volver el hombro hacia Richie y lo dejaba fuera de mi vista: era hora de cambiar la situación. Irrumpí en la sala de interrogatorios con estrépito: abrí la puerta de golpe, hice girar una silla y la coloqué justo delante de Conor (Richie se apartó de la mesa y se sentó en una silla a mi lado con gesto rápido) y volví a entrar en acción, arremangándome los puños.

–Conor –dije–, no sé nada de ti, pero me gustaría solucionar esto lo antes posible para que todos podamos dormir un poco esta noche. ¿Qué te parece? –Antes de darle tiempo a responder, alcé una mano para callarlo–. Eh, espera un poco, Speedy González. Seguro que tienes mucho que decir, pero ya te llegará el turno. Primero déjame compartir unas cuantas cosas contigo. —Hay que enseñarles que ahora son de tu propiedad, que, a partir de este momento, eres tú quien decide cuándo hablan, beben, fuman, duermen y mean—. Soy el detective Kennedy, este es el detective Curran y tú estás aquí para respondernos a algunas preguntas. No estás arrestado ni nada por el estilo, pero necesitamos mantener una conversación contigo. Estoy seguro de que sabes de qué va todo esto.

Conor sacudió la cabeza con un movimiento lento y pesado. Volvía a retraerse en aquel silencio sopesado, pero no me importaba, al menos por el momento.

—Venga tío —le dijo Richie en tono de reproche—. No mientas. ¿De qué crees que va? ¿Del Gran Robo del Siglo?

No hubo respuesta.

—Déjelo en paz, detective Curran. Solo hace lo que le han dicho, ¿no es cierto, Conor? Yo le he dicho que aguarde su turno y eso es lo que está haciendo. Así me gusta. Está bien dejar las reglas claras desde el principio. —Apoyé mis dedos en la mesa y los examiné atentamente—. Bien, Conor, supongo que malgastar así la noche no es lo que te hace más feliz. Lo entiendo. Pero si lo piensas con detenimiento, si prestas verdadera atención, comprobarás que esta es, en realidad, tu noche de la suerte.

Me lanzó una mirada de pura incredulidad escarpada.

—Es cierto, amigo mío —proseguí—. Sabes tan bien como nosotros que no deberías haber instalado un campamento en esa casa porque no es tuya, ¿no es cierto?

Nada.

—O quizá me equivoque —añadí, con una media sonrisa—. Quizá si contactamos con la constructora nos informe de que has abonado un buen fajo de billetes a modo de depósito.

¿Tú qué crees? ¿Te debemos una disculpa, amigo? ¿Es tuya esa propiedad?

–No.

Chasqueé la lengua y le hice un gesto admonitorio con el dedo.

–Eso me parecía. Has sido un chico travieso: el mero hecho de que nadie viva ahí, hijo, no te da permiso para que te traslades con tu saco y tu equipaje. Eso también se considera allanamiento de morada, ¿lo sabías? La ley no te resta ni un día solo porque te guste una casa de vacaciones y no haya nadie utilizándola.

Me dediqué a sermonearle lo mejor que sabía con la esperanza de que Conor rompiera su silencio, cosa que parecía a punto de hacer.

–Yo no he allanado nada. Yo solo entré en la casa.

–¿Por qué no dejamos que sean los abogados quienes expliquen que eso importa poco? Aunque si la situación llega a ese extremo –alcé un dedo–, seguramente no necesitarán hacerlo. Porque tal y como te he dicho, Conor, eres un joven muy afortunado. De hecho, al detective Curran y a mí no nos interesa presentar cargos por allanamiento, al menos no hoy, hoy nos parece una menudencia. Pongámoslo de este modo: cuando un par de cazadores salen a cazar en plena noche, lo que persiguen son presas grandes. Si lo único que encuentran, por poner un ejemplo, es un conejo, pues lo atrapan, pero si ese conejo los pone en la pista de un oso pardo, dejarán que el conejo regrese brincando a su madriguera mientras ellos van en busca del oso. ¿Me sigues?

Recibí una mirada de asco como respuesta. Mucha gente me toma por un imbécil pomposo a quien le gusta demasiado el sonido de su propia voz, lo cual me parece estupendo. Adelante, despréciame; adelante, baja la guardia.

–Lo que intento decirte, amigo, es que, metafóricamente hablando, tú eres un conejo. De manera que, si puedes ponernos en la senda de una presa de más envergadura, te dejaremos largarte dando saltitos de felicidad. Pero, de lo contrario, vamos a colocar tu pequeña cabeza confusa de decoración en la repisa de la chimenea.

–¿Ponerles en la senda de qué?

El destello agresivo de su voz, por sí solo, me habría revelado que no necesitaba preguntarlo, pero lo pasé por alto.

–Buscamos información –le dije– y tú eres el hombre indicado para proporcionárnosla. Porque resulta que, cuando elegiste una casa para hacer tu pequeño allanamiento de morada, tuviste un golpe de suerte. Supongo que te habrás dado cuenta de que tu pequeño nido da directamente a la cocina de la casa número 9 de Ocean View Rise. Debía de ser como si tuvieras tu propio canal de telerrealidad encendido las veinticuatro horas al día los siete días a la semana.

–El canal de telerrealidad más aburrido del mundo –apostilló Richie–. ¿No habrías preferido encontrar un club de *striptease*? ¿O un grupo de jovencitas que deambularan por la casa sin parte de arriba?

Le apunté con un dedo.

–No sabemos si era aburrido, ¿no es cierto? Eso es precisamente lo que queremos averiguar. Conor, amigo, dínoslo tú. ¿Es aburrida la familia que vive en el número nueve?

Conor analizó la pregunta, sopesando sus peligros. Al final dijo:

–Una familia normal. Un hombre y una mujer. Una niñita y un niñito.

–Nada de gilipolleces, Sherlock, y *pardon* por mi francés. Eso ya lo hemos averiguado nosotros; existe un motivo por el que nos llaman detectives. ¿Cómo son? ¿Cómo pasan el tiempo? ¿Se llevan bien? ¿Se pasan el día acurrucados o discuten a grito pelado?

—No había gritos. Solían... —Ese pesar removiéndose otra vez, siniestro y masivo bajo su voz—. Jugaban mucho.

—¿A qué jugaban? ¿Al Monopoly?

—Ahora entiendo por qué los escogiste —intervino Richie, poniendo los ojos en blanco—. Por la emoción, ¿no?

—Por ejemplo, en una ocasión construyeron un fuerte en la cocina con cajas de cartón y mantas. Jugaban a indios y vaqueros, los cuatro juntos; el hombre llevaba a los críos a caballito y utilizaron el pintalabios de ella para hacerse las pinturas de guerra. Por las noches, el hombre y la mujer solían sentarse en el jardín, después de meter a los niños en la cama, con una botella de vino. Ella le rascaba la espalda. Reían.

Lo cual era el discurso más largo que le habíamos oído pronunciar. Se moría por hablar acerca de los Spain, si se le presentaba la oportunidad. Asentí, saqué mi cuaderno de notas y mi bolígrafo y realicé unos garabatos que podrían pasar por notas.

—Eso está muy bien, Conor, amigo. Es exactamente lo que nos interesa saber. Continúa. ¿Dices que son felices? ¿Es un buen matrimonio?

Conor respondió con voz queda:

—Diría que era un matrimonio hermoso. Hermoso.

«Era».

—¿Nunca viste al hombre hacerle nada malo a la mujer?

Volvió la cabeza bruscamente hacia mí. Sus ojos eran verdes y fríos como el agua en medio de aquella hinchazón roja.

—¿Como qué?

—Explícamelo tú.

—Solía colmarla de regalos: cosas pequeñas, chocolatinas, libros, velas. A ella le gustaban las velas. Se besaban cuando estaban en la cocina. Después de todos aquellos años juntos, seguían estando locos el uno por el otro. Él habría muerto antes que hacerle daño a ella. ¿Entendido?

–¡Soooo! De acuerdo –dije, levantando las manos–. Tenía que preguntarlo.

–Pues ahí tiene su respuesta.

Ni siquiera pestañeó. Bajo el rastrojo de barba, su piel parecía basta, quemada por el sol, como si hubiera pasado demasiado tiempo expuesto al frío aire marino.

–Y la aprecio. Para eso estamos aquí, para conocer bien los hechos. –Anoté con esmero algo en mi cuaderno–. ¿Y los niños? ¿Cómo son?

–Ella –dijo Conor, con el dolor agravado en su voz a punto de aflorar a la superficie– era como una muñequita, una muñequita de cuento. Siempre vestía de rosa. Llevaba unas alitas, alas de hada madrina...

–¿«Ella»? ¿Quién es «ella»?

–La niñita.

–Vamos, amigo, déjate de jueguecitos. Sabes perfectamente sus nombres. ¿Me vas a decir que nunca se llamaron a gritos unos a otros en el jardín? ¿Que la madre nunca llamó a los niños a casa cuando la cena estaba lista? Utiliza sus nombres, por favor. Soy demasiado viejo para no confundirme con todos esos «él» y «ella».

Conor respondió en voz baja, como si quisiera pronunciar su nombre con amabilidad:

–Emma.

–Muy bien. Continúa explicándonos cosas de Emma.

–A Emma le encantaba hacer tareas de casa: se ponía su delantalito y preparaba los cereales. Tenía una pequeña pizarra; alineaba a sus muñecas delante de ella y jugaba a ser maestra; les enseñaba el abecedario. También intentaba enseñar a su hermano, pero él no se quedaba quieto el tiempo suficiente: tiraba todas las muñecas por el suelo y se marchaba. La niña era muy pacífica, alegre por naturaleza.

Otra vez ese «era».

–¿Y su hermano? ¿Cómo es?

–Ruidoso. Siempre reía y gritaba. No pronunciaba palabras inteligibles, solo gritaba por hacer ruido, porque le parecía tan divertido que se tronchaba de risa. Él...

–Su nombre.

–Jack. Solía desperdigar por el suelo las muñecas de Emma, tal y como he dicho, pero luego acudía a ayudarla a recogerlas y les daba besos para que se pusieran bien. Les daba sorbitos de su zumo. En una ocasión, Emma no fue al colegio porque estaba enferma, tenía un catarro o algo así, y él estuvo trayéndole cosas todo el día: sus propios juguetes, su manta... Eran unos niños dulces, los dos. Buenos niños. Fantásticos.

Richie movía los pies bajo la mesa: se esforzaba por no hacerlo. Me coloqué el bolígrafo entre los dientes y examiné mis notas.

–Déjame decirte algo interesante que he notado, Conor. Hablas todo el rato en pasado. «Solían jugar a papás y mamás», Pat «solía» colmarla de regalos... ¿Lo dices porque algo cambió?

Conor clavó la mirada en su reflejo en el espejo de una sola cara como si estuviera midiendo a un extraño volátil y peligroso.

–Pat perdió su trabajo.

–¿Cómo lo sabes?

–Se quedaba en casa durante el día.

Y lo mismo había hecho Conor, cosa que no lo convertía exactamente en una hormiguita productiva.

–¿Y después de eso se acabaron los jueguecitos de indios y vaqueros? ¿Los arrumacos en el jardín?

Aquel destello gris y gélido de nuevo.

–A la gente se le destroza la cabeza cuando pierde el trabajo. No solo a él, a mucha gente.

Un salto rápido de defensa: no supe determinar si hablaba en nombre de Pat o en el suyo propio. Asentí pensativo.

–¿Los describirías así? ¿Dirías que tenía la cabeza destrozada?

–Quizá.

El sedimento de recelo empezaba a acumularse de nuevo y le tensaba la espalda.

–¿Y qué te dio esa impresión? Ponnos algunos ejemplos.

Levantó un solo hombro en lo que podría haber sido un encogimiento de indiferencia.

–No me acuerdo.

La rotundidad de su voz me reveló que no tenía planeado acordarse. Me recosté en mi silla y tomé algunas notas falsas sin prisas, dándole tiempo para que se tranquilizara. El aire empezaba a caldearse y se volvía denso y rasposo como la lana, opresivo. Richie respiró sonoramente y se abanicó con la camiseta, pero Conor no pareció percatarse del calor. Seguía con el abrigo puesto.

–Pat perdió su trabajo hace algunos meses. ¿Cuándo empezaste tú a pasar tiempo en Ocean View? –le pregunté.

Un segundo de silencio.

–Hace un tiempo.

–¿Un año? ¿Dos?

–Quizá un año. Quizá algo menos. No llevo la cuenta.

–¿Y con qué frecuencia acudes allí?

Una pausa más larga esta vez. El recelo empezaba a cristalizar.

–Depende.

–¿De qué?

Un encogimiento de hombros.

−Escucha, no te pido que me facilites una hoja con los horarios. Nos basta con una aproximación. ¿Cada día? ¿Una vez a la semana? ¿Una vez al mes?

−Un par de veces a la semana, quizá. Menos, probablemente.

Lo cual significaba día sí y día no, como poco.

−¿A qué hora? ¿Durante el día o durante la noche?

−De noche, generalmente. A veces de día.

−¿Y qué me dices de anteanoche? ¿Visitaste tu pequeña casita de vacaciones?

Conor se reclinó en la silla, con los brazos cruzados y la vista clavada en el techo.

−No me acuerdo.

Fin de la conversación.

−Está bien −repliqué yo asintiendo con la cabeza−. Si no te apetece hablar de eso todavía, por nosotros no hay problema. Podemos hablar de otra cosa. Hablemos de ti. ¿A qué te dedicas cuando no te echas una siestecita en casas abandonadas? ¿Tienes un empleo?

Silencio por respuesta.

−¡Venga, tío! −le dijo Richie, poniendo los ojos en blanco−. ¿Eres sacamuelas o algo así? ¿Qué crees que te vamos a hacer? ¿Arrestarte por ser técnico informático?

−No soy técnico informático. Soy diseñador web.

Y un diseñador web habría tenido conocimientos más que suficientes sobre informática para borrar el ordenador de los Spain.

−¿Lo ves, Conor? ¿A que no ha sido tan duro? El diseño web no es nada de lo que avergonzarse. Se gana bastante dinero.

Una cínica risotada nasal dirigida al techo.

−¿Eso cree?

−La recesión −dijo Richie, chasqueando los dedos y señalando a Conor−. ¿Estoy en lo cierto? Te iba fantásticamente, estabas encaminado con el diseño web, y entonces vino la crisis y, ¡bumba!, al paro.

Otra vez esa medio carcajada áspera.

—¡Que más querría yo! Soy autónomo. Yo no cobro paro; cuando me quedé sin trabajo, me quedé sin dinero.

—¡Joder! —espetó Richie de repente, con los ojos como platos—. ¿Te has quedado sin casa, tío? Porque quizá podamos echarte una mano en ese sentido. Yo podría hacer algunas llamadas.

—No me he quedado sin casa. Estoy perfectamente.

—No hay motivo para avergonzarse. En los tiempos que corren mucha gente...

—Yo no.

Richie puso cara de escepticismo.

—¿Ah no? ¿Y vives en una casa o en un piso?

—En un piso.

—¿Dónde?

—En Killester.

En el norte: estupendo para desplazarse con asiduidad a Ocean View.

—¿Y con quién lo compartes? ¿Con tu novia? ¿Con colegas?

—Con nadie. Vivo solo. ¿De acuerdo?

Richie levantó las manos.

—Eh, solo intentaba ayudar.

—Pues no necesito tu ayuda.

—Tengo una pregunta, Conor —apunté yo, haciendo girar el bolígrafo entre mis dedos y observándolo con interés—. ¿Tu piso tiene agua corriente?

—¿Y a usted qué le importa?

—Soy policía. Soy curioso. ¿Tiene agua corriente?

—Sí. Fría y caliente.

—¿Y electricidad?

—¡Por todos los santos! —exclamó Conor al techo.

—Vigila ese vocabulario, amigo. ¿Tiene electricidad?

—Sí. Electricidad, calefacción, una cocina, incluso un microondas. ¿Quién es usted, mi madre?

—Nada más lejos de la realidad, colega. Si tienes un pisito de soltero agradable y acogedor con todas las comodidades de hoy en día, incluso con microondas, ¿por qué demonios te pasas las noches meando por la ventana en una ratonera helada en Brianstown?

Se produjo un silencio.

—Me vas a tener que dar una respuesta, Conor —agregué.

Apretó la mandíbula.

—Porque sí. Me gusta.

Richie se puso en pie, se desperezó y empezó a moverse por los márgenes de la sala, caminando con esas zancadas grandes y de rodillas flojas que insinúan problemas en cualquier callejón.

—Con eso no nos basta, amigo. Porque, y detenme si no lo sabías, hace dos noches, cuando tú «no recuerdas» qué estabas haciendo, alguien entró en casa de los Spain y los asesinó a todos.

Ni siquiera se molestó en fingir sorpresa. La boca se le tensó como si hubiera sentido un calambre doloroso por todo el cuerpo, pero no movió nada más.

—Así que, como es natural, estamos interesados en cualquiera que tenga vínculos con los Spain, en especial cualquiera cuyo vínculo sea lo que podría denominarse «extraordinario», y yo diría que tu casita de muñecas encaja con esa descripción. Es más, diría que estamos muy interesados. ¿Tengo razón, detective Curran?

—Fascinados —replicó Richie por detrás del hombro de Conor—. Esa es la palabra que buscábamos, ¿no?

Estaba poniendo nervioso a Conor. Aquella forma de andar que presagiaba malas noticias no lo intimidaba, ni mucho menos, pero sí lo desconcertaba y le impedía cerrarse en banda en su silencio. Empecé a darme cuenta de que me gustaba trabajar con Richie, cada vez más.

–«Fascinados» lo describiría a la perfección, sí. Y tampoco sería descabellado decir que estamos «obsesionados». Hay dos niñitos muertos. Personalmente, y no creo estar solo en esto, pienso hacer todo lo que esté en mi mano para meter entre rejas al hijo de puta que los mató. Y me gustaría pensar que cualquier ciudadano de bien haría lo mismo.

–Desde luego –respondió Richie con aprobación. Describía círculos cada vez más tensos y rápidos–. Estás con nosotros, Conor, ¿verdad? Eres un ciudadano de bien, ¿no es cierto?

–No tengo ni idea.

–Pues averigüémoslo, ¿de acuerdo? –repliqué yo complacido–. Empezaremos por lo siguiente: en el transcurso de este último año aproximado en que has allanado esa propiedad (ya sé que no llevabas la cuenta del tiempo, claro, que simplemente te gustaba pasar el rato ahí), ¿viste a alguien indeseable deambular por Ocean View?

Un encogimiento de hombros.

–¿Eso es un no?

Nada. Richie suspiró sonoramente y empezó a frotar la goma de las suelas de sus zapatillas en el linóleo a cada paso, lo cual producía unos chirridos horrorosos. Conor puso gesto de dolor.

–Sí. Es un no. No vi a nadie.

–¿Y qué me dices de anteanoche? Porque dejémonos de gilipolleces, Conor: estabas allí. ¿Viste a alguien interesante?

–No tengo nada que decirles.

Arqueé las cejas.

–¿Quieres saber algo, Conor? Lo dudo mucho. Porque yo solo veo dos opciones. O bien viste lo que ocurrió o bien eres tú lo que ocurrió. Si es lo primero, será mejor que empieces a hablar ahora mismo. Y, si es lo segundo..., bueno, es el único motivo para que quieras tener la boquita cerrada. ¿No es cierto?

Las personas tienden a reaccionar cuando se las acusa de asesinato. Él se limitó a pasarse la lengua por los dientes e inspeccionarse la uña del pulgar.

–Si se te ocurre alguna otra opción que se me haya pasado por alto, amigo, te insto a que la compartas con nosotros. Todos los donativos serán bien recibidos.

La zapatilla de Richie chirrió varios centímetros por detrás de Conor y lo sobresaltó.

Con cierto nerviosismo palpable en la voz, contestó:

–Tal y como he dicho ya, no tengo nada que explicarles. Decidan ustedes sus opciones; no es problema mío.

Aparté mi bolígrafo y mi cuaderno de notas de un manotazo y me incliné hacia delante, sobre la mesa, acercándome mucho a su rostro, obligándolo a mirarme.

–Y tanto que lo es, amiguito. Lo es del todo. Porque el detective Curran y yo y toda la fuerza policial de este país, todos y cada uno de nosotros estamos trabajando para echarle el guante al hijo de puta que masacró a esa familia. Y tú estás justo en nuestro punto de mira. Tú eres el único que estaba allí sin ningún motivo aparente, tú eres quien ha estado espiando a los Spain durante un año y quien no deja de contarnos sandeces mientras cualquier hombre inocente del mundo procuraría ayudarnos... ¿Y qué crees que nos revela eso de ti?

Un encogimiento de hombros.

–Pues que eres un asqueroso asesino, amigo. Y yo diría que eso sí es problema tuyo.

Se le tensó la mandíbula.

–Si eso es lo que creen, no hay nada que yo pueda hacer al respecto.

–No, hombre –dijo Richie alzando los ojos al cielo–, no nos vengas ahora con autocompasión.

–Llámalo como te apetezca.

–¡Venga ya! Puedes hacer un montón de cosas por nosotros. Para empezar, podrías echarnos una mano: explícanos todo lo que viste en casa de los Spain. Espero que encontremos algo que pueda sernos de ayuda. De lo contrario, ¿qué vas a hacer? ¿Quedarte aquí sentado y hundirte en la miseria como un chaval a quien han pillado in fraganti fumándose un porro? Madura un poco, tío. Lo digo en serio.

Richie se ganó una mirada de asco, pero Conor no mordió el anzuelo. Mantuvo la boca cerrada.

Me repantingué en mi silla, me ajusté el nudo de la corbata y suavicé un poco el tono de mi voz, fingiendo curiosidad.

–¿Estamos equivocados, Conor? Quizá no sea lo que parece. A fin de cuentas, el detective Curran y yo no estábamos allí; podrían haber pasado un montón de cosas que desconocemos. Tal vez ni siquiera se trate de un homicidio; podría haber sido un asesinato. Quizá empezó como defensa propia y las cosas se salieron de madre. Entendería que hubiera sucedido algo así. Pero no puedo saberlo a menos que tú nos cuentes otra historia.

–No hay ninguna maldita historia –contestó Conor al aire de algún punto por encima de mi cabeza.

–Desde luego que sí. Eso no es objeto de debate, ¿no crees? La historia, por ejemplo, podría ser: «No estuve en Brianstown aquella noche y esta es mi coartada». O bien: «Estuve allí y vi a alguien raro merodeando. Su descripción es la siguiente». O incluso: «Los Spain me sorprendieron dentro de su casa, me atacaron y tuve que defenderme». O también: «Estaba en mi escondite acomodándome y fumado cuando todo se fundió en negro y lo siguiente que recuerdo es estar

304

en mi bañera cubierto de sangre». Cualquiera de esas respuestas nos iría bien, pero necesitamos oírla. De otro modo, tendremos que pensar en lo peor, como seguramente ya sabes.

Silencio, un silencio tan testarudo que casi podías verlo dándote codazos. Hay detectives, incluso hoy, que habrían solucionado este problema con unos cuantos puñetazos en los riñones, ya fuera durante un viaje al lavabo o mientras la cámara de vídeo parpadeaba misteriosamente. Yo había estado tentado de hacerlo una o dos veces en el pasado, cuando era más joven, pero jamás había cedido a la tentación (dar hostias es para imbéciles como Quigley, que no tienen nada más en su arsenal) y hacía mucho tiempo que lo tenía bajo control. Pero en aquella quietud densa y calurosa entendí por primera vez lo delgada que era la línea y la facilidad con la que podía cruzarse. Conor estaba agarrado al filo de la mesa con las manos, unas manos fuertes y grandes, de largos dedos; unas manos capaces, con los tendones marcados y las cutículas mordidas hasta sangrar. Pensé en lo que habían hecho, en la almohada de gatitos de Emma y en la mella en sus dientes delanteros, y en los suaves y rubios rizos de Jack, y sentí deseos de machacarle aquellas manos con una maza hasta que quedaran hechas picadillo. La idea de hacerlo provocó que se me agitara la sangre en la garganta. Me horrorizó descubrir cuánto lo anhelaba y lo simple y natural que se me antojaba aquel deseo.

Me esforcé por aplacarlo y esperé a que se me ralentizara el ritmo cardíaco. Luego suspiré y sacudí la cabeza, más apenado que enojado.

–Conor, Conor, Conor. ¿Qué crees que vas a conseguir así? Al menos dime eso. ¿Crees sinceramente que nos vamos a dejar impresionar por tu actuación, que te vamos a enviar a casita y que vamos a olvidarnos de todo? ¿Crees que te voy a decir: «Me gustan los hombres de convicciones fuertes, amigo, olvidémonos de esos asesinatos atroces»?

Se quedó contemplando el aire, con los ojos entrecerrados y la mirada fija. El silencio se ensanchó. Me puse a tararear en voz baja, repiqueteando con los dedos en la mesa, y Richie se apoyó en el filo de la mesa y se dedicó a menear su rodilla y a crujirse los nudillos con verdadera devoción, pero a Conor parecía traerle sin cuidado. Apenas parecía consciente de nuestra presencia.

Finalmente, Richie se desperezó y bostezó visiblemente, como por rutina, y comprobó la hora en su reloj.

—Venga, tío, ¿pretendes que nos pasemos aquí toda la noche? —preguntó—. Porque si es así, yo necesito un café para mantenerme en vilo. ¡Esto se está poniendo muy emocionante!

—No piensa contestarte, detective. Nos está castigando con su silencio —tercié yo.

—¿Y podemos dejar que siga castigándonos mientras vamos a la cafetería? Te juro que me voy a caer dormido aquí mismo si no me bebo un café.

—No veo por qué no. Este saco de mierda está haciendo que se me revuelva el estómago. —Cerré el bolígrafo con un clic. —Conor, si necesitas que se te pase el enfurruñamiento antes de hablar con nosotros como un ser humano adulto, ningún problema, pero no vamos a quedarnos aquí sentados mirándote hasta que eso ocurra. Lo creas o no, no eres el centro del universo. Tenemos muchas cosas más urgentes que hacer que contemplar a un hombre adulto comportarse como un crío mimado.

Ni un pestañeo. Enganché el bolígrafo a mi bloc de notas, me los guardé en el bolsillo y me di una palmadita encima.

—Regresaremos cuando tengamos un momento. Si necesitas ir al lavabo, puedes dar un golpe en la puerta y confiar en que alguien te oiga. Nos vemos.

De camino a la puerta, Richie recogió el vaso de Conor de la mesa, agarrándolo con delicadeza con los dedos pulgar e índice por la base. Se lo señalé a Conor y le dije:

–Dos de nuestras cosas preferidas: huellas dactilares y ADN. Gracias, amigo. Nos has ahorrado un montón de tiempo y quebraderos de cabeza.

Le guiñé el ojo, le hice un gesto con los pulgares en alto y cerré la puerta de un portazo a nuestra espalda.

En la sala de observación, Richie preguntó:

–¿Ha estado bien que propusiera salir de ahí? He pensado que... No sé, me ha parecido que estábamos dándonos golpes contra una pared y me he figurado que me resultaría más fácil finiquitarlo sin perder la credibilidad. ¿Ha estado bien?

Se frotaba el tobillo con el pie y tenía la cara compungida. Saqué una bolsa de pruebas del armario y se la entregué.

–Has estado bien. Y tienes razón: era el momento de reagruparse. ¿Alguna sugerencia?

Introdujo el vaso en la bolsa de pruebas y echó un vistazo alrededor en busca de un bolígrafo; le dejé el mío.

–Sí. ¿Quieres que te diga algo? Me suena de algo. Me suena su cara.

–Llevas mirándolo mucho rato, es tarde y estás hecho polvo. ¿Estás seguro de que la mente no te está jugando una mala pasada?

Richie se agachó junto a la mesa para etiquetar la bolsa.

–Sí, estoy seguro. Lo he visto antes. Me pregunto si es de cuando trabajaba en la Brigada Antivicio.

La sala de observación se regula por el mismo termostato que la sala de interrogatorios. Me aflojé la corbata.

–No tiene antecedentes.

–Lo sé, y me acordaría si lo hubiera arrestado. Pero ya sabes cómo va esto: le echas el ojo a un tipo y sabes que esconde algo malo, aunque no tienes nada para pillarlo, de manera que te limitas a memorizar su cara hasta que vuelve a aparecer. Me pregunto si... –Sacudió la cabeza insatisfecho.

–Déjalo en segundo plano, ya te vendrá. Y cuando así sea, házmelo saber; necesitamos identificar a ese tipo, y pronto. ¿Algo más?

Richie escribió las iniciales en la bolsa, lista para entregarla al laboratorio de pruebas, y me devolvió el bolígrafo.

–Sí. Opino que no conseguiremos nada provocándolo, no con este individuo. Hemos conseguido que se molestara, eso desde luego, pero cuanto más se enfada, más calla. Necesitamos abordar el interrogatorio desde otro ángulo.

–Así es –convine–. Tus intentos por distraerlo han funcionado, has estado bien, pero no conseguiremos que nos conduzcan más lejos. E intimidarlo tampoco funcionará. Me equivocaba en una cosa: no nos tiene miedo.

Richie sacudió la cabeza.

–No. Se mantiene a la defensiva, eso sí, y sabe que está en una situación difícil, pero no está asustado... Y debería estarlo. Yo diría que es virgen; no se comporta como si conociera el mecanismo. Todo esto debería haberlo hecho cagarse en los pantalones. Me pregunto por qué no es así.

En la sala de interrogatorios, Conor estaba inmóvil y tenso, con las manos extendidas sobre la mesa. Era imposible que nos oyera, pero bajé la voz de todos modos.

–Está demasiado seguro de sí mismo. Cree que ha cubierto sus huellas, imagina que no tenemos nada contra él a menos que confiese.

–Quizá sí, pero tiene que saber que hay un equipo entero peinando esa casa con un cepillo de púas finas en busca de cualquier rastro que haya podido dejar. Y eso debería preocuparle.

–Muchos de ellos son unos capullos arrogantes. Se creen más listos que nosotros. No te preocupes por eso; a largo plazo acabará yendo en nuestro favor. Esos son los que se desmontan cuando les sacas algo que no pueden negar.

–¿Qué sucederá si...? –empezó a preguntar Richie de forma insegura, pero se detuvo. Le daba vueltas a la bolsa, adelante y atrás, mirándola, sin mirarme a mí–. Nada.

–¿Qué sucederá si qué?

–Me preguntaba qué sucederá si tiene una coartada sólida y sabe que antes o después deberemos enfrentarnos a ello...

–¿Te refieres a que quizá se sienta seguro porque sabe que es inocente? –inquirí.

–Sí. Básicamente.

–Eso es imposible, chaval. Si tuviera una coartada, ¿por qué no iba a contárnosla y largarse a casa? ¿Crees que nos está siguiendo el juego por mera diversión?

–Podría ser. No parece que le encante la policía...

–Aunque fuera inocente como un corderito, y ya te digo yo que no lo es, no debería mostrarse tan frío. Las personas inocentes se asustan tanto como las culpables, muchas veces incluso más, porque no son capullos arrogantes. Lógicamente, no debería ser así, pero no hay manera de hacérselo entender.

Richie alzó la vista y enarcó una ceja interrogativa.

–Si no han hecho nada malo, no tienen nada que temer. Pero los hechos no siempre son lo que importa.

–Supongo que no, claro. –Se frotaba la mandíbula por un lado, en el punto en el que a estas alturas ya le debería haber aparecido la pelusilla de la barba–. No obstante, tengo otra pregunta. ¿Por qué no acusa a Pat? Le hemos ofrecido una docena de oportunidades de hacerlo. Sería lo más fácil: «Ah, sí, detective, ahora que lo menciona, Pat perdió la chaveta cuando se quedó sin trabajo, le propinaba palizas a su mujer y pegaba a los críos, incluso lo vi amenazarlos con un cuchillo la semana pasada...». No es un tipo tonto; seguramente se ha percatado de que tenía oportunidad de hacerlo. ¿Por qué no la habrá aprovechado?

—¿Por qué crees que he ido abriéndole esas puertas? —le pregunté.

Richie se encogió de hombros, un gesto complicado, como si no supiera dónde meterse de vergüenza.

—No lo sé —contestó.

—¿Creías que me había despistado y que he tenido suerte de que ese tipo no se aprovechara? Pues te equivocas, muchacho. Ya te lo he dicho antes de entrar ahí: ese tal Conor cree que tiene algún vínculo con los Spain. Y nosotros necesitamos saber qué tipo de vínculo. Quizá Pat le cortó el paso en la autopista y ahora piensa que todos sus problemas son culpa de Pat y que su suerte no cambiará hasta que esté muerto y rematado, o quizá habló con Jenny en alguna fiesta y decidió que estaban predestinados a estar el uno con el otro.

Conor no se había movido. La luz fluorescente blanca hacía brillar el sudor de su rostro y lo volvía ceroso y alienígena, un ser naufragado de otro planeta, muchos años luz más perdido de lo que podríamos imaginar.

—Y hemos obtenido nuestra respuesta —continué—: a su modo retorcido, Conor Comosellame se preocupa por los Spain. Por los cuatro. No ha acusado a Pat porque no lo arrojaría al fango ni siquiera para salvarse a sí mismo. Él cree que los quería. Y así es como vamos a conseguir cazarlo.

Lo dejamos allí durante una hora. Richie llevó el vaso al laboratorio de pruebas y se hizo con un café aguado de regreso: el café de la cantina funciona básicamente por el poder de sugestión, pero aun así es mejor que nada. Telefoneé a las patrullas de refuerzo para conocer su situación: retornaban de la urbanización; habían detectado una docena de automóviles aparcados, todos los cuales alegaron motivos legítimos para encontrarse en la zona, y empezaban a sonar cansados. Les ordené que prosiguieran la búsqueda. Luego Richie y yo nos metimos de nuevo en la sala de observación, con las mangas remangadas y la puerta abierta de par en par, y nos dedicamos a contemplar a nuestro hombre.

Eran casi las cinco de la madrugada. Por el pasillo, dos agentes del turno de noche lanzaban una pelota a la papelera y se tendían obstáculos mutuamente para mantenerse despiertos. Conor permanecía sentado en su silla, quieto, con las manos en las rodillas. Durante un rato movió los labios, como si recitara algo por lo bajini, con un ritmo constante y regular.

–¿Está rezando? –preguntó Richie en voz baja, a mi lado.

–Esperemos que no. Si Dios le dice que mantenga el pico cerrado, lo vamos a tener difícil.

En la sala de la brigada, la pelota derribó algo con estrépito, uno de los muchachos comentó algo creativo y el otro rompió a reír. Conor suspiró, una honda bocanada de aliento que infló su cuerpo antes de desplomarlo de nuevo. Había dejado de murmurar; parecía estar entrando en una suerte de trance.

–Entremos –anuncié.

Entramos haciendo ruido, alegres, abanicándonos con hojas de declaración y quejándonos del calor; le entregamos una taza de café templado y le advertimos de que sabía a orines: lo pasado, pasado está, volvíamos a ser amigos. Rebobinamos a territorio seguro antes de perderlo, pasamos un rato perfilando los aspectos que ya habíamos cubierto: ¿alguna vez viste a Pat y a Jenny discutir?, ¿los viste gritarse?, ¿viste a alguno de los dos pegar a los niños?... La oportunidad de hablar de los Spain sacó a Conor de su silencio, pero, por lo que a él concernía, los Spain hacían que la Tribu de los Brady parecieran sacados de *El diario de Patricia*. Cuando abordamos sus horarios (¿a qué hora sueles llegar a Brianstown?, ¿hacia qué hora te quedas dormido?), la memoria empezó a fallarle de nuevo. Comenzaba a sentirse seguro, a pensar de que sabía cómo funcionaba esto. Era hora de dar un paso adelante.

–¿Cuándo fue la última vez que puedes confirmar haber estado en Ocean View?

–No me acuerdo. Quizá el pasado...

–¡Eeh! –dije, sentándome de golpe y levantando la mano para frenar su respuesta–. Espera.

Fui a buscar mi BlackBerry, accioné un botón para iluminar la pantalla, me la saqué del bolsillo y silbé.

–Llaman del hospital –le dije a Richie en voz baja, rápidamente, mientras de reojo vi a Conor enderezar la cabeza como si le hubieran dado una patada en el trasero–. Podría ser la llamada que hemos estado esperando. Suspende el interrogatorio hasta mi regreso. –Y, casi en la puerta, añadí–: Hola, ¿doctor?

Mantuve un ojo en mi reloj y otro en el espejo de una sola cara. Jamás se me habían hecho tan largos cinco minutos, pero seguramente a Conor se le antojaron aún más eternos. Su tenso control había saltado por los aires: se removía como si la silla quemara, repiqueteaba en el suelo con los pies y se mordía las uñas hasta hacerse sangre. Richie lo observó con interés, sin pronunciar palabra. Finalmente, Conor preguntó:

–¿Quién era?

Richie se encogió de hombros.

–¿Cómo voy a saberlo?

–Él ha dicho que quizá era lo que estabais esperando.

–Estamos esperando muchas cosas.

–Del hospital. ¿De qué hospital?

Richie se frotó la nuca.

–Tío –le dijo a medio camino entre divertido y avergonzado–, quizá no te hayas dado cuenta, pero estamos trabajando en un caso, ¿entiendes? No vamos por ahí explicándole a la gente nuestros planes.

Conor se olvidó de la existencia de Richie. Apoyó los codos en la mesa, se tapó la boca con el puño y clavó la vista en la puerta.

Le concedí otro minuto y luego entré con paso firme, cerré la puerta de un portazo y le dije a Richie:

–Vamos por buen camino.

Enarcó las cejas.

–¿Sí? Fantástico.

Hice rodar una silla, la coloqué en el mismo lado de la mesa donde estaba Conor y me senté, con mis rodillas prácticamente rozando las suyas.

–Conor –le dije, cerrando el teléfono delante de él–. Dime quién crees que era.

Sacudió la cabeza. Tenía la vista clavada en el teléfono. Noté su mente acelerarse, haciendo carambolas extrañas como un coche de carreras fuera de control.

–Escúchame atentamente, amiguito: preferiría que no me hicieras perder el tiempo. Tal vez aún no lo sepas, pero, de repente, tienes mucha mucha prisa. Así que dímelo: ¿quién crees que era?

Al cabo de un momento, Conor respondió en voz baja, con los ojos posados en sus dedos:

–Del hospital.

–¿Qué?

Una respiración. Se obligó a enderezarse.

–Usted ha dicho que era del hospital.

–Eso está mejor. ¿Y por qué crees que me telefonearían desde el hospital?

Otra negación con la cabeza.

Di un manotazo en la mesa, lo bastante fuerte como para sobresaltarlo.

—¿Has oído lo que acabo de decirte sobre lo de hacerme perder el tiempo? Despierta y presta atención. Son las cinco de la madrugada, joder; en mi mundo no hay nada más que el caso de los Spain y acabo de recibir una llamada de un hospital. Y ahora dime: ¿por qué cojones crees que me han llamado, Conor?

—Por uno de ellos. Porque uno de ellos está en ese hospital.

—Exactamente. La has cagado, amiguito. Has dejado con vida a uno de los Spain.

Tenía los músculos del cuello tan tensos que le salió la voz ronca al hablar.

—¿Cuál de ellos?

—Dímelo tú, amigo. ¿Quién te gustaría que fuera? Adelante. Si tuvieras que escoger, ¿quién preferirías que fuera?

Habría respondido lo que fuera para darme cuerda. Al cabo de un momento contestó:

—Emma.

Me recliné en la silla y solté una carcajada.

—¡Vaya! ¡Qué adorable! Lo digo de verdad. Esa niñita tan dulce: ¿imaginas que quizá merecía una oportunidad en la vida? Pues es demasiado tarde, Conor. Tendrías que haberlo pensado hace dos noches. Emma está en un cajón del depósito de cadáveres en estos momentos. Y su cerebro está en un bote de vidrio.

—Entonces, ¿quién...?

—¿Estuviste en Brianstown anteanoche?

Tenía el culo casi salido de la silla y se aferraba con fuerza al borde de la mesa, inclinado hacia delante y con los ojos desorbitados.

—¿Quién...?

314

–Te he formulado una pregunta. ¿Estuviste allí anteanoche, Conor?

–Sí, sí. Estuve allí. ¿Quién de ellos...? ¿Cuál...?

–Vas a tener que pedírmelo por favor, amiguito.

–Por favor.

–Eso está mejor. Te faltó matar a Jenny. Jenny está viva.

Conor me miró fijamente. Se le descolgó la mandíbula, pero lo único que salió fue una gran exhalación precipitada, como si le hubieran atizado un puñetazo en el estómago.

–Está vivita y coleando, y era su médico quien estaba al aparato. Me ha dicho que está consciente y que quiere hablar con nosotros. Y todos sabemos lo que va a explicarnos, ¿no es cierto?

No parecía oírme. Le faltaba el aliento. Tenía que esforzarse por coger aire.

Lo empujé en su silla; pareció que las rodillas se le habían hecho agua.

–Conor. Escúchame. Cuando te he dicho que no tienes tiempo que perder no bromeaba. En cuestión de un par de minutos vamos a salir hacia el hospital a hablar con Jenny Spain. Y en cuanto eso ocurra, no volverá a importarme un bledo nunca más lo que tú tengas que contarnos. Es tu última oportunidad. Ya lo sabes.

Eso le llegó al alma. Me miró boquiabierto y desesperado.

Acerqué más mi silla y me incliné hasta que nuestras cabezas casi se tocaron. Richie se deslizó al otro lado y se sentó sobre la mesa, lo bastante cerca como para que su muslo entrara en contacto con el brazo de Conor.

–Déjame que te explique algo –le dije, con voz queda y serena al oído. Podía oler su sudor, un olor acre como a madera cortada–. Resulta que yo creo que, en el fondo, eres un buen tipo. Todo el mundo a quien conozcas a partir de ahora, sin excepción, va a pensar que eres un maldito enfermo,

315

sádico y psicópata a quien habría que despellejar vivo y colgarlo hasta que se secara. Quizá me esté volviendo un blando y acabe por arrepentirme, pero yo no estoy de acuerdo. Lo que creo es que eres un buen tipo que, por algún motivo, acabó inmerso en una situación de mierda.

Me miraba con ojos ciegos, pero reaccionó con un gesto en las cejas: me escuchaba.

—Precisamente por eso y porque sé que nadie más te va a dejar en paz, estoy dispuesto a ofrecerte un trato. Demuéstrame que estoy en lo cierto, explícame qué sucedió, y yo informaré a la fiscalía de que nos ayudaste a solucionar el caso: que hiciste lo correcto porque tenías remordimientos. Cuando llegue el momento de sentenciarte, tu colaboración tendrá un peso importante. En un tribunal, Conor, los remordimientos equivalen a sentencias simultáneas. Pero si me demuestras que me he equivocado contigo, si continúas haciéndome perder el tiempo, también se lo explicaré a los fiscales y todos nosotros vamos a poner toda la carne en el asador. No me gusta juzgar mal a las personas, Conor; me molesta bastante. Te culparemos de todo lo que se nos ocurra y solicitaremos sentencias consecutivas. ¿Sabes lo que eso significa?

Sacudió la cabeza, ya fuera para aclararse el pensamiento o para negar, no supe descifrarlo. No tengo voz ni voto en el dictamen de las sentencias y aporto poco en el encausamiento, y cualquier juez que imponga sentencias simultáneas por la muerte de niños necesita una camisa de fuerza y un puñetazo en la bocaza, pero nada de ello importaba.

—Eso significa tres cadenas perpetuas seguidas, Conor, además de unos cuantos años por intento de asesinato más los robos y la destrucción de propiedad y lo que sea que podamos achacarte. Hablamos de sesenta años como mínimo. ¿Qué edad tienes Conor? ¿Tienes posibilidad de ver una fecha de salida a sesenta años vista?

–Venga, es posible que sí la vea –objetó Richie, acercándose para examinarlo con detenimiento–. En la cárcel te cuidan bien: no les gusta que salgas antes de lo debido, ni siquiera en un ataúd. Pero, tío, tengo que advertirte de algo: vas a tener una compañía de mierda. No te dejarán mezclarte con los presos generales porque no durarías ni dos días; estarás en una unidad de alta seguridad con todos los pedófilos, de manera que las conversaciones van a ser bastante retorcidas, pero al menos dispondrás de mucho tiempo para hacer amigos.

Eso le provocó otro movimiento de cejas: le había calado.

–O –continué yo–, podrías ahorrarte gran parte de ese infierno ahora mismo. Con sentencias simultáneas, ¿sabes de cuántos años estamos hablando? De unos quince. Más o menos. ¿Qué edad tendrás dentro de quince años?

–Yo no soy muy bueno en matemáticas –intervino Richie, repasándolo de arriba abajo con interés, una vez más–, pero diría que cuarenta y cuatro o cuarenta y cinco, ¿no? Y no necesito ser Einstein para imaginar que existe una diferencia enorme entre salir a la calle a los cuarenta y cinco y hacerlo a los noventa.

–Mi socio, la calculadora humana, lo ha descrito muy bien, Conor. Con cuarenta y tantos se sigue siendo lo bastante joven como para forjarse una carrera laboral, casarse y tener media docena de críos. En suma, para disfrutar de la vida. No sé si te das cuenta, amigo, pero eso es lo que estoy poniendo sobre la mesa: tu vida. Sin embargo, debo advertirte de que se trata de una oferta única y caduca dentro de cinco minutos. Si tu vida vale algo para ti, por poco que sea, será mejor que la aceptes.

Conor echó la cabeza hacia atrás, dejando a la vista la larga línea de su cuello, el punto blando en la base donde la sangre palpita justo debajo de la piel.

—Mi vida —dijo, y frunció el labio en una sonrisa espantosa—. Hagan lo que quieran conmigo. Me importa un carajo.

Apoyó los puños sobre la mesa, apretó la mandíbula y clavó la vista delante, en el espejo de una cara.

La había fastidiado. Diez años antes lo habría agarrado con fuerza, pensando que lo había perdido, y lo habría empujado a irse aún más lejos. Pero ahora sé mejor lo que me hago. He tenido que esforzarme mucho por aprenderlo, para dejar que otras cosas me ayuden; he aprendido a permanecer inmóvil, a retirarme y a dejar que las cosas caigan por su propio peso. Me repantingué en la silla, examiné una mancha imaginaria en mi manga y dejé que el silencio se extendiera mientras aquel último fragmento de la conversación se disipaba en el aire y era absorbido por el conglomerado cubierto de grafitis y el linóleo marcado. Nuestras salas de interrogatorios han visto a hombres y mujeres llevados hasta el abismo de sus propias mentes, han escuchado el delgado y sordo crujido que hacen al resquebrajarse, han sido testigos cuando han confesado cosas que no deberían existir en este mundo. Estas salas son capaces de tragárselo todo y cerrarse herméticamente sin dejar rastro.

Cuando el aire se hubo vaciado de todo salvo del polvo, añadí, en voz muy baja:

—No obstante, la que sí que te importa es Jenny Spain.

Se le tensó un músculo en la comisura del labio.

—Lo sé: no esperabas que yo lo entendiera. Pensabas que nadie lo entendería, ¿no es cierto? Pero yo lo entiendo, Conor. Entiendo que los querías mucho a los cuatro.

Otra vez ese tic.

—¿Por qué? —preguntó, como si se le escaparan las palabras contra su voluntad—. ¿Por qué lo cree?

Apoyé los codos en la mesa y me incliné hacia él, con las manos enlazadas junto a las suyas, como si fuéramos dos buenos amigos en el bar confesándonos cuánto nos queríamos a última hora de la noche.

—Porque te entiendo —le dije con tono amable—. Todo lo de los Spain, todo lo de esa guarida que te montaste, todo lo que has dicho esta noche: todo eso me dice que te importaban mucho, que no hay nadie en el mundo que te importe más. ¿Me equivoco?

Volvió la cabeza hacia mí. Sus grises ojos eran ahora transparentes como el agua; toda la tensión y la agitación de la noche habían desaparecido.

—No —respondió—. Nadie.

—Los querías, ¿no es cierto?

Asintió.

—Permíteme que te revele el secreto más importante que he aprendido, Conor. Lo único que de verdad necesitamos en la vida es hacer felices a las personas a quienes amamos. Podemos vivir sin todo lo demás; puedes sobrevivir viviendo en una caja de zapatos bajo un puente, siempre que la cara de tu esposa se ilumine cuando regresas a casa por la noche. Pero si no consigues eso...

Vi de soslayo a Richie echarse hacia atrás, bajarse de la mesa y dejarnos a los dos en nuestro pequeño círculo.

—Pat y Jenny eran felices —dijo Conor—, las personas más felices del mundo.

—Pero luego eso se desvaneció y tú no pudiste arreglarlo. Probablemente alguien o algo en el mundo habría podido hacerlos felices de nuevo, pero no tú. Sé exactamente lo que se siente, Conor: sé lo que es querer tanto a alguien que harías cualquier cosa, que te abrirías el corazón en canal y se lo servirías con salsa barbacoa si eso la ayudara a ponerse bien, pero no es así. No les haría el más mínimo bien. ¿Y qué hace uno cuando se da cuenta de eso, Conor? ¿Qué se puede hacer? ¿Qué le queda a uno?

Tenía las manos abiertas sobre la mesa, con las palmas hacia arriba, clementes. Respondió tan bajo que apenas pude oírlo:

—Esperar. Es lo único que se puede hacer.

—Y cuanto más larga es la espera, más te enfadas. Contigo mismo, con ellos y con todo este jodido mundo patas arriba... hasta que dejas de poder pensar con claridad, hasta que ni siquiera sabes lo que haces.

Dobló los dedos, cerró los puños.

—Conor —le dije, con tanta delicadeza que las palabras parecían caer cual plumas por el aire caliente e inmóvil—. Jenny ha sufrido lo suficiente como para saldar varias docenas de vidas. Lo último que quiero es hacerla sufrir más. Pero, si no me explicas lo que sucedió, entonces tendré que ir a ese hospital y pedirle que sea ella quien me lo cuente. Tendré que obligarla a revivir cada momento de anteanoche. ¿Crees que es lo bastante fuerte como para soportarlo?

Movió la cabeza de lado a lado.

—Yo tampoco. Imagino que empujaría su pensamiento hasta un abismo tal que jamás encontraría el camino de vuelta, pero no me queda más alternativa. En cambio, a ti sí, Conor. Tú puedes ahorrárselo, al menos eso. Si la quieres, ahora es el momento de demostrarlo. Es el momento de enderezar las cosas. Jamás volverás a tener otra oportunidad.

Conor se desvaneció en algún lugar tras ese rostro anguloso e inmóvil como una máscara. La cabeza le iba a mil por hora una vez más, pero ahora la tenía bajo control, funcionando de manera eficaz y a una velocidad de vértigo. Ni respiré. Richie, apoyado contra la pared, permaneció inmóvil como una piedra.

Entonces Conor respiró hondo, se pasó las manos por las mejillas y se volvió para mirarme.

—Me colé en su casa —confesó, con claridad y total naturalidad, como si me estuviera diciendo dónde había aparcado el coche–. Los asesiné. O al menos pensaba que eso es lo que había hecho. ¿Es eso lo que quiere oír?

Escuché a Richie exhalar, con un quejido inconsciente y casi imperceptible. El zumbido en mi cráneo aumentó, gritó como un torbellino de avispas en pleno ataque, y murió.

Esperé el resto, pero Conor también esperaba: se limitaba a observarme, con aquellos ojos enrojecidos e hinchados, aguardaba. La mayoría de las confesiones comienzan con un «No fue como usted cree» y se prolongan hasta la eternidad. Los asesinos llenan la sala de palabras, intentando suavizar los bordes afilados de la verdad; intentan demostrarte una y otra vez que ocurrió sin querer o que las víctimas se lo merecían y que, en su lugar, cualquiera habría hecho lo mismo. Si los dejas, la mayoría de ellos hablan y hablan hasta que te sangran los oídos. Conor no intentaba demostrar nada. Había concluido.

–¿Por qué? –pregunté.

Sacudió la cabeza.

–No importa –respondió.

–Pues a los familiares de las víctimas sí que les va a importar. Y también al juez que dicte sentencia.

–No es problema mío.

–Necesitaré indicar un motivo en tu declaración.

–Invéntese uno. Firmaré lo que quiera.

La mayoría se ablanda después de cruzar el puente. Todo lo que tenían se pierde aferrado a la orilla de mentiras donde veían su salvación. Y cuando la corriente los arrolla, cuando los zarandea y, confusos, buscan aire a bocanadas, cuando los aplasta contra un saliente de la orilla opuesta y hace que se les salten los dientes, piensan que la peor parte ha acabado para siempre. Los deja desenmarañados y sin huesos; algunos tiemblan incontroladamente, otros lloran; los hay que no pueden dejar de hablar y también que no pueden dejar de reír. Todavía no son conscientes de que el panorama ha cambiado, de

321

que las cosas se transforman a su alrededor, los rostros familiares se diluyen y los edificios emblemáticos se desdibujan en la distancia; no saben que nada volverá a ser igual. Conor era distinto. Seguía entero como un animal al acecho, concentrado. No atinaba a entender en qué sentido, pero supe que la batalla no había acabado.

Si le insistía en lo del motivo, él ganaría, y nunca hay que dejarles ganar.

–¿Cómo entraste en la casa? –le pregunté.

–Con la llave.

–¿De qué puerta?

Una esquirla de pausa.

–De la trasera.

–¿De dónde la sacaste?

Otra esquirla, esta vez más larga. Actuaba con sigilo.

–La encontré.

–¿Cuándo?

–Hace un tiempo. Unos meses atrás, quizá más.

–¿Dónde?

–En la calle. Se le cayó a Pat.

Lo noté en la piel, ese giro soslayado de su voz que anunciaba «mentira», pero no pude poner el dedo en la llaga. Desde detrás del hombro de Conor, Richie dijo:

–Desde tu escondite no se veía la calle. ¿Cómo podrías saber que se le había caído?

Conor meditó su respuesta.

–Lo vi regresar del trabajo aquella tarde. Por la noche salí a dar una vuelta, encontré la llave e imaginé que debía ser la que él había perdido.

Richie se acercó a la mesa y colocó una silla mirando hacia Conor.

–Eso es imposible. La calle no está iluminada. ¿Quién eres tú, *Supermán*? ¿Acaso tienes poderes para ver en la oscuridad?

–Era verano. Anochece tarde.

–¿Merodeabas alrededor de su casa cuando aún era de día? ¿Mientras estaban despiertos? ¡Venga ya, hombre! ¿Qué pretendías, que te arrestasen?

–Quizá estaba anocheciendo. Encontré la llave, hice una copia y entré. Fin de la historia.

–¿Cuántas veces? –quise saber.

Esa leve pausa de nuevo, mientras comprobaba las respuestas en su cabeza.

–No pierdas el tiempo, amigo –añadí bruscamente–. No vas a conseguir nada mintiéndome. Ya hemos superado esa fase. ¿Cuántas veces estuviste en casa de los Spain?

Conor se frotaba la frente con el dorso de la muñeca, intentando no perder la compostura. La pared de pladur de tozudez empezaba a tambalearse. La adrenalina solo te mantiene activo durante un rato; en cualquier momento, a partir de ahora, estaría demasiado cansado para seguir sentándose recto.

–Unas cuantas. Alrededor de doce, más o menos. ¿Qué más da eso? Estuve allí anteanoche. Ya se lo he dicho.

Era un dato importante porque nos revelaba que sabía moverse por la casa: incluso a oscuras, habría sido capaz de subir a la planta de arriba, entrar en las habitaciones de los niños y acercarse a sus camas.

–¿Te llevaste algo alguna vez? –preguntó Richie.

Vi a Conor intentar reunir la energía para decir que no y rendirse.

–Solo cosas sin importancia. No soy ningún ladrón.

–¿Qué tipo de cosas?

–Una taza. Un puñado de gomas de pollo. Un bolígrafo. Nada de valor.

–Y el cuchillo –apostillé–. No olvidemos el cuchillo. ¿Qué hiciste con él?

Esa debería haber sido una de las preguntas más duras, pero Conor se volvió hacia mí casi como si estuviera agradecido de que se la formulara.

—Lo lancé al mar. Había marea alta.

—¿Desde dónde lo tiraste?

—Desde las rocas. En el extremo sur de la playa.

Jamás recuperaríamos ese cuchillo. A aquellas alturas, debía de estar a medio camino de Cornualles arrastrado por una larga y fría corriente, bamboleándose a brazadas entre algas y seres blandos y ciegos en las profundidades abisales.

—¿Y la otra arma? ¿La que utilizaste para golpear a Jenny?

—Lo mismo.

—¿Qué era?

Conor echó la cabeza hacia atrás y abrió los labios. El dolor que había estado acechando bajo su voz toda la noche por fin se había abierto camino hasta la superficie. Era ese dolor, y no el cansancio, el que le estaba arrebatando la fuerza de voluntad y la concentración. Se lo había comido vivo, de dentro afuera; era todo lo que le quedaba.

—Un jarrón —contestó—. De metal, de plata, con una base pesada. Era muy sencillo, bonito. Ella solía colocar un par de rosas dentro y decoraba con él la mesa cuando preparaba cenas románticas para los dos...

Emitió un pequeño sonido entre tragar saliva y ahogar un grito, el sonido de alguien hundiéndose en el mar.

—Rebobinemos un poco, ¿de acuerdo? —propuse yo—. Empecemos desde el momento en que entraste en la casa. ¿Qué hora era?

—Quiero dormir —dijo Conor—, quiero dormir.

—En cuanto nos lo hayas explicado todo. ¿Había alguien despierto?

—Quiero dormir.

Necesitamos toda la historia, golpe a golpe, repleta de detalles que solo el asesino puede saber, pero eran cerca de las seis de la madrugada y Conor se aproximaba al nivel de cansancio que utilizaría un abogado de la defensa.

—De acuerdo. Ya casi hemos acabado, amigo —le dije con amabilidad—. Te diré qué haremos: vamos a poner lo que nos has contado por escrito y luego te llevaremos a algún sitio para que puedas echar una cabezadita. ¿De acuerdo?

Asintió, una sacudida chueca, como si su cabeza se hubiera vuelto repentinamente demasiado pesada para su cuello.

—Sí. Lo escribiré. Pero déjenme a solas mientras lo hago. ¿Es eso posible?

Estaba al límite de sus fuerzas, demasiado exhausto para hacerse el listillo en su declaración.

—Desde luego —respondí—. Si lo prefieres, por nosotros no hay problema. Pero necesitaremos conocer tu nombre real. Para la hoja de la declaración.

Por un segundo pensé que iba a erigir de nuevo un muro de piedra entre nosotros, pero la batalla había concluido.

—Brennan —respondió obedientemente—. Conor Brennan.

—Bien hecho —afirmé.

Richie se movió sigilosamente hasta la mesa de la esquina y me entregó una hoja de declaración. Encontré un bolígrafo y rellené la cabecera, en mayúsculas: CONOR BRENNAN.

Lo puse bajo arresto y lo informé de sus derechos de nuevo. Conor ni siquiera alzó la vista. Le coloqué la hoja de la declaración y mi bolígrafo en las manos y lo dejamos solo.

—Bueno, bueno, bueno —dije, mientras lanzaba mi cuaderno de notas a la mesa de la sala de observación. Las células del cuerpo me burbujeaban como champán de puro triunfo; tuve ganas de imitar a Tom Cruise, saltar sobre una mesa y gritar:

«¡Me encanta este trabajo!»–. Ha resultado ser mucho más fácil de lo que esperaba. ¡Bravo por nosotros, Richie, amigo mío! ¿Sabes lo que somos? Somos un equipo fantástico.

Le di un vigoroso apretón de manos y una palmadita en el hombro.

–Sí, yo también he tenido esa impresión.

–No cabe la menor duda. He tenido un montón de compañeros durante mi carrera y te digo, con la mano en el corazón, que hemos estado soberbios. Hay tipos que forman pareja durante años y todavía no han aprendido a trabajar con esa fluidez.

–Está bien, sí. Lo hemos hecho bien.

–Para cuando el superintendente llegue, tendremos esa declaración firmada, sellada y entregada en su mesa. Supongo que no necesito decirte lo que esto va a suponer para tu carrera, ¿no es cierto? Veamos si ahora el gilipollas de Quigley se atreve a meterse contigo. Dos semanas en la brigada y formas parte del caso más importante del año resuelto. ¿Qué tal te sienta eso?

Richie soltó su mano de la mía demasiado rápido. Seguía sonriendo, pero su sonrisa se tornó insegura.

–¿Qué sucede?

Señaló con la cabeza hacia el espejo de una cara.

–Míralo.

–La redactará bien. No te preocupes por eso. Obviamente, cambiará de opinión, pero no se dará cuenta hasta mañana: resaca emocional. Y, para entonces, tendremos nuestro informe prácticamente listo para enviárselo al fiscal general del Estado.

–No es eso. El estado de esa cocina... Ya escuchaste a Larry: fue una lucha encarnizada. ¿Por qué no tiene más morados?

–Porque no. Porque esto es la vida real y a veces no sale como prevemos.

–Yo solo... –Ya no sonreía. Se metió las manos hasta el fondo de los bolsillos, sin apartar los ojos del cristal–. Tengo que preguntártelo. ¿Estás seguro de que es nuestro hombre?

La efervescencia empezó a desvanecerse en mis venas.

–No es la primera vez que me lo preguntas –repliqué.

–Sí, ya lo sé.

–Venga, suéltalo. ¿Qué te tiene el culo inquieto?

Se encogió de hombros.

–No lo sé. Tú has estado completamente seguro desde el principio, solo es eso.

Sentí un arrebato de enfado como un espasmo muscular.

–Richie –le dije, preocupándome mucho de mantener mi voz bajo control–. Revisemos el caso un segundo, ¿te parece? Tenemos el nido de francotirador que Conor Brennan estableció para acechar a los Spain. Tenemos su propia declaración de que entró en la casa en múltiples ocasiones. Y ahora, Richie, ahora tenemos una jodida confesión. Adelante, hijo, dime qué más quieres. ¿Qué demonios necesitas para darte por convencido?

Richie sacudía la cabeza.

–Tenemos multitud de pruebas, eso no lo discuto. Pero incluso cuando no teníamos nada, cuando solo teníamos el escondite, estabas completamente seguro.

–¿Y? Tenía razón. ¿Se te ha escapado esa parte? ¿Acaso te pone nervioso que llegara antes que tú?

–Lo que me pone nervioso es estar demasiado seguro demasiado pronto. Es peligroso.

Volví a notar aquella descarga, lo bastante fuerte como para hacerme apretar la mandíbula.

–Entonces, ¿tú qué preferirías hacer? ¿Mantener la mente abierta?

–Sí, precisamente.

–Bien. Buena idea. ¿Durante cuánto tiempo? ¿Meses? ¿Años? ¿Hasta que Dios envíe coros de ángeles para que te

327

canten el nombre del tipo en una armonía en cuatro partes? ¿Querrías acaso que nos encontráramos aquí dentro de diez años, el uno frente al otro, diciéndonos: «Bueno, podría haber sido Conor Brennan, pero también podría haber sido la mafia rusa; deberíamos explorar esa posibilidad con un poco más de detalle antes de adoptar una decisión precipitada»?

–No. Lo único que digo es que...

–Tienes que estar seguro, Richie. No hay otra opción. Antes o después hay que actuar o dejar de hablar de ello.

–Eso ya lo sé. No me refiero a dentro de diez años.

El calor era similar al que se condensa en una celda en un agosto malo: denso, inmóvil, te obstruía los pulmones como cemento húmedo.

–Entonces, ¿de qué diablos hablas? ¿Qué te hace falta? Dentro de unas horas, cuando pongamos las manos sobre el coche de Conor Brennan, Larry y sus muchachos encontrarán la sangre de los Spain por todas partes. Y aproximadamente en ese mismo momento van a encajar sus huellas dactilares con las que hallamos en ese escondite. Y unas horas después de eso, suponiendo, y así lo quiera Dios, que logremos dar con las deportivas y los guantes, demostrarán que esa huella de zapatilla y esas huellas de manos ensangrentadas corresponden a Conor Brennan. Me apuesto el salario de un mes. ¿Te darás entonces por convencido?

Richie se frotó la nuca e hizo una mueca.

–Por el amor del cielo. De acuerdo. Escuchémosle. ¡Maldita sea!, te garantizo que, para cuando el día de hoy toque a su fin, tendremos pruebas físicas de que este tipo estuvo en esa casa cuando la familia fue asesinada. ¿Qué explicación piensas darle a eso?

Conor escribía, con la cabeza gacha, muy cerca de la hoja de la confesión, protegiéndola con el brazo doblado. Richie lo observó.

–Ese tipo amaba a los Spain, como tú mismo has dicho –apuntó–. Pongamos por caso que la pasada noche se encontraba en su escondite y que Jenny estuviera ante el ordenador y él estuviera espiándola. Entonces Pat desciende por las escaleras y la ataca. Conor siente un ataque de pánico y acude a poner fin a la pelea: baja corriendo de su guarida, salta la tapia y entra por la puerta trasera. Pero, para cuando lo hace, es demasiado tarde. Pat está muerto o muriendo y Conor cree que Jenny también. Probablemente no lo comprueba con excesivo cuidado, no con toda esa sangre alrededor y presa del miedo. Quizá fuera él quien la acercó al cuerpo de Pat, para que pudieran estar juntos.

–Conmovedor. ¿Y cómo explicas que borraran la información del ordenador? ¿A qué viene eso?

–A lo mismo: se preocupa por los Spain. No quiere que Pat cargue con las culpas. Borra el ordenador porque cree que lo que fuera que Jenny estaba haciendo ahí podría haber desencadenado la reacción de Pat o porque sabe a ciencia cierta de qué se trataba. Luego se lleva las armas y las arroja al mar para que parezca obra de un intruso.

Me llevó un segundo y una respiración asegurarme de que no iba a arrancarle la cabeza de un mordisco.

–Caramba, te has inventado un bonito cuento de hadas, muchacho. Estremecedor, diría yo. Pero no es más que eso. Encajaría a la perfección, pero te estás saltando un hecho determinante: ¿por qué diablos iba entonces a confesar Conor?

–Porque sí. Por lo que ha ocurrido ahí dentro. –Richie hizo un gesto con la cabeza en dirección al cristal. –Prácticamente le has dicho que Jenny Spain iba a necesitar una camisa de fuerza si él no te daba lo que querías.

–¿Tienes algún problema con el modo que tengo de hacer mi trabajo, detective? –le pregunté con una voz lo bastante fría como para servir de advertencia a un hombre mucho más tonto que Richie.

Richie levantó las manos.

—No estoy buscando defectos. Lo único que digo es que por eso ha confesado.

—No, detective. No, no es verdad, maldita sea. Ha confesado porque lo hizo. Todas esas bobadas que le he explicado sobre cuánto quería a Jenny solo han servido para forzar la cerradura, no han puesto nada detrás de esa puerta que no estuviera ahí. Quizá tu experiencia difiera de la mía, o quizá sencillamente seas mejor desempeñando este trabajo, pero aprender a hacer confesar a mis sospechosos me ha costado sudor y esfuerzos. Y puedo asegurarte con la mano en el fuego que nunca, en toda mi carrera, he logrado que uno de ellos confesara algo que no había hecho. Si Conor Brennan afirma que es nuestro hombre es porque lo es.

—Pero él no es como la mayoría de ellos, ¿verdad? Tú mismo lo dijiste y ambos lo hemos comentado: es distinto. Aquí hay gato encerrado.

—Desde luego que es un tipo raro. No es Jesucristo. No ha venido al mundo a entregar su vida para expiar los pecados de Pat Spain.

—Pero no solo él es raro —apuntó Richie—. ¿Qué me dices de los monitores para los bebés? Eso no fue cosa de Conor. ¿Y los orificios en las paredes? En esa casa sucedía algo.

Me apoyé en la pared dejándome caer con fuerza y crucé los brazos. Quizá fuera solo por la fatiga o por el delgado amanecer de un tono amarillo grisáceo que manchaba la ventana, pero el burbujeo del champán de la victoria había desaparecido sin dejar rastro.

—Dime algo, muchacho: ¿por qué odias tanto a Pat Spain? ¿Tienes una astilla clavada porque era un pilar sólido de su comunidad? Porque si es así, te lo advierto: deshazte de ella, y prontito. No siempre vas a encontrar a un agradable tipo de clase media para cargarle con el muerto.

Richie se me acercó rápido, señalándome con el dedo; por un momento pensé que iba a darme unos golpecitos admonitorios en el pecho, pero le quedaba suficiente sentido común como para refrenarse de hacerlo.

—Esto no tiene nada que ver con la clase. Nada. Soy policía. Lo mismo que tú. No soy ningún chavalote idiota a quien has acogido como favor porque es el Día de Pon a un Huevón en tu Vida.

Estaba demasiado cerca y demasiado enfadado.

—Entonces compórtate como un policía. Retrocede, detective. Recupera la compostura.

Richie me fulminó con la mirada durante un segundo más; luego se apartó, se apoyó de nuevo contra el vidrio y se metió las manos en los bolsillos.

—Dime algo: ¿por qué estás tan seguro de que no fue Patrick Spain? ¿Por qué lo defiendes tanto?

No tenía obligación de darle explicaciones a un novato respondón, pero quise hacerlo; quería explicárselo, metérselo bien en la cabeza.

—Porque Pat Spain acataba las reglas —aclaré—. Porque hizo lo que se supone que hay que hacer. Y no es así como viven los asesinos. Te lo dije desde el principio: estas cosas no suceden porque sí. Todas esas patrañas que los familiares cuentan en los medios de comunicación, todos esos «No puedo creer que lo hiciera, era un excursionista entusiasta, jamás había hecho nada malo en su vida, eran la pareja más feliz del mundo» no son más que bazofia. Cada vez, Richie, cada puñetera vez resulta que, en efecto, el tipo era un excursionista, pero con unos antecedentes más largos que un día sin pan, y que nunca había hecho nada malo, salvo por su pequeña costumbre de aterrorizar a su mujer, o que eran la pareja más feliz del mundo, de no ser por la nimiedad de que el tipo se estaba tirando a la hermana de su esposa. Y no tenemos ningún indicio, ni uno solo, de que nada de eso pueda aplicarse a Pat. Fuiste tú quien dijo que los Spain habían hecho cuanto estaba en su mano. Pat era un tipo ambicioso. Era uno de los buenos.

—Los tipos buenos también se desmoronan —dijo Richie sin moverse.

—Rara vez. Muy muy rara vez. Y hay un motivo para que así sea. Es porque los tipos buenos cuentan con pilares para mantenerlos en su sitio cuando pintan bastos. Tienen empleos, familias, responsabilidades. Tienen las reglas que han acatado durante toda su vida. Estoy seguro de que todo eso no te suena nada guay, pero el hecho es que es así como funciona el mundo. Y cada día evita que algunas personas traspasen esa línea.

—Entonces, ¿cómo va? Como Pat era un tipo agradable de clase media, un pilar de la comunidad, ¿no pudo ser un asesino? —preguntó Richie sin más.

No me apetecía tener aquella discusión, no en una sala de observación asfixiante a una hora indecente de la madrugada con la camisa pegada a la espalda por el sudor.

—Porque tenía cosas que amaba. Porque tenía un hogar. De acuerdo, estaba en el culo del mundo, pero un simple vistazo debería haberte revelado que Pat y Jenny adoraban hasta el último centímetro de esa casa. Tenía a la mujer que amaba desde los dieciséis años; «seguían estando locos el uno por el otro», ha dicho Brennan. Tenía dos críos a quienes llevaba a caballito. Y eso hace que un buen tipo no pierda la cabeza, Richie. Porque tiene algo en lo que ocupar su corazón, personas a quienes quiere, personas de quienes se preocupa. Y eso evita que uno salte al precipicio, mientras que alguien que no tiene nada a lo que aferrarse se lanzaría en caída libre.

Y tú pretendes convencerme de que Pat se levantó girado un día y echó todo eso por la borda, sin ningún motivo aparente.

–Sin ningún motivo, no. Tú mismo lo has dicho: quizá estaba a punto de perderlo todo. Se había quedado en el paro y se arriesgaba a perder la casa, y quizá también estaba a punto de perder a su mujer y a sus hijos. Son cosas que pasan. Están ocurriendo en todo el país. Solo quienes se esfuerzan se resquebrajan, cuando esos esfuerzos no sirven para nada.

De repente, me sentía exhausto. Las dos noches sin dormir clavaban sus garras en mí y me arrastraban con todo su peso.

–Quien se resquebrajó fue Conor Brennan –sentencié–. Ahí tenemos a un hombre que no tiene nada que perder: ni un empleo, ni un hogar, ni una familia, nada salvo su propia mente. Te apuesto lo que quieras a que, cuando empecemos a analizar su vida, no vamos a encontrar un círculo íntimo de amigos y seres queridos. Brennan no tiene nada que lo aferre a este mundo. No tiene nada que querer, salvo a los Spain. Se pasó el último año, por todos los santos, viviendo como una mezcla de eremita y Unabomber[8] para poder espiarlos. Incluso tu propia teoría se ancla en el hecho de que el pervertido de Conor andaba disfrutando del espectáculo ilusorio de espiarlos a las tres de la madrugada, joder. Ese tipo no está bien de la chaveta, Richie. No está bien. Lo mires por donde lo mires.

Detrás de Richie, bajo la cruda luz blanca de la sala de interrogatorios, Conor había dejado el bolígrafo sobre la mesa y se apretaba los ojos con las puntas de los dedos, frotándo-

---

8. Theodore John Kaczynski, apodado «Unabomber» por el FBI, es un filósofo, matemático y neoludita estadounidense conocido por enviar cartas bomba a objetivos diversos, entre ellos universidades y aerolíneas, que provocaron la muerte a 3 personas e hirieron a otras 23. Actualmente está sentenciado a cadena perpetua. *(N. de la. T.)*

selos a un ritmo impaciente y deprimente. Me pregunté cuánto tiempo llevaría sin dormir.

–¿Recuerdas lo que hablamos? ¿La teoría de la solución más sencilla? Pues la tienes sentada ante ti. Si encuentras pruebas de que Pat era un hijo de puta que maltrataba a su familia mientras se preparaba para abandonarlos por una modelo de lencería ucraniana, ven a verme y lo discutiremos. Hasta entonces, yo apuesto mi dinero a este acosador psicópata.

–Tú mismo me dijiste que el hecho de ser un «psicópata» no sirve como motivo –adujo Richie–. Todo ese cuento sobre estar triste porque los Spain no eran felices no tiene sentido. Hacía meses que atravesaban problemas. ¿Pretendes decirme que, de repente, sin tener tiempo ni para limpiar su escondite, decidió: «No hay nada en la tele, ya sé lo que voy a hacer, voy a ir a casa de los Spain y me los voy a cargar a todos»? ¡Venga ya, hombre! ¿Tú, que me estás diciendo que Pat Spain no tenía un motivo? ¿Qué carajo de motivo tenía este tipo? ¿Por qué demonios iba a querer verlos muertos?

Esa es una de las muchas cosas que convierten el asesinato en un delito único: es el único que nos incita a preguntarnos el porqué. El robo, la violación, el fraude, el narcotráfico, toda esa letanía de despropósitos llevan una explicación indecente incorporada; lo único que tienes que hacer es colocar al perpetrador en la casilla en la que encaja. Pero el asesinato exige una respuesta.

A algunos detectives no les importa. Oficialmente, tienen razón: si puedes demostrar quién lo ha hecho, nada en la ley exige que pruebes por qué. Pero a mí sí me importa. Cuando me enfrenté a lo que parecía un francotirador aleatorio desde un coche, invertí semanas en hallar una explicación, después de tenerlo bajo custodia, tras lo cual dispusimos de pruebas suficientes para hundirlo diez veces. Para ello mantuve hondas conversaciones con cada escoria monosilábica y con odio a los polis del vecindario de mierda en el que habitaba, hasta que a alguien se le escapó que el tío de la víctima trabajaba en una tienda y que se había negado a venderle un paquete de cigarrillos a la hermana de doce años del francotirador. El día que dejamos de preguntarnos por qué, el día que decidimos que eso es aceptable como respuesta a una vida cercenada «solo porque sí», ese día nos alejamos de esa línea que atraviesa la entrada a la caverna e invitamos a las fieras salvajes a entrar en ella aullando.

–Confía en mí: lo descubriré –le aseguré–. Aún nos queda hablar con los socios de Brennan, registrar su casa; tenemos el ordenador de los Spain por explorar, y el de Brennan, si tiene uno; faltan pruebas forenses por analizar... En alguno de esos lugares, detective, encontraremos un motivo. Perdóname por no haber encajado todas las piezas del puzle transcurridas menos de cuarenta y ocho horas desde que nos asignaron este puñetero caso, pero te prometo que las encontraremos. Y ahora entremos a por esa maldita declaración y larguémonos a casa.

Me encaminé hacia la puerta, pero Richie permaneció inmóvil.

–Compañeros –anunció–. Eso es lo que has dicho esta mañana, ¿recuerdas? Que somos compañeros.

–Sí. Y lo somos. ¿Por?

–Porque entonces tú no eres el encargado de adoptar decisiones por ambos. Tenemos que adoptarlas juntos. Y yo propongo que sigamos investigando a Pat Spain.

Su postura, con los pies separados y los hombros cuadrados, insinuaba que no cedería sin luchar. Ambos sabíamos que yo podía devolverlo de un palazo a su caja y cerrar la tapa sobre su cabeza. Un mal informe por mi parte y Richie estaría fuera de la brigada, de regreso al Departamento de Vehículos Motorizados o de Antivicio durante unos años más, probablemente para siempre. Me bastaba con mencionarlo, con insinuarlo delicadamente, para que desistiera, para que acabara con el papeleo de Conor y dejara a Pat Spain descansar en paz para siempre. Ello habría marcado el fin de ese intento de camaradería que había dado comienzo en el aparcamiento del hospital hacía menos de veinticuatro horas.

Cerré la puerta de nuevo.

–Está bien –accedí. Apoyé de nuevo la espalda con todo mi peso en la pared e intenté destensarme el hombro dándome un apretón–. Está bien. Te propongo lo siguiente. Nos pasaremos toda la semana próxima investigando a Conor Brennan para blindar el caso... eso suponiendo que sea nuestro hombre. Sugiero que, durante ese tiempo, tú y yo acometamos una investigación paralela de Pat Spain. Al superintendente O'Kelly esa idea le gustaría incluso menos de lo que me gusta a mí, diría que es una pérdida de tiempo y de recursos humanos, de manera que no le daremos bombo. Si finalmente apareciera, alegaríamos que solo estamos asegurándonos de que la defensa de Brennan no encuentre nada contra Pat que pueda utilizar como maniobra de distracción en los tribunales. Conllevará realizar muchos turnos y muy largos, pero yo estoy dispuesto a hacerlo si tú también te comprometes.

Richie parecía a punto de quedarse dormido de pie, pero era lo bastante joven como para solucionarlo con unas pocas horas de sueño.

–Me comprometo.

–Eso me parecía. Si encontramos algo sólido contra Pat, nos reagruparemos y lo revisaremos. ¿Cómo te suena eso?

Hizo un gesto de aprobación con la cabeza.

–Bien –contestó–. Me suena bien.

–Durante esta semana deberemos ser discretos –continué–. Hasta, y a menos que, encontremos pruebas sólidas, no voy a escupir sobre el cadáver de Pat Spain tildándolo de asesino ante sus seres queridos y tampoco quiero ver que tú lo haces. Si permites que solo uno de ellos se dé cuenta de que lo estamos contemplando como sospechoso, se acabó la investigación. ¿Ha quedado claro?

–Como el agua.

En la sala de interrogatorios, el bolígrafo seguía depositado sobre la hoja de declaración garabateada y Conor estaba combado sobre ellos, presionándose los ojos con las manos.

–Todos necesitamos dormir –dije yo–. Lo entregaremos para que lo procesen, mecanografiaremos el informe, dejaremos instrucciones para los refuerzos y nos iremos a casa a descansar unas cuantas horas. Nos reuniremos aquí de nuevo a las doce del mediodía. Y ahora vayamos a ver lo que tiene para nosotros.

Recogí mis jerseys de la silla y me encorvé para meterlos de nuevo en la bolsa de viaje, pero Richie me detuvo.

–Gracias –dijo.

Me tendió la mano, mirándome de frente, con aquellos serenos ojos verdes. Nos dimos un apretón de manos y reconozco que la fuerza de su agarre me pilló desprevenido.

–De nada –le respondí–. Para eso están los compañeros.

Aquella palabra flotó en el aire entre nosotros, luminosa y revoloteadora como una cerilla encendida.

Richie asintió.

–Entendido –replicó.

Le di una palmadita en el hombro y continué empaquetando mis cosas.

–Venga. No sé tú, pero yo me muero por echar un sueñecito.

Guardamos nuestras cosas en las bolsas, tiramos a la basura los vasos y las cucharillas de plástico que habíamos utilizado, apagamos las luces y cerramos la puerta de la sala de observación. Conor no se había movido. Al final del pasillo, la ventana seguía empañada por el cansino amanecer de la ciudad, pero esta vez el frío no me llegó. Quizá fuera debido a esa nueva energía juvenil que me acompañaba: el burbujeo de la victoria volvía a correrme por las venas y me sentía completamente despierto de nuevo, con la espalda bien enderezada, fuerte y duro como una roca, listo para afrontar lo que viniera.

11

El teléfono me arrastró de las profundidades marinas del sueño. Emergí buscando aire y sacudiendo manos y piernas; por un instante pensé que aquel aullido era la alarma antiincendios informándome de que Dina estaba encerrada en mi piso entre llamas cada vez más altas.

–Kennedy –me presenté, cuando mi mente encontró el equilibrio.

–Quizá no tenga nada que ver con su caso, pero me dijo que lo telefoneara si encontraba algo en algún foro. Sabe lo que es un mensaje privado, ¿verdad?

El fulano aquel, el técnico informático: Kieran.

–Más o menos –respondí.

El dormitorio estaba a oscuras; podría haber sido cualquier hora del día o de la noche. Rodé sobre mi espalda y busqué a tientas la lámpara de la mesilla de noche. El destello súbito de luz me apuñaló en los ojos.

–De acuerdo. En algunos foros se pueden configurar las preferencias para que, en caso de recibir un mensaje privado, se envíe una copia al correo electrónico personal. Pat Spain (bueno, podría haber sido Jennifer, pero yo parto del supuesto de que fue Pat, ya verá por qué) tenía activado ese parámetro al menos en un foro. Nuestro programa ha recuperado un mensaje privado que entró a través de un sitio llamado Wildwatcher[9]; de ahí la «WW» del fichero de contraseñas, que tiene que corresponderse con esto y no con World of Warcraft[10]. –Al parecer, Kieran trabaja al apaciguador son de música *house* sincopada. La cabeza me palpitaba–. El remitente es un tipo llamado Martin y lo envió el trece de junio. El mensaje dice, cito textualmente: «No pretendo entrar en discusiones, pero te aconsejo que, si es un visón, eches veneno, sobre todo si tienes críos. Esos bichejos son malvados –escrito con faltas de ortografía–. No tendrían problemas en saltar sobre un niño». Cierro comillas. ¿Hay algún visón involucrado en el caso?

Mi despertador indicaba las diez y diez. Suponiendo que aún fuera jueves por la mañana, había dormido menos de tres horas.

–¿Le has echado un vistazo a esa web de Wildwatcher?

–No, me he dedicado a hacerme la pedicura. Por supuesto que la he comprobado. Es una web donde los usuarios hablan de los animales salvajes que han divisado. Bueno, no tan «salvajes». Es un foro ubicado en el Reino Unido, así que, principalmente, estamos hablando de bichos como zorros urbanos y cosas por el estilo. La gente se pregunta por qué hay un pajarillo marrón anidando en su glicinia y cosas así. He realizado una búsqueda por «visón» y me ha aparecido un hilo iniciado por un usuario llamado Pat-el-colega la mañana del doce de junio. Era un usuario nuevo; todo apunta a que se registró especialmente para colgar su pregunta. ¿Quiere que se la lea?

[9.] Vendría a ser algo parecido a «aficionados a la fauna» o «amigos de los animales». *(N. de la T.)*
[10.] Título de un videojuego cuya traducción sería, aproximadamente, «Mundo bélico». *(N. de la T.)*

–Ahora mismo estoy ocupado –respondí. Tenía los ojos como si me hubieran restregado arena, y también la boca–. ¿Puedes enviarme el enlace por correo electrónico?

–Desde luego. ¿Qué quiere que haga con Wildwatcher? ¿Quiere que revise el foro por encima o a fondo?

–Por encima. Si nadie molestó a Pat-el-colega, probablemente puedas continuar, al menos por ahora. A esa familia no la mató un visón.

–Por mí perfecto. Nos vemos, colega.

Antes de colgar, escuché a Kieran subir la música a un volumen capaz de pulverizarte el tímpano.

Me di una ducha rápida, graduando el agua cada vez más fría hasta que mis ojos empezaron a enfocar de nuevo. Mi rostro en el espejo me irritó: tenía un aspecto deprimente y caviloso, como un hombre con los ojos puestos en el premio, no como un hombre cuyo premio estaba a buen recaudo en su vitrina expositora. Agarré mi ordenador, un vaso grande de agua y algunas piezas de fruta (Dina había mordisqueado una pera, había cambiado de opinión y la había devuelto al frigorífico) y me senté en el sofá a echar un vistazo al foro de Wildwatcher. Pat-el-colega se había registrado a las 9:23 del 12 de junio y había iniciado aquel hilo de consultas a las 9:35. Era la primera vez que lo escuchaba hablar. Parecía un buen tipo: práctico, directo al grano y capaz de exponer los hechos con claridad. «Hola, amigos, tengo una pregunta. Vivo en la costa este de Irlanda, junto al mar, si eso supone alguna diferencia. En las últimas semanas he estado oyendo unos ruidos extraños en el altillo. Correteos, muchos arañazos y un sonido como si algo duro rodase que solo puedo describir como un golpeteo y un tictac. He subido a echar un vistazo, pero no he hallado rastro de ningún animal. Hay un ligero olor difícil de describir, como ahumado/almizclado, pero podría ser algo de la casa (las tuberías, por ejemplo, si se han recalentado). He encontrado un agujero bajo el alero que conduce al exterior, pero solo mide doce por siete centímetros. Y por el ruido diría que se trata de algo más grande que eso. He comprobado el jardín, pero no he encontrado rastro de ninguna madriguera ni de ningún agujero que hubiera permitido a animal alguno excavar bajo la tapia (mide un metro y medio de altura). ¿Alguien tiene idea de qué puede ser/sugerencia de qué hacer con esto? Tengo críos pequeños, de manera que, si puede ser peligroso, necesito saberlo. Gracias».

El foro de Wildwatcher no era un hervidero de acción, pero la consulta de Pat no había pasado desapercibida: tenía más de cien respuestas. Las primeras le decían que tenía ratas o, posiblemente, ardillas y le aconsejaban llamar a un exterminador. Se había vuelto a conectar un par de horas más tarde para responder: «Gracias a todo el mundo, pero creo que solo es un animal. Nunca oigo ruidos en más de un punto al mismo tiempo. No creo que se trate de una rata o de una ardilla; es lo que pensé al principio, pero puse una trampa para ratones con un pedazo grande de mantequilla de cacahuete y nada, mucha acción aquella noche, aunque la trampa permanecía intacta por la mañana. ¡Así que se trata de algún bicho que no come mantequilla de cacahuete!».

Alguien le preguntaba a qué hora del día estaba más activo el animal. Esa noche, Pat contestó: «Al principio solo lo oíamos por la noche, después de irnos a la cama, pero podría ser porque no prestábamos atención durante el día. Hace una semana, aproximadamente, empecé a fijarme y se oye a todas horas del día y de la noche, sin ningún patrón estricto. En los últimos tres días he notado que el ruido aumenta mucho cuando mi mujer cocina, sobre todo carne; el bicho se vuelve loco. Es bastante espeluznante, para seros sincero. Esta noche estaba preparando la cena (estofado de ternera) y yo estaba con los críos en la habitación de mi hijo, que está encima de la cocina. La cosa esa escarbaba y golpeaba como si intentara atravesar el techo. Justo encima de la habitación de mi hijo, así que estoy preocupado. ¿Alguna idea más?».

La gente empezaba a mostrarse interesada. Pensaban que se trataba de un armiño, un visón o una marta; posteaban fotos de animales delgados y sinuosos, con las bocas abiertas para mostrar sus delicados y viles dientes. Había quien le sugería que esparciera harina por el altillo para obtener las huellas del animal, que les sacara fotos y que las posteara en el foro, junto con imágenes de los excrementos del bicho. Alguien quiso saber a qué venía tanto follón: «¡¡No entiendo a qué viene tanto revuelo!! ¿¿Para qué abres esta consulta?? Compra veneno para ratas, échalo en el altillo y listo. ¿O acaso eres uno de esos tipos blandos a quienes no les gusta matar bichos? Si lo eres, te mereces lo que tienes».

Los usuarios parecieron olvidarse del desván de Pat y empezaron a gritarse en defensa y en contra de los derechos de los animales. La conversación se incendió (se acusaban de asesinos entre sí), pero cuando Pat regresó un día después, mantuvo la cabeza despejada y se situó lejos de las llamas. «Prefiero no utilizar veneno a no ser que sea mi último recurso. Hay huecos en el suelo del altillo que conducen a un espacio (¿de unos 20 cm?) entre las vigas + el techo de los dormitorios de abajo. He echado un vistazo con una linterna y no he logrado ver nada raro, pero no quiero que se meta ahí y se muera y que la casa acabe apestando y, además, tendría que levantar el suelo del altillo para atraparlo. Por eso mismo no me he limitado a tapiar el agujero que hay bajo el alerón: no quiero atrapar al bicho dentro por error. No he visto excrementos, pero me mantendré ojo avizor + voy a seguir vuestro consejo con lo de las huellas».

Nadie le prestó atención (como siempre, incluso hubo insultos entre los usuarios comparándose con Hitler). Ese mismo día, algo más tarde, el administrador del foro bloqueó la consulta. Pat-el-colega no volvió a postear nunca más.

Era evidente que ahí era donde entraban en juego las cámaras y los agujeros de las paredes, pero no acababa de entender su papel. No me imaginaba a aquel tipo con la cabeza tan bien amueblada cazando un armiño por la casa con una maza, como un personaje salido de *El club de los chalados,* si bien tampoco me lo imaginaba sentado tranquilamente contemplando un monitor para bebés mientras algo roía sus paredes, sobre todo con los críos a pocos metros de distancia.

En cualquier caso, esto podría haber significado que podíamos olvidarnos de los monitores y los boquetes. Tal y como le había comentado a Kieran, ningún visón había convencido a Conor Brennan para que cometiera un asesinato múltiple; el problema incumbía a Jenny o al gestor de la propiedad, no a nosotros. Sin embargo, le había dado mi palabra a Richie: íbamos a investigar a Pat Spain y cualquier comportamiento extraño en su vida exigía una explicación. Me convencí de que había un montón de aspectos positivos: cuantos más cabos sueltos atásemos, menos oportunidades dejaríamos a la defensa de crear confusión en los tribunales.

Me preparé un té y un bol de cereales (imaginar a Conor desayunando en su celda me hizo sonreír de placer) y me tomé mi tiempo en releer aquel hilo del foro. Conozco a detectives de homicidios que buscan recuerdos como esos para escuchar el eco de la voz de la víctima, por leve que sea, o cualquier reflejo acuoso de su rostro vivo. Les gusta que recobre la vida para ellos. A mí no. Estos pedazos sueltos no me ayudarán a resolver el caso y no tengo tiempo para dramatismos baratos ni para recrearme en la angustia fácil y atroz de contemplar a alguien caminando alegremente hacia el borde del precipicio. A mí me gusta dejar a los muertos en paz.

Pero Pat era distinto. Conor Brennan había intentado desfigurarlo con virulencia, forjarle una máscara de asesino sobre su carne destrozada para toda la eternidad. Así que vislumbrar ese destello del propio rostro de Pat me pareció una bendición de los ángeles.

Dejé un mensaje en el teléfono de Larry pidiéndole que colocara a su hombre de actividades al aire libre a repasar la consulta de Wildwatcher, que se dirigiera a Brianstown lo antes posible y que verificara cuáles eran las posibilidades reales de que hubiera un bicho salvaje suelto. Luego le respondí el correo electrónico a Kieran. «Muchas gracias por la información. Después de la acogida, parece que Pat Spain debió plantear sus problemas con la fauna en algún otro foro. Necesitamos averiguar dónde. Mantenme informado».

Eran las doce menos veinte cuando entré en la sala de investigaciones. Todos los refuerzos estaban en la calle trabajando o disfrutando de la pausa para el café, pero Richie se encontraba ya ante su mesa, con los tobillos enroscados a las patas de su silla como un adolescente y la vista clavada en la pantalla del ordenador.

—Eo —dijo, sin alzar la vista—. Los muchachos han encontrado el coche de tu hombre. Un Opel Corsa 03D de color azul oscuro.

—Le gustan los iconos del estilo. —Le di un café en vaso de plástico—. Te lo he traído por si acaso. ¿Dónde lo había aparcado?

—Gracias. En la colina que da al extremo sur de la bahía. Lo había apartado de la carretera y escondido entre los árboles, por eso los muchachos no lo vieron hasta que hubo luz.

A un buen kilómetro y medio de la urbanización, o quizá más. Conor no quería arriesgarse.

—Fantástico. ¿Se lo han llevado a Larry?

–Ahora mismo lo está remolcando la grúa.

Señalé el ordenador con la cabeza.

–¿Algo interesante?

Richie negó con la cabeza.

–Tu hombre nunca ha estado arrestado, al menos bajo el nombre de Conor Brennan. Tiene un par de multas por exceso de velocidad, pero las fechas y las ubicaciones no encajan con ninguno de mis destinos.

–¿Sigues intentando averiguar de qué te suena?

–Sí. Creo que podría ser de hace mucho tiempo, porque en la imagen que tengo de él en la memoria era más joven, de unos veinte años. Quizá no sea nada, pero quiero averiguarlo.

Arrojé mi abrigo sobre el respaldo de mi butaca y le di un sorbo al café.

–Me pregunto si alguien más conoce al Conor de antes. En breve tendremos que hacer venir a Fiona Rafferty para que le eche un vistazo y comprobar cómo reacciona. De algún modo consiguió hacerse con la llave de la puerta de los Spain (no me creo esa patraña de que se la encontró dando un paseo al anochecer) y Fiona es la única que la tenía. Me cuesta mucho imaginar que sea pura coincidencia.

En aquel momento, Quigley se materializó detrás de mí y me dio unos golpecitos en el brazo con su tabloide matutino.

–Ya me he enterado de que anoche atrapaste a alguien para tu caso cinco estrellas –susurró, como si fuera un secreto sucio.

Quigley siempre me instiga la necesidad de enderezarme la corbata y comprobar si tengo restos de comida en los dientes. Olía como si hubiera desayunado en un restaurante de comida rápida, cosa que explicaría un montón de cosas, y el labio superior le brillaba a causa de la grasa.

–Has oído bien –le dije, apartándome un paso de él.

Abrió sus abultados ojillos como platos, mirándome.

–¡Menuda rapidez!

–Para eso nos pagan, colega: para atrapar a los malos. Deberías intentarlo alguna vez.

Quigley frunció los labios.

–¡Tranquilo, Kennedy, no te pongas a la defensiva! ¿Qué te pasa? ¿Tienes dudas? ¿Acaso crees que has encerrado al tipo equivocado?

–Mantente al loro. Lo dudo, pero te insto a que conserves el champán en hielo, por si acaso.

–¡Eh! Frena el carro. No me hagas pagar por tus inseguridades. Me alegro por ti, de verdad.

Me señalaba el pecho con su diario, todo arrugado con un desdén ofendido. Quigley solo funciona sintiéndose ofendido.

–Muy amable de tu parte –le dije, girándome de cara a mi mesa para darle a entender que nuestra conversación había finalizado–. Uno de estos días, si me aburro, te dejaré participar en un caso importante y te enseñaré cómo se hace.

–Ah, por supuesto. Si cierras este caso te volverán a asignar todos los buenos, ¿no es cierto? Sería fantástico para ti, desde luego. Algunos de nosotros –le dijo a Richie– solo queremos resolver asesinatos, nos la trae floja salir en los medios de comunicación, pero nuestro Kennedy es un poco distinto. A él le gusta estar bajo los focos. –Quigley meneó el diario: «ANGELITOS ASESINADOS EN SUS CAMAS» junto a una imagen borrosa de unas vacaciones en la que los Spain sonreían desde una playa–. Supongo que no tiene nada de malo, siempre y cuando el trabajo se haga bien.

–¿Tú quieres resolver asesinatos? –le preguntó Richie desconcertado.

Quigley hizo caso omiso de su pregunta y me dijo a mí:

–¿No sería fantástico que este caso lo resolvieras bien? Así puede que todo el mundo olvidase «aquella otra vez».

–Tenía la mano levantada para darme una palmadita en el brazo, pero lo fulminé con la mirada y se lo pensó dos veces–. Buena suerte, ¿eh? Todos esperamos que hayas atrapado al tipo correcto. –Me lanzó una sonrisita, levantó los dedos cruzados y se fue meneándose a intentar joroparle la mañana a otra persona.

Richie le dijo adiós con la mano con una sonrisa de mala pécora y lo observó salir por la puerta.

–¿De qué otra vez habla? –quiso saber.

La pila de informes y declaraciones de testigos empezaba a cobrar forma en mi escritorio. Los ojeé.

–Uno de mis casos salió rana, hace un par de años. Aposté todo mi dinero al tipo equivocado y no logré arrestar al verdadero asesino. Pero Quigley solo dice gilipolleces: a estas alturas, nadie salvo él se acuerda de aquello. Él lo recordará toda la vida porque lo hizo feliz todo el año.

Richie asintió. No parecía en absoluto sorprendido.

–Anda que la cara que ha puesto cuando le has dicho que le enseñarías cómo se hace: puro veneno. Tenéis una larga historia, ¿eh?

Uno de los refuerzos tenía la desagradable costumbre de escribirlo todo en mayúsculas, costumbre de la que iba a tener que desprenderse.

–La verdad es que no. Quigley es un patán trabajando y piensa que la culpa no es suya, sino de todos los demás. Yo consigo casos que él nunca tendrá y me culpa de recibir exclusivamente la escoria. Y yo los resuelvo, cosa que lo hace quedar aún peor y que me convierte en culpable de su incapacidad para resolver un crimen del Cluedo.

–Dos neuronas más y sería una col de Bruselas –dijo Richie. Estaba repantingado en su silla, mordisqueándose una uña y con la vista aún clavada en la puerta por la que había salido Quigley–. Pero también tiene su lado bueno. Le encantaría tener la oportunidad de machacarte. Si no fuera tan lerdo, podrías meterte en problemas.

Dejé las hojas de las declaraciones sobre la mesa.

–¿Qué ha estado comentando Quigley sobre mí?

Richie empezó a repiquetear en el suelo con los pies bajo la silla.

–Nada. Me refiero a lo que acaba de decir.

–¿Y antes de eso? –Richie puso cara de no saber a qué me refería, pero sus pies seguían moviéndose–. Richie. Te aseguro que no vas a herir mis sentimientos. Si está intentando socavar nuestra relación laboral, necesito saberlo.

–No lo está haciendo. Ni siquiera recuerdo lo que dijo. Nada concreto.

–Eso es típico de Quigley. ¿Qué te dijo?

Un encogimiento incómodo.

–Nada, una chorrada sobre que el emperador no lleva tanta ropa como cree y que el orgullo se desvanece con la caída. Ni siquiera tenía sentido.

Deseé haberle sacudido más fuerte a aquel pedazo de mierda cuando se me presentó la oportunidad.

–¿Y qué más?

–Nada más. Ahí fue cuando me desembaracé de él. Me estaba diciendo que hay que «actuar despacito y con buena letra» y le pregunté cómo era posible que a él eso no le funcionase. No le gustó.

Me desconcertó la ridícula punzada de calidez que sentí al pensar que aquel chaval me defendiera.

–¿Y no es eso por lo que te preocupaba que me estuviera precipitando con Conor Brennan?

–¡Claro que no! No tiene nada que ver con Quigley. Nada.

–Será mejor que así sea. Si crees que Quigley está de tu parte, te vas a llevar una desagradable sorpresa. Eres joven y prometedor, lo cual te convierte en culpable de que él sea un perdedor de mediana edad. Si le dan la oportunidad, no estoy seguro de a quién de nosotros dos arrojaría primero a las ruedas de un autobús.

–Soy consciente de ello. Ese gordo capullo me dijo el otro día que quizá me «sintiera más a gusto» si regresaba a Vehículos Motorizados, a menos que tuviera demasiadas «conexiones emocionales» con los sospechosos de este departamento. No hago caso de lo que dice.

–Bien hecho. No lo hagas. Es un agujero negro: si te acercas demasiado, te arrastrará con él. Mantente siempre alejado de la negatividad, hijo.

–Lo que intento es mantenerme alejado de los capullos inútiles. Ese tipo no va a arrastrarme a ningún sitio. ¿Cómo consiguió llegar a esta brigada?

Me encogí de hombros.

–Tres posibilidades: o es pariente de alguien, o se está follando a alguien o tiene algo con lo que chantajear a alguien. Tú mismo. Personalmente, creo que, si fuera familia de alguien, a estas alturas yo lo sabría y no tiene pinta de semental. Eso deja el chantaje como única opción viable. Lo cual te da otra buena razón para guardar las distancias con él.

Richie arqueó las cejas.

–¿Crees que es peligroso? –preguntó–. ¿En serio? ¿Ese imbécil?

–No subestimes a Quigley. Es lerdo, eso es indiscutible, pero no tanto como crees o no estaría aquí. Para mí no representa ningún peligro y para ti tampoco, a menos que cometas alguna estupidez, pero no porque sea un idiota inofensivo. Piensa en él como un virus gástrico: puede conseguir que tu vida apeste y tarda una eternidad en marcharse, así que yo procuraría evitarlo; no puede hacerte ningún daño grave, a menos que haya detectado tu punto débil. Eso sí: si eres vulnerable, aprovechará cualquier oportunidad para explotarlo. Y entonces sí podría ser peligroso.

–Tú mandas –dijo Richie en tono jovial; la imagen lo había alegrado, aunque seguía sin parecer especialmente convencido–. Me mantendré lejos del Hombre Diarrea.

No me molesté en intentar no sonreír.

–Y otra cosa más: no le busques las cosquillas. Sé que el resto de nosotros lo hacemos, y tampoco deberíamos, pero no somos novatos. Por muy gilipollas que sea Quigley, tomarle el pelo te haría quedar como un soplagaitas con los humos subidos, y no solo ante él, sino ante el resto de la brigada. Caerías de bruces a los pies de Quigley.

Richie me devolvió la sonrisa.

–Entendido. Aunque lo está pidiendo a gritos.

–Es cierto. Pero no tienes por qué seguirle el juego.

Se llevó la mano al corazón.

–Me portaré bien. De verdad. ¿Cuál es el plan para hoy?

Regresé a mi pila de papeles.

–Hoy vamos a averiguar por qué Conor Brennan hizo lo que hizo. Tiene derecho a ocho horas de sueño, así que no podemos tocarlo, como mínimo, en otro par de horas. Pero no tengo prisa. Propongo que esta vez lo hagamos esperar.

Una vez arrestados, cuentas con tres días antes de tener que presentar cargos contra ellos o dejarlos libres y tenía previsto tomarme todo el tiempo necesario. Solo en la televisión la historia acaba con la confesión grabada en una cinta y con el clic de las esposas. En una investigación real, ese clic no es más que el principio. Lo que ocurre es lo siguiente: el sospechoso cae en picado desde el puesto más alto de tu lista de prioridades al más bajo. Pueden transcurrir varios días sin que le veas el pelo, una vez lo tienes donde quieres. Lo único que te interesa es levantar las paredes para mantenerlo ahí.

–Ahora iremos a hablar con O'Kelly –continué–. Y luego charlaremos con los refuerzos y les pediremos que empiecen a investigar la vida de Conor y de los Spain. Tenemos que encontrar un punto de confluencia en el que los Spain llamaran su atención: una fiesta a la que asistieron, una empresa que contrató a Pat para su departamento de recursos humanos y a Conor para hacer el diseño web, algo así. Conor dijo que llevaba aproximadamente un año espiándolos, lo cual significa que los refuerzos deberán concentrarse en el año 2008. Entre tanto, tú y yo vamos a ir a registrar la casa de Conor para ver si podemos rellenar algunos huecos y detectar cualquier cosa que pueda servirnos como motivo, algo que nos conduzca en la dirección de cualquiera de los Spain o de las llaves.

Richie se toqueteaba el hoyo de la barbilla (el afeitado era innecesario, pero al menos demostraba una actitud correcta) mientras buscaba las palabras exactas con las que formular su pregunta.

–No te preocupes –lo tranquilicé–. No me he olvidado de Pat Spain. Tengo algo que enseñarte.

Encendí mi ordenador y busqué la web de Wildwatcher. Richie corrió su silla para poder leer por encima de mi hombro.

–Vaya –dijo, cuando hubo acabado–. Supongo que eso podría explicar lo de los monitores de vídeo. Hay gente así, ¿no? Gente que llega muy lejos para ver animales, que instala circuitos cerrados de televisión para vigilar si hay zorros en su jardín trasero.

–Es como ver *Gran Hermano*, solo que con concursantes más inteligentes. Pero no creo que eso fuera lo que sucedió aquí. Pat estaba obviamente preocupado por que el bicho ese pudiera entrar en contacto con sus hijos; no lo haría solo por diversión. Suena como si quisiera deshacerse de esa alimaña.

–Sí, es verdad. Pero hay un largo trecho entre eso e instalar media docena de cámaras. –Silencio, mientras Richie releía–. ¿Y los boquetes en la pared? –preguntó con cuida-do–. Se necesita un animal bastante grande para hacer esos agujeros.

–Quizá sí y quizá no. Tengo gente investigándolo. ¿Alguien ha mandado llamar a un inspector de construcción para echar un vistazo a la casa y comprobar si se han producido desplazamientos por asentamiento o algo así?

–El informe está en el montón. Lo hizo Graham.

Fuera quien fuera.

–La versión corta: la casa está hecha pedazos: la humedad sube hasta la mitad de las paredes, hay asentamiento (de ahí las grietas) y pasa algo raro con las cañerías. No he podido descifrar qué era, pero lo esencial es que habría que reinstalar todas las tuberías en un año o dos. Sinéad Gogan no se equivocaba al hablar de los constructores: son una pandilla de oportunistas de mierda. Levantaron las casas, las vendieron y se largaron antes de que alguien pudiera darse cuenta de la jugada, pero el experto asegura que ninguno de esos problemas estaría relacionado con los agujeros de las paredes. El de los alerones sí podría deberse a un asentamiento, pero los de las paredes no. –Los ojos de Richie buscaron los míos–. Si Pat hizo esos boquetes persiguiendo a una ardilla...

–No era una ardilla –lo atajé yo–. Y no sabemos si los hizo él. ¿Quién se está precipitando ahora?

–Solo digo «si». Horadar las paredes de tu propia casa...

–Es una medida drástica, desde luego. Pero ¿qué harías tú en su lugar? Imagina que hay un animal misterioso correteando por tu casa, que quieres que desaparezca y no tienes pasta para pagar a un exterminador. ¿Qué harías?

–Tapiar el agujero bajo los alerones. Si atrapas al bicho por error, esperas un par de días a que esté hambriento, quitas los tablones para que pueda escapar y lo vuelves a intentar. Y si ni aun así se va, echas veneno. Si se muere en las paredes y apesta la casa, entonces es cuando sacas la maza. No antes. –Richie se apartó de mi mesa de un empujón y fue rodando subido en su silla hacia su propio escritorio–. Si Pat hizo esos agujeros, entonces Conor no es el único cuya mente no carburaba bien.

–Tal y como he dicho, ya lo descubriremos, pero hasta entonces...

–Sí, ya lo sé. Tengo que mantener el pico cerrado.

Richie se puso la chaqueta y empezó a tirarse del nudo de la corbata, intentando comprobar cómo estaba sin deshacerlo.

–Está bien –lo tranquilicé–. Y ahora vayamos a ver al superintendente.

Él se había olvidado de lo de Quigley, pero yo no. Había una parte que no le había contado a Richie: Quigley jamás se bate en un combate justo. Su don personal es tener un olfato de hiena para detectar cualquier debilidad o sangrado, y no ataca a nadie a menos que esté seguro de que puede hundirlo. Era evidente por qué había convertido a Richie en su diana. El novato, el chaval de clase obrera que necesitaba demostrarse su propia valía de mil modos distintos, el listillo que no era capaz de morderse la lengua: era un blanco fácil y seguro, lo estaría aguijoneando hasta conseguir que se metiera en problemas con sus propias palabras. Lo que no acababa de entender, y me habría preocupado si no hubiera estado flotando por el buen humor, era por qué Quigley cargaba contra mí.

O'Kelly estaba contento como una perdiz.

–Aquí están los hombres a quienes estaba esperando –nos saludó, haciendo girar su silla para mirarnos cuando llamamos a la puerta de su despacho. Nos señaló las sillas (tuvimos que despejar los montones de correos electrónicos impresos y de solicitudes para las vacaciones antes de poder sentarnos; el despacho de O'Kelly siempre transmite la sensación de que el papeleo está a punto de vencer) y levantó su copia del informe–. Adelante. Decidme que no estoy soñando.

Lo puse al día.

–Maldito capullo –dijo O'Kelly cuando hube acabado, sin acalorarse demasiado. El superintendente lleva mucho tiempo trabajando en homicidios y ha visto de todo–. ¿La confesión está contrastada?

–Solo en parte –respondí yo–, porque empezó a caerse de sueño antes de que tuviéramos tiempo de entrar en detalles. Luego retomaremos la conversación con él, o mañana.

–Pero ese pequeño hijo de puta es nuestro hombre. Con lo que tenéis puedo presentarme ante los medios de comunicación y decirle a la población de Brianstown que ya puede volver a dormir tranquila, ¿no? ¿Es eso lo que me estáis diciendo?

Richie me miraba.

–La población está segura –afirmé.

–Eso es lo que quería oír. He estado espantando periodistas con un palo; os juro que a la mitad de esos capullos les encantaría que ese hijo de puta volviera a atacar solo para tener otra noticia. Así frenaremos su galope. –O'Kelly se recostó en su butaca, suspiró aliviado y apuntó con su regordete dedo índice en dirección a Richie–. Curran, te seré sincero, no te quería involucrar en este caso. ¿Te lo había dicho Kennedy?

Richie negó con la cabeza.

–No, señor.

–Pues no te quería. Pensaba que estabas demasiado verde para limpiarte el culo sin que alguien te sostuviera el papel. –Capté de reojo el tic en la comisura del labio de Richie, pero asintió con aire serio–. Pero me equivocaba. Quizá debería utilizar a novatos más a menudo, darles a esos vagos zoquetes de ahí fuera algo en lo que pensar. Te felicito.

–Gracias, señor.

–Y en cuanto a este tipo –dijo señalándome con el pulgar–, algunos de ahí fuera me habían aconsejado que no lo dejara aproximarse a menos de un kilómetro a este caso, me recomendaban que lo hiciera trabajar de refuerzo, que lo obligara a demostrar que aún tiene lo que hace falta...

Un día antes me habría muerto de ganas de averiguar quiénes habían sido esos hijos de puta y obligarlos a tragarse sus palabras. Pero los telediarios vespertinos se encargarían de hacerlo por mí. O'Kelly me observaba con agudeza.

–Espero haberlo hecho bien, señor –dije mansamente.

–Sabía que lo harías; de lo contrario, no me habría arriesgado. Les dije que se metieran sus opiniones donde todos sabemos, y tenía razón. Bienvenido a bordo de nuevo.

–Me alegro de estar de vuelta, señor –repliqué.

–Así está la cosa: yo tenía razón sobre ti, Kennedy, y tú tenías razón acerca de este jovencito. Hay un montón de tipos en esta brigada que aún andarían tocándose los cojones y esperando a que aterrizara una confesión en su regazo. ¿Cuándo vais a presentar cargos contra ese malnacido?

–Me gustaría contar con los tres días íntegros –solicité–. Quiero asegurarme de no dejar ningún cabo suelto.

–Ese es nuestro Kennedy –le dijo O'Kelly a Richie–. Una vez le echa los dientes a alguien, que Dios ayude al pobre capullo. Observa y aprende. Adelante, adelante –me alentó con un gesto magnánimo de la mano–, tómate todo el tiempo que precises. Te lo has ganado. Te conseguiré las extensiones. Y ya que nos ponemos, ¿necesitas algo más? ¿Más hombres? ¿Más horas extra? Lo que sea...

–Por el momento estamos bien, señor. Si algo cambia, se lo haré saber.

–Hazlo –replicó O'Kelly. Nos hizo un gesto de aprobación con la cabeza, cuadró las esquinas de nuestro informe y lo colocó sobre una pila: fin de la conversación–. Ahora largaos de aquí y demostradle a esa pandilla de ahí fuera cómo se hacen las cosas.

En el pasillo, a una distancia segura de la puerta de O'Kelly, Richie buscó mi mirada.

–¿Quiere eso decir que ahora ya me puedo limpiar el culo solo? –preguntó.

Mucha gente se ríe del superintendente, pero es mi jefe y siempre me ha cuidado, y yo me tomo ambas cosas muy en serio.

–Es una metáfora –respondí.

–Ya lo he pillado. ¿Qué significa el rollo de papel?

–¿Quigley? –pregunté yo, al tiempo que entrábamos de nuevo en la sala de investigaciones entre risas.

Conor vivía en un piso en un sótano de una casa alta de ladrillo rojo con la pintura de los marcos de las ventanas desconchada; su puerta daba a la parte trasera; se descendía a ella por un tramo de escaleras con una barandilla oxidada. En el interior, el piso, que constaba de un dormitorio, un salón-cocina diminuto y un cuarto de baño aún más diminuto, daba síntomas de haber caído en el olvido hacía mucho tiempo. No estaba sucio, o al menos no sucísimo, pero había telarañas en las esquinas, restos de comida en el fregadero de la cocina y cosas pegadas al linóleo del suelo. En el frigorífico había comidas preparadas y Sprite. La ropa de Conor era de buena calidad, pero tenía un par de años; estaba limpia, pero la guardaba mal doblada en montones abultados en la base del armario. Su papeleo estaba en una caja de cartón en un rincón del salón: facturas, extractos del banco, recibos, todo junto; algunos de los sobres ni siquiera estaban abiertos. Con un poco de esfuerzo habría podido apuntar el mes exacto en que había perdido la conexión con su vida.

No había ropa ensangrentada a la vista, ni tampoco en la lavadora ni tendida para que se secara; tampoco había zapatillas deportivas manchadas de sangre (de hecho, no tenía deportivas), pero los dos pares de zapatos que guardaba en el armario eran del 44.

–Jamás he visto a un tipo de su edad que no tenga zapatillas –observé.

–Se habrá deshecho de ellas –aventuró Richie. Había levantado el colchón de Conor, lo había apoyado contra la pared y andaba palpándolo por debajo con la mano enguantada–. Debió de ser lo primero que hizo al regresar a casa el lunes por la noche: ponerse ropa limpia y deshacerse de la vieja lo antes posible.

–Lo cual significa que, con un poco de suerte, no las tiraría demasiado lejos. Haremos que alguno de los muchachos empiece a rebuscar en los contenedores del vecindario. –Yo andaba revisando los montones de ropa, comprobando si había algo en los bolsillos y palpando las prendas por si estaban húmedas. Hacía frío: la calefacción (un calefactor de aceite) estaba apagada y el frío se colaba por el suelo–. Aunque no encontremos la ropa manchada de sangre, podría sernos de ayuda. Si el joven Conor intenta alegar demencia en su defensa (y básicamente es la única opción que le queda), podremos indicar que intentó ocultar sus actos, lo cual significa que sabía que lo que había hecho estaba mal, de lo que se deduce que está igual de cuerdo que tú y que yo. Al menos, a efectos legales.

Telefoneé a algunos refuerzos para encargarles la estimulante labor de registrar la basura; el piso estaba tan soterrado que tuve que salir al exterior para tener cobertura con el móvil; Conor no habría podido hablar con sus amigos ni aun habiéndolos tenido. Luego nos dedicamos al salón.

Incluso con las luces encendidas, era una estancia lúgubre. La ventana, al nivel de la cabeza, daba a una triste pared gris; tuve que alargar el cuello hacia un lado para poder ver un estrecho rectángulo de cielo y los pajarillos revoloteando entre los nubarrones. Lo más prometedor, un ordenador del paleolítico con cereales de desayuno esparcidos por el teclado y un móvil hecho polvo que estaba sobre el escritorio de Conor, y de nada servía tocar alguna de las dos cosas sin Kieran. Junto al escritorio había un viejo cajón de fruta que tenía una etiqueta destrozada de una chica morena sonriendo con una naranja en la mano. Abrí la tapa. En el interior encontré el alijo de *souvenirs* de Conor.

Una bufanda azul de cuadros descolorida de tanto lavarla, con unos cuantos cabellos largos y rubios enganchados a la tela. Una vela verde medio quemada en un bote de vidrio que impregnaba la caja con el aroma dulce y nostálgico de las manzanas maduras. Una página de un cuaderno de notas del tamaño de una mano con las arrugas alisadas: un dibujo garabateado mientras se habla por teléfono con trazo rápido y fuerte de un jugador de rugby corriendo con una pelota bajo el codo. La taza, resquebrajada y manchada de té, con margaritas pintadas. Un puñado de gomas de coleta, ordenadas pulcramente como si fueran un tesoro. Un dibujo de niño a lápiz de cuatro cabezas amarillas, un cielo azul, pájaros volando y un gato negro tumbado en la copa de un árbol en flor. Un imán de plástico verde con forma de X, descolorido y mordisqueado. Y un bolígrafo azul oscuro con unas letras caligráficas doradas que rezaban: «Golden Bay Resort, ¡su puerta al paraíso!».

Aparté con un dedo la bufanda del cuadrante inferior del dibujo. «EMMA», leí, escrito en mayúsculas temblorosas junto a la fecha. El óxido que manchaba el cielo y las flores no era pintura. Había hecho el dibujo un lunes, probablemente en la escuela, cuando apenas le quedaban unas horas de vida.

Se produjo un largo silencio. Nos arrodillamos en el suelo, entre aquel olor a madera y a manzanas.

–Bien –dije–. Aquí tenemos nuestra prueba. Conor estuvo en la casa la noche en que fallecieron.

–Eso ya lo sé –replicó Richie.

Otro silencio, este más largo y tenso, mientras ambos esperábamos a que el otro lo rompiera. En el piso de arriba, unos tacones repiqueteaban agudamente en el suelo desnudo.

–Está bien –dije yo, a la par que tapaba con cuidado la caja de nuevo–. Está bien. La meteremos en una bolsa, la etiquetaremos y continuaremos con nuestras pesquisas.

El viejo sofá naranja apenas se veía bajo la pila de jerseys, DVD y bolsas de plástico vacías. Nos abrimos camino entre las diversas capas, buscando restos de sangre, sacudiendo todo lo que encontrábamos a nuestro paso y arrojándolo al suelo.

–¡Por el amor de Dios! –exclamé al desenterrar una guía de televisión correspondiente a mediados de junio y una bolsa medio llena de patatas con sal y vinagre–. Mira esto.

Richie me sonrió con ironía y sostuvo en alto una toallita de papel que se había utilizado para limpiar algo parecido a café.

–He visto cosas peores.

–Yo también, pero no es excusa. Me importa un bledo si el tipo estaba sin blanca: el respeto por uno mismo es gratis. Los Spain estaban tan pelados como él y su casa estaba inmaculada. –Incluso en mis momentos más bajos, después de la ruptura con Laura, jamás dejé restos de comida pudrirse en el fregadero–. Cualquiera diría que estaba demasiado ocupado para pasar una bayeta.

Richie andaba liado con los cojines del sofá; levantó uno y lo recorrió pasando la mano alrededor, entre las migajas.

–Veinticuatro horas al día encerrado en este lugar, sin un trabajo al que acudir ni dinero para salir por ahí: eso debe fundirte los plomos. Yo tampoco puedo asegurar si me habría dedicado a limpiar.

—No se pasaba encerrado en este lugar veinticuatro horas al día siete días a la semana, acuérdate. Conor tenía otros lugares que visitar. Estaba bastante ocupado en Brianstown.

Richie desabrochó la cremallera de la funda del cojín y metió la mano dentro.

—Es cierto —confirmó—. ¿Y quieres que te diga algo? Por eso este lugar está hecho una pocilga. No era su hogar. Aquel escondite en la urbanización era lo que él consideraba su hogar. Por eso estaba limpio como una patena.

Hicimos un registro a conciencia: miramos debajo de los cajones, en la parte trasera de las estanterías, dentro de las cajas de la comida basura procesada y caducada que había en el congelador...; incluso utilizamos el cargador de Conor para conectar el móvil de Richie a todos los enchufes de la casa para asegurarnos de que ninguno de ellos fuera falso y ocultara un escondite. La caja del papeleo regresaría a la comisaría central con nosotros, por si Conor había utilizado un cajero automático dos minutos después de Jenny o había guardado alguna factura por diseñar la página web de la empresa de Pat, pero le echamos un vistazo solo por entretenernos. Sus extractos bancarios mostraban el mismo patrón deprimente general que los de Pat y Jenny: unos ingresos decentes y unos ahorros sólidos, luego unos ingresos más reducidos y unos ahorros en merma y, finalmente, la ruina. Puesto que Conor trabajaba por cuenta propia, se había venido abajo menos espectacularmente que Pat Spain: poco a poco, sus cheques habían ido reduciéndose y los intervalos en los que los ingresaba se habían ido espaciando, pero se había quedado antes sin blanca. Su caída había dado comienzo a finales de 2007; hacia mediados de 2008 había comenzado a tirar de los ahorros. Habían transcurrido meses antes de que ingresara algo en la cuenta.

En torno a las dos y media habíamos acabado y volvíamos a colocar las cosas en su sitio, que en este caso significaba pasar de nuestro desorden ordenado al caos absoluto de Conor. A nuestro manera quedaba mejor.

—¿Sabes qué es lo que me sorprende de este lugar? —pregunté.

Richie estaba colocando los libros en la estantería a puñados, cosa que hacía que algunas pelusas de polvo revolotearan en el aire.

—¿Qué?

—No hay rastro de nadie más. Ningún cepillo de dientes de una novia, ninguna foto de Conor con sus amigos, ni una tarjeta de cumpleaños, ni un «Llamar a papá» o «Reunión con Joe a las 20:00 en el pub» en el calendario: nada que diga que Conor tuvo contacto con algún otro ser humano en su vida. —Recoloqué los DVD en su estante—. ¿Recuerdas lo que dije sobre él, lo de que no tenía nadie a quien querer?

—Quizá lo tenía todo en digital. Mucha gente de nuestra edad lo guarda todo en sus teléfonos móviles o en el ordenador (fotos, citas).

De la estantería cayó un libro con gran estrépito y Richie se giró precipitadamente hacia mí, con la boca abierta y echándose las manos a la nuca.

—¡Joder! —exclamó—. ¡Fotos!

—¿La frase concluye de alguna manera, jovencito?

—¡Joder! Sabía que lo había visto. No me extraña que se preocupara por ellos...

—Richie.

Richie se frotó las mejillas con la manos, respiró hondo y exhaló de nuevo.

—¿Recuerdas cuando anoche le preguntaste a Conor cuál de los Spain le gustaría que siguiera con vida? ¿Y contestó que Emma? Joder, no me extraña, tío. Es su padrino.

La foto enmarcada en la estantería de Emma: un bebé sin rasgos distintivos, Fiona toda acicalada y un tipo con el pelo

362

lacio asomando sobre su hombro. Yo recordaba una cara de niño, sonriente, pero no le veía el rostro.

—¿Estás seguro?

—¡Sí, claro que estoy seguro! ¿Te acuerdas de la foto que había en la habitación de Emma? Estaba más joven, ha adelgazado mucho y se ha cortado el pelo, pero te juro por Dios que es él.

La fotografía había ido a parar a la comisaría central, junto con todo lo demás que permitiera identificar a cualquier conocido de los Spain.

—Verifiquémoslo —propuse.

Richie ya tenía el teléfono en la mano. Subió los escalones casi corriendo.

En menos de cinco minutos, el refuerzo que estaba de guardia en el número habilitado para aportar pistas sobre el caso había desenterrado la fotografía, la había fotografiado con su teléfono móvil y se la había enviado por correo electrónico a Richie. Era una foto pequeña y estaba algo pixelada, y Conor parecía más feliz y descansado de lo que yo lo habría imaginado nunca, pero era él, no cabía duda: firme en su traje de adulto, sostenía a Emma como si fuera de cristal, con Fiona alargando la mano por delante de él para meter un dedo en la diminuta mano de la cría.

—¡Maldita sea! —exclamó Richie en voz baja, con la vista clavada en el teléfono.

—Sí —añadí—. Esto lo explica todo.

—¡Claro que lo sabía todo sobre la relación de Pat y Jenny!

—¡Y tanto! Maldito hijo de puta: ha estado sentado riéndose de nosotros todo el rato.

Richie torció el gesto.

—A mí no me pareció que se estuviera riendo.

—Desde luego que no se reirá cuando vea esta fotografía. Pero no la verá hasta que lo tengamos todo preparado. Quiero tener todos los cabos atados antes de que nos acerquemos a Conor de nuevo. ¿Querías un motivo? Me apuesto lo que sea a que ese rastro empieza justo aquí.

–Podría retroceder mucho en el tiempo. –Richie dio un golpecito en la pantalla del móvil–. Esto fue hace seis años. Si Conor y los Spain eran amigos íntimos entonces, seguramente hacía ya tiempo que se conocían. Estamos hablando, como mínimo, del instituto, probablemente de la escuela. El motivo podría estar en cualquier punto del recorrido. Quizá ocurrió algo, todo el mundo se olvidó de ello y luego, cuando la vida de Conor se fue al carajo, de repente, algo que sucedió hace quince años se le antoja una montaña...

Hablaba como si por fin creyera que Conor era nuestro hombre. Me acerqué al teléfono para ocultar mi sonrisa.

–O podría ser algo mucho más reciente. En algún momento de los últimos seis años, la relación se fue tan a pique que el único modo que Conor tenía de ver a su ahijada era a través de unos prismáticos. Me encantaría saber qué sucedió.

–Lo descubriremos. Hablaremos con Fiona, con todos sus viejos amigos...

–Claro que lo haremos. Ahora ya tenemos a ese capullo.

Me dieron ganas de darle un achuchón a Richie, como si fuéramos un par de adolescentes idiotas dándonos puñetazos de broma.

–Richie, amigo mío, te acabas de ganar todo tu salario.

Richie sonrió y, rojo como un tomate, dijo:

–Nada de eso. Lo habríamos descubierto antes o después.

–Claro que sí. Pero mejor antes que después, mucho mejor. Podemos relegar a media docena de refuerzos de intentar averiguar si Conor y Jenny pusieron gasolina en la misma gasolinera en 2008, y eso nos brinda media docena de oportunidades adicionales de encontrar esas prendas de ropa antes de que el camión de la basura se las lleve al vertedero... Eres el «Hombre de las Coincidencias». Puedes estar más que contento.

Se encogió de hombros y se frotó la nariz para ocultar su rubor.

—Ha sido cuestión de suerte.

—¡Y un carajo! La suerte no existe. La suerte solo resulta de utilidad tras un sólido trabajo de detective, y eso es exactamente lo que tenemos aquí. Y ahora dime: ¿cuál debe ser el siguiente paso?

—Fiona Rafferty. Lo más rápido posible.

—Desde luego que sí. Telefonéala tú; le caíste mejor que yo. —No me dolió nada admitirlo—. Intenta hacerla venir lo antes posible a la comisaría central. Estaría bien tenerla allí en un par de horas; yo pago la comida.

Fiona estaba en el hospital (de fondo, aquella máquina seguía emitiendo pitidos constantes), e incluso su «¿Dígame?» sonó exhausto, al borde de la ruptura.

—Señorita Rafferty, soy el detective Curran —se presentó Richie—. ¿Dispone de un minuto?

Un segundo de silencio.

—Aguarde —dijo Fiona. Su voz sonó amortiguada por la mano con la que tapó el teléfono—: Tengo que contestar. Estaré fuera, ¿de acuerdo? Llámame si me necesitas. —Se oyó el clic de una puerta y el pitido se desvaneció—. Dígame.

—Siento alejarla de su hermana —se disculpó Richie—. ¿Cómo está?

Un silencio momentáneo.

—Pues no demasiado bien. Igual que ayer. Fue entonces cuando hablaron con ella, ¿no? Antes de permitirnos verla a nosotras.

La voz de Fiona delataba resentimiento.

Richie contestó, con calma:

–Sí, hablamos con ella unos minutos. No queríamos cansarla demasiado.

–¿Tienen previsto regresar a hacerle más preguntas? Porque se lo desaconsejo. No tiene nada que decirles. No quiere recordar nada. De hecho, apenas puede hablar. Lo único que hace es llorar. Es lo que hacemos todos nosotros. –Su voz sonaba temblorosa–. ¿Les importaría... dejarla en paz? Por favor...

Richie estaba aprendiendo: no contestó a eso.

–La llamo porque tenemos noticias que darles. Lo verán más tarde por televisión, pero hemos creído oportuno comunicárselo nosotros mismos. Hemos arrestado a alguien.

Silencio. Y luego:

–Así que no fue Pat. Se lo dije. Se lo dije.

Los ojos de Richie se posaron en los míos un instante.

–Sí, nos lo dijo.

–¿Quién...? Dios mío, ¿quién ha sido? ¿Por qué lo ha hecho? ¿Por qué?

–Aún estamos trabajando en eso. Hemos pensado que quizá usted podría echarnos una mano. ¿Podría acercarse al castillo de Dublín para hablar de ello? Allí le facilitaremos todos los detalles.

Otro segundo de aire muerto, mientras Fiona procesaba la información.

–Sí. Sí, desde luego. Pero ¿les importaría esperar un poco? Mi madre se ha ido a casa para dormir un rato. No quiero dejar a Jenny sola. Regresará a las seis, así que podría reunirme con ustedes a las siete. ¿Es demasiado tarde?

Richie levantó las cejas en señal interrogativa. Asentí.

–Perfecto –contestó–. Y escuche, señorita Rafferty, háganos un favor y todavía no se lo diga a su hermana. Asegúrese de que su madre tampoco lo hace, ¿de acuerdo? Una vez hayamos presentado cargos contra el sospechoso podremos decírselo, pero aún es demasiado pronto; no conviene alterarla si algo sale mal. ¿Me lo promete?

–Sí. No diré nada. –Tomó aliento.– Ese tipo. Por favor, dígame quién es.

Richie contestó con tono amable:

–Hablaremos más tarde. Cuide de su hermana, ¿de acuerdo? Y cuídese usted también. Hasta pronto. –Colgó el teléfono antes de dar tiempo a Fiona de seguir preguntando.

Eché un vistazo a mi reloj. Eran casi las tres de la tarde: cuatro horas de espera.

–Te has quedado sin comida gratis, cielo.

Richie se guardó el teléfono y me sonrió.

–Y yo que pensaba pedirme un bogavante...

–¿Te conformas con un sándwich de atún? Me gustaría acercarme a Brianstown, comprobar cómo avanzan los equipos de rastreo y probar de nuevo con el chaval de los Gogan, pero de camino podemos comprar algo para comer. Voy a quedar fatal si caes fulminado de inanición.

–Un sándwich de atún suena bien. ¿Quieres que eche a perder tu reputación?

Seguía sonriendo. Modestia aparte, Richie era un hombre feliz.

–Te agradezco la preocupación –contesté–. Acaba tú dentro. Yo voy a telefonear a Larry para decirle que envíe aquí a sus muchachos y así podremos ponernos en marcha.

Richie regresó abajo saltando las escaleras de dos en dos.

–¡Scorcher! –me saludó Larry encantado–. ¿Últimamente te he dicho que te amo?

–Nunca está de más. ¿Qué he hecho ahora?

–Ese coche. Es el sueño de cualquier hombre, y eso que ni siquiera es mi cumpleaños.

–Ponme al corriente. Si yo te envío regalitos, al menos merezco saber qué contienen.

–Bueno, lo primero no estaba exactamente dentro del coche. Cuando los muchachos fueron a remolcarlo con la grúa, del agujero del volante cayó un anillo con llaves. Eran las llaves del coche y lo que parece un par de llaves de una casa, una Chubb y otra Yale, y, ¡bingo!, tenemos la llave de la puerta trasera de los Spain.

–¡Tú sí que sabes endulzarme el día! –exclamé.

El código de la alarma y ahora aquello: lo único que necesitábamos averiguar era de dónde había sacado la llave Conor, y una respuesta evidente vendría a charlar con nosotros en cuestión de horas, y la maraña en torno al acceso a la llave quedaría bien atadita con un lindo lazo. La robusta y acogedora casa de Pat y Jenny había sido tan segura como una tienda de campaña en una playa abierta.

–Pensaba que te gustaría. Y, cuando entramos en el coche, ¡madre mía! Adoro los coches. He visto a tipos que se bañaban en lejía pura después de hacer sus cositas, pero no se preocupaban de limpiar sus coches. No se preocupaban para nada. Y este coche es un nido de cabellos, fibras, suciedad y todo tipo de cosas, y, si yo tuviera que apostar por un hombre, te apuesto lo que sea a que al menos encontramos una coincidencia entre el coche y la escena del crimen. Además, también hay una huella de barro en la alfombrilla del asiento del conductor: tenemos que analizarla para ver cuánto detalle podemos obtener, pero corresponde a una zapatilla deportiva de hombre de un cuarenta y cuatro o un cuarenta y cinco.

–Aún más dulce.

–Y, por supuesto –continuó Larry con recato–, está la sangre.

A aquellas alturas, ya ni siquiera me sorprendió. De vez en cuando, este trabajo te brinda un día así, un día en el que todos los dados ruedan en tu dirección, cuando lo único que tienes que hacer es alargar la mano y te cae en ella una prueba suculenta y jugosa.

–¿Cuánta?

–Hay manchas por todos sitios. Solo un par de ellas en la manecilla de la puerta y en el volante, como si se hubiera quitado los guantes antes de llegar al coche, pero el asiento del conductor está repleto... Vamos a enviarlas para que analicen el ADN, pero voy a arriesgarme y diría que van a coincidir con las de tus víctimas. Dime que te hago feliz.

–El hombre más feliz del mundo –repliqué–. A cambio, tengo otro regalito para ti. Richie y yo estamos en el piso del sospechoso, echando un vistazo rápido. Cuando tengas un momento, sería genial que os dejarais caer por aquí y le dierais un repaso como Dios manda. No hemos visto sangre (lo siento), pero tenemos otro ordenador y otro teléfono móvil para mantener al joven Kieran ocupado, y estoy convencido de que encontrarás algo de tu interés.

–¡Cuánta generosidad! Me acercaré lo antes posible. ¿Estaréis tú y tu nuevo amiguito por ahí?

–Probablemente no. Vamos a regresar a la escena del crimen. ¿Está allí tu muchacho *buscatejones*?

–Así es. Le diré que os espere. Me debes un abrazo. *Ciao ciao*. –Larry colgó.

El caso empezaba a cobrar forma. Lo percibía, era una sensación física, como si mis propias vértebras estuvieran alineándose con pequeños y confiados clics y me dejaran enderezarme y respirar hondo por primera vez en días. Killester está cerca del mar y, por un segundo, tuve la sensación de atrapar un tufillo a aire salado, vívido y salvaje, que se filtraba entre los olores de la ciudad para venir en mi búsqueda. Mientras me guardaba el teléfono en el bolsillo y empezaba a descender por las escaleras, me descubrí sonriendo al cielo gris y a los pajarillos.

Richie andaba apilando cosas sobre el sofá.

—Larry se lo está pasando pipa con el coche de Conor. Hay cabellos, fibras, una huella del pie y, ¡adivina!, la llave de la puerta trasera de los Spain. Richie, amigo mío, es nuestro día de suerte.

—Fantástico. Es genial, sí.

No levantó la mirada.

—¿Qué sucede? —le pregunté.

Se dio media vuelta como si se estuviera arrastrando para salir de un pesado sueño.

—Nada. Estoy bien.

Tenía el rostro contraído y reconcentrado. Algo había sucedido.

—Richie... —le dije yo.

—Solo necesito comerme ese sándwich. De repente se me ha venido todo el cansancio encima, no sé si me entiendes, como si tuviera un bajón de azúcar. Y el aire de este sitio y todo...

—Richie. Si sucede algo, tienes que decírmelo.

Sus ojos buscaron los míos. Parecía joven y completamente perdido y, cuando abrió los labios, supe que era para pedir ayuda. De pronto, su rostro se cerró sin más y dijo:

—Nada. De verdad. ¿Nos vamos?

Cuando pienso en el caso de los Spain, en el abismo de las noches inacabables, ese es el momento que recuerdo. Todo lo demás, cada tropiezo o desliz en el camino, podría haberse compensado. Es a este momento al que me aferro por la profundidad con la que me desgarra. El aire frío e inmóvil, un tenue rayo de luz rebotando en la pared al otro lado de la ventana y el olor a pan rancio y a manzanas.

Sabía que Richie me mentía. Había visto algo, escuchado algo, encajado una pieza en su sitio o captado un destello de una imagen completamente nueva. Mi trabajo consistía en

370

seguir insistiendo hasta que me dijera la verdad. Lo entiendo y lo entendía entonces, en aquel apartamento de techo bajo donde el polvo me provocaba picor en las manos e impregnaba el aire. Entendí –o más bien debería haber entendido, si hubiese conseguido ver con claridad en medio de la fatiga y del resto de cosas inexcusables– que Richie era responsabilidad mía.

Pensé que se había dado cuenta de algo que demostraba de manera inequívoca que Conor era nuestro hombre y quería acariciar el aguijón de su orgullo en privado durante un rato más. Pensé que algo le había señalado un motivo y quería avanzar varios pasos más, hasta que estuviese seguro, antes de exponérmelo. Pensé en mis otros compañeros de la brigada, los que se consolidan tras más tiempo de lo que duran la mayoría de los matrimonios: el diestro equilibrio con el que se mueven unos alrededor de otros; la confianza sólida y práctica como un abrigo o una taza, algo de lo que nunca hablaron porque siempre estaba en uso.

–Sí –convine–. Y probablemente también te sentaría bien tomarte otro café. Larguémonos de aquí.

Richie arrojó el último objeto de Conor sobre el sofá, agarró la bolsa grande de pruebas que contenía aquel cajón de naranjas y pasó como una flecha por mi lado, sacándose un guante con los dientes. Lo escuché subir los escalones con la caja en brazos.

Antes de apagar la luz, eché un último vistazo alrededor, repasando el lugar en busca de aquella cosa misteriosa que lo había deslumbrado de súbito. El piso estaba en silencio, hosco, regresaba a su antiguo yo, a su estado desértico. Allí no había nada.

371

12

Richie se esforzó sobremanera de camino a Broken Harbour, en el coche: me dio conversación y me contó una larga y estrambótica anécdota de cuando iba de uniforme y tuvo que lidiar con dos viejecillos hermanos que se daban palizas por algo relacionado con unas ovejas; ambos eran sordos y hablaban con un acento de montaña tan cerrado que Richie no los entendía, así que nadie tenía idea de qué estaba ocurriendo y la historia acabó con ambos aunando fuerzas contra el muchacho de ciudad y con Richie saliendo de aquella casa con un bastón atizándole el trasero. Aderezó la historia con payasadas, intentando mantener la conversación en terreno seguro. Y yo le seguí el juego: le conté metidas de gamba de mi época de uniformado, las cosas a las que nos sometieron injustamente a un amigo y a mí en la escuela de formación, anécdotas con remates en plan chiste. Habría sido un trayecto divertido en el que nos echamos unas buenas risas, salvo por la delgada sombra que se interponía entre ambos, que empañaba el parabrisas y se espesaba cada vez que se hacía un silencio.

El equipo subacuático había encontrado un bote que llevaba bastante tiempo hundido en el fondo del puerto y había dejado claro que ese era el objeto más interesante que esperaba hallar. Sin rostro y esbeltos en sus trajes de buzo, los submarinistas convertían el puerto en un lugar militar y siniestro. Les dimos las gracias, sacudimos sus resbaladizas manos enguantadas y les instruimos para que regresaran a casa. Los rastreadores, que habían estado registrando toda la finca, estaban sucios, cansados y enfadados: habían encontrado ocho cuchillos de formas y medidas diversas, todos los cuales habían sido abandonados durante la noche por adolescentes que se creían genios de la comedia y los mismos que ahora habría que examinar. Les ordené que trasladaran la búsqueda a la colina donde Conor había ocultado su coche. Según nos había contado, había arrojado las armas al mar, pero Richie tenía razón en una cosa: Conor estaba jugando con nosotros. Y hasta que supiéramos exactamente cuál era su juego y descubriéramos el porqué de este, sería preciso verificar todo lo que dijese.

En la tapia del jardín de los Spain había un muchacho larguirucho con rastas y una parka polvorienta, sentado, fumándose un porro y con pinta sospechosa.

–¿Podemos ayudarle?

–Hola –saludó, al tiempo que apagaba la colilla en la suela de su zapato–. Son los detectives, ¿verdad? Soy Tom. Larry me dijo que querían que los esperase.

¿Dónde habían ido a parar las batas de laboratorio, los monos para escenas del crimen y la distancia con el público? La policía técnica tiene unos estándares inferiores a los nuestros en cuanto a elegancia en el vestir, pero aquel tipo se pasaba de la raya.

–Soy el detective Kennedy –me presenté– y este es el detective Curran. ¿Eres tú quien ha venido a detectar si hay algún animal en el altillo?

–Sí. ¿Quieren entrar conmigo a echar un vistazo?

Parecía estar colocado de porros hasta las cejas, pero Larry es muy puntilloso con las personas que trabajan para él, de manera que decidí no descartar al muchacho todavía.

–Sí, adelante –repliqué–. Tus compañeros encontraron un petirrojo muerto en el jardín trasero. ¿Le has echado un vistazo?

Tom guardó la colilla en su paquete de tabaco, se agachó para pasar bajo la cinta de la escena del crimen y avanzó arrastrando los pies por el camino de entrada.

–Sí, claro, pero no hay demasiado que ver. Lar me comentó que les interesaba saber si lo había matado otro animal o un ser humano, pero la actividad de los insectos había destrozado ya la herida. Lo único que puedo decirles es que era irregular, de manera que no se hizo con una cuchilla afilada. Podría haber estado causada por un cuchillo de sierra, probablemente sin afilar, o bien por unos dientes, pero es imposible determinarlo.

–¿Qué tipo de dientes? –quiso saber Richie.

Tom sonrió.

–Humanos no. ¿Quién creen que era ese tipo, Ozzy?[11]

Richie le devolvió la sonrisa.

–De acuerdo. Feliz Halloween, ya soy demasiado viejo para murciélagos; aquí tienes un petirrojo.

–¡Pobre bicho! –exclamó Tom alegremente. Alguien había reparado la puerta de los Spain, más o menos, con unos cuantos tornillos y un cerrojo, para mantener alejados a los morbosos y a los periodistas; buscó la llave en su bolsillo–. Pero ¡qué va! Son dientes de animal. Podría ser una rata o un zorro, salvo que ambos, probablemente, se habrían comido las entrañas del bicho, y no solo la cabeza. Si fue un animal, yo

---

[11.] Se refiere a Ozzy Osbourne, cantante de heavy metal británico que, durante una actuación, le arrancó la cabeza a un murciélago. *(N. de la T.)*

diría que es probable que fuera un mustélido, como un armiño o un visón. Un animal de esa familia. Matan por matar.

–Es lo que aventuraba el detective Curran –apunté yo–. ¿Encajaría un mustélido con lo que sea que está sucediendo en el desván?

El candado emitió un chasquido y Tom abrió la puerta de un empujón. La casa estaba fría (alguien había apagado la calefacción) y el tenue olor penetrante a limón en el aire se había desvanecido: en su lugar, olía a sudor, al perfume químico y plasticoso de los monos integrales que la policía científica lleva para explorar la escena del crimen y a sangre vieja. Limpiar las escenas del crimen no figura entre nuestras tareas. Dejamos los restos tras nuestra estela, tanto los del asesino como los nuestros, hasta que los supervivientes llaman a un equipo de limpieza profesional o los limpian ellos.

Tom se dirigió hacia las escaleras.

–He leído la consulta de la víctima en el foro de Wildwatcher. Probablemente tenga razón acerca de lo de descartar ratones, ratas y ardillas, porque se habrían abalanzado sobre la mantequilla de cacahuete. Lo primero que pensé fue en si algún vecino tiene un gato. Pero hay un par de cosas que no encajan. Un gato no se limitaría a arrancarle la cabeza a ese petirrojo ni se pasaría largos ratos paseándose por el altillo sin delatarse, sin maullar para que lo dejaran bajar por la trampilla o algo así. No les causan tanto respeto los humanos como a los animales salvajes. Además, la víctima afirmó haber olido algo almizclado, ¿verdad? Almizclado o ahumado... Y a mí eso no me suena a olor de gato. En cambio, la mayoría de los mustélidos sí desprende olor a almizcle.

Había encontrado una escalera de mano en algún sitio y la había colocado en el descansillo, bajo la trampilla. Saqué mi linterna. Las puertas de los dormitorios continuaban entreabiertas; atisbé un destello de la cama a rayas de Jack.

–Con cuidado –dijo Tom, al tiempo que entraba a través de la trampilla. Nos iluminó desde arriba con su linterna–. Entren hacia la izquierda, ¿de acuerdo? Hay algo que no quiero que golpeen.

La trampa estaba en el suelo del desván, situada a pocos centímetros a la derecha de la trampilla. Yo solo había visto trampas en fotografías. En directo me resultaba más potente y más obscena, como unas fauces maquiavélicas abiertas de par en par, con la luz de la antorcha deslizándose en suaves arcos por las mandíbulas. Bastaba un vistazo para escuchar el salvaje batir del aire y el crujido de huesos. Ninguno de los tres nos aproximamos a ella.

Por el suelo se extendía una larga cadena que anclaba la trampa a una tubería metálica en un rincón bajo, entre candelabros polvorientos y muñecos de plástico de épocas anteriores. Tom le dio un golpecito a la cadena con un dedo del pie, manteniendo las distancias.

–Eso –dijo– es un cepo. Malditos capullos. Con un par de euros más puedes hacerte con una trampa con relleno o mandíbulas descentradas, para que le haga menos daño al animal, pero esto es una trampa para osos al estilo antiguo, sin compasión. El animal se mete en ella atraído por el cebo, y al ejercer presión sobre la bandeja, las mandíbulas lo atrapan y no lo sueltan. Al cabo de un rato, el bicho se desangra o muere de estrés y agotamiento, a menos que regreses y lo liberes. Probablemente podría roerse su propia pierna y soltarse, pero lo más seguro es que antes se desangre hasta morir. Las mandíbulas de este cepo tienen una distancia abiertas de casi veinte centímetros: podrían atrapar cualquier animal del tamaño de un lobo, por ejemplo. Su víctima no estaba seguro de qué estaba persiguiendo, pero es indiscutible que estaba empeñado en atraparlo.

–¿Y tú? –pregunté. Deseé que Pat hubiese tenido el sentido común de instalar una luz en el altillo. No quería apartar el haz de luz de mi linterna de aquella trampa; tenía la sensación de que podía acercarse a nosotros sibilinamente, en medio de aquella oscuridad, hasta que alguno diéramos un paso mal dado, aunque lo cierto es que tampoco me entusiasmaba estar rodeado de rincones invisibles. Podía oír el mar, rugiendo con fuerza a través de la delgada membrana de las tejas y la capa aislante–. ¿Tú qué crees que perseguía?

–Bueno. Lo primero que debemos preguntarnos es por el acceso. En ese sentido, no hay problemas.

Tom inclinó la barbilla hacia arriba. En la parte superior de la pared posterior, encima del dormitorio de Jack, por lo que pude figurarme, había un parche de tenue luz gris. Entendí lo que había querido decir el inspector de construcción: aquel orificio era un boquete irregular que daba la impresión de que la pared sencillamente se había desprendido del tejado. Richie exhaló una amarga respiración como de risa triste.

–Mirad eso –dijo–. No me extraña que los promotores no le cojan el teléfono a los Gogan. Yo sería capaz de construir una urbanización mejor con suficientes piezas de Lego.

Tom comentó:

–La mayoría de los mustélidos son unas alimañas muy ágiles. Podrían trepar por la tapia del jardín y subir hasta aquí sin problema, atraídos por el calor que salía por ahí o por el aroma de la comida al cocinarla. Yo no diría que ese agujero lo hizo un animal, pero sí que podría haberlo agrandado. ¿Ven esto? –El borde superior del agujero, irregular y desmenuzado; la capa de aislamiento roída–. Lo podrían haber hecho dientes y zarpas o quizá solo el desgaste del tiempo. No hay manera de saberlo a ciencia cierta. Y en este punto pasa lo mismo.

El haz de la linterna se deslizó hacia abajo y hacia atrás, por encima de mi hombro. Estuve a punto de dar un brinco para cambiarme de sitio, pero solo señalaba una viga del techo en el rincón del fondo.

—¿Qué les parece?

En la madera había una maraña frenética de hondos arañazos entrecruzados, en grupos paralelos de tres o cuatro. Algunos de ellos medían tranquilamente veinticinco centímetros. Cualquiera diría que un jaguar había atacado aquella viga.

—Las marcas podrían ser de zarpas —observó Tom—, pero también se podrían haber realizado con alguna máquina, con un cuchillo o con un tronco de madera con clavos clavados. Ustedes eligen.

El chaval me estaba poniendo de mal humor: su actitud relajada empezaba a molestarme, y mucho; o quizá lo que me molestara fuera que todas las personas asignadas a aquel caso parecieran tener catorce años y yo me hubiera saltado la nota informativa en la que nos comunicaban que estábamos llevando a cabo el reclutamiento en parques de patinadores.

—El experto aquí eres tú, jovencito. Tú eres quien tiene que decirnos qué opinas. ¿Por qué no eliges tú?

Tom se encogió de hombros.

—Yo apostaría a que las hizo un animal, pero no tengo modo de decirles si estuvo en este altillo alguna vez. Las marcas podrían remontarse a la época de las obras de construcción, durante la cual la viga estuvo al aire libre, o bien tirada en el suelo, afuera. Quizá eso tendría más sentido, dado que solo hay marcas en una viga, ¿entienden? Sin embargo, si algo hizo esas marcas aquí, ¡caramba! ¿Ven los espacios que quedan entre ellas? —Inclinó el haz de la linterna de nuevo hacia aquellos arañazos—. Hay unos dos centímetros y medio de distancia entre ellas. Y eso no corresponde a un armiño ni a un visón. Para eso se precisan unas garras jodidamente grandes. Si eso era lo que pretendía cazar su víctima, entonces el tamaño de ese cepo no sería tan desproporcionado.

La conversación me estaba incordiando más de lo que debería. Los rincones ocultos del desván se me antojaban repletos de cosas, rebosantes de ruiditos prácticamente inaudibles y de ojos como puntitos rojos; tenía todos mis instintos como púas y los dientes afilados, listo para luchar.

–¿Hay algo más que debamos ver aquí arriba? –pregunté–. ¿O podemos proseguir esta charla en algún lugar que no duplique mi factura de la tintorería cada sesenta segundos?

Tom pareció vagamente sorprendido. Examinó la parte delantera de su parka, que parecía haber estado batiéndose con bolas de pelusa.

–Vaya –dijo–. Bien. No, no, eso es todo lo interesante: he buscado restos de excrementos, pelos, cualquier señal de anidamiento, pero no ha habido suerte. Bajemos, ¿vale?

Yo bajé el último, sin apartar en ningún momento la linterna del cepo. De manera inconsciente, Richie y yo nos inclinamos para alejarnos de aquella trampa al salir por la trampilla.

–Bien –dije una vez estuvimos en el descansillo, mientras sacaba un pañuelo y empezaba a limpiarme el abrigo; era un polvo desagradable, marrón y pegajoso, como de un subproducto industrial tóxico–. Dinos a qué nos enfrentamos.

Tom se acomodó apoyando el trasero en la escalera de mano, alzó una mano y empezó a contar con los dedos:

–Bien, empecemos por los mustélidos, ¿de acuerdo? En Irlanda no hay comadrejas. Tenemos armiños, pero son diminutos, no pesan más de doscientos veinticinco gramos y no estoy seguro de que pudieran emitir el tipo de ruido del que hablaba su hombre. Las martas son más grandes y buenas escaladoras, pero no hay ningún bosque cerca, aparte de esa montaña al final de la bahía, así que esto quedaría fuera de su territorio y, además, tampoco he detectado avistamientos de martas en los alrededores. Lo que sí encajaría es un visón. A los visones les gusta vivir cerca del agua, así que aquí estarían en la gloria –comentó, señalando con la barbilla hacia el mar–. Además, son asesinos natos, escaladores, no les asusta nada, ni siquiera los humanos, y apestan.

–Y son unas alimañas maléficas –apostillé yo–. Atacarían a un crío sin problema alguno. Si tuvieras uno en tu casa, te tomarías muy en serio deshacerte de él, ¿no es cierto?

Tom hizo un gesto con la cabeza que no lo comprometía a nada.

–Supongo que sí. Son muy muy agresivos. He escuchado decir que un visón atacó a un cordero de veintidós kilos, comenzó por arrancarle el ojo y se abrió camino hasta el cerebro, luego saltó al siguiente cordero y luego al siguiente, hasta acabar con un par de docenas en una sola noche. Y cuando los acorralas, arremeten contra lo que sea. Así que, sí, a nadie le haría ninguna gracia tener uno afincado en casa. Sin embargo, no estoy completamente convencido de que eso sea lo que tenemos aquí. Los visones tienen el tamaño de un gato grande, como mucho. No habría motivo para que intentaran agrandar el orificio de entrada y, desde luego, no podrían dejar esas marcas de garras en las vigas, ni tampoco sería necesario utilizar un cepo como ese para cazarlos.

–No obstante, eso tampoco sería motivo para descartar un visón. Según tú mismo has dicho, no podemos dar por sentado que el bicho del altillo fuera responsable del agujero de entrada ni de la viga. En cuanto a la trampa, nuestra víctima no sabía qué estaba cazando, así que prefirió ser precavido. Aún no podemos descartar un visón.

Tom me examinó con una leve sorpresa y me di cuenta de que le había hablado con cierta acritud.

–Claro. Ni siquiera podría jurar que hubiera habido un animal ahí arriba, así que nada descarta nada; estamos hablando de hipótesis, ¿de acuerdo? Lo único que digo es qué piezas podrían encajar con lo que buscamos.

–Fantástico. Y muchas de ellas apuntan a un visón. ¿Alguna otra posibilidad?

–Otra posibilidad podría ser una nutria. El mar está aquí al lado y tienen vastas extensiones para ellas solas, de manera que una de ellas podría vivir en la playa y contar esta casa como parte de su territorio. Son bastante grandes, pueden medir entre sesenta y noventa centímetros y pesar hasta nueve kilos: una nutria sí podría haber dejado esas marcas en la viga y podría haber necesitado agrandar el orificio de acceso. Además, son bastante juguetonas, con lo que esos ruidos de rodar por el desván tendrían sentido; si, por ejemplo, encontró uno de esos candelabros, uno de los juguetes o algo así, es posible que se dedicara a jugar con él revolcándose por el suelo del altillo...

–Noventa centímetros y nueve kilos –le comenté a Richie– retozando por tu casa, justo encima de tus hijos. A mí me suena a que algo así podría preocupar bastante a un tipo sano de la cabeza y razonable. ¿Estás de acuerdo?

–Eh –me frenó Tom plácidamente, levantando las manos–. Pare el carro. La nutria no encaja a la perfección. Dejan olor, eso sí, pero lo hacen mediante sus excrementos y su hombre no encontró ninguno. Yo he estado husmeando por ahí y tampoco he logrado hallar nada. No los hay en el altillo, ni en el hueco que queda bajo el suelo ni en el jardín.

Incluso fuera de aquel desván, la casa se me antojaba inquieta, infestada. La pared que quedaba a mi espalda, la delgadez de aquel yeso, me enervaba.

–Yo tampoco he olido nada –comenté–. ¿Y vosotros?

Richie y Tom negaron con la cabeza.

–De manera que quizá no fueran excrementos lo que Pat olía –aventuré–; quizá fuera a la nutria misma y ahora que hace tiempo que no está por aquí, el olor se ha desvanecido.

–Podría ser. Oler, huelen. Pero... no sé... –Tom entrecerró los ojos y clavó la vista en la distancia al tiempo que se metía un dedo entre las rastas para rascarse el cuero cabelludo–. No solo está lo del olor. Todo esto no corresponde con el comportamiento de una nutria. Tan sencillo como eso. Las nutrias no escalan; sí que he oído hablar de alguna que lo hace, pero, de ser así, sale en los titulares, ¿me entiende? Y aunque lo hubiera hecho, si un animal de ese tamaño andaba subiendo y bajando por la pared lateral de una casa, alguien lo habría visto. Además, las nutrias son salvajes. No son como las ratas o los zorros, animales urbanizados a los que no les importa vivir cerca de seres humanos. Las nutrias no se acercan a nosotros. Si esto es obra de una nutria, es la nutria más rara del planeta. Las otras nutrias se encargarían muy mucho de que sus crías se mantuvieran alejadas de ella.

Richie señaló con la barbilla hacia el agujero que había encima del zócalo.

–Has visto estos agujeros, ¿verdad?

Tom asintió.

–¡Qué cosa tan rara!, ¿no? Las víctimas tenían toda la casa inmaculada, todo a conjunto y, sin embargo, no les importaba tener las paredes llenas de agujeros enormes. La gente es más rara...

–¿Podría una nutria haber hecho esos boquetes? ¿O un visón?

Tom se acuclilló y examinó el agujero, asomando la cabeza desde distintos ángulos, como si tuviera toda la semana para hacerlo.

–Quizá –dijo al fin–. Nos sería de gran ayuda tener escombros, para al menos poder determinar si se hicieron desde dentro o desde fuera de las paredes, pero las víctimas parecían unas obsesas de la limpieza. Alguien incluso limpió la arenilla de los bordes, ¿ven aquí?, de manera que, si hubo marcas de garras o de dientes, se han esfumado. Tal y como he dicho: todo muy raro.

–Les solicitaré a nuestras próximas víctimas que se aseguren de vivir en un cuchitril –apunté–. Entre tanto, trabajaremos con lo que tenemos.

–No hay problema –replicó Tom jovialmente–. Pero debo decir que un visón no podría haber hecho algo así. No les gusta escarbar, a menos que tengan que hacerlo, y con esas patas tan pequeñas que tienen... –Se sacudió las manos–. El yeso es bastante delgado, pero, aun así, tardarían años en hacer un daño como ese. Las nutrias sí excavan y son fuertes, así que una nutria sí podría haberlo hecho, salvo porque en algún momento del camino se habría quedado atrapada en el interior de la pared o habría mordido un cable eléctrico y, ¡zas!, ¡nutria a la parrilla! Así que probablemente tampoco es el caso. ¿Ayuda eso?

–Has sido de gran ayuda –le agradecí–. Gracias. Nos pondremos en contacto contigo si recibimos más información.

–Háganlo –dijo Tom, enderezándose y mostrándome los dos pulgares hacia arriba y una gran sonrisa–. Esto que ha pasado aquí es de locos. Me gustaría saber el desenlace.

–Me congratulo de haberte alegrado el día –repliqué–. Me quedaré la llave, si ya no la necesitas.

Extendí la mano. Tom sacó un montón de porquería de su bolsillo, desenmarañó la llave del candado y la soltó en mi palma.

–El placer ha sido mío –contestó con buen humor y se fue bamboleándose por las escaleras, con las rastas balanceándose a su espalda.

En la verja, Richie comentó:

–Seguramente los de uniforme hayan dejado una copia de esa llave en la comisaría central para nosotros, ¿no?

Observábamos a Tom avanzar arrastrando los pies hasta su vehículo, que, como no podía ser de otra manera, era una furgoneta Volkswagen verde que imploraba al cielo una mano de pintura.

—Probablemente sí —respondí—. No quería que ese capullín trajera aquí a sus colegas detectavisones para darles una vueltecita por la escena del crimen. «Tíos, ¿a que es guay?». Aquí no estamos para entretenernos.

—Son técnicos —comentó Richie con aire ausente—. Ya sabes cómo son. Larry es igual, estoy seguro.

—Es diferente. Ese chaval es un adolescente. Necesita madurar un poco y desarrollar algo de sentido común. O quizá sea que he perdido el contacto con los jóvenes últimamente.

—Bien —dijo Richie, embutiéndose las manos hasta el fondo de los bolsillos. Me esquivaba la mirada—. ¿Y esos agujeros? No están provocados por el asentamiento del edificio y tampoco los hizo ningún animal que ese tipo pudiera señalar.

—Eso no es lo que ha dicho.

—Más o menos.

—«Más o menos» no es una justificación que sirva en este oficio. De acuerdo con el doctor Dolittle este, seguimos sin poder descartar un visón o una nutria.

—¿Crees que uno de esos animales hizo esto? ¿De veras? —preguntó Richie.

El aire transportaba el primer aroma a invierno; en las casas a medio construir que había al otro lado de la carretera, unos críos que se exponían a morir vestían ya anoraks y gorros de lana.

—No lo sé —respondí— y te juro que no me importa, porque, incluso si Pat hizo esos boquetes, no atino a ver por qué eso lo convierte en un homicida. Tal y como te he preguntado dentro, imagina que tuvieras un animal misterioso de unos nueve kilos correteando por el desván. O imagina que tuvieras uno de los depredadores más locos y agresivos de Irlanda colgado justo encima de la cama de tu hijo. ¿Te importaría hacer un par de agujeros en las paredes de tu casa si creyeras que es el mejor modo de deshacerte del bicho? ¿O eso sería indicativo de que estás como una regadera?

–No sería la mejor opción, no obstante. El veneno...

–Imagina que hubieses probado a usar veneno y que el animal fuera demasiado listo para tomárselo. O lo que es aún más probable: imagina que el veneno hubiera funcionado, pero el animal hubiera muerto dentro de tus paredes y no supieras exactamente dónde. ¿Sacarías entonces la maza? ¿Significaría eso que estás lo bastante chiflado como para masacrar a tu familia?

Tom encendió el motor de su furgoneta, que desprendió una nube de humos poco saludable para la fauna y se despidió de nosotros sacando la mano por la ventanilla mientras echaba a andar. Richie le devolvió el saludo de manera automática y yo vi aquellos flacos hombros levantarse y caer con un profundo suspiro. Comprobó la hora en el reloj y preguntó:

–¿Tenemos tiempo para hablar con los Gogan, verdad?

En la ventana de los Gogan habían brotado un puñado de murciélagos de plástico y, con el sutil gusto que habría esperado de ellos, un esqueleto a tamaño real también de plástico. La puerta se abrió *ipso facto:* alguien había estado espiándonos.

Gogan era un tipo grandullón, con un barrigón que le colgaba por encima de los pantalones de chándal azul marino y la cabeza rapada de manera preventiva, y de él era de quien Jayden había heredado aquella mirada de besugo.

–¿Qué? –preguntó.

–Soy el detective Kennedy y este es el detective Curran –anuncié–. ¿Señor...?

–Señor Gogan. ¿Qué quieren?

El señor Gogan se llamaba en realidad Niall Gogan, tenía treinta y dos años y había cumplido ocho de condena en el pasado por lanzar una botella por la ventana de su vecino, había conducido un toro en un almacén durante gran parte de su vida adulta y actualmente estaba en el paro, al menos de manera oficial.

–Estamos investigando las muertes de sus vecinos. ¿Nos permite entrar unos minutos? –le pregunté.

–Podemos hablar aquí.

–Le prometí a la señora Gogan que la mantendríamos al corriente de los acontecimientos –alegó Richie–. Estaba preocupada, ¿entiende? Tenemos novedades.

Al cabo de un momento, Gogan se apartó de la puerta.

–Que sea rápido. Estamos ocupados –dijo.

Esta vez tuvimos a toda la familia para nosotros. Habían estado viendo una serie en la televisión y comiendo algo que contenía huevos duros y kétchup, a juzgar por los platos que había sobre la mesilla de centro y por el olor. Jayden estaba despatarrado en un sofá y Sinéad estaba sentada en el otro sofá, con el bebé apoyado en un rincón, chupando un biberón. El crío era la prueba irrefutable de la virtud de Sinéad: el vivo retrato de su padre, la cabeza calva y aquella mirada pálida.

Me aparté a un lado y cedí el protagonismo a Richie.

–Señora Gogan –la saludó, inclinándose para ofrecerle la mano–. No, no se levante, por favor. Lamento interrumpirles la velada, pero le prometí mantenerla al tanto de las novedades, ¿recuerda?

Sinéad estaba a punto de saltar del sofá de la impaciencia.

–¿Han atrapado al asesino?

Me aposenté en un sillón esquinero y saqué mi cuaderno; cuando tomas notas, si lo haces bien, te vuelves invisible. Richie se sentó en el otro sillón, después de que Gogan obligara a Jayden a bajar las piernas del sofá.

–Tenemos a un sospechoso arrestado.

–Jesús –respiró Sinéad. Aquella ávida mirada le iluminaba los ojos–. ¿Es un psicópata?

Richie sacudió la cabeza.

–No puedo hablar de él. La investigación aún sigue en curso.

Sinéad lo miró boquiabierta, disgustada. En su rostro se leía: «¿Me han hecho silenciar la tele para esto?».

Richie añadió:

–He pensado que tenían derecho a saber que ese tipo ya no andaba suelto. En cuanto pueda facilitarles más información, lo haré. Pero, por el momento, todavía estamos intentando cerciorarnos de que podemos mantenerlo donde está, así que no podemos enseñar nuestras cartas.

–Gracias. ¿Eso es todo? –quiso saber Gogan.

Richie hizo una mueca y se frotó la nuca, como un adolescente tímido.

–Escuchen... Está bien, se lo contaré. No hace mucho que me dedico a esto, pero hay algo que sé seguro: los mejores testigos son siempre niños inteligentes. Se meten por todos sitios y lo ven todo. A los niños no se les escapa nada, mientras que a los adultos sí: captan todo lo que sucede. Por eso me alegré tanto de conocer a Jayden.

Sinéad le advirtió con un dedo y empezó a alegar:

–Jayden no vio...

Pero Richie alzó las manos para cortarla.

–Concédame un segundo, ¿de acuerdo? Solo para no perder el hilo. Escuche, sé que Jayden cree que no vio nada o, de lo contrario, nos lo habría explicado la vez anterior, cuando estuvimos aquí. Pero he pensado que quizá se le ha refrescado la memoria en el último par de días. Esa es otra de las cosas buenas de los chicos listos: que lo retienen todo. –Se dio unos toquecitos en la sien–. He pensado que, quizá, con un poco de suerte, hubiera recordado algo.

Todo el mundo miró a Jayden.

—¿Qué? —preguntó él.

—¿Has recordado algo que pudiera sernos de ayuda?

Jayden tardó un segundo de más en encogerse de hombros. Richie tenía razón: sabía algo.

—Ahí tiene su respuesta —dijo Gogan.

—Jayden —continuó Richie—. Yo tengo un montón de hermanos pequeños y sé detectar cuando un niño se calla algo.

Los ojos de Jayden se deslizaron hacia un lado y se alzaron hacia su padre, en señal interrogativa.

—¿Hay recompensa? —quiso saber Gogan.

No era el momento de hablar de recompensas por ayudar a la comunidad.

—Por el momento no —aclaró Richie—, pero se lo haré saber si alguien ofrece alguna. Sé que no le apetece que su hijo se vea involucrado en esto. A mí tampoco me gustaría. Lo único que puedo decirle es que el tipo que hizo esto actuaba en solitario: no tiene compinches que quieran escarmentar a los testigos ni nada de eso. Mientras no esté en las calles, su familia está a salvo.

Gogan se rascó la barba de dos días que le crecía bajo las mejillas y asimiló aquellas palabras, también la parte tácita.

—Es un chalado, ¿no?

Aquel truco de Richie otra vez: poco a poco relajaba la frontera entre un interrogatorio y una conversación. Richie hizo un gesto con las manos.

—Ahora mismo no puedo hablar de eso. Lo único que les digo es que alguna vez tendrán que salir de casa, ¿no? Para ir al trabajo, a entrevistas, a reuniones... Si fuera yo, estaría más contento dejando a mi familia aquí si supiera que ese tipo no anda suelto.

Gogan lo observó mientras continuaba rascándose. Sinéad espetó:

—Te digo una cosa: si hay un asesino en serie loco rondando por ahí, ya puedes olvidarte de ir al pub. Yo no pienso quedarme aquí sola esperando a que un lunático...

Gogan miró a Jayden, que se estaba repantingando en el sofá y observaba la escena boquiabierto, y señaló con la cabeza a Richie.

—Adelante. Cuéntaselo.

—¿Que le cuente qué? —quiso saber Jayden.

—No te hagas el tonto. Lo que sea que te está preguntando.

Jayden se hundió aún más en el sofá y contempló cómo sus dedos de los pies se hundían en la alfombra.

—Había un tipo, pero fue hace mucho —dijo.

—¿Sí? ¿Cuándo? —preguntó Richie.

—Antes del verano. Cuando acabó la escuela.

—¿Ves? A eso me refería. A recordar pequeños detalles. Sabía que eras un chico listo. En junio, ¿no?

Un encogimiento de hombros.

—Probablemente.

—¿Dónde estaba?

Los ojos de Jayden se posaron en su padre de nuevo.

—Venga, chaval, lo que estás haciendo está bien —lo alentó Richie—. No vas a meterte en problemas.

—Díselo —le indicó Gogan.

—Yo estaba en la casa número once. La que está al lado de la casa de los asesinatos. Estaba...

—¿Qué demonios hacías ahí? —quiso saber Sinéad—. Te voy a dar una colleja que te vas a enterar... —Pero vio el dedo en alto de Richie y se calló, con la barbilla en un ángulo que revelaba que nos estábamos metiendo todos en graves problemas.

—¿Cómo entraste en el número once? —preguntó Richie.

Jayden se retorció. Su chándal emitió un ruido como de pedo sobre la piel falsa del sofá y soltó una risita, pero se frenó en seco al ver que nadie más reía. Finalmente dijo:

–Estaba haciendo travesuras. Tenía las llaves y... Solo estaba haciendo el travieso, ¿vale? Quería comprobar si las llaves funcionaban.

–¿Probaste tus llaves en las otras casas? –quiso saber Richie.

Jayden se encogió de hombros.

–Más o menos.

–¡Qué niño más listo! De verdad. A nosotros no se nos había ocurrido. –Y debería: sería típico de unos promotores de esa calaña seleccionar un lote de llaves únicas a precio rebajado para aquella birria de cerraduras–. ¿Y funcionan en todas las casas?

Jayden se había enderezado en su asiento y empezaba a disfrutar de lo listo que era.

–No. Las de las puertas delanteras no funcionan; las nuestras no funcionaban en ninguna otra casa, y las probé en muchas. Pero las de las puertas traseras abren la mitad de...

–Ya basta –lo atajó Gogan–. Cállate.

–Señor Gogan, se lo aseguro: no se va a meter en ningún lío –lo tranquilizó Richie.

–¿Cree usted que soy tonto? Si ha entrado en otras casas, cosa que no ha hecho, es allanamiento de morada.

–Ni siquiera se me había ocurrido pensar en esos términos. Y nadie más lo hará, se lo garantizo. ¿Sabe el gran favor que nos está haciendo Jayden? Nos está ayudando a meter entre rejas a un asesino. Estoy encantado de que se dedicara a hacer travesuras con esa llave.

Gogan lo disuadió con la mirada.

–Si intenta volver a por él más adelante acusándolo de algo, se retractará de todas sus palabras.

Richie ni siquiera pestañeó.

–No lo haré. Créame. Y no dejaría que nadie lo hiciera. Esto es demasiado importante.

Gogan gruñó y dio permiso a Jayden para continuar con un asentimiento.

El chico preguntó:

—¿De verdad? ¿No se les había ocurrido?

Richie sacudió la cabeza.

—¡Qué tontos! —apuntó Jayden por lo bajini.

—A eso me refería: tenemos suerte de haberte encontrado. Cuéntame la historia de la llave de atrás.

—Abre más o menos la mitad de las puertas traseras de las casas de alrededor. Claro, no intenté abrir ninguna casa en la que viviera gente —Jayden fingió ser un niño bueno, aunque nadie se lo tragó—, pero sí en las casas vacías de esta calle y de Ocean View Promenade, y entré en un montón. Es muy fácil. No puedo creer que a nadie más se le haya ocurrido.

Richie continuó:

—Y abre la casa del número once. ¿Fue ahí donde encontraste a aquel tipo?

—Sí. Yo estaba allí perdiendo el tiempo y él llamó con los nudillos a la puerta de atrás. Supongo que saltó la tapia del jardín o algo así.

Había salido de su escondite. Había atisbado una oportunidad.

—Así que fui a abrirle. Es que estaba aburrido... Allí no había nada que hacer.

—¿Qué te he dicho yo mil veces sobre hablar con desconocidos? —espetó Sinéad—. ¿Qué habría pasado si te hubiera metido en una furgoneta y...?

Jayden puso los ojos en blanco.

—¿Acaso parezco idiota? Si hubiera intentado agarrarme, me habría escapado corriendo. Estaba a dos segundos de aquí.

—¿De qué hablasteis? —quiso saber Richie.

Jayden se encogió de hombros.

–De nada en especial. Me preguntó qué estaba haciendo allí y le dije que pasando el rato. Me preguntó cómo había entrado y le expliqué lo de las llaves.

Había estado presumiendo para impresionar a un extraño con su inteligencia, de la misma manera que presumía para impresionar a Richie.

–¿Y qué dijo él? –preguntó Richie.

–Me dijo que era muy listo y que le gustaría tener una llave como esa. Vivía en el otro extremo de la finca, pero su casa se había inundado porque las tuberías habían estallado o algo así, y ahora buscaba una vivienda que estuviera vacía donde poder dormir hasta que arreglaran aquel problema.

Era una buena historia. Conor sabía suficiente sobre la urbanización como para haberse inventado algo plausible (Jayden podía tragarse perfectamente lo de las tuberías reventadas y las reparaciones que se lastraban hasta el infinito) y se la había inventado en un periquete, sobre la marcha; una mentira plausible para aprovechar lo que le ponían en bandeja: el tío era bueno cuando quería algo con todas sus ganas.

–Pero me dijo que las casas o no tenían puertas ni ventanas, y estaban congeladas, o estaban cerradas con llave y no podía entrar. Me preguntó si le podía dejar mi llave para hacer una copia para poder entrar en una que estuviera bien. Me dijo que me daría cinco euros. Yo le pedí diez.

Sinéad estalló:

–¿Le dejaste a un pervertido nuestra llave? ¡Eres más tonto...!

–Cambiaré la cerradura mañana –la interrumpió Gogan con brusquedad–. Cierra el pico.

Richie continuó como si tal cosa, ignorándolos a ambos:

–Tiene sentido. Así que te dio un billete de diez euros y le prestaste la llave, ¿no es así?

Jayden miró a su madre de reojo para saber si se había metido en un lío.

—Sí. ¿Y?

—¿Qué sucedió luego?

—Nada. Me dijo que no se lo contara a nadie o se metería en problemas con los constructores porque son los propietarios de las casas. Y yo le dije que vale. —Otro gesto inteligente: era poco probable que los promotores fueran demasiado populares entre los habitantes de Ocean View, ni siquiera los niños—. Me dijo que dejaría la llave bajo una roca y me enseñó cuál. Luego se marchó. Me dio las gracias. Yo tenía que regresar a casa.

—¿Volviste a verlo?

—No.

—¿Te devolvió la llave?

—Sí. Al día siguiente. La dejó debajo de la roca, como me había dicho.

—¿Sabes si tu llave abre la puerta de los Spain?

Era un modo de preguntarlo con tacto. Jayden se encogió de hombros con demasiada facilidad y sin una vehemencia suficiente como para ser mentira.

—No la he probado nunca.

En otras palabras, no se había arriesgado a que lo sorprendiera alguien que supiera dónde vivía.

—¿Entró ese hombre por la puerta de atrás? —quiso saber Sinéad. Tenía los ojos como platos.

—Estamos evaluando todas las posibilidades —contestó Richie—. Jayden, ¿qué aspecto tenía ese hombre?

Jayden se encogió de hombros otra vez.

—Delgado.

—¿Más viejo que yo? ¿Más joven?

—Más o menos como usted. Más joven que él.

Yo.

–¿Alto? ¿Bajo?

Un encogimiento de hombros.

–Normal. Quizá más bien alto, como él.

Yo de nuevo.

–¿Lo reconocerías si volvieras a verlo?

–Sí. Probablemente.

Me incliné sobre mi maletín y encontré una hoja con fotos. Uno de los refuerzos la había recopilado por la mañana para nosotros y había hecho un buen trabajo: contenía imágenes de seis tipos de veintitantos años, todos ellos delgados, con el pelo castaño muy corto y una mandíbula prominente. Jayden tendría que acompañarnos a la comisaría central para asistir a una rueda de identificación formal, pero al menos podríamos descartar la posibilidad de que le hubiera dejado su llave a otro tío rarito ajeno al caso.

Le pasé la hoja con las fotos a Richie, quien la sostuvo en alto para Jayden.

–¿Es uno de estos?

Jayden disfrutó del momento cuanto pudo: inclinando la hoja en distintos ángulos, sosteniéndola a la altura del ojo y escudriñándola. Finalmente dijo:

–Sí. Este hombre.

Señaló con el dedo la fotografía central de la hilera inferior: Conor Brennan. Richie me miró a los ojos un segundo.

–¡Madre de Dios! –exclamó Sinéad–. ¡Ha estado hablando con un asesino!

Sonaba entre atemorizada y encolerizada. La vi intentar pensar cómo debía proceder.

–¿Estás seguro, Jayden? –preguntó Richie.

–Sí. El número cinco. –Richie alargó la mano para agarrar de nuevo la hoja con la selección de fotografías, pero Jayden seguía con la mirada clavada en ella–. ¿Es el tipo que los mató?

Vi el rápido parpadeo de Richie.

–Serán los jueces de un tribunal quienes determinen qué hizo.

–Si no le hubiera dado la llave, ¿me habría matado?

Su voz sonaba frágil. El morbo había desaparecido; en ese instante simplemente parecía un niño pequeño asustado.

–No creo –le contestó Richie para tranquilizarlo–. No puedo jurarlo, pero apuesto a que nunca estuviste en peligro, ni por un segundo. Aunque tu madre tiene razón: no tienes que hablar con extraños, ¿de acuerdo?

–¿Va a volver?

–No. No va a volver.

El primer patinazo de Richie: no puedes hacer esa promesa, al menos no cuando aún necesitas cierta ventaja.

–De eso es de lo que estamos intentando asegurarnos –apunté yo con voz tranquila, alargando la mano para que me entregaran la hoja–. Jayden, has sido de gran ayuda y lo que nos has contado es importantísimo. Pero necesitamos toda la ayuda que podamos conseguir para mantener a este tipo donde está. Señor Gogan, señora Gogan, ustedes también han tenido un par de días para rememorar. ¿Han recordado algo que pueda ayudarnos? ¿Se les ocurre algo? ¿Algo que hayan visto, oído, algo que no encaje? Lo que sea...

Se produjo un silencio. El bebé empezó a emitir pequeños resoplidos de queja; Sinéad alargó la mano, sin mirar, y meneó el cojín hasta que se calló de nuevo. Ni ella ni Gogan miraban a nadie.

Al final, Sinéad dijo:

–No se me ocurre nada.

Y Gogan negó con la cabeza.

Dejamos que el silencio se acrecentara. El bebé se retorció y lanzó un gañido agudo en señal de protesta; Sinéad lo tomó en brazos y lo meció. Sus ojos posados en la cabeza del crío eran fríos, planos como los de su marido, desafiantes.

Al final, Richie asintió.

–Si se les ocurre algo, ya tienen nuestra tarjeta. Entre tanto, hágannos un favor, ¿de acuerdo? Hay algunos periodistas ahí fuera que podrían estar interesados en la historia de Jayden. Guárdenla en secreto unas semanas, ¿vale?

Sinéad se quedó sin labios de indignación; obviamente, había estado planeando hacer una expedición de compras y decidiendo dónde hacerse el maquillaje para la sesión fotográfica.

–Podemos hablar con quien queramos. No pueden impedírnoslo.

Richie contestó con calma:

–Los diarios seguirán ahí fuera dentro de un par de semanas. Cuando tengamos solucionado lo de este tipo, les daré el visto bueno y pueden telefonearlos. Hasta entonces, les ruego que nos hagan un favor y no entorpezcan la investigación.

Gogan asimiló la amenaza, aunque su mujer no lo hiciera.

–Jayden no hablará con nadie. ¿Eso es todo?

Se puso en pie.

–Una última cosa –dijo Richie– y les dejaremos tranquilos. ¿Podrían prestarnos la llave de su puerta trasera un minuto?

Abrió la puerta de atrás de los Spain como si hubiera estado engrasada. La cerradura se abrió con un clic y la última anilla de aquella cadena encajó en su sitio, un brillante y tenso hilo que corría desde el escondite de Conor directamente a la cocina vulnerada. Estuve a punto de levantar la mano para chocar los cinco con Richie, pero él estaba asomado por encima de la tapia del jardín, mirando por los huecos de las ventanas de aquella guarida, no a mí.

–Y así fue como las manchas de sangre llegaron al pavimento –dije–. Salió por el mismo sitio por el que entró.

Los tics nerviosos de Richie habían regresado; se repiqueteaba con los dedos en el muslo, a un ritmo rápido. Fuera lo que fuese que le preocupaba, los Gogan no habían ayudado a solucionarlo.

—Pat y Jenny —dijo—. ¿Cómo demonios acabaron aquí?

—¿Qué quieres decir?

—A las tres de la madrugada, ambos en pijama. Si estaban los dos en la cama y Conor vino persiguiéndolos, ¿cómo puede ser que acabaran peleando aquí? ¿Por qué no en su dormitorio?

—Lo atraparon cuando intentaba escaparse.

—Eso implicaría que su objetivo eran los niños. No encaja con la confesión: todo giraba en torno a Pat y Jenny. ¿Y no habrían ido ellos a comprobar si sus hijos estaban bien antes que nada si hubieran oído un ruido para quedarse junto a ellos e intentar ayudarlos? ¿Aceptarías que un intruso se escapara si hubiera hecho daño a tus hijos?

—En este caso falta explicación para muchas cosas —sentencié—. No te lo voy a negar. Pero recuerda que no era un simple intruso. Era su mejor amigo, o lo había sido en el pasado. Eso podría cambiar el desarrollo de las cosas. Esperemos a ver qué nos cuenta Fiona.

—Sí —convino Richie. Abrió la puerta de un empujón y una bocanada de aire frío barrió la cocina, arrancando la estancada capa de sangre y productos químicos y convirtiendo aquella estancia, por un instante, en un lugar fresco y conmovedor como la mañana—. Esperemos a ver.

Busqué mi teléfono y llamé a los uniformados: tenían que enviar a algún cerrajero antes de que los Gogan decidieran montar un mercadillo de venta de recuerdos. Mientras esperaba a que contestaran, le dije a Richie:

—Ha sido un buen interrogatorio.

—Gracias. —No sonaba ni de lejos tan complacido consigo mismo como debería—. Al menos sabemos por qué Conor se inventó esa historia sobre cómo se encontró la llave de Pat, para no incriminar a Jayden.

–¡Qué amable por su parte! Muchos asesinos también alimentan muñecos de paja.

Richie miraba hacia el jardín, que ya había empezado a cobrar un aspecto de abandono: las malas hierbas se abrían camino entre el césped y una bolsa de plástico azul azotaba un arbusto por efecto del viento.

–Sí –contestó–. Probablemente.

Cerró de un portazo la puerta de atrás (la última ráfaga de aire frío hizo que revolotearan los papeles sueltos esparcidos por el suelo) y fue a devolver la llave.

Gogan lo esperaba en la puerta principal de su casa para recuperarla. Jayden estaba tras él, colgado del pomo de la puerta. Cuando Richie entregó la llave, Jayden se asomó bajo el brazo de su padre y dijo:

–Señor.

–¿Sí? –preguntó Richie.

–Si yo no le hubiera prestado la llave a ese hombre, ¿no los habría matado?

Miraba a Richie con ojos de verdadero horror. Richie le contestó con amabilidad, pero también con firmeza:

–No ha sido culpa tuya, Jayden. La culpa es de la persona que lo ha hecho. Punto y final.

Jayden se retorció.

–Pero no habría podido entrar sin la llave...

–Habría encontrado otro modo de hacerlo. Algunas cosas acaban sucediendo; una vez empiezan, no puedes detenerlas, por mucho que te esfuerces. Todo esto empezó mucho antes de que tú conocieras a ese hombre. ¿Entiendes?

Sus palabras se deslizaron por mi calavera y se clavaron en mi nuca. Me agité, para meterle prisa a Richie, pero estaba concentrado en Jayden. El chaval parecía medio convencido. Al cabo de un momento dijo:

–Supongo que sí.

Volvió a colarse bajo el brazo de su padre y desapareció en el sombrío pasillo. Justo antes de cerrar la puerta, Gogan miró a Richie a los ojos y asintió, un pequeño y reticente gesto de aprobación.

Las dos familias vecinas que vivían al final de la calle estaban en casa aquella vez. Eran como los Spain tres días antes: parejas jóvenes con críos pequeños, suelos limpios y viviendas decoradas a la moda con esfuerzo y ahorros, ordenadas y listas para dar la bienvenida a unos visitantes que no se dignarían a venir. Ninguno de ellos había visto ni oído nada. Les informamos de que convenía cambiar las cerraduras de las puertas traseras, con discreción, insinuándoles que era solo por precaución, un posible fallo de fabricación con el que habíamos topado durante el transcurso de la investigación, nada relacionado con el crimen.

Uno de los integrantes de una pareja tenía un empleo, jornadas largas y largos desplazamientos; al otro hombre lo habían despedido una semana antes y a su mujer en julio. Había intentado entablar amistad con Jenny Spain. «Estábamos aquí confinadas todo el día, así que pensé que nos sentiríamos menos solas si teníamos a alguien con quien hablar...». Jenny se había mostrado educada, pero había mantenido las distancias: siempre le parecía fantástico tomar una taza de té, pero nunca estaba libre y jamás estaba segura de cuándo lo estaría.

—Pensé que quizá fuera tímida o que no quería que yo imaginara que éramos amigas del alma y me presentara en su casa cada día, o quizá estuviera molesta porque antes no lo hubiera intentado. Pero es que antes apenas había tenido oportunidad de hacerlo, apenas estaba en casa... Pero si estaba preocupada por... Quiero decir... ¿Ha sido...? ¿Puedo preguntar?

Había dado por supuesto que había sido Pat, tal y como yo le había dicho a Richie que haría todo el mundo.

–Tenemos a un detenido en relación con el crimen –la informé.

–Madre mía. –Agarró con su mano la de su marido, sobre la mesa de la cocina. Era una mujer guapa, delgada, rubia y cuidada, pero había estado llorando antes de que llegáramos–. Entonces no fue... ¿Fue... otra persona? ¿Un ladrón o algo así?

–La persona arrestada no vivía en la casa.

Se echó a llorar de nuevo.

–Entonces... Oh, madre mía... –Sus ojos se desplazaron por encima de mi hombro, hacia el fondo de la cocina... Su hija, de unos cuatro años, estaba sentada al estilo indio en el suelo, con su cabecita rubia y lisa sobre un tigre de peluche, murmurando algo–. Entonces nos podría haber pasado a nosotros. Nada podría haber impedido que fuéramos nosotros. Me gustaría poder decir: «Gracias a Dios», pero no puedo, ¿verdad? Porque eso equivaldría a decir que Dios quería que muriesen... Y no ha sido Dios. Ha sido solo un accidente, pura suerte. Mala suerte...

Los nudillos de la mano que tenía apoyada sobre la de su marido se le habían puesto blancos y se esforzaba por no romper en sollozos. Me dolía la mandíbula de lo mucho que deseaba aclararle que se equivocaba: que los Spain habían lanzado algún mensaje al viento marino y Conor había respondido y que ella y los suyos podían vivir una vida segura.

–El sospechoso está bajo arresto. Pasará a la sombra mucho tiempo –la tranquilicé.

La mujer asintió, sin mirarme. Su rostro me decía que yo no lo entendía.

–De todos modos, queríamos marcharnos de aquí –explicó el marido–. Nos habríamos ido hace ya meses, pero ¿quién va a querer comprar esto? Ahora...

400

—No vamos a quedarnos aquí. Ni lo sueñes —sentenció la mujer.

Rompió a sollozar. Su voz y los ojos del marido revelaban la misma brizna de indefensión. Ambos sabían que no irían a ningún sitio.

De regreso al coche, el teléfono me vibró para informarme de que tenía un mensaje. Geri me había telefoneado justo después de las cinco.

—Mick... Lamento mucho molestarte, sé que estás de trabajo hasta las cejas, pero he pensado que querrías saber... Quizá ya lo sepas, seguramente sí, pero... Dina se ha largado. Mick, lo siento mucho, sé que se suponía que debíamos cuidar de ella... y lo estábamos haciendo; solo la dejé con Sheila quince minutos mientras iba a comprar a la tienda... ¿Ha vuelto contigo? Sé que seguramente estés enfadado conmigo, no te culpo, pero Mick, si está contigo, por favor, llámame y házmelo saber. Lo lamento muchísimo, de verdad, yo...

—¡Mierda! —exclamé. Dina llevaba desaparecida una hora como mínimo. Y no habría nada que yo pudiera hacer acerca de eso en al menos dos horas más, hasta que Richie y yo hubiéramos acabado de interrogar a Fiona. La idea de lo que podía sucederle a Dina en ese lapso de tiempo me hizo sentir que el corazón intentaba latir contra un muro de barro duro—. ¡Me cago en todo!

No me di cuenta de que había dejado de caminar hasta que vi a Richie, un par de pasos por delante, con la cabeza vuelta hacia mí.

—¿Va todo bien? —me preguntó.

—Sí, todo bien —respondí—. No tiene nada que ver con el trabajo. Solo necesito un minuto para aclarar una cosa.

Richie abrió la boca para decir algo, pero antes de que pudiera hacerlo le di la espalda y me eché a caminar en dirección contraria, a un ritmo que le sugería que era mejor no seguirme.

Geri levantó el auricular al primer timbrazo.

–¿Mick? ¿Está contigo?

–No. ¿A qué hora se ha ido?

–¡Oh, Dios! Tenía la esperanza de que...

–No te pongas nerviosa. Podría estar en mi casa o en mi trabajo. He estado trabajando fuera toda la tarde. ¿A qué hora se ha marchado?

–Serían alrededor de las cuatro y media. A Sheila le ha sonado el móvil y era Barry, su novio, así que ha subido a su habitación para hablar con él en privado y, cuando ha bajado, Dina se había marchado. Ha escrito: «Gracias, ¡adiós!» en el frigorífico con el lápiz de ojos y lo ha subrayado como hace siempre, con una onda. Se ha llevado el monedero de Sheila. Tenía sesenta euros, así que al menos tiene dinero... En cuanto he llegado a casa y Sheila me lo ha dicho, he salido a buscarla con el coche por el vecindario. Te prometo que he mirado por todas partes, he entrado en las tiendas, en los jardines de los vecinos, en todos sitios, pero había desaparecido. No sabía dónde más buscarla. La he llamado una docena de veces, pero tiene el móvil desconectado.

–¿Cómo estaba esta tarde? ¿Se ha molestado contigo o con Sheila?

Si Dina se había aburrido... Intenté recordar si había mencionado el apellido de Jezzer.

–¡No, pero sí estaba mejor! Mucho mejor. No estaba enfadada, ni asustada ni se hacía la herida... Hablaba razonando, al menos gran parte del tiempo. Parecía un poco distraída, como si no prestara atención del todo cuando hablabas con ella, como si estuviera dándole vueltas a algo en la cabeza. Eso es todo. –Geri hablaba con un tono cada vez más agudo–. Te prometo que estaba casi bien, Mick. Estaba segura de que empezaba a estar recuperada; de otro modo, jamás la habría dejado a solas con Sheila, nunca...

–Ya lo sé. Seguro que estará bien.

–No está bien, Mick. No lo está. Bien es lo último que está.

Miré hacia atrás por encima de mi hombro: Richie estaba apoyado en la puerta del coche, con las manos en los bolsillos, de cara a las obras en construcción para concederme la máxima intimidad.

–Ya sabes a qué me refiero. Estoy seguro de que solo se ha aburrido y se ha marchado a casa de algún amigo. Aparecerá mañana por la mañana con unos cruasanes para pedirte perdón...

–Pero eso no significa que esté bien. Alguien que está bien no le roba a su sobrina el dinero que se gana haciendo de niñera. Alguien que está bien no necesita que andemos todos pisando huevos todo el rato...

–Ya lo sé, Geri. Pero eso no es algo que podamos solucionar esta noche. Concentrémonos en una cosa cada vez, ¿de acuerdo?

Por encima de la tapia de la urbanización, el mar se oscurecía, meciéndose implacablemente hacia la noche; los pajarillos habían vuelto a salir y hurgaban en la orilla. Geri contuvo el aliento y suspiró con voz temblorosa.

–Estoy tan harta de todo esto...

Había oído aquella queja un millón de veces antes, en su voz y en la mía propia: agotamiento, frustración y molestia cortados con puro terror. Por muchas veces que vivas el mismo follón, nunca se te olvida que esta podría ser la vez en que, al fin, concluya de forma distinta: no con una tarjeta de disculpa garabateada y con un ramo de flores robadas en el umbral de casa, sino con una llamada telefónica de madrugada, un policía novato practicando sus dotes para las notificaciones y una visita de identificación a la morgue de Cooper.

—Geri —le dije—. No te preocupes. Tengo un interrogatorio más que hacer antes de poder marcharme, pero luego solucionaré este asunto. Si la encuentro esperándome en el trabajo, te llamaré. Tú sigue intentando llamarla al móvil; si consigues hablar con ella, dile que se reúna conmigo en la comisaría y envíame un mensaje de texto para que sepa que está de camino. De otro modo, me pondré a buscarla en cuanto acabe. ¿De acuerdo?

—Sí. De acuerdo. —Geri no preguntó cómo. Necesitaba creer que sería sencillo. Y yo también—. Seguramente no le sucederá nada por pasar sola otro par de horas.

—Intenta dormir un poco. Me quedaré a Dina en casa esta noche, pero es posible que mañana tenga que volver a llevártela.

—Claro. Por supuesto. Todos estamos bien ya. Colm y Andrea no se han contagiado, gracias a Dios... Y no dejaré que se aparte de mi vista esta vez. Te lo prometo. Mick, lo lamento muchísimo.

—Te lo digo en serio: no te disculpes. Diles a Sheila y a Phil que espero que ya se encuentren mejor. Te llamo luego.

Richie seguía apoyado en la puerta del coche, con la vista alzada hacia los afilados zigzags de las paredes y los andamios recortados contra el frío cielo azul turquesa. Cuando desbloqueé las puertas del coche con el mando a distancia, el pitido lo hizo enderezarse y volverse hacia mí.

—Hola.

—Solucionado —dije—. Vámonos.

Abrí la puerta, pero no se movió. Bajo la luz menguante, su rostro parecía pálido y sabio, mucho mayor que sus treinta y un años.

—¿Puedo hacer algo por ti? —preguntó.

Un segundo antes de poder abrir la boca noté una oleada dentro de mí, repentina y potente como una inundación e igual de peligrosa: la idea de explicárselo. Pensé en esos compañeros de hace diez años que se conocen al dedillo y en lo que habría dicho cualquiera de ellos: «¿Te acuerdas de la chica del otro día? Pues es mi hermana y está como una regadera. Y yo no sé cómo ayudarla...». Vi el bar, al compañero pidiendo las cervezas y haciendo comentarios sobre deportes, chistes verdes, explicando anécdotas que eran verdades a medias hasta que los hombros se te destensaban y se te olvidaba que se te había cortocircuitado el cerebro; lo vi enviándote a casa de noche con una resaca, notándolo detrás de ti, sólido como una pared de roca. Vi aquella imagen con tanta claridad que me podría haber calentado las manos con ella.

Pero un segundo después me recompuse y me revolvió el estómago la idea de explayarme con los asuntos privados de mi familia delante de él y rogarle que me diera una colleja en la nuca y me dijera que todo iba a salir bien. Richie no era un colega de hacía años ni un hermano de sangre; era casi un extraño que ni siquiera se había preocupado de compartir conmigo qué lo había desconcertado en el piso de Conor Brennan.

—No hace falta —le contesté con tono seco. Pensé brevemente en pedirle a Richie que se encargara él solo del interrogatorio de Fiona o que redactara el informe de la jornada y pospusiera la reunión con Fiona hasta la mañana siguiente (Conor no se iba a marchar a ningún lado), pero ambas opciones me parecieron tan patéticas que me provocaron náuseas—. Aprecio el ofrecimiento, pero lo tengo todo bajo control. Vayamos a ver qué tiene que explicarnos Fiona.

13

Fiona nos estaba esperando delante de la comisaría central, apoyada en una farola, encorvada. Bajo el círculo de luz amarillenta y ahumada, con la capucha de su trenca roja subida para protegerse del frío, parecía una criatura pequeña y perdida, salida de un cuento explicado en torno a una chimenea. Me pasé una mano por el pelo y aparqué a Dina en el fondo de mi mente.

—Recuerda —le dije a Richie—: aún sigue bajo el radar.

Richie respiró hondo, como si el agotamiento lo hubiera atacado por la espalda de repente.

—No le dio las llaves a Conor —replicó.

—Ya lo sé. Pero lo conocía. Ahí está la historia y necesitamos saber mucho más sobre eso antes de poder descartarla como sospechosa.

Fiona se enderezó al ver que nos acercábamos. Había perdido peso en los últimos dos días: se le marcaban los pómulos afilados a través de la piel, que había adquirido un tono grisáceo y apagado. Olía a hospital, a desinfectante y a enfermedad.

—Señorita Rafferty —la saludé—, gracias por venir.

—¿Podríamos...? ¿Podríamos hacer que esto fuera lo más rápido posible? Quiero regresar junto a Jenny.

—Lo entiendo —dije, extendiendo un brazo para guiarla hacia la puerta—. Iremos tan rápidos como podamos.

Fiona no se movió. El cabello le caía desordenadamente alrededor del rostro en ondas castañas lacias y sin vida; parecía como si se lo hubiera lavado en el lavabo con jabón del hospital.

—Me dijo que habían atrapado al hombre, al hombre que ha hecho esto.

Le hablaba a Richie.

—Hemos detenido a una persona en relación con los crímenes, así es —le comunicó Richie.

—Quiero ver quién es.

Richie no se había preparado para aquella salida.

—Me temo que no está aquí. Ahora mismo lo tenemos en prisión —le dije yo con delicadeza.

—Necesito verlo. Necesito... —Fiona perdió su hilo de pensamiento, sacudió la cabeza y se apartó el pelo de la cara—. ¿Podemos ir allí? ¿A la prisión?

—Esto no funciona así, señorita Rafferty. Ahora no estamos en horas de visita y, además, tendríamos que rellenar todo el papeleo. Podríamos tardar unas cuantas horas en traerlo hasta aquí y eso siempre en función de la seguridad disponible... Si quiere regresar junto a su hermana, deberemos posponer esa opción para otro día.

Pese a que le había dado cancha para contestarme, no le quedaban fuerzas para hacerlo. Al cabo de un momento dijo:

—Otro día. ¿Podré verlo en otra ocasión?

—Estoy seguro de que algo conseguiremos —la tranquilicé y volví a alargar el brazo.

Esta vez, Fiona sí se movió, salió del círculo de luz de la farola y se adentró en las sombras, hacia la puerta de la comisaría.

Una de las salas de interrogatorios está amueblada para resultar cómoda: hay moqueta en lugar de linóleo, las paredes son de color crema y están limpias, las sillas son cómodas y no te dejan el culo amoratado, hay un dispensador de agua fría, una tetera eléctrica y una cestita con bolsitas de té, café y azúcar, además de tazas de verdad, en lugar de vasos de plástico. Es para los familiares de las víctimas, para los testigos frágiles y para los sospechosos que se tomarían las otras salas como una afrenta contra su dignidad y se ofenderían. Allí fue donde condujimos a Fiona. Richie la ayudó a acomodarse (estaba bien tener un socio a quien podías confiarle a alguien tan frágil), mientras que yo bajé a la sala de investigaciones y lancé un par de pruebas a una caja de cartón. Cuando regresé, había dejado el abrigo en el respaldo de la silla y estaba encorvada sobre una taza de té humeante, como si todo su cuerpo necesitara calentarse. Sin el abrigo, parecía menuda como una niña, incluso con aquellos tejanos anchos y su rebeca extragrande de color crema. Richie estaba sentado ante ella, con los codos apoyados en la mesa, a mitad de una historia tranquilizadora sobre un pariente imaginario a quien los médicos del hospital de Jenny habían salvado de una combinación dramática de heridas.

Deslicé la caja bajo la mesa para que no molestara y ocupé una silla junto a Richie.

—Le estaba explicando a la señorita Rafferty que su hermana está en buenas manos —me informó.

—El médico ha dicho que dentro de un par de días le bajarán la dosis de calmantes. No sé cómo va a afrontar Jenny todo esto —añadió Fiona. Evidentemente, está malherida, pero los calmantes ayudan y la mitad del tiempo piensa que es solo una pesadilla. Cuando recobra la conciencia, la vuelve a golpear... ¿No pueden darle otra cosa? ¿Antidepresivos o algo parecido?

—Los médicos saben lo que se hace —replicó Richie con amabilidad—. La ayudarán a reponerse.

–Quiero pedirle que haga algo por nosotros, señorita Rafferty –comencé a decirle–. Mientras está aquí, necesito que olvide lo que le ha sucedido a su familia. Quíteselo de la cabeza y concéntrese al cien por cien en contestar nuestras preguntas. Créame: sé que suena imposible, pero es el único modo en que puede ayudarnos a meter a ese hombre entre rejas. Eso es lo que Jenny necesita de usted en estos momentos, lo que todos ellos necesitan. ¿Podrá hacerlo por ellos?

Es el regalo que les ofrecemos a los seres queridos de las víctimas: descanso. Durante una hora o dos tienen la oportunidad de permanecer sentados, quietos y sin culpa, porque no les queda más alternativa; les permitimos dejar de machacarse el pensamiento intentando recomponer los añicos de lo sucedido. Entiendo que es una labor inmensa y de un valor incalculable. Vi las capas en los ojos de Fiona como las había visto en centenares de personas: alivio, vergüenza y gratitud.

–Está bien –dijo–. Lo intentaré.

Nos explicaría cosas que jamás había querido mencionar para darse una razón para seguir hablando.

–Le estamos muy agradecidos –respondí–. Sé que es difícil, pero está haciendo lo correcto.

Fiona apoyó la taza de té en equilibrio sobre sus delgadas rodillas, sosteniéndola entre las manos, y me dedicó toda su atención. Su espalda ya se había enderezado un poco.

–Empecemos por el principio –anuncié–. Hay muchas posibilidades de que nada de esto sea relevante, pero es importante para nosotros obtener el máximo de información posible. Comentó que Pat y Jenny comenzaron a salir a los dieciséis años, ¿verdad? ¿Puede decirme cómo se conocieron?

–No con exactitud. Todos procedemos de la misma zona, así que nos conocíamos de vernos, desde que éramos niños, desde la escuela primaria; no recuerdo exactamente cuándo nos conocimos ninguno de nosotros. Cuando teníamos doce o trece años, un puñado de nosotros empezamos a salir en pandilla, íbamos a la playa, hacíamos patinaje en línea o bajábamos a Dun Laoghaire y matábamos el tiempo en el embarcadero. A veces íbamos a la ciudad, al cine y luego al Burger King, y los fines de semana salíamos a las discotecas del colegio si había alguna fiesta que estaba bien. Cosas de críos, pero estábamos muy unidos. Muy unidos de verdad.

—No hay nada como los amigos que uno hace de adolescente —comentó Richie—. ¿Cuántos eran en la pandilla?

—Jenny y yo, Pat y su hermano Ian, Shona Williams, Conor Brennan, Ross McKenna, «Mac», y había un par más que se juntaban con nosotros esporádicamente, pero no formaban parte de la cuadrilla.

Rebusqué en la caja de cartón, saqué un álbum de fotos con la portada rosa y flores de lentejuelas y lo abrí por una marca hecha con un pósit. Había siete adolescentes sentados sobre una tapia, apretados muy juntos para caber en la foto, riendo, blandiendo cucuruchos de helado y con camisetas de colores vivos. Fiona llevaba aparato en los dientes y el cabello de Jenny era un tono más oscuro; Pat la rodeaba con los brazos (ya tenía los hombros anchos como un hombre, aunque seguía teniendo cara de niño, franca y rubicunda) y ella simulaba estar dándole un mordisco al helado de él. Conor era desgarbado, todo piernas y brazos, y parecía estar haciendo el chimpancé descolgándose del muro.

—¿Es esta la pandilla? —pregunté.

Fiona depositó el té en la mesa (demasiado rápido; salpicaron un par de gotas) y alargó una mano para señalar el álbum.

—Eso es de Jenny.

—Ya lo sé —le respondí con tono amable—. Hemos tenido que tomarlo prestado un tiempo.

Los hombros se le desplomaron al notar de súbito cómo nuestros dedos se posaban en las profundidades de sus vidas.

–¡Dios...! –exclamó sin querer.

–Se lo devolveremos a Jenny lo antes posible.

–¿Pueden...? Si acaban con él pronto, ¿podrían no decirle que se lo han cogido? No necesita llevarse ningún disgusto más. Aquí –Fiona extendió la mano por toda la foto y, con una voz tan baja que apenas pude oírla, dijo–: éramos realmente felices.

–Haremos cuanto podamos –le aseguré–. Y usted también podrá ayudarnos en eso. Si puede darnos toda la información que necesitamos, evitaremos tener que formularle a Jenny estas preguntas.

Asintió, sin levantar la mirada.

–Estupendo –continué–. Y ahora dígame. Este tiene que ser Ian. ¿Me equivoco?

Ian era un par de años más joven que Pat, más flaco y tenía el pelo castaño, pero el parecido entre ambos era evidente.

–Sí, ese es Ian. Está tan joven aquí... En aquel entonces era muy tímido.

Di unos golpecitos en el pecho de Conor.

–¿Y este quién es?

–Es Conor.

Lo dijo sin más, de inmediato, sin tensiones.

–Es el mismo tipo que sostiene a Emma en brazos en la foto del bautizo, la que había en su habitación. ¿Es su padrino?

–Sí.

Al oír el nombre de Emma se le tensó el rostro. Presionó las puntas de los dedos sobre la foto como si intentara apartarse de ella.

Le dije con calma, avanzando hacia la siguiente cara:

–¿Y quién es este tipo, Mac, no es cierto?

Era un tipo regordete, con el pelo recio, los brazos abiertos y unas zapatillas deportivas Nike inmaculadas. Cualquiera habría podido decir a qué generación pertenecían aquellos

411

chavales solo con mirarles la ropa: nada de prendas de segunda mano ni de remiendos; todo era novísimo y de marca.

–Sí. Y esta es Shona. –Pelirroja, con un cabello que habría tenido rizado si no le hubiera dedicado mucho tiempo a alisárselo con la plancha, y una piel que seguramente era pecosa bajo el falso bronceado y el esmerado maquillaje. Durante un extraño segundo casi sentí lástima por aquellos chavales. Cuando yo tenía su edad, mis amigos y yo éramos pobres como ratas y, por muy poco recomendable que sea la pobreza, al menos requería menos esfuerzo–. Ella y Mac siempre nos hacían reír. Me había olvidado de la pinta que tenía Shona. Ahora es rubia.

–Entonces, ¿aún mantienen todos el contacto?

Me sorprendí esperando que la respuesta fuera afirmativa, no por la investigación, sino por Pat y Jenny, varados en su fría isla desértica, al azote de los vientos. Me habría gustado saber que habían mantenido sus raíces fuertes.

–No mucho. Yo tengo los teléfonos de todos, pero hace siglos que no nos vemos. Debería llamarlos y contarles lo ocurrido, pero es que... no puedo.

Se llevó la taza a la boca para ocultar el rostro.

–Facilítenos los números y nosotros lo haremos –se ofreció Richie–. No hay razón para que sea usted quien les comunique las malas noticias.

Fiona asintió, sin mirarlo, y buscó a tientas el teléfono en su bolsillo. Richie arrancó una página de su cuaderno de notas y se la entregó. Mientras escribía, le pregunté, para intentar adentrarla de nuevo en un territorio más seguro:

–Parece que eran ustedes una pandilla muy unida. ¿Cómo es que perdieron el contacto?

–Cosas de la vida. Cuando Pat, Jenny y Conor entraron en la universidad... Shona y Mac eran un año más pequeños que ellos; Ian y yo dos, así que dejamos de estar en la misma onda. Ellos podían entrar en pubs, en discotecas de verdad, y quedaban con los amigos nuevos de la universidad, y sin ellos tres el resto sencillamente dejamos de... Ya no era lo mismo. –Le entregó la nota y el bolígrafo a Richie–. Lo intentamos. Todos. Al principio seguíamos quedando a todas horas. Era extraño, porque, de repente, había que programar los días con actividades de antemano y siempre había alguien que se descolgaba en el último minuto, pero aun así continuamos viéndonos. Poco a poco fuimos quedando menos. Incluso hasta hace un par de años seguíamos reuniéndonos para tomar una cerveza cada pocas semanas, pero... dejó de funcionar. –Tenía las manos alrededor de la taza de nuevo, la inclinaba describiendo círculos y contemplaba cómo el té se arremolinaba. El aroma del té estaba cumpliendo su misión: convertir aquella sala ajena en un lugar hogareño y seguro–. En realidad, probablemente dejó de funcionar mucho antes de eso. Se aprecia en las fotos: dejamos de encajar perfectamente como en esa foto de ahí; nos volvimos todo codos y rodillas clavados en los otros, todo muy raro... Y no nos apetecía ver cómo nos desmembrábamos. A Pat menos que a nadie. Cuanta menos sintonía había, más se esforzaba por que siguiéramos juntos. Podíamos estar sentados en el embarcadero o donde fuera y Pat se desplegaba, se estiraba intentando continuar cerca de todos, como si volviéramos a ser una gran pandilla. Creo que le enorgullecía seguir teniendo amigos de la infancia. Significaba mucho para él. No quería perder eso.

Fiona era poco corriente: perceptiva, aguda, sensible; el tipo de muchacha que pasaría mucho tiempo sola reflexionando sobre algo que no entendiera, tirando de los hilos hasta desenredar el nudo. Y eso la convertía en una testigo útil, pero a mí no me gusta lidiar con gente poco corriente.

–Cuatro chicos y tres chicas –dije yo–. ¿Tres parejas y el que siempre queda suelto? ¿O solo una pandilla de amigos?

Fiona casi sonrió mirando la foto.

—Una pandilla de amigos, básicamente. Ni siquiera cuando Jenny y Pat comenzaron a salir juntos cambiaron demasiado las cosas. Hacía mucho tiempo que todos sabíamos que acabaría pasando.

—Recuerdo que nos comentó que usted soñaba con alguien que la amara tal y como Pat amaba a Jenny —apunté—. ¿Los otros chavales no eran objetivos válidos? ¿No probó nunca a salir con ninguno de ellos?

Se sonrojó y el rubor borró el tono grisáceo de su rostro y lo volvió joven y vital. Por un instante, pensé que era por Pat, que él había ocupado el lugar que otros chicos podrían haber llenado, pero dijo:

—La verdad es que sí que lo probé. Con Conor... Salimos, pero poco tiempo. Cuatro meses. El verano de mis dieciséis años.

Lo cual, a aquella edad, era casi un matrimonio. Me percaté del leve tembleque de los pies de Richie.

—Pero la trataba mal —añadí yo.

El sonrojo se iluminó.

—No. Mal, no. Nunca fue malo conmigo ni nada de eso.

—¿De verdad? La mayoría de los chavales a esa edad pueden ser bastante crueles.

—Conor no lo fue nunca. Era... es un tipo muy dulce. Amable.

—¿Pero...? —quise saber yo.

—Pero... —Fiona se frotó las mejillas como si intentara deshacerse del rubor—. No sé, me emocionó mucho que me pidiera salir; siempre me había preguntado si estaba enamorado de Jenny. No por nada que dijera, solo..., no sé, a veces esas cosas se notan. Y luego, cuando empezamos a salir, él... daba la sensación de que... Me refiero a que nos los pasábamos en grande, nos reíamos mucho, pero él siempre quería hacer co-

414

sas con Pat y Jenny, como ir al cine con ellos o ir los cuatro juntos a la playa y ese tipo de cosas. Todo su cuerpo, todos los ángulos de su cuerpo apuntaban en la dirección de Jenny. Y cuando la miraba... se le iluminaba la cara. Siempre que contaba un chiste, al decir la frase final, la miraba a ella, no a mí...

Y ahí estaba nuestro motivo, el más viejo del mundo. De un modo extraño, era reconfortante saber que yo había estado en lo cierto desde el principio: aquella desgracia no la había traído el viento como un temporal asesino y se había estrellado contra los Spain al azar. Había surgido de sus propias vidas.

Prácticamente podía escuchar a Richie zumbar junto a mí de las ganas que tenía de moverse. No lo miré. Dije:

–Usted pensó que en realidad quería salir con Jenny, pero que salía con usted para estar más cerca de ella.

Intenté suavizarlo, pero igualmente sonó brutal. Fiona se estremeció.

–Supongo que sí. Más o menos. Creo que en parte era eso y en parte Conor esperaba que, si estábamos juntos, seríamos como ellos, como Jenny y Pat. Ellos eran...

En la página enfrentada a la fotografía de grupo había una imagen de Pat y Jenny tomada el mismo día, a juzgar por la ropa. Estaban sentados juntos sobre la tapia, inclinados el uno sobre el otro, con los rostros enfrentados y sus narices casi rozándose. Jenny sonreía a Pat; él la miraba con ojos absortos, atentos, felices. El aire que los rodeaba era cálido, blanco y dulce como el verano. A lo lejos, tras sus hombros, se divisaba una franja de mar azul como las flores.

Fiona suspendió la mano encima de la foto, como si quisiera tocarla, pero no pudiera.

–Yo les saqué esta foto –comentó.

–Es muy buena.

–Eran muy fotogénicos. La mayoría de las veces, cuando vas a sacarle una foto a alguien, tienes que tener cuidado con el espacio que queda entre ellos, por cómo rompe la luz. Con Pat y Jenny parecía que la luz no se rompiera nunca, que simplemente atravesara el hueco... Eran muy especiales. Además, los dos tenían algo por separado: ambos eran muy populares en la escuela. Pat jugaba muy bien al rugby y Jenny tenía un séquito de pretendientes, pero juntos... Eran de oro. Podría haberme pasado el día mirándolos. Los mirabas y pensabas: «¡Así! ¡Así es como se supone que tiene que ser!».

Peinó con las puntas de los dedos las manos entrelazadas de Pat y Jenny y apartó la mano.

–Conor... Sus padres estaban separados. Su padre vivía en Inglaterra o en algún otro sitio, no estoy segura, y Conor nunca hablaba de él. Pat y Jenny eran la pareja más feliz que él había conocido nunca. Era como si quisiera ser ellos y pensara que, si él y yo salíamos juntos, podríamos... Yo entonces no sabía expresar todo esto en palabras, claro, pero después, con el tiempo, pensé que quizá...

–¿Habló con él sobre ello? –quise saber.

–No. Me daba demasiada vergüenza. Era mi hermana, entiéndalo... –Fiona se pasó las manos por el pelo y se lo echó hacia delante para ocultar sus mejillas–. Me limité a romper con él. No fue nada trágico. No es que estuviera enamorada de él. Éramos unos críos.

Sin embargo, sí debió ser algo trágico. «Mi hermana...». Richie echó hacia atrás su silla y se levantó para encender la tetera eléctrica de nuevo. Por encima de su hombro comentó, como si tal cosa:

–Recuerdo que nos dijo que Pat sentía celos de los chicos a quienes les gustaba Jenny, cuando eran todos unos chavales. ¿Se refería a Conor?

Fiona levantó la cabeza ante aquella pregunta, pero Richie estaba sacudiendo un saquito de café y mirándola con simple interés.

—No se ponía celoso como usted insinúa. Simplemente... él también se dio cuenta. De manera que, cuando yo rompí con Conor, Pat me llamó a solas un par de días más tarde y me preguntó por qué lo había hecho. Se lo conté todo. Era como un hermano mayor para mí. Y acabamos hablándolo.

Richie silbó.

—Cuando yo era más joven —dijo—, me habría hervido la sangre si a mi colega le hubiera gustado mi novia. Le aseguro que no soy una persona violenta, pero se habría llevado un buen puñetazo en la jeta.

—Creo que Pat también lo pensó. Me refiero a que... —un destello repentino de alarma— tampoco era una persona violenta, nunca lo fue, pero como usted ha dicho... Estaba bastante enfadado. Vino a verme a casa, mientras Jenny estaba de compras, y cuando se lo dije se largó sin más. Se quedó blanco como el papel: parecía que su rostro estaba hecho de algo duro. La verdad es que me asusté, no porque pensara que pudiera hacerle algo a Conor, porque sabía que no lo haría, pero... Pensé que si todo el mundo se enteraba, la pandilla se haría añicos y todo sería horrible. Deseé... —agachó la cabeza y, con voz más baja, mirando a la taza, concluyó—: deseé haber cerrado el pico. O no haber salido nunca con Conor, para empezar.

—La culpa no fue suya —la consolé—. Usted no podía saberlo. ¿O sí?

Fiona se encogió de hombros.

—Probablemente no. Sin embargo, tenía la sensación de que sí podría. No sé, podría haberme preguntado por qué le iba a gustar yo cuando estaba Jenny. —Su cabeza estaba aún más gacha.

Y ahí estaba otra vez, aquel destello de algo profundo y enmarañado, extendido entre ella y Jenny.

–Imagino que debió de ser bastante humillante –aventuré.

–Sobreviví. Al fin y al cabo, tenía dieciséis años: a esa edad todo es humillante.

Se esforzaba por convertirlo en broma, pero no lo consiguió. Richie le sonrió al inclinarse sobre su hombro para asir su taza, pero ella se la pasó sin mirarlo.

–Pat no era el único con derecho a estar enojado. ¿No se enfadó también usted? ¿Con Jenny, con Conor o con ambos?

–Yo no era así. Pensé que era culpa mía por ser tan boba.

–¿Y Pat no se enfrentó físicamente a Conor? –quise saber.

–Creo que no. Ninguno de los dos tenía morados ni nada de eso, o al menos no que yo viera. No sé exactamente qué sucedió. Pat me telefoneó al día siguiente y me dijo que no me preocupara por nada, que olvidara que habíamos mantenido aquella conversación. Le pregunté qué había sucedido, pero lo único que me dijo fue que en adelante no supondría ningún problema.

En otras palabras, Pat había mantenido el control, había lidiado limpiamente con una situación desagradable y había reducido el nivel de drama al mínimo. Entre tanto, Conor había sido apaleado por Pat, humillado incluso de forma más dolorosa por él que por Fiona, y ya no le había quedado duda de que no tenía absolutamente ninguna oportunidad con Jenny. Esta vez sí miré a Richie. Andaba enredando con las bolsitas de té.

–¿Y el problema desapareció? –pregunté.

–Sí. Para siempre. Ninguno de nosotros volvió a comentar nada sobre el tema. Conor se mostró más amable de lo normal conmigo durante un tiempo; quizá intentaba compensar que las cosas no hubieran salido bien, aunque lo cierto es que siempre había sido bueno conmigo... Y me llevé la impresión de que mantenía las distancias con Jenny; nada demasiado obvio, pero se aseguraba de no hacer nunca nada a solas con ella y esas cosas. Básicamente, todo volvió a la normalidad.

Fiona tenía la cabeza gacha, se quitaba bolitas de la manga de la rebeca y aún le quedaba un residuo de sonrojo en las mejillas.

–¿Lo descubrió Jenny? –le pregunté.

–¿Que rompí con Conor? ¿Cómo no iba a darse cuenta?

–Que él estaba interesado en ella.

Un tono de rojo más subido de nuevo.

–Creo que sí, la verdad. De hecho, creo que lo supo siempre. Yo nunca se lo dije, y es imposible que Conor se lo dijera, o Pat... Pat es muy protector, no habría querido preocuparla. Pero una noche, un par de semanas después de aquella historia con Pat, Jenny entró en mi habitación. Estábamos a punto de meternos en la cama; ella ya llevaba puesto el pijama. Se quedó ahí de pie, toqueteando mis horquillas del pelo, colgándoselas de las puntas de los dedos y demás... Al final le pregunté: «¿Qué pasa?», y ella me contestó: «Siento mucho lo de Conor y tú». Yo repliqué algo como: «Estoy bien, no me importa». Habían pasado semanas y ella ya me había dicho aquello un montón de veces, no sé qué le pasó, pero contestó: «Lo digo en serio. Si ha sido culpa mía, si pudiera haber hecho algo de manera distinta... Quería decirte que lo siento muchísimo, eso es todo». –Fiona soltó una risa irónica y contenida–. Las dos nos moríamos de vergüenza. Yo le dije: «No, claro que no ha sido por tu culpa, ¿por qué habría de serlo? Estoy bien, buenas noches...». Lo único que quería era que se marchara. Jenny... Por un instante pensé que iba a añadir algo, así que metí la cabeza en el armario y empecé a lanzar ropa por la habitación, fingiendo buscar algo que ponerme al día siguiente. Cuando volví la vista, ya no estaba. Jamás volvimos a hablar de ello, pero por eso imaginé que sabía lo de Conor.

—Y le preocupaba que usted pensara que le había estado dando coba —observé yo—. ¿Lo creía usted?

—Nunca me paré a pensarlo. —Fiona leyó mi ceja interrogante y apartó la mirada—. Bueno, sí que lo pensé, pero jamás la culpé por... A Jenny le gustaba flirtear. Le gustaba llamar la atención de los chicos. Tenía dieciocho años, ¿cómo no iba a gustarle? No creo que alentara a Conor, exactamente, pero creo que sabía que a él le gustaba y creo que lo disfrutaba. Eso es todo.

—¿Cree que hizo algo relacionado con este tema? —le pregunté.

Fiona levantó la cabeza de súbito y me clavó la mirada.

—¿Como qué? ¿Como decirle que se apartara? ¿O enrollarse con él?

—Cualquiera de las opciones —contesté de manera insulsa.

—¡Pero si ella salía con Pat! Salían en serio, no era cosa de críos. Estaban enamorados. Y Jenny no es de las que ponen los cuernos... ¡Estamos hablando de mi hermana!

Levanté las manos.

—No dudo ni por un instante que estuvieran enamorados. Pero una adolescente que empieza a darse cuenta de que va a pasar el resto de su vida con el mismo hombre... Es posible que tuviera un ataque de pánico, que pensara que necesitaba pasar un momento con otro muchacho antes de aposentarse. Eso no la convertiría en una cualquiera.

Fiona negaba con la cabeza, con el cabello volándole.

—Usted no lo entiende. Jenny... Cuando Jenny hace algo, lo hace bien. Incluso aunque no hubiera estado loca por Pat, y lo estaba, jamás le habría puesto los cuernos con nadie, ni siquiera con un beso.

Decía la verdad, pero eso no significaba que estuviera en lo cierto. Cuando la mente de Conor había empezado a soltar amarras, un beso del pasado podría haberse transformado en un millón de dulces posibilidades que se le escapaban de las manos por los pelos.

–Entendido –dije–. ¿Y qué hay de confrontar a Conor? ¿Cree que pudo hacerlo?

–No lo creo. ¿Para qué iba a hacerlo? ¿De qué habría servido? Lo único que habría conseguido es avergonzar a todo el mundo y quizá estropear la relación entre Pat y Conor. Y Jenny no habría querido que eso sucediese. No es una mujer de dramas.

Richie vertió agua hirviendo en la taza.

–Yo pensaría que la relación entre Pat y Conor ya estaría estropeada, ¿no? Me refiero a que, incluso aunque Pat no le diera a Conor un par de bofetones aquel día, dudo mucho que fuera un mártir. No creo que continuaran siendo amigos como si nada hubiera sucedido.

–¿Por qué no? Conor no había hecho nada. Era su mejor amigo y no podían permitir que algo así arruinase su relación. ¿Algo de esto es...? ¿Por qué...? No sé, todo esto fue hace once años.

Fiona empezó a mostrarse recelosa. Richie se encogió de hombros y arrojó la bolsita de té a la papelera.

–Lo único que digo es que debían ser muy amigos si superaron algo así. Yo he tenido buenos amigos de joven, pero debo decir que, si hubiera vivido un follón así, habrían puesto tierra de por medio.

–Lo eran. Eran muy amigos. Todos lo éramos, pero lo de Pat y Conor era distinto. Creo... –Richie le entregó una taza de té recién hecho; removió la cuchara con aire ausente. Se estaba concentrando, buscaba las palabras exactas–. Siempre creí que se debía a sus padres. El padre de Conor, como ya les he explicado, había desaparecido, y el padre de Pat falleció cuando él tenía unos ocho años... Y eso marca mucho, sobre

421

todo a los chicos. Los hombres que han tenido que ser cabeza de familia de niños son distintos. Han tenido que asumir responsabilidades desde muy temprano. Y eso se nota.

Fiona alzó la vista; nuestros ojos se encontraron y, por algún motivo, ella desvió la mirada demasiado rápido.

–No sé –continuó–. Tenían eso en común. Supongo que para los dos significaba mucho tener cerca a alguien que los entendiera. A veces se iban a dar una vuelta, los dos solos, paseaban hasta la playa o a cualquier otro sitio. Yo solía observarlos. En ocasiones, ni siquiera hablaban; se limitaban a caminar muy juntos, tanto que sus hombros casi se rozaban. Acompasados. Regresaban con aire más tranquilo, más sosegados. Se hacían bien el uno al otro. Y cuando uno tiene un amigo así, puede llegar muy lejos para conservarlo.

Un repentino y doloroso latigazo de envidia me cogió por sorpresa. Yo fui un chico solitario en mis últimos años en la escuela. Me habría sentado bien tener un amigo así.

–Desde luego –confirmó Richie–. Sé que ha comentado que al empezar la universidad las cosas cambiaron, pero supongo que hizo falta algo más para que la pandilla se deshiciera.

Fiona respondió, de manera inesperada:

–Así fue. Creo que, cuando eres un crío, estás menos... ¿definido? Pero luego creces y empiezas a decidir qué clase de persona quieres ser, y eso no siempre encaja con la clase de personas en que se están convirtiendo tus amigos.

–Sé a lo que se refiere. Yo sigo quedando con mis amigos del instituto; la mitad de nosotros quiere hablar de conciertos y de la Xbox y la otra mitad del color de las cosas de sus bebés. Se producen muchos silencios largos. –Richie se deslizó en su asiento, me entregó una taza de café y le dio un buen trago al suyo–. ¿Y qué camino tomó cada uno de la pandilla?

–Al principio se descolgaron Mac e Ian. Querían ser los chicos ricos de la ciudad. Mac trabaja para una agencia inmobiliaria e Ian se dedica a algo relacionado con la banca, pero no estoy segura de qué es. Empezaron a ir a sitios superpijos, como el Café en Seine y a clubes como el Lillie's y cosas así. Cuando quedábamos todos, Ian presumía de cuánto había pagado por cada prenda que llevaba puesta y Mac explicaba a voz en grito que una chica se le había abalanzado la noche anterior y no conseguía quitársela de encima, pero que, como se sentía caritativo, había acabado por darle cuerda... Consideraban que yo era tonta por dedicarme a la fotografía; sobre todo Mac, no paraba de decirme que era una idiota y que nunca ganaría pasta gansa, que debería madurar y que más me valdría comprarme ropa decente para tener una oportunidad de cazar a un tipo rico que cuidara de mí. Y luego la empresa de Ian lo destinó a Chicago y Mac estaba casi siempre en Leitrim, vendiendo pisos en las grandes urbanizaciones de la zona, y así acabamos perdiendo el contacto. Imaginé...

Hojeó el álbum de fotos y sonrió con tristeza al ver una fotografía de los cuatro muchachos haciendo carantoñas y gestos de gánster con las manos.

—Me refiero a que mucha gente se volvió así durante el *boom* de la construcción –prosiguió–. No es que Mac e Ian fueran unos gilipollas: se limitaron a hacer lo que hacía todo el mundo. Imaginé que acabarían cansándose. Ya no son tipos divertidos, pero en el fondo siguen siendo buenas personas. Las personas que te conocen cuando eres adolescente, quienes han sido testigos de tu corte de pelo más estúpido y de las cosas más vergonzosas que has hecho en tu vida y aun así siguen queriéndote, son irreemplazables, ¿saben? Yo siempre creí que en algún momento volveríamos a juntarnos. Pero ahora, después de esto... No lo sé.

La sonrisa se había desvanecido.

—¿Conor no iba al Lillie's con ellos? –pregunté yo.

Una sombra momentánea de sonrisa revoloteó en su rostro.

–¡Qué va! No era su estilo.

–¿Era más un muchacho solitario?

–No era solitario. Podía estar en el pub divirtiéndose como cualquiera, pero no en uno como Lillie's. Conor es un tipo intenso. Nunca se dejó llevar por las modas; afirmaba que eso era permitir que otras personas decidieran por ti y que él era lo bastante mayorcito para adoptar sus propias decisiones. Y pensaba que toda esa competición por saber quién tenía la tarjeta de crédito más abultada era una chorrada. Se lo decía a Ian y a Mac; les decía que se estaban convirtiendo en un par de borregos sin neuronas. Y ellos no se lo tomaban demasiado bien.

–Un joven enfadado –observé yo.

Fiona sacudió la cabeza.

–Enfadado no. Solo... lo que he explicado antes. Dejaron de encajar y era algo que les preocupaba a los tres. Descargaban sus frustraciones los unos con los otros.

Si continuaba insistiendo en Conor durante mucho más tiempo iba a empezar a preguntarse por qué.

–¿Y qué hay de Shona? ¿Cómo dejó de encajar ella?

–Shona... –Fiona se encogió de hombros con un gesto elocuente–. Shona estará por ahí convertida en la versión femenina de Mac e Ian. Bronceado falso, marcas caras de ropa, muchas amigas con bronceados falsos y marcas caras, y todas criticando siempre, pero no como todo el mundo: con inquina. Cuando nos reuníamos, no dejaba de hacer comentarios socarrones sobre el corte de pelo de Conor, sobre mi ropa, y Mac e Ian le reían las gracias. Era divertida, siempre lo fue, pero antes no hacía bromas crueles. Una vez, hace unos cuantos años, le envié un mensaje de texto para proponerle ir a tomar una cerveza, normal, sin más, y básicamente se limitó a contestarme informándome de que se había prometido (no nos había presentado a su novio, pero todos sabíamos que estaba forrado) y que se moriría de vergüenza si su novio la viera alguna vez con alguien como yo, así que ya podía mantenerme al tanto de la sección de Sociedad de los diarios para ver las fotos de la boda. ¡Adiós! –Otro encogimiento de hombros, corto y seco–. En el caso de Shona, no creo que acabe cansándose.

–¿Y qué hay de Pat y Jenny? –inquirí–. ¿También anhelaban ser los modernos de la ciudad?

El dolor trazó un arco en el rostro de Fiona, pero se lo quitó de encima con una sacudida rápida de cabeza y agarró su taza.

–Más o menos. No como Ian y Mac, pero sí les gustaba ir a esos sitios modernos y vestir como tocaba. Aunque para ellos lo importante era estar juntos. Casarse, comprarse una casa, tener críos...

–La última vez que hablamos mencionó usted que se telefoneaba con Jenny cada día, pero que hacía mucho tiempo que no se veían. Ustedes también se alejaron. ¿Fue por eso? ¿Porque Pat y ella vivían inmersos en su frenesí doméstico y no encajaba con el suyo?

Se estremeció.

–Suena espantoso. Aunque sí, supongo que así fue. Cuanto más avanzaban por su senda, más se alejaban del resto de nosotros. Cuando nació Emma, empezaron con la rutina de acostarla y de inscribirla en la guardería y al resto de nosotros todo eso nos quedaba muy lejos.

–Igual que con mi pandilla –se sumó Richie asintiendo–. Caca de bebés y cortinas.

–Sí. Al principio podían contratar a una niñera y venir a tomar unas cervezas, así que al menos los veíamos, pero cuando se mudaron a Brianstown... De todos modos, tampoco sé si les apetecía demasiado salir. Estaban ocupados cuidando de su familia y querían hacerlo bien; no les gustaba emborra-

charse en bares y llegar a casa pedos a las tres de la madrugada... ya no. Siempre nos invitaban a ir a visitarlos, pero con la
distancia y todos trabajando largas jornadas...

–Nadie lo hacía. A mí también me ha pasado. ¿Cuándo
fue la última vez que la invitaron a usted? ¿Lo recuerda?

–Hace meses. En mayo o junio. Jenny acabó cansándose
de invitarme y que nunca pudiera ir. –Fiona empezaba a apretar la taza entre las manos–. Debería haberme esforzado por
hacerlo.

Richie sacudió la cabeza con amabilidad.

–No tenía motivo para pensar así. Usted estaba viviendo
su vida y ellos la suya; todo el mundo estaba bien y feliz, porque ellos eran felices, ¿verdad?

–Sí. Aunque en los últimos meses estaban preocupados
por el dinero, pero sabían que al final lograrían solucionarlo.
Jenny me lo comentó en un par de ocasiones; me confesó que
no pensaba ponerse histérica porque sabía que al final la situación se resolvería de un modo u otro.

–¿Y usted pensó que estaba en lo cierto?

–Sí, la verdad es que sí. Jenny es así: todo le acaba saliendo
bien. Hay gente a quien se le da bien la vida. Lo hacen bien,
sin siquiera pensar en ello. Y Jenny era una de esas personas.

Por un instante, vi a Geri en su cocina de aroma suculento, revisando los deberes de Colm mientras le reía una broma
a Phil y miraba de reojo la pelota que Andrea iba chutando
por la casa; y luego a Dina, con su cabello desgreñado y sus
dientes como garras, luchando conmigo por cualquier motivo inexistente producto de su imaginación. Me esforcé por
no mirar el reloj.

–Sé a lo que se refiere –le dije–. Yo la habría envidiado
por ello. ¿Usted lo hacía?

Fiona lo meditó mientras se enroscaba un mechón de cabello alrededor de un dedo.

–Quizá cuando éramos más jóvenes. De adolescente nadie tiene idea de lo que quiere. Y Jenny y Pat siempre sabían qué estaban haciendo. Tal vez ese fuera uno de los motivos por los que salí con Conor; supongo que pensé que, si hacía lo mismo que Jenny, yo también sería así, que también estaría segura de lo que quería. Y eso me habría gustado. –Desenrolló el mechón de pelo y lo examinó, girándolo para atrapar la luz y luego esquivarla. Tenía las uñas mordidas hasta la carne–. Pero cuando nos hicimos mayores... ya no. No habría querido tener la vida de Jenny: trabajar de relaciones públicas, casarme tan temprano, tener hijos rápidamente... nada de eso. Aunque a veces sí anhelaba querer eso. Todo me habría resultado más sencillo. No sé si tiene sentido.

–Tiene todo el sentido del mundo –le respondí. En realidad, sonaba a lamento de adolescente: «Ojalá pudiera hacer las cosas con normalidad, pero soy demasiado especial», si bien me guardé la carga de irritación para mí mismo–. ¿Y qué hay de la ropa de diseño? ¿Eso tampoco le interesaba? ¿Ni las vacaciones caras? Supongo que debía dolerle ver a Jenny disfrutar de todo eso mientras usted continuaba compartiendo piso y contando hasta el último céntimo.

Negó con la cabeza.

–Yo parecería idiota vestida con ropa de diseño. Y no me estimula el dinero.

–Vamos, señorita Rafferty. A todo el mundo le gusta el dinero. No hay por qué avergonzarse de ello.

–Bueno, no me gusta estar sin blanca. Pero para mí el dinero no es lo más importante del universo. Lo que yo quiero es convertirme en una fotógrafa verdaderamente buena, lo bastante buena como para no tener que explicarle a usted nada sobre Pat y Jenny, ni sobre Pat y Conor; lo bastante buena como para que pudiera entenderlo todo con solo mirar mis fotos. Y si eso requiere invertir unos años trabajando en los

427

laboratorios Pierre's por un sueldo miserable mientras aprendo, pues me parece bien, me doy por satisfecha. Mi piso es bonito, mi coche funciona y salgo cada fin de semana. ¿Por qué iba a querer más dinero?

–Pues no es así como pensaba el resto de su pandilla –apuntó Richie.

–Conor sí, más o menos. A él tampoco le preocupa demasiado el dinero. Se dedica a hacer diseño web y le gusta mucho. Dice que, dentro de cien años, se convertirá en una de las grandes formas de arte y estaría dispuesto a trabajar gratis si fuera en una web que le interesara. Pero los otros... no. Nunca lo entendieron. Pensaban, y creo que Jenny también, que, simplemente, yo era una inmadura y que tarde o temprano afrontaría la realidad.

–¿Y no la enfurecía eso? –quise saber–. ¿Que sus amigos de siempre y su propia hermana pensaran que lo que usted quería no valía la pena?

Fiona exhaló y se pasó los dedos por el pelo, intentando encontrar las palabras exactas.

–La verdad es que no. Tengo muchos amigos que sí lo entienden. La pandilla de la adolescencia..., sí, me habría gustado que estuviéramos en la misma longitud de onda, pero no los culpé por ello. Por lo que leías en los periódicos y en las revistas y oías en las noticias... parecía como si fueras imbécil o rara si lo único que pretendías era estar cómoda y dedicarte a lo que te gustaba. Se suponía que no tenías que pensar en eso, que lo único que importaba era hacerse rico y comprar una propiedad. Así que no podía enfadarme con los demás por hacer exactamente lo que se suponía que tenían que hacer. –Acarició el álbum–. Por eso nos separamos. No por la edad. Pat y Jenny, Ian y Mac, Shona, todos ellos hacían lo que se suponía que tenían que hacer. Cada uno a su modo, así que entre ellos también dejaron de verse, pero to-

428

dos hacían lo que se suponía que debían, mientras que Conor y yo queríamos algo distinto. Los otros no lo entendían. Y nosotros no los entendíamos a ellos, no del todo. Así fue como acabó.

Había retrocedido por las páginas hasta llegar de nuevo a aquella fotografía de los siete sentados sobre la tapia. Su voz no denotaba resentimiento, solo una cierta tristeza y una estupefacción indomable sobre lo rara y definitiva que puede ser la vida.

—No obstante, Pat y Conor sí lograron permanecer unidos, ¿no es cierto? Si Pat escogió a Conor para ser el padrino de Emma... ¿O fue decisión de Jenny?

—¡No! De Pat. Ya les he explicado que eran amigos íntimos. Conor fue el padrino de boda de Pat. Siguieron siendo amigos.

Justo hasta que algo cambió y habían dejado de serlo.

—¿Era un buen padrino?

—Sí. Genial. —Fiona sonrió al chaval larguirucho de la fotografía. La idea de explicarle lo sucedido me hizo estremecerme—. Solíamos llevar a los niños al zoo juntos, él y yo, y Conor le explicaba a Emma los cuentos sobre las alocadas aventuras que vivían los animales una vez cerraba el zoo por la noche... En una ocasión, Emma perdió su osito de peluche, el oso con el que dormía por las noches. Estaba desconsolada. Conor le explicó que el osito había ganado un viaje alrededor del mundo y se hizo con un montón de postales de sitios como Surinam, las islas Mauricio y Alaska... No sé de dónde las sacaría, supongo que las compró por internet... Recortó fotografías de un osito como el de Emma, las pegó a las postales, le escribió mensajes en nombre del osito, como: «Hoy he estado esquiando en esta montaña y me he tomado un chocolate a la taza. Te envío un abrazo enorme. Te quiere, Benjy», y se las envió a Emma. Cada día, hasta que se encaprichó con una

429

muñeca nueva y dejó de añorar al oso, recibió una de aquellas postales.

—¿Cuándo ocurrió eso?

—Hace unos tres años, diría. Jack era un bebé, así que...

Aquella oleada de dolor volvió a recorrerle el rostro. Antes de darle tiempo de empezar a pensar, le pregunté:

—¿Cuándo fue la última vez que vio a Conor?

Hubo un repentino destello de recelo en sus ojos. El caparazón seguro de la concentración comenzaba a afinarse; sabía que pasaba algo, aunque a ella se le escapara. Se reclinó en su silla y cruzó los brazos sobre su cintura.

—No estoy segura. Ha pasado tiempo. Un par de años, supongo.

—¿Conor no acudió a la fiesta de cumpleaños de Emma el pasado abril?

Sus hombros se tensaron un punto.

—No.

—¿Por qué no?

—Supongo que no le iba bien.

—Acaba de explicarnos que Conor removería cielo y tierra por su ahijada —apunté—. ¿Cómo iba a saltarse su fiesta de cumpleaños?

Fiona se encogió de hombros.

—Pregúntenselo a él. Yo no lo sé.

Estaba toqueteándose la manga de la rebeca de nuevo y no nos miraba. Me recosté, me puse cómodo y aguardé.

Tardó unos minutos. Fiona consultó la hora en su reloj y arrancó algunas bolitas hasta que cayó en la cuenta de que nosotros podíamos esperar más que ella. Finalmente dijo:

—Creo que habían discutido por algo.

Asentí.

—¿Por qué?

Un encogimiento de hombros incómodo.

–Cuando Jenny y Pat compraron la casa, Conor pensó que se habían vuelto locos. A mí también me lo parecía, pero no querían oírlo, así que yo lo intenté un par de veces y luego desistí. Aunque no estuviera segura de que fuera a funcionar, eran felices y quería alegrarme por ellos.

–Pero Conor no. ¿Por qué no?

–Él no sabe mantener la boca cerrada y limitarse a asentir y sonreír, ni siquiera cuando es lo mejor que podría hacer. Le parece hipócrita. Si piensa que algo es una idea de mierda, lo dice.

–¿Y eso molestó a Pat o a Jenny? ¿A ambos?

–A los dos, sí. Dijeron: «¿Cómo, si no, se supone que vamos a escalar en el mercado inmobiliario? ¿Cómo se supone que vamos a comprar una casa de un tamaño decente con un jardín para los niños? Es una inversión magnífica; dentro de unos años se habrá revalorizado y podremos venderla y comprar otra casa en Dublín, pero por ahora... Si fuéramos millonarios, claro, nos compraríamos una casa grande en Monkstown de cabeza, pero no lo somos, así que, a menos que Conor esté dispuesto a prestarnos unos cuantos cientos de miles de euros, es lo que vamos a comprar». Les molestó mucho que no los apoyara en aquello. Jenny no dejaba de decir: «No quiero que venga con toda esa negatividad; si todo el mundo pensara así, el país estaría en ruinas; nosotros preferimos pensar en positivo...». Estaba enfadada de verdad. Jenny cree en la capacidad de un pensamiento positivo para cambiar las cosas; le pareció que Conor podía echarlo todo a perder si seguía escuchándolo. Desconozco los detalles, pero creo que al final hubo una discusión fuerte. Después de aquello, Conor dejó de aparecer y ellos dejaron de mencionarlo. ¿Por qué? ¿Qué importa eso?

–¿Conor seguía sintiendo algo por Jenny? –le pregunté.

Era la pregunta del millón de dólares, pero Fiona me miró como si no hubiera escuchado ni una palabra de lo que había dicho.

–De eso hace una eternidad. Eran cosas de críos, por el amor de Dios.

–Las cosas de críos pueden ser bastante poderosas. Hay mucha gente por ahí que nunca olvida su primer amor. ¿Cree que Conor podría ser una de esas personas?

–No tengo ni idea. Tendrán que preguntárselo a él.

–¿Y qué hay de usted? –quise saber–. ¿Continúa sintiendo algo por él?

Había imaginado que me soltaría la caballería por encima al oír aquella pregunta, pero se paró a meditar la respuesta, con la cabeza inclinada sobre el rostro de Conor en el álbum y toqueteándose nuevamente el pelo con los dedos.

–Depende de lo que quiera decir con «sentir algo» –respondió–. Lo echo de menos, eso sí. Y a veces pienso en él. Hemos sido amigos desde que yo tenía unos once años. Y eso es importante. Pero no es que me consuma la melancolía por haberlo perdido. No me gustaría volver a salir con él, si es eso lo que quiere saber.

–¿Y no se le ocurrió mantener el contacto con él después de la pelea con Pat y Jenny? Por lo que cuenta, suena como si usted tuviera más cosas en común con él que ellos, a fin de cuentas.

–Lo cierto es que lo pensé, sí. Dejé pasar un tiempo, por si acaso Conor necesitaba serenarse (no quería meterme en medio de la movida), pero luego lo telefoneé un par de veces. No me devolvió las llamadas, así que no insistí. Tal y como le he dicho, Conor no era el centro de mi mundo ni nada de eso. Supuse que, al igual que Mac e Ian, nos volveríamos a encontrar en algún momento.

No era así como ella había imaginado que tendría lugar aquella reunión.

–Gracias –respondí–. Eso podría sernos de utilidad.

Fui a recoger el álbum, pero Fiona alargó la mano para detenerme.

–¿Me permite... un segundo...?

Me aparté y la dejé. Se acercó el álbum y lo rodeó con sus antebrazos. La habitación estaba en silencio; escuché el tenue siseo de la calefacción central desplazándose a través de las paredes.

–Aquel verano... –dijo Fiona, pero no parecía que nos lo explicara a nosotros. Tenía la cabeza inclinada sobre la foto, el cabello le caía en cascada–, nos reímos tanto. El helado... Había un quiosquito de helados junto a la playa. Nuestros padres solían llevarnos allí cuando éramos niños. Aquel verano, el heladero nos explicó que el propietario le había aumentado el alquiler a una cifra astronómica y que no podía pagarlo de ninguna manera. Al parecer, el propietario quería obligarlo a marcharse porque quería vender el terreno para construir no sé qué, oficinas, apartamentos o algo así. Todo el mundo estaba indignado: aquel lugar era una institución. Allí era donde se les compraba el primer helado a los niños pequeños, donde ibas con tu primera cita... Pat y Conor dijeron: «Solo hay un modo de que pueda continuar con el negocio: veremos cuántos helados podemos comernos». Aquel verano nos comimos un helado cada día. Era una misión. Cuando nos habíamos comido el primer lote, Pat y Conor desaparecían y venían con una segunda tanda de cucuruchos, y todos les gritábamos para que nos los apartaran de la vista; ellos se tronchaban de risa y nos decían: «Venga, tenéis que hacerlo, es por la causa, hay que luchar contra el sistema...». Jenny decía que se iba a poner gorda como una vaca y que Pat se arrepentiría, pero se comía los helados igualmente. Todos lo hacíamos.

Peinó con el dedo la fotografía, entreteniéndose en el hombro de Pat y en el cabello de Jenny, hasta acabar posándolo sobre la camiseta de Conor. Con un triste susurro cercano a una risa, leyó: «Yo voy a Jojo's». Por un instante, Richie y yo contuvimos la respiración. Luego Richie preguntó, como si tal cosa:

—Jojo's era la heladería, ¿verdad?

—Sí. Aquel verano repartimos unas chapas para que la gente mostrara su apoyo al heladero. Decían «Yo voy a Jojo's» y tenían un cucurucho dibujado. Medio Monkstown las llevaba, incluso las viejecitas. Una vez incluso vimos a un cura con una.

Su dedo se movió y destapó una mancha pálida en la camiseta de Conor. Era pequeña y lo bastante borrosa como para que no nos hubiéramos fijado en ella. Todos llevaban camisetas de colores vivos y, en algún punto, en el cuello, en el pecho o en la manga, una de aquellas chapas.

Me agaché para pescar algo de la caja de cartón; saqué la pequeña bolsa de muestras que contenía la chapa oxidada que habíamos encontrado oculta en el cajón de Jenny. Se la pasé a Fiona por encima de la mesa.

—¿Es esta una de las chapas?

Fiona respondió con dulzura:

—Madre mía, no puedo creerlo... —Inclinó la chapa hacia la luz en busca de la imagen a través del paso del tiempo y del polvo para detectar huellas que no había revelado ninguna pista—. Sí, lo es. ¿Es de Pat o de Jenny?

—No lo sabemos. ¿Quién de los dos es más probable que la hubiera conservado?

—No estoy segura. La verdad es que no habría pensado que lo hiciera ninguno de los dos. A Jenny no le gusta el desorden y Pat no es tan sentimental como para guardar algo así. Es más práctico. Él actúa, como con los helados, pero no guardaría una chapa de recuerdo. Quizá se la olvidara entre un montón de cosas... ¿Dónde estaba?

—En la casa —respondí.

Alargué una mano para asir la bolsa, pero Fiona la retuvo, presionando aquella chapa entre sus dedos a través del grueso plástico.

–¿Qué...? ¿Por qué la necesitan...? ¿Tiene algo que ver con...?

–En las fases preliminares de la investigación tenemos que presumir que todo podría ser relevante –le aclaré.

Antes de darle tiempo a insistir, Richie preguntó:

–¿Y funcionó la campaña? ¿Lograron quitarle a Jojo el propietario de encima?

Fiona sacudió la cabeza.

–¡Qué va! El tipo vivía en Howth o algo parecido; le importaba un comino si todo Monkstown se dedicaba a clavarle alfileres en un muñeco de vudú. Y ni aunque hubiésemos muerto de comer tanto helados, Jojo habría podido pagar el alquiler que aquel le pedía. Creo que, de alguna manera, en el fondo sabíamos que era una batalla perdida. Solo queríamos... –Le dio la vuelta a la chapa entre sus manos–. Aquello sucedió el verano antes de que Pat, Jenny y Conor entraran en la universidad. Y supongo que, en el fondo, también sabíamos que todo empezaría a cambiar cuando lo hicieran. Creo que Pat y Conor emprendieron aquella campaña porque querían que aquel verano fuera especial. Era el último verano. Creo que querían que todos conserváramos algo bueno en el recuerdo, que, al echar la vista atrás, tuviéramos anécdotas tontas que contar, que pudiéramos preguntarnos: «¿Os acordáis de cuando...?».

No volvería a decir jamás aquello sobre aquel verano.

–¿Usted conserva aún la chapa de Jojo's?

–No lo sé. Quizá esté por algún sitio. Tengo un montón de cosas en cajas en el desván de mi madre. Detesto desprenderme de mis cosas. Pero hace años que no las reviso. Muchísimo tiempo. –Alisó el plástico sobre la chapa durante un momento y luego me la tendió–. Cuando no la necesite, si Jenny no la quiere, ¿podría quedármela?

–Estoy seguro de que encontraremos una solución.

–Gracias –dijo Fiona–. Me gustaría. –Tomó aire para apartarse de aquel lugar bañado por los cálidos rayos del sol y las risas incontenibles y comprobó la hora en su reloj–. Debería irme. ¿Es eso...? ¿Hay algo más que pueda hacer por ustedes?

Richie me miró a los ojos interrogante.

Tendríamos que hablar con Fiona de nuevo: necesitábamos que Richie continuara siendo el poli bueno, el que no la golpeaba en las heridas.

–Señorita Rafferty –dije con voz queda, inclinándome sobre mis codos–: tengo que explicarle algo.

Se quedó helada. La mirada de espanto en sus ojos decía: «Por favor, más no».

–El hombre a quien hemos arrestado –anuncié– es Conor Brennan.

Fiona me miró atónita. Cuando pudo, respondió, buscando el aire:

–No. Esperen. ¿Conor? ¿Qué...? ¿Por qué lo han arrestado?

–Lo hemos arrestado por el ataque contra su hermana y los asesinatos de su familia.

Las manos de Fiona saltaron; por un instante creí que iba a taparse los oídos con ellas, pero las volvió a apoyar en la mesa. Con una voz plana y dura, como un ladrillo cayendo sobre una piedra, dijo:

–No. Conor no lo ha hecho.

Estaba tan segura como lo había estado sobre Pat. Necesitaba estarlo. Si alguno era culpable, entonces su pasado y su presente quedarían reducidos a unas ruinas magulladas y sangrientas. Aquel luminoso paisaje de helados y bromas compartidas, de carcajadas sobre una tapia, su primer baile, su primera bebida y su primer beso, todo ello quedaría contaminado como un arma nuclear, emitiría radioactividad, sería intocable.

—Ha confesado —añadí.

—Me da igual. Ustedes... ¡Joder! ¿Por qué no me lo han dicho? Me han dejado permanecer aquí sentada hablando sobre él, dándole a la sinhueso, con la esperanza de que revelara algo que pudiera empeorar las cosas para él... Menuda mierda. Si Conor ha confesado es solo porque le han estado confundiendo igual que me han confundido a mí. Él no lo ha hecho. Esto es una locura.

Las chicas buenas de clase media no hablan así a los detectives, pero Fiona estaba demasiado enfadada para advertirlo. Tenía los puños cerrados sobre la mesa y su rostro parecía pálido y resquebrajado, como una concha seca sobre la arena. Al verla así me dieron ganas de hacer algo, lo que fuera, cuanto más tonto mejor: retirarlo todo, empujarla por la puerta para que se largara, colocar su silla contra la pared para no tener que mirarla a los ojos...

—No solo está la confesión —aclaré—. Tenemos pruebas que la refuerzan. Lo lamento muchísimo.

—¿Qué tipo de pruebas?

—Me temo que no podemos revelárselas. Pero no nos referimos a pequeñas coincidencias a las cuales pueda encontrarse una fácil explicación. Hablamos de pruebas sólidas, indiscutibles, incriminatorias. Pruebas.

El rostro de Fiona se volvió inescrutable. Vi su mente acelerarse.

—De acuerdo —dijo al cabo de un minuto. Apartó su taza sobre la mesa y se puso en pie—. Tengo que regresar junto a Jenny.

—Hasta que presentemos cargos contra el señor Brennan, no revelaremos su nombre a la prensa. Y preferiríamos que usted tampoco se lo mencione a nadie. Y eso incluye a su hermana.

—No tenía previsto hacerlo. —Agarró su abrigo del respaldo de la silla y se lo puso—. ¿Cómo salgo de aquí?

Le abrí la puerta.

—Estaremos en contacto con usted —le anuncié, pero Fiona no alzó la vista.

Avanzó por el pasillo apresuradamente, con la barbilla hundida en el pecho, como si ya se estuviera protegiendo del frío.

14

La sala de investigaciones se había vaciado; solo quedaba el chaval que atendía el número de información telefónica y un par de agentes más haciendo horas extra, que aceleraron la velocidad con la que ojeaban la documentación al verme. Cuando nos sentamos en nuestras mesas, Richie espetó:

–No creo que ella tuviera nada que ver.

Estaba preparado para defender su postulado.

–¡Uf! ¡Menudo alivio! Al menos estamos de acuerdo en eso... –le dije con una sonrisa rápida.

No me la devolvió.

–Relájate, Richie. Yo tampoco creo que ella tuviera nada que ver. Claro que envidiaba a Jenny, pero si hubiera querido ponerse como una mona con ella, lo habría hecho cuando Jenny tenía una vida de cuento, no cuando estaba hecha unos zorros y Fiona podía haber recalcado un «Te lo advertí». A menos que su registro telefónico nos revele infinidad de llamadas a Conor o que su economía despeje una deuda colosal, creo que podemos tacharla de nuestra lista.

–Yo creo que podemos hacerlo aunque esté sin blanca. Yo me la creo: no le interesa el dinero. Y se ha esforzado cuanto ha podido por darnos toda la información posible, aunque le doliera. A quienquiera que haya cometido esto quiere verlo entre rejas.

—Bueno, lo ha hecho hasta que ha descubierto que era Conor Brennan. Si necesitamos hablar con ella de nuevo, te aseguro que no se mostrará tan colaboradora. —Acerqué mi silla a mi escritorio y busqué un formulario de informe para el superintendente—. Y eso es otra señal de que es inocente. Apostaría un dineral a que la reacción cuando se lo hemos dicho era sincera. La ha tomado por sorpresa. Si hubiera estado detrás de esto, se habría puesto nerviosa con respecto a Conor desde que le anunciamos que teníamos a un sospechoso arrestado. Y seguro que no nos habría señalado dándole un motivo.

Richie copiaba los números de teléfono que le había dado Fiona en su cuaderno de notas.

—Bueno, no era realmente un motivo —alegó.

—¡Venga ya! ¿Un amor desdeñado aderezado con una dosis de humillación? No habría podido obtener un motivo mejor ni pidiéndolo por catálogo.

—Pues yo sí. Fiona creía que quizá a Conor le gustaba Jenny y de eso hace diez años. A mí eso no me parece un motivo sólido.

—Le gustaba ahora. ¿A qué crees que viene todo eso de la chapa de Jojo's? Jenny no habría conservado la suya, ni Pat, pero te apuesto lo que quieras a que conozco a alguien que sí. Y un día, cuando andaba deambulando por la casa de los Spain, decidió dejarle un regalito a Jenny, maldito capullo retorcido. «¿Te acuerdas de mí? ¿De cuando todo era maravilloso y tu vida no era una basura? ¿Recuerdas los grandes momentos que vivimos juntos? ¿No me añoras?».

Richie se guardó el cuaderno en el bolsillo y ojeó la pila de informes que había sobre su mesa, pero sin leerlos.

—Aun así, eso no significa que la matara. Pat es un tipo celoso, ya había advertido a Conor de que se alejara de Jenny en una ocasión y debía de sentirse bastante inseguro últimamente. Si descubrió que Conor le andaba dejando regalos a Jenny...

Hablé en voz baja.

—Pero no lo descubrió, ¿no es cierto? Esa chapa no estaba tirada en la cocina ni atragantada en el cuello de Jenny. Estaba oculta en el cajón de ella, segura, a salvo.

—La chapa sí, pero no sabemos qué más pudo dejar Conor.

—Eso es verdad. Pero cuantos más regalitos le dejara a Jenny, más razón para creer que seguía estando loco por ella. Y eso son pruebas contra Conor, no contra Pat.

—Salvo porque Jenny seguramente sabía quién le había dejado aquella chapa. Seguro que sí. ¿Cuántas personas tendrían una chapa de Jojo's y sabrían dónde dejársela? Y ella la conservó. Fuera lo que fuera que Conor sentía por ella, no era unidireccional. No es que Jenny tirara sus regalos a la basura y él se pusiera hecho un basilisco. En cambio, Pat sí que habría perdido los estribos de haber descubierto lo que sucedía.

—En cuanto los médicos de Jenny le quiten los calmantes, tendremos que mantener otra conversación con ella y descubrir exactamente cómo va esta historia —observé yo—. Es posible que no recuerde la otra anoche, pero es imposible que haya olvidado esa chapa.

Pensé en el rostro desfigurado de Jenny, en sus ojos destrozados, y me sorprendí esperando que Fiona convenciera a los médicos de que la mantuvieran dopada hasta las cejas durante bastante tiempo.

Richie pasó las páginas con más celeridad.

—¿Y qué hay de Conor? —quiso saber—. ¿Tienes previsto volver a interrogarlo esta noche?

Comprobé la hora en mi reloj. Eran más de las ocho.

—No, lo dejaremos cocerse un poquito más. Mañana le arremeteremos con todo el arsenal.

Eso hizo que las rodillas de Richie empezaran a agitarse bajo su escritorio.

—Telefonearé a Kieran antes de marcharme —anunció—, para ver si ha encontrado algo nuevo relacionado con las páginas web y Pat.

Estaba buscando el teléfono cuando lo intercepté:

—Ya lo haré yo —dije—. Tú prepara el informe para el superintendente.

Coloqué el formulario sobre su mesa antes de darle tiempo a discutir.

Pese a la hora que era, Kieran sonaba contento de oírme.

—¡Colega! Estaba pensando en usted. Déjeme que le diga algo: ¡soy un jodido monstruo!

Por un segundo pensé que para corresponder a su tono desenfadado necesitaría más fuerzas de las que me quedaban.

—Yo aquí a punto de quedarme en la estacada y resulta que tú eres un monstruo. Dime qué tienes para mí.

—¡Tenía razón! Si le soy sincero, cuando recibí su correo electrónico pensé: «de acuerdo, sí, pero incluso aunque su hombre llevara el asunto de la comadreja a otro foro, el ciberespacio es un lugar muy grande»; ¿cómo se suponía que debía buscarlo?, ¿introduciendo «comadreja» en internet? Pero ¿recuerda aquella URL parcial que arrojó el programa de recuperación de datos? ¿El foro sobre casa y jardín?

—Sí. —Le hice un gesto con los pulgares en alto a Richie. Dejó el formulario sobre la mesa y acercó su silla a la mía.

—La comprobamos cuando me lo pidió la primera vez: revisamos los dos últimos meses de consultas. Y resulta que cuanto más nos acercábamos al drama, había un par de tipos del foro de bricolaje manteniendo un concurso de medición de vergas sobre tabiquería seca, sea lo que sea eso, cosa que no me importa en absoluto. Nadie acosaba a nadie; de hecho, este podría ser el foro más aburrido de la historia, nadie encajaba con su víctima y nadie se llamaba nada parecido a «sparklyjenny», así que pasamos a otra web. Pero luego recibí su correo electrónico y se me ocurrió una idea genial: quizá estuviéramos equivocados con lo que buscábamos y con la fecha en que lo buscábamos.

–No fue Jenny quien publicó la consulta. Fue Pat.

–¡Bingo! Y tampoco fue en los últimos dos meses. Fue en junio. La última vez que dejó un comentario en Wildwatcher fue el día trece, ¿verdad? Si probó a consultar en algún otro lugar en el siguiente par de semanas, no he sido capaz de encontrarlo, al menos todavía, pero el veintinueve de junio aparece en la sección de «Naturaleza y fauna» de la web de casa y jardín bajo el apodo de Pat-el-colega de nuevo. Había publicado antes en ese foro, en torno a un año y medio atrás (algo relacionado con un atasco en el inodoro), de manera que probablemente por eso se le ocurrió hacerlo de nuevo. ¿Quiere que le reenvíe el enlace?

–Sí, por favor. Ahora mismo, si puedes.

–Y ahora dígame, colega, ¿soy un monstruo o no?

–Un jodido monstruo.

Richie sonrió con la comisura de los labios. Le levanté el dedo. Sabía que no me libraría de una burla por hablar así, pero no me importaba.

–Música para mis oídos –dijo Kieran–. Ahora mismo le llega el enlace –y colgó.

La consulta de Pat en el sitio web de casa y jardín empezaba igual que el hilo de Wildwatcher: una exposición de los hechos clara y concisa, el tipo de exposición que a mí me habría gustado obtener de alguno de mis refuerzos. Sin embargo, esta continuaba más allá de donde se había detenido en Wildwatcher:

«He buscado excrementos varias veces sin suerte; el bicho este debe salir al exterior a hacer sus necesidades. Tiré harina para intentar obtener sus huellas, pero tampoco con eso he tenido suerte; cuando subía para comprobarlo, la harina estaba como manchada y barrida (puedo colgar fotografías si eso ayuda), pero no había ninguna huella. El único rastro físico que he visto en aproximadamente diez días ha sido a la cosa esa volverse loca, así que subí al altillo y justo debajo del agujero había cuatro largos tallos con hojas aún verdes (parecían pertenecer a una de las plantas de la playa, pero no estoy seguro, soy un tipo de ciudad) + un trozo de madera de unos 10×10 cm todo gastado, con pintura verde desconchada, como si fuera un tablero de un barco. No tengo ni idea de: a) ¿por qué un animal querría cogerlo?, b) ¿cómo ha conseguido meterlo en el desván?: apenas cabe por el agujero que hay bajo los alerones. También puedo colgar fotografías si sirve de ayuda».

–Vimos ese tablón –comentó Richie en voz baja–. En su armario. ¿Te acuerdas?

La lata de galletas escondida en el estante del armario ropero de Pat. Había dado por supuesto que eran regalos de los niños que había guardado de recuerdo.

–Sí –contesté–. Me acuerdo.

«Esa noche coloqué otra trampa con un trozo de pollo, pero sin suerte. Me han sugerido que podía ser un visón, una marta o un armiño, pero esos bichos se habrían comido el pollo, ¿no? + ¿por qué iban a traer hojas + madera? Me gustaría saber qué hay ahí arriba».

Atrajo la atención del foro de inmediato, tal y como había pasado en Wildwatchers. Al cabo de unos minutos ya tenía respuestas. Un usuario especulaba con que el animal estuviera haciendo un nido con toda su familia: «El hecho de que apile hojas y madera podría apuntar a que está anidando. Junio es un poco tarde para hacerlo... pero nunca se sabe. ¿Has comprobado si ha añadido más objetos para anidar desde entonces?». Otro pensaba que se estaba preocupando por una nimiedad: «Si yo fuera tú, no me inquietaría. De ser un depredador (es decir, un animal peligroso), habría tenido que ser lo bastante inteligente como para no tocar la carne. No se me ocurre ninguna alimaña capaz de hacer algo así. ¿Se te ha ocurrido que puedan ser ardillas? ¿Ratones? O quizá sean pájaros. ¿Urracas? Y, si vivís cerca del mar, también podrían ser gaviotas...».

Cuando Pat volvió a consultar el hilo, al día siguiente, no sonaba convencido: «Sí, desde luego podrían ser ardillas, pero por el ruido parece algún animal más grande. No lo descarto del todo, porque la acústica de la casa es bastante curiosa (puede haber alguien en la otra punta y suena como si lo tuvieras al lado), pero cuando está ahí arriba dando golpetazos suena como si tuviera el tamaño de un tejón. Sé que es imposible que un tejón pueda llegar ahí arriba, pero definitivamente es más grande que una ardilla o una urraca + muchísimo más que un ratón. No me entusiasma la idea de tener un depredador demasiado listo como para no caer en la trampa. Ni tampoco la de que anide en mi altillo. No he subido recientemente, pero supongo que tendré que hacerlo para comprobarlo».

El tipo que había sugerido lo de los ratones seguía sin estar impresionado. «Tú mismo dijiste que la acústica era rara. Probablemente sea el sonido amplificado de un par de ratones o algo parecido. No vives en África ni en ningún lugar donde pudiera haber un leopardo o una fiera salvaje. De verdad, continúa probando con las trampas para ratones, prueba con distintos cebos y olvídate de todo».

Pat seguía conectado: «Sí, eso es lo que cree mi esposa; de hecho, ella piensa que probablemente sea algún pájaro (¿palomas?) y que los picotazos explicarían esos repiqueteos. Lo que ocurre es que ella no ha oído los ruidos en persona, porque se producen o a) de madrugada, mientras duerme (yo no duermo bien últimamente y ando despierto a horas extrañas) o b) cuando está cocinando + yo juego con los niños en la planta de arriba para que no la molesten. Estoy intentando no incidir demasiado en el tema ni convertirlo en un problema porque no quiero asustarla, pero me empieza a inquietar de verdad, para ser honesto. No es tema de que nos vayan a devorar, pero sería un gran alivio simplemente saber de qué se trata. Comprobaré de nuevo el desván + os daré las novedades lo antes posible. Cualquier consejo es bien recibido».

Los refuerzos andaban recogiendo, asegurándose de hacerlo con el ruido suficiente como para que yo fuera consciente de hasta qué hora habían permanecido en el tajo.

–Buenas noches, detectives –se despidió uno de ellos, cuando se cernían sobre el umbral de la puerta.

–Buen regreso a casa. Nos vemos mañana –respondió Richie automáticamente.

Yo alcé mi mano y continué navegando por la pantalla.

Era ya bien entrada la noche, cerca de medianoche, cuando Pat volvió a conectarse a internet. «Bien. He subido al desván y he comprobado si había algún indicio más de anidamiento o algo parecido. Hay una de las vigas del tejado cubierta por lo que parecen marcas de zarpas. Confieso que estoy bastante asustado porque parecen corresponder a un bicho bastante grande. Lo que ocurre es que no estoy seguro de haber comprobado esa viga antes (está en un rincón apartado), así que podrían estar ahí desde hace siglos, incluso desde antes de que nos mudáramos a la casa. ¡Eso espero al menos!».

El tipo que había sugerido la construcción del nido seguía la conversación: al cabo de unos minutos de ver el comentario de Pat, volvió con otra sugerencia. «Supongo que tienes una trampilla que da al desván. Yo de ti dejaría la trampilla abierta, instalaría una videocámara apuntando hacia ella y presionaría la tecla de grabar justo antes de meterme en la cama o antes de que mi esposa empiece a cocinar. Antes o después al bicho le picará la curiosidad... y lo grabarás. Si te preocupa que pueda bajar a la casa y que sea peligroso si cae en la trampa, puedes tapar la abertura clavando un trozo de malla de alambre. Espero que te ayude».

Pat respondió al instante con optimismo: la mera idea de tener una imagen del animal grabada le había levantado el ánimo. «¡Fantástica idea! Muchísimas gracias. A estas alturas hace ya + o − un mes que ronda por la casa, así que no me asusta demasiado que de súbito decida atacarnos. De hecho, no me preocuparía que lo hiciera; le daría algo que pensar; si no consigo abatirlo, entonces es que me merezco lo que tenga preparado para nosotros, ¿no es cierto?». A ello añadía tres pequeños emoticonos que se tronchaban de la risa. «Sencillamente me gustaría ver bien esa cosa, no me importa cómo; solo quiero ver a qué me enfrento. Además, me pregunto si mi mujer debería verlo; si comprueba que no se trata de un pájaro, nos pondremos de acuerdo + podremos tomar una decisión los 2 sobre cómo actuar. ¡Y así dejaría de preocuparse por que esté perdiendo la poca cordura que me queda! Comprar una videocámara se nos va de presupuesto en estos momentos, pero tengo un monitor de bebés con vídeo que podría instalar. Me fastidia que no se me haya ocurrido antes; de hecho, es incluso mejor que una cámara de vídeo, porque tiene infrarrojos, así que ni siquiera necesito dejar la trampilla abierta. Voy a instalarlo en el ático para probar. Le daré a mi mujer el receptor para que lo observe mientras prepara la cena + mantendré los dedos cruzados. ¡Es posible que incluso me deje cocinar por una vez en la vida! ¡Deseadme suerte!». Y un pequeño emoticono sonriente pequeño y amarillo despidiéndose.

–«Perder la poca cordura que me queda» –repitió Richie.

–Es una forma de hablar, hijo. Este tipo mantuvo la cordura cuando su mejor amigo se enamoró de su futura esposa: abordó la situación sin dramas, con la frialdad de un témpano. ¿Crees que tendría una crisis nerviosa por un visón?

Richie se dedicó a mordisquear el bolígrafo y no respondió.

Y ahí acababan los comentarios de Pat durante un par de semanas. Unos cuantos asiduos le solicitaban que los pusiera al día; había quien se quejaba de que de desagradecidos está el mundo lleno, y la consulta moría.

Pero el catorce de julio Pat regresó y la situación había aumentado una vuelta de rosca. «Hola, muchachos, vuelvo a ser yo y esta vez necesito realmente vuestra ayuda. Os pondré al día diciéndoos que instalé el monitor de vídeo, pero hasta ahora no ha arrojado ningún resultado. E intentado instalar una cámara para captar distintos puntos del desván, pero tampoco ha habido suerte. Sé que el animal no se ha ido porque sigo oyéndolo cada día/noche. Cada vez es más ruidoso; creo que o se siente más seguro o quizá haya crecido. Mi esposa no ha podido oírlo NI UNA SOLA VEZ. Si no supiera que es imposible, pensaría que el bicho espera deliberadamente a que ella no esté cerca. En cualquier caso, estas son las novedades: subí al desván para comprobar si había más hojas/maderas/lo que fuera + en un rincón había cuatro esqueletos de animales. No soy ningún experto, pero parecían ratas o quizá ardillas. Les habían arrancado la cabeza. Lo más desconcertante es que estaban todos perfectamente alineados, como si alguien los hubiera colocado allí para que yo los encontrara. Sé que suena a locura, pero os juro que es lo que parecía. No quiero decirle nada a mi esposa por si le entra el pánico, pero, muchachos, es un depredador y NECESITO averiguar de qué tipo».

En esta ocasión, los habituales se mostraron unánimes: a Pat el asunto se le escapaba de las manos; necesitaba recurrir a un profesional, y rápido. Los usuarios publicaban enlaces de servicios de control de plagas y, menos útiles, de noticias sensacionalistas en las que críos pequeños habían sido mutilados o asesinados por animales insospechados. Pat sonaba un tanto reacio («Esperaba poder lidiar con ello por mí mismo; no me gusta pedirle a alguien que solucione lo que debería hacer yo mismo»), pero al final dio las gracias a todo el mundo y se decidió a llamar a un profesional.

–Pues aquí no suena frío como un témpano –comentó Richie.

Pasé por alto su comentario.

Tres días después, Pat regresaba. «Bueno, el tipo del control de plagas ha venido esta mañana. Ha echado un vistazo a los esqueletos y me ha dicho: "Tío, no puedo ayudarte, los animales más grandes que tratamos son ratas + esto no es cosa de una rata seguro: las ratas no le arrancarían la cabeza a una ardilla + dejarían el resto". Está bastante seguro de que los 4 esqueletos son de ardilla. "Nunca he visto nada parecido", ha dicho. Ha comentado que podía ser un visón o alguna mascota exótica de la que algún imbécil se haya desprendido dejándola suelta. Posiblemente, algo como un lince rojo o incluso un glotón; dice que nos sorprendería lo pequeños que son los agujeros por los que estos bichos pueden colarse. Dice que se necesitarían especialistas para ocuparse de ellos, pero no me apetece gastarme un dineral en que alguien venga aquí + me diga que no es asunto suyo. Además, a estas alturas empiezo a tomármelo como algo personal: ¡¡esta casa no es lo bastante grade para los dos!!». Y de nuevo aquellas caritas, rodando y riendo.

«Así que busco ideas sobre cómo atraparlo/eliminarlo/qué utilizar como cebo/cómo obtener pruebas de su existencia para mostrárselas a mi esposa. Anteanoche pensé tenerlas: estaba bañando a mi hijo + esa cosa empezó a volverse loca sobre nuestras cabezas; al principio fueron solo unos arañazos, pero fue en aumento, hasta que pareció estar dando vueltas en círculos intentando escarbar un agujero en el techo o algo así. Mi hijo también lo oyó y me preguntó qué era. Le dije que era un ratón (normalmente, no le miento, pero estaba asustado y ¿¿qué podía decirle??). Bajé como una flecha a la planta de abajo para que mi mujer subiera a escucharlo, pero, cuando llegamos arriba, el ruido había desaparecido por completo y el pequeño capullo no volvió a aparecer en toda la noche. ¡Juro por Dios que parecía saberlo! Muchachos, NECESITO QUE ME AYUDÉIS CON ESTO. Esa cosa está atemorizando a mi hijo en su propia casa. Mi mujer me miró como si me hubiera vuelto majareta. Necesito atrapar a ese hijo de perra».

La desesperación traspasaba la pantalla, densa como el humo del alquitrán bajo un sol implacable. Su aroma agitó el foro, cuyos usuarios se mostraban inquietos y agresivos a partes iguales. Empezaron a incitar a Pat: ¿le había enseñado los esqueletos a su esposa? ¿Qué pensaba ahora ella de ese animal? ¿Sabía Pat lo peligrosos que pueden ser los glotones? ¿Iba a llamar a un especialista? ¿Pensaba poner veneno? ¿Tenía previsto tapar el agujero bajo el alerón? ¿Qué pensaba hacer a continuación?

Y estaban consiguiendo alterar a Pat o, para ser más exactos, todas las cosas que se acumulaban en su vida estaban desgastándolo: aquella serenidad y su cabeza fría empezaban a deshilacharse por los bordes. «Para responder a vuestras preguntas, mi mujer no sabe lo de los esqueletos, hice que el tipo de control de plagas viniera cuando ella andaba de compras con los críos y se los llevó. No sé vosotros, pero yo considero que mi trabajo es ocuparme de mi mujer y no asustarla. Una cosa es que escuche los arañazos del bicho y otra muy distinta enseñarle esos esqueletos decapitados. Cuando le eche el guante a esa cosa, lógicamente, se lo explicaré todo. La verdad es que no me gusta demasiado que, mientras tanto, piense que estoy perdiendo la cabeza, pero prefiero eso a que se quede petrificada del miedo cada vez que está sola en casa. Espero que lo comprendáis; si no, lo único que puedo decir es: mala suerte.

»En cuanto a lo del especialista, etc.: aún no me he decidido, pero no tengo previsto tapar el agujero ni usar veneno. Lamento si no es lo que me aconsejáis, pero soy yo quien está viviendo esto + VOY a adivinar de qué se trata + voy a enseñarle qué pasa cuando se intenta joder a mi familia, para que LUEGO pueda largarse y morir donde le apetezca, pero, hasta entonces, no voy a correr el riesgo de perderlo. Si tenéis una idea que pueda serme realmente de ayuda, adelante, os ruego que me la digáis, estaré encantado de escucharla, pero si solo estáis aquí para fastidiarme por no tener esto bajo control, que os jodan. A todos los que no están comportándose como auténticos capullos, gracias de nuevo + os mantendré informados».

Llegados a estas alturas, alguien con un par de miles de comentarios a su nombre decía: «Tíos, no alimentéis al trol».

–¿Qué es un trol? –preguntó Richie.

–¿Lo preguntas en serio? ¡Madre mía! Pero ¿es que nunca te has conectado a internet? Pensaba que pertenecías a la generación «conectada».

Se encogió de hombros.

–Compro música *online* y he consultado cosas algunas veces. Pero nunca miro foros. Me gusta más la vida real.

–Internet es la vida real, amigo mío. Todas estas personas de aquí son tan reales como tú y como yo. Un trol es alguien que publica chorradas para provocar. Este tipo piensa que Pat miente.

Una vez sembraron la sombra de la sospecha, ninguno de los participantes del foro quería parecer ingenuo: al parecer, todo el mundo había estado preguntándose si Pat—el—colega era un provocador, un escritor en ciernes en busca de inspiración («¿Os acordáis de aquel tipo del año pasado que escribía en el foro Temas Estructurales sobre la habitación tapiada y la calavera humana? Publicó el relato en su blog un mes después. Esfúmate, trol») o un estafador abonando el terreno para hacer una recolecta. Al cabo de un par de horas, el consenso general era que, si Pat hubiese hablado en serio, ya habría puesto veneno hacía tiempo y que, en cualquier momento, aparecería anunciando que el misterioso animal había devorado a sus hijos imaginarios y pedía ayuda para pagarles el funeral.

–¡Madre mía! –exclamó Richie–. Sí que se pasan...

–¿Por esto? Esto no es nada. Si te metieras en internet más a menudo, lo sabrías. Internet es la selva; las reglas normales no se aplican. Las personas decentes y educadas que no alzan la voz bajo ninguna circunstancia se compran un módem y se convierten en Mel Gibson tras tomarse un par de botellas de tequila. En comparación con muchas cosas de las que se ven aquí, estos tipos son encantadores, créeme.

Pero Pat lo había visto desde la perspectiva de Richie: cuando regresó, estaba furioso. «Escuchad, pandilla de subnormales, NO SOY UN MALDITO TROL, ¿DE ACUERDO???? Sé que os pasáis las horas en este foro, pero resulta que yo tengo una VIDA real y, si quisiera perder el tiempo tomándole el pelo a alguien no sería a vosotros, pandilla de perdedores. Solo intentaba lidiar con LO QUE SEA QUE HAY EN MI DESVÁN + si vosotros, pandilla de imbéciles inútiles, no podéis ayudarme, pues IROS A LA MIERDA». Y desapareció.

Richie silbó por lo bajini.

–No me dirás que eso es también culpa de internet –comentó–. Tal y como tú mismo has dicho, Pat era un tipo sensato. Para ponerse así –dijo, señalando con la cabeza hacia la pantalla–, hay que perder mucho los papeles.

–Tenía motivos para hacerlo –opiné yo–. Había un bicho asqueroso en su casa asustando a su familia y, dondequiera que buscara ayuda, se negaban a brindársela. Wildwatcher, el tipo de control de plagas, este foro... en definitiva, todo el mundo le decía que no era asunto suyo, que se las apañara solo. Yo creo que, en su lugar, tú también «perderías los papeles».

–Sí. Quizá. –Richie alargó la mano hacia el teclado, me miró como pidiéndome permiso, y navegó hacia el inicio de la página para releer los mensajes. Cuando hubo acabado, dijo, con mucho cuidado–: De manera que nadie, salvo Pat, escuchó aquel bicho.

–Pat y Jack.

–Jack tenía tres años. Los niños de esa edad no saben diferenciar la realidad de la imaginación.

–De manera que estás con Jenny –observé–. Crees que todo eran imaginaciones de Pat.

–Tom tampoco pudo asegurarnos que alguna vez hubiera un animal en ese altillo –apuntó Richie.

Eran las ocho y media pasadas. Por el pasillo, la mujer de la limpieza reproducía los grandes éxitos musicales en su radio y canturreaba; al otro lado de las ventanas de la sala de investigaciones, el cielo era de un negro sólido. Dina había estado ausente sin autorización durante cuatro horas. No tenía tiempo para aquello.

–Y tampoco pudo asegurar que no lo hubiera. Sin embargo, tú tienes la impresión de que, de alguna manera, esto sustenta tu teoría de que Pat masacró a su familia. ¿Me equivoco?

Richie contestó, escogiendo las palabras:

–Sabemos que estaba bajo mucha presión. De eso no hay duda. Y, por lo que explica aquí, parece que su matrimonio

453

tampoco iba como la seda. Si ya estaba en tan mala forma que empezaba a imaginar cosas... Sí, creo que eso haría más probable que perdiera los estribos.

—No imaginó esas hojas ni ese madero que aparecieron en el altillo. No, a menos que nosotros también los hayamos imaginado. Yo puedo tener mis problemas, pero no creo que haya llegado todavía a la fase de tener alucinaciones.

—Tal y como comentaban los muchachos del foro, podría haberse tratado de un pájaro. No hay pruebas de que fuera un animal salvaje. Cualquier hombre que no haya estado estresado como un mono los habría tirado a la papelera y se habría olvidado de todo.

—¿Y los esqueletos de las ardillas? ¿También eran cosa de un pájaro? No es que sea un experto en fauna, o no más de lo que lo era Pat, pero una cosa sí te digo: si hay algún pájaro en este país capaz de decapitar ardillas, comerse su carne y alinear los restos, nadie lo ha puesto en mi conocimiento.

Richie se frotó la nuca y observó el salvapantallas formar espirales en lentas figuras geométricas.

—No vimos los esqueletos —dijo—. Pat no los conservó. Las hojas, sí, pero los esqueletos, que son lo que demostraría que efectivamente había algo peligroso ahí arriba, no estaban.

El arrebato de irritación me hizo tensar la mandíbula un instante.

—¡Venga ya, chaval! No sé lo que tú guardas en tu pisito de soltero, pero te prometo que cualquier hombre casado que le explique a su mujer que quiere guardar unos esqueletos de ardilla en el armario ropero se enfrenta a una bronca de órdago y a unas cuantas noches durmiendo en el sofá. ¿Y qué me dices de los niños? ¿Crees que habría querido que los niños los encontraran?

—No sé lo que quería ese tipo. Parecía ansiar poder demostrarle a su esposa que ese bicho existía y, cuando obtiene una prueba sólida de ello, se retira: ¡ah, no!, no podría hacer algo así, no me gustaría asustarla. Se muere por saber lo que hay ahí arriba, pero cuando el tipo de control de plagas le recomienda que llame a un especialista, ¡ah, no!, eso es tirar el dinero. Suplica en ese foro que le ayuden a determinar qué hay ahí arriba, se ofrece a publicar fotos de la harina en el ático, fotos de las hojas, pero cuando encuentra los esqueletos (y podrían tener marcas de dientes), no dice ni pío sobre fotografías. Está actuando... –Richie me miró de reojo–. Quizá me equivoco, pero está actuando como si en el fondo supiera que ahí arriba no había nada.

Durante un segundo efímero pero contundente quise agarrarlo por el pescuezo y apartarlo del ordenador, decirle que regresara a Vehículos Motorizados y que ya me ocuparía yo solito de aquel caso. De acuerdo con los informes de los refuerzos, el hermano de Pat, Ian, jamás había tenido noticia de ningún animal, ni tampoco sus antiguos compañeros de trabajo, ni los amigos que habían asistido a la fiesta de cumpleaños de Emma ni las pocas personas con quienes aún intercambiaba correos electrónicos. Esto explicaba por qué Pat no se atrevía a contárselo: por miedo a que reaccionaran como todos los demás, desde los extraños de los foros de debate hasta su propia esposa, por miedo a que se lo tomaran como Richie.

–Solo por preguntar, chaval –dije–. ¿De dónde crees que se materializaron los esqueletos? El tipo del control de plagas sí los vio, ¿recuerdas? No eran producto de la imaginación de Pat. Sé que crees que Pat se estaba chiflando, pero ¿crees sinceramente que les arrancó la cabeza a unas ardillas a bocados?

–Yo no he dicho eso –respondió Richie–. Pero nadie, salvo el propio Pat, vio al tipo de control de plagas. Lo único que tenemos es ese post en el que explica que hizo acudir a alguien a su casa. Y tú mismo lo dijiste: la gente miente en internet.

455

—Pues busquemos a ese tipo de control de plagas —propuse—. Destina a uno de los refuerzos a localizarlo. Dile que empiece por los números que le facilitaron a Pat a través del foro y, si ninguno de ellos funciona, que telefonee a todas las empresas en un radio de ciento cincuenta kilómetros a la redonda. —La idea de que un refuerzo adoptara este ángulo, de otro par de ojos fríos leyendo aquellos comentarios y otro rostro adoptando poco a poco la misma expresión de Richie, hizo que se me volviera a tensar el cuello—. O mejor aún, lo haremos nosotros mismos. Mañana, a primera hora de la mañana.

Richie presionó el botón del ratón con mi dedo y observó cómo los comentarios de Pat volvían a la realidad.

—No será difícil averiguarlo —comentó.

—¿Averiguar qué?

—Si existe ese bicho. Un par de videocámaras...

—Como si le hubieran funcionado a Pat...

—Él no tenía cámaras. Los monitores de bebé no graban; únicamente podía ver lo que sucedía en tiempo real, cuando tenía un momento para estar observando. Si instalamos una cámara para que grabe en el altillo las veinticuatro horas del día... al cabo de los pocos días, si hay algo ahí arriba, le podremos echar un vistazo.

Por algún motivo, aquella idea hizo que me sobrevinieran unas ganas terribles de arrancarle la cabeza de un mordisco.

—Va a quedar bien en el formulario de solicitud... —apunté—. «Nos gustaría solicitar un aparato valioso del material del departamento y un técnico desbordado de trabajo por si, por casualidad, podemos echar un vistazo a un animal que, tanto si existe como si no, no tiene que ver un carajo con nuestro caso».

—O'Kelly dijo que le pidiéramos cualquier cosa que necesitáramos...

—Ya lo sé. Y aprobaría nuestra solicitud. Eso no es lo importante. Pero tú y yo nos hemos ganado unos cuantos puntos con el superintendente ahora mismo y, personalmente, prefiero no malgastarlos echando un vistazo a un visón. Prefiero ir al zoológico, qué quieres que te diga...

Richie apartó su silla de un empujón y empezó a caminar describiendo círculos por la sala de investigaciones, inquieto.

—Ya rellenaré yo el formulario. Así solo me quedaré sin puntos yo.

—No lo harás. Harás que parezca que Pat era una especie de maníaco imbécil a la caza de gorilas rosas en su cocina. Tenemos un trato: no señalaremos con el dedo a Pat a menos que tengamos pruebas contra él.

Richie se volvió hacia mí de repente y golpeó con fuerza con las palmas de sus manos el escritorio de alguien, haciendo que los papeles salieran volando.

—¿Cómo se supone que voy a obtener las pruebas si me pones palos en las ruedas cada vez que empiezo a investigar algo que podría llevar a algún sitio...?

—Cálmate, detective. Y baja la voz. ¿Quieres que Quigley se presente aquí para averiguar qué sucede?

—El trato era «investigar» a Pat, no que yo «mencione» investigar a Pat de vez en cuando y tú me barras el paso. Si hay pruebas ahí fuera, ¿cómo se supone que voy a hacerme con ellas? Venga, dímelo, ¿cómo?

Señalé hacia mi monitor.

—¿Qué te parece que estamos haciendo con esto? Investigando al maldito Pat Spain. No, no lo estamos presentando al mundo como un sospechoso. Ese era el trato. Y si crees que no es justo contigo...

—No. A la mierda si es justo o no conmigo. Eso no me importa. No es justo con Conor Brennan.

Su voz seguía aumentando de tono. Yo me esforcé por que la mía sonara homogénea.

–¿No? No acabo de ver claro en qué podría ayudarle una cámara de vídeo. Pongamos que la instalamos y no obtenemos nada: ¿en qué sentido la ausencia de nutrias invalida la confesión de Brennan?

–Explícame algo –replicó Richie–. Si tanto te crees a Pat, ¿por qué no te mueres de ganas de instalar esas cámaras? Una sola imagen de un visón, de una ardilla o incluso de una rata y podrás mandarme a paseo. Suenas igual que Pat, tío: suenas como si supieras que ahí arriba no hay nada.

–No, amiguito. Nada de eso. Sueno como si no me importara un bledo lo que pueda haber ahí arriba. Si no captamos nada, ¿qué prueba eso? El bicho podría haberse asustado, lo podría haber matado un depredador, podría estar hibernando... Aunque no hubiera existido nunca, eso no culpa de las muertes a Pat. Quizá esos ruidos tuvieran algo que ver con los asentamientos o con las cañerías y se excedió en su reacción. Quizá quiso ver cosas donde no las había. Pero eso solo lo convertiría en un tipo sometido a mucha presión, cosa que ya sabemos. No lo convertiría en un asesino.

Richie no me lo discutió. Se apoyó en una mesa y se presionó los ojos con los dedos. Al cabo de un momento dijo, con voz más serena:

–Nos revelaría algo. Eso es todo lo que estoy pidiendo.

Tenía ardor de estómago, ya fuera por la discusión, por el cansancio o por Dina. Intenté tragar saliva sin poner gesto de dolor.

–Está bien –dije–. Rellena el formulario de solicitud. Yo tengo que marcharme ahora, pero lo firmaré antes de hacerlo; es mejor que figuren los nombres de ambos. Y nada de pedir bailarinas de *striptease*.

–Lo estoy haciendo lo mejor que sé –dijo Richie, mirándose las manos. El tono de su voz me sorprendió: crudo, perdido, como una llamada salvaje de ayuda–. Lo único que intento es averiguar la verdad. Lo juro por Dios. Es lo único que pretendo.

Todos los novatos tienen la impresión de que el mundo se va a sustentar o desmoronarse con su primer caso. No tenía tiempo de coger a Richie de la manita y ayudarlo a pasar por aquello, no con Dina en la calle, deambulando y emitiendo ese brillo estroboscópico roto que atrae a los depredadores en kilómetros a la redonda.

–Ya lo sé –lo tranquilicé–. Lo estás haciendo bien. Comprueba bien la ortografía: el superintendente es muy puntilloso con eso.

–De acuerdo.

–Entre tanto, le reenviaremos este enlace a Comosellame, el doctor Dolittle; quizá él detecte alguna señal. Y haré que Kieran revise la cuenta de Pat en este foro para comprobar si envió o recibió algún mensaje privado. Un par de esos tipos sonaban bastante intrigados por la historia; quizá alguno de ellos intercambió correspondencia con él y Pat le facilitó algunos detalles adicionales. Y necesitaremos averiguar en qué foro de debate continuó sus consultas.

–Quizá en ninguno. Probó en dos foros y ninguno le sirvió de nada... Puede que se diera por vencido.

–No se dio por vencido –atajé yo. En mi monitor, conos y parábolas se entrelazaban con gracia, se plegaban sobre sí mismos y se desvanecían, para desplegarse de nuevo e iniciar su lenta danza una vez más–. Ese tipo estaba desesperado. Puedes interpretarlo como quieras, puedes pensar que era porque estaba perdiendo la razón si es lo que crees, pero los hechos no cambian: necesitaba ayuda. Seguramente siguió buscándola en internet, porque no tenía ningún otro sitio adonde dirigirse.

Dejé a Richie redactando el formulario de solicitud. Ya me había hecho una lista mental de los sitios a los que acudir en busca de Dina a partir de la última vez, la vez antes que esa y la anterior: los pisos de sus ex, los bares a cuyos camareros les gustaba y antros donde por sesenta euros te ofrecían un sinfín de modos de freírte el cerebro durante un rato. Sabía que todo era inútil, que Dina podía haberse subido perfectamente en un autocar rumbo a Galway porque le había parecido precioso en un documental, o que le podía haber entrado a algún tipo y haberse ido a su casa a contemplar sus litografías, pero no tenía más alternativa. Aún me quedaban píldoras de cafeína en el maletín, de la misión de vigilancia: unas cuantas, una ducha, un sándwich y estaría listo para emprender la marcha. Acallé la vocecilla tosca que me advertía que ya estaba muy viejo para aquello y demasiado cansado.

Cuando introduje la llave en la puerta de mi apartamento, seguía repasando la lista de direcciones en mi cabeza, intentando trazar la ruta más rápida entre ellas. Tardé un segundo en caer en la cuenta de que algo no encajaba. La puerta no estaba cerrada con llave.

Durante un largo minuto permanecí inmóvil en el pasillo, escuchando: nada. Luego dejé el maletín en el suelo, agarré la pistola y abrí la puerta de par en par de un golpe.

The Sunken Cathedral de Debussy sonaba bajito en el salón, tenuemente iluminado; la luz de las velas quedaba atrapada en las curvas de las copas y resplandecía con el rojo vivo del vino tinto. Por un instante increíble que me dejó sin aliento pensé: «Laura». Luego Dina desenroscó las piernas sobre el sofá y se inclinó hacia delante para agarrar su copa.

–Hola –me saludó, alzando la copa–. Ya era hora.

Tenía el corazón atragantado.

–¿Qué demonios?

–¡Joder, Mikey! Tranquilo. ¿Eso es una pistola?

Tardé un par de segundos en poner el pestillo de nuevo.

–¿Cómo diantre has entrado aquí?

460

—Pero ¿quién eres? ¿Rambo? ¿No estás exagerando un poco?

—¡Joder, Dina! Me has dado un susto de muerte.

—Así que apuntando con la pistola a tu propia hermana. Y yo que creía que estarías contento de verme.

Su mohín era de mofa, pero el destello de sus ojos a la luz de las velas me indicó que actuara con cuidado.

—Y lo estoy —dije, bajando la voz—. Es solo que no te esperaba. ¿Cómo has entrado?

Me sonrió petulante y agitó el bolsillo de su rebeca, que emitió un alegre tintineo.

—Geri tenía un juego de tus llaves. De hecho, ¿quieres que te diga algo? Geri tiene un juego de llaves de todo Dublín. La pequeña señorita De Confianza, ¡oh, perdón!, la señora De Confianza no es exactamente la persona más indicada para vigilar tu casa si te roban estando de vacaciones, permíteme que te lo diga. Si un ladrón intentara descifrar quién podría tener unas llaves extra de otra persona, ¿no se le ocurriría inmediatamente pensar en alguien como Geri? Deberías haberlo visto, te habrías muerto de risa: las tiene todas colgadas en una fila de clavos en el cuarto de lavar y planchar, todas ordenaditas y etiquetadas con su mejor caligrafía. Podría haber robado en las casas de medio vecindario si me hubiera dado la gana.

—Geri está preocupadísima por ti. Los dos lo estábamos.

—Bueno, por eso he venido aquí. Por eso y para animarte un poco. El otro día me pareció que estabas muy estresado. Te juro que, si tuviera una tarjeta de crédito, habría contratado a una prostituta para ti. —Se inclinó sobre la mesa y me tendió la otra copa de vino—. Ten. En su defecto, te he comprado esto.

O lo había comprado con el dinero que Sheila se había ganado haciendo de canguro o lo había robado en una tienda

461

(a Dina le resulta irresistible incitarme a beber vino robado, comer pastelitos de hachís o llevarme de paseo en el coche sin asegurar de su último novio).

–Gracias –dije.

–Venga, siéntate a beber conmigo. Me estás poniendo nerviosa ahí plantado.

Aún me temblaban las piernas de la descarga de adrenalina, esperanza y alivio. Recuperé mi maletín y cerré la puerta.

–¿Por qué no estás en casa de Geri?

–Porque con Geri me aburro como una ostra, por eso. No he estado allí ni un día entero y ya me ha contado todo lo que Sheila, Colm y el pequeñajo han hecho en toda su vida. Me dan ganas de cortarme las venas. Siéntate de una vez.

Cuanto más rápido la llevara de regreso a casa de Geri, más podría dormir, pero, si no demostraba un cierto aprecio por aquella escenita que me había montado, se le desatarían los cables hasta Dios sabe qué hora de la madrugada. Me desplomé en el sillón, que me abrazó con tanto amor que pensé que no lograría levantarme de allí nunca más. Dina se inclinó sobre la mesilla de centro, equilibrándose sobre una mano, para pasarme el vino.

–Ten. Apuesto a que Geri pensaba que andaría muerta en una zanja.

–No puedes culparla.

–Si me hubiera encontrado tan mal como para salir, no habría salido. Me da tanta pena Sheila, ¿a ti no? Apuesto a que cada vez que va a casa de una de sus amigas tiene que telefonear a su madre cada media hora para que Geri no crea que la han vendido a un tratante de blancas.

Dina siempre ha tenido la capacidad de hacerme sonreír incluso aunque me esfuerce por no hacerlo.

–¿Es eso lo que estamos celebrando? Un día con Geri y, de repente, ¿yo te caigo bien?

Se acurrucó en un rincón del sofá y se encogió de hombros.

–Me apetecía ser amable contigo; eso celebramos. Nadie cuida bien de ti desde que Laura y tú os separasteis.

–Dina, estoy bien.

–Todo el mundo necesita que lo cuiden. ¿Quién es la última persona que hizo algo agradable por ti?

Pensé en Richie ofreciéndome un café y cerrándole el pico a Quigley cuando intentaba criticarme.

–Mi compañero –respondí.

Dina arqueó las cejas.

–¿De verdad? Pensaba que era un novato jovencito incapaz de encontrarse el trasero con ambas manos. Probablemente solo te estuviera haciendo la pelota.

–No –repliqué–. Es un buen compañero.

Escucharme pronunciar aquella palabra hizo que me invadiera una oleada de calor. Ninguno de los otros muchachos a quienes había formado se habría atrevido a discutir conmigo el asunto de la cámara: mi negativa habría puesto punto y final al tema. De súbito, la discusión se me antojó un regalo, el tipo de disputa igualada que los compañeros pueden mantener cada semana durante veinte años.

–Vaya –dijo Dina–. Me alegro.

Alargó la mano para agarrar la botella y se llenó la copa.

–Esto es muy agradable –le dije, y en parte lo decía en serio–. Gracias, Dina.

–Ya lo sé. ¿Por qué no te bebes el vino? ¿Acaso temes que vaya a envenenarte? –Sonrió, mostrándome sus dientecillos blancos de gata–. Como si fuera tan obvia como para echarte veneno en el vino, por favor. Un poco más de confianza...

Sonreí.

–Apuesto a que serías muy creativa. Pero esta noche no puedo emborracharme. Tengo que trabajar mañana por la mañana.

Dina puso los ojos en blanco.

—¡Madre santa! Ya estamos otra vez con el puñetero trabajo. Trabajo, trabajo, trabajo... Llama y di que te encuentras mal.

—Ojalá pudiera hacerlo.

—Hazlo, ¿qué te lo impide? Hagamos algo agradable juntos. El Museo de Cera acaba de abrir las puertas de nuevo. ¿Sabes que nunca en mi vida lo he visitado?

Esto no iba a acabar bien.

—Me encantaría, pero tendremos que esperar a la semana próxima. Necesito estar en la comisaría despejadísimo a primera hora de la mañana y podría ser una jornada muy larga. —Le di un sorbito al vino y, sosteniendo la copa en alto, opiné—: Está muy bueno. Nos lo acabamos y luego te llevaré de vuelta a casa de Geri. Sé que es aburrida, pero hace lo que puede. Ten paciencia con ella, ¿de acuerdo?

Dina hizo oídos sordos a mi comentario.

—¿Por qué no puedes llamar mañana y decir que te encuentras mal? Me apuesto lo que sea a que tienes un año entero de vacaciones ahorradas. Estoy segura de que no has llamado diciendo que te encontrabas mal en toda la vida. ¿Qué van a hacerte? ¿Despedirte?

La cálida sensación se desvanecía por momentos.

—Tengo a un tipo detenido y solo dispongo de aquí al domingo por la mañana para presentar cargos contra él o dejarlo en libertad —le expliqué—. Necesito cada minuto disponible para solucionar el caso. Lo siento, cariño. El Museo de Cera tendrá que esperar.

—Tu caso —dijo Dina. Se le había endurecido el rostro—. Eso que ha pasado en Broken Harbour, ¿no?

No tenía sentido negarlo.

—Sí.

—Pensaba que se lo ibas a endilgar a otra persona.

–No puedo.

–¿Por qué?

–Porque no es así como funcionan las cosas. Visitaremos el Museo de Cera en cuanto tenga este asunto solucionado, ¿de acuerdo?

–¡A la porra el Museo de Cera! Preferiría apuñalarme en los ojos antes que ir a ver un estúpido monigote de Ronan Keating[12].

–Entonces haremos cualquier otra cosa. Tú eliges.

Dina empujó la botella de vino en mi dirección con la punta de su bota.

–Sírvete más.

Mi copa todavía estaba llena.

–Tengo que llevarte en coche a casa de Geri. Con lo que tengo me basta, gracias.

Dina hizo sonar su uña contra el filo de la copa, un repiqueteo metálico monótono, mientras me observaba por debajo de su flequillo.

–Geri recibe el diario cada mañana –me informó–. Por supuesto. Así que lo leí.

–Bien –dije.

Me tragué una bola de enfado: Geri debería haber estado más atenta, pero es una mujer ocupada y Dina es muy sibilina.

–¿Cómo es ahora Broken Harbour? En la foto tenía una pinta de pena.

–Sí, la tiene. Alguien empezó a construir lo que podría haber sido una bonita urbanización, pero nunca la acabó. Y a estas alturas, probablemente se quede así. La gente que vive allí no es feliz.

---

[12]. Famoso cantante de música pop, uno de los excomponentes de Boyzone. *(N. de la T.)*

Dina metió un dedo en el vino y lo removió.

–¡Joder! ¡Qué estupidez hacer algo así!

–Los promotores no sabían que las cosas se pondrían tan feas.

–Pues yo apuesto a que sí lo sabían o a que no les importaba. Pero no me refiero a eso. Lo que me parece una estupidez es que la gente se mudara a Broken Harbour. Preferiría vivir en un vertedero.

–Yo tengo un montón de buenos recuerdos de Broken Harbour –tercié.

Se chupó el dedo para limpiárselo, ruidosamente.

–Tú solo piensas eso porque siempre te gusta pensar que todo es fantástico. Damas y caballeros, mi hermano Pollyanna[13].

–Nunca he entendido qué hay de malo en centrarse en lo positivo –alegué–, aunque quizá para ti no sea lo suficientemente interesante...

–¿Qué tenía de positivo? Para Geri y para ti estaba bien, porque salíais por ahí con vuestros amigos, mientras que yo me tenía que quedar allí atrapada con mamá y papá, jugando con la pala y el cubo, fingiendo que me entretenía chapoteando en el agua congelada.

–Bueno –repliqué alegremente–, tú solo tenías cinco años la última vez que fuimos. ¿Tan bien lo recuerdas?

Un destello azul de su mirada, bajo el flequillo.

–Lo recuerdo lo suficiente como para saber que era una mierda. Aquel lugar era espeluznante. Aquellas montañas. Siempre tuve la sensación de que me observaban, como algo

---

[13]. Personaje de la novela homónima de Eleanor H. Porter, publicada en 1913, que narra la historia de una niña llamada Pollyanna, huérfana de padre y madre, a quien envían a vivir con su estricta tía Polly. Pollyanna, a quien su padre había educado en el optimismo, juega a encontrar el lado bueno de cualquier situación. (N. de la T.)

que trepara por mi cuello... Me daban ganas de... –Se dio una palmada en el cuello, un gesto reflejo malvado que me hizo estremecerme–. Y aquel ruido que había, madre mía. El mar, el viento, las gaviotas, todos aquellos ruidos extraños que oías y que no sabías de dónde provenían... Prácticamente cada noche tenía pesadillas con monstruos marinos que introducían los tentáculos a través de la ventana de la caravana e intentaban estrangularme. Me apuesto lo que sea a que alguien murió construyendo esa urbanización de mierda, como en *Titanic*.

–Pensaba que te gustaba Broken Harbour. Siempre parecía que te lo pasabas bien.

–Pues no me gustaba. Lo que ocurre es que a ti te gusta creer que sí. –Por un instante, el gesto de la boca de Dina la hizo parecer casi fea–. Lo único bueno era que mamá era muy feliz allí. Y mira cómo acabó eso también.

Se produjo un momento de silencio que podría haberse cortado con un cuchillo. Estuve a punto de dejarlo correr todo, de beberme el vino y decirle que estaba delicioso. Tal vez debería haberlo hecho. Pero, no sé por qué, no pude.

–Haces que parezca que ya por entonces tenías problemas –comenté.

–¿Quieres decir que ya estaba loca? ¿Es eso lo que quieres decir?

–Si lo quieres expresar así... Cuando íbamos de vacaciones a Broken Harbour, tú eras una cría feliz y estable. Quizá no disfrutaras de las vacaciones de tu vida, pero, en general, estabas bien.

Necesitaba que me lo dijera.

–Yo nunca estuve bien –replicó–. Hubo una vez en que estaba excavando un hoyo en la arena, con mi cubo y la palita y todas esas cosas tan adorables, y en el fondo de aquel hoyo vi una cara. Parecía la cara de un hombre, toda aplastada, y hacía muecas, como si intentara sacarse la arena de los ojos y la boca. Grité y mamá vino, pero para entonces ya se había ido. Y, además, no solo pasaba en Broken Harbour. Una vez estaba en mi habitación y...

No podía soportar seguir oyendo aquellas cosas.

—Tenías mucha imaginación. No es lo mismo. Todos los niños imaginan cosas. No fue hasta después de que mamá murió...

—Fue antes, Mikey. No lo sabíais porque, al ser pequeña, podíais achacarlo a que los niños siempre están fabulando, pero yo siempre he sido así. La muerte de mamá no tuvo nada que ver.

—De acuerdo —dije. Notaba la mente muy extraña, agitada como una ciudad durante un terremoto—. Quizá sea cierto que la causa no fuera la muerte de mamá. Ella había estado deprimida durante toda su vida, con altos y bajos. Nosotros hicimos cuanto pudimos por que no lo notaras, pero los niños perciben esas cosas. De hecho, tal vez habría sido mejor si no hubiéramos intentado...

—Sí, claro, vosotros hicisteis cuanto pudisteis y ¿sabéis qué? Hicisteis un trabajo excelente. Apenas recuerdo haberme preocupado jamás por mamá. Sabía que a veces se ponía enferma o triste, pero no tenía idea de que fuera algo grave. Pero yo no soy así por eso. Sigues intentando organizarme, clasificarme y conseguir que todo encaje, como si yo fuera uno de tus casos, pero yo no soy uno de tus puñeteros casos.

—No intento organizarte —refuté. Mi voz sonaba extrañamente tranquila, generada artificialmente en un punto distante. Recuerdos minúsculos asaltaron mi pensamiento, estallando como chispas de unas cenizas candentes: Dina, con cuatro años, gritando como una loca en la bañera y aferrándose a mamá porque el bote del champú le estaba susurrando algo; yo había creído que intentaba escaquearse de que le lavaran el pelo. Dina entre Geri y yo, en el asiento trasero del coche, luchando con su cinturón de seguridad y mordisqueándose los dedos con un sonido espantoso y preocupante hasta que se le hinchaban, se le amorataban y sangraban, e incluso recordaba el porqué–. Lo único que digo es que es evidente que fue por mamá. ¿Por qué habría de ser si no? Nunca abusaron de ti, eso lo juraría por mi vida, jamás te pegaron ni pasaste hambre ni... Ni siquiera creo que te dieran un cachete en el culo nunca. Todos te queríamos. Si la causa no fue mamá, entonces, ¿qué fue?

–No existe un porqué. Eso es lo que intento explicarte. Por eso digo que no tiene sentido que intentes clasificarme. No estoy loca por algo. Simplemente lo estoy.

Hablaba con voz clara, firme, realista, y me miraba a los ojos, con algo que podía aproximarse a la compasión. Me dije que Dina se agarra a la realidad con un solo dedo en sus mejores momentos y que, si entendiera los motivos por los que estaba loca, entonces, para empezar, no lo estaría.

–Sé que no es lo que te gustaría pensar –remató.

Notaba el pecho como un globo de helio llenándose, balanceándome de manera peligrosa. Me agarraba con la mano al brazo del sillón como si pudiera anclarme a él.

–Si es lo que tú crees..., que esto te sucede sin un motivo, no entiendo cómo puedes vivir con ello.

Dina se encogió de hombros.

–Lo hago y ya está. ¿Cómo sobrellevas tú la vida en un mal día?

Se había repantingado en el rincón del sofá de nuevo, mientras se bebía el vino; había perdido el interés en la conversación. Respiré hondo.

–Yo intento entender por qué estoy teniendo un mal día para poder arreglarlo. Me concentro en el lado positivo.

–Genial. Pues si Broken Harbour era tan fantástico y todos guardáis tan gratos recuerdos y todo es tan positivo, entonces, ¿por qué te está destrozando la mente regresar allí?

–Yo nunca he dicho que eso estuviera sucediendo.

–No hace falta que lo digas. No deberías ocuparte de ese caso.

Me pareció una salvación estar manteniendo la misma discusión de siempre, hallarme de nuevo en terreno familiar, con aquel destello sesgado despertándose de nuevo en los ojos de Dina.

–Dina. Es un caso de homicidio, como todas las docenas de casos en los que he trabajado. No tiene nada de especial, salvo la ubicación.

–La ubicación, la ubicación, pero ¿qué eres? ¿Un agente de la propiedad inmobiliaria? Esa ubicación te sienta mal. Me di cuenta en el mismísimo momento en que te vi la otra noche; estabas descompuesto; olías raro, como a chamusquina. Y mírate ahora; ve a mirarte al espejo. Cualquiera diría que algo te ha cagado en la cabeza y se te ha prendido fuego. Este caso te está destrozando. Telefonea al trabajo mañana y diles que no vas a seguir en él.

En aquel instante estuve a punto de mandarla a la porra. Me sorprendió lo repentina y duramente que aquellas palabras se estrellaron contra mis labios. Jamás en mi vida adulta le he dicho nada parecido a Dina.

Cuando estuve seguro de que mi voz se había despojado de todo rastro de ira, respondí:

–No voy a abandonar el caso. Seguro que tengo un aspecto de pena, pero se debe a que estoy agotado. Y si quieres ayudarme un poco en este sentido, estaría bien que te quedaras en casa de Geri.

–No puedo. Estoy preocupada por ti. Cada segundo que pasas ahí fuera pensando en esa ubicación, noto que algo malo pasa en tu cabeza. Por eso he regresado aquí.

Era tal la ironía que cualquiera habría aullado de la risa, pero Dina hablaba completamente en serio: con la espalda bien recta en el sofá y las piernas dobladas bajo el trasero, estaba lista para enfrentarse a mí hasta el final.

–Estoy bien. Te agradezco que cuides de mí, pero no me hace falta. De verdad.

–Claro que sí. Tú eres tan desastre como yo. Lo que pasa es que lo disimulas mejor.

–Quizá. A mí me gustaría pensar que me he esforzado lo bastante como para no ser un desastre a estas alturas, pero, quién sabe, quizá tengas razón. En cualquier caso, la conclusión es que soy perfectamente capaz de ocuparme de este caso.

–No. De ninguna manera. Tú te crees muy fuerte, por eso te encanta que me descarríe, porque te hace sentir Don Perfecto, pero eso no son más que pamplinas. Me apuesto lo que sea a que, en ocasiones, cuando tienes un mal día, albergas la esperanza de que me presente en el umbral de tu casa diciendo chorradas solo para hacerte sentir mejor contigo mismo.

Parte del infierno que representa Dina es que, aunque sepas que solo dice tonterías, que lo que hablan son los recovecos oscuros y corroídos de su mente, sus palabras siguen hiriendo.

–Espero que sepas que eso no es verdad –alegué–. Si pudiera ayudarte a ponerte mejor amputándome un brazo, me lo amputaría sin pestañear.

Se sentó sobre sus talones y reflexionó sobre mis palabras.

–¿Ah, sí?

–Y tanto.

–¡Caramba! –exclamó Dina con más aprecio que sarcasmo. Se dejó caer sobre su espalda en el sofá y se pasó las piernas por encima del brazo, mirándome–. No me encuentro bien –dijo–. Desde que leí esos diarios, todo suena raro otra vez. He tirado de la cadena en tu lavabo y sonaba a palomitas.

–No me sorprende. Por eso necesitamos llevarte a casa de Geri –respondí yo–. Si te sientes mal, vas a necesitar tener a alguien cerca.

–No quiero tener a «alguien» cerca. Te quiero tener a ti. Con Geri me dan ganas de agarrar un ladrillo y aporrearme la cabeza. Un día más con ella y te juro que lo haré.

Con Dina uno no puede tomarse el lujo de interpretar algo como una hipérbole.

–Pues encuentra un modo de ignorarla –le sugerí–. Respira hondo. Lee un libro. Te puedo prestar mi iPod y así dejarás de escuchar a Geri. Lo podemos cargar con la música que quieras, si mi gusto no es lo bastante moderno para ti.

–No puedo utilizar auriculares. Empiezo a escuchar cosas y no soy capaz de discernir si salen de la música o de dentro de mis oídos.

Golpeaba un talón con el lateral del sofá con un ritmo implacable y exasperante que desentonaba con la fluida música de Debussy.

–Entonces te prestaré un buen libro. Escógelo tú.

–No necesito un buen libro ni un *pack* de DVD ni una puñetera taza de té calentita ni una revista de sudokus. Te necesito a ti.

Pensé en Richie sentado ante su mesa, mordisqueándose una uña y revisando la ortografía del formulario de solicitud, con su voz implorante y desesperada; pensé en Jenny en la cama del hospital, envuelta en una pesadilla que no iba a tener fin; pensé en Pat, destripado como un trofeo de caza esperando en uno de los cajones de Cooper a que me asegurase de que no lo etiquetaran como asesino en unos cuantos millones de mentes; pensé en sus hijos, demasiado pequeños incluso para saber lo que era la muerte. Ese arrebato de ira volvió a resurgir en mí, con fuerza.

–Ya lo sé. Pero ahora hay otra gente que me necesita más.

–¿Quieres decir que este asunto de Broken Harbour es más importante que tu familia? ¿Te refieres a eso? Ni siquiera te das cuenta de lo lamentable que es, ¿verdad? Ni siquiera ves que ningún hombre normal en el mundo diría algo así, que nadie lo diría a menos que estuviera obsesionado con un lugar infernal que le bombea mierda en el cerebro. Sabes perfectamente que, si me devuelves a casa de Geri, acabará aburriéndome hasta hacerme perder la cordura y me escaparé y ella se volverá loca de preocupación, pero a ti eso te importa un comino, ¿verdad? Aun así, pretendes llevarme de regreso allí.

–Dina, no tengo tiempo para discusiones. Me quedan poco más de cincuenta horas para presentar cargos contra ese tipo. Transcurrido ese tiempo haré lo que necesites, te iré a buscar a casa de Geri al romper el alba, te acompañaré al museo que te dé la gana, pero hasta entonces tienes razón: no eres el centro de mi universo. Ni puedes serlo.

Dina me miró impertérrita, apoyada sobre sus codos. Jamás antes había escuchado el fuste de mi voz. Su mirada patidifusa hinchó aún más el globo dentro de mi pecho. Por un instante aterrador, pensé que iba a echarme a reír.

–Respóndeme a una cosa –dijo. Sus ojos se habían estrechado: se estaba quitando los guantes de boxeo–. ¿A veces te gustaría que estuviera muerta? Por ejemplo, cuando soy inoportuna, como ahora. ¿Te gustaría que me muriera y ya está? ¿Esperas que alguien te telefonee por la mañana y te diga: «Lo lamento muchísimo, señor, pero un tren acaba de atropellar a su hermana»?

–Por supuesto que no quiero que mueras. Lo que deseo es que seas tú quien me telefonee por la mañana y me diga: «¿Sabes qué, Mick? Tenías razón. Geri en realidad no es una forma de tortura prohibida por la Convención de Ginebra; no sé cómo me las he apañado, pero he sobrevivido...».

—Entonces, ¿por qué te comportas como si quisieras que me muriera? Pensándolo bien, supongo que no te gustaría que fuera un tren: preferirías una muerte limpia, ¿no es cierto? ¿Cómo te gustaría que fuera? ¿Que me ahorcara? ¿Es eso lo que te gustaría, o que me pusiera una sobredosis...?

Se me habían pasado las ganas de reírme. Tenía agarrada la copa de vino con fuerza, con tanta fuerza que pensé que iba a hacerla añicos.

—¡No seas ridícula! Me comporto como si quisiera que tuvieras un poco de autocontrol. Solo el suficiente como para llevarte a casa de Geri durante dos puñeteros días. ¿De verdad te parece que es mucho pedir?

—¿Por qué debería hacerlo? ¿Qué sucede, que este caso va a cerrar algo? ¿Acaso eres tan estúpido como para pensar que si lo arreglas compensarás todo lo que le ocurrió a mamá? Porque, si es así, me dan ganas de vomitar, no te soporto, voy a vomitarte todo el sofá...

—Esto no tiene nada que ver con ella, ¡joder! Es una de las cosas más estúpidas que he oído en mi vida. Si no se te ocurre algo con un poco más de sentido, entonces deberías mantener la bocaza cerrada.

Yo no había perdido el temperamento desde que era adolescente, no así y desde luego no con Dina, y me pareció como conducir a ciento cincuenta kilómetros por hora por una autopista después de haberme bebido seis vodkas seguidos, una sensación inmensa, letal y deliciosa. Dina se sentó muy recta, inclinada hacia delante sobre la mesita del café, apuntándome con los dedos como puñales.

—¿Lo ves? A esto es exactamente a lo que me refiero. Esto es lo que te está haciendo ese asunto. Nunca te enfadas conmigo y ahora, mírate, mírate, mira cómo te has puesto. Te gustaría pegarme, ¿no es cierto? Dilo, venga, dilo de una vez, dime cuánto te gustaría...

Tenía razón: me habría gustado abofetearla en la cara. Una pequeña parte de mí entendía que, si le pegaba, me quedaría con ella, y ella también lo sabía. Dejé mi copa sobre la mesita de centro, con tranquilidad.

–No voy a pegarte.

–Venga, adelante, no pasa nada. ¿Qué diferencia hay? ¿Acaso va a ser mejor si me arrojas a la Casa Infernal de Geri, me escapo, no puedo venir a verte, no consigo dominarme y me tiro al río? –Estaba casi encima de la mesita de centro, ofreciéndome la mejilla, justo al alcance de mi mano–. No me abofeteas porque, claro, eres demasiado bueno para eso y que Dios te ampare por sentirte como el malo de la película por una sola vez en tu vida, pero en cambio sí que está bien hacerme saltar de un puente, claro, eso sí que está bien...

Un sonido a medio camino entre una carcajada y un grito salió de mí.

–¡Virgen Santa! No puedes imaginarte lo cansado que estoy de escuchar todo esto. ¿Crees que eres la única que tiene ganas de vomitar? ¿Y qué hay de mí? ¿Qué te parece que me ocurre cuando tengo que tragarme esta mierda cada vez que me doy media vuelta? «Si no me llevas al Museo de la Cera, me voy a suicidar». «Si no me ayudas a sacar todas mis cosas de mi piso a las cuatro de la madrugada, me voy a suicidar». «Si no te pasas la noche escuchando mis problemas en lugar de intentar salvar tu matrimonio por última vez, me voy a suicidar». Sé que es culpa mía, por haber cedido siempre que me azotabas con esas tonterías, pero esta vez no pienso hacerlo. ¿Quieres suicidarte? Pues hazlo. No quieres, pues no lo hagas. Es decisión tuya. De todos modos, haga lo que haga no va a servir de nada. Así que no me eches esa carga encima.

Dina me miró sorprendidísima, boquiabierta. El corazón me iba a estallar entre las costillas; me costaba incluso respirar. Al cabo de un momento, arrojó su copa de vino al suelo, que rebotó en la alfombra y rodó dibujando un arco rojo como de sangre desparramada. Se puso en pie y se dirigió a la puerta, agarrando su bolso de camino a ella. Pasó deliberadamente tan cerca de mí que su cadera chocó con mi hombro; esperaba que la agarrara, que me enfrentara a ella para obligarla a quedarse. No me moví.

En el umbral de la puerta dijo:

—Será mejor que encuentres un modo de enviar tu trabajo a la mierda. Si no vienes a buscarme mañana por la noche, lo vas a lamentar.

No me volví para mirarla. Al cabo de un momento, la puerta se cerró de un portazo a sus espaldas y la escuché dar un puntapié antes de largarse corriendo por el pasillo. Permanecí sentado inmóvil durante un largo rato, agarrado a los brazos del sillón para detener el temblor de mis manos. Con el siseo de los altavoces tras dejar de reproducir a Debussy, oí palpitar mi corazón en las orejas y agucé el oído esperando escuchar el regreso de Dina.

Mi madre estuvo a punto de llevarse a Dina con ella. En algún momento después de la una de la madrugada, durante nuestra última noche en Broken Harbour, despertó a Dina, salió a hurtadillas de la caravana y se encaminó hacia la playa. Lo sé porque yo regresé a medianoche, confuso y jadeando después de haber estado tumbado en las dunas con Amelia bajo un cielo como un inmenso cuenco negro lleno de estrellas y, cuando abrí la puerta de la caravana, el haz de luz de la luna los iluminó a los cuatro, todos ellos acurrucados y calentitos en sus literas. Geri roncaba delicadamente. Dina se dio media vuelta y murmuró algo mientras yo me metía en la cama aún vestido. Yo había sobornado a uno de los mayores para que nos comprara un botellón de sidra, así que estaba medio borracho, pero debió de transcurrir una hora antes de que ese placentero aturdimiento dejara de zumbarme en la piel y me permitiera, finalmente, conciliar el sueño.

Unas horas más tarde volví a despertarme, solo para cerciorarme de que seguía siendo verdad. La puerta estaba abierta, la luz de la luna y los sonidos del mar llenaban la caravana con su presencia, y había dos literas vacías. La nota estaba sobre la mesa. No recuerdo qué decía. Probablemente la policía se la llevara; podría buscarla en el Departamento de Informes, pero no lo haré. Lo único que recuerdo es la posdata. Rezaba: «Dina es demasiado pequeña para estar sin su madre».

Sabíamos dónde buscar: a mi madre siempre le había encantado el mar. En las pocas horas transcurridas desde que yo había estado allí, la playa se había transformado en algo oscuro y huracanado. Bramaba un viento creciente, las nubes se movían rápidamente sobre la luna, conchas afiladas me cortaban los pies desnudos mientras corría, sin causarme dolor. A Geri le faltaba el aire a mi lado; mi padre corría hacia el mar bajo la luz de la luna, con el pijama aleteando y moviendo los brazos como aspas, un espantapájaros pálido y grotesco. Gritaba: «Annie, Annie, Annie», pero el viento y las olas ahogaban sus chillidos en la nada. Nosotros nos colgamos de sus mangas como niños. Yo le grité al oído:

–¡Papá! ¡Papá! ¡Voy a buscar a alguien!

Me agarró el brazo y me lo retorció. Mi padre nunca nos había hecho daño a ninguno de los tres.

–¡No! ¡Ni se te ocurra! –gruñó.

Tenía los ojos en blanco. Tardé años en darme cuenta de lo que había sucedido entonces: aún pensaba que podíamos encontrarlas con vida. Quería salvarla de todas las personas que se la habrían llevado si hubiesen sabido lo que había pasado.

Así que las buscamos nosotros. Nadie nos oyó gritar «Mamá, Annie, Dina, mamá, mamá, mamá», no a través del viento y el mar. Geraldine permaneció en tierra, peinando la playa de un lado a otro, escarbando en las dunas de arena y arrancando a zarpazos matojos de hierbas. Yo me metí en el agua con mi padre, hasta la altura de los muslos. Cuando se me durmieron las piernas me resultó más fácil seguir avanzando.

Durante el resto de aquella noche (jamás imaginé cuánto había durado, mucho más de lo que deberíamos haber sido capaces de sobrevivir), luché contra la corriente para mantenerme en pie y la tanteé a ciegas mientras pasaba. En una ocasión mis dedos se enredaron en algo y aullé porque pensé que era el cabello de una de ellas, pero del agua salió un bulto como una cabeza decapitada: no eran más que algas que se enredaban en mis muñecas y que se me quedaban enganchadas cuando intentaba zafarme de ellas. Aún después encontré una tira fría de aquellas algas enrollada alrededor de mi cuello.

Cuando el alba comenzó a conferir al día un lóbrego tono gris blanquecino, Geraldine encontró a Dina, escarbando con la cabeza por delante, como un conejo, en un terrón de barrones, con los brazos metidos en la arena hasta los codos. Geri dobló las largas briznas de hierba una a una y fue sacando la arena a manos llenas, como si estuviera liberando algo que pudiera hacerse añicos. Finalmente, Dina se quedó sentada en la arena, temblando. Enfocó la mirada en Geraldine y le dijo:

–Geri, he tenido pesadillas.

Luego vio dónde estaba y empezó a gritar.

Mi padre se negaba a abandonar la playa. Al final, envolví a Dina con mi camiseta (estaba mojada de agua del mar y la hizo temblar aún más), me la eché sobre el hombro y la llevé de regreso a la caravana. Geraldine avanzó dando traspiés a mi lado, sosteniendo a Dina en alto cuando se me escurría de las manos.

Le quitamos el camisón a Dina. Estaba fría como un pez y rebozada en arena. La envolvimos en todas las prendas calientes que encontramos. Las rebecas de mamá olían a ella; quizá fuera eso lo que hizo a Dina aullar como un cachorro pateado, o quizá le hicimos daño con nuestra torpeza. Geraldine se desnudó como si yo no estuviera delante, se metió en la litera de Dina con ella y echó el edredón por encima de las cabezas de ambas. Las dejé allí y salí a buscar a alguien.

La luz se tornaba amarillenta y las otras caravanas empezaban a despertarse. Una mujer con un vestido de verano llenaba su tetera bajo un grifo con un par de niños pequeños bailando a su alrededor, salpicándose agua y gritando entre risitas. Mi padre se había dejado caer en la arena en la orilla, con las manos colgando indefensas a ambos lados mientras contemplaba el sol alzarse sobre el mar.

Geri y yo estábamos cubiertos de cortes y arañazos de la cabeza a los pies. Los enfermeros nos limpiaron los peores; uno de ellos lanzó un silbido bajo al ver mis pies; yo no entendí por qué hasta mucho después. A Dina se la llevaron al hospital, donde nos informaron de que estaba físicamente bien, salvo por una leve hipotermia. Dejaron que Geri y yo nos la lleváramos a casa y cuidáramos de ella hasta que creyeran que mi padre no pensaba hacer «ninguna tontería» y le dieran el alta. Nos inventamos la existencia de unas tías y les aseguramos a los médicos que nos ayudarían.

Dos semanas después, el vestido de nuestra madre apareció en las redes de pesca de un barco en Cornualles. Yo lo identifiqué (mi padre seguía sin poder levantarse de la cama y no podía permitir que lo hiciera Geri, así que solo quedaba yo). Era su vestido veraniego favorito, de seda, con flores verdes sobre un fondo de color crema. Había ahorrado para comprárselo. Solía llevarlo a misa, cuando estábamos en Broken Harbour y cuando íbamos a comer al pub de Lynch's los domingos y paseábamos por la playa. Le imprimía el aspecto de una bailarina, de una muchacha salida de una postal que ríe y camina de puntillas. Cuando lo vi extendido sobre la mesa de la comisaría de policía estaba manchado de marrón y verde a causa de todas las cosas innombrables que se habían entretejido a su alrededor en el agua, que lo habían manoseado, acariciado y ayudado en su largo viaje. Podría no haberlo reconocido, pero sabía qué buscaba: Geri y yo nos habíamos dado cuenta de su ausencia cuando empaquetamos las cosas de mi madre para dejar la caravana.

Eso fue lo que Dina había oído en la radio, con mi voz arremolinándose a su alrededor, el día que asumí este caso. *«Muerto. Broken Harbour. Cuerpo descubierto. Forense del Estado está en la escena del crimen».* La casi imposibilidad de ello jamás se le habría ocurrido; todas las reglas de la probabilidad y la lógica, los patrones nítidos de rayas continuas y ojos de gato que nos mantienen al resto de nosotros en la carretera cuando el clima es adverso no significan nada para Dina. Su mente había derrapado en los restos de un naufragio humeante repleto de ruidos de hoguera y un galimatías, y había acudido a mí.

Jamás nos había contado qué sucedió aquella noche. Geri y yo habíamos intentado que lo hiciera un par de miles de veces, para pillarla con la guardia baja. Le preguntábamos cuando estaba adormilada frente a la tele o mirando las musarañas a través de la ventanilla del coche. Pero lo único que habíamos obtenido por respuesta era un simple y llano «Tuve pesadillas» y sus ojos azules desviándose rápidamente hacia la nada.

Cuando tenía trece o catorce años empezamos a darnos cuenta, poco a poco y sin sorprendernos realmente, de que algo fallaba. Había noches en que se sentaba en mi cama o en la de Geri y hablaba a toda velocidad hasta el amanecer, acelerada y frenética por algo que apenas podíamos traducir, enojada con nosotros por no ser capaces de entenderla; días en los que llamaban de la escuela para decir que tenía la mirada fija, vidriosa, aterrorizada, como si sus compañeros de clase y sus profesores se hubieran transformado en formas sin sentido que gesticulaban y parloteaban; o los caminillos de uñas marcadas que formaban una costra en los brazos. Yo siempre había dado por supuesto que aquella noche algo en el fondo de la mente de Dina se había corroído. ¿Cuál, si no, podría ser la causa?

«No existe un porqué». Aquel aturdimiento volvió a apoderarse de mí. Pensé en globos desamarrados y elevándose en el cielo, estallando en el delgado aire por la presión de su propia ingravidez.

Los pasos iban y venían por el pasillo, pero ninguno de ellos se detuvo frente a mi puerta. Geri telefoneó en dos ocasiones; no respondí. Cuando fui capaz de ponerme en pie, cubrí la alfombra con papel de cocina para absorber el máximo de vino posible. Esparcí sal sobre la mancha y dejé que hiciera efecto. Vertí el resto del caldo por el fregadero, tiré la botella a la papelera de reciclaje y lavé las copas. Luego busqué una cinta de celo y un par de tijeras de manicura, me senté en el suelo del salón y me dediqué a pegar las páginas arrancadas en sus respectivos volúmenes, recortando el celofán a ras, hasta que el montón de libros destrozados se convirtió en una pila ordenada de libros reparados y pude empezar a colocarlos de nuevo en las estanterías, en orden alfabético.

15

Dormí en el sofá para asegurarme de que incluso el giro más silencioso de una llave en la cerradura me despertara. Aquella noche encontré a Dina cuatro o cinco veces: acurrucada, dormida en el umbral de la casa de mi padre; gritando y riendo en una fiesta mientras alguien bailaba descalzo al ritmo de unos tambores salvajes; con los ojos como platos y boquiabierta bajo una película cristalina de agua en la bañera; con el cabello meciéndose sobre ella... Cada una de las veces, al despertarme, me hallaba de pie, de camino a la puerta.

Dina y yo habíamos discutido anteriormente, en sus momentos malos, pero jamás de aquella manera. De vez en cuando, algo que a mí me parecía inocuo la había hecho estallar de ira, llegando incluso a lanzarme algo mientras se encaminaba hacia la puerta. Siempre había salido corriendo tras ella. La mayoría de las veces la alcanzaba al cabo de unos segundos, pues se había entretenido esperando que fuera en su búsqueda. Incluso en las pocas ocasiones en las que había logrado esquivarme, o en las que se había enfrentado a mí, gritando hasta que yo me retiraba antes de que alguien llamara a la policía y acabara encerrada en un manicomio, la había perseguido, buscado, telefoneado y le había enviado mensajes de texto hasta que daba con ella y así coaccionarla para que regresara a mi casa o a la de Geri. En el fondo, era lo único que quería: que la encontraran y que la llevaran de vuelta a casa.

Me desperté temprano, me duché, me afeité, me preparé algo de desayuno y mucho café. No telefoneé a Dina. En cuatro ocasiones tuve un mensaje para ella a medio escribir, pero las cuatro lo borré. De camino al trabajo no me desvié para pasar frente a su piso ni me arriesgué a chocarme con el coche mientras alargaba el cuello para escudriñar a cualquier chica delgada con el pelo oscuro que pasara cerca de mí: si quería contactar conmigo ya sabía dónde encontrarme. Mi propio atrevimiento me dejó sin aliento. Notaba las manos temblorosas, pero al mirarlas, posadas sobre el volante, parecían estables y fuertes.

Richie ya estaba frente a su mesa, con el teléfono enganchado a la oreja, mientras hacía rodar su silla adelante y atrás y escuchaba una alegre musiquita de espera lo bastante alta como para que yo la oyera.

—Empresas de control de plagas —me anunció, señalando con la cabeza una hoja impresa que tenía ante él—. He probado todos los números que le facilitaron a Pat en el foro de debate, aunque sin suerte. Eso de ahí es un listado de todos los exterminadores de Leinster; a ver si obtenemos algo.

Me senté y descolgué el teléfono.

—Aunque no obtengas nada, no podemos asumir que no haya algo que obtener. Hoy en día hay mucha gente por ahí haciendo trabajos ilegales. Si alguien no declaraba su empleo a Hacienda, ¿crees que nos lo iba a declarar a nosotros?

Richie empezó a decir algo, pero la música de espera se cortó y arrastró la silla hacia su escritorio.

—Buenos días, al habla el detective garda Richard Curran. Busco información...

Ningún mensaje de Dina; no es que esperara tener alguno, ni siquiera tenía mi número del trabajo, pero una parte de mí había albergado un resquicio de esperanza. Había uno del doctor Dolittle y sus rastas diciendo que había comprobado el foro de casa y jardín y, caramba, la gente parecía estar majareta. Según él, los esqueletos alineados podían ser obra de un visón, pero la idea de una mascota exótica abandonada también sonaba bien, y, desde luego, había gente perfectamente capaz de pasar un glotón de contrabando y despreocuparse de los cuidados que debía prestarle más adelante. Tenía previsto darse un paseo por Brianstown el fin de semana y ver si podía detectar algún indicio de «algo divertido». También había un mensaje de Kieran, quien a las ocho de la mañana del viernes ya había empezado a machacar su mundo con *drum and bass* y me pedía que lo telefonease.

Richie colgó, sacudió la cabeza mirándome y empezó a marcar de nuevo. Yo le devolví la llamada a Kieran.

–¡Colega! Espera un segundo. –Una pausa mientras bajaba la música a un volumen que implicaba que apenas tenía que gritar–. He comprobado la cuenta del tal Pat-el-colega en ese foro de casa y jardín: no hay mensajes privados, ni entrantes ni salientes. Podría haberlos borrado, pero, para verificarlo, necesitaríamos que se citara a los propietarios del sitio web. Básicamente, por eso lo llamaba, para informarle de que estamos llegando a un punto muerto. El programa de recuperación de datos ha concluido su tarea y hemos verificado todo lo que ha arrojado. No hay más publicaciones sobre comadrejas o lo que sea en ningún punto del historial de ese ordenador. Literalmente, lo más interesante que nos ha aportado es el correo electrónico que un idiota le reenvió a Jenny Spain acerca de extranjeros que secuestraron a un niño en un centro comercial y le cortaron el pelo en los lavabos, lo cual solo resulta interesante porque debe de ser la leyenda urbana más vieja del mundo y no damos crédito a que todavía haya personas que sigan creyéndosela. Si de verdad quiere averiguar qué vivía en el desván de su hombre y supone que lo reveló en internet, entonces el siguiente paso es conseguir una solicitud para el proveedor de servicios de internet de las víctimas y mantener los dedos cruzados para que guarden un registro de los sitios web visitados.

Richie colgó otra vez y apoyó una mano sobre el teléfono, pero en lugar de marcar de nuevo me observó, expectante.

—No tenemos tiempo para eso —dije—. Nos quedan menos de dos días para presentar cargos contra Conor Brennan o dejarlo en libertad. ¿Hay algo en su ordenador que debamos saber?

—Por ahora no. No hay enlaces que conduzcan a las víctimas: ni visitas a las mismas webs ni correos electrónicos intercambiados en algún sentido con ellas. Además, no veo datos borrados en los últimos días, de manera que no diría que borró algo interesante tras saber que íbamos a por él, a menos que lo borrara tan bien que no podemos verlo. Y perdóneme si sueno arrogante, pero dudo mucho que pudiera hacerlo. Básicamente, apenas ha tocado su ordenador en los últimos seis meses. Comprobaba su correo electrónico de vez en cuando, hacía el mantenimiento de un par de páginas web y miró un puñado de documentales de animales del *National Geographic* en línea, pero poca cosa más. No parece un tipo en busca de emociones fuertes, déjeme que le diga.

—De acuerdo —respondí—. Seguid revisando el ordenador de los Spain. Y mantenme al día.

Pude oír el encogimiento de hombros en la voz de Kieran.

—De acuerdo, colega. A ver si encontramos la aguja en el pajar. Le llamo luego.

Por un segundo traicionero, pensé en dejarlo. ¿Qué importaba lo que Pat hubiera dicho sobre su problema con las

485

alimañas en el ciberespacio? Lo único que conseguiríamos era darle a la gente otro motivo para tacharlo de chalado. Pero Richie me observaba, esperanzado como un cachorrillo al ver su correa, y se lo había prometido.

–Sigue con eso –le dije, señalando con la cabeza el listado de control de plagas–. Tengo una idea.

Incluso bajo presión, Pat había sido un tipo organizado y eficiente. En su lugar, yo no me habría preocupado de volver a reescribir toda mi saga al cambiar de foro de debate. Quizá Pat no fuera ningún genio de la informática medido por el baremo de Kieran, pero me apostaba lo que fuera a que sabía cómo copiar y pegar.

Recuperé en pantalla sus publicaciones originales, la de Wildwatcher y la del foro de casa y jardín, y empecé a pegar frases en Google. Solo me llevó cuatro intentos que apareciera un nuevo comentario de Pat-el-colega.

–Richie –lo llamé.

Richie ya estaba empujando su silla hacia mi escritorio.

El sitio web era estadounidense, un foro de cazadores. Pat había aparecido allí el pasado julio, casi dos meses después de estallar en llamas en la web de casa y jardín: había invertido un tiempo en lamerse las heridas o en buscar el lugar de consulta idóneo, o quizá su necesidad de ayuda hubiera tardado ese lapso en alcanzar un punto que no podía pasar por alto.

No había cambiado demasiado. «Lo escucho la mayoría de los días, pero no sigue un patrón definido; a veces puede ser 4/5 veces al día/noche y a veces no se oye nada durante 24 horas. He tenido un monitor de vídeo para bebés instalado en el altillo durante un tiempo, pero no ha habido suerte. Me pregunto si el bicho no se encontrará en el hueco que queda entre el suelo del desván y el techo de la habitación de la planta inferior. He intentado comprobarlo con una linterna, pero no veo nada. Tengo previsto dejar la trampilla del altillo abierta y colocar otro monitor de vídeo apuntando hacia la abertura, para ver si esa cosa se envalentona + decide salir a explorar. (Cubriré la trampilla con malla de alambre para que no aparezca en la almohada de uno de mis hijos, no os preocupéis. No me he vuelto completamente loco... ¡al menos todavía!)».

–Espera un momento –dijo Richie–. En el foro de casa y jardín, Pat se puso hecho una mona porque no quería que Jenny supiera nada de esto, no quería asustarla. ¿Recuerdas? Y, sin embargo, ahora pensaba colocar ese monitor en el descansillo. ¿Cómo pretendía ocultárselo?

–Quizá no quisiera hacerlo. Los matrimonios conversan de vez en cuando, jovencito. Quizá Pat y Jenny se sinceraron en algún momento a lo largo de este tiempo y ella tuvo conocimiento de todo lo relacionado con esa cosa del desván.

–Sí –replicó Richie. Había empezado a agitar una rodilla–. Quizá.

«Pero, dado que el primer monitor no ha servido de nada, me preguntaba si a alguien se le ocurre alguna idea. Como de qué especie puede tratarse o qué cebo podría atraerle. POR FAVOR, por lo que más queráis, no me digáis que ponga veneno ni que llame a un exterminador ni nada de eso, porque esas opciones están descartadas, fin de la historia. Aparte de eso, ¡¡cualquier idea será bienvenida!!».

Los cazadores le proporcionaron la lista de sospechosos habituales, esta vez inclinados con fuerza hacia un visón (coincidían con el doctor Dolittle en lo de los esqueletos alineados). En cuanto a las soluciones, no obstante, eran mucho más brutos que en los otros foros. Al cabo de pocas horas, un tipo le había dicho a Pat: «¡A la porra con las trampas para ratones! ¡Eso son chorradas! Échale un par y hazte con armamento serio. Lo que necesitas es una trampa de verdad. Échale un vistazo a estas».

El enlace conducía a un sitio web parecido a una tienda de golosinas para cazadores, páginas y páginas de trampas destinadas a toda suerte de bichos, desde ratoncitos a osos, y para todo tipo de personas, desde los amantes de los animales hasta los sádicos más salvajes, todo ello descrito con una jerga amorosa y semicomprensible. «Tres opciones. 1. Hazte con una trampa para atraparlo con vida; son las que parecen jaulas de alambre. No le harás daño. 2. Hazte con una trampa para la pata, las que vienen a la memoria cuando piensas en trampas, gracias al cine. Atraparás a tu presa hasta que vuelvas a por ella. Pero ten mucho cuidado. En función del animal que sea, podría hacer mucho ruido. Si crees que eso puede molestar a tu mujer o a los críos, descártala. 3. Hazte con una trampa Conibear. Le rompe el pescuezo a la presa y la aniquila casi de inmediato. Escojas lo que escojas, que mida unos diez centímetros con las fauces abiertas. Buena suerte. Cuidado con los dedos».

A su regreso, Pat sonaba mucho más feliz: de nuevo, la perspectiva de tener un plan suponía para él una gran diferencia. «Tío, muchísimas gracias, me estás salvando el culo. Te debo una. Creo que voy a comprar una de las segundas, para atraparlo por la pata. Puede sonar raro, pero no quiero matar a ese bicho, al menos no hasta que le eche un vistazo. Después de todo esto, creo que tengo derecho a enfrentarme a él cara a cara. Al mismo tiempo, después de todas las molestias que me ha causado, tampoco me apetece preocuparme por no hacerle ni un rasguño. Para ser sincero, me gustaría mandarlo al carajo. Llevo demasiado tiempo padeciéndolo; ahora ha llegado el momento de que sea al revés, para variar, y no pienso desperdiciar mi oportunidad».

Richie tenía las cejas arqueadas.

—Encantador —comentó.

Casi deseé no haber cedido a la tentación y haber delegado todo aquel asunto en Kieran.

–Los tramperos han utilizado cepos toda la vida –repliqué–. Eso no los convierte en sádicos ni en psicópatas.

–¿Recuerdas lo que dijo Tom? Puedes conseguir trampas que hacen menos daño, que no provocan heridas tan graves al animal, pero Pat no quiso ninguna de esas. Tom dijo que cuestan un par de euros más; supuse que sería por eso. Pero... –Richie se pasó la lengua por los dientes y sacudió la cabeza–. Creo que me equivocaba, tío. No fue por el dinero. Pat quería hacerle daño.

Navegué hacia la parte inferior de la pantalla. Otro usuario no sonaba convencido: «Colocar un cepo dentro de casa es una idea absurda. Piénsatelo bien. ¿Qué vas a hacer con tu presa? Me parece bien que la quieras contemplar o lo que sea, pero ¿y luego? No podrás cogerla sin más y sacarla fuera. Te arrancará la mano de cuajo. En el bosque, le disparas y ya está, pero yo no te recomiendo instalar un cepo en el altillo de casa. Poco importa la edad que tenga tu mujer... a las mujeres no les gusta tener agujeros de bala en sus bonitos techos».

Pat ni se inmutó. «Seré sincero contigo: ni siquiera me había detenido a pensar qué haré una vez haya atrapado a ese bicho. Solo me había concentrado en cómo me sentiré cuando suba ahí arriba y lo vea en la trampa. Te juro que no recuerdo la última vez que esperaba algo con tantas ganas. ¡Me siento como un niño en la noche de Reyes! No estoy seguro de qué haré después. Si decido matarlo, supongo que podría golpearle en la cabeza con algún objeto contundente».

–«Golpearle con algún objeto contundente en la cabeza» –dijo Richie–. Como alguien hizo con Jenny.

Continué leyendo. «De otro modo, si decido soltarlo, podría dejarlo en la trampa hasta que se canse demasiado para atacarme, luego envolverlo con una manta o algo + llevármelo a la montaña + dejarlo en libertad, ¿no? ¿Cuánto tardaría en cansarse lo suficiente como para ser inofensivo? ¿Unas cuantas horas o unos cuantos días?». Un escalofrío me recorrió la columna. Noté los ojos de Richie posados en mí: Pat, el pilar de la sociedad, soñando despierto con que un bicho agonizara durante tres días sobre las cabezas de su familia. No alcé la vista.

El tipo que albergaba dudas sobre el cepo seguía sin estar convencido: «Es imposible decirlo. Hay demasiadas variables en juego. Depende de cuál sea la presa, de cuándo fue la última vez que comió/bebió, del daño que le cause la trampa y de si intenta roerse la pata para escapar. Incluso, aunque parezca seguro, podría volver en sí una última vez cuando intentes liberarla y darte un mordisco. En serio, colega... Llevo haciendo esto mucho tiempo y te aseguro que es una idea pésima. Hazte con otra cosa, no con un cepo».

Pat tardó un par de días en contestar. «Demasiado tarde. ¡Ya lo he encargado! Al final he apostado por algo un poco más grande que lo que me habíais recomendado. Pensé "¡Qué demonios!, más vale prevenir que curar", ¿no es cierto?». Caritas riendo y revolcándose por el suelo. «Ahora solo me queda esperar a atrapar a ese bicho + decidir qué hacer con él. Probablemente me limite a observarlo durante un tiempo + espere a ver si me inspiro».

Esta vez Richie no alzó la vista. El mismo escéptico señalaba que aquello no era ningún deporte para recrearse la mirada: «Las trampas no son para torturar. Cualquier trampero decente recoge su presa lo antes posible. Lo siento, amigo, pero este asunto pinta mal. Me da igual lo que tengas en las paredes, tienes problemas peores».

Pat no se dio por aludido. «Claro, pero este es el problema que estoy abordando ahora, ¿de acuerdo? ¿Quién sabe? Quizá cuando vea al animal ahí atrapado me compadezca de él. Aunque, sinceramente, lo dudo. Mi hijo tiene tres años y lo ha oído varias veces. Es un pequeñajo con agallas, no se asusta fácilmente, pero esa cosa lo tiene aterrorizado. Hoy me ha dicho: "¿Puedes subir a matarlo con una pistola, papi?". ¿Qué se suponía que debía contestarle? "No, lo siento, hijito, ni siquiera he podido ver a ese maldito capullo". Le he dicho que por supuesto que lo haré, así que os aseguro que me cuesta mucho imaginarme compadeciéndome de ese bicho, sea lo que sea. Nunca le he hecho daño deliberadamente a nadie en toda mi vida (bueno, a mi hermano pequeño cuando éramos críos, pero quién no lo ha hecho), pero esto es diferente. Y, si no lo entendéis, lo siento en el alma».

La trampa tardó un tiempo en llegar y la espera pasó factura a Pat. El día veinticinco de agosto regresó al foro: «Bien, creo que tengo un problema (bueno, más de lo mismo). Esa cosa ha salido del altillo. Ahora desciende por las paredes. Empecé oyéndolo en el salón, siempre en un punto concreto, junto al sofá, así que hice un agujero en la pared, justo ahí + instalé un monitor. Nada, el bicho se trasladó a la pared del pasillo. Cuando instalé ahí otro monitor, se marchó a la cocina, etc., etc., etc. Os juro que cualquiera diría que pretende volverme loco solo por diversión. Sé que es imposible, pero es la sensación que tengo. En cualquier caso, se está volviendo más valiente. En cierto sentido, creo que puede ser positivo, porque, si sale de las paredes a espacio abierto, es más probable que pueda verlo, pero ¿debería preocuparme que pueda atacarnos?».

El tipo que había sugerido la página web de venta de trampas estaba impresionado. «¡Joder! ¿Agujeros en las paredes? Tu mujer debe de ser de otro planeta. Si yo le dijera a mi mujer que quiero agujerear las paredes, me pondría de patitas en la calle».

Pat sonaba complacido (una hilera de caritas verdes sonrientes). «Sí, tío, es una auténtica joya. Una entre un millón.

491

No es que esté demasiado contenta, porque TODAVÍA no ha oído ninguno de los ruidos realmente graves, solo alguna rascada ocasional que podría deberse a un ratón o a una urraca, pero le parece bien; dice que, si es lo que necesito, adelante. Ahora entendéis por qué TENGO que atrapar a esa cosa, ¿verdad? Ella se lo merece. En realidad, se merece un abrigo de visón y no un visón/o lo que sea medio muerto, pero si eso es lo mejor que puedo darle, entonces os aseguro que lo tendrá».

–Observa las horas –comentó Richie en voz baja. Deslizó el dedo por la pantalla, desplazándose por los sellos horarios junto a las publicaciones–. Pat escribe siempre muy tarde, ¿no es cierto?

El foro estaba configurado con el huso horario de la costa oeste de Estados Unidos. Hice los cálculos: Pat publicaba a las cuatro de la madrugada.

El escéptico quería saber: «¿A qué viene esa chorrada de los monitores para bebés? Créeme, no soy ningún experto en la materia, pero no graban, ¿verdad? Así que el bicho ese podría bailarse una polca en tu altillo, pero si tú has ido a cambiarle el agua al canario y no estás ahí para verlo justo en ese momento no sirve de nada. ¿Por qué no te haces con unas cámaras de vídeo y lo grabas?».

A Pat no le gustó la sugerencia. «Porque no; NO QUIERO grabarlo. ¿De acuerdo? Quiero atrapar al bicho real en un momento real en mi casa real. Quiero mostrárselo a mi esposa real. Cualquiera puede obtener imágenes de un animal. YouTube está lleno de ellas. Lo que necesito es EL ANIMAL. De todos modos, no te he pedido consejo sobre la tecnología que utilizo, ¿no es cierto? Solo sobre qué hacer con esta cosa que corretea por las paredes. Si no crees poder ayudarme, no pasa nada, tú escoges. Estoy seguro de que hay muchas otras consultas que podrían servirse de tu genialidad».

El tipo de las trampas intentó apaciguarlo. «Eh, tío, no te preocupes porque baje por las paredes. Tapa los agujeros y olvídate del tema hasta que te llegue la trampa. Hasta entonces, todo lo que hagas será en vano. Procura tomártelo con calma y espera».

Pat no sonaba convencido. «Sí, quizá. Os tendré al corriente. Gracias».

–Sin embargo, no tapó los agujeros, ¿no es cierto? –apuntó Richie–. Si hubiera colocado malla de alambre o los hubiera tapado con algo, habríamos visto las marcas. Los dejó abiertos. –No añadió nada más: en algún momento, las prioridades de Pat habían cambiado.

–Quizá los tapó con los muebles –aventuré yo.

Richie no contestó.

A finales de agosto, Pat recibió por fin la trampa. «¡¡¡Ha llegado hoy!!! Es preciosa. Al final opté por una al estilo antiguo, con dientes. ¿Qué sentido tiene hacerse con una trampa si no se parece a las que veías en las películas de niño? Me pasaría el día sentado acariciándola como un villano de James Bond –más caritas sonrientes–, pero será mejor que suba a colocarla antes de que mi esposa regrese a casa. No le entusiasma demasiado la idea + la trampa tiene una pinta bastante letal, cosa que a mí me parece bien, pero que a ella quizá no tanto... ¿Algún consejo?».

Un par de personas le sugerían que tuviera cuidado de no pillarse con el cepo: al parecer, eran ilegales en la mayoría de países del mundo civilizado. Me pregunté cómo había podido pasar por aduanas. Probablemente, el vendedor la había marcado como «objeto de decoración antiguo» y había cruzado los dedos.

Pat no parecía preocupado. «Bueno, me arriesgaré; sigue siendo mi casa (hasta que el banco aparezca para quedársela) y la estoy protegiendo, así que puedo instalar la trampa que me dé la gana. Os mantendré informados de los progresos. ME MUERO de ganas». Yo estaba tan cansado que se me empezaban a cruzar los sentidos. Las palabras saltaban de la pantalla como una voz que me hablaba al oído, sobreexcitada. Me sorprendí inclinándome hacia delante para escucharla mejor.

Pat regresó una semana después, pero esta vez sonaba mucho más contenido. «Bueno, he probado con carne picada cruda como cebo, pero nada. Incluso he probado con un bistec crudo, porque es más sangriento y pensé que quizá eso podría ser de ayuda, pero no. Lo dejé ahí durante tres días para que oliera bien + apestara, y nada. Estoy empezando a preocuparme. No tengo ni idea de qué voy a hacer si esto no funciona. La próxima vez lo probaré con un cebo vivo. Por favor, muchachos, cruzad los dedos por mí.

»Y hay otra cosa rara. Esta mañana subí para quitar el bistec (antes de que apestara tanto que mi mujer lo oliera, porque le sentaría como un tiro) y había una pila de cosas en un rincón del desván. Seis guijarros, muy erosionados, como si procedieran de la playa y tres conchas marinas, viejas, blancas, ya secas. Estoy 110 % seguro de que antes no estaban ahí. ¿Qué coño está pasando?».

A nadie en el foro parecía importarle. La opinión general era que Pat invertía demasiado tiempo y espacio mental en aquel asunto y se preguntaban qué importaba si había unas cuantas piedras en el altillo. El escéptico quería saber por qué continuaba avanzando aquella saga: «En serio, tío, ¿por qué intentas convertir esto en una serie televisiva? Echa un poco de veneno, sal a tomarte un par de cervezas y olvídate de una vez por todas de este tema. Podrías haberlo hecho hace meses. ¿Existe alguna razón insondable por la que aún no lo hayas hecho?».

A las dos de la madrugada del día siguiente, Pat regresó hecho un basilisco. «Está bien, ¿quieres saber por qué no quiero utilizar veneno? Pues te lo voy a explicar. Mi mujer piensa que me he vuelto loco. ¿De acuerdo? No para de decirme que no, que no es verdad, que solo estoy nervioso y que estoy bien, pero la conozco muy bien y sé lo que piensa. No lo entiende; lo intenta, pero cree que todo esto es producto de mi imaginación. Necesito enseñarle ese animal; a estas alturas, con oír los ruidos solamente no voy a conseguir convencerla. Tiene que VERLO en carne y hueso para saber que a) todo esto no es ninguna alucinación mía; o b) no estoy exagerando con algo tan estúpido como un ratón o un bicho así. De otro modo, va a acabar dejándome y llevándose a los críos. Y NO PIENSO PERMITIR QUE ESO SUCEDA. Ella y esos niños son lo único que tengo. Si echo veneno, el animal podría irse a morir a algún otro sitio + mi mujer nunca sabría que existió de verdad, pensaría que me volví loco + que luego me repuse + siempre estaría alerta por si me descarrío otra vez. Antes de que digas nada, SÍ, he pensado en tapiar el agujero antes de echar el veneno, pero, entonces, ¿qué pasará si impido que la alimaña esa entre y se marcha para siempre???? Así que, ya que lo preguntas, no pienso utilizar veneno porque adoro a mi familia. Y ahora, VETE A LA MIERDA».

Richie emitió un leve silbido a la par que se acercaba más a la pantalla, a mi lado, pero ninguno de los dos levantó la vista. El escéptico publicó un emoticono sonriendo y guiñando un ojo; otro usuario posteó un emoticono dándose un golpe en la sien y alguien aconsejó a Pat que se tomara las pastillas azules antes que las amarillas. El tipo de las trampas pidió que lo dejaran en paz: «Muchachos, basta. Yo quiero saber qué atrapa. Si lo hacéis enfadar y no vuelve a conectarse, entonces, ¿qué? Pat-el-colega, no hagas caso a estos imbéciles. Sus madres no les enseñaron a comportarse. Consigue un cebo vivo y pruébalo. Los visones son asesinos. Si es un visón, no podrá resistirse. Y luego cuéntanos qué atrapas».

Pat desapareció. Durante los días siguientes hubo quien bromeó proponiendo que el tipo de las trampas fuera a Irlanda a atrapar a aquella cosa él mismo y también algunas especulaciones ligeramente compasivas acerca del estado mental y el matrimonio dc Pat («Por eso yo sigo soltero») y luego todo el mundo cambió de tema. El cansancio empezaba a hacer que las cosas me patinaran en el cerebro: por una milésima de segundo de confusión, me preocupé porque Pat no escribiera y me pregunté si deberíamos acudir a Broken Harbour y comprobar si estaba bien. Agarré mi botella de agua y me presioné la cara más fría contra el cuello.

Dos semanas después, el veintidós de septiembre, Pat regresó, y lo hizo en mucha peor forma. «¡¡POR FAVOR, LEED ESTO!! Tuve algunos problemas para conseguir cebo vivo; finalmente fui a una tienda de mascotas + compré un ratón. Lo coloqué sobre una de esas planchas con pegamento + lo coloqué dentro de la trampa. El pobrecillo chillaba como un loco y me hizo sentir fatal, pero no tenía más remedio que hacerlo, ¿qué queréis? Me quedé mirando el monitor prácticamente CADA SEGUNDO DE TODA LA NOCHE. Juro sobre la tumba de mi madre que solo cerré los ojos unos veinte minutos en torno a las 5 de la madrugada; no quería, pero estaba hecho polvo + eché una cabezadita. Cuando me desperté, HABÍA DESAPARECIDO. NO ESTABAN ni el ratón ni la trampa con pegamento. El cepo NO SE ACCIONÓ. Seguía COMPLETAMENTE ABIERTO. En cuanto mi mujer se ha llevado a los críos a la escuela esta mañana he subido al ático a comprobarlo + sí + la trampa está abierta + el ratón/el tablero con pegamento NO ESTÁN EN EL DESVÁN. ¡¡¡¡¿Qué coño está pasando?!!!! ¿Cómo ha podido hacer algo así UN ANIMAL? ¿¿¿Y qué narices hago yo ahora??? No puedo explicárselo a mi mujer, porque no lo entiende. Si se lo cuento, va a pensar que soy un lunático. ¿¿¿QUÉ PUEDO HACER???»

Sentí una oleada repentina de nostalgia por solo tres días atrás, por aquella primera vez en que recorrimos la casa, cuando pensé que Pat era un perdedor que almacenaba drogas en las paredes y Dina se encontraba preparando tranquilamente sándwiches para ejecutivos. Si eres bueno en este oficio, y yo lo soy, cada paso en un caso de homicidios te hace avanzar en una dirección: hacia el orden. Nos arrojan casquillos de escombros sin sentido y nosotros los ordenamos hasta que conseguimos sacar la pintura de las tinieblas y sostenerla bajo la luz del día, sólida, completa, clara. Bajo todo el papeleo y el politiqueo, en eso consiste nuestro trabajo; y es ese corazón frío y resplandeciente lo que yo adoro con cada fibra de mi cuerpo. Pero este caso era distinto. Tenía la sensación de estar corriendo hacia atrás y de que nos arrastraba con su reflujo feroz. Cada paso nos sumía más en un caos negro, nos enroscaba en los rizos de la locura y tiraba de nosotros hacia abajo.

El doctor Dolittle y Kieran, el técnico informático, se lo estaban pasando en grande: la locura siempre se antoja una gran aventura cuando lo único que tienes que hacer es meter un dedo aquí o allá, mirar embobado el desbarajuste que tienes delante, despojarte de los residuos en tu hogar sano y salvo y luego ir al pub y contarle a tus amigos esa historia tan entretenida. Pero yo no me estaba divirtiendo tanto como ellos. Se me coló en la mente, con un rápido pinchazo de intranquilidad, que Dina quizá había acertado en algo relacionado con este caso, aunque quizá no fuera en el sentido que ella creía.

La mayoría de los cazadores se habían olvidado de Pat y su saga (más emoticonos sonrientes dándose golpes en la cabeza, alguien quería saber si había luna llena en Irlanda...). Algunos empezaron a tomarle el pelo: «¡¡¡Tío, creo que tienes uno de estos!!! ¡¡¡Hagas lo que hagas, no lo dejes acercarse al agua!!!». El enlace conducía a una imagen de un gremlin malo.

El trampero continuaba intentando tranquilizarlo. «No te desanimes, Pat-el-colega. Piensa en el lado positivo. Al menos ahora sabes qué tipo de cebo le gusta. La próxima vez sencillamente sujétalo un poco mejor. Estás a punto de resolverlo. Y otra cosa. No pretendo acusar a nadie de nada, es algo que se me ha ocurrido. ¿Qué edad tienen tus hijos? ¿Son lo bastante mayorcitos como para creer que volver loco a su padre podría resultar divertido?».

A las 4:45 de la madrugada siguiente, Pat contestó: «Gracias, tío. Sé que intentas ayudar, pero esta trampa no funciona. No tengo ni idea de qué probar ya. Básicamente, estoy jodido».

Y ahí concluía la historia. Los habituales jugaron al «¿Qué hay en el desván de Pat-el-colega? Durante un tiempo (fotos del Pie Grande, de duendecillos, de Ashton Kutcher y el inevitable Rickroll[14]). Cuando se aburrieron, el hilo fue menguando.

Richie se recostó en la silla y se frotó el cuello para aliviarse la tortícolis. Me miró de reojo y dijo:

–Caramba.

–Sí.

–¿Qué deduces de eso?

Se mordisqueó el nudillo y clavó la vista en la pantalla, pero no leía; estaba concentrado pensando. Al cabo de un momento, respiró largamente.

–Lo que yo deduzco de eso –contestó– es que Pat había perdido la cabeza. Ya ni siquiera importa si había algún bicho en su casa o no. Lo que es evidente es que se había vuelto loco.

Su voz era simple y grave, casi triste.

[14.] Rickrollear es una broma de internet que hace referencia al cantante Rick Astley. Consiste en un enlace trampa disfrazado con algo de interés para el usuario que lo está viendo, pero que lo redirige al vídeo musical de Rick Astley «Never Gonna Give You Up». *(N. de la T.)*

–Estaba sometido a mucha presión. No es necesariamente lo mismo –aduje yo.

Solo jugaba a hacer de abogado del diablo; en el fondo, sabía que tenía razón. Richie negó con la cabeza.

–No, tío. No. Ese de ahí –dio un golpecito al borde de mi monitor con una uña– no es el mismo tipo de este verano. En julio, en el foro de casa y jardín, Pat solo habla de proteger a Jenny y a los niños. Pero cuando escribe aquí le importa un comino si Jenny está asustada o si ese bicho puede atacar a los críos, siempre y cuando pueda echarle la mano encima. Y luego pretende dejarlo en una trampa, en una trampa que eligió específicamente para provocarle el mayor sufrimiento posible, y piensa quedarse a contemplarlo mientras muere. No sé cómo lo llamarían los médicos, pero lo que es indudable es que no estaba bien. No lo estaba.

Aquellas palabras hicieron sonar un eco en mi cabeza. Tardé un instante en recordar por qué: yo mismo se las había dicho a Richie, justo dos noches antes, acerca de Conor Brennan. No lograba enfocar la vista; el monitor parecía descentrado, como un denso bulto de peso muerto que hacía oscilar la carcasa en ángulos extraños.

–No –dije–. Ya lo sé. –Tomé un trago de agua: el frío ayudaba, pero me dejó un regusto nauseabundo a óxido en la lengua–. Aun así, conviene no olvidar que eso no lo convierte necesariamente en un asesino. No hay nada ahí sobre hacer daño a su mujer o a sus hijos, y sí mucho, en cambio, sobre cuánto los quiere. Por eso está tan empeñado en atrapar a ese animal: cree que es el único modo de salvar su familia.

–«Mi función es cuidar de ella» –repitió Richie–. Es lo que dijo en ese foro de casa y jardín. Quizá creyó que ya no estaba capacitado para hacerlo...

–«¿Qué demonios hago ahora?» –Yo sabía lo que venía a continuación. La idea me provocó una arcada, como si el agua hubiera estado contaminada. Cerré el navegador y observé cómo la pantalla adquiría un tono azul soso e inocuo–. Ya concluirás esas llamadas telefónicas más tarde. Ahora tenemos que hablar con Jenny Spain.

Estaba sola. La habitación parecía casi veraniega: lucía un día luminoso, alguien había entreabierto la ventana y una leve brisa jugaba con las persianas y había disipado la atmósfera viciada con olor a desinfectante en un tenue y limpio olor penetrante. Jenny estaba apoyada en almohadas, contemplando el dibujo cambiante del sol y la sombra en la pared, con las manos separadas e inmóviles sobre la manta azul. Sin maquillaje parecía más joven y normalita que en las fotos de boda, y también menos anodina, ahora que se apreciaban sus singularidades: un lunar en la mejilla que no llevaba vendada, un labio superior irregular que hacía que pareciera que sonreía siempre... No era un rostro especialmente llamativo, pero tenía una dulzura y una claridad de líneas que evocaban barbacoas en verano, golden retrievers y partidos de fútbol en un césped recién cortado, y yo siempre me he sentido atraído por la belleza poco memorable e infinitamente nutritiva de lo mundano, una belleza que pasa desapercibida con facilidad.

–Señora Spain –la saludé–. No sé si nos recuerda: somos el detective Michael Kennedy y el detective Richard Curran. ¿Nos permite entrar unos minutos?

–Oh... –los ojos de Jenny, enrojecidos e hinchados, se deslizaron por nuestros rostros. Logré contener un estremecimiento de dolor–. Sí. Me acuerdo. Supongo que... sí. Entren.

–¿No hay nadie haciéndole compañía hoy?

–Fiona está trabajando y mi madre tenía una cita para que le tomaran la presión arterial. Regresará dentro de un rato. Estoy bien.

Seguía hablando con voz ronca y gruesa, pero había alzado la vista rápidamente al oírnos entrar: su cabeza empezaba a aclararse, que Dios la amparara. Parecía tranquila, pero me resultaba difícil determinar si era debido a la estupefacción de la conmoción vivida o al cristal quebradizo del agotamiento.

—¿Cómo se encuentra? —le pregunté.

No me respondió. Los hombros de Jenny describieron algo similar a un encogimiento.

—Me duele la cabeza, y la cara. Me están dando calmantes. Supongo que ayudan. ¿Han descubierto algo sobre... lo que pasó?

Fiona había mantenido el pico cerrado, lo cual era bueno, pero también interesante. Le lancé a Richie una mirada de advertencia (no quería sacar a colación a Conor, no mientras Jenny estuviera tan lenta y tan embotada que su reacción pudiera no valer nada), pero él estaba concentrado en el sol que surgía a través de las persianas. Tenía la mandíbula tensa.

—Estamos siguiendo una línea de investigación definida —la informé.

—Una línea. ¿Qué línea?

—La mantendremos informada. —Había dos sillas junto a la cama, con unos cojines apretujados en los ángulos, donde Fiona y la señora Rafferty habían procurado dormir. Así la más cercana a Jenny y le acerqué la otra a Richie de un empujón—. ¿Puede contarnos algo más sobre el lunes por la noche? Cualquier cosa, por insignificante que sea.

Jenny negó con la cabeza.

—No recuerdo nada. Lo he intentado. Lo intento todo el rato... pero la mitad del tiempo no logro pensar a causa de la medicación y la otra mitad me duele demasiado la cabeza. Creo que cuando me quiten los calmantes y me dejen marcharme de aquí, cuando regrese a casa... ¿Sabe cuándo...?

Imaginarla entrando en aquella casa me provocó un escalofrío. Íbamos a tener que hablar con Fiona sobre contratar un equipo de limpieza o permitir que Jenny se instalara en su piso, o ambas cosas.

–Lo siento –le contesté–. No sabemos nada de eso. ¿Qué hay de antes del lunes por la noche? ¿Recuerda algo fuera de lo normal que haya ocurrido recientemente, algo que la tuviera preocupada?

Otra negación con la cabeza. Solo se divisaban fragmentos de su rostro tras el vendaje; resultaba difícil leer su expresión.

–La última vez que hablamos –continué–, comentamos los allanamientos de morada que habían sufrido en los últimos meses.

Jenny volvió el rostro hacia mí y capté una chispa de recelo: sabía que pasaba algo (solo le había explicado a Fiona uno de aquellos allanamientos), pero no atinaba a acertar qué.

–¿Eso? ¿Qué tiene eso que ver?

–Debemos examinar la posibilidad de que estén relacionados con el ataque –le aclaré.

Jenny frunció el ceño. Podría haber estado vagando, pero su inmovilidad revelaba que se estaba esforzando por recordar en medio de aquella neblina. Al cabo de un largo minuto dijo, casi con desdén:

–Ya se lo dije. No fue nada importante. Para serles sincera, ni siquiera estoy segura de que entraran en casa alguna vez. Quizá fueran los niños quienes cambiaran de sitio las cosas.

–¿Podría darnos los detalles? –insistí–. Fechas, horas, cosas que echó en falta.

Richie sacó su cuaderno de notas.

Movió la cabeza incansablemente sobre la almohada.

–No me acuerdo. Debió de ser, no sé, en julio, quizá. Yo estaba ordenando la casa y noté que faltaban un bolígrafo y unas lonchas de jamón. O quizá fueran solo imaginaciones mías. Habíamos pasado fuera todo el día y me puse un poco nerviosa por si se me había olvidado cerrar alguna puerta con llave y alguien había entrado. Hay unos okupas viviendo en algunas de las casas vacías y a veces vienen a fisgonear. Eso es todo.

—Fiona dijo que usted la había acusado de usar sus llaves para entrar.

Los ojos de Jenny se dirigieron al techo.

—Ya se lo dije antes: Fiona hace una montaña de todo. Yo no la acusé de nada. Le pregunté si había estado en nuestra casa, porque es la única que tenía un juego de llaves. Me contestó que no. Fin de la historia. No hubo dramas.

—¿No telefoneó usted a la policía municipal?

Jenny se encogió de hombros.

—¿Para explicarles qué? ¿Que no encontraba un bolígrafo y que alguien se había comido unas lonchas de jamón de la nevera? Se habrían reído de mí. Cualquiera se habría reído de mí.

—¿Cambió usted las cerraduras?

—Cambié el código de la alarma, por si acaso. Me parecía una insensatez cambiar todas las cerraduras cuando ni siquiera sabía si había sucedido algo.

—Pero incluso después de cambiar el código de la alarma se produjeron otros incidentes —comenté yo.

Logró soltar una risita, lo bastante quebradiza como para hacerse añicos en el aire.

—Pero ¿qué está diciendo? ¿Qué incidentes? No estábamos en una zona de guerra. Hace que parezca como si alguien, no sé, hubiera bombardeado nuestro salón.

—Quizá mis datos sean erróneos —contesté con toda la calma—. ¿Qué ocurrió exactamente?

—Ni siquiera lo recuerdo. Nada relevante. ¿Podríamos aplazar esto? Me muero del dolor de cabeza que tengo.

–Solo le robaremos unos minutos más, señora Spain. ¿Podría darme los detalles correctos?

Con cautela, Jenny se tocó la nuca con las yemas de los dedos e hizo una mueca de dolor. Noté a Richie mover los pies y mirarme, listo para marcharse, pero no me moví. Provoca una sensación extraña que la víctima intente jugar con uno; va contra corriente mirar a la criatura herida a quien supuestamente deberíamos estar ayudando y contemplar a un adversario cuyo ingenio debemos superar. A mí suele estimularme. Prefiero un desafío, siempre, a una masa de dolor en carne viva.

Al cabo de un momento, Jenny dejó caer de nuevo la mano en su regazo.

–Más o menos lo mismo. Incluso más insignificante –añadió–. Por ejemplo, un par de veces las cortinas del salón estaban mal descorridas: yo las aliso cuando las engancho tras el sujetacortinas para que caigan rectas, pero un par de veces las encontré todas retorcidas. ¿Ve a lo que me refiero? Probablemente no fueran más que los niños jugando al escondite o...

La mención de los niños la hizo contener el aliento.

–¿Algo más? –me apresuré a preguntar.

Jenny exhaló lentamente y se recompuso.

–Solo... cosas como esas. Siempre dejo velas puestas para que la casa huela bien. Guardo un montón de ellas en uno de los armarios de la cocina, todas de distintos aromas, y las cambio cada pocos días. En una ocasión, durante el verano, quizá en agosto, fui a coger la vela de manzana y no estaba... y estaba segura de que la semana anterior la tenía, recordaba haberla visto. Pero a Emma le encantaba precisamente aquella vela de manzana; quizá se la llevara para jugar con ella al jardín o algo así y se la olvidara.

–¿Se lo preguntó?

–No me acuerdo. Sucedió hace meses. Ya digo que eran cosas sin importancia.

–Pues a mí me suena bastante desconcertante –objeté–. ¿No estaba asustada?

–No. Claro que no. Aunque hubiéramos tenido un ladrón, solo se llevaba cosas como velas y jamón, y eso no es precisamente aterrador, ¿no cree? Pensé que, si realmente había alguien, es probable que fuera uno de los críos de la urbanización: algunos de ellos son auténticos salvajes, son como monos, gritan y te arrojan cosas al coche cuando pasas conduciendo. En las casas faltan cosas. ¿Hay que llamar a la policía cada vez que te desaparecen unos calcetines de la lavadora?

–De manera que no cambió las cerraduras ni siquiera después de que se produjeran aquellos incidentes.

–No. No lo hice. Si había alguien que entraba en casa, y digo «si», quería atraparlo. No quería que se dispusiera a molestar a otra persona; quería detenerlo. –Aquel recuerdo le hizo alzar el mentón, imprimió una firmeza a su mandíbula y dio a sus ojos una mirada fría y lista para el combate; barrió por completo aquel aspecto anodino y la convirtió en una persona vivaz y fuerte. Ella y Pat habían formado una buena pareja: ambos eran luchadores–. Con el tiempo, algunas veces decidí no poner la alarma cuando salíamos, por si a alguien se le ocurría entrar, para tener oportunidad de sorprenderlo al regresar. ¿Lo ve? No estaba asustada.

–Lo entiendo –dije–. ¿Cuánto esperó para contárselo a Pat?

Jenny se encogió de hombros.

–No se lo conté.

Aguardé. Al cabo de un momento añadió:

–No se lo conté. No quería preocuparlo.

–No es mi intención ponerla en tela de juicio, señora Spain, pero se me antoja una decisión muy extraña –comenté con sutileza–. ¿No se habría sentido más segura si Pat lo hubiera sabido? ¿No habría estado él más seguro, de hecho, de haberlo sabido?

Un encogimiento que la hizo estremecerse de dolor.

–Ya tenía bastantes problemas.

–¿Por ejemplo?

–Lo habían despedido. Se esforzaba cuanto podía por conseguir un nuevo empleo, pero no había manera. Estábamos... no teníamos mucho dinero. Pat estaba un poco estresado.

–¿Algo más?

Otro encogimiento de hombros.

–¿No basta con eso?

Aguardé de nuevo, pero esta vez no cambió de opinión.

–Hemos encontrado una trampa en su altillo, una trampa para animales –anuncié.

–¡Madre mía! Eso. –Aquella risa de nuevo, aunque me dio tiempo a cazar un destello, de terror quizá o de furia, que insufló vida a su rostro por un instante–. Pat pensaba que había un armiño o un zorro o algún otro animal que entraba y salía de la casa. Se moría de ganas de ver lo que era. Éramos un par de urbanitas; al principio de mudarnos nos emocionábamos incluso cuando veíamos a los conejos en las dunas de arena. Atrapar a un zorro vivo habría sido la cosa más guay del mundo.

–¿Y atrapó algo?

–No, claro que no. Ni siquiera sabía qué tipo de cebo utilizar. Tal y como le he dicho, éramos unos urbanitas.

Hablaba con voz ligera, festiva, pero tenía los dedos clavados como garras a la manta.

–¿Y los agujeros en las paredes? Nos dijo que eran para un proyecto de bricolaje. ¿Tenían algo que ver con ese armiño?

–No. Bueno, un poco, pero en verdad no. –Jenny agarró el vaso de agua que había sobre la mesilla de noche y le dio

506

un trago largo. La vi luchar por acelerar su mente–. Los agujeros aparecieron sin más, ¿sabe? Esas casas... pasa algo raro con los cimientos. Aparecen agujeros de la nada. Pat tenía previsto arreglarlos, pero primero quería solucionar otra cosa, el cableado eléctrico, quizá, no lo sé, no me acuerdo. No entiendo de eso. –Me lanzó una mirada autocrítica, de mujercita indefensa. Yo mantuve el rostro impasible–. Y se preguntaba si quizá el armiño, o lo que fuera, podía bajar por las paredes y así podríamos cazarlo. Eso es todo.

–¿Y a usted eso no le molestaba? ¿El retraso en arreglar las paredes, la posibilidad de que hubiera una alimaña en la casa?

–La verdad es que no. Si le soy sincera, no creí en ningún momento que hubiera un armiño ni cualquier animal grande. De otro modo, no habría permitido que se acercara a los niños. Pensaba más bien en un pájaro o en una ardilla. A los niños les habría encantado ver una ardilla. Evidentemente, habría sido mucho mejor si Pat hubiese decidido construir un cobertizo en el jardín, o algo así, en lugar de destrozar las paredes –esa risa de nuevo, le costaba tanto que casi dolía–, pero necesitaba algo en lo que mantener la mente ocupada. Así que pensé que daba igual. Hay *hobbies* peores.

Podría haber sido verdad, podría haber sido una versión refractada de la misma historia que Pat había narrado en internet; no podía interpretar su rostro a través de todos los obstáculos que se interponían entre nosotros. Richie se removió en su silla. Escogiendo muy bien las palabras, dijo:

–Tenemos informaciones que revelan que Pat estaba bastante alterado con relación a esa ardilla, zorro o lo que fuera. ¿Podría hablarnos de eso?

Aquel destello de una emoción vívida volvió a cruzarle el rostro a Jenny, demasiado veloz para atraparlo.

–¿Qué información? ¿De quién?

507

–No podemos facilitarle los detalles –contesté yo con tranquilidad.

–Pues lo lamento muchísimo, pero su información está equivocada. Si se lo ha contado también Fiona, esta vez no se ha limitado a montar un drama por nada, sino que se lo ha inventado todo. Pat ni siquiera estaba seguro de que hubiera un bicho que entraba en casa... y podría haber sido un simple ratón. Un hombre maduro no se altera por un ratón. ¿Usted se alteraría?

–No –admitió Richie, esbozando una leve sonrisa–. Solo estamos comprobando datos. Hay otra cosa que quería preguntarle: ha dicho usted que Pat necesitaba algo que lo mantuviera ocupado. ¿Qué hacía durante todo el día, después de que lo despidieran, aparte del bricolaje, claro?

Jenny se encogió de hombros.

–Buscar un nuevo empleo, jugar con los niños. Salía mucho a correr; bueno, desde que entró el mal tiempo no tanto, pero sí durante el verano; el paisaje desde Ocean View es muy bonito. Había estado trabajando como una hormiguita desde que salimos de la universidad; le sentaba bien tener un poco de tiempo libre.

Le salió demasiado a la ligera, como si se lo hubiera estado recitando antes.

–Antes ha comentado que estar en paro le estresaba –añadió Richie–. ¿En qué medida?

–Evidentemente, no le gustaba estar en el paro; ya sé que hay gente a quien sí le gusta, pero Pat no es así. Habría sido más feliz de haber sabido cuándo obtendría un nuevo empleo, pero aprovechó el tiempo como pudo. Los dos creemos en mantener una actitud mental positiva. En pensar siempre en positivo.

–Ah, ¿sí? Hay un montón de hombres en el paro en estos días a quienes les cuesta horrores adaptarse a su nueva situación; no hay de qué avergonzarse por ello. Algunos de ellos se deprimen o se vuelven irascibles; otros se dan a la bebida o pierden el temperamento con más facilidad. Es natural, desde luego. Eso no los convierte en hombres frágiles ni en locos. ¿Le sucedía a Pat algo de eso?

Richie se esforzaba por establecer esa complicidad con la que había conseguido que Conor y los Gogan bajaran la guardia, pero no le estaba funcionando; el ritmo le fallaba y su voz tenía un tono forzado, y en lugar de relajar a Jenny había conseguido crisparla; sus ojos azules estaban incendiados por la ira.

–Claro que no. No tuvo ninguna crisis nerviosa ni nada por el estilo. Quien les haya dicho...

Richie levantó las manos.

–No pasaría nada si así fuera, es todo lo que digo. Podría pasarle al más pintado.

–Pat estaba bien. Necesitaba encontrar un empleo nuevo. No estaba loco. ¿Entendido?

–Yo no digo que estuviera loco. Lo único que le he preguntado es si estaba preocupada por él, porque se hiciera daño o algo así. Quizá porque la lastimara a usted. Con todo el estrés...

–¡No! Pat jamás haría algo así. Ni en un millón de años. Él... Pat era... Pero ¿qué están haciendo? ¿Intentan...? –Jenny se había desplomado sobre las almohadas y respiraba con dificultad–. ¿Les importaría... que dejáramos esto para otro momento? ¿Por favor?

Tenía el rostro gris y hundido de repente y sus manos parecían inertes sobre la manta. Esta vez no fingía. Miré a Richie, pero tenía la cabeza inclinada sobre su cuaderno y no alzó la vista.

–Desde luego –dije–. Gracias por su tiempo, señora Spain. Una vez más, la acompañamos en el sentimiento. Espero que no sienta demasiado dolor.

No respondió. Se le habían quedado los ojos mates; ya no estaba con nosotros. Nos levantamos de las sillas y salimos de la habitación con el máximo sigilo posible. Mientras cerraba la puerta tras nosotros, escuché a Jenny romper a llorar.

En el exterior, el cielo estaba nuboso; solo se filtraba la luz solar necesaria para inducirte a pensar erróneamente que tenías calor; las montañas aparecían moteadas de luz y sombra.

–¿Qué ha pasado ahí? –pregunté.

Richie se estaba guardando el cuaderno en el bolsillo.

–La he cagado –sentenció.

–¿Por qué?

–Por ella. Por su estado. Me ha dejado fuera de juego.

–No tuviste problema con eso el miércoles.

Levantó un hombro.

–Ya, quizá no. Pero era distinto cuando creíamos que era obra de algún extraño, ¿entiendes? Si vamos a tener que explicarle que su propio marido fue quien le hizo eso, quien se lo hizo a sus hijos... Supongo que, en el fondo, yo esperaba que ella ya lo supiera.

–Eso será si es que él lo hizo. ¿Por qué no avanzamos paso a paso?

–Ya lo sé. La he fastidiado. Lo siento.

Seguía toqueteando su cuaderno. Estaba pálido y parecía encogido, como si esperara una reprimenda. Un día antes probablemente se habría llevado una, pero aquella mañana yo ni siquiera recordaba por qué tenía que malgastar energía en ello.

–Bueno, no has causado ningún daño irreparable –dije–. De todas maneras, nada de lo que diga ahora tendrá validez ante un tribunal; está tan dopada que cualquier declaración quedaría anulada en un abrir y cerrar de ojos. Era un buen momento para marcharnos.

Pensé que mis palabras lo tranquilizarían, pero continuó tenso.

–¿Cuándo volveremos a interrogarla?

–Cuando los médicos le reduzcan la medicación. Por lo que comentó Fiona, no deberían tardar. Vendremos a comprobarlo mañana.

–Podría tardar un tiempo en recuperar la forma lo bastante como para hablar. Ya la has visto: estaba prácticamente inconsciente.

–Está en mejor forma de lo que finge estar –repliqué yo–. Al final, es cierto que se ha desmoronado, pero hasta entonces... Tiene el pensamiento nublado y mucho dolor, eso desde luego, pero ha progresado muchísimo desde el otro día.

–Pues a mí me ha parecido que tenía un aspecto deplorable –apuntó Richie.

Se dirigía hacia el coche.

–Espera un momento –dije. Richie necesitaba respirar aire fresco y yo también; además, yo estaba demasiado cansado para mantener esta conversación y conducir con seguridad al mismo tiempo–. Tomémonos cinco minutos.

Me dirigí a la tapia donde nos habíamos sentado la mañana de las autopsias, que parecía haber tenido lugar hacía una década. La ilusión del verano no se mantuvo: la luz del sol era fina y trémula y el aire era tan afilado que me atravesaba el abrigo. Richie se sentó junto a mí, sin dejar de subirse y bajarse la cremallera de la chaqueta.

–Oculta algo –apunté.

–Quizá. Es difícil estar seguro, con toda la medicación.

–Yo estoy seguro. Se esfuerza demasiado por aparentar que su vida era perfecta hasta el lunes por la noche. Los allanamientos de morada fueron una nadería, el animal de Pat era una chorrada, todo iba bien. Charlaba con nosotros como si nos hubiéramos reunido para tomar una humeante taza de café.

511

–Algunas personas funcionan así. Todo va bien siempre. No importa si algo no funciona, se trata de no admitirlo; se limitan a apretar los dientes y continúan diciendo que todo va fantásticamente bien, con la esperanza de que sus deseos se vuelvan realidad.

Tenía los ojos posados en mí. No pude reprimir una sonrisa chueca.

–Es cierto. Es difícil quitarse las costumbres. Y tienes razón: parece propio de Jenny. Pero, en un momento como este, pensarías que contaría todo lo que sabe, a menos que tenga una razón buenísima para no hacerlo.

Al cabo de un instante, Richie añadió:

–Lo más evidente sería que recordara la noche del lunes. De ser así, todo apuntaría a Pat. Tal vez mantendría la boca cerrada por su marido. Pero dudo mucho que lo hiciera por alguien a quien no había visto en años.

–Entonces, ¿por qué resta importancia a los allanamientos? Si de verdad no estaba asustada, ¿por qué no? Cualquier mujer del mundo, si sospecha que hay alguien que entra en la casa en la que vive con sus hijitos, actúa para evitarlo. A menos que conozca perfectamente a quien entra y sale y no le suponga ningún problema.

Richie se mordió una cutícula y reflexionó sobre mis palabras, escudriñando la tenue luz del sol. Sus mejillas empezaban a recobrar algo de color, pero seguía teniendo la espina dorsal curvada por la tensión.

–Entonces, ¿por qué le dijo algo a Fiona?

–Porque quizá al principio no lo sabía. Ya la has oído: intentaba atrapar al tipo. ¿Qué pasa si lo hizo? ¿O si Conor se envalentonó y decidió dejarle una nota a Jenny en algún sitio? Recuerda que ahí hay gato encerrado. Fiona cree que nunca existió una historia romántica entre ambos (o, al menos, eso es lo que asegura que cree), pero dudo que supiera si la hubo. Como mínimo, eran amigos, amigos íntimos, y lo fueron durante mucho tiempo. Si Jenny descubrió que Conor andaba cerca, es posible que decidiera retomar la amistad.

—¿Sin decírselo a Pat?

—Quizá temía que perdiera los estribos y le diera una paliza a Conor; recuerda que entre ambos había una historia de celos. Y quizá Jenny sabía que Pat tenía algo de lo que estar celoso.

Pronunciarlo en voz alta hizo que me recorriera una descarga eléctrica, una descarga que estuvo a punto de hacerme saltar de aquella tapia. Por fin, y ya era hora, aquel caso empezaba a encajar en una de las plantillas, la más antigua y gastada de todas.

—Pat y Jenny estaban locos el uno por el otro —objetó Richie—. Si hay algo en lo que todo el mundo concuerda, es justo en eso.

—Pero si tú estás diciendo que intentó matarla.

—No es lo mismo. Hay quien mata a las personas que más quiere; sucede todos los días. Pero no se ponen los cuernos a la persona de la que estás enamorado.

—La naturaleza humana es la naturaleza humana. Jenny está atrapada en medio de la nada, sin amigos cerca, sin un empleo al que acudir, hasta las cejas de preocupaciones por el dinero, con Pat obsesionado por un animal que hay en el altillo, y, de repente, cuando más lo necesita, reaparece Conor. Alguien que la conocía cuando era la chica dorada con la vida perfecta, alguien que la ha adorado durante la mitad de sus vidas. Hay que ser un santo para no sentirse tentado.

—Tal vez —convino Richie. Seguía mordisqueándose la cutícula—. Pongamos que estás en lo cierto. Eso no nos aporta ningún motivo adicional que conduzca a Conor.

—Quizá Jenny decidió romper su aventura.

–Pero eso solo sería motivo para matarla a ella. O quizá solo a Pat, si Conor creyera que eso haría que Jenny regresaría junto a él. No a toda la familia.

El sol había desaparecido; las montañas se fundían en un tono gris y el viento hacía revolotear las hojas caídas en círculos vertiginosos antes de estamparlas de nuevo contra el húmedo suelo.

–Depende de cuánto pretendiera castigarla –tercié yo.

–Está bien –dijo Richie. Se sacó la uña de la boca, se metió las manos en los bolsillos y se arrebujó la chaqueta.

–Quizá. Pero entonces, ¿por qué Jenny no cuenta nada?

–Porque no se acuerda.

–Tal vez no se acuerde del lunes por la noche. Pero los últimos meses los recuerda a la perfección. Si había tenido una aventura con Conor, o incluso si solo quedaba con él para ir por ahí, se acordaría. Y si hubiera previsto dejarlo, lo sabría.

–¿Y crees que le gustaría verlo estampado en los titulares? «La madre de los niños asesinados tenía una aventura con el acusado, según el tribunal». ¿Crees que se va presentar voluntaria a convertirse en la Zorra de la Semana en los medios de comunicación?

–Pues sí, lo creo. Estás insinuando que ese tipo mató a sus hijos. ¿Cómo iba a encubrir eso?

–Quizá porque se siente culpable –especulé–. Una aventura podría hacer que pareciera culpa suya que Conor apareciese de nuevo en sus vidas, lo que la convertiría en responsable de lo que hizo. A muchas personas les costaría mucho aclararse las ideas con un asunto así, por no hablar de contárselo a la policía. Nunca subestimes el poder de la culpa.

Richie negó con la cabeza.

–Incluso aunque tengas razón con lo de la aventura, eso no apunta hacia Conor. Señala a Pat. Ya estaba perdiendo la cordura; tú mismo lo has dicho. De repente descubre que su esposa le está poniendo los cuernos con su amigo de toda la vida y estalla. Se carga a Jenny para castigarla y a los críos para que no tengan que vivir sin sus padres, y luego se suicida porque no le queda nada por lo que vivir. Ya viste lo que dijo en ese foro: «Ella y mis hijos son lo único que me queda».

Un par de estudiantes de medicina insensatos habían sacado sus ojeras y barba de tres días a fumar un cigarrillo. Sentí un arrebato súbito de impaciencia, tan violento que hizo añicos el cansancio, una impaciencia dirigida hacia todo lo que me rodeaba: el hediondo olor del humo del tabaco, los pasitos de baile con mucho tacto que habíamos dado en nuestro interrogatorio a Jenny, la imagen de Dina llamándome con insistencia en un recoveco de mi mente, Richie y su cabezota y el enmarañado lío de objeciones e hipótesis.

–Bueno –dije, me puse en pie y me sacudí el polvo del abrigo–. Empecemos por averiguar si tengo razón en lo de la aventura, ¿te parece?

–¿Conor?

–No –respondí. Tenía tantas ganas de agarrar a Conor que casi podía olerlo, ese olor acre a resina suyo, pero ahí es justo donde el autocontrol resulta de utilidad–. Nos lo ahorraremos para después. No pienso acercarme a Conor Brennan hasta que no pueda arremeter contra él con la artillería pesada. Vamos a ir a hablar de nuevo con los Gogan. Y esta vez seré yo quien se encargue de hacerlo.

Ocean View tenía peor aspecto cada día que pasaba. El martes había parecido un náufrago maltrecho a la espera de su salvador, como si lo único que necesitara fuera un promotor inmobiliario forrado de dinero y con la energía suficiente para irrumpir allí y hacer realidad todas aquellas formas luminosas que supuestamente debía contener. Ahora parecía el fin del mundo. Casi esperaba encontrar perros salvajes merodeando con sigilo alrededor del coche cuando me detuve, los últimos supervivientes en aparecer tambaleantes y gimiendo de aquellos esqueletos de casas. Pensé en Pat corriendo en círculos alrededor de aquel vertedero, intentando sacarse aquellos ruidos de algo que escarbaba en su pensamiento; en Jenny escuchando el viento silbar alrededor de sus ventanas, leyendo libros forrados de rosa para mantener a flote su actitud positiva y preguntándose dónde había ido a parar el final feliz para su familia.

Por supuesto, Sinéad Gogan estaba en casa.

—¿Qué quieren? —preguntó en el umbral.

Llevaba puestas las mismas mallas grises del martes. Reconocí la mancha de grasa en su regordete muslo.

—Nos gustaría intercambiar unas palabras con usted y con su marido.

—Mi marido no está.

Lo cual era una lata. Gogan tenía el cerebro de un mosquito; yo había confiado en que imaginaría que tenían que hablar con nosotros.

—No pasa nada —repliqué—. Podemos regresar y hablar con él más tarde, si lo necesitamos. Por ahora, veamos si usted puede ayudarnos.

—Jayden ya les dijo...

—Sí, lo hizo —la corté yo, apartándola de mi camino para dirigirme al salón, con Richie en mi estela—. Pero esta vez no estamos interesados en hablar con Jayden, sino con usted.

—¿Por qué?

Jayden volvía a estar sentado en el suelo, disparando a zombis. Se apresuró a aclarar:

—No he ido al cole porque estoy enfermo.

—Apaga eso —le ordené, mientras me ponía cómodo en uno de los sillones. Richie ocupó el otro. Jayden puso cara de asco, pero, cuando señalé el mando a distancia y chasqueé los dedos, hizo lo que le ordenaba–. Tu madre tiene algo que contarnos.

Sinéad permaneció en la puerta.

–No es verdad.

–Claro que sí. Se ha estado guardando algo desde la primera vez que vinimos a verla. Y hoy es el momento de explicárnoslo. ¿Qué era, señora Gogan? ¿Algo que vio? ¿Que oyó? ¿Qué?

–No sé nada sobre ese tipo. Ni siquiera lo he visto nunca.

–No es eso lo que le he preguntado. Me importa un bledo si no tiene nada que ver con ese tipo o con ningún otro. Pero quiero oírlo. Siéntese.

Vi a Sinéad sopesar la posibilidad de adoptar la actitud de «a mí nadie me da órdenes», pero le lancé una mirada con la que le revelé que sería una idea nefasta. Al final puso los ojos en blanco y se desplomó en el sofá, que emitió un gruñido.

–Tengo que ir a despertar al bebé dentro de un minuto. Y no sé nada que tenga que ver con algo. ¿De acuerdo?

–No es trabajo suyo decidirlo. Esto funciona de la siguiente manera: usted nos cuenta lo que sabe y nosotros decidimos si es relevante o no. Por eso somos nosotros quienes llevamos placas. Así que adelante.

Suspiró sonoramente.

–No. Sé. Nada. ¿Qué se supone que debo decir?

–¿Es usted estúpida o qué le pasa? –pregunté. El rostro de Sinéad se afeó aún más y abrió su bocaza para lanzarme alguna estupidez manida sobre el respeto, pero yo continué martilleándola con mis palabras hasta que la cerró de nuevo–. ¿Pretende hacerme vomitar del asco o qué? ¿Qué diantres se cree que estamos investigando? ¿Un robo en una tienda? ¿Vandalismo urbano? Esto es un caso de asesinato. Asesinato múltiple. ¿Acaso es lo bastante tonta como para no haberlo entendido aún?

–No me llame...

–Dígame algo, señora Gogan. Siento curiosidad. ¿Qué tipo de escoria deja que un asesino de niños quede en libertad solo porque no le gustan los policías? ¿En qué capa por debajo de la humanidad cree usted que hay que estar para pensar que eso está bien?

Sinéad soltó:

–¿Piensa dejar que continúe hablándome así?

Se dirigía a Richie. Richie abrió las manos en señal de inexorabilidad.

–Estamos bajo mucha presión, señora Gogan. Seguramente habrá visto usted los diarios. Todo el país espera que resolvamos este caso. Y necesitamos saberlo todo.

–Déjate de chorradas –lo atajé yo–. ¿Por qué cree usted que regresamos? ¿Porque nos cuesta estar alejados de su cara bonita? Estamos aquí porque tenemos a un tipo detenido y necesitamos obtener pruebas para que siga en la cárcel. Piénselo bien, si es usted capaz de pensar. ¿Qué se imagina que sucederá si ese tipo queda libre?

Sinéad tenía los brazos cruzados sobre los michelines y los labios fruncidos en un nudo tenso de indignación. No esperé.

–Lo primero es que estoy muy cabreado, e incluso usted tiene que saber que cabrear a un policía es muy mala idea. ¿Alguna vez trabaja su marido de chapuzas, señora Gogan? ¿Sabe cuánto tiempo le podría caer por fraude a Hacienda? Y Jayden no tiene pinta de estar enfermo; ¿con qué frecuencia se salta la escuela? Si me esfuerzo, y le aseguro que lo haré, ¿tiene idea de cuántos problemas podría ocasionarle?

–Somos una familia decente...

–Ahórrese ese rollo. Incluso aunque la creyera, yo no soy su problema principal. Lo segundo que va a ocurrir si continúa tomándonos el pelo es que ese tipo va a quedar libre. Y Dios sabe que no albergo ninguna esperanza de que a usted le importen un comino la justicia ni el bien de la sociedad, pero pensé que al menos tendría cerebro suficiente para cuidar de su propia familia. Ese hombre sabe que Jayden podría contarnos lo de la llave. ¿Acaso cree que no sabe dónde vive Jayden? Si le explico que alguien tiene algo para incriminarlo y que podría hablar en cualquier minuto, ¿quién cree que va a venirle a la mente?

–Mamá –dijo Jayden con una vocecilla.

Tenía la espalda y el culo apoyados contra el sofá y me miraba atónito. Noté la cabeza de Richie vuelta hacia mí también, pero tuvo el sentido común de mantener la boca cerrada.

–¿Le ha quedado suficientemente claro? ¿Necesita que se lo explique con palabras más sencillas? Porque, a menos que sea usted literalmente demasiado tonta para vivir, lo siguiente que va a salir por su boca va a ser lo que quiera que ha estado ocultando.

Sinéad estaba apoyada contra el sofá, con la mandíbula colgando por la sorpresa. Jayden se aferraba al dobladillo de sus mallas. El terror en sus rostros me trajo de nuevo aquel mareo de la pasada noche y lo envió por mi torrente sanguíneo a toda velocidad, como una droga sin nombre.

No suelo hablar así a los testigos. Quizá mis modales no sean los más afortunados, y quizá tenga reputación de ser frío, brusco o como quieran llamarlo, pero jamás en toda mi carrera había hecho nada parecido. Y no porque no hubiera querido. No se equivoquen: todos tenemos una veta cruel. La mantenemos bien guardadita bajo llave, ya sea porque tememos que nos castiguen o porque creemos que eso marcará la diferencia y hará de este mundo un lugar mejor. Nadie castiga a un detective por asustar un poco a un testigo. He escuchado a muchos muchachos pasarse mucho más y nunca les ha pasado nada.

–¡Hable! –le ordené.

–Mamá.

Sinéad dijo:

–Es ese trasto de ahí.

Señaló con la cabeza al monitor de bebés que tenía apoyado de lado sobre la mesilla de café.

–¿Qué pasaba?

–A veces se cruzaban los cables o como lo llamen.

–Frecuencias –la corrigió Jayden. Parecía mucho más contento ahora que su madre había decidido hablar–. No cables.

–¡Cierra el pico! Todo esto es por tu culpa, tuya y de tus puñeteros diez euros. –Jayden se apartó de ella, por el suelo, y se enfurruñó–. Como se llame, se cruzan. A veces, no todo el tiempo; quizá cada dos semanas, como si ese trasto grabara su monitor en lugar del nuestro. Así que podíamos oír lo que sucedía en su casa. No lo hacíamos a propósito ni nada, a mí no me gusta escuchar a hurtadillas a los demás –Sinéad consiguió poner una mirada de santurrona que no le pegaba para nada–, pero no podíamos evitarlo.

–Bien –dije–. ¿Y qué oyeron?

–Ya le he dicho que no voy escuchando a escondidas las conversaciones de los demás. No les prestaba atención. Simplemente, apagaba el monitor y volvía a encenderlo, para reconfigurarlo. Solo una vez escuché unos segundos.

–Escuchabas durante horas –dijo Jayden–. Me hacías apagar el videojuego para poder oír mejor.

Sinéad le lanzó una mirada que revelaba que se iba a ganar una buena en cuanto saliéramos por la puerta. Por aquello había estado dispuesta a dejar a un asesino suelto: para poder parecer un ama de casa respetable ante sus propios ojos, no ya ante los nuestros, en lugar de una zorra fisgona y furtiva. Lo había visto un centenar de veces, pero me dieron ganas de abofetearle la cara para quitarle esa expresión de remilgo de pacotilla.

—Me importa un bledo si se pasaba los días bajo la ventana de los Spain con una trompetilla —dije—. Solo quiero saber qué escuchó.

Richie comentó con total naturalidad:

—Cualquiera habría escuchado. Está en la naturaleza humana. Además, al principio, no le quedaba más alternativa. Tenía que averiguar qué le sucedía a su monitor. —Su voz exudaba esa calma de nuevo: volvía a estar en forma.

Sinéad asintió con vigor.

—Sí. Exacto. La primera vez que sucedió casi me da un infarto. En medio de la noche, de repente escuché un crío gritándome al oído: «Mami, mami, ven». Primero pensé que se trataba de Jayden, pero sonaba demasiado pequeño y, además, Jayden no me llama «mami», y el bebé acababa de nacer. Me dio un susto de muerte.

—Gritó —nos explicó Jayden con una sonrisita. Al parecer, se había recuperado—. Pensaba que era un fantasma.

—Es verdad. ¿Y qué? Entonces mi esposo se despertó e imaginó a qué podía deberse, pero cualquiera se habría llevado un buen susto. ¿Qué hay de malo en ello?

—Decía que iba a llamar a un médium, a uno de esos cazafantasmas.

—¡Cierra el pico!

—¿Cuándo sucedió eso? —quise saber.

—El bebé tiene diez meses, así que sería por enero o febrero.

—Y después de aquello volvió a escucharlo cada dos semanas, un total de unas veinte veces. ¿Qué oyó?

Sinéad seguía lo bastante furiosa como para fulminarme, pero un cotilleo sobre sus vecinitos con aires de superioridad se le antojaba imposible de resistir.

–Sobre todo chorra... cosas aburridas. Las primeras veces, él le leía algún cuento a los niños para que se durmieran, o se oía al pequeño saltando sobre la cama o a la niña hablando con una de sus muñecas. Pero hacia finales del verano supongo que trasladaron los monitores a la planta de abajo, porque empezaron a oírse otras cosas. Por ejemplo, los oímos mirar la tele o enseñándole a la niña a elaborar galletas de chocolate (ella no se dignaba a comprarlas en la tienda como el resto de nosotros, tenía demasiada categoría para eso). Y en una ocasión, de nuevo en plena madrugada, la escuché decir: «Venga, ven a la cama, por favor», como si le estuviera rogando, y él contestó: «Dentro de un minuto». No lo culpo; sería como follarse a un saco de patatas. –Sinéad buscó los ojos de Richie para compartir una sonrisita, pero él permaneció impertérrito–. Tal y como he dicho, cosas aburridas.

–¿Y las que no eran aburridas? –pregunté.

–Sucedió solo una vez.

–Escuchémosla.

–Fue una tarde. Ella acababa de regresar, supongo que de recoger al pequeño de la guardería. Nosotros estábamos aquí. El bebé dormía la siesta, así que el monitor estaba apagado y, de repente, se oyó a la mujer dándole a la sinhueso. Estuve a punto de apagarlo, porque le juro que daban ganas de vomitar, pero...

Sinéad hizo un pequeño y desafiante encogimiento de hombros.

–¿Qué decía Jennifer Spain?

–Hablaba sin parar. Decía: «¡Venga, vamos a prepararnos! Papi regresará a casa de dar su paseo dentro de un minuto y, cuando entre, estaremos todos contentos, muy muy contentos». Hablaba con desenfado –Sinéad frunció el labio–, como una animadora americana. No sé por qué tenía que estar tan contenta. Lo único que estaba haciendo era arreglar a los niños, decirle a la niñita que se sentara y preparara un pícnic para su muñeca y al crío que se quedara sentadito en su sitio, que no esturreara las piezas del Lego por ahí y que, si necesitaba ayuda, la pidiera educadamente. «Todo va a ser encantador. Cuando papi entre, se pondrá taaaan contento –decía–. Es eso lo que queréis, ¿verdad? ¿A que no queréis que papi esté triste?».

–«Mami y papi» –dijo Jayden, por lo bajini, y soltó una carcajada.

–Se pasó así una eternidad, hasta que el monitor se cortó. ¿Entiende lo que quiero decirle de ella? Parecía una de las protagonistas de *Mujeres desesperadas,* esa que necesita que todo sea perfecto o pierde la chaveta. Yo pensaba: «Madre mía, relájate un poco». Mi marido dijo: «¿Sabes lo que necesita esa? Necesita un buen...» –Sinéad recordó con quién estaba hablando y no remató la frase, si bien nos lanzó una mirada con la que quiso decirnos que no nos tenía miedo. Jayden soltó una risita–. Para ser sincera con ustedes –añadió– parecía haberse vuelto completamente loca.

–¿Cuándo sucedió eso?

–Hará más o menos un mes. A mediados de septiembre. ¿Entienden lo que les digo? No tiene nada que ver con nada.

No parecía una de las *Mujeres desesperadas,* sino una víctima. Como todas las mujeres maltratadas y los hombres con quienes tuve que lidiar en Violencia Doméstica. Todas y cada una de ellas se habían asegurado de que sus parejas fueran felices y el jardín estuviera perfectamente cuidado para intentar que todo saliera bien. A todas y cada una de ellas las había aterrorizado, hasta un punto entre la histeria y la parálisis, que algo estuviera mal y papá no estuviera contento.

Richie se había quedado inmóvil, nada de tembleque de piernas: él también lo había detectado.

–Por eso lo primero que usted pensó cuando vio a nuestros hombres fue que Pat Spain había matado a su esposa –comentó.

–Sí. Pensé que, quizá si no tenía la casa limpia o si los niños se habían portado mal, le habría dado una paliza. Es irónico, ¿no? Ahí estaba ella, toda compuesta, con su ropa de diseño y su acento pijo y él le pegaba unas tundas que para qué. –Sinéad no pudo evitar ocultar que se le dibujara una media sonrisa en la comisura de los labios. Le gustaba aquella idea–. Así que cuando ustedes aparecieron, imaginé que tenía que ser eso. Que a ella se le habría quemado la cena o algo así y él se había puesto hecho una furia.

–¿Hay algo más que la haga pensar que él podría estar maltratándola? –inquirió Richie–. ¿Algo que escuchara o que viera?

–Bueno, el hecho de que esos monitores estuvieran en la planta de abajo. Es bastante raro, no sé si me entiende. Al principio no se me ocurría ningún motivo para tenerlos en ningún sitio que no fueran los dormitorios de los críos. Pero cuando la oí hablar así, pensé que quizá él los había instalado por toda la casa para poder tenerla controlada. Así, si por ejemplo él iba al piso de arriba o salía al jardín, se podía llevar los receptores con él y escuchar todo lo que ella hacía. –Un asentimiento de satisfacción: estaba encantada con su olfato de detective–: Espeluznante, ¿no?

–¿Nada más? ¿Seguro?

Un encogimiento.

–No le vi morados ni nada de eso. Y nunca escuché gritos. Ella fingía todo el rato, eso sí, pero cuando la veía fuera de casa. Solía estar muy alegre; incluso cuando los niños se portaban mal, siempre llevaba puesta aquella gran sonrisa falsa. Pero en los últimos tiempos eso saltó por los aires: parecía andar con la depre todo el rato. Parecía colocada, como si... pensé que quizá tomaba Valium. Imaginé que era porque a él lo habían despedido: ella no era feliz teniendo una vida como el resto de nosotros, sin todoterreno ni sus trapitos de diseño. Pero, si él le pegaba, posiblemente fuera por eso.

–¿Alguna vez escuchó a alguna otra persona en la casa, aparte de los cuatro Spain? –pregunté–. ¿Visitas, familia, comerciales?

El pálido rostro de Sinéad se iluminó.

–¡Madre mía! ¿Acaso le ponía los cuernos? ¿Recibía a algún tío en casa mientras su marido estaba fuera? No me extraña que él quisiera tenerla controlada. ¡Menuda cara, la tía, actuando como si fuéramos algo que se expulsaría del zapato cuando en realidad...!

–¿Vio usted o escuchó algo que apuntara en esa dirección? –insistí.

Reflexionó un instante.

–No –contestó a regañadientes–. Solo los oímos a ellos cuatro.

Jayden andaba toqueteando el mando, accionando los botones, pero no se atrevía a volver a encender el aparato.

–El silbido –dijo.

–Eso fue en otra casa.

–No. Están demasiado lejos.

–Cuéntenoslo de todos modos –la invité.

Sinéad se removió en el sofá.

–Solo ocurrió una vez. En agosto, diría, pero podría haber sido antes. Fue a primera hora de la mañana. Escuchamos a alguien silbando, pero no una canción ni nada parecido, era un silbido como cuando un hombre silba para sí mismo mientras anda ocupado en otra cosa. –Jayden hizo una demostración: un sonido grave, sin melodía, ausente. Sinéad le dio un empujoncito en el hombro–. Para ya. Me vas a provocar un dolor de cabeza. Los del número nueve estaban fuera de casa, todos, ella también, así que no podía ser ella. Pensé que debía de venir de una de las casas del final de la calle; ahí viven dos familias y las dos tienen críos, así que seguramente también tienen monitores.

–No es verdad –refutó Jayden–. Otra vez pensaste que era un fantasma.

Sinéad nos espetó, a mí, a Richie o a ambos:

–Soy dueña de pensar lo que quiera. Si lo desean, pueden seguir mirándome como si fuera tonta, pero ustedes no tienen que vivir aquí. Pruébenlo durante un tiempo y luego regresen a verme.

Su voz era beligerante, pero el miedo de sus ojos era real.

–Le enviaremos a los Cazafantasmas –comenté–. ¿Escuchó usted algo el lunes por la noche a través de los monitores? ¿Algo? ¿Lo que fuera?

–No. Como ya les he dicho, solo sucedía cada pocas semanas.

–Será mejor que sea verdad.

–Lo es. Estoy segura.

–¿Y su marido?

–Tampoco. Me lo habría contado.

–¿Eso es todo? –pregunté–. ¿No hay nada más que debamos saber?

Sinéad sacudió la cabeza.

–Eso es todo.

–¿Cómo puedo estar seguro de ello?

–Porque sí. Porque no quiero que vuelva a venir usted aquí a insultarme delante de mi hijo. Se lo he contado todo. Y ahora ya puede largarse a decir palabrotas a otro sitio y dejarnos en paz. ¿Entendido?

–Será un placer –respondí, al tiempo que me ponía en pie–. Se lo aseguro.

El brazo del sillón me dejó algo pegadizo en la mano; no me esforcé en ocultar la mirada de asco.

Cuando nos marchamos, Sinéad se plantó en el umbral de su casa, a nuestra espalda, dedicándonos algo que tenía la intención de ser una mirada imponente, pero lo único que le salió fue una cara de doguillo electrocutado. Cuando nos encontramos a una distancia segura por el camino de entrada, nos gritó:

—¡No me pueden hablar así! ¡Pondré una queja!

Me saqué una tarjeta del bolsillo sin perder el paso, la agité por encima de mi cabeza y la lancé al suelo del camino de entrada para que pudiera recogerla.

—Nos vemos —le dije por encima de mi hombro—. Me muero de ganas.

Esperaba que Richie hiciera algún comentario sobre mi nueva técnica de interrogatorio (llamar a un testigo «tonta de remate» no figura en ningún punto del reglamento), pero él se había retirado de nuevo a algún rincón de su mente; caminó con dificultad hasta el coche, con las manos embutidas en los bolsillos y la cabeza gacha para frenar el viento. En mi móvil había tres llamadas perdidas y un mensaje de texto, todos de Geri. El texto empezaba: «Perdona, Mick, pero ¿hay noticias de...?». Lo borré todo.

Cuando salimos a la autopista, Richie regresó lo bastante a la superficie como para decir, con cautela, mirando al parabrisas:

—Si Pat maltrataba a Jenny...

—Si mi tía tuviera pelotas, sería mi tío. Esa vaca de Gogan no sabe nada de los Spain, por mucho que le guste pensar lo contrario. Por suerte para nosotros, hay un hombre que sí sabe cosas y sabemos exactamente dónde encontrarlo.

Richie no respondió. Solté una mano del volante para darle una palmadita en el hombro.

—No te preocupes, amigo mío. Le sacaremos la información a Conor. ¿Quién sabe? Quizá incluso sea divertido.

Capté su mirada de soslayo: yo no debería haber estado así de optimista, no después de lo que Sinéad Gogan nos había contado. No sabía cómo explicarle a Richie que no estaba de buen humor, o al menos no en el sentido que él pensaba; era solo aquella ráfaga salvaje que seguía recorriendo mis venas, era el terror en el rostro de Sinéad y saber que tenía a Conor esperándome al final de aquel trayecto. Pisé el acelerador y lo mantuve ahí, observando cómo la aguja del velocímetro ascendía. El Beemer se comportó mejor que nunca, volaba en línea recta, en picado, como un halcón abalanzándose sobre su presa, como si aquella velocidad fuera lo que había estado pidiendo a gritos todo el tiempo.

16

Antes de que trajeran a Conor a nuestro encuentro, leímos por encima la marea de papeles que había azotado la sala de investigaciones: informes, mensajes telefónicos, declaraciones, pistas, todo. En su mayoría, no había nada de interés: los refuerzos que habían buscado a los amigos y familiares de Conor no habían dado más que con un par de primos y la línea de atención ciudadana había atraído al enjambre habitual de tarados deseosos de charlar sobre el Libro de las Revelaciones, matemáticas complicadas y mujeres de vida alegre, si bien también encontramos un par de perlas. La vieja amiga de Fiona, Shona, estaba en Dubái aquella semana y nos denunciaría personalmente si alguno de nosotros imprimía su nombre en conexión con aquel desaguisado, pero compartía la opinión de Fiona sobre que Conor había estado locamente enamorado de Jenny cuando eran críos y nada había cambiado desde entonces; si no, ¿por qué nunca había tenido una relación más larga de seis meses? Y los muchachos de Larry habían encontrado un abrigo enrollado, un jersey, un par de pantalones vaqueros, un par de guantes de piel y un par de zapatillas deportivas de la talla cuarenta y cuatro en la papelera de un bloque de pisos situado a un kilómetro y medio del apartamento de Conor. Estaban cubiertos de sangre. Los tipos sanguíneos encajaban con los de Pat y Jenny Spain. La zapatilla izquierda era coherente con la huella del coche de Conor y encajaba a la perfección con la que había en el suelo de la cocina de los Spain.

Aguardamos a que los uniformados trajeran a Conor a la sala de interrogatorios, una de las más estrechas y apretujadas, sin sala de observación y sin apenas espacio para moverse. Alguien la había utilizado: había envoltorios de sándwiches y vasos de plástico esparcidos por la mesa y un ligero olor a loción para el afeitado con cítrico, sudor y cebolla impregnaba el ambiente. Me resultaba imposible permanecer quieto. No dejé de moverme por la sala, mientras hacía bolas con aquella basura y la arrojaba a la papelera.

–Debería estar muy nervioso –apuntó Richie–. Un día y medio sentado ahí, preguntándose a qué estamos esperando...

–Tenemos que estar muy seguros de lo que buscamos. Yo quiero un motivo –dije.

Richie vació unos azucarillos en un vaso de plástico.

–Es posible que no obtengamos ninguno.

–Sí. Ya lo sé. –El mero hecho de pronunciarlo en voz alta me provocó otra oleada de aturdimiento; por un instante pensé que tendría que apoyarme en la mesa hasta recobrar el equilibrio–. Es posible que ni siquiera lo haya. Tenías razón: a veces la vida es una mierda. Pero eso no me impedirá probarlo con todo mi arsenal.

Richie meditó sobre mis palabras mientras examinaba un envoltorio de papel que había recogido del suelo.

–Si es posible que no consigamos un motivo –dijo–. ¿Qué más buscamos?

–Respuestas. Saber por qué se pelearon Conor y los Spain hace unos años. Cuál era su relación con Jenny. Por qué borró ese ordenador. –La sala se veía lo más limpia que iba a estar. Me apoyé en la pared y me quedé quieto–. Quiero que estemos seguros. Cuando tú y yo salgamos de esta sala, quiero que ambos pensemos lo mismo y que ambos estemos seguros de a quién perseguimos. Eso es todo. Si logramos llegar hasta ahí, el resto de las piezas encajarán por sí solas.

Richie me observaba con expresión inescrutable.

–Pensaba que tú estabas seguro –dijo.

Me escocían los ojos del agotamiento. Ojalá me hubiera tomado otro café cuando hicimos la pausa para comer.

–Y lo estaba –confirmé.

Asintió. Tiró el vaso a la papelera y vino a apoyarse en la pared a mi lado. Al cabo de un rato se sacó un paquete de caramelos mentolados del bolsillo y me ofreció. Tomé uno y así permanecimos, chupando caramelos, hombro con hombro, hasta que la puerta de la sala de interrogatorios se abrió y el uniformado hizo entrar a Conor.

Tenía mal aspecto. Quizá tan solo se debiera a que esta vez no llevaba puesta la parka, pero parecía incluso más flaco, tanto que me pregunté si deberíamos hacer que un médico lo chequeara; los huesos le sobresalían dolorosamente bajo la pelirroja barba de varios días. Había estado llorando de nuevo.

Se sentó encorvado sobre la mesa, mirando fijamente sus puños, plantados frente a él, y no se movió ni siquiera cuando la calefacción central se accionó con un ruido metálico. En cierto sentido, eso me tranquilizó. Los inocentes se revuelven, nerviosos, y saltan de sus sillas al mínimo ruido; se mueren de ganas de hablar contigo y aclararlo todo. En cambio, los culpables se concentran y reúnen todas sus fuerzas alrededor del bastión interior preparándose para la batalla.

Richie alargó el brazo para encender la cámara de vídeo y dijo mirando a la pantalla: «Detective Kennedy y detective

Curran interrogando a Conor Brennan. El interrogatorio da comienzo a las 16:43». Yo le leí la hoja de derechos; Conor la firmó sin mirar, se apoyó en el respaldo de la silla y cruzó los brazos. Por lo que a él concernía, habíamos acabado.

–Caramba, Conor –dije yo, recostándome también en mi silla y sacudiendo la cabeza con gesto triste–. Conor, Conor, Conor. Y yo que pensaba que la otra noche nos habíamos caído tan bien.

Me observó, sin abrir la boca.

–Y resulta que no fuiste honesto con nosotros, amiguito.

Un destello de miedo le recorrió el rostro, demasiado afilado para ocultarlo.

–Sí que lo fui.

–No, no lo fuiste. ¿Has oído alguna vez eso de «la verdad, toda la verdad y nada más que la verdad»? Pues nos has decepcionado en al menos una de esas premisas. Y nos preguntamos qué te habría impulsado a hacerlo.

–No sé de qué habla –replicó Conor.

Cerró la boca; sus labios dibujaron una línea severa, pero seguía mirándome fijamente. Tenía miedo.

Richie, apoyado contra la pared bajo la cámara, chasqueó la lengua en señal de reproche.

–Empecemos por esto –propuse–: nos transmitiste la impresión de que, hasta el lunes por la noche, lo máximo que te habías aproximado a los Spain era a través de los prismáticos. ¿No se te ocurrió que podría ser buena idea mencionar que habían sido dos de tus mejores amigos desde que erais críos?

Un leve rubor le cubrió los pómulos, pero no pestañeó: no era esto lo que temía.

–No es asunto suyo.

Suspiré y le hice un gesto admonitorio con el dedo.

–Conor, no te hagas el tonto. Todo lo que digas ahora es asunto nuestro.

–¿Qué te habría costado? –señaló Richie–. Tenías que saber que Pat y Jenny tenían fotos, tío. Lo único que conseguiste fue retrasarnos un par de horas y cabrearnos.

–Lo que dice mi colega es cierto –confirmé–. Si no te importa, recuérdalo la próxima vez que intentes tomarnos el pelo.

–¿Cómo está Jenny? –preguntó Conor.

Solté una carcajada.

–Pero ¿qué te pasa? Si tan preocupado estabas por su salud, podrías, no sé, no haber apuñalado a la pobre mujer, por ejemplo. ¿O acaso esperas que haya concluido ella tu trabajo?

Se le había tensado la mandíbula, pero mantuvo la frialdad.

–Quiero saber cómo se encuentra.

–Y a mí me importa un bledo lo que tú quieras. Pero déjame que te aclare algo: tenemos unas cuantas preguntas que hacerte. Si las respondes como un buen muchacho, sin intentar confundirnos más, quizá me ponga de mejor humor y decida compartir contigo esa información. ¿Te suena a trato justo?

–¿Qué quieren saber?

–Empecemos por lo fácil. Háblanos de Pat y Jenny, de cuando erais unos críos. ¿Cómo era Pat?

Conor respondió:

–Era mi mejor amigo desde los catorce años. Aunque probablemente eso ya lo sepan. –No contestamos ninguno de los dos–. Era un tío responsable. Eso es todo. El hombre más responsable que he conocido nunca. Le gustaba el rugby, echarse unas risas y salir con sus amigos; la mayoría de la gente le caía bien y él caía bien a todo el mundo. Muchos tíos populares son auténticos gilipollas a esa edad; en cambio, jamás vi a Pat comportarse como un capullo con nadie. Quizá todo eso a ustedes no les parezca nada especial. Pero lo es.

Richie jugaba a lanzar un sobrecillo de azúcar al aire y recogerlo.

–Eran amigos íntimos, ¿no?

Conor nos señaló con la barbilla primero a Richie y luego a mí.

–Ustedes son compañeros. Eso significa que tienen que estar dispuestos a confiarle la vida al otro, ¿no es cierto?

Richie agarró el sobrecillo y se quedó quieto, a la espera de mi respuesta.

–Con los buenos compañeros ocurre así, sí.

–Entonces saben cómo éramos Pat y yo. Le conté algunas cosas que, de haberlas descubierto cualquier otra persona, creo que me habrían llevado a cortarme las venas. Pero a él se las expliqué.

Se le había pasado la ironía, si es que la había. El latigazo de desasosiego estuvo a punto de hacerme saltar de la silla y comenzar a dar vueltas por la habitación de nuevo.

–¿Qué clase de cosas?

–Debe estar de broma si cree que se las voy a contar. Cosas de familia.

Miré a Richie (podíamos descubrirlo por otra vía, si lo necesitábamos), pero Richie tenía los ojos posados en Conor.

–Hablemos de Jenny –propuse–. ¿Cómo era en aquellos tiempos?

El rostro de Conor se suavizó.

–Jenny –dijo con dulzura–. Era especial.

–Sí, hemos visto las fotos. No parece haber pasado una etapa difícil.

–No me refiero a eso. Cuando entraba en una habitación, las cosas mejoraban. Siempre quería que todo fuera perfecto y que todo el mundo fuera feliz y sabía qué hacer para conseguirlo. Tenía un don especial, nunca he visto nada parecido. Por ejemplo, una vez estábamos todos en la discoteca, una de

534

esas discotecas para menores de edad, y Mac, un tipo de la pandilla, estaba flirteando con una chica, bailando alrededor de ella e intentando que bailara con él. Y ella le puso una mueca y le dijo algo, no sé qué, pero ella y sus amigas estallaron en carcajadas. Mac regresó a nuestro lado rojo como un tomate. Estaba hecho polvo. Aquellas chicas seguían señalándolo y riéndose; a él le habría gustado que se lo tragase la tierra. Y justo en aquel momento, Jenny se dio la vuelta para mirar a Mac, le tendió las manos y le dijo: «Me encanta esta canción, pero Pat la odia. ¿Quieres bailar conmigo? ¿Por favor?». Y se pusieron a bailar y, un momento después, Mac estaba sonriendo y Jenny reía de algo que le había dicho mientras bailaban. Eso hizo que aquellas chicas cerraran el pico. Jenny era diez veces más guapa que aquella muchacha, no tenía comparación.

–¿Y Pat no se molestó?

–¿Porque Jenny bailara con Mac? –Casi soltó una carcajada–. ¡Qué va! Mac era un año más pequeño. Un chaval gordito con el cabello desordenado. Además, Pat era consciente de la jugada de Jenny. Diría que incluso debió de quererla más por aquello.

En su voz se había abierto camino la dulzura. Sonaba como la voz de un amante, una voz para una luz tenue y música embriagadora, para un solo oyente. Fiona y Shona tenían razón.

–Suena a que tenían buena relación –observé.

Conor respondió sin más:

–Eran fantásticos. No hay otra manera de describirlos. ¿Saben cuando de adolescente a veces tienes la sensación de que el mundo al completo es una mierda? Pues ellos dos te insuflaban esperanzas.

–Adorable –dije–. De verdad.

Richie había empezado a jugar con el sobrecito de azúcar de nuevo.

–Saliste con la hermana de Jenny, Fiona, ¿no es cierto? ¿Qué edad tenía? ¿Dieciocho?

–Sí. Pero solo unos meses.

–¿Por qué rompisteis?

Conor se encogió de hombros.

–No funcionaba.

–¿Por qué no? ¿Era desagradable? ¿No teníais nada en común? ¿No estaba dispuesta a llegar hasta el final?

–No. Fue ella quien rompió. Fiona es genial. Nos llevábamos muy bien. Sencillamente no funcionaba.

–Desde luego, puedo entender en qué fallaba –apuntó Richie con sequedad, al tiempo que agarraba el azúcar al caer–. Si estabas enamorado de su hermana...

Conor se quedó inmóvil.

–¿Quién ha dicho eso?

–¿Y qué más da?

–Pues me importa, porque quien lo haya dicho miente.

–Conor –dije yo con tono de advertencia–. ¿Recuerdas nuestro trato?

Habría jurado que lo que de verdad le apetecía era hacernos tragar los dientes a los dos con sendos puñetazos, pero, al cabo de un momento, dijo:

–No era como has hecho que sonara.

Y, si eso no era un motivo, como mínimo, como minimísimo, estaba a un solo paso de distancia. No podía dejar de mirar a Richie, pero él había lanzado el azúcar demasiado lejos y se estaba abalanzando sobre el sobre para agarrarlo.

–¿Sí? –preguntó–. ¿Y cómo he hecho que sonara?

–Como si yo fuera un hijo de puta que intentara interponerse entre ambos. No era así. No los habría separado ni aunque me hubiera resultado tan fácil como pulsar un botón. Todo lo demás, mis sentimientos, eran asunto mío.

–Quizá –intervine. Me complació el tono de mi voz, perezosa, divertida–. Al menos hasta que Jenny lo descubrió. Porque lo descubrió, ¿verdad?

Conor se había ruborizado. Tras todos aquellos años, aquella herida debería estar cerrada.

–Yo nunca le dije ni una palabra.

–No hacía falta que lo hicieras. Jenny lo adivinó. Las mujeres son así, muchacho. ¿Qué sentía ella?

–¿Cómo iba a saberlo yo?

–¿Te dio calabazas sin más? ¿O le divertía tu atención y te siguió el juego? ¿Alguna vez os disteis un beso rápido y un achuchón cuando Pat no miraba?

Conor tenía los puños apretados sobre la mesa.

–No. Ya se lo he dicho. Pat era mi mejor amigo. Ya les expliqué la relación que tenían. ¿Acaso cree que alguno de nosotros, Jenny o yo, nos habríamos atrevido a hacer algo así?

Solté una carcajada.

–Y tanto... Yo también he sido un adolescente. Habría vendido a mi propia madre sin pestañear por sobar unas tetas.

–Probablemente usted sí. Pero yo no.

–Vaya, sí que eres respetable... –dije, con solo un destello de sonrisa–. Sin embargo, Pat no entendió que te limitabas a adorarla como un caballero, desde la distancia, ¿verdad? Se enfrentó contigo por Jenny. ¿Quieres contarnos tu versión de lo sucedido?

Conor preguntó.

–Pero ¿qué pretenden? Les he contado que los maté. Todo esto de cuando éramos unos niños no tiene nada que ver con eso.

Tenía los nudillos blancos.

–¿Recuerdas lo que te dije? –repliqué con frialdad–. Somos nosotros quienes decidimos qué es y qué no es relevante. Así que cuéntanos qué sucedió entre Pat y tú.

Se le movió la mandíbula, pero mantuvo el control.

—No sucedió nada. Una tarde yo estaba en casa, pocos días después de que Fiona rompiera conmigo, y Pat vino y me dijo: «Vamos a dar un paseo». Yo sabía que pasaba algo, porque tenía una expresión adusta y no me miraba a la cara. Caminamos hasta la playa y me preguntó si Fiona me había dejado porque yo estaba enamorado de Jenny.

—¡Caramba! —exclamó Richie, poniendo cara de bochorno—. ¡Qué vergüenza!

—¿Eso crees? Pat estaba triste. Y yo también.

—Qué tipo más comedido, Pat, ¿no? —añadí yo—. Te aseguro que yo te habría hecho saltar los dientes de un puñetazo.

—Pensé que probablemente lo haría. Y no me importaba. Supuse que me lo merecía. Pero Pat... no era de los que perdían los nervios, nunca. Se limitó a decir: «Sé que gusta a muchos chicos. Y no los culpo. No tengo problema con eso, siempre que se mantengan alejados de ella. Pero tú... ¡Joder, tío!, nunca pensé que tuviera que preocuparme por ti».

—¿Y qué le dijiste tú?

—Lo mismo que les he dicho a ustedes, que preferiría morirme a interponerme entre ellos. Que nunca se lo diría a Jenny. Que lo único que quería era encontrar a otra chica y ser como ellos dos y olvidar que había sentido aquello alguna vez.

La sombra de aquella antigua pasión en su voz revelaba que había sido sincero al decirlo, tuviera eso el valor que tuviera. Alcé una ceja.

—¿Y con eso zanjasteis el tema? ¿De verdad?

—Tardamos horas. Nos pasamos ese tiempo caminando por la playa, de un lado a otro, charlando. Pero, en resumen, eso fue lo que pasó.

—¿Y Pat te creyó?

—Me conocía. Le dije la verdad. Y me creyó.

—¿Y luego?

–Luego nos fuimos al bar. Nos emborrachamos y acabamos regresando a casa dando tumbos, sosteniéndonos en pie el uno al otro, diciéndonos todas las chorradas que los hombres se dicen en noches como esa.

«Te quiero, tío, no vayas a creer que soy marica, pero te quiero, ¿sabes? Haría cualquier cosa por ti, lo que fuera...». Aquel desasosiego volvió a despertar una llama en mí, esta vez más virulenta.

–Y fueron felices y comieron perdices –espeté.

–Pues sí –respondió Conor–. Unos años más tarde fui el padrino de boda de Pat. Y soy el padrino de Emma. Comprueben el registro, si no me creen. ¿Les parece que Pat me habría elegido si pensara que intentaba ligar con su mujer?

–La gente hace cosas muy raras, amigo. Si no fuera así, mi compañero y yo estaríamos en el paro. Pero te tomaré la palabra: volvisteis a ser mejores amigos, hermanos del alma, y todo volvió a su cauce. Y luego, unos años después, la amistad se hizo añicos. Nos gustaría conocer tu versión de lo que sucedió entonces.

–¿Quién dice que se hizo añicos?

Le sonreí.

–Te estás volviendo predecible, amigo. Uno: somos nosotros quienes formulamos las preguntas. Dos: no revelamos nuestras fuentes. Y tres: lo dijiste tú mismo, entre otras personas. Si hubieras seguido siendo amigo de los Spain, no te habrías tenido que congelar las pelotas en un edificio en construcción para comprobar qué tal les iba.

Al cabo de un momento, Conor continuó:

–Fue por esa bazofia de lugar, Ocean View. Ojalá nunca hubieran oído hablar de él. –Su voz traslucía algo nuevo, salvaje–. Lo supe enseguida, desde el primer momento. Hará unos tres años, no mucho después de que Jack naciera, fui a cenar una noche a casa de Pat y Jenny (entonces tenían alquilada una casita adosada en Inchicore); yo vivía a diez minutos de ellos, en la misma calle, y me pasaba el día en su casa. Aquella noche, al llegar, los dos parecían estar en las nubes. Apenas hube cruzado el umbral de la puerta, empezaron a enseñarme aquel folleto de casas como locos: «¡Mira! ¡Mira esto! Hemos dado el depósito esta mañana; la madre de Jenny se quedó cuidando de los críos para que pudiéramos acampar fuera de las oficinas de la agencia inmobiliaria durante la noche; éramos los décimos en la cola... ¡y hemos conseguido justo la que queríamos!». Desde que se habían comprometido se morían de ganas por comprar una casa, así que, al principio, me alegré muchísimo por ellos. Pero luego eché un vistazo a aquel folleto y a la urbanización en «Brianstown». Jamás había oído hablar de aquel lugar; me sonaba a uno de esos antros remotos que los promotores bautizaban en honor a su hijo o a ellos mismos, jugando a ser pequeños emperadores. El folleto decía algo parecido a: «A solo cuarenta minutos de Dublín», pero, al mirar el mapa, me dije que eso sería así si ibas en helicóptero.

—Vaya, está muy lejos de Inchicore. Se acabó ir a cenar cada pocos días —apunté yo.

—Eso no representaba ningún problema para mí. Podrían haberse comprado una casa en Galway y yo me habría alegrado por ellos, siempre y cuando fueran felices.

—Que es lo que ellos pensaban que ocurriría en ese lugar.

—Pero es que no había lugar. Examiné de cerca aquel folleto y me percaté de que no eran casas; eran maquetas. Entonces les dije: «Pero ¿la urbanización está construida?», a lo que Pat respondió: «Lo estará cuando nos mudemos».

Conor sacudió la cabeza, se le curvó hacia arriba una comisura del labio. Algo había cambiado. Broken Harbour había irrumpido en la conversación como una ráfaga de viento y había hecho que todos nos tensáramos y nos concentráramos. Richie había dejado tranquilo el sobrecillo de azúcar.

–Se jugaron diez años de sus vidas en un campo en medio de la nada –dijo.

–Bueno, eran optimistas –apunté–. Eso es bueno.

–¿Ah sí? Primero son optimistas y luego se vuelven locos de remate.

–¿Acaso crees que no eran lo bastante mayores como para tomar tamaña decisión por sí mismos?

–Sí. Eso me pareció. Así que mantuve la boquita cerrada. Los felicité, les dije que estaba encantado por ellos y que me moría de ganas de ver su casa. Me dediqué a asentir y sonreír cuando hablaban de ella, cuando Jenny me enseñaba muestras de tela para cortinas, cuando Emma hizo un dibujo de cómo sería su habitación. Me habría encantado que fuera maravilloso, de verdad. Rezaba por que fuera lo que ellos siempre habían anhelado.

–Pero no lo era –observé.

–Cuando la casa estuvo lista, me llevaron los dos a verla –prosiguió Conor–. Un domingo, el día antes de firmar el contrato definitivo. Eso sería hace dos años, un poco más, porque era verano. Hacía un día caluroso, pegadizo, estaba nublado y las nubes presionaban el aire sobre ti. El lugar era... –Un sonido deprimente que podría haber sido una carcajada–. Ya lo han visto. Entonces no estaba tan mal; aún no habían crecido las malas hierbas y las obras seguían su curso, así que al menos no parecía un cementerio, pero, aún así, no era nada parecido a un lugar donde alguien querría vivir. Cuando salimos del coche, Jenny exclamó: «Mira, ¡se ve el mar! ¿No es fantástico?». Yo respondí: «Sí, la vista es maravillosa», pero no lo era. El agua parecía sucia y grasienta y de ella debería haber llegado una brisa que nos refrescara, pero parecía como si el aire estuviera estancado. La casa era bonita, si te gusta el estilo Stepford, pero al otro lado de la calle había un vertedero y una excavadora. En conjunto, el lugar era horrendo. Me dieron ganas de darme la vuelta y largarme de allí corriendo y arrastrar a Pat y a Jenny conmigo.

–¿Y qué hay de ellos? –quiso saber Richie–. ¿Estaban contentos?

Conor se encogió de hombros.

–Eso parecía. Jenny me explicó: «Las obras de delante de la calle estarán concluidas en un par de meses». A mí no me parecía que eso fuera posible, pero no dije ni pío. Ella añadió: «Va a ser fantástico. Los de la hipoteca nos dan un ciento diez por ciento del precio para que podamos amueblar la casa. Había pensado decorar la cocina con temática marina, para combinar con el mar. ¿No crees que quedaría muy bonito tener una cocina con aire marítimo?». Yo les contesté: «Sería más seguro que aceptaseis solo el cien por cien y fuerais decorando la casa poco a poco». Jenny se echó a reír; su risa sonaba falsa, pero quizá fuera porque el aire lo aplastaba todo; me dijo: «Venga, Conor, relájate. Podemos permitírnoslo. No saldremos tanto a comer fuera; de todos modos, no hay ningún restaurante cerca adonde ir. Quiero que todo sea muy bonito». Yo insistí: «Lo único que digo es que sería más seguro. Solo por prevención». Tal vez no debería haber dicho nada, pero aquel lugar... Parecía como cuando un gran perro te observa y empieza a acercarse a ti poco a poco y sabes que, si quieres escapar, es ahora o nunca. Pat soltó una carcajada y dijo: «Tío, ¿sabes lo rápido que están subiendo los precios de las propiedades inmobiliarias? Ni siquiera nos hemos mudado aún y la casa ya vale más de lo que estamos pagando. Si decidimos venderla en algún momento, obtendremos beneficios».

Comenté, consciente de la nota pomposa de mi voz:

–Si ellos estaban locos, el resto del país no lo estaba menos. Nadie pensó que la burbuja acabaría estallando.

Conor arqueó una ceja.

–¿De verdad cree eso?

–Si alguien lo hubiera sabido, este país no estaría en el lío en el que se encuentra.

Se encogió de hombros.

–Yo no tengo ni idea de temas económicos. Solo soy un diseñador web. Pero sabía que nadie iba a querer comprar miles de casas en medio de la nada. Quienes las adquirieron lo hicieron porque les dijeron que dentro de cinco años podrían venderlas por el doble de lo que habían pagado y mudarse a un sitio decente. Tal y como he dicho, quizá sea idiota, pero incluso yo sabía que las estructuras piramidales acaban quedándose sin imbéciles que las sustenten.

–Vaya, vaya, pero si tenemos a Alan Greenspan con nosotros –comenté. Conor empezaba a tocarme las narices, porque había estado en lo cierto y porque Pat y Jenny tenían todo el derecho a creer que se equivocaba–. Es fácil tener razón con retrospectiva, amiguito. No te habría hecho ningún daño ser un poco más positivo con tus amigos.

–¿Quiere decir «contarles más patrañas»? Ya les estaban contando suficientes. Los bancos, los promotores, el Gobierno: «Adelante, la mejor inversión de vuestras vidas...».

Richie hizo una pelota con el saquito de azúcar y lo lanzó a la papelera con un afilado susurro.

–Si yo hubiera visto a mis mejores amigos correr hacia ese precipicio, también les habría dicho algo. Quizá no hubiera logrado detenerlos, pero a lo mejor habría suavizado la caída.

Los dos me miraban como si ellos fueran quienes estaban del mismo bando y yo fuera el extraño. Richie solo estaba empujando a Conor a explicar las repercusiones que aquella caída había tenido en Pat, pero aun así me hizo daño.

–Sigue hablando. ¿Qué sucedió después? –pregunté.

A Conor se le movió la mandíbula. El recuerdo se enroscaba a su alrededor con más y más fuerza.

–Jenny, que odiaba las peleas, dijo: «¡Deberías ver el tamaño del jardín posterior! Estamos pensando en comprar un tobogán para los niños y, en verano, celebraremos barbacoas. Luego puedes quedarte a dormir, así no tendrás que preocuparte de si te bebes unas cuantas cervezas...». Pero justo entonces escuchamos un inmenso estrépito al otro lado de la calle, como si todo un fardo de pizarras hubiera caído de un andamio o algo así. Nos llevamos un susto de muerte. Cuando el corazón volvió a latirnos, yo dije: «¿Estáis seguros de lo que hacéis?». Pat respondió: «Sí. Lo estamos. Más nos conviene: el depósito no es retornable». –Conor sacudió la cabeza–. Intentó que sonara a broma. Yo le dije: «¡A la mierda el depósito! Aún estáis a tiempo de cambiar de opinión». Y, de repente, Pat se puso hecho una fiera conmigo: «¡Por todos los diablos! ¿No puedes fingir que te alegras por nosotros?». No era propio de Pat, para nada, tal y como he dicho; jamás perdía los nervios. Entonces supe que se lo estaba repensando, que tenía serias dudas. Yo respondí: «¿De verdad quieres vivir en esta casa? Solo contéstame a eso». Y me respondió: «Sí. Siempre lo he querido. Ya lo sabes. Solo porque tú seas feliz alquilando un piso de soltero durante el resto de tu vida...». Lo interrumpí: «No. No me refiero a una casa, hablo de esta. ¿La quieres? ¿De verdad te gusta? ¿O solo la compras porque se supone que tienes que comprarla?». Y Pat me dijo: «No es perfecta, eso ya lo sé, ya lo sabía antes. Pero ¿qué quieres que hagamos? Tenemos hijos. Cuando tengas una familia, necesitarás un hogar. ¿Qué problema tienes con eso?». –Conor se pasó una mano por la barbilla, con fuerza suficiente como para dejar una línea roja–. Estábamos gritándonos. Donde nosotros vivíamos de niños, para entonces ya habría habido media docena de viejecitas asomando la nariz por la puerta para cotillear. Pero allí no se movió ni un alma. Yo le dije: «Si no podéis comprar algo que os guste de verdad, continuad alquilando hasta que podáis». Pat replicó: «¡Joder, Conor, no es así como funciona esto! ¡Necesitamos ascender en la escalera de la propiedad!». Yo le pregunté: «¿Así es como queréis hacerlo? ¿Zambulléndoos de cabeza en una deuda colosal por un antro que quizá nunca llegue a ser un sitio decente donde vivir? ¿Qué pasa si el viento cambia y se queda como está?». Jenny enlazó su brazo con el mío y me dijo: «Conor, está bien, te lo juro. Sé que solo pretendes protegernos, pero te estás comportando de un modo arcaico. Hoy en día todo el mundo compra. Todo el mundo». –Rio, una única carcajada seca–. Lo dijo como si eso significara algo, como si fuera el argumento definitivo, el punto y final. Me costaba dar crédito a lo que oía.

Richie comentó como de pasada:

–Tenía razón. De nuestra generación, ¿cuánta gente hizo lo mismo? Miles, tío. Miles y miles.

–¿Y qué? ¿A quién le importa lo que hagan los demás? Se estaban comprando una casa, no una camiseta. No era una inversión. Era un hogar. Si dejas que otra persona decida en aspectos como ese, si te dejas llevar por la corriente solo porque está de moda, entonces, ¿quién eres? ¿Qué sucede si la marea cambia de dirección al día siguiente? ¿Qué haces? ¿Te olvidas de lo que piensas y empiezas de cero solo porque otra gente lo dice? Entonces, en el fondo, ¿qué eres? No eres nada. No eres nadie.

Aquella furia, densa y fría como una piedra. Pensé en la cocina, destrozada y ensangrentada.

–¿Es eso lo que le dijiste a Jenny?

–No pude decir nada. Pat (debió de vérmelo en la cara) me dijo: «Es cierto, tío. Pregúntale a cualquiera del país: el noventa y nueve por ciento de las personas te dirían que estamos haciendo lo correcto». –Aquella risa ronca de nuevo–. Yo me quedé ahí de pie, boquiabierto, mirándolos atónito. No podía... Pat nunca había sido así. Nunca. Ni siquiera cuando teníamos dieciséis años. Sí que a veces se fumaba un cigarrillo o un porro solo porque todo el mundo en la fiesta lo hacía, pero en el fondo sabía quién era. Jamás habría hecho algo de cabeza de chorlito, nunca se habría metido en un coche cuyo conductor estuviera borracho ni nada por el estilo solo porque alguien lo empujara a hacerlo. Y allí estaba, un maldito hombre maduro rebuznando aquel «¡Todo el mundo lo hace!».

–¿Qué le dijiste tú? –le pregunté.

Conor meneó la cabeza de lado a lado.

–No había nada que pudiera decirle. Lo supe entonces. Ellos dos... Pensé que, de repente, había dejado de conocerlos. No eran personas con quienes quisiera tener nada que ver. Pero lo intenté de todos modos, como un idiota. Les dije: «Pero ¿qué demonios os ha pasado a los dos?». Pat me contestó: «Hemos madurado. Eso es lo que ha pasado. Así es ser un adulto. Tienes que amoldarte a las reglas». Yo le contesté: «¡Ni mucho menos! Cuando uno es adulto, piensa por sí mismo. ¿Es que te has vuelto loco? ¿Te has convertido en un zombi o qué? ¿Qué te pasa?». Nos cuadramos como si fuéramos a pegarnos. Pensé que lo haríamos; pensé que me propinaría un puñetazo en cualquier momento. Entonces Jenny me volvió a agarrar por el codo, me dio media vuelta y me gritó: «¡Cállate! ¡Cállate! Lo vas a echar todo a perder. No soporto toda esta negatividad, no quiero tenerla cerca de mis hijos ni de nosotros. ¡No la soporto! Es de enfermos. Si todo el mundo empieza a pensar como tú, el país entero se va a ir al traste y luego sí que tendremos problemas. Y entonces, ¿qué?, ¿serás feliz?». –Conor volvió a pasarse la mano por la boca; lo vi mordisquearse la carne de la palma–. Se echó a llorar. Yo balbuceé algo, ni siquiera sé qué, pero Jenny se tapó los oídos con las manos y se echó a andar a toda prisa por la calle. Pat me miró como si fuera una basura. «Gracias, tío, ha sido genial», me dijo, y se fue tras ella.

–¿Y tú qué hiciste? –quise saber.

–Me marché. Me di una vuelta por aquella urbanización de mierda durante un par de horas, en busca de algo que me hiciera llamar a Pat y decirle: «Lo siento, tío, estaba equivocado. Este sitio va a ser un paraíso». Pero lo único que encontré fue más mierda. Al final telefoneé a otro amigo mío y le pedí que viniera a buscarme. No volvieron a llamarme. Yo tampoco intenté ponerme en contacto con ellos.

–Hummm –dije yo. Me recosté en la silla dándome golpecitos con el bolígrafo en los dientes y analicé esa respuesta–. Había oído hablar de amistades que se rompían por cosas muy extrañas, déjame que te lo diga, pero ¿por el valor de la propiedad? ¿En serio?

–Pues resultó que acerté, ¿no?

–¿Y te complació averiguarlo?

–¡No! Me habría encantado equivocarme.

–Porque querías a Pat... por no mencionar a Jenny. Querías a Jenny.

–Los quería a los cuatro.

–Sobre todo a Jenny. No, espera: no he acabado. Soy un tipo muy simple, Conor. Pregúntaselo a mi compañero; él te lo dirá: siempre apuesto por la solución más sencilla y resulta que normalmente es la correcta. Así que lo que se me ocurre es que quizá discutiste con los Spain por la casa que habían elegido y por el tamaño de su hipoteca, por su visión del mundo y por todo eso que nos has contado... Me he perdido, ya me lo recordarás más tarde. Pero a mí me parece mucho más sencillo, dado el trasfondo: os peleasteis porque tú seguías enamorado de Jenny Spain.

–Eso ni siquiera afloró en la conversación. No habíamos hablado de ello desde aquella vez, después de que Fiona rompiera conmigo.

–Entonces, ¿seguías enamorado de ella? –le pregunté.

Al cabo de un momento, Conor respondió, con tranquilidad y dolor:

—Nunca he conocido a nadie como ella.

—Motivo por el cual nunca te duran las novias, ¿no es cierto?

—No malgasto años de mi vida en algo que no quiero, por mucho que me digan que debería hacerlo. Vi a Pat y a Jenny; sé lo que es el amor de verdad. ¿Por qué tendría que conformarme con otra cosa?

—Sin embargo, pretendes decirme que la discusión que tuvisteis no fue por eso —alegué.

Un destello de asco iluminó sus ojos grises entrecerrados.

—No lo fue. ¿Cree que habría permitido que alguno de los dos lo adivinara?

—Ya lo habían hecho antes.

—Porque yo era más joven. En aquel entonces era un patán ocultando cosas.

Solté una carcajada sonora.

—¿Así que eras un libro abierto? Pues parece que no fueron solo Pat y Jenny quienes cambiaron al madurar.

—Me volví más sensato. Y desarrollé un mayor control sobre las cosas. No me volví una persona distinta.

—¿Significa eso que todavía estás enamorado de Jenny? —inquirí.

—Hace años que no hablo con ella.

Lo cual era una cuestión completamente distinta, pero ambas podían esperar.

—Quizá no. Pero la has visto mucho desde tu pequeño escondite. Y ya que estamos, ¿cómo empezó todo eso?

Esperaba que esquivara contestarme, pero respondió enseguida, sin problemas, como si hubiera estado esperando aquella pregunta: cualquier tema era mejor que hablar de sus sentimientos hacia Jenny Spain.

–Casi por accidente. A finales del año pasado las cosas empezaron a ir mal. El trabajo había menguado. Era el inicio de la crisis y, aunque nadie lo decía, todavía no, porque, si te dabas cuenta, parecías un traidor con el país, yo lo intuí. Los trabajadores autónomos como yo fuimos los primeros en notarla. Estaba sin blanca. Tuve que mudarme de mi apartamento, instalarme en un estudio de pena... probablemente ya lo hayan visto, ¿no es cierto?

No contestamos ninguno de los dos. En su rincón, Richie permanecía quieto, fusionándose con el fondo para dejarme el terreno despejado. Conor torció el gesto.

–Espero que les haya gustado –continuó–. Ahora entenderán por qué no paso tiempo ahí si puedo evitarlo.

–No obstante, tampoco parecías entusiasmado con Ocean View. ¿Cómo acabaste merodeando por allí?

Se encogió de hombros.

–Tenía tiempo libre, estaba deprimido... No dejaba de pensar en Pat y Jenny. Era con ellos con quienes solía hablar cuando algo iba mal. Los echaba de menos. Solo... quería ver cómo les iba. Me lo preguntaba.

–Hasta ahí lo entiendo –repliqué yo–. Pero cuando una persona normal quiere recuperar el contacto con sus amigos de siempre, no instala un campamento con vistas a la ventana trasera de su casa. Lo que hace es descolgar el auricular. Lo siento si te parece una pregunta tonta, amigo, pero ¿no se te ocurrió hacerlo?

–No sabía si querrían hablar conmigo. Ni siquiera sabía si seguíamos teniendo lo bastante en común como para llevarnos bien. No habría soportado descubrir que no era así. –Por un instante, sonó como un adolescente, frágil y desprotegido–. Claro, podría haber llamado a Fiona y haberle preguntado por ellos, pero no tenía muy claro qué le habrían explicado de nuestra discusión y no quería meterla en medio... Un fin de semana pensé dejarme caer por Brianstown para echarles un vistazo y regresar a casa. Eso fue todo.

—Y lo hiciste.

—Sí. Subí a aquella casa donde me encontraron. Lo único que pensé fue que podía verlos cuando salieran al jardín de atrás o algo así, pero las ventanas de aquella cocina... Se veía todo. Los vi a los cuatro sentados a la mesa. A Jenny haciéndole una coleta a Emma para que no metiera el pelo en la comida. A Pat contando algo. Y a Jack riendo con la cara toda manchada de comida.

—¿Cuánto tiempo permaneciste allí arriba? —pregunté.

—Más o menos una hora. Era agradable, lo más agradable que había visto desde no sabía cuándo. —El recuerdo suavizó la tensión de la voz de Conor, la endulzó—. Me sentí en paz. Me fui a casa en paz.

—Y regresaste para un segundo asalto.

—Sí. Un par de semanas después. Emma había sacado las muñecas al jardín y las hacía bailar por turnos, las estaba enseñando. Jenny estaba tendiendo la colada. Y Jack simulaba ser un avión.

—Y eso también te infundió paz. Así que comenzaste a acudir repetidamente.

—Sí. ¿Qué más podía hacer durante todo el día? ¿Sentarme en aquel cuchitril y mirar la tele?

—Y lo siguiente que sabes es que te has instalado allí con un saco de dormir y unos prismáticos —comenté.

—Sé que suena a locura —replicó Conor—. No hace falta que me lo diga.

—Así es. Pero, por el momento, también suena inofensivo. Cuando se convierte en una actitud de psicópata sin paliativos es cuando empiezas a entrar en su casa. ¿Quieres contarnos tu versión de esa parte?

No pestañeó dos veces. Incluso allanar aquella morada se le antojaba un tema más llevadero que Jenny.

–Encontré la llave de la puerta trasera, como les dije. No planeaba hacer nada con ella; solo me gustaba tenerla. Pero una mañana salieron todos y yo había pasado allí la noche, tenía el cuerpo entumecido por la humedad, hacía un frío de mil demonios (eso fue antes de que me hiciera con un saco de dormir decente) y pensé: «¿Por qué no? Solo serán cinco minutos, para entrar en calor...». Sin embargo, al entrar me pareció que allí se estaba bien. Olía a ropa recién planchada, a té y a bollería horneada y a un perfume floral. Todo estaba limpio, impoluto. Hacía mucho tiempo que no estaba en un lugar como aquel. Era un auténtico hogar.

–¿Cuándo fue eso?

–En primavera. No recuerdo la fecha.

–Y luego seguiste entrando –añadí–. No se te da muy bien resistir la tentación, ¿no es cierto, jovencito?

–No le hacía ningún daño a nadie.

–¿Ah, no? Entonces, ¿qué hacías ahí dentro?

Un encogimiento de hombros. Conor tenía los brazos cruzados y la mirada desviada de nosotros: estaba avergonzado.

–No demasiado. Tomarme una taza de té y una galleta. O a veces un sándwich. –Las lonchas de jamón desaparecidas de Jenny–. A veces yo... –Aquel rubor cobrando fuerza en sus mejillas–. A veces cerraba las cortinas del salón para que los capullos de los vecinos no me vieran y miraba un rato la tele. Cosas así.

–Fingías vivir ahí –sentencié yo.

Conor no respondió.

–¿Alguna vez subiste a la planta de arriba? ¿Entraste en los dormitorios?

Silencio otra vez.

–Conor.

—Un par de veces.

—¿Y qué hiciste?

—Mirar en el dormitorio de Emma y de Jack. Me quedé en la puerta, observando. Quería ser capaz de imaginármelos allí.

—¿Y en el dormitorio de Pat y Jenny? ¿Entraste alguna vez?

—Sí.

—¿Y?

—No es lo que están pensando. Me tumbé en su cama, después de descalzarme. Solo un minuto. Cerré los ojos. Eso es todo.

No nos miraba. Se estaba dejando arrastrar por los recuerdos; noté la tristeza acumularse en su interior, como una oficina fría.

—¿No se te ocurrió que podías estar atemorizando a los Spain? —pregunté con crudeza—. ¿O te daba igual?

Mi pregunta lo hizo regresar.

—No los estaba asustando. Siempre me aseguré de salir de allí mucho antes de que regresaran. Lo colocaba todo tal y como estaba antes: lavaba mi taza, la secaba y la guardaba en el armario. Limpiaba el suelo, por si había dejado alguna mancha de tierra. Los objetos que me llevé eran insignificantes: nadie iba a echar de menos un par de gomas para el pelo. Nadie podía saber que había estado allí.

—Pero nosotros sí lo sabemos —repliqué—, que no se te olvide. Explícame una cosa, Conor, y, recuerda, nada de tomarme el pelo: ¿te morías de los celos, no es verdad? De los Spain. De Pat.

Conor negó con la cabeza, un gesto impaciente, como si estuviera espantando a una mosca.

—¡No! No lo entienden. Es lo mismo que cuando teníamos ocho años: no es como usted lo pinta.

—Entonces, ¿cómo es?

–Yo nunca quise que les pasara nada malo. Yo solo... Sé que les hice daño al decirles aquello de que hacían lo que todo el mundo. Pero, cuando empecé a espiarlos... –Una respiración larga. La calefacción se había parado de nuevo. Sin el zumbido, la sala se antojaba silenciosa como el vacío: los leves sonidos de nuestras respiraciones eran absorbidos por ese silencio y se disolvían en la nada–. Desde fuera, su vida parecía exactamente como la de cualquier otro, como sacada de una película de terror de clones. Pero, una vez la contemplabas desde dentro, te dabas cuenta de que... Por ejemplo, Jenny solía aplicarse ese falso bronceador que se ponen todas las mujeres y tenía el mismo aspecto que cualquiera de ellas, pero después se llevaba el pote a la cocina y ella y los críos cogían unos pincelitos y se pintaban las manos. Se dibujaban estrellas o caras sonrientes o escribían sus iniciales; en una ocasión, Jenny le pintó rayas de tigre a Jack en los brazos y él se pasó encantado toda la semana siendo un tigre. O después de acostar a los niños, Jenny ordenaba sus cosas, como cualquier otra ama de casa del mundo, solo que a veces Pat aparecía para echarle una mano y acababan jugando con los juguetes, peleando con los peluches y riendo, y luego se tumbaban en el suelo juntos y contemplaban la luna a través de la ventana. Desde allí arriba, veías que seguían siendo ellos, seguían siendo los mismos que a los dieciséis años.

Conor había separado los brazos; tenía las manos ahuecadas sobre la mesa, con las palmas hacia arriba, y los labios entreabiertos. Observaba una lenta procesión de imágenes pasar frente a una ventana iluminada, lejana e intocable, resplandeciente y llamativa como el esmalte y el oro.

–Las noches son más largas cuando uno las pasa fuera solo. Empiezas a pensar cosas extrañas. Veía otras luces, en otras casas de la urbanización. A veces escuchaba música; había alguien que ponía rocanrol a todo volumen y otra persona solía ensayar con la flauta. Empecé a pensar en todas las personas que vivían allí, en todas aquellas vidas distintas. Incluso aunque todo el mundo estuviera preparando la cena, un tipo podía estar cocinándole a su hija su comida favorita para alegrarle el día después de una jornada difícil en la escuela, o una pareja podía estar celebrando la noticia de que ella estaba embarazada... Cada una de aquellas personas que estaba preparando la cena, cada una de ellas pensaba en algo suyo, personal. Y quería a alguien solo suyo. Cada vez que subía allí, me daba cuenta, con más contundencia, de que ese tipo de vida, en el fondo, es bonita.

Conor respiró hondo de nuevo y extendió la manos sobre la mesa, con las palmas hacia abajo.

–Eso es todo –dijo–. No eran celos. Solo... eso.

Richie apuntó desde su rincón:

–Sin embargo, las vidas de los Spain dejaron de ser tan idílicas después de que Pat perdiera el trabajo.

–Se llevaban genial.

El sesgo instantáneo en la voz de Conor, en defensa de Pat, hizo que aquel desasosiego rebotara dentro de mí una vez más. Richie se separó de la pared y apoyó el trasero en la mesa, demasiado cerca de Conor.

–La última vez que hablamos dijiste que eso le había destrozado la cabeza a Pat. ¿Qué querías decir exactamente?

–Nada. Conozco a Pat. Sabía que debía de estar pasándolo fatal al estar en paro. Eso es todo.

–El pobre tío estaba hecho pedazos, no nos estás diciendo nada que no sepamos. Así que dinos, ¿qué viste? ¿Lo viste comportarse de manera extraña? ¿Llorar? ¿Gritar? ¿Pelearse con Jenny?

–No. –Una pausa breve, tensa, mientras Conor sopesaba qué contarnos. Volvió a cruzar los brazos–. Al principio estaba bien. Al cabo de los meses, más o menos durante el verano,

empezó a quedarse despierto hasta altas horas de la madrugada y luego dormía hasta bien entrada la mañana. No salía tanto. Antes iba a correr cada día, pero acabó tirando la toalla.
Algunos días ni siquiera se molestaba en vestirse o afeitarse.

–A mí me suena a depresión.

–Estaba abatido. ¿Y? ¿Quién puede culparlo por ello?

–Y aun así, tampoco se te ocurrió ponerte en contacto con
él –comentó Richie–. Cuando a ti te iban mal las cosas, echaste de menos a Pat y Jenny. Pero ¿nunca se te ocurrió que ellos te
echaran de menos a ti en los malos momentos?

–Sí, se me ocurrió –contestó Conor–. Reflexioné mucho
sobre ello. De hecho, pensé que podría ayudarlos, llevarme a
Pat al pub a tomar un par de cervezas y echarnos unas risas,
cuidar de los niños mientras ellos dos disfrutaban de un rato
a solas... Pero no me vi capaz de hacerlo. Habría sido como
restregarles por la cara: «Ja, ja, ja, os dije que todo esto se iría
al carajo». Solo habría empeorado las cosas.

–Joder, tío. ¿Acaso podían empeorar mucho más?

–Pues sí. Cuando Pat no hacía bastante ejercicio podía
ser un problema. Pero eso no significa que se estuviera des-
baratando.

La ola defensiva seguía presente.

–No debió de hacerte ninguna gracia que Pat dejara de
salir –especulé–. Si se quedaba en casa, se acabaron el té y los
sándwiches para ti. ¿Te las apañaste aun así para pasar algún
momento en la casa durante el último par de meses?

Se volvió hacia mí de repente, dándole la espalda a Richie, como si yo lo estuviera salvando.

–Menos. Aunque una vez a la semana, más o menos, todos salían juntos, iban a recoger a Emma a la escuela y luego
iban de compras. A Pat no le asustaba salir por la puerta; simplemente, quería quedarse dentro para poder vigilar a ese visón o lo que fuera. No tenía ninguna fobia ni nada parecido.

No miré a Richie, pero noté cómo se quedaba paralizado. Conor no debería saber lo del animal de Pat.

—¿Viste tú al animal alguna vez? —pregunté como si tal cosa, antes de que cayera en la cuenta de su error.

—Como ya les he dicho, no estaba mucho en la casa.

—Claro que estabas. No me refiero solo al último par de meses: te hablo de todo el tiempo en que estuviste entrando y saliendo. ¿Lo viste? ¿Lo escuchaste?

Conor empezaba a mostrarse receloso, aunque no estaba seguro de por qué.

—Escuché rascadas un par de veces. Pensé que quizá serían ratones o un pájaro que se hubiera colado en el altillo.

—¿Y por la noche? Es entonces cuando supuestamente el animal debía de cazar, copular o lo que fuera que hiciera, y tú estabas justo en frente, con tus pequeños prismáticos. ¿Alguna vez viste un armiño durante tus viajecitos? ¿Una nutria? ¿Una rata quizá?

—Había bichos viviendo ahí fuera, eso seguro. Escuchaba un montón de cosas moviéndose por los alrededores, de noche. Algunos eran grandes. No tengo ni idea de qué podían ser, porque no los vi. Estaba oscuro.

—¿Y eso no te preocupaba? ¿No te inquietaba estar a la intemperie, en medio de la nada, rodeado por fauna salvaje que no veías, sin nada con lo que protegerte?

Conor se encogió de hombros.

—Los animales no me asustan.

—¡Qué valiente! —exclamé en señal de admiración.

Richie se rascó la cabeza, confuso (el novato perplejo intentaba dar sentido a todo aquello), y dijo:

—Espera un momento. Me he perdido algo. ¿Cómo sabes que Pat estaba al acecho de ese animal?

Conor abrió la boca un instante, pero la cerró enseguida, intentando pensar a toda prisa.

–¿Qué ocurre? –pregunté–. No es una pregunta complicada. ¿Hay algún motivo para que no quieras contestarnos?

–No. Es solo que no recuerdo cómo lo descubrí.

Richie y yo nos miramos y nos empezamos a reír.

–Fantástico –dije–. Te juro por Dios que, por muchos años que lleves en este oficio, esa respuesta nunca falla. –La mandíbula de Conor se había endurecido: no le gustaba que se rieran de él–. Lo siento, amigo. Pero tienes que entender que nos encontramos con muchos casos de amnesia. A veces me preocupa que el Gobierno pueda estar echando algo en el agua. ¿Quieres volver a intentarlo?

La mente le iba a mil revoluciones.

–¡Venga, tío! ¿Qué daño puedes hacer? –le preguntó Richie aún con voz divertida.

–Una noche me paré a escuchar bajo la ventana de la cocina –respondió Conor–. Pat y Jenny estaban hablando de ello.

No había iluminación callejera ni focos en el jardín de los Spain: una vez anochecía, podría haber saltado la tapia y pasarse las noches agazapado bajo sus ventanas, escuchando. La privacidad no debía preocupar en exceso a los Spain, rodeados como estaban de escombros, de vides trepadoras y de sonidos marinos, a kilómetros de distancia por autopista de cualquiera a quien le importaran un bledo. Y sin embargo, no habían tenido nada íntimo. Conor se había estado paseando por su casa, escuchándolos a hurtadillas durante su copa de vino y arrumacos a última hora de la noche, y los dedos grasientos de los Gogan habían manoseado sus discusiones y les habían permitido asomarse a las romas grietas de su matrimonio. Las paredes de su hogar habían sido como un pañuelo de papel que se rasga y se funde en la nada.

–¡Qué interesante! –opiné yo–. ¿Y cómo te sonó aquella conversación?

–¿Qué quiere decir?

–¿Quién dijo qué? ¿Estaban preocupados? ¿Alterados? ¿Discutían? ¿Se gritaban? ¿Qué?

Conor se había quedado perplejo. No se había preparado para aquello.

–No la escuché entera. Pat comentó algo sobre una trampa que no funcionaba. Y supongo que Jenny le propuso que probara con un cebo distinto y Pat le contestó que, si pudiera al menos ver al animal, entonces sabría qué utilizar. No parecían alterados ni nada parecido. Un poco preocupados, quizá, pero como lo estaría cualquiera. Desde luego, no hubo ninguna discusión. No parecía un problema de peso.

–De acuerdo. ¿Y cuándo sucedió eso?

–No me acuerdo. En algún momento del verano, probablemente. Pero podría haber sido más tarde.

–¡Muy interesante! –observé, apartando mi silla de la mesa–. Guarda ese pensamiento, amigo. Vamos a salir fuera a charlar sobre ti durante un rato. Interrogatorio suspendido: los detectives Kennedy y Curran abandonan la sala.

Conor espetó:

–Esperen. ¿Cómo está Jenny? ¿Está...? –No pudo concluir la frase.

–¡Ah! –dije, echándome la chaqueta sobre el hombro–. Estaba esperando que me lo preguntaras. Lo has hecho muy bien, Conor: te has esperado un largo rato antes de preguntar. Pensaba que estarías suplicándome en menos de sesenta segundos. Te he subestimado.

–He respondido a todo lo que me han preguntado.

–Sí, es verdad. Más o menos. Buen chico. –Arqueé una ceja en gesto interrogativo en dirección a Richie, que se encogió de hombros y se deslizó de la mesa.

–Bueno, supongo que no hay nada malo en decírtelo. Jenny está viva, amigo. Está fuera de peligro. Unos cuantos días más y podrá salir del hospital.

Esperaba una expresión de alivio o temor, quizá incluso de ira. En su lugar, lo asimiló con una rápida respiración susurrante y un asentimiento brusco, sin decir palabra.

—Nos ha facilitado alguna información interesante —añadí.

—¿Qué les ha dicho?

—Venga, tío. Ya sabes que no podemos explicarte eso. Pero digamos que deberías andarte con cuidado y no contarnos ninguna mentira que Jenny Spain pueda contradecir. Medita sobre ello mientras salimos. Concéntrate bien.

Le eché un último vistazo mientras sostenía la puerta abierta para franquearle el paso a Richie. Conor tenía la vista perdida y respiraba a través de los dientes y, tal y como le había sugerido, estaba concentrado en el tema.

En el pasillo, le pregunté a Richie:

—¿Has oído eso? Hay un motivo en algún sitio. Al final, está ahí, gracias al cielo. Y voy a sacárselo, aunque tenga que partirle el alma a ese tarado.

El corazón me iba a mil por hora; me habría gustado abrazar a Richie y dar un golpe en la puerta para sobresaltar a Conor, no sé por qué. Richie rascaba con una uña la pintura verde desconchada de la pared y observaba la puerta.

—Eso crees, ¿eh? —preguntó.

—¡Desde luego que lo creo! Cuando ha metido la pata con lo del animal, nos ha empezado a tomar el pelo de nuevo. Esa conversación sobre las trampas y el cebo nunca tuvo lugar. Si hubieran estado discutiendo y Conor tenía la oreja pegada a la ventana, probablemente habría oído un montón de cosas; pero los Spain tenían doble acristalamiento, recuérdalo. Añádele a eso el rugido del mar; incluso desde muy cerca es imposible que escuchara una conversación a un volumen normal. Quizá solo esté mintiendo sobre el tono y, en realidad, se estuvieran gritando, pero no le apetece contárnoslo, por el motivo que sea. Pero, si no es así como descubrió lo del bicho, entonces, ¿cómo lo hizo?

–Encontró el ordenador encendido en una de las ocasiones en que entró a la casa y echó un vistazo –aventuró Richie.

–Podría ser. Tiene más sentido que esa patraña que pretende vendernos. Pero ¿por qué no decirlo y ya está?

–No sabe que hemos recuperado la información del ordenador. No quiere que sepamos que Pat estaba perdiendo la cabeza y deduzcamos que lo está encubriendo.

–Si es eso lo que está haciendo. Recuerda: «si». –Yo ya me había percatado de que Richie aún no estaba convencido, pero al escuchárselo decir en voz alta empecé a dar vueltas por el pasillo con paso ligero. Me dolían todos los músculos por haberme forzado a sentarme quieto ante esa mesa durante tanto rato–. ¿Se te ocurre algún otro modo de cómo podría haberlo descubierto?

Richie contestó:

–Si él y Jenny estaban teniendo una aventura y Jenny le explicó lo del animal.

–Sí. Quizá. Podría ser. Lo averiguaremos. Pero no es eso lo que yo tengo en mente. «Perder la cabeza» has dicho: Pat estaba perdiendo la cabeza. ¿Qué ocurre si eso es lo que se suponía que Pat tenía que creer también?

Richie se apoyó de espaldas contra la pared y se metió las manos en los bolsillos.

–Continúa –me pidió.

–¿Recuerdas lo que le dijo aquel cazador de internet, el que le recomendó la trampa? –pregunté–. Quería saber si existía alguna posibilidad de que los críos de Pat le estuvieran gastando alguna broma. Sabemos que los niños eran demasiado pequeños para eso, pero hay otra persona que no lo era. Alguien que tenía acceso a la casa.

–¿Crees que Conor soltó al animal de la trampa? ¿Que se llevó el ratón del cebo?

No podía dejar de dar vueltas. Me habría gustado disponer de una sala de observación, un lugar donde pudiera moverme con rapidez y no tuviera que hablar en voz baja.

–Quizá. Pero puede que incluso más. Hay un hecho: para empezar, como poco Conor estaba volviendo loca a Jenny. Se comía su comida, mordisqueaba un poquito de aquí y de allá. Puede continuar diciéndonos hasta el día del Juicio Final que no tenía intención de asustarla, pero el hecho es que eso es exactamente lo que conseguía: la tenía atemorizada. Además, consiguió que Fiona pensara que Jenny había perdido la razón y probablemente consiguiera que Jenny pensara lo mismo. ¿Qué sucede si le hizo lo mismo a Pat?

–¿Cómo?

–¿Cómo se llama? El doctor Dolittle ese dijo que ni siquiera podría jurar que jamás hubiera habido un animal en ese desván. Eso te impulsó a pensar que todo aquello era producto de la imaginación de Pat Spain. Pero ¿qué sucedería si realmente nunca hubiera habido un animal y fuera Conor quien hizo aquello?

Mis palabras provocaron una expresión vívida en el rostro de Richie: escepticismo, una reacción defensiva, no pude descifrar qué.

–Cada indicio de lo que Pat ha hablado, todo lo que hemos visto, podría haberlo ficcionado cualquiera con acceso a la casa. Ya oíste lo que opinaba el doctor Dolittle sobre aquel petirrojo: le podían haber arrancado la cabeza los dientes de un animal, pero también un cuchillo. Y esos arañazos en la viga del altillo: podrían ser marcas de garras, pero también de cuchillo o de uñas. Y los esqueletos: un animal no es el único ser capaz de destripar un par de ardillas hasta dejarlas en los huesos.

–¿Y los ruidos?

–Sí, desde luego. No nos olvidemos de los ruidos. ¿Recuerdas lo que posteó Pat en el foro de Wildwatcher? Hay un hueco de unos veinte centímetros entre el suelo del desván y el techo de las habitaciones inferiores. ¿Habría resultado muy difícil hacerse con un reproductor de MP3 con mando a distancia y un par de buenos altavoces, instalarlos en ese hueco y activarlo todo con una pista de arañazos y golpes cada vez que veía a Pat subir a la planta de arriba? Quizá lo ocultó entre las planchas aislantes, para que, si Pat echaba un vistazo al hueco con una linterna, tal y como hizo, no viera nada. Además, de buscarlo, tampoco sería un dispositivo electrónico; buscaría pelos, excrementos o un animal, y era imposible que detectara algo de eso. Y, para añadirle un poco más de jugo a la historia, desactivas el sonido cada vez que Jenny está cerca, para que empiece a preguntarse si Pat está perdiendo el juicio. Cambias las pilas cada vez que entras en la casa (o encuentras un modo de conectar el sistema al tendido eléctrico) y te dedicas a jugar a tu pequeño jueguecito todo el tiempo que sea necesario.

Richie señaló:

–Pero el animal no se quedó en el desván. Si es que hubo tal animal... Bajó por las paredes. Pat lo escuchó casi en todas las habitaciones.

–Pensó haberlo escuchado. ¿Recuerdas qué más publicó? Dijo que no estaba seguro de dónde se encontraba porque la acústica de la casa era extraña. Pongamos que Conor cambiara de lugar los altavoces de vez en cuando, para que Pat se mantuviera alerta, que simulara que el animal se estaba moviendo por el altillo. Y que, de repente, por casualidad, un día se da cuenta de que, al colocar los altavoces en un punto concreto, el sonido desciende por las cavidades de las paredes y parece proceder de una estancia de la planta baja... Incluso la casa habría jugado a favor de Conor.

Richie se mordía una uña mientras pensaba.

–Hay mucha distancia entre ese escondite y el altillo. ¿Funcionaría un mando a distancia?

No podía detenerme.

–Estoy seguro de que puedes conseguir uno que funcione. O, si no puedes, sales de tu escondite después de caer la noche, te sientas en el jardín de los Spain y te dedicas a accionar los botones; durante el día, haces funcionar el mando a distancia desde el desván de la casa contigua y solo reproduces la pista de audio cuando sabes que Jenny está fuera o cocinando. Es menos preciso, porque no puedes observar a los Spain, pero de todos modos funciona.

–Eso equivaldría a tomarse muchas molestias.

–Desde luego. Pero también lo fue instalar aquel escondite.

–Los muchachos de la policía científica no encontraron nada parecido. Ningún reproductor de MP3, nada.

–Quizá Conor se llevó el sistema y lo tiró a la basura en algún lugar antes de matar a los Spain; de haberlo hecho después, habría dejado manchas de sangre. Y eso entrañaría que los asesinatos fueron premeditados, planeados con sumo cuidado.

–¡Espeluznante! –comentó Richie, casi ausente. Seguía mordiéndose la uña–. Pero ¿por qué? ¿Por qué inventarse un animal?

–Porque sigue loco por Jenny e imaginó que tenía más posibilidades de que ella se escapara con él si Pat perdía la cordura –aventuré yo–. O porque quería demostrarles lo estúpidos que habían sido al comprar aquella propiedad en Brianstown. O porque no tenía nada mejor que hacer.

–Pero hay algo que no encaja: Conor quería a Pat tanto como a Jenny. Tú mismo lo dijiste, desde el principio. ¿Crees que intentaría volver loco a Pat?

—El quererlos no le impidió asesinarlos. —Richie buscó mis ojos un instante y desvió la mirada, pero no dijo nada—. Sigues sin creer que lo hiciera.

—Creo que los quería. Es lo que he dicho.

—«Querer» no significa lo mismo para Conor que para ti o para mí. Ya lo has oído ahí dentro: quería ser Pat Spain. Lo ha deseado desde que eran adolescentes. Por eso se agarró un berrinche cuando Pat empezó a adoptar decisiones que no le gustaban: él creía que la vida de Pat era la suya, que le pertenecía. —Al pasar por delante de la sala de interrogatorios, le di una patada a la puerta, más fuerte de lo que pretendía—. El año pasado, cuando finalmente la vida del propio Conor se fue al garete, tuvo que afrontarlo. Cuanto más espiaba a los Spain, más se daba cuenta de que, por mucho que hubiera despotricado sobre Stepford y los zombis, aquello era lo que él quería: unos hijitos dulces, un hogar acogedor, un trabajo estable, a Jenny. La vida de Pat. —Aquella idea me aceleró cada vez más—. Allí arriba, en su propio mundo, Conor «era» Pat Spain. Y cuando la vida de Pat se fue por el retrete, Conor sintió que le estaban robando todo aquello.

—¿Y ese es el motivo? ¿La venganza?

—Es más complicado que eso. Pat ya no lleva la vida que Conor habría firmado por llevar. Conor no obtiene su transfusión de felicidad suprema de segunda mano y la busca desesperadamente. De manera que decide entrar en acción y volver a encauzar las cosas. Ahora le toca a él solucionar la vida de Jenny y la de los críos. Quizá no la de Pat, pero eso no importa. En la mente de Conor, Pat ha roto el contrato: no está cumpliendo su misión. Ya no se merece esa vida perfecta, que debería ir a parar a manos de otra persona que la aprovechara al máximo.

—Entonces no es venganza —apuntó Richie con voz neutra: escuchaba, pero no estaba convencido—. Es puro salvajismo.

–Salvajismo. Probablemente Conor tenga una fantasía elaborada sobre llevarse a Jenny y a los críos a California, Australia, a algún lugar donde un diseñador web pueda tener un buen trabajo y mantener una familia encantadora con estilo y bajo el calor del sol. Pero, para poder entrar en acción, necesita que Pat deje de ser un obstáculo. Necesita romper el matrimonio. Y, desde luego, tengo algo que concederle: fue muy listo haciéndolo. Pat y Jenny están sometidos a mucha presión, las grietas empiezan a aflorar, y Conor utiliza lo que tiene a mano: aumenta esa presión. Encuentra modos de volverlos paranoicos, con su casa, sobre el otro, sobre sí mismos... Es muy hábil. Se toma su tiempo cumpliendo su misión; va girando la tuerca pasito a pasito y, en un coser y cantar, no queda ningún lugar en el que Pat y Jenny se sientan seguros. Ni el uno al lado del otro, ni en su propia casa ni en sus propias mentes. –Me di cuenta, con una cierta sorpresa indiferente, de que me temblaban las manos. Me las metí en los bolsillos–. Fue muy inteligente. Muy bueno.

Richie se sacó la uña de la boca.

–Te diré lo que me preocupa –apuntó–. ¿Qué ha pasado con la solución más sencilla?

–¿De qué hablas?

–De atenerse a la pregunta que necesita menos extras. Eso es lo que dijiste. El reproductor de MP3, los altavoces, el mando a distancia; allanamientos adicionales para cambiarlos de sitio; contar con tener mucha suerte para que Jenny nunca escuche los ruidos... No sé, me parecen demasiados extras.

–Es más fácil dar por sentado que Pat era un zumbado.

–No es más fácil. Es más simple. Es más simple suponer que todo era producto de su imaginación.

–¿De verdad? ¿Y qué hay del tipo que los acechaba, que deambulaba por su casa y se comía sus lonchas de jamón, exactamente en el mismo momento en que Pat, un hombre sensible, se estaba transformado en un chiflado peligroso? ¿Mera coincidencia? Una coincidencia de ese calibre, amigo mío, es un extra de proporciones colosales.

Richie sacudía la cabeza.

–La recesión los afectó a ambos: ahí no hay ninguna gran coincidencia. Pero esa hipótesis del MP3, la posibilidad de asegurarse de que Pat escuchara los ruidos y Jenny no era de una entre un millón. Estamos hablando de días y noches durante meses, y esa casa no es una mansión gigantesca donde los inquilinos puedan estar a kilómetros de distancia. Por muy cauteloso que se hubiera sido, antes o después ella habría oído algo.

–Sí –convine–. Probablemente tengas razón. –Me di cuenta de que había dejado de moverme hacía mucho rato, o eso me pareció–. Quizá los oyera.

–¿Qué quieres decir?

–Que quizá ambos lo tramaron juntos: Conor y Jenny. Eso lo simplificaría todo mucho, ¿no? No hay necesidad de que Conor oculte los ruidos de Jenny: si Pat le pregunta: «¿Has escuchado eso?», basta con que ella ponga cara de pez y pregunte: «¿Escuchar qué?». Y tampoco tendría que preocuparse por si los niños lo oían: Jenny podía convencerlos de que se lo estaban imaginando y ellos no hablarían del tema delante de papi. Además, Conor no tendría necesidad de entrar en la casa y cambiar de lugar el material: Jenny podría encargarse de eso.

Bajo el resplandor blanco de los fluorescentes, el rostro de Richie tenía el mismo aspecto que bajo la luz matinal austera fuera de la morgue: de un blanco mortecino, erosionado hasta el hueso. Aquello no le gustaba.

–Eso explicaría por qué ha estado restando importancia al estado de salud mental de Pat –proseguí yo–. Eso explicaría también por qué no le contó a él ni a la policía municipal lo de los allanamientos de morada. Explicaría por qué Conor borró el animal del ordenador. Explicaría por qué confesó: para proteger a su novia. Explicaría por qué no lo delata: por el remordimiento. De hecho, hijo mío, lo explicaría casi todo.

Escuchaba las piezas encajar en su sitio a mi alrededor, un golpeteo como suaves gotas de lluvia. Quería alzar el rostro hacia esa lluvia, lavarme con ella, bebérmela.

Richie no se movió y, por un instante, supe que él también la notaba, pero luego hizo una respiración rápida y negó con la cabeza.

–No lo veo.

–Pues está más claro que el agua. Es fantástico. No lo ves porque no quieres verlo.

–No es eso. ¿Cómo pasas de eso a los asesinatos? El objetivo de Conor era volver loco a Pat, y estaba funcionando a las mil maravillas: el pobre hombre tenía los fusibles fundidos. ¿Por qué iba a abandonar Conor todos sus planes y matarlo? Y, si Jenny y los niños eran su objetivo final, ¿por qué decidió aniquilarlos también?

–¡Venga ya! –repliqué. Caminaba a zancadas arriba y abajo del pasillo, tan rápido como podía, sin echarme a correr. Richie tenía que trotar a mi lado para mantenerse al paso–. ¿Recuerdas esa chapa de Jojo's?

–Sí.

–¡Maldito capullo! –exclamé, mientras bajaba de dos en dos las escaleras que conducen a la sala de pruebas.

Conor seguía en su silla, pero tenía marcas rojas alrededor del dedo pulgar que se había estado mordisqueando. Sabía que la había fastidiado, aunque no estuviera seguro de en qué sentido. Al final, y ya tocaba, se había puesto nervioso como una rata.

Ninguno de nosotros se molestó en sentarse. Richie anunció a la cámara:

–El detective Kennedy y el detective Curran reanudan el interrogatorio con Conor Brennan.

Luego se apoyó en un rincón, en la periferia del campo visual de Conor, cruzó los brazos y golpeó un talón contra la pared a un ritmo lento y persistente. Yo ni siquiera me esforcé por permanecer quieto: avancé en círculos alrededor de la sala, rápido, apartando las sillas que se interponían en mi camino. Conor intentaba mirarnos a los dos a la vez.

–Conor –dije–. Tenemos que hablar.

–Quiero regresar a la celda –respondió él.

–Y yo quiero una cita con Anna Kournikova. La vida es dura. ¿Y sabes qué más quiero, Conor?

Negó con la cabeza.

–Quiero saber por qué sucedió esto. Quiero saber por qué Jenny Spain está en el hospital y el resto de su familia está en el depósito de cadáveres. ¿Quieres hacerlo por las buenas y contármelo ahora?

–Tienen todo lo que necesitan –respondió Conor–. Confesé los crímenes. ¿A quién le importa el porqué?

–A mí. Y al detective Curran. Y a un montón de personas más, pero nosotros somos quienes debemos preocuparte en estos momentos.

Se encogió de hombros. Al pasar junto a él, me saqué la bolsa de pruebas del bolsillo y la lancé sobre la mesa, delante de él, con tanta fuerza que rebotó.

–Explícanos esto.

Conor no se acobardó: se había preparado para aquello.

–Es una chapa.

–No, Einstein. No es una chapa cualquiera. Es esta chapa. –Me incliné por encima de su hombro, deposité con un manotazo la fotografía del verano de los helados en la mesa y permanecí allí a su lado, prácticamente mejilla con mejilla. Olía al áspero jabón de la cárcel–. Esta chapa de aquí, que lle-

vabas en esta foto de aquí. La encontramos entre las pertenencias de Jenny. ¿De dónde la sacó?

Señaló la foto con la barbilla.

–De ahí. Ella también la llevaba. Teníamos una cada uno.

–Tú eres el único que tenía esta. El análisis fotográfico demuestra que la imagen de tu chapa está ligeramente descentrada,
exactamente en el mismo grado que la imagen de esta chapita
de aquí. Ninguna de las otras encaja. Así que vamos a intentarlo otra vez: ¿cómo llegó tu chapa a las cosas de Jenny Spain?

Me encanta *CSI:* hoy en día el departamento de criminol-
logía no necesita obrar milagros porque todos los civiles piensan que pueden hacerlo. Al cabo de un momento, Conor se
apartó de mí.

–La dejé en su casa –dijo.

–¿Dónde?

–Sobre la encimera de la cocina.

Volví a acercarme a él.

–Pensaba que habías dicho que no intentabas asustar a
los Spain. Pensaba que habías dicho que nadie se habría dado
cuenta de que habías estado en la casa. Y entonces, ¿qué diablos es esto? ¿Te imaginaste acaso que pensarían que se había
materializado de la nada o qué?

Conor tapó la chapa con la mano, como si fuera privada.

–Imaginé que sería Jenny quien la encontraría. Ella siempre es la primera que baja por las mañanas.

–Aparta tus manos de la prueba. ¿Que la encontraría y
qué? ¿Pensaría que se la habían dejado ahí las hadas?

–No. –Su mano no se movió–. Sabía que adivinaría que
había sido yo. Quería que lo hiciera.

–¿Por qué?

–Porque sí. Solo para que supiera que no estaba sola en
el mundo, para que supiera que yo seguía estando cerca, que
seguía preocupándome por ella.

–¿Y qué? ¿Entonces dejaría a Pat, se lanzaría a tus brazos y viviríais felices y comeríais felices? ¿Te drogas o qué, capullo?

Un destello fugaz y vil de asco, antes de que los ojos de Conor se desviaran de los míos de nuevo.

–No es nada de eso. Solo pensé que la alegraría. ¿Entendido?

–¿Y por qué tenía que alegrarla? –Le aparté la mano de un manotazo y envié la chapa de prueba al otro lado de la mesa, lejos de su alcance–. ¿Por qué no le enviaste una postal por correo o un correo electrónico diciéndole: «Pienso en ti»? No, te dedicaste a entrar en su casa y dejarle un trozo de basura oxidada que posiblemente había olvidado por completo. No me extraña que estés soltero, chaval.

Conor respondió con una certeza absoluta:

–No la había olvidado. Aquel verano, en esa foto, éramos felices. Todos. Creo que fue el verano más feliz de todos. Y eso no se olvida. Era para recordarle a Jenny los momentos en los que había sido feliz.

–¿Por qué, tío? –le preguntó Richie desde su rincón.

–¿Qué significa «por qué»?

–¿Por qué necesitaba que se lo recordaran? ¿Por qué necesitaba que le dijeran que alguien la quería? Tenía a Pat, ¿no es cierto?

–Estaba un poco abatido. Ya se lo he explicado.

–Nos dijiste que llevaba un poco abatido varios meses, pero que no querías restablecer el contacto para no empeorar las cosas. ¿Qué cambió?

Conor se había enderezado. Lo teníamos donde queríamos: bailando, sopesando cada paso en busca de posibles trampas.

–Nada. Cambié de opinión.

Me incliné hacia él, agarré la bolsa con la prueba con un gesto rápido y empecé a describir círculos alrededor de la sala de nuevo, pasándome la bolsa de una mano a otra.

–Por casualidad, ¿no viste un montón desproporcionado de monitores para bebé instalados por toda la casa mientras disfrutabas de tu té y de tus sándwiches?

–¿Eso es lo que eran? –Conor puso una expresión atónita de nuevo: tenía preparada la respuesta–. Pensé que eran *walkie-talkies* o algo así. Algún juego que tenían Pat y Jack, quizá.

–Pues no. ¿Puedes decirme por qué crees que Pat y Jenny tenían media docena de monitores de bebé distribuidos por toda la casa?

Encogimiento de hombros.

–¿Cómo voy a saberlo?

–De acuerdo. ¿Y qué hay de los agujeros en las paredes? ¿Te diste cuenta?

–Sí. Los vi. Supe desde el principio que esa casa era un desastre. Deberían haber denunciado al hijo de perra que la construyó, aunque seguramente se habrá declarado en bancarrota y se habría retirado a la Costa del Sol a pasar su tiempo gozando de sus cuentas en paraísos fiscales.

–Lo siento, pero los culpables de eso no son los constructores, jovencito. Pat abrió esos boquetes en las paredes porque se estaba volviendo loco intentando atrapar a ese armiño, o lo que fuese. Sembró la casa de monitores de vídeo porque estaba obsesionado con echar un vistazo a esa cosa que se dedicaba a bailar claqué encima de su cabeza. ¿Pretendes decirnos que en todas tus horas de espionaje eso se te pasó por alto?

–Sabía lo del animal. Ya se lo he dicho.

–Desde luego que lo sabías. Pero te has saltado la explicación de que Pat se estaba volviendo tarumba. –Dejé caer la bolsa, la frené con la punta del pie y la chuté para que regresara a mi mano–. ¡Ups!

Richie agarró una silla y se sentó al otro lado de la mesa, frente a Conor.

–Tío, hemos recuperado toda la información del ordenador. Sabemos el estado en que estaba. «Deprimido» no lo describe ni por asomo.

Conor respiraba más rápido, las aletas de la nariz se le hinchaban y deshinchaban.

–¿El ordenador?

–Saltémonos la parte en la que te haces el tonto –propuse–. Es aburrido, no tiene sentido y me pone de muy pero que muy mal humor. –Reboté la bolsa de la prueba contra la pared con toda la maldad–. ¿Te parece bien?

Mantuvo la boca cerrada.

–Volvamos a empezar, ¿de acuerdo? –preguntó Richie–. Algo cambió para que le dejaras esta cosa a Jenny. –Agité la bolsa mirando a Conor, entre lanzamientos–. Fue Pat, ¿no es cierto? Estaba empeorando.

–Si ya lo saben, ¿para qué me lo preguntan?

–Es el procedimiento habitual, tío –contestó Richie como si tal cosa–. Solo estamos comprobando que tu historia coincida con las que hemos obtenido de otras fuentes. Si todo encaja, todos felices, te creeremos. Si, por el contrario, tú nos cuentas una cosa y las pruebas nos revelan otra... –Se encogió de hombros–... entonces tenemos un problema y tenemos que continuar escarbando hasta solucionarlo. ¿Me captas?

Al cabo de un momento, Conor contestó:

–De acuerdo. Pat estaba empeorando. No es que se hubiera vuelto loco, no le gritaba a ese bicho para que saliera a pelear ni nada de eso. Simplemente estaba atravesando un mal momento. ¿Entienden?

–Pero algo debió de suceder. Algo te impulsó a ponerte en contacto con Jenny de repente.

–Parecía muy sola –respondió Conor sin más–. Pat no le había dirigido la palabra en unos dos días, al menos no que yo viera. Se pasaba todo el tiempo sentado en la cocina con esos monitores alineados delante de él, mirándolos fijamente. Ella había intentado hablar con él un par de veces, pero él ni siquiera había despegado la vista de las pantallas para mirarla. Y no es que se pusieran al día por la noche: la noche anterior él había dormido en la cocina, en aquel cojín grande.

Conor había estado oculto en aquel escondite prácticamente las veinticuatro horas de los siete días a la semana en los últimos tiempos. Dejé de jugar con la bolsa de pruebas y me detuve a su espalda.

–Jenny... La vi en la cocina, esperando a que la tetera hirviera. Estaba apoyada sobre la encimera, demasiado destrozada para mantenerse en pie sin apoyo. Tenía la vista perdida. Jack le estiraba de una pierna, quería enseñarle algo, y ella ni siquiera se dio cuenta. Parecía una mujer de cuarenta años, como mínimo. Estaba perdida. Estuve a punto de salir de aquella casa, saltar la tapia y estrecharla entre mis brazos.

–Y decidiste que lo que ella necesitaba, en aquellos momentos difíciles de su vida, era descubrir que tenía un acosador –comenté como si tal cosa.

–Solo intentaba ayudar. Pensé en presentarme en la casa, en telefonearla o enviarle un correo electrónico, pero Jenny... –Sacudió la cabeza pesadamente–. Cuando las cosas van mal, a Jenny no le gusta hablar de ello. No habría querido charlas, y menos con Pat... Así que pensé en hacer algo que le hiciera pensar que yo estaba ahí. Fui a casa y recuperé esa chapa. Quizá me equivoqué. Denúncienme. Pero entonces a mí me pareció una buena idea.

–Precisa cuándo fue ese entonces –le solicité.

–¿Qué?

–¿Cuándo dejaste esto en casa de los Spain?

Conor había tomado aire para responder, pero algo lo detuvo: vi cómo sus hombros se tensaban repentinamente.

–No me acuerdo –respondió.

573

–Eso ni lo intentes, amiguito. Ya no tiene gracia. ¿Cuándo dejaste allí la chapa?

Al cabo de un momento, Conor respondió:

–El domingo por la noche.

Mis ojos se encontraron con los de Richie por encima de la cabeza de Conor.

–¿El pasado domingo por la noche? –pregunté.

–Sí.

–¿A qué hora?

–Alrededor de las cinco de la mañana.

–Con todos los Spain en casa dormidos a unos metros de distancia. Debo reconocer algo, muchacho: no hay duda de que tienes agallas.

–Entré por la puerta de atrás, la dejé sobre la encimera y me marché. Esperé a que Pat se hubiera ido a dormir (aquella noche no se quedó en la planta baja). No es nada del otro mundo.

–¿Qué hay de la alarma?

–Conozco el código. Vi a Pat teclearlo.

Sorpresa, sorpresa.

–Aun así –respondí–, era muy arriesgado. Debías de estar bastante desesperado para hacer aquello, ¿me equivoco?

–Quería que Jenny la tuviera.

–Claro que sí. Y veinticuatro horas después Jenny está muriéndose y su familia está muerta. Que ni se te ocurra insinuarme que es una coincidencia, Conor.

–No insinúo nada.

–¿Qué sucedió entonces? ¿No se puso contenta con tu regalito? ¿No fue lo bastante agradecida? ¿Lo guardó en un cajón en lugar de ponérselo?

–Se lo guardó en el bolsillo. No sé qué haría después con él y no me importa. Solo quería que lo tuviera.

Apoyé las dos manos en el respaldo de la silla de Conor y le susurré con dureza, directamente al oído:

—Estás tan lleno de mierda que me dan ganas de meterte la cabeza en el retrete y tirar de la cadena. Sabes perfectamente bien lo que Jenny pensó de la chapa. Sabías que no se iba a asustar porque tú mismo se la pusiste en la mano. ¿Es así como funcionabais los dos? Ella se escabullía a la planta de abajo entrada la madrugada, dejaba a Pat durmiendo y los dos ¿os dedicabais a follar en el puf de los críos?

Se volvió como un látigo para mirarme, con los ojos como dos témpanos de hielo. No se apartó de mí, esta vez no: nuestros rostros casi se rozaban.

—Me da usted asco. Si piensa eso, si de verdad piensa eso, es que está enfermo de la cabeza.

No estaba asustado. Me sorprendió: uno se acostumbra a que la gente le tenga miedo, ya sea culpable o inocente. Quizá, al margen de que lo admitamos o no, a todos nos gusta provocar esa sensación. A Conor ya no le quedaban razones para tenerme miedo.

—De acuerdo: así que no era en el puf —repliqué—. ¿Dónde entonces? ¿En tu escondite? ¿Qué vamos a encontrar cuando analicemos ese saco de dormir?

—Se van a joder. Se van a quedar boquiabiertos. Ella nunca estuvo ahí.

—Entonces, ¿dónde, Conor? ¿En la playa? ¿En la cama de Pat? ¿Dónde hacíais Jenny y tú vuestras cositas?

Se agarraba con los puños a las arrugas de sus tejanos para resistir la tentación de pegarme. La situación no podía durar y yo no podía esperar.

—Nunca la he tocado. Y ella nunca me ha tocado a mí. Nunca. ¿Acaso es usted demasiado zoquete para entenderlo?

Me reí en su cara.

—Claro que la tocaste. Oh, pobrecita Jenny, tan sola, atrapada en esa urbanización de pena: solo necesitaba saber que alguien se preocupaba por ella. ¿No es eso lo que has dicho?

Y tú te morías de ganas de ser ese hombre. Todas esas bobadas sobre lo sola que se sentía, todo eso no fue más que una excusa que te vino al dedillo para poder follártela sin sentirte culpable por Pat. ¿Cuándo comenzó eso?

–Nunca. Si usted lo haría, es su problema. Si nunca ha tenido un amigo de verdad, si nunca ha estado enamorado, es su problema.

–Anda que menudo amigo eras tú. Ese animal que estaba volviendo loco a Pat fuiste tú todo el tiempo.

Aquella mirada gélida, incrédula de nuevo.

–Pero ¿qué...?

–¿Cómo lo hiciste? No me preocupan los ruidos; vamos a rastrear el comercio donde compraste el equipo de sonido, antes o después, pero me gustaría saber cómo le arrancaste la carne a aquellas ardillas. ¿Con un cuchillo? ¿Con agua hirviendo? ¿Con tus propios dientes?

–No tengo ni idea de lo que está diciendo.

–De acuerdo. Dejaré que el laboratorio me informe sobre el análisis de las ardillas. Pero lo que de verdad quiero saber es: ¿lo del animal fue solo cosa tuya? ¿O Jenny también estaba implicada?

Conor arrastró su silla hacia atrás, con la fuerza suficiente como para derribarla, y caminó ofendido hasta el extremo opuesto de la sala. Yo lo perseguí tan rápido que ni siquiera me noté moverme. Mi prisa lo arrinconó contra la pared.

–A mí no me dejas así plantado. Te estoy hablando, amiguito. Y cuando yo te hablo, tú te sientas a escuchar.

Tenía el rostro rígido, una máscara tallada en madera noble. Miraba más allá de mí, con los ojos entrecerrados y enfocados en la nada.

–Ella te ayudaba, ¿verdad? ¿Os reíais de lo que hacíais, allí arriba, en tu pequeño escondite? Ese idiota de Pat, el pobre, tragándose cada pedazo de mierda con el que lo alimentabas...

–Jenny no hizo nada.

–Todo iba tan bien, ¿verdad? Pat se estaba volviendo más loco cada día, Jenny se arrimaba cada vez más a ti. Y de repente pasó esto. –Le mostré la bolsa con la prueba, tan de cerca que noté cómo le rozaba la mejilla. Estuve a punto de restregársela por la cara–. Resultó ser un craso error, ¿no? Tú creíste que sería un gesto romántico, encantador, pero lo único que conseguiste fue enviar a Jenny a un viaje de remordimiento espectacular. Tal y como tú mismo has dicho, aquel verano ella era feliz. Feliz con Pat. Y tú fuiste y se lo recordaste. De súbito, se sintió como una mierda por ponerle los cuernos. Y decidió que tenía que ponerle fin a aquello.

–Ella no le estaba poniendo los cuernos...

–¿Cómo te lo dijo? ¿Te dejó una notita en tu escondite? Seguro que ni siquiera se atrevió a decírtelo a la cara, ¿verdad?

–No había nada que romper. Ella ni siquiera sabía que yo...

Lancé la bolsa con la prueba a un lado y apoyé las manos con fuerza en la pared, una a cada lado de la cabeza de Conor, acorralándolo. El tono de mi voz iba en aumento, pero no me importaba.

–¿Decidiste entonces que ibas a matarlos a todos? ¿O solo pensaste en matar a Jenny y luego te dijiste: «¡Qué diantres, me los cargo a todos!»? ¿O acaso es así como lo habías planeado desde el principio: Pat y los niños muertos y Jenny viva y en el infierno?

Nada. Di un golpe con las manos en la pared; ni siquiera se sobresaltó.

–Todo esto, Conor, todo esto porque querías la vida de Pat en lugar de ocuparte de la tuya. ¿Merecía la pena? ¿Tan buena es follando esa mujer?

–Yo nunca...

–¡Cierra el pico! Sé que te la estabas tirando. Lo sé seguro. Lo sé porque es el único modo en el mundo de que esta jodida pesadilla tenga sentido.

–Apártese de mí.

–¡Oblígame! Venga, Conor. Pégame. Apártame. Solo un empujoncito. –Le gritaba directamente a la cara. Golpeé la pared con las palmas una y otra vez; la vibración me recorría todos los huesos, pero, si me hice daño, no lo noté. Jamás antes había hecho algo parecido y no recordaba por qué, porque la sensación era increíble, me provocaba una alegría pura, desaforada–. Eras un gran hombre cuando te follabas a la esposa de tu mejor amigo, un gran hombre cuando asfixiaste a un niño de tres años, ¿dónde está ese gran hombre ahora que te enfrentas a alguien de tu misma estatura? Venga, gran hombre, demuéstrame lo que tienes...

Conor no movió ni un músculo. Seguía con los ojos entrecerrados, fijos en la nada por encima de mi hombro. Estábamos casi tocándonos de la cabeza a los pies, a poquísimos centímetros de distancia. Yo sabía que la cámara de vídeo no lo captaría, un solo puñetazo en el estómago, un solo rodillazo y Richie me cubriría.

–¡Venga, hijo de puta cabronazo, pégame!, te lo suplico, dame una excusa...

Noté algo cálido y firme, algo en mi hombro que me sostenía en mi sitio, que me hacía notar los pies en el suelo. Estuve a punto de quitármelo de encima de un manotazo, hasta que entendí que era la mano de Richie:

–Detective Kennedy –me dijo con voz suave al oído–. Este hombre está seguro de que no había nada entre él y Jenny. Supongo que tenemos que creerle. ¿No?

Me quedé mirándolo como un idiota, boquiabierto. No sabía si darle un puñetazo o agarrarme a él para salvar mi vida.

—Me gustaría mantener una conversación rápida con Conor —solicitó Richie en tono práctico—, si no tiene inconveniente.

Yo seguía sin poder hablar. Asentí y me retiré. Las paredes habían impreso su textura irregular en las palmas de mis manos.

Richie apartó dos sillas de la mesa y las colocó una frente a la otra, a apenas sesenta centímetros de distancia:

—Conor —dijo, dirigiéndose a una de ellas—, siéntate.

Conor no se movió. Seguía teniendo el rostro rígido. No sabría decir si había oído aquellas palabras.

—Venga. No voy a preguntarte por el motivo ni creo que Jenny y tú estuvierais liados. Te lo prometo. Lo único que necesito aclarar es un par de aspectos, solo para mí, ¿de acuerdo?

Al cabo de un momento, Conor se desplomó en la silla. Algo en aquel movimiento, la flojera repentina, como si las piernas le hubieran fallado, me hizo darme cuenta de una cosa: al final, había conseguido convencerlo. Había estado a punto de romperse: de gritarme o de golpearme, nunca lo sabría. Y yo habría estado al filo de obtener la respuesta.

Tenía ganas de rugir, de lanzar a Richie por los aires y echarle las manos al pescuezo a Conor. En su lugar, permanecí allí de pie, con las manos colgando a los lados y la boca abierta, mirándolos atónito a los dos. Al cabo de un momento vi la bolsa con la prueba, arrugada en un rincón, y me agaché para recogerla. Aquel movimiento me hizo sentir un ardor terrible, caliente y corrosivo en la garganta.

Richie le preguntó a Conor:

—¿Estás bien?

Conor tenía los codos apoyados en las rodillas y las manos enlazadas con fuerza.

—Estoy bien.

—¿Te apetece una taza de té? ¿Un café? ¿Agua?

–Estoy bien.

–Bien –respondió Richie pacíficamente, asiendo la otra silla y poniéndose cómodo–. Solo quiero asegurarme de haber entendido unas cuantas cosas con claridad, ¿de acuerdo?

–Como quieras.

–Genial. Solo para empezar: ¿cómo de mal estaba Pat?

–Estaba deprimido. No se subía por las paredes, pero sí estaba abatido. Ya lo he explicado.

Richie se rascó una mancha que tenía en la rodilla de los pantalones e inclinó la cabeza para observarla.

–Te voy a decir un par de cosas que he detectado –añadió–. Cada vez que empezamos a hablar de Pat, tú te apresuras a decirnos que no estaba loco. ¿Te has dado cuenta?

–Porque no lo estaba.

Richie asintió, aún inspeccionando sus pantalones.

–Cuando entraste en la casa el lunes por la noche, ¿el ordenador estaba encendido? –preguntó.

Conor examinó la pregunta desde todos lo ángulos antes de responder.

–No. Apagado.

–Tenía una contraseña. ¿Cómo la supiste?

–La adiviné. En una ocasión, antes de que Jack naciera, regañé a Pat por utilizar solo «Emma» como contraseña. Soltó una carcajada y me dijo que no pasaba nada. Imaginé que existía una posibilidad decente de que cualquier contraseña configurada después del nacimiento de Jack fuera «EmmaJack».

–Muy listo. De manera que encendiste el ordenador y borraste todos los datos de internet. ¿Por qué?

–Porque no eran asunto de la policía.

–¿Es ahí donde descubriste lo del animal? ¿En el ordenador?

Los ojos de Conor, vacíos de todo salvo de recelo, se alzaron para encontrar los de Richie. Richie no pestañeó. Le respondió con calma:

–Lo hemos leído todo. Ya lo sabemos.

Conor explicó:

–Un día entré en la casa, hará un par de meses. El ordenador estaba encendido. Tenía abierto un foro de cazadores que especulaban sobre lo que podía haber en casa de Pat y Jenny. Exploré el historial del navegador: más de lo mismo.

–¿Por qué no nos lo dijiste desde el principio?

–No quería que se hicieran una idea equivocada.

–Te refieres a que no querías que pensáramos que Pat se había vuelto loco y había asesinado a su familia, ¿me equivoco? –preguntó Richie.

–Porque no lo hizo. Lo hice yo.

–De acuerdo. Pero todo eso del ordenador, todo eso tuvo que revelarte que Pat no estaba en buena forma, ¿no es así?

Conor movió la cabeza.

–Es internet. No puedes regirte por lo que dice la gente.

–Aun así. Si hubiera sido uno de mis amigos, yo me habría preocupado.

–Y me preocupé.

–Ya me lo imaginaba. ¿Alguna vez lo viste llorar?

–Sí. En dos ocasiones.

–¿Y discutir con Jenny?

–Sí.

–¿Y pegarle un bofetón? –Conor alzó la barbilla, enfadado, pero Richie tenía una mano levantada para callarlo–. Espera. No me lo estoy sacando de la manga. Tenemos pruebas de que le pegaba.

–Eso es un montón de...

–Concédeme un segundo, ¿vale? Quiero asegurarme de exponerlo bien. Pat se había regido por las reglas toda la vida, había hecho lo que le decían, y luego las reglas cambiaron y lo arrojaron al garete, en pleno esplendor. Tal y como tú mismo has dicho: ¿en quién se había convertido una vez sucedió eso? Las personas que no saben quiénes son acaban siendo peligrosas, tío. Podrían hacer cualquier cosa. No creo que a nadie le sorprendiera saber que Pat perdía el control de vez en cuando. No lo excuso ni nada por el estilo; lo único que digo es que entiendo que eso pueda pasarle incluso a un buen tipo.

–¿Puedo responder ahora? –pidió Conor.

–Adelante.

–Pat nunca le hizo daño a Jenny. Ni tampoco a los críos. Sí que estaba hecho polvo. Vi pegarle un puñetazo a una pared un par de veces; la última de ellas no pudo utilizar la mano durante días; probablemente el golpe fue lo bastante grave como para ir al hospital. Pero a ella y a los niños no les pegó... nunca.

–¿Por qué no te pusiste en contacto con él, tío? –preguntó Richie.

Su curiosidad sonaba real.

–Quise hacerlo –respondió Conor–. Lo pensaba todo el tiempo. Pero Pat es tozudo como una mula. Si las cosas le hubieran ido de perlas, habría estado encantado de volver a saber de mí. Pero cuando todo se había ido al traste y había resultado que yo tenía razón... me habría cerrado la puerta en la cara.

–Al menos podrías haberlo intentado.

–Sí, podría...

La amargura de su voz abrasaba. Richie estaba inclinado hacia delante, con la cabeza gacha cerca de la de Conor.

–Y te sentías mal por ello, ¿verdad? Por no intentarlo siquiera.

–Sí, me siento como una mierda.

–A mí me pasaría lo mismo, tío. ¿Qué harías para compensarlo?

–Lo que fuera. Cualquier cosa.

Las manos enlazadas de Richie casi rozaban las de Conor.

–Te has portado muy bien con Pat –le dijo con serenidad–. Has sido un buen amigo; te has preocupado por él. Si hay algún lugar después de la muerte, te lo estará agradeciendo desde allí ahora mismo.

Conor clavó la mirada en el suelo y se mordió los labios con fuerza. Contenía el llanto.

–Pero ahora Pat está muerto. Donde está ahora, no hay nada más que pueda hacerle daño. Al margen de lo que la gente sepa sobre él, de lo que la gente piense, a él ya no le afecta.

Conor contuvo el aliento, un gran suspiro descarnado, y volvió a morderse los labios.

–Es hora de decírmelo, tío. Tú estabas en tu escondite y viste a Pat ir a por Jenny. Bajaste corriendo hasta allí, pero llegaste demasiado tarde. Eso es lo que pasó, ¿no es cierto?

Otro suspiro, que pareció desgarrarle el cuerpo como un sollozo.

–Sé que te gustaría haber podido hacer más, pero es hora de dejar de intentar compensarlo. Ya no necesitas proteger a Pat. Está a salvo. Está bien.

Sonaba como su mejor amigo, como un hermano, como si fuera la única persona en el mundo a quien le importara. Conor logró alzar la vista, boquiabierto, intentando coger aire. En aquel momento tuve la certeza de que Richie lo tenía. No supe decir qué fue más fuerte: si el alivio, la vergüenza o la ira.

Entonces Conor se reclinó en la silla y se restregó la cara con las manos. A través de sus dedos, dijo:

–Pat nunca los tocó.

Transcurrido un instante, Richie también se recostó.

–De acuerdo –dijo, asintiendo con la cabeza–. De acuerdo. Fantástico. Una pregunta más y me largaré y te dejaré en paz. Respóndeme a esto y Pat quedará limpio. ¿Qué le hiciste a los niños?

–Que se lo digan los médicos.

–Ya lo han hecho, pero, como te he explicado antes, estoy cotejando las respuestas.

Nadie había subido a la planta de arriba desde la cocina después de que empezara el derramamiento de sangre. Si Conor había acudido corriendo cuando vio la pelea, había entrado por la puerta de atrás, a la cocina, y se había marchado por el mismo lugar, sin subir al piso superior; si sabía cómo habían fallecido Emma y Jack, entonces era nuestro hombre.

Conor cruzó los brazos, apoyó un pie contra la mesa y le dio media vuelta a la silla, arrastrándola, para mirarme, dándole la espalda a Richie. Tenía los ojos rojos. Me dijo:

–Lo hice porque estaba loco por Jenny y ella no quería acercarse a mí. Ese fue el motivo. Escríbalo en una confesión. La firmaré.

El pasillo estaba frío como unas ruinas. Necesitábamos tomarle declaración a Conor y enviarlo de vuelta a su celda, presentarle el parte al superintendente y a los refuerzos y redactar los informes. Ninguno de nosotros se apartó de la puerta de la sala de interrogatorios.

–¿Estás bien? –preguntó Richie.

–¿Sí?

–¿Lo que he hecho ahí dentro ha estado bien? No estaba seguro de si... –dejó morir sus palabras.

Le respondí, sin mirarlo:

–Gracias. Te lo agradezco.

–De nada.

–Lo has hecho muy bien. Pensé que lo tenías.

–Yo también –convino Richie.

584

Su voz sonaba extraña. Ambos estábamos cerca del final de nuestras fuerzas.

Encontré mi peine e intenté peinarme, pero no tenía espejo y era incapaz de enfocar.

—Ese motivo que nos da es una patraña. Sigue mintiéndonos.

—Sí.

—Todavía se nos escapa algo. Tenemos todo el día de mañana y gran parte de mañana por la noche, si lo necesitamos.

La mera idea me hizo cerrar los ojos.

—Querías estar seguro —comentó Richie.

—Sí.

—¿Y lo estás?

Busqué aquel sentimiento, ese dulce sonido de las piezas al encajar en su sitio, pero brillaba por su ausencia. Se me antojaba una fantasía patética, como un cuento infantil sobre muñecos de peluche que se enfrentan a los monstruos en la oscuridad.

—No —respondí. Seguía con los ojos cerrados—. No estoy seguro.

Aquella noche me desperté escuchando el océano. No el batir implacable e insistente de las olas en Broken Harbour; era un sonido como una gran mano que me acariciara el cabello, el balanceo de las olas de kilómetros de anchura que rompen en la orilla de una agradable playa en el Pacífico. Procedía de fuera de la puerta de mi dormitorio.

«Dina —me dije, notando el corazón atragantado en la garganta—. Dina está mirando algo en la tele para dormirse». El alivio me dejó sin aliento. Luego lo recordé: Dina estaba en otro sitio, en el sofá piojoso de Jezzer o en un callejón hediondo. Por un segundo invertido, se me revolvió el estómago de puro terror, como si fuera yo quien estuviese solo y no tuviera a nadie para enjaezar mi mente desbocada, como si ella fuera quien me había estado protegiendo a mí.

Sin apartar la vista de la puerta, abrí con suavidad el cajón de la mesilla de noche. El peso frío de mi arma me resultó reconfortante, sólido. Fuera de la puerta, las olas continuaban meciéndose, impasibles.

Abrí la puerta del dormitorio, con la espalda apoyada en la pared y el arma en alto, listo para actuar con un solo movimiento. El salón estaba vacío y en penumbra, las ventanas eran lánguidos rectángulos casi negros, mi abrigo estaba tirado sobre el brazo del sofá. Había una delgada línea de luz blanca alrededor de la puerta de la cocina. El sonido de las olas emergió con más fuerza: procedía de la cocina.

Me mordí el carrillo por dentro hasta notar el sabor a sangre. Luego atravesé el salón, la alfombra me hacía cosquillas en las plantas de los pies, y abrí la puerta de la cocina de una patada.

El tubo fluorescente bajo uno de los armarios estaba encendido y confería un resplandor alienígena a un cuchillo y media manzana que había olvidado sobre la encimera. El rugido del océano se acrecentó y se abalanzó sobre mí, caliente como la sangre y terso como la piel, tanto que podría haber soltado mi arma y haberme sumergido en el agua, dejar que me transportara.

La radio estaba apagada. Todos los electrodomésticos estaban apagados, salvo la nevera, que zumbaba sombríamente para sí misma, pero tuve que inclinarme sobre ella, de cerca, para captar el sonido bajo las olas. Cuando por fin lo oí y escuché también el chasquido de mis dedos, supe que no me pasaba nada raro en los oídos. Apoyé la oreja contra la pared de los vecinos: nada. La apoyé con más fuerza, esperando escuchar un murmullo de voces o un fragmento de un programa televisivo, algo que me demostrara que mi apartamento no se había transformado en algo ingrávido y de libre flotación y que seguía anclado en un edificio sólido, rodeado de cálida vida. Silencio.

Aguardé un largo rato a que el sonido desfalleciera. Cuando entendí que no iba a hacerlo, apagué el fluorescente, cerré la puerta de la cocina y regresé a mi dormitorio. Me senté en el filo de la cama, apretándome el cañón del arma contra la palma de la mano hasta dejarme círculos grabados, deseando tener algo a lo que dispararle, escuchando el suspiro de las olas como si se tratara de un gran animal dormido e intentando recordar cuándo había encendido aquella luz.

17

Me quedé dormido después de que sonara el despertador. Mi primera mirada al reloj (eran casi las nueve) me hizo saltar de la cama de un brinco, con el corazón a mil por hora. No recordaba la última vez que se me habían pegado las sábanas, por muy hecho polvo que estuviera; me he entrenado para estar despierto y sentado al primer tono. Me vestí en un abrir y cerrar de ojos y salí por la puerta, sin ducharme, afeitarme ni desayunar. El sueño, o lo que fuera, se me había enganchado a un recoveco de la mente y me atenazaba como si algo terrible estuviera sucediendo justo fuera de mi vista. Cuando el tráfico me retrasó, pues llovía a mantas, tuve que reprimir el impulso de abandonar mi coche donde estaba y realizar el resto del trayecto corriendo. La carrera desde el estacionamiento hasta la comisaría me dejó chorreando.

Quigley estaba en el primer rellano, esparcido por una barandilla, vestido con una espantosa chaqueta de cuadros y haciendo crujir un sobre de papel marrón de pruebas entre los dedos. En un sábado normal, debería haber estado a salvo de Quigley, pues no es que estuviera trabajando en un caso importantísimo que requiriera su atención las veinticuatro horas del día, los siete días a la semana, pero siempre va atrasado con el papeleo; probablemente había acudido para intentar presionar a uno de mis refuerzos a hacerlo por él.

–Detective Kennedy –me saludó–. ¿Podríamos hablar un momentito?

Me había estado esperando: debería habérmelo tomado como la primera advertencia.

–Tengo prisa –respondí.

–Le estoy haciendo un favor, detective. No le queda más alternativa.

El eco envió su voz en una espiral ascendente por el hueco de la escalera, pese a que intentaba mantener el volumen bajo. Aquel tono pegajoso y confidencial debería haber sido mi segunda advertencia, pero estaba empapado, iba con prisa y tenía cosas más importantes que atender en aquel momento que a Quigley. Estuve a punto de continuar andando. Fue el sobre de pruebas lo que me detuvo. Era uno de los pequeños, del tamaño de la palma de mi mano; no veía la ventanilla: podría haber contenido cualquier cosa. Si Quigley se había hecho con algo relacionado con el caso y si yo no hinchaba su escuálido ego, se aseguraría de que un problema de archivo impidiera que esa prueba llegara a mis manos durante semanas.

–Dispara –le alenté, con un hombro apuntando hacia el siguiente tramo de escaleras, para que entendiera que aquella conversación no iba a ser larga.

–Buena elección, detective. ¿Por casualidad conoces a una jovencita de entre veinticinco y treinta y cinco años, un metro sesenta y cinco aproximadamente, muy delgada y con la melena oscura hasta la barbilla? Me atrevería a decir que es muy atractiva, si te gustan un poco desaliñadas.

Por un instante pensé que tendría que agarrarme a la barandilla. El golpe de Quigley me resbaló; lo único en que podía pensar era en una mujer no identificada con mi número en su teléfono y un anillo sacado de su dedo y guardado en una bolsa de pruebas para su identificación.

–¿Qué le ha pasado?

–Entonces, ¿la conoces?

–Sí. La conozco. ¿Qué ha pasado?

Quigley alargó la espera, arqueando las cejas en un intento por parecer enigmático, justo hasta el momento previo en que lo hubiera aplastado contra la pared.

–Ha entrado aquí tan campante a primera hora de la mañana. Quería ver a Mikey Kennedy de inmediato, si me permites que te llame así, y no aceptaba un no por respuesta. «Mikey», ¿no? Habría jurado que te gustarían más limpias, más respetables, pero sobre gustos no hay nada escrito.

Me sonrió. Yo no podía responder. El alivio parecía haberme devorado por dentro.

–Bernadette la informó de que no estabas aquí y le dijo que podía sentarse a esperarte, pero eso no fue suficiente para la Pequeña Miss Urgencias. Nos estaba incordiando de lo lindo, alzando la voz y todo eso. Ha armado un jaleo de mucho cuidado. Entiendo que a algunos les gusten las mujeres que dan espectáculos, pero esto es un edificio de la policía, no una discoteca.

–¿Dónde está? –pregunté.

–Tus novias no son responsabilidad mía, detective Kennedy. Yo sencillamente estaba entrando cuando he presenciado el follón que estaba armando. Pensé que podía ayudarte mostrándole a esa jovencita que no puede entrar aquí como si fuera la reina de Saba y exigiendo esto, aquello y lo de más allá. Así que le hice saber que era amigo tuyo y que podía explicarme a mí cualquier cosa que quisiera decirte a ti.

Tenía las manos metidas en los bolsillos del abrigo para ocultar mis puños apretados.

–Te refieres a que la presionaste para que hablara contigo.

590

Los labios de Quigley se desvanecieron.

–Abstente de adoptar ese tono conmigo, detective. Yo no la presioné para nada. Lo que hice fue meterla en una sala de interrogatorios y mantener una pequeña conversación con ella. Tardé un rato en convencerla, pero al final se dio cuenta de que siempre es mejor acatar las órdenes de un garda.

–La amenazaste con arrestarla –aventuré, sin alzar la voz.

La idea de estar encerrada debió de despertar un miedo cerval en Dina; casi pude oír el parloteo desatado alzando la voz en el interior de su cabeza. Mantuve los puños donde los tenía, concentrado en el pensamiento de archivar cada queja en el expediente del culo fofo de Quigley. Me importaba un comino si Quigley tenía al inspector en jefe en el bolsillo y yo acababa investigando a ladrones de ganado ovino en Leitrim el resto de mi vida, siempre que arrastrara a aquel saco de mierda al pozo conmigo.

Quigley comentó con virtuosismo:

–Tenía en su posesión propiedad privada robada de la policía. No podía pasarlo por alto, ¿no crees? Si se negaba a entregármela, era mi deber arrestarla.

–¿De qué estás hablando? ¿Qué propiedad privada de la policía? –Intenté pensar en qué podía haberme llevado a casa: un archivo, una fotografía, algo que no hubiera echado en falta hasta entonces. Quigley me dedicó una sonrisita nauseabunda y sostuvo en alto el sobre con la prueba.

Lo incliné hacia la débil luz perlada que entraba por la ventana del descansillo, pero él no lo soltó. Por un instante no entendí qué veía. Era una uña de mujer, perfectamente pintada y con la manicura hecha, pintada de un tono *beige* rosado pálido. Se la habían arrancado rápido. En una astilla se había quedado enganchada una brizna de lana de color rosa.

Quigley decía algo, en algún lugar, pero ya no lo escuchaba. El aire se había tornado denso y salvaje y me aporreaba el cráneo, farfullando atropelladamente en mil voces mecánicas. Necesitaba apartar la cara, empujar a Quigley al suelo y salir corriendo. Pero no podía moverme. Tenía la sensación de que me habían clavado dos alfileres en los ojos para mantenérmelos abiertos.

La caligrafía de la etiqueta de la bolsa de pruebas me era familiar, firme e inclinada hacia la derecha, no los garabatos de semialfabeto de Quigley. «Lugar de recogida: salón de la residencia de Conor Brennan...». Aire frío, olor a manzanas, el rostro demacrado de Richie.

Cuando pude volver a oír, Quigley seguía perorando. El hueco de la escalera convertía su voz en un sonido sibilante e incorpóreo.

–Al principio pensé: «Caramba, ¿quién lo habría dicho? El gran Scorcher Kennedy descuidando un sobrecito con pruebas para que su chavalita lo coja de camino a la puerta...». –Soltó una risita. Casi pude notarla chorreándome por la cara como grasa podrida–. Pero luego, mientras estaba aquí esperándote para recibirte con todos los honores, he leído por encima el expediente de tu caso (jamás me entrometería, pero supongo que entiendes por qué necesitaba saber dónde encajaba esto, para poder decidir cómo proceder correctamente). Y resulta que he detectado algo muy interesante. Esta caligrafía de aquí no es tuya (conozco tu letra, después de tantos años), pero aparece profusamente en el archivo–. Se dio unos golpecitos en la sien–. No me llaman detective por nada, ¿no es cierto?

Me habría gustazo aplastar el sobre que tenía en la mano hasta convertirlo en polvo y hacerlo desaparecer, incluso hasta que la imagen de él aplastado se desvaneciera de mi cabeza.

–Sabía que eras uña y carne con el joven Curran –continuó Quigley–, pero jamás pensé que compartiríais tanto. –Aquella risita de nuevo–. Así que lo que me preguntaba ahora es si esa jovencita te robó esto a ti o a Curran.

En algún lugar de mi mente, un engranaje volvía a moverse, metódico como una máquina. Eran los veinticinco años que llevaba dejándome la piel para aprender a controlarme. Mis amigos habían hablado pestes de mí por ello y los novatos ponían los ojos en blanco cuando les daba el sermón. A la porra con todos. Merecía la pena solo por no haber perdido los papeles durante aquella conversación en un descansillo con corriente de aire. Cuando este caso empieza a escarbar con sus garras en el interior de mi cráneo, lo único que me queda para consolarme es decirme que podría haber sido peor.

Quigley estaba disfrutando de cada segundo, se notaba. Me escuché decir, frío como el hielo:

—No me digas que se te olvidó preguntárselo.

Intuí bien: no había podido resistirse.

—¡Madre de Dios, menudo drama me ha montado! No me quería decir su nombre ni darme información sobre dónde o cómo se había hecho con esto que tengo aquí; y cuando la intenté presionar, poquito, con suavidad, se puso histérica. No te tomo el pelo: se arrancó un mechón de pelo de raíz y me gritó que iba a decirte que se lo había arrancado yo. No es que eso me preocupara, porque cualquier hombre sensato creería antes la palabra de un agente que la cháchara de una jovencita, pero esa chica está como un cencerro. Podría haberla retenido hablando con tranquilidad, pero era imposible: no me fiaba ni una palabra de lo que decía. Te lo digo de verdad, me da igual lo buena que esté, esa tía tendría que llevar puesta una camisa de fuerza.

—¡Lástima que no tuvieras una a mano!

—Te habría hecho un favor, créeme.

La puerta de la sala de la brigada se abrió de par en par en el piso de arriba y salieron tres muchachos que avanzaron por el pasillo hacia la cantina, maldiciendo con toda suerte de colores a un testigo que, de repente, se había quedado amnésico. Quigley y yo apoyamos la espalda contra la pared, cual conspiradores, mientras sus voces se desvanecían.

–¿Y qué hiciste con ella llegado el caso?

–Le dije que necesitaba controlarse un poco y que era libre de marcharse, y se largó. De camino a la salida, le enseñó el dedo a Bernadette. Un encanto.

Con los brazos cruzados y la papada doble apretada agriamente, parecía una vieja gorda hablando pestes sobre la licenciosa juventud moderna. Aquel engranaje gélido y distante en mi interior casi quiso sonreír. Dina había asustado a Quigley. De vez en cuando, la locura puede resultar útil.

–Es tu novia, ¿no? ¿O un caprichito que te has agenciado? ¿Cuánto crees que habría querido por esto si te hubiera encontrado esta mañana?

Le hice un gesto de advertencia con el dedo.

–Sé amable, amigo. Es una joven encantadora.

–Es una joven que ha tenido la inmensa fortuna de que no dispusiera de ninguna celda para arrestarla por hurto. Lo he hecho como un favor hacia ti. Creo que me debes un agradecimiento respetuoso y educado.

–Parece que ha puesto un poco de salsa a una mañana aburrida. Quizá seas tú quien debería agradecérmelo a mí.

La conversación no discurría por el cauce que Quigley había planeado.

–Bien –dijo, intentando ganar ventaja. Sostuvo el sobre con la prueba en alto y le dio un pequeño apretoncito por la parte de arriba, entre sus dedos blanquecinos y grasientos–. Dime algo, detective. Esta cosa de aquí. ¿La necesitas mucho?

No se había dado cuenta. El alivio se apoderó de mí como una ola. Me cepillé la lluvia de la manga y me encogí de hombros.

–¿Quién sabe? Gracias por quitársela a esa joven y todo eso, pero la verdad es que dudo que sea determinante.

—Pero querrás estar seguro, ¿no? Porque cuando informe de lo sucedido, la prueba constará y ya no te servirá de nada.

Alguna que otra vez se nos olvida entregar las pruebas. Se supone que no debería ocurrir, pero ocurre: te quitas el traje por la noche y notas un bulto en el bolsillo donde has metido un sobre cuando un testigo te preguntó si podía hablar contigo un momento o abres el maletero del coche y hay una bolsa que deberías haber entregado la noche antes. Siempre que nadie más haya tenido acceso a tu bolsillo o a las llaves de tu coche, no es el fin del mundo. Pero Dina había tenido aquella prueba en su posesión durante horas o días. Si alguna vez intentáramos presentarla ante un tribunal, cualquier abogado de la defensa alegaría que podría haber hecho cualquier cosa, desde respirar sobre la prueba hasta intercambiarla por algo completamente distinto.

Las pruebas no siempre nos llegan prístinas de la escena del crimen: los testigos nos las entregan semanas más tarde, yacen en un campo bajo la lluvia durante meses hasta que un perro las olfatea... Trabajamos con lo que tenemos y encontramos modos de desviar los argumentos de la defensa. Pero aquello era distinto. Habíamos contaminado la prueba nosotros mismos y contaminaba todo lo demás que habíamos tocado. Si intentábamos esgrimirla ante el tribunal, cualquier movimiento que hubiéramos realizado en aquella investigación quedaría en entredicho: podíamos haberla fabricado, podíamos haber forzado al acusado o incluso podíamos habernos inventado la prueba para favorecernos. Habíamos roto las reglas una vez. ¿Por qué alguien debería creer que había sido la única?

Aparté el sobre con desdén, con un dedo; solo con tocarlo sentí un escalofrío recorrerme la espalda.

—Quizá habría estado bien disponer de ella, por si resultaba vincular a nuestro sospechoso con la escena del crimen.

Pero tenemos un montón de pruebas adicionales en ese sentido. Creo que sobreviviremos.

Los ojillos afilados de Quigley me escudriñaron el rostro, analizándome.

—En cualquier caso —dijo al fin; intentaba ocultar su nota de enojo: lo había convencido—, incluso aunque no desmonte vuestro caso, podría haberlo hecho. El súper se subirá por las paredes cuando sepa que uno de sus equipos principales ha estado regalando pruebas como golosinas, sobre todo, en este caso de entre todos los del mundo. Esos pobres niñitos. —Sacudió la cabeza y chasqueó la lengua en señal de reproche—. Te has encariñado con el joven Curran, ¿no? No te gustaría verlo convertido de nuevo en un uniformado antes incluso de superar los bloques de iniciación. La gran promesa, esa fantástica «relación laboral» que habéis establecido, todo desperdiciado. ¿No sería una lástima?

—Curran es mayorcito. Sabe cuidar de sí mismo.

—Ajá —respondió Quigley con aire de petulancia, señalándome, como si yo hubiera cometido un desliz y le hubiera revelado un gran secreto—. ¿Debo interpretarlo como que el descuido ha sido de él?

—Interprétalo como quieras, amigo. Y, si te apetece, ten la prueba de nuevo.

—Bueno, no importa. Incluso aunque lo hubiera hecho Curran, el muchacho solo está de prueba; tú eres quien debería cuidar de él. Si alguien descubriera esto... ¿no sería del todo inoportuno, ahora que volvías a ascender posiciones? —Quigley se había acercado lo suficiente como para que yo pudiera verle el brillo húmedo de los labios y la suciedad y la grasa adheridas al cuello de su chaqueta—. A nadie le interesaría que eso sucediese. Estoy seguro de que podemos llegar a un acuerdo.

Por un instante pensé que hablaba de dinero. Por un segundo aún más breve, una vergonzosa astilla de tiempo, pensé en aceptar el trato. Tengo ahorros, por si me sucede algo a mí y alguien tiene que cuidar de Dina; no demasiados, pero los suficientes para cerrarle el pico a Quigley, salvar a Richie, salvarme a mí mismo y enviar el mundo de rebote a su órbita y permitir que todos continuemos adelante como si no hubiera sucedido nada.

Luego lo entendí: era a mí a quien quería y no había camino de retorno a un terreno seguro. Quería colaborar conmigo en los casos importantes, ponerse las medallas por lo que yo descubriera y echarme a la chepa los casos perdidos; quería deleitarse mientras yo loaba su actuación ante O'Kelly, advertirme con un arqueo de cejas significativo cuando algo no fuera lo bastante bueno, absorber la imagen de Scorcher Kennedy a su merced. Jamás tendría fin.

Quiero creer que no fue esa la razón por la que rechacé la oferta de Quigley. Conozco a muchas personas que darían por supuesto que fue así de simple, que mi ego no me permitía pasar el resto de mi carrera acudiendo como un perro a su silbato y asegurándome de que tuviera el café como le gustaba. Aún rezo por creer que me negué porque era lo correcto.

—No llegaría a un acuerdo contigo aunque me ataras una bomba al pecho —le dije.

Eso hizo retroceder a Quigley un paso, lejos de mi cara, pero no estaba dispuesto a tirar la toalla tan fácilmente. Olfateaba su premio tan cerca que casi babeaba.

—No digas nada de lo que puedas arrepentirte, detective Kennedy. A nadie le incumbe dónde estaba esto anoche. Seguro que puedes arreglártelas con tu jovencita; no dirá una palabra. Ni tampoco Curran, si tiene algo de sentido común. Esto puede ir derechito a la sala de pruebas, como si nunca hubiera pasado nada. —Agitó el sobre; escuché el áspero roce de la uña contra el papel—. Será nuestro pequeño secreto. Piénsatelo bien antes de faltarme al respeto.

–No hay nada que pensar.

Al cabo de un momento, Quigley se recostó sobre la barandilla.

–Te voy a explicar algo sin pedirte nada a cambio, Kennedy –anunció. Su tono había cambiado: todo aquel revestimiento untuoso de falso colegueo había desaparecido–. Yo sabía que ibas a fastidiar este caso. En cuanto entraste aquí después de ver al superintendente el martes, lo supe. Siempre te has creído alguien especial, ¿no? Don Perfecto nunca se salta la disciplina. Y, en cambio, mírate ahora. –De nuevo aquella sonrisita, esta vez rayana en un gruñido impregnado de toda la malicia que ya no se esforzaba en disimular–. Me encantaría saber una cosa: ¿qué te ha hecho cruzar la línea esta vez? ¿Acaso ya te habías cansado de ser un santo y pensaste que podrías salirte con la tuya pasara lo que pasara, que nadie sospecharía nada del gran Scorcher Kennedy?

Nada de papeleo, a fin de cuentas, ni la oportunidad de pedirme prestado a uno de mis refuerzos. Quigley había venido a trabajar un sábado por la mañana porque bajo ningún concepto quería perderse la oportunidad de presenciar cómo me pegaban la patada en el culo.

–Me apetecía hacerte feliz, amigo. Y parece que lo he conseguido –contesté yo.

–Siempre me has tomado por un tonto. Venga, riámonos todos de Quigley, el tontaina, el lerdo, seguro que ni se da cuenta. Adelante, explícame algo: si tú eres el héroe y yo soy el patán, ¿cómo puede ser que tú seas quien está con el agua al cuello y yo sea el que lo había visto venir desde el principio?

Se equivocaba. Yo jamás lo había subestimado. Siempre había sabido que Quigley tenía una grandísima habilidad: su olfato de hiena, el instinto que lo impulsa a resoplar y salivar delante de los sospechosos temblorosos, de los testigos asustados, de los novatos con las piernas tambaleantes, de cualquiera que rezume un punto débil o huela a sangre. Donde sí me había equivocado había sido al creer que eso me incluía a mí. Todos aquellos años de inacabables sesiones de terapia atroces, de mantenerme vigilante ante cualquier movimiento, palabra y pensamiento, me habían servido para convencerme de que estaba curado, de que todas las grietas estaban reparadas, de que toda la sangre se había limpiado. Sabía que me había ganado el camino a la seguridad. Y había creído, sin ningún género de dudas, que eso equivalía a que estaba seguro.

En el preciso momento en que le dije «Broken Harbour» a O'Kelly, todas las cicatrices descoloridas de mi mente se habían iluminado como un faro. Había caminado por las líneas brillantes de esas cicatrices, obediente como un animal de granja, desde aquel momento directo hacia este. Había avanzado por aquel caso resplandeciendo como Conor Brennan había resplandecido en aquella calle a oscuras, una señal centelleante para los depredadores y carroñeros de varios kilómetros a la redonda.

—Tú no eres tonto, Quigley —respondí—. Lo que eres es un desgraciado. Yo podría cagarla cada hora a partir de ahora hasta que me retire y, aun así, seguiría siendo mejor policía de lo que tú serás jamás. Me avergüenza estar en la misma brigada que tú.

—Entonces estás de suerte. Es posible que no tengas que continuar soportándome por mucho más tiempo. No después de que el superintendente vea esto.

—Yo me encargo de solucionar este tema —dije.

Extendí la mano para agarrar el sobre, pero Quigley lo apartó de mi alcance. Frunció los labios y deliberó mientras balanceaba la prueba, que tenía sujetada entre el índice y el pulgar.

—No estoy seguro de que pueda darte esto. ¿Cómo sé dónde acabará?

Cuando recuperé el aliento, le respondí:

—Me das asco.

A Quigley se le agrió el rostro, pero vio algo en el mío que le hizo cerrar la boca. Dejó caer el sobre en mi mano como si estuviera infectado.

—Entregaré un informe completo —me advirtió— a la mayor brevedad posible.

—Hazlo —repliqué—, pero asegúrate de apartarte de mi camino. —Me guardé el sobre con la prueba en el bolsillo y lo dejé allí.

Subí a la planta superior, me encerré en un cubículo del lavabo de hombres y apoyé la frente contra el frío y húmedo plástico de la puerta. Mi mente se había vuelto resbaladiza y traicionera como una capa de hielo invisible en la carretera; no tenía dónde agarrarme; cada pensamiento parecía mandarme dando bandazos a través del agua gélida, intentaba aferrarme a algo sólido, pero no encontraba nada. Cuando por fin me dejaron de temblar las manos, abrí la puerta y bajé a la sala de investigaciones.

La calefacción funcionaba a todo trapo y en la sala se vivía un tremendo ajetreo: los refuerzos respondían a llamadas telefónicas, actualizaban la pizarra blanca, bebían café, reían por un chiste verde y mantenían un debate sobre los patrones de las salpicaduras de sangre. Toda aquella energía me mareó. Me abrí camino a través de ella con la sensación de que las piernas podían flaquearme en cualquier momento.

Richie estaba sentado ante su escritorio, con las mangas arremangadas, revolviendo entre hojas de informes, sin mirarlas de verdad. Arrojé mi abrigo empapado sobre el respaldo de mi silla, me incliné sobre él y le dije en voz baja:

—Vamos a recoger unos cuantos papeles cada uno y vamos a salir de esta sala fingiendo que tenemos mucha prisa, pero sin hacer aspavientos sobre ello. Vamos.

Me miró fijamente un segundo. Tenía los ojos inyectados en sangre y un aspecto general lamentable. Luego asintió, recogió un puñado de informes y apartó hacia atrás su silla.

Hay una sala de interrogatorios al final del pasillo de la planta superior que nunca utilizamos a menos que sea estrictamente necesario. La calefacción no funciona; incluso en pleno verano, en la sala hace un frío de muerte, como subterráneo, y un fallo en el cableado eléctrico hace que los fluorescentes emitan un fulgor crudo que te atraviesa los ojos y se quemen cada par de semanas. Allí nos metimos.

Richie cerró la puerta a nuestra espalda. Se quedó allí de pie, al lado de la entrada, con el fajo de papeles inservibles colgando olvidados de una mano y los ojos escurridizos como los de un camello de barrio. Eso era lo que parecía: un broncillo malnutrido encorvado apoyado en una pared llena de grafitis, haciendo guardia por si aparecía algún yonqui de poca monta en busca de una dosis. Y yo que había empezado a concebir a aquel tipo como mi compañero. Su esquelético hombro arrimado al mío había comenzado a parecerme algo de verdad. La sensación de que por fin había encontrado un buen compañero, un tipo cálido. Ahora nos dábamos asco los dos.

Me saqué el sobre con la prueba del bolsillo y lo dejé en la mesa.

Richie se mordió los labios, pero no se acobardó ni se sobresaltó. Me saltó por los aires la última esquirla de esperanza que me quedaba. Había estado esperando que esto ocurriera.

El silencio se prolongó hasta el infinito. Probablemente Richie creyera que lo estaba utilizando para presionarlo, tal y como haría con un sospechoso. Yo tuve la sensación de que el aire de la sala se había vuelto cristalino, quebradizo, y pensé que, si hablaba, se rompería en un millón de añicos afilados y caería sobre nuestras cabezas y nos haría fosfatina.

Finalmente dije:

–Una mujer lo ha entregado esta mañana. Su descripción encaja con la de mi hermana.

Richie se sobresaltó. Levantó la cabeza de pronto y me miró de hito en hito, con el rostro compungido y olvidando respirar.

–Me gustaría saber cómo ha podido ponerle las manos encima.

–¿Tu hermana?

–La mujer que viste esperándome ahí fuera el martes por la noche.

–No sabía que era tu hermana. No me lo dijiste.

–Y yo no sabía que fuera de tu incumbencia. ¿Cómo ha conseguido esto?

Richie se dejó caer contra la puerta y se pasó una mano por la boca.

–Se presentó en mi casa –dijo sin mirarme–. Anoche.

–¿Cómo sabía donde vives?

–No lo sé. Ayer regresé paseando a casa porque quería pensar. –Una mirada, rápida, como si le doliera, a la mesa–. Imagino que debió de esperar ahí fuera otra vez, ya fuera a mí o a ti. Debió de verme salir y me siguió hasta casa. Hacía cinco minutos que había entrado cuando sonó el timbre.

–¿Y la invitaste a compartir una taza de té y una agradable conversación? ¿Es eso lo que haces normalmente cuando una extraña se presenta en la puerta de tu casa?

–Me preguntó si podía pasar. Se estaba congelando: vi cómo temblaba. Y no era una completa desconocida. La recordaba del martes por la tarde. –Por supuesto que la recordaba. Los hombres, en concreto, no suelen olvidar a Dina rápidamente–. No quería dejar a una amiga tuya helarse de frío en el umbral de mi casa.

–Eres un santo. ¿Y no se te ocurrió, no sé, telefonearme y decirme que estaba allí?

–Por supuesto que se me ocurrió. Pensé hacerlo. Pero ella estaba... no estaba en demasiada buena forma, tío. Se me agarró del brazo y no dejó de repetir: «No le digas a Mikey que estoy aquí, no te atrevas a decírselo a Mikey o se va a poner hecho una furia...». Te juro que lo habría hecho, si ella me hubiera dado una oportunidad. Incluso cuando iba al lavabo me obligaba a dejarle mi teléfono... y mis compañeros de piso estaban en el pub, no podía lanzarles una señal o hacer que uno de ellos le diera conversación y la entretuviera mientras yo te enviaba un mensaje de texto. Al final pensé que no había ningún mal, que al menos pasaría la noche en un lugar seguro y que tú y yo tendríamos oportunidad de hablar por la mañana.

–«No había ningún mal» –repetí–. ¿Es así como tú llamas a esto?

Un breve y tortuoso silencio.

–¿Qué quería? –le pregunté.

–Estaba preocupada por ti –contestó Richie.

Solté tal carcajada que nos asombramos los dos.

–¡Claro que sí! ¡Desde luego, no le falta comicidad al asunto! Intuyo que a estas alturas conocerás lo bastante a Dina como para haber detectado que, si hay alguien de quien preocuparse, es de ella. Eres detective, amigo. Eso significa que se supone que debes percatarte de las obviedades. Mi hermana está como una regadera. Le falta un tornillo, por lo menos. Podría subirse por las paredes y balancearse como un mono de una lámpara de araña. No me digas que se te ha pasado por alto.

–A mí no me pareció que estuviera loca. Alterada sí, muchísimo, pero porque estaba preocupada por ti. Preocupada de verdad, tanto como para dar miedo.

–A eso es exactamente a lo que me refiero. Eso es estar loco. ¿Preocupada por qué, si puede saberse?

–Por este caso. Por cómo te estaba afectando. Dijo que...

–Lo único que Dina sabe sobre este caso es que existe. Eso es todo. Y eso solo bastó para que se pusiera hecha una furia. –Nunca le explico a nadie que Dina está loca. Ha habido gente que me ha planteado esa posibilidad en el pasado, ocasionalmente, pero nadie ha cometido el mismo error dos veces–. ¿Quieres saber cómo pasé el martes por la noche? Escuchando sus delirios sobre por qué no podía dormir en su piso porque la cortina de la ducha hacía tictac como un reloj de caja. ¿Y quieres saber cómo me pasé el miércoles por la tarde? Intentando convencerla de no prender fuego a una pila de hojas que había arrancado de mis libros.

Richie se retorció, incómodo, contra la puerta.

–No sé nada de eso. En mi casa no se comportó así.

Se me hizo un nudo en el estómago.

–¡Por supuesto que no! Porque sabía que, si lo hacía, me telefonearías en un abrir y cerrar de ojos y eso no encajaba en sus planes. Está loca, pero no tiene un pelo de tonta. Y tiene una fuerza de voluntad asombrosa, cuando le interesa.

–Me dijo que había pasado las últimas noches contigo, hablando contigo, y que el caso te había fundido los plomos. Me... –Alzó la vista hacia mí. Escogía sus palabras con cuidado–. Me dijo que no estabas bien, que siempre te habías portado bien con ella, que siempre habías sido amable con ella, incluso cuando no se lo merecía, eso fue lo que me dijo, pero que la otra noche te asustó al aparecer en tu casa y que la apuntaste con la pistola. Me dijo que se fue porque le dijiste que lo mejor que podía hacer era suicidarse.

–Y tú la creíste.

–Supuse que estaba exagerando. Pero aun así... Desde luego no exageraba con lo de que estás estresado... Me dijo que este caso te estaba destrozando, que te estaba desmontando y que no renunciarías a él bajo ningún concepto.

En medio de todo aquel sombrío embrollo, no atinaba a entender si lo que Dina buscaba era vengarse por algo real o imaginario que yo le había hecho o si había detectado algo que a mí se me había pasado por alto, algo que la había impulsado a aporrear la puerta de Richie como un pajarillo presa del pánico picoteando en una ventana. Y tampoco acertaba a ver cuál de las dos opciones era peor.

–Me dijo: «Tú eres su compañero, él confía en ti. Tienes que cuidar de él. A mí no me deja hacerlo, ni a su familia, pero quizá a ti sí te deje».

–¿Te acostaste con ella? –pregunté.

Me había esforzado por no preguntarlo. La fracción de segundo, después de que Richie abriera la boca, me reveló todo lo que necesitaba saber.

–No te molestes en contestar –añadí.

–Escúchame bien, tío: no me dijiste que era tu hermana. Y ella tampoco. Te juro por Dios que si lo hubiera sabido...

Había estado a puntísimo de decírselo. Pero me había frenado porque, que Dios me amparara, pensé que me haría vulnerable.

–¿Qué pensabas que era? ¿Mi novia? ¿Mi hija? ¿En qué sentido habría mejorado eso la situación?

–Me dijo que era una amiga tuya de toda la vida. Me explicó que os conocíais desde niños, que tu familia y su familia solían alquilar caravanas en Broken Harbour durante el verano. Eso fue lo que me dijo. ¿Por qué iba a creer que me estaba mintiendo?

–¿Porque está como una puta regadera? Se presenta en tu casa farfullando sobre un caso del que no tiene ni pajolera idea y comiéndote la cabeza sobre la crisis nerviosa que estoy sufriendo. El noventa por ciento de lo que dice son sandeces. ¿Y ni siquiera se te ocurre pensar que el otro diez por ciento puede estar al mismo nivel?

–A mí no me parecieron sandeces. Tenía razón: este caso te ha afectado mucho. Lo pensé casi desde el principio.

Me dolía el alma con cada respiración.

–¡Caramba, eso es enternecedor! Me conmueve. Y pensaste que la respuesta más apropiada era follarte a mi hermana.

Richie tenía aspecto de haber dado un brazo por zanjar aquella conversación felizmente.

–No fue así.

–¿Cómo que no fue así? Me lo explicas, ¿por favor? ¿Acaso te drogó? ¿Te esposó a la pata de la cama?

–No me metí en la cama pensando en... Y no creo que ella tampoco lo hiciera.

–¿De verdad pretendes decirme qué piensa mi hermana? ¿Después de solo una noche?

–¡No! Lo único que digo...

–Porque yo la conozco muchísimo mejor que tú, amiguito, y aún no he conseguido encontrar ni una sola pista de lo que le pasa en la cabeza. Creo que es más que posible que acudiera a tu casa con el plan de hacer exactamente lo que hizo. De hecho, estoy convencido al cien por cien de que fue su idea y no la tuya. Eso no significa que tuvieras que seguirle el juego. ¿En qué demonios estabas pensando?

–Te prometo que una cosa llevó a la otra... Le asustaba que este caso te perturbara, comenzó a caminar describiendo círculos alrededor de mi habitación, llorando... No podía sentarse, de lo alterada que estaba. Entonces la abracé, solo para tranquilizarla...

–Y ahí es donde cierras el pico. No necesito que me des los detalles gráficos.

No me hacía falta; veía perfectamente cómo había sucedido todo. Es tan letalmente fácil dejarse arrastrar por la locura de Dina. En un minuto solo piensas en mojarte los dedos de los pies en la orilla para poder agarrarla de la mano y sacarla de ahí y al minuto siguiente estás dando brazadas como un desesperado luchando por tomar aire.

—Te aseguro que sucedió sin querer.

—La hermana de tu compañero —dije yo. De súbito me sentí agotado, agotado y con el estómago revuelto. Algo regurgitaba y me ardía en la garganta. Apoyé la cabeza contra la pared y me presioné los ojos con los dedos—. La hermana chiflada de tu compañero. ¿Cómo te pudo parecer correcto?

—No me lo parece —contestó Richie con voz queda.

La negritud tras mis dedos era profunda y sosegada. No quería volver a abrir los ojos y ver aquella luz cruda y penetrante.

—Y cuando te has despertado esta mañana —continué—, Dina había desaparecido y con ella el sobre con la prueba. ¿Dónde lo tenías?

Un momento de silencio.

—Sobre mi mesilla de noche.

—A la vista de cualquiera que pasara por ahí: tus compañeros de piso, un ladrón, un polvo de una noche. Fantástico, jovencito.

—Cierro la puerta de mi dormitorio con pestillo y durante el día lo llevaba conmigo, en el bolsillo de mi chaqueta.

Todas aquellas discusiones que habíamos mantenido sobre Conor frente a Pat, animales semirreales y viejas historias de amor: el postulado de Richie había sido una patraña. Había estado reteniendo la respuesta todo el tiempo, tan cerca que yo habría podido alargar la mano y agarrarla.

—Y te ha salido estupendamente, ¿no es cierto?

—Jamás pensé que se lo llevaría. Ella...

—Lo que pasa es que tú nunca piensas. Tampoco pensaste cuando entró en tu habitación.

—Era tu «amiga», o yo creía que lo era. No imaginé que fuera por ahí «robando» cosas, sobre todo no eso. Estaba muy preocupada por ti, eso era obvio. ¿Por qué querría fastidiarte el caso?

—No, no, no te equivoques. No es ella quien ha fastidiado el caso. —Me aparté las manos de la cara. Richie estaba como la grana—. Te birló este sobre porque cambió de idea sobre ti, amiguito. Y no es la única. Una vez vio esto, se le ocurrió que quizá no fueras el tipo maravilloso, fiable y de buena fe que ella había imaginado, lo cual representaba que, en realidad, podrías no ser la mejor persona para «cuidar» de mí. Así que imaginó que la única opción que le quedaba era hacerlo ella, trayéndome la prueba con la que mi compañero había decidido escapar. Dos por uno: yo recupero mi caso y descubro la verdad de la persona con la que estoy trabajando. A mí me parece que, dejando a un lado la locura, algo de razón tenía.

Richie clavó la mirada en sus zapatos y guardó silencio.

—¿Tenías previsto explicarme lo de esta prueba en algún momento?

Se enderezó de golpe.

—¡Claro que sí! Cuando la encontré, al principio, pensé en decírtelo. Por eso la guardé en un sobre y la etiqueté. Si no hubiera previsto decírtelo, podría haberla arrojado al váter y haber tirado de la cadena.

—Bueno, pues enhorabuena, amiguito. ¿Qué quieres, una medalla? —Señalé con la cabeza el sobre con la prueba. No podía mirarlo; la comisura de mi ojo parecía haberse tensado con algo vivo e iracundo, un gran insecto que zumbaba contra el delgado papel y el plástico, que luchaba por abrir el cierre y atacarme—. «Lugar de recogida: salón de la residencia de Conor Brennan». Fue mientras yo estaba fuera, hablando por teléfono con Larry, ¿no es cierto?

Richie se quedó mirando los papeles que tenía en la mano, con la vista en blanco, como si no fuera capaz de recordar qué eran. Abrió la mano y los dejó caer al suelo.

–Sí –respondió.

–¿Dónde estaba?

–Debía de estar en la alfombra. Estaba volviendo a colocar todas las cosas en el sofá y esto colgaba de la manga de un jersey. No estaba ahí cuando sacamos la ropa del sofá, porque lo revisamos todo bien, ¿recuerdas?, por si encontrábamos alguna mancha de sangre. Se debió enganchar al jersey al dejarlo en el suelo.

–¿De qué color era el jersey? –pregunté. Yo sabía que lo recordaría si hubiera habido una prenda de lana rosa entre el vestuario de Conor Brennan.

–Verde, tirando a caqui.

Y la alfombra era de color crema, con unas volutas verdes y amarillas, y estaba sucia. Los muchachos de Larry podían registrar el piso de arriba abajo con lupa en busca de algo que coincidiera con aquel filamento rosa y no lo encontrarían. Supe desde el primer momento en que vi aquella uña con qué encajaba.

–¿Y cómo interpretaste este hallazgo? –quise saber.

Se produjo un silencio. Richie dejó la vista perdida.

–Detective Curran –insistí.

–La uña, por la forma y el pintaúñas, encaja con la de Jenny Spain –respondió–. La brizna de lana que tiene enganchada... –Hizo un gesto espasmódico con una comisura del labio–. Me pareció que encajaba con el bordado de la almohada que asfixió a Emma.

El hilo empapado que Cooper había sacado de su garganta, mientras le sostenía su frágil mandíbula abierta con el pulgar y el índice.

–¿Y qué pensaste que significaba eso?

–Pensé que Jennifer Spain podía ser la asesina –contestó él con voz homogénea y muy baja.

–Nada de podía ser. Lo es.

Sus hombros se movieron inquietos contra la puerta.

–No es definitivo. Podría habérsele enganchado la lana de alguna otra manera. Quizá antes, al acostar a Emma...

–A Jenny no se le despeina ni un pelo. ¿Crees que se habría pasado toda la noche con una uña rota corriendo el riesgo de que se le enganchara por todas partes? ¿Y que se habría ido a dormir sin arreglársela? ¿Que habría dejado que se le quedara enganchada una brizna de lana durante horas?

–Quizá se la transfiriera Pat. Quizá se le enganchara a la camisa del pijama cuando estaba apretando la almohada sobre la cabeza de Emma y luego, cuando peleaba con Jenny, a ella se le rompiera una uña y se le enganchara esa brizna de lana...

–Justamente esta fibra, de los miles y miles del pijama de Pat o del de ella, de entre todo lo que había en la cocina. ¿Cuáles eran las posibilidades?

–Podría suceder. No podemos cargar con la culpa de todo a Jenny. Cooper estaba seguro de que sus heridas no fueron autoinfligidas, ¿recuerdas?

–Eso ya lo sé –dije–. Hablaré con ella.

La idea de tener que lidiar con el mundo que se abría fuera de aquella sala me hizo sentir como si me hubieran sacudido con un bastón detrás de las rodillas. Me senté pesadamente en la mesa; no aguantaba más de pie.

Richie lo había captado: «Hablaré con ella»; no «Hablaremos». Abrió la boca, pero la volvió a cerrar, mientras buscaba la pregunta correcta.

–¿Por qué no me lo explicaste? –quise saber.

Noté la nota cruda de dolor en mi voz, pero no me importó.

Richie me apartó la mirada. Se arrodilló en el suelo y empezó a recoger los papeles que había dejado caer.

–Porque sabía lo que querrías hacer –contestó.

—¿Qué? ¿Arrestar a Jenny? ¿No acusar a Conor de un triple homicidio que no cometió? ¿Qué, Richie? ¿Qué parte te parecía tan horrible que no podías permitir que pasara?

—Horrible no... Es solo que... Arrestarla: no lo sé, tío. No estoy seguro de que eso sea lo correcto en este caso.

—A eso nos dedicamos. A arrestar a asesinos. Y si tienes algún problema con la descripción de este trabajo, búscate otro, maldita sea.

Richie volvió a ponerse de pie súbitamente.

—Por eso, por eso precisamente no te lo dije. Sabía que eso sería lo que dirías. Lo sabía. Contigo, tío, todo es blanco o negro. Nada de preguntas; hay que acatar las normas y marcharse a casa. Yo necesitaba reflexionar sobre ello porque sabía que, en el mismísimo momento en que te lo dijera, sería demasiado tarde.

—¡Por supuesto que todo es blanco o negro! Si masacras a tu familia, te vas a la cárcel. ¿Dónde diantre ves tú las tonalidades de gris?

—Jenny está viviendo un calvario. Cada segundo de su vida lo vivirá con ese mismo dolor. Solo pensar en ello me angustia. ¿Crees que la cárcel la castigará más de lo que ella misma se castiga en su cabeza? No hay nada que pueda hacer o que nosotros podamos hacer por enmendar lo que hizo y tampoco me parece que tengamos que encerrarla para evitar que vuelva a hacerlo. ¿De qué va a servir en este caso una cadena perpetua?

Y yo que había creído que ese era precisamente el don de Richie, su talento especial: persuadir a los testigos y a los sospechosos para que creyeran, por absurdo e imposible que pareciera, que él los contemplaba como seres humanos. Me había impresionado cómo había convencido a los Gogan de que para él no eran solo unos soplagaitas irritantes, cómo había persuadido a Conor Brennan de que era algo más que otro animal salvaje que necesitáramos limpiar de las calles. Debería

611

haberme dado cuenta aquella noche, en el escondite, cuando nos convertimos en un par de hombres charlando, debería haberlo visto antes y haber intuido el peligro: no fingía, empatizaba de verdad.

—Por eso insistías tanto en Pat Spain —observé—. Y yo que creía que lo hacías en nombre de la verdad y de la justicia. ¡Menudo idiota he sido!

Richie tenía la gracia de sonrojarse.

—No fue así. Al principio creía de verdad que había sido él. Conor no me encajaba y no me parecía que tuviéramos más posibilidades. Y luego, una vez vi eso que está ahí, pensé... —Se le apagó la voz.

—La idea de arrestar a Jenny hería tu delicada sensibilidad —alegué yo—, pero imaginaste que tampoco era demasiada buena idea encarcelar a Conor de por vida por algo que no había cometido. ¡De nuevo, qué encantador! Así que decidiste hallar un modo de cargar con todo este desbarajuste a Pat. De ahí tu magnífica actuación con Conor ayer: ahí es adonde intentabas conducirlo. Y estuvo a punto de morder el anzuelo, permíteme que te diga. Debió de arruinarte el día cuando decidió no hacerlo.

—Pat está muerto, tío. Ya no puede hacerle daño. Ya sé que no quieres que quede como un asesino para la posteridad, pero recuerda lo que él mismo dijo en ese foro sobre cuidar de Jenny. Si él tuviera la oportunidad, ¿qué crees que escogería? ¿Asumir la vergüenza o meterla entre rejas de por vida? Nos está suplicando que lo convirtamos en un asesino, tío. Nos lo está suplicando de rodillas.

—Y eso es lo que también intentabas hacer con la zorra de la señora Gogan y con Jenny. Con tus preguntitas sobre si Pat perdía el temperamento con más frecuencia últimamente, si estaba padeciendo una crisis nerviosa, si tenía miedo de que la lastimara... Lo que pretendías era que Jenny arrojara a Pat a las ruedas de un autobús. Pero resulta que una triple asesina tiene más sentido del honor que tú.

El rostro de Richie se enrojeció aún más. No respondió.

–Pongamos por un segundo que lo hacemos a tu manera. Que arrojamos esa uña a la trituradora, le echamos la culpa a Pat, cerramos el expediente y Jenny sale tan campante del hospital. ¿Qué crees que pasaría después teniendo en cuenta lo que sucedió aquella noche? Ella quería a sus hijos y amaba a su esposo. ¿Qué crees que hará en el primer momento en que reúna las fuerzas necesarias?

Richie depositó los informes sobre la mesa, a una distancia prudencial del sobre, e igualó los bordes de la pila.

–Acabar lo que había empezado –contestó.

–Sí –confirmé yo. La luz quemaba el aire y convertía aquella sala en una neblina blanca, en una confusión de contornos incandescentes suspendidos en el aire–. Eso es exactamente lo que hará. Y esta vez no fallará. Si la dejamos salir del hospital, estará muerta en menos de cuarenta y ocho horas.

–Probablemente.

–¿Y eso te parece bien?

Levantó un hombro en un gesto parecido a un encogimiento.

–¿Qué buscas, venganza? Crees que merece morir y que, como en este país no hay pena de muerte, lo mejor es que se mate ella misma. ¿Es ese tu punto de vista?

Richie buscó mis ojos con los suyos.

–Es lo mejor que podría sucederle –sentenció.

Estuve a punto de saltar de mi silla y agarrarlo por el cuello de la camisa.

–No puedes decir eso. A Jenny le quedan ¿cuántos años? ¿Cincuenta? ¿Sesenta? ¿Crees que lo mejor que puede sucederle es meterse en la bañera y cortarse las venas?

–Sesenta años, sí, quizá. La mitad si está en la cárcel.

–Es el mejor lugar donde puede estar. Esa mujer necesita tratamiento. Necesita que la mediquen. No sé qué enfermedad mental tiene, pero hay médicos que sí pueden saberlo. Si la encierran, obtendrá todo eso. Pagará su deuda con la sociedad, le arreglarán la cabeza y, cuando cumpla su condena, podrá afrontar una nueva vida, la que sea.

Richie sacudía la cabeza de lado a lado, con fuerza.

–No. No lo hará. No lo hará. ¿Te has vuelto loco? No le queda nada por delante. Mató a sus hijos. Apretó la almohada hasta que notó que dejaban de luchar. Apuñaló a su marido y luego se tumbó junto a él mientras se desangraba. Ningún médico del mundo puede arreglar eso. Ya viste el estado en que se encontraba. Está ida, tío. Déjala irse. Ten un poco de piedad.

–¿Quieres hablar de piedad? Jenny Spain no es la única persona en esta historia. ¿Te acuerdas de Fiona Rafferty? ¿Te acuerdas de la madre de ambas? ¿Sientes alguna piedad por ellas? Piensa en lo que ya han perdido y luego mírame y dime que también merecen perder a Jenny.

–Ellas no se merecían nada de esto. ¿Crees que les resultará más fácil de sobrellevar cuando sepan que lo hizo ella? La perderán de todos modos. Al menos de así lo zanjaríamos de una vez por todas.

–No lo zanjaríamos –le rebatí. Al pronunciar aquellas palabras me quedé sin aliento, como si el pecho se me estuviera plegando sobre sí mismo–. Esto nunca va a quedar zanjado para ellas.

Richie guardó silencio. Se sentó frente a mí y contempló sus dedos mientras alineaba los informes, una y otra vez. Al cabo de un rato dijo:

–Su deuda con la sociedad: no entiendo qué significa eso. Indícame una sola persona que viviría mejor si Jenny se pasa veinticinco años en la cárcel.

—Cierra la boca de una puta vez. No te atrevas siquiera a formular esa pregunta —le espeté—. Son los jueces quienes dictan sentencia, no nosotros. Para eso existe todo este puñetero sistema: para impedir a los capullos arrogantes como tú que jueguen a ser Dios y que dictaminen sentencias de muerte a su conveniencia. Tienes que atenerte a las putas reglas, entregar las putas pruebas y dejar que el puto sistema haga su trabajo. No eres tú quien debe dejar en libertad a Jenny Spain.

—No se trata de dejarla en libertad. Obligarla a pasar todos esos años enfrentándose a ese dolor... Eso es tortura, tío. No está bien.

—Te equivocas. Tú crees que no está bien. No sé por qué lo crees, pero lo crees. Quizá porque tienes razón, o quizá porque este caso te rompe el corazón, o quizá porque tú también te sientes más culpable o porque Jenny te recuerda a la señorita Kelly que te dio clases cuando tenías cinco años. Por eso precisamente tenemos reglas para guiarnos, Richie: porque no podemos fiarnos de que nuestra mente nos diga qué está bien y qué está mal. No en algo como esto. Las consecuencias, si cometes un error, son demasiado garrafales y horribles para empezar siquiera a concebirlas, por no mentar ya vivir con ellas. Y las reglas dicen que Jenny debe estar en prisión. Todo lo demás es basura.

Negaba con la cabeza.

—Sigue estando mal. Yo confío en mi mente en este caso.

Podría haber soltado una carcajada o un aullido.

—¿Ah sí? Pues mira dónde te ha llevado eso. Regla cero, Richie, la regla que remata todas las reglas: tu mente es una mierda. Es una maraña débil, rota y hecha polvo que te defraudará a la mínima ocasión que se le presente. ¿No crees que la mente de mi hermana le decía que estaba haciendo lo correcto cuando te siguió hasta tu casa? ¿No crees que Jenny creía estar haciendo lo correcto el lunes por la noche? Si confías en tu mente, la cagarás y la cagarás a lo grande. Todas y cada una de las cosas buenas que he hecho en mi vida han sido precisamente por no confiar en mi mente.

Richie alzó la cabeza para mirarme. Le costó un gran esfuerzo.

–Tu hermana me contó lo de vuestra madre –dijo.

En aquel instante estuve a punto de pegarle un puñetazo en la cara. Lo vi prepararse para encajarlo, vi la ráfaga de miedo o de esperanza. Para cuando logré abrir el puño y pude respirar de nuevo, el silencio se había prolongado.

–¿Qué te contó exactamente? –le pregunté.

–Que vuestra madre se ahogó el verano de tus quince años. Que estabais en Broken Harbour.

–¿Por casualidad mencionó el motivo de la muerte?

Había dejado de mirarme.

–Sí. Me explicó que vuestra madre había entrado en el agua por sí misma. A propósito, sí.

Esperé, pero había concluido.

–¿Y supusiste que eso significaba que me faltaba un pelo para necesitar una camisa de fuerza, ¿no?

–Yo no...

–No, jovencito, lo pregunto solo por curiosidad. Adelante, explícamelo: ¿cuál fue la cadena de pensamiento que te condujo a esa conclusión? ¿Creíste que estaría tan aterrorizado por lo sucedido que acercarme a menos de un kilómetro a la rotonda de Broken Harbour podía provocarme un brote psicótico? ¿Imaginaste que la locura es hereditaria y que, de repente, podría sentir la necesidad imperiosa de rasgarme las vestiduras y gritar porque veía a personas-lagarto en los tejados? ¿Te preocupaba acaso que me volara los sesos mientras estaba contigo? Creo que merezco saberlo.

–Jamás he pensado que estuvieras loco. Nunca –respondió Richie–. Pero sí me preocupaba tu forma de comportarte con

Brennan, me preocupaba incluso antes de... antes de anoche. Te lo dije, ya lo sabes. Pensé que te estabas pasando de la raya.

Me moría de ganas de echar mi silla hacia atrás y ponerme a caminar describiendo círculos por la sala, pero sabía que, si me acercaba más a Richie, le pegaría, y también sabía que eso estaría mal incluso aunque me costara recordar por qué. Me quedé donde estaba.

—De acuerdo. Es cierto que lo dijiste. Y, una vez hablaste con Dina, imaginaste que entendías el porqué. No solo eso: imaginaste que tendrías vía libre para andarte con jueguecitos con las pruebas. Ese mamón, pensaste, ese viejo lunático y quemado jamás lo adivinará por sí solo. Está demasiado ocupado abrazando su almohada y lloriqueando por su mamaíta muerta. ¿Es así, Richie? ¿Me acerco un poco?

—No. Para nada. Pensé... —Hizo una respiración rápida y honda—. Pensé que quizá seríamos compañeros durante bastante tiempo. Sé que quizá pienses que quién demonios me he creído que era, pero yo..., no sé..., pensé que funcionábamos bien. Esperaba que... —Lo miré con tal intensidad que dejó que la frase muriera en el silencio. En su lugar, dijo—: Bueno, como mínimo, esta semana éramos compañeros. Y ser compañeros significa que, si tú tienes un problema, yo tengo un problema.

—Eso es adorable, pero sucede que yo no tengo ningún problema, amiguito. O al menos, no tenía ninguno hasta que tú decidiste hacerte el listillo con una prueba. Mi madre no tiene nada que ver con esto. ¿Lo entiendes? ¿Se te mete eso en la cabeza?

Subió los hombros.

—Lo único que digo es que... me imaginé que quizá... Entiendo por qué no te gustaría imaginar que Jenny acabara su trabajo.

—¡No me gusta la idea de que a la gente la asesinen, maldita sea! No me gusta que la gente se mate ni que la maten.

617

Por eso trabajo aquí. Y te aseguro que no requiere ninguna explicación psicológica profunda. La parte que suplica un buen psicólogo es la parte en la que tú te has dedicado a estar ahí sentadito afirmando que deberíamos dejar que Jenny Spain se arrojara de un rascacielos.

–Venga, tío, no digas tonterías. Nadie dice que haya que ayudarla. Lo único que digo es que deberíamos... dejar que la naturaleza siga su curso.

En cierto sentido, era un alivio; un alivio pequeño y amargo, pero un alivio al fin y al cabo. Jamás habría sido un buen detective. Si no hubiera sido aquello, si yo no hubiera sido lo bastante estúpido y débil como para ver solo lo que quería ver y dejar que lo demás se me colara, antes o después habría pasado cualquier otra cosa.

–A ver si te enteras: ¡yo no soy el puñetero David Attenborough![15]. No me siento en la línea de banda y me dedico a contemplar la naturaleza seguir su curso. Y si alguna vez me descubro albergando ese pensamiento, seré yo quien se suba al borde de un rascacielos. –Percibí el malévolo destello de asco en mi voz y vi a Richie estremecerse, pero lo único que sentí fue un placer frío–. El asesinato es naturaleza. ¿Acaso no te has dado cuenta? Las personas se mutilan unas a otras, se violan, se asesinan y se hacen lo mismo que los animales se hacen entre sí: es pura naturaleza en acción. La naturaleza es el diablo al que me enfrento, amiguito. La naturaleza es mi peor enemigo. Y si no es el tuyo, entonces te has equivocado de profesión.

Richie no contestó. Tenía la cabeza gacha y rascaba con una uña la mesa dibujando tensos dibujos geométricos invi-

---

[15.] Científico, divulgador, naturalista, célebre por sus documentales sobre naturaleza. Ha presentado ocho series en la televisión británica y posibilitado ver prácticamente cualquier aspecto de la vida en la Tierra. *(N. de la T.)*

sibles; lo recordé haciendo garabatos en la ventana de la sala de observación, como si hubiera sucedido hacía mucho, mucho tiempo. Transcurrido un rato, preguntó:

—¿Qué vas a hacer? ¿Colocar ese sobre en la sala de pruebas como si nunca hubiera pasado y continuar desde ahí?

«Vas», no «vamos», otra vez el singular.

—Incluso aunque quisiera hacerlo, no tengo esa alternativa. Cuando Dina llegó aquí esta mañana, yo aún no había llegado. Y le entregó esto a Quigley.

Richie me miró asombrado. Exclamó, como si le hubieran sacado el aire de un puñetazo en el estómago:

—¡Joder!

—Eso: ¡joder! Créeme, Quigley no tiene ninguna intención de dejarnos pasar este desliz. ¿Qué te dije hace solo un par de días? «A Quigley le encantaría encontrar una oportunidad de arrojarnos a los dos bajo un autobús. No se lo pongas en bandeja».

Había empalidecido aún más. Una parte sádica de mí, que salía a rastras de su oscura cueva porque no me quedaba energía para mantenerla encerrada, estaba disfrutando de lo lindo contemplándolo.

—¿Qué hacemos?

Le temblaba la voz. Tenía las palmas hacia arriba, mirándome, como si yo fuera el héroe resplandeciente que pudiera solucionar aquel espantoso embrollo, barrerlo de la faz de la Tierra.

—No hacemos nada. Tú te vas a casa.

Richie me observó inseguro, intentando descifrar qué quería decir con aquello. El frío de la sala lo hacía temblar por estar en mangas de camisa, pero no parecía darse cuenta.

—Recoge tus cosas y lárgate a casa. Quédate allí hasta que yo te pida que regreses —le ordené—. Puedes emplear el tiempo en pensar cómo justificar tus acciones ante el superintendente, si quieres, aunque dudo mucho que eso suponga alguna diferencia.

—¿Qué vas a hacer?

Me puse en pie, apoyándome con todo mi peso en la mesa, como un anciano.

—No es asunto tuyo.

Al cabo de un momento, Richie me preguntó:

—¿Qué me sucederá?

Suponía un pequeño detalle en su crédito que lo hubiera preguntado por primera vez.

—Volverás con los de uniforme. Y te quedarás ahí.

Aunque yo seguía con la vista fija en mis manos, plantadas en la mesa, con mi visión periférica pude verlo asentir con unos cabeceos repetitivos y vacíos de significado, intentando asimilar todo lo que eso significaba.

—Estabas en lo cierto. Formábamos un buen equipo. Habríamos podido ser buenos compañeros —le dije.

—Sí —respondió Richie; la oleada de pesar en su voz estuvo a punto de hacerme tambalear—, lo habríamos sido.

Recogió su fajo de informes y se puso en pie, pero no se movió hacia la puerta. Yo no alcé la mirada. Al cabo de un minuto, dijo:

—Permíteme disculparme. Ya sé que no sirve de nada, llegados a este punto, pero aun así quiero hacerlo: lo siento mucho, muchísimo, por todo.

—Vete a casa —repliqué.

Me quedé mirándome las manos hasta que se desenfocaron y se convirtieron en un par de extrañas cosas blancas agachadas sobre la mesa, deformes y agusanadas, esperando saltar. Por fin escuché el sonido de la puerta al cerrarse. La luz me atizaba desde todas las direcciones, rebotaba en la ventanilla de plástico del sobre y se me clavaba en los ojos. Jamás había estado en una sala que pareciera tan despiadadamente luminosa ni tan vacía.

18

Ha habido tantas... Salas destartaladas en diminutas comisarías de montaña que olían a moho y a pies; salas de estar forradas de tapicería de flores, bobaliconas postales de enhorabuena y todas las medallas relucientes de la respetabilidad; cocinas de pisos de protección oficial donde el bebé gemía a través de una botella de coca cola y un cenicero desbordado de colillas sobre una mesa con restos de cereales pegados, y nuestras propias salas de interrogatorios, silenciosas como santuarios, tan familiares que podría haber señalado a ciegas el punto en el que se encuentra cada pintada, cada muesca en la pared. Son las salas donde me enfrento cara a cara con el asesino y le digo: «Tú. Lo has hecho tú».

Recuerdo todas y cada una de ellas. Las colecciono en la memoria, un fajo de cromos de vivos colores conservado en terciopelo que repaso con el dedo cuando la jornada ha sido demasiado larga para conciliar el sueño. Sé dónde notaba el aire frío o cálido contra mi piel, cómo la luz empapaba la pintura amarilla gastada o encendía el azul de una taza, si el eco de mi voz se colaba por los rincones del techo o si caía amortiguado por las gruesas cortinas y las decoraciones de porcelana escandalizadas. Conozco la veta de las sillas de madera, el rumbo de una telaraña, el suave goteo de un grifo, el tacto de la alfombra bajo mis pies. «En casa de mi padre hay muchas mansiones»: si alguna vez poseo una, será la que construya con todas estas estancias.

Siempre me ha encantado la simplicidad. «Contigo, todo es blanco y negro», había dicho Richie, a modo de acusación, pero la verdad es que casi todos los casos de asesinato son, aunque no tan maniqueos, sí proclives a la simplicidad, y no es solo necesario, sino además sobrecogedor que, si existen los milagros, este sea uno de ellos. En estas salas la vasta y sibilante maraña de sombras del mundo desaparece; todos sus traicioneros grises se afinan con la cruda pureza de una espada desnuda de doble filo: la causa y la consecuencia, el bien y el mal. Para mí, estas salas son bellísimas. Entro en ellas como un boxeador entra en el cuadrilátero: resuelto, invencible. En ellas me siento en casa.

La habitación de hospital que ocupaba Jenny Spain era la única a la cual siempre había temido. No atinaba a decir si era porque el filo de la oscuridad en su interior era más afilado de lo que yo había tocado nunca o porque algo me decía que no lo habían afilado en absoluto, que aquellas sombras seguían entrecruzándose y multiplicándose, y que esta vez no había modo de detenerlas.

Las encontré allí a ambas, a Jenny y a Fiona. Las dos volvieron la cabeza hacia la puerta cuando la abrí, pero no se cortó ninguna conversación a media frase: no estaban hablando, solo estaban allí sentadas. Fiona se hallaba junto a la cama en una silla de plástico demasiado pequeña, con su mano enlazada a la de Jenny sobre la manta deshilachada. Me miraron fijamente, rostros delgados y desgastados con surcos donde el dolor había hecho mella y planeaba quedarse, con sus ojos azules perdidos. Alguien había encontrado un modo de lavarle el cabello a Jenny; sin las planchas, lo tenía suave y lacio como el de una niña pequeña, y su bronceado falso se había descolorido y la había dejado aún más pálida que a Fiona. Por primera vez detecté un parecido entre ellas.

–Lamento molestarlas –me disculpé–. Señorita Rafferty, necesito intercambiar unas palabras con la señora Spain.

Fiona agarró aún más fuerte la mano de Jenny.

–Prefiero quedarme.

Fiona lo sabía.

–Me temo que eso no es posible –le dije.

–Entonces no quiere hablar con usted. De todas maneras, no se encuentra aún en condiciones de hablar. No voy a permitir que la acose.

–No pretendo acosarla. Si la señora Spain quiere que haya un abogado presente durante el interrogatorio, puede solicitar uno, pero no puede haber nadie más en la sala. Estoy seguro de que lo entiende.

Jenny desenlazó su mano, con suavidad, y le colocó a Fiona la suya en el brazo de la silla.

–No pasa nada –dijo–. Estoy bien.

–No, no lo estás.

–Lo estoy. De verdad, lo estoy.

Los médicos le habían reducido la dosis de calmantes. Los movimientos de Jenny aún tenían un cierto aire subacuático y su rostro parecía artificialmente tranquilo, casi flácido, como si se le hubieran dañado algunos músculos cruciales, y pronunciaba las palabras despacio y en voz baja, pero con claridad. Estaba lo bastante lúcida como para tomarle declaración, si conseguía llevarla tan lejos.

–Venga, Fiona. Regresa dentro de un rato.

Sostuve la puerta abierta hasta que Fiona se puso en pie, a regañadientes, y agarró su abrigo de la silla. Mientras se lo ponía, le dije:

–Por favor, regrese luego. También necesito hablar con usted una vez su hermana y yo hayamos concluido. Es importante.

Fiona no respondió. Todavía tenía los ojos posados en Jenny. Cuando Jenny asintió, Fiona pasó por mi lado escopeteada y se alejó por el pasillo. Esperé hasta estar seguro de que se había ido antes de cerrar la puerta.

Dejé el maletín en el suelo, junto a la cama, me quité el abrigo, lo colgué de la percha que había tras la puerta, agarré una silla y la acerqué tanto a Jenny que mis rodillas rozaban su manta. Me miró cansinamente, sin curiosidad, como si fuera otro médico afanado en manejar aquellos trastos que pitaban, destellaban y dolían. El grueso vendaje de su mejilla había sido reemplazado por una tirita delgada y limpia; llevaba puesto algo suave y azul, una camiseta o la parte de arriba de un pijama, con unas mangas tan largas que le tapaban la mitad de las manos. Un delgado tubo de goma colgaba de una bolsa de suero y se adentraba bajo su manga. Al otro lado de la ventana, un árbol agitaba molinetes de hojas brillantes contra una delgada franja de cielo azul.

–Señora Spain –le dije–, creo que tenemos que hablar.

Me observó, con la cabeza apoyada en la almohada. Esperaba paciente a que yo acabara y me marchara, a que la dejara hipnotizarse con las hojas en movimiento hasta poder disolverse en ellas, convertirse en un destello de luz, en una brizna de brisa, y desaparecer.

–¿Cómo se encuentra? –le pregunté.

–Mejor. Gracias.

Tenía mejor aspecto. Tenía los labios cortados por el aire del hospital, pero aquella carraspera áspera se había desvanecido de su voz y la había dejado con un tono agudo y dulce, como el de una niña. Además, sus ojos ya no estaban rojos: había cesado de llorar. Si hubiera estado consternada, berreando, habría temido menos por ella.

—Está bien saberlo —le dije—. ¿Cuándo tienen previsto darle el alta los médicos?

—Me dijeron que quizá pasado mañana. O tal vez un día después.

Me quedaban menos de cuarenta y ocho horas. El tictac del reloj y la proximidad a ella me impulsaban a apresurarme.

—Señora Spain —le dije—, he venido para informarle de que ha habido algunos avances en la investigación. Hemos arrestado a alguien por el ataque perpetrado contra usted y contra su familia.

Aquello prendió una chispa de desconcierto en los ojos de Jenny.

—¿Su hermana no se lo ha explicado? —le pregunté.

Negó con la cabeza.

—¿Que han... arrestado a quién?

—Quizá la pille por sorpresa, señora Spain. Es alguien a quien usted conoce, alguien que estuvo muy cercano a usted durante mucho tiempo. —La chispa prendió de puro terror—. ¿Puede explicarme algún motivo por el que Conor Brennan quisiera hacer daño a su familia?

—¿Conor?

—Lo hemos detenido por los crímenes. Presentaremos cargos contra él durante el fin de semana. Lo lamento.

—¡Por Dios, no! ¡No, no, no! Se equivocan. Conor jamás nos haría daño. Él jamás haría daño a nadie. —Jenny batallaba por despegarse de la almohada; extendió una mano hacia mí, una mano con los tendones protuberantes, como los de una anciana, y vi aquellas uñas rotas—. Tienen que soltarlo.

—Lo crea o no, estoy de acuerdo con usted —le aseguré—: yo tampoco creo que Conor sea un asesino. Por desgracia, todas las pruebas lo acusan y ha confesado haber cometido los crímenes.

—¿Que ha confesado?

–Sí, y es algo que no puedo pasar por alto. A menos que otra persona me aporte pruebas sólidas de que Conor no asesinó a su familia, no me queda más remedio que presentar cargos contra él... y, créame, el caso se sostendrá ante un tribunal. Lo encerrarán en prisión bastante tiempo.

–Yo estaba allí. No fue él. ¿Es eso lo bastante concreto?

–Creía que no recordaba aquella noche –comenté con tono amable.

La desconcerté solo por un segundo.

–Y no la recuerdo. Pero si hubiera sido Conor, lo recordaría. Así que no fue él.

–Dejémonos de juegos, señora Spain –repliqué–. Estoy casi seguro de que usted sabe qué sucedió aquella noche. Estoy convencido, de hecho. Y también estoy bastante seguro de que Conor es la única persona viva, aparte de usted, que lo sabe. Eso la convierte a usted en la única persona que puede liberarlo del anzuelo. A menos que quiera que lo condenen por asesinato, tendrá que explicarme lo sucedido.

Se le llenaron los ojos de lágrimas, pero pestañeó y logró contenerlas.

–No me acuerdo.

–Tómese un minuto para reflexionar sobre lo que le está haciendo a Conor si insiste en eso. Él la quiere. Los ha querido a Pat y a usted desde siempre. Creo que usted sabe cuánto la quiere. ¿Cómo se sentirá si descubre que usted está dispuesta a obligarlo a pasar el resto de su vida en prisión por un crimen que no ha cometido?

Le temblaba la boca y, por un instante, creí que la tenía, pero luego la cerró con firmeza.

–No irá a la cárcel. Él no hizo nada malo. Ya lo verá.

Esperé, pero la conversación había finalizado. Richie y yo teníamos razón. Estaba planeando su nota de suicidio. Quería a Conor, pero la oportunidad de morir pesaba más para ella que nadie que quedara vivo.

Me incliné sobre mi maletín, lo abrí y extraje el dibujo de Emma, el que encontramos guardado en el piso de Conor. Lo dejé sobre la manta, en el regazo de Jenny. Por un instante, creí oler la fría dulzura de la cosecha de madera y manzanas.

Jenny cerró los ojos con fuerza. Cuando los volvió a abrir, dejó vagar la mirada al otro lado de la ventana, con su cuerpo girado del dibujo, como si pudiera abalanzarse sobre ella.

—Emma dibujó esto el día que murió —dije.

Aquel espasmo de nuevo y Jenny apretando los ojos. Y luego la nada. Contempló las hojas en las que rebotaba la luz, como si yo no estuviera presente.

—Este animal en el árbol. ¿Qué es?

Esta vez, nada de nada. Jenny estaba invirtiendo todas las fuerzas que le quedaban en no dejarme avanzar. Pronto incluso dejaría de escucharme.

Me incliné más hacia delante, tan cerca de ella que pude oler el perfume floral químico de su champú. Su cercanía hizo que se me erizaran los pelos de la nuca en una lenta y fría oleada. Era como inclinarse mejilla con mejilla con un espectro.

—Señora Spain —le dije. Apoyé el dedo en el sobre de plástico que contenía la prueba, en la cosa negra y sinuosa tumbada sobre una rama. Me sonreía, con sus ojos naranjas y sus fauces abiertas, donde se apreciaban unos dientes blancos triangulares—. Observe el dibujo, señora Spain. Dígame qué es esto.

Mi aliento en su mejilla hizo que le titilaran las pestañas.

—Un gato.

Es lo que yo había pensado. No podía creer no haberlo visto nunca como eso, como un animal blandito e inofensivo.

—Pero ustedes no tienen ningún gato. Ni tampoco ninguno de sus vecinos.

–Emma quería uno. Por eso lo dibujó.

–A mí no me parece una mascota mimosa. Parece más bien una fiera salvaje. No un animal que una niña querría tener acurrucado en su cama. ¿Qué es, señora Spain? ¿Un visón? ¿Un glotón? ¿Qué es?

–No lo sé. Algo que se inventó Emma. ¿Qué importancia tiene?

–Pues tiene importancia porque, por lo que he oído sobre Emma, a ella le gustaban las cosas bonitas. Las cosas blandas, peludas y rosas. Así que ¿de dónde sacó algo como esto?

–No tengo ni idea. Quizá de la escuela. O de la tele.

–No, señora Spain. Lo encontró en casa.

–Claro que no. Yo no dejaría que mis hijos se acercaran a un animal salvaje. Adelante: revise nuestra casa. No encontrará nada parecido a eso.

–Ya lo he encontrado –repliqué–. ¿Sabía que Pat escribía en foros de internet?

Jenny volvió la cabeza tan rauda que me estremecí. Me miró asombrada, con los ojos muy abiertos, congelados.

–No lo hacía.

–Hemos encontrado sus publicaciones.

–No es verdad. Es internet; cualquiera podría hacerse pasar por él. Pat no se conectaba a internet. Solo para enviarle correos electrónicos a su hermano y buscar trabajo.

Se había echado a temblar, un temblor diminuto e irrefrenable que le sacudía la cabeza y las manos.

–Encontramos sus publicaciones a través del ordenador de su casa, señora Spain –le aclaré–. Alguien intentó borrar el historial de navegación, pero no hizo muy buen trabajo: nuestros hombres recuperaron la información en un abrir y cerrar de ojos. Durante meses, antes de morir, Pat anduvo buscando un modo de atrapar o al menos identificar al depredador que vivía dentro de las paredes de su casa.

—Eso era una broma. Estaba aburrido. Le sobraba tiempo. Solo andaba bromeando para ver lo que le contestaban otros internautas. Eso es todo.

—¿Y la trampa para lobos que hay en su altillo? ¿Y los agujeros de las paredes? ¿Y los monitores de vídeo? ¿Eso también eran bromas?

—No lo sé. No me acuerdo. Los agujeros de las paredes aparecieron un día. Esas casas están construidas con materiales malísimos, se hacen pedazos... Y lo de los monitores, eso era un juego entre Pat y los niños, solo para ver si...

—Señora Spain —la interrumpí—, escúcheme bien. Somos las dos únicas personas presentes en esta habitación. No estoy grabando nada. No le he leído sus derechos. Nada de lo que usted me diga podrá ser utilizado en su contra.

Muchos detectives juegan esa baza habitualmente, pues piensan que, si el sospechoso habla una vez, la segunda resultará más fácil o la confesión inutilizable los pondrá en camino de algo que puedan utilizar después. A mí no me gusta jugar a estas cosas, pero no tenía nada y tampoco tenía tiempo que perder. Jenny jamás me daría una confesión después de leerle sus derechos, ni en un millón de años. Y yo no tenía nada que ofrecerle que ansiara más que la dulce frialdad de una cuchilla, el fuego purificador de un veneno para ratas, el atractivo rugido del mar, ni nada que blandir que resultara más terrorífico que la idea de pasar otros sesenta años en este planeta.

Si su mente había albergado la más mínima esperanza de tener un futuro, no habría tenido motivo para contarme nada, tanto si podía enviarla a la prisión como si no. Pero hay algo que sí sé sobre las personas que están listas para caminar por el filo de su propia vida: quieren que alguien sepa cómo han llegado hasta ahí. Quizá quieran saber que, cuando se disuelvan en la tierra y el agua, ese último fragmento se salvará y permanecerá en un rinconcito de la mente de alguien; o quizá lo único que anhelen sea una oportunidad de pasarle el marrón a otra persona, para que no las derribe en el viaje. Quieren dejar atrás su historia. Y nadie en el mundo lo sabe mejor que yo.

Eso era lo único que tenía para ofrecerle a Jenny Spain: un lugar para explicar su historia. Habría permanecido allí sentado mientras el azul del cielo se atenuaba para dar paso a la noche, mientras sobre las montañas de Broken Harbour las sonrientes calabazas de Halloween se apagaban y las luces navideñas comenzaban a iluminar desafiantes sus celebraciones, si ese era el tiempo que necesitaba para contármelo. Mientras hablara, significaba que estaba viva.

Se produjo un silencio mientras Jenny dejaba que mis palabras se movieran por su mente. El temblor había desaparecido. Muy despacio soltó las manos de la camiseta y las extendió para agarrar el dibujo que descansaba sobre su regazo; sus dedos se movían como los de una ciega sobre las cuatro cabezas amarillas, las cuatro sonrisas y el nombre en mayúsculas de EMMA en el ángulo inferior.

Con un hilillo de voz, casi un susurro que tintineaba en el aire quieto, dijo:

–Empezaba a salir.

Lentamente, para no asustarla, me recosté en mi silla y le cedí espacio. Fue en el momento de retroceder cuando caí en la cuenta de que me había estado esforzando para no respirar el aire que la rodeaba y noté que estaba un poco mareado.

–Empecemos por el principio –propuse–. ¿Cómo comenzó todo?

Jenny movió la cabeza sobre la almohada, pesadamente, de lado a lado.

–De haberlo sabido, lo habría detenido. He estado aquí tumbada pensando y pensando en ello, pero no soy capaz de detectar cuándo empezó.

–¿Cuándo se dio cuenta de que algo preocupaba a Pat?

–Hace un montón de tiempo, un siglo. ¿En mayo? O a principios de junio. Le comentaba algo y no me contestaba y, cuando lo miraba, me lo encontraba matando moscas, como si intentara escuchar algo. O los niños comenzaban a hacer ruido y Pat se daba la vuelta como un loco y gritaba: «¡Callad!» y, cuando yo le preguntaba qué problema había, porque no era propio de él, me respondía: «Nada, es solo que me apetece disfrutar de un poco de paz y tranquilidad en mi propia casa, ese es el único problema». Eran menudencias, nadie más se habría percatado, pero yo conocía a Pat, lo conocía mejor que si lo hubiera parido, y sabía que algo no iba bien.

–Pero no sabía qué era –apunté.

–¿Cómo podía haberlo sabido? –De repente, su voz adquirió un tono defensivo–. Había comentado unas cuantas veces que había escuchado ruidos, como arañazos, en el altillo, pero yo jamás oí nada. Pensé que probablemente fuera un pajarillo que entraba y salía. No pensé que fuera nada importante... ¿por qué había de serlo? Supuse que Pat estaba deprimido porque lo habían despedido.

Entre tanto, en Pat había ido creciendo el temor de que ella pensara que escuchaba cosas inexistentes. Había dado por supuesto que el animal también intentaba volverla loca a ella.

–¿Le afectó mucho estar en paro?

–Sí. Muchísimo. Teníamos... –Jenny se revolvió inquieta en la cama y contuvo el aliento ante el tirón de una herida–. Habíamos tenido algunos problemas con respecto a eso. Antes nunca discutíamos, jamás. Pero a Pat le encantaba proporcionarnos el sustento; estaba encantado cuando yo dejé mi trabajo, tan orgulloso de poder mantenerme para que yo pudiera ocuparme de los niños. Cuando perdió su empleo... Al principio se mostró positivo y me decía: «No te preocupes, conseguiré trabajo antes de que te des cuenta. Ve a comprarte la blusa esa que quieres y no te preocupes lo más mínimo». Yo también pensé que conseguiría algo pronto, porque es bueno en su trabajo y se deja la piel, así que ¿por qué iba a tener problemas para lograrlo?

Seguía revolviéndose, se pasaba una mano por el pelo, tirándose cada vez con más fuerza de los enredos.

–Así es como funciona esto. Todo el mundo lo sabe: si no tienes un empleo, es porque haces mal tu trabajo o porque no quieres trabajar. Fin de la historia.

–Estamos atravesando una crisis. Durante un período de recesión hay excepciones a la mayoría de las reglas –le rebatí yo.

–Pero es que tenía sentido que él encontrara algo, ¿entiende? Lo que sucede es que las cosas han dejado de tener sentido. Poco importaba lo que Pat se mereciera: no había puestos de trabajo en el mercado. Sin embargo, para cuando llegamos a darnos cuenta de ello, estábamos arruinados.

Aquella palabra hizo que el cuello se le enrojeciera.

–Y eso los estaba tensando a ambos.

–Sí. No tener dinero... es espantoso. Una vez se lo expliqué a Fiona, pero no me entendió. Me preguntó: «¿Qué problema hay? Antes o después uno de los dos conseguiréis un trabajo. Y hasta entonces, no estáis pasando hambre, tienes un montón de ropa y los niños ni siquiera se darán cuenta. Estaréis bien». No sé, quizá para ella y para sus amigos artistillas el dinero no sea importante, pero para la mayoría de las personas que vivimos en el mundo real, lo es y mucho. Existe una gran diferencia entre tener dinero y no tenerlo para hacer cosas reales.

Jenny me lanzó una mirada desafiante, como si no esperara que un viejo como yo la entendiera.

–¿Qué tipo de cosas? –le pregunté.

–Todo. Cualquier cosa. Por ejemplo, antes invitábamos a la gente a cenar a casa o dábamos barbacoas en verano, pero no puedes hacerlo si lo único que te puedes permitir es ofrecerles un té y unas galletas del Dia. Quizá Fiona lo haría, pero yo me habría muerto de vergüenza. Algunas de las personas que conocemos pueden ser auténticas arpías. Seguro que comentarían: «¿Has visto la etiqueta del vino? ¿Te has dado cuenta de que ya no tienen el todoterreno? ¿Ella llevaba puesta ropa del año pasado? La próxima vez que vengamos, irán vestidos con chándal de licra y se alimentarán del McDonald's». Incluso quienes no se hubieran comportado así nos habrían compadecido, y yo no quería que me compadecieran. Si no podíamos hacerlo bien, no lo hacíamos y sanseacabó. Así que dejamos de invitar a gente a casa.

El rojo candente del cuello le había trepado hasta la cara y le había conferido un aspecto abotargado y blando.

–Y tampoco podíamos permitirnos salir. Así que, básicamente, dejamos de telefonear a nuestros amigos. Era humillante mantener una conversación normal, agradable con alguien y luego, cuando te decían: «Bueno, ¿cuándo quedamos?», tener que buscarte alguna excusa, como que Jack tenía la gripe o algo así. Después de varios pretextos, ellos también dejaron de llamarnos, de lo cual debo decir que me alegré, porque facilitaba las cosas, pero al mismo tiempo...

–Debió de sentirse muy sola –apunté.

El sonrojo se avivó, como si eso también fuera algo vergonzoso. Agachó la cabeza para ocultar el rostro tras su cabello.

–Así es, sí. Muy sola. Si hubiéramos estado en la ciudad, podría haber quedado con otras madres en el parque y cosas así, pero allí... A veces transcurría una semana entera sin que intercambiara una palabra con ningún adulto que no fuera Pat, aparte de un mero «Gracias» en las tiendas. Cuando nos casamos, salíamos tres o cuatro veces por semana, el fin de semana teníamos multitud de actividades por hacer, éramos populares y, sin embargo, allí estábamos, mirándonos el uno al otro como un par de perdedores sin amigos. –Se le aceleraba la voz–. Empezamos a discutir por nimiedades, por las cosas más estúpidas: por cómo doblaba yo la colada o por el volumen tan alto al que él ponía la tele. Todo acababa derivando en una discusión por dinero; ni siquiera sé cómo ocurría, pero así era. Así que imaginé que eso debía estar preocupando a Pat. Todas esas cosas.

–¿No se lo preguntó?

–No quería machacarlo con el tema. Era evidente que lo llevaba mal; no quería empeorar las cosas preguntando. Así que me limité a decirme: «Vale. Bien. Me encargaré de que todo sea perfecto para él. Voy a demostrarle que estamos bien». –Al recordar, Jenny levantó la barbilla y pude captar ese destello de acero–. Yo siempre había tenido la casa muy arreglada, pero empecé a tenerla impecable, impoluta, sin una sola miga en ningún sitio. Aunque estuviera hecha polvo, limpiaba toda la cocina antes de acostarme, para que cuando Pat bajara a desayunar estuviera inmaculada. Me llevaba a los niños a recoger flores del campo para tener algo con lo que decorar los jarrones. Cuando los niños necesitaban ropa, se la compraba de segunda mano, por eBay; las prendas no estaban mal, pero, desde luego, un par de años atrás me habría muerto antes que ponerles algo de segunda mano. Aun así, eso me permitía disponer de dinero suficiente para comprar algo de comida decente. A Pat, por ejemplo, le gustaba cenar solomillo esporádicamente. Yo le decía: «¿Lo ves? Todo va bien. Podemos manejar la situación; no vamos a tener que andar rebuscando en la basura de la noche a la mañana. Seguimos siendo nosotros».

Probablemente Richie habría creído estar ante una princesa mimada de clase media con una imagen de sí misma demasiado superficial para vivir sin ensalada al pesto y zapatos de marca. Yo, en cambio, veía una valentía frágil y condenada que me desgarraba el corazón. Veía a una muchacha que creía haber construido una fortaleza contra el mar salvaje, que se había preparado tras la puerta para defenderla con su arsenal de armas patéticas y se había dejado el corazón en ello mientras el agua se filtraba por todos sitios.

–Pero no todo iba bien –dije yo.

–No, claro que no. Hacia, no sé, hacia mediados de julio... Pat estaba cada vez más nervioso y más... Ni siquiera es que nos ignorara a mí y a los niños; es como si se hubiera olvidado de que existíamos porque algo inmenso le ocupaba el pensamiento. Hablaba de esos ruidos en el desván con muchísima frecuencia e incluso instaló uno de los antiguos vigilabebés con vídeo que teníamos, pero yo no logré conectar una cosa con la otra. Simplemente pensé: «Los hombres y la tecnología...», ¿entiende? Creí que Pat solo buscaba modos de ocupar el tiempo libre. Por entonces yo ya me había percatado de que su problema no era solo haberse quedado en el paro... Cada vez pasaba más y más rato frente al ordenador o solo en la planta de arriba mientras los niños y yo estábamos abajo. Temía que se hubiera hecho adicto a alguna especie de porno extraño o que tuviera uno de esos amoríos virtuales o que se estuviera intercambiando mensajes sexuales con alguien por el móvil.

Jenny emitió un sonido a medio camino entre una risa y un sollozo, duro y lo bastante doloroso como para sobresaltarme.

–Si solo... Probablemente debería haber deducido lo que sucedía al ver el monitor, pero... No sé... Tenía otras preocupaciones en mente.

–Los allanamientos.

Un movimiento incómodo con los hombros.

–Bueno. Sí, o lo que fueran. Empezaron más o menos por aquel entonces... o bien yo comencé a darme cuenta en esa época. Me impedían pensar con claridad. Me pasaba todo el tiempo comprobando si faltaba algo o si había algo fuera de lugar, pero luego, si detectaba cuaquier cosa, me preocupaba estar volviéndome paranoica... también con respecto a Pat...

Y las dudas de Fiona no la habían ayudado. Me pregunté si Fiona, en el fondo, había contribuido a desestabilizar a Jenny a propósito o si había sido solo un gesto de honestidad inocente, si es que en temas familiares existe alguna vez algo inocente.

–Así que decidí hacer la vista gorda a todo y continuar adelante. No se me ocurría qué más hacer. Limpiaba aún más la casa; en cuanto los niños desordenaban algo, yo me ponía a ordenarlo o a lavarlo... Fregaba el suelo de la cocina unas tres veces al día. Y ya no lo hacía solo para animar a Pat. Necesitaba que todo estuviera perfecto para que, en caso de encontrar algo fuera de sitio, me diera cuenta de inmediato. Me refiero a que... –un destello de recelo–... no era nada grave, ni nada de eso. Tal y como ya le dije, sabía que probablemente fuera Pat, que había movido algo y había olvidado colocarlo en su sitio. Pero quería asegurarme.

Y yo que había creído que protegía a Conor. Jamás se le había ocurrido que él pudiera estar involucrado en aquello. Estaba convencida de haber sufrido alucinaciones; lo único que le preocupaba era la posibilidad de pesadilla de que los médicos descubrieran que estaba loca y la retuvieran en el hospital. Lo que había estado protegiendo era lo más preciado que le quedaba: su plan.

–Lo entiendo –dije. Fingiendo cambiar de postura, comprobé la hora en mi reloj: llevábamos hablando unos veinte minutos. Antes o después, Fiona, sobre todo si yo estaba en lo cierto sobre ella, no sería capaz de soportar más la espera–. ¿Y entonces...? ¿Qué cambió?

–Entonces –dijo Jenny. El aire en aquella habitación no se podía respirar y la cosa iba a peor, pero ella se abrazaba el cuerpo, como si tuviera frío–. Una noche entré en la cocina y Pat estuvo a punto de arrojar el ordenador al suelo, intentando apagar lo que fuera que estaba haciendo. Así que me senté a su lado y le dije: «Cariño, tienes que explicarme qué sucede. No me importa lo que sea, estoy segura de que podemos solucionarlo, pero necesito saberlo». Al principio, contestó: «Nada, todo va bien, lo tengo todo bajo control, no te preocupes por nada». Lógicamente, a mí me dio un ataque de pánico. Espeté: «Madre mía, ¿qué pasa? ¿Qué sucede? No nos vamos a levantar de esta mesa hasta que me expliques qué está ocurriendo». Y Pat, al ver lo asustada que estaba, me lo soltó de golpe: «No quería preocuparte, pensé que podría atraparlo yo y que nunca tendrías que saberlo...». Entonces me contó toda esa historia sobre visones y mofetas, sobre los huesos en el altillo y los comentarios de la gente en internet...

–Aquella medio risa agria de nuevo–. ¿Quiere que le confiese algo? Me puse de lo más contenta. Le pregunté: «Espera, ¿solo es eso? ¿Es eso lo único que va mal?». Y yo que me había preocupado por si tenía alguna aventura o, yo qué sé, alguna enfermedad terminal... Y allí estaba Pat explicándome que podíamos tener una rata o un bicho viviendo en casa. Estuve a punto de estallar en lágrimas de alivio. Le dije: «Pues déjame que llame a un exterminador mañana. No me importa si tenemos que pedir un préstamo al banco para pagarlo; merecerá la pena». Pero Pat se negó. Me dijo: «No, escucha, no lo entiendes». Me explicó que ya había mandado venir a un exterminador, pero que el tipo le había comentado que, fuera lo que fuera aquel animal, quedaba fuera de su liga. Entonces yo le dije: «Madre mía, Pat, ¿y has permitido que vi-

viéramos aquí como si tal cosa? ¿Es que te has vuelto loco?».
Me miró como un niño que te regala el dibujo que acaba de
hacer y ve cómo lo tiras a la basura. Replicó: «¿Crees que habría
permitido que los críos y tú continuarais aquí si no fuera seguro? Me estoy ocupando de ello. No necesitamos a ningún exterminador que se dedique a echar un poco de veneno y nos
cobre varios cientos de euros. Seré yo quien atrape a ese bicho».
Jenny sacudió la cabeza. Continuó:

–Entonces yo le dije: «Escucha, hasta ahora ni siquiera
has conseguido verlo», a lo que él respondió: «Ya lo sé, pero
eso es porque no podía hacer nada que te diera pistas. Ahora
que lo sabes, hay un montón de alternativas. ¡Madre mía, Jen,
no sabes lo aliviado que me siento!». Se reía: se recostó en la
silla, frotándose el pelo hasta desordenárselo, y riendo. A mí,
personalmente, no me hacía gracia, pero aun así... –Algo que
podría haber sido una sonrisa, si sus ojos hubieran estado menos anegados por la tristeza–. Era agradable verlo así, ¿entiende? Muy agradable. Así que le pregunté: «¿Cuáles son esas
alternativas?». Pat apoyó los codos en la mesa, resuelto, como
cuando nos sentábamos allí a planificar nuestras vacaciones
u otra cosa, y me dijo: «Bueno, es evidente que el monitor
del altillo no está funcionando. El animal lo aparta; quizá no
le gusten los infrarrojos, no lo sé. Así que lo que tenemos que
hacer es pensar como ese animal. ¿Entiendes lo que quiero
decir?». Yo le dije: «Ni una palabra», y él volvió a prorrum-
pir en carcajadas. Me explicó: «Vale, ¿qué quiere ese bicho?
No estamos seguros: podría ser comida, calidez, incluso compañía. Pero, sea lo que sea, cree que va a encontrarlo en esta
casa o, de lo contrario, no estaría aquí, ¿me sigues? Si quiere
algo que cree que puede obtener de nosotros, tenemos que
brindarle la oportunidad de que se acerque un poco más».
Yo repliqué: «No, Pat, eso no», pero él continuó: «No, no,
no te preocupes, ¡no le permitiremos que se acerque dema-

siado! Me refiero a brindarle una oportunidad "controlada". Podemos controlarlo todo el rato. Instalaré un monitor en el descansillo, apuntando hacia la trampilla del desván, ¿de acuerdo? Dejaré la trampilla abierta, pero la cubriré con malla de alambre, para que ese bicho no pueda descender a la casa. Mantendremos la luz del descansillo encendida, para poder verlo sin necesidad de infrarrojos, por si es eso lo que lo está asustando. Y, a partir de ahí, lo único que tendremos que hacer será esperar. Antes o después caerá en la tentación y necesitará acercarse a nosotros, se dirigirá a la trampilla y, ¡bingo!, captaremos su imagen en la cámara. ¿Lo ves? ¡Es un plan perfecto!».

Jenny levantó las palmas hacia arriba en gesto de indefensión y añadió:

–A mí no me sonaba exactamente perfecto, pero se supone que tengo que secundar a mi marido, ¿no? Y tal y como ya le he explicado, hacía meses que no parecía tan feliz. Así que le dije: «Bien, adelante. Ponte manos a la obra».

Aquel relato debería haber sido un galimatías, fragmentos incoherentes explicados entre sollozos. En su lugar, era cristalino como el agua. Lo explicaba con la misma implacabilidad, precisión y voluntad férrea que la había impulsado a dejar la casa impoluta cada noche antes de conciliar el sueño. Quizá yo debería haber admirado su control o, cuando menos, dar las gracias por él: antes de aquel interrogatorio había pensado que ver a Jenny deshecha por la pena sería mi peor pesadilla. Pero aquella voz queda y uniforme, como algo descarnado que te despierta en medio de la noche para susurrarte al oído, era mucho peor. Tuve que aclararme la garganta antes de poder preguntarle:

–¿Cuándo tuvo lugar esta conversación?

–Diría que hacia finales de julio. Madre mía... –La vi tragar saliva–. Hace menos de tres meses. No puedo creerlo... Parece que hayan pasado tres años.

La fecha de finales de julio encajaba con las publicaciones de Pat en el foro.

—¿Usted dio por sentado que el animal existía? —le pregunté—. ¿O se le ocurrió la posibilidad, por mínima que fuera, de que podía ser producto de la imaginación de su marido?

—Pat no está loco —me cortó Jenny tajante al instante.

—Nunca pensé que lo estuviera. Pero usted acaba de explicarme que vivía bajo una enorme presión. En tales circunstancias, la imaginación de cualquiera puede desbordarse.

Jenny se removió inquieta.

—No lo sé. Quizá sí me lo preguntara... veladamente. Yo nunca escuché ningún ruido, así que... —respondió, con un encogimiento de hombros—. Pero la verdad es que no me importaba. Lo único que me importaba era recobrar la normalidad. Imaginé que una vez Pat instalara la cámara, las cosas mejorarían, que o conseguiría echar un vistazo a aquel animal o decidiría que ya no estaba allí porque se había largado a otro lugar o porque nunca lo estuvo. Y, en cualquiera de los casos, se sentiría mejor porque estaría haciendo algo y porque podía hablar con franqueza conmigo, ¿entiende? Sigo pensando que tiene sentido. No era algo descabellado, ¿no cree? Cualquiera habría pensado lo mismo, ¿no es cierto?

Posó los ojos sobre mí, abiertos como platos, suplicantes.

—Es exactamente lo que yo habría pensado —le confirmé—. Pero no fue eso lo que sucedió.

—En lugar de mejorar, la situación empeoró. Pat no conseguía captar nada en el monitor y, en lugar de tirar la toalla, decidió que el animal sabía que la cámara estaba ahí. Yo le dije: «Pero ¡qué tonterías dices! ¿Cómo va a saberlo?», y él me contestó: «Sea lo que sea, no es estúpido. No tiene un pelo de tonto». Me comentó que seguía oyendo los ruidos como si rasparan en el salón, cuando miraba la tele, así que imaginó que el animal se había asustado de la cámara y había descendido por las paredes. Dijo: «Esa trampilla está demasiado a la vista. No sé cómo se me ocurrió usarla; ninguna bestia salvaje saldría a campo abierto por ahí. Claro que ha bajado por las paredes. Lo que necesito de verdad es una cámara enfocada hacia el interior de la pared del salón». Yo me disgusté: «De ninguna manera», pero Pat insistió: «Venga, Jen, solo será un agujerito. Lo haré fuera de la vista, junto al sofá; ni siquiera te darás cuenta de que está ahí. Será solo por unos días, a lo sumo semanas; solo hasta que podamos ver esa cosa. Si no lo solucionamos ahora, el bicho ese podría quedar atrapado en el interior de las paredes y morir ahí, y luego tendría que destrozar la mitad de la casa para conseguir sacarlo. No quieres que eso suceda, ¿verdad?».

Jenny tiró con los dedos del dobladillo de la sábana y lo dobló en pequeños pliegues.

—Para ser sincera —continuó—, no me preocupaba en absoluto. Quizá usted tenga razón: quizá, en el fondo, creyera que no había ningún animal. Pero, por si acaso... Y era tan importante para él. Así que le di el visto bueno. —Movía los dedos con más celeridad—. Quizá fuera error mío; ahí fue donde me equivoqué. Tal vez si me hubiera plantado entonces se habría olvidado de todo ese asunto. ¿Qué cree usted?

Aquella súplica desesperada me abrasaba la piel. Tuve la impresión de que nunca lograría zafarme de aquella sensación.

—Dudo que lo hubiera olvidado —opiné.

—¿De verdad? ¿No cree que si me hubiera limitado a negarme todo habría salido bien?

No soportaba mirarla a los ojos.

—¿Y Pat taladró aquel agujero en la pared? —le pregunté.

—Sí. Nuestra preciosa casa... Habíamos trabajado como condenados para comprarla y tenerla bonita, nos encantaba, y él se dedicó a hacerla pedazos. Me dieron ganas de llorar. Pat me miró a la cara y me preguntó, ceñudo: «¿Qué problema hay? Dentro de un par de meses será del banco de todos modos». Jamás antes había dicho algo parecido. Antes los dos siempre habíamos creído que la situación acabaría por resolverse... Y aquella mirada en su cara... No pude decir nada. Me di media vuelta y lo dejé allí, martilleando la pared. Se desmoronó como si estuviera fabricada de papel.

Comprobé de nuevo la hora en mi reloj por el rabillo del ojo. Imaginé que Fiona tendría ya la oreja pegada a la puerta, intentando descifrar cuándo irrumpir en la habitación. Acerqué mi silla a Jenny todavía más (se me erizó el pelo de la nuca al hacerlo), para que no tuviera que alzar la voz.

–Y la nueva cámara tampoco captó nada –continuó–. Una semana después, los críos y yo regresamos de hacer las compras y vimos otro agujero, en el vestíbulo. «¿Qué es esto?», le dije, y Pat contestó: «Dame las llaves del coche. Necesito otro monitor, rápido. Está pasando del salón al vestíbulo; te juro que lo hace a propósito, para joderme. ¡Un monitor más y atraparé a ese malnacido!». Quizá también podría haberme plantado entonces, quizá debería haberlo hecho entonces, pero Emma preguntó: «¿Qué? ¿Qué? ¿Qué se mueve, papá?» y Jack se echó a gritar: «Malnacido, malnacido, malnacido», y lo único que yo quería era que Pat se largara de allí para poderlos tranquilizar. Le entregué las llaves y salió disparado por la puerta.

Una sonrisa leve y amarga, chueca.

–Estaba más alterado de lo que lo había estado en meses –prosiguió relatando–. Les dije a los niños: «Papá cree que puede haber un ratoncito, pero no os preocupéis». Y cuando Pat regresó, con tres monitores de vídeo, por si acaso, cuando Jack llevaba tejanos de segunda mano, le regañé: «No hables de esto delante de los niños o les provocarás pesadillas. Lo digo en serio». Él me contestó con desdén: «Claro, por supuesto, tienes razón, como siempre, ningún problema».

Aquello duró unas dos horas más o menos. Aquella misma noche yo estaba en la habitación de los juguetes, leyéndoles un cuento a los niños, y Pat subió corriendo con uno de aquellos malditos monitores, gritando: «Jen, escucha, está haciendo ese ruido, como silbando, ¡escucha!». Le lancé una mirada asesina, pero pareció no darse cuenta siquiera, o al menos no hasta que le espeté: «Hablaremos de ello más tarde», y encima pareció enfadarse.

Hablaba cada vez más alto. Me habría dado un bofetón a mí mismo por no acudir allí acompañado de alguien, de quien fuera, incluso de Richie, para hacer guardia fuera de la puerta.

–Y la tarde siguiente –continuó– estaba en el ordenador y los niños estaban allí delante. Yo les estaba preparando la merienda y Pat me dice: «¡Caramba, Jen, escucha esto! Un tío de Eslovenia ha creado un visón gigante del tamaño de un perro. Me pregunto si se le podría haber escapado uno y...». Y como los niños estaban delante le tuve que cortar: «Es muy interesante, ¿por qué no me lo cuentas después?», mientras por dentro no dejaba de gritar: «¡Me importa un bledo! ¡Me da igual! ¡Lo único que quiero es que te calles cuando los niños están delante!».

Jenny intentó respirar hondo, pero tenía los músculos demasiado tensos para poder hacerlo.

–Y los niños acabaron por descubrirlo, claro –añadió– o, al menos, Emma. Un par de días después íbamos en el coche, ella, Jack y yo, y me preguntó: «Mamá, ¿qué es un visón?». Yo le contesté: «Un animal». «¿Hay un visón viviendo dentro de nuestras paredes?», quiso saber. Yo le respondí, con total naturalidad: «No, no lo creo. Pero si lo hay, papá se deshará de él». Los niños parecieron quedarse tranquilos, pero me habría gustado pegar a Pat. Al regresar a casa, se lo conté, gritando (había enviado a los niños al jardín para que no escucharan) y Pat se limitó a decir: «¡Ups!, vaya, lo siento. Pero

¿sabes qué? Ahora que lo saben, quizá puedan ayudarnos. Yo no puedo mirar todos estos monitores al mismo tiempo y me da miedo perderme algo. Quizá los niños podrían mirar uno cada uno», lo cual me parecía una idea tan descabellada que no sabía ni qué decir. Al final solté: «No y no. De ninguna manera. No te atrevas siquiera a volver a insinuarlo», y no lo hizo, pero aun así... Y, por supuesto, aunque él mismo había dicho que había demasiados monitores, no logró sacar nada de la pared del pasillo, así que hizo más agujeros e instaló más monitores. ¡Llegó un momento en que cada vez que me daba la vuelta aparecía un nuevo boquete en la casa!

Emití un sonido de comprensión nada comprometedor. Jenny ni se percató.

—Y a eso fue a lo que se dedicó: a vigilar aquellos monitores. Compró una trampa, pero no una trampa para ratones, no, compró una cosa gigante y espantosa con dientes que colocó en el altillo... supongo que la han visto. Se comportaba como si todo fuera un gran misterio. No dejaba de decir: «No te preocupes, cariño, ojos que no ven, corazón que no siente», pero estaba encantado con aquella trampa, como si se hubiera comprado un Porsche nuevo o una varita mágica que fuera a solucionar todos nuestros problemas para siempre. De haber podido, se habría quedado contemplando aquella trampa las veinticuatro horas, los siete días de la semana. Dejó de jugar con los niños; ni siquiera podía dejar a Jack con él mientras llevaba a Emma a la escuela o, de lo contrario, al regresar me lo podía encontrar pintando el suelo de la cocina con salsa de tomate mientras Pat estaba allí sentado tan pancho, a un metro de distancia, con la vista absorta en aquellas pantallas y la boca abierta. Intenté que los apagara cuando los críos estaban delante, y muchas veces lo hacía, pero eso solo significaba que, en el preciso instante en que los niños se iban a la cama, Pat se sentaba delante de aquellos cacharros y se pasaba allí toda la noche. En un par de ocasiones intenté preparar una cena íntima, con velas, flores y la cubertería de las ocasiones especiales, y me acicalé como si fuéramos a tener una cita, pero él se limitó a alinear los monitores delante de su plato y se quedó mirándolos todo el tiempo mientras cenábamos. Decía que era importante: aquel bicho se volvía como loco cuando olía comida, así que tenía que estar listo. Yo pensaba que nosotros, que nuestra relación de pareja también era importante, pero no, al parecer no.

Recordé los mensajes frenéticos que había publicado en los foros: «No lo entiende, no lo capta...».

—¿Intentó explicarle a Pat cómo se sentía? —le pregunté.

Jenny levantó las manos y las abrió hacia fuera, con el vial del suero oscilando sobre aquel gran morado.

—¿Cómo? Era imposible mantener una conversación con él, por si se perdía algo en uno de aquellos puñeteros monitores. Cuando intentaba decirle algo, aunque fuera solicitar su ayuda para que me bajara algo de una estantería, me hacía callar. Jamás antes había hecho algo parecido. Yo no sabía si explicárselo a alguien o si al hacerlo solo conseguiría que Pat se pusiera hecho una furia conmigo o que se distanciara todavía más de mí. Además, no sabía por qué no me atrevía a contarlo, no sabía si era porque estaba tan estresada que no pensaba con claridad o, sencillamente, porque no había ninguna respuesta adecuada...

—Lo entiendo —intenté tranquilizarla—. No era mi intención insinuar...

Pero Jenny no se detuvo:

—Además, ya prácticamente ni nos veíamos el uno al otro. Pat aseguraba que aquella cosa estaba «más activa» de noche, así que se quedaba despierto hasta altas horas de la madrugada y luego dormía hasta mediodía. Antes siempre nos íbamos a la cama juntos, pero los niños se levantan temprano, así que no podía quedarme con él. Él me pedía que lo hiciera; me decía: «Venga, sé que esta noche vamos a verlo, lo presiento». Vivía permanentemente con la idea de que iba a atrapar a esa cosa, con un nuevo cebo o instalando una especie de tienda sobre el agujero y la cámara para que el animal «se sintiera seguro». Y me repetía: «Por favor, Jenny, por favor, te lo suplico... solo con verlo una vez serás tan feliz que dejarás de preocuparte por mí. Sé que no me crees, pero quédate despierta conmigo esta noche y lo verás...».

—¿Y lo hizo? —Mantuve la voz baja y esperé a que Jenny captara la indirecta, pero ella hablaba en un tono cada vez más elevado.

—¡Lo intenté! Yo detestaba incluso mirar aquellos agujeros, los odiaba con todas mis fuerzas, pero pensé que, si Pat tenía razón, se lo debía y, si estaba equivocado, prefería estar segura, ¿me entiende? Además, en cualquier caso, al menos así haríamos algo juntos, aunque no fuera exactamente disfrutar de una cena romántica. Sin embargo, yo empezaba a estar exhausta. En un par de ocasiones había temido quedarme dormida conduciendo. No pude continuar. Así que me acostaba a dormir a medianoche y Pat subía cuando se cansaba de tener los ojos abiertos. Al principio, venía a la cama hacia las dos de la madrugada, pero luego fue alargándose hasta las tres, las cuatro, las cinco y a veces ni siquiera eso. Por la mañana me lo encontraba rendido en el sofá, con todos los monitores alineados sobre la mesita de centro. O en la silla junto al ordenador, porque se había pasado toda la noche en internet leyendo sobre animales.

—«Si estaba en lo cierto» —repetí yo—. Para entonces, usted había empezado a albergar dudas.

Jenny cogió aire y, por un instante, pensé que iba a zanjar la conversación de nuevo, pero luego relajó la espalda y se dejó caer sobre las almohadas.

–No. Para entonces no lo sospechaba, lo sabía –aclaró con voz tranquila–. Yo tenía la certeza de que no había nada ahí arriba. De haberlo, ¿cómo era posible que yo no lo hubiera escuchado nunca? Y con todas aquellas cámaras, ¿cómo se explica que nunca, ni una sola vez, viéramos nada? Intenté convencerme de que podía existir, pero sabía que no. Sin embargo, ya era demasiado tarde. Nuestra casa hecha pedazos, Pat y yo casi sin hablarnos; ni siquiera recordaba la última vez que nos habíamos besado, besado de verdad. Los niños estaban cada vez más nerviosos, hiperactivos, aunque ni siquiera ellos entendían por qué. –Movió la cabeza de lado a lado, a ciegas–. Yo sabía que debía hacer algo, ponerle fin a todo aquello. No soy tonta ni estoy loca: simplemente, llegados a aquel punto, lo sabía. Pero no sabía qué hacer. No existe ningún libro de autoayuda para casos como este, ningún grupo de internet. Y tampoco te explican cómo proceder en tal situación en los cursos prematrimoniales.

–¿No se le ocurrió hablar con alguien? –pregunté.

Aquel destello de acero otra vez.

–No. Claro que no. ¿Bromea o qué?

–Era una situación difícil. Mucha gente habría pensado que explicárselo a alguien podría ayudarla.

–Pero ¿con quién iba a hablar?

–Pues con su hermana, por ejemplo.

–¿Con Fiona...? –Un gesto irónico con la boca–. No me parece buena opción. Yo quiero mucho a Fi, pero, tal y como le he explicado ya, hay algunas cosas que no entiende. Además, ella siempre... Entre las hermanas surgen celos. Fi siempre pensó que a mí todo me había resultado muy fácil en la vida, como si las cosas me hubieran caído del cielo, mientras que ella tenía que matarse a trabajar para conseguir cualquier cosa. Si le hubiera explicado algo de aquello, parte de ella se habría congratulado por dentro y habría pensado: «Pues ahora ya sabes lo que se siente». No lo habría dicho, pero yo lo habría sabido. ¿En qué sentido podría haberme ayudado eso?

–¿Y qué hay de sus amigos?

–No tengo ese tipo de amigos, ya no. Además, ¿qué iba a decirles? «Hola, Pat tiene alucinaciones y cree que hay un animal viviendo dentro de las paredes... Creo que se está chiflando...». Claro, por supuesto. Ya le he dicho que no soy tonta. En cuanto le explicas algo así a alguien, corre el rumor. Y ya se lo he dicho: yo no pensaba tolerar que nadie se riera de nosotros o, aún peor, que nos compadecieran. –La mera idea le hizo alzar la barbilla, lista para luchar–. No dejaba de pensar en Shona, una chica que había sido nuestra amiga cuando éramos críos; se ha convertido en una auténtica arpía. Ahora ya no mantenemos el contacto, pero, si se hubiera enterado de aquello, me habría telefoneado de inmediato. Siempre que tenía la tentación de contárselo a Fi o a cualquier otra persona, eso es lo que oía en mi cabeza: Shona. «¡Jenny! ¡Hola! Madre mía, me he enterado de que Pat ha perdido la chaveta y ve elefantes rosas en el techo, ¿es verdad? Todo el mundo está sorprendidísimo. Nadie habría imaginado algo así. Recuerdo que todos pensábamos que erais la pareja perfecta, el señor y la señora Aburridos, que fueron felices y comieron perdices... ¡Y mira lo equivocados que estábamos! He de dejarte, tengo hora para darme un masaje con piedras calientes; solo quería decirte que lamento mucho que tu vida se haya hecho añicos... ¡Hasta lueguito!».

Jenny estaba rígida en la cama, con las manos apoyadas con fuerza en la manta y los dedos clavados en ella.

–Eso era una de las pocas cosas que nos quedaban –continuó–: nadie lo sabía. Yo no cesaba de repetirme: «Al menos tenemos eso». Mientras todo el mundo pensara que nos iba de maravilla, teníamos la oportunidad de recuperarnos y hacer que la cosa volviera a funcionar. Si la gente cree que eres un chiflado y un lunático, empieza a tratarte como tal, y entonces sí que estás jodido. Ahí sí que no tienes nada que hacer.

«Si todo el mundo te trata así –le había dicho yo mismo a Richie–, así es como te sientes. ¿Por qué habría de ser esto diferente?».

–Hay profesionales –apunté–. Terapeutas, analistas. Cualquier cosa que le hubiera explicado a alguien así habría sido estrictamente confidencial.

–¿Para qué? ¿Para que me dijeran que Pat estaba como un cencerro y que lo internara en un loquero donde de verdad habría perdido la cabeza? No. Pat no necesitaba un psicólogo. Lo único que Pat necesitaba era un empleo para no disponer de tanto tiempo libre y matar las horas flipando con tonterías, para acostarse a dormir a una hora decente en lugar de... –Jenny apartó el dibujo de sí con tal violencia que salió volando de la cama y acabó por aterrizar junto a mi pie con un feo sonido áspero–. Pensé que lo que debía hacer era llevar yo las riendas hasta que él encontrara un nuevo trabajo. Eso era todo. Y no lograría hacerlo si todo el mundo sabía qué le ocurría. Cuando recogía a Emma de la escuela y su maestra me sonreía y me decía: «Caramba, Emma cada vez lee mejor...» o lo que fuera, me sentía como una madre normal regresando a un hogar normal; ese era el único momento en que me sentía normal. Y lo necesitaba con todas mis fuerzas. Eso era lo único que me ayudaba a sobrellevarlo. Si la maestra me hubiera dedicado una espantosa sonrisa compasiva y me hubiera dado una palmadita en el brazo, porque hubiese descubierto que el papá de Emma estaba en un manicomio, habría querido que me tragara la tierra allí mismo, en el aula de mi hija.

Hacía tanto calor que parecía que se podía cortar el aire con un cuchillo. Por una milésima de segundo me vi con Dina, yo con catorce y ella con cinco, yo doblándole el brazo tras la espalda en la puerta de la escuela y diciéndole: «Cállate, cállate, no hables nunca de mamá fuera de casa o te romperé el brazo...». El alarido de dolor de ella, como un silbido de una locomotora a vapor, y el placer nauseabundo de la caída libre que sentí al tirar de su muñeca aún más hacia arriba. Me incliné para recoger el dibujo para poder ocultar mi rostro.

–Yo nunca pedí demasiado. Nunca fui una de esas mujeres ambiciosas que aspiran a salir con una estrella del rock o con un alto ejecutivo ni que quieran convertirse en la mujer de moda –explicó Jenny–. Lo único que yo quería era una vida normal.

Su voz había perdido toda la fuerza, sonaba exhausta y lánguida. Deposité el dibujo de nuevo sobre la cama, pero no pareció darse cuenta.

–Por eso no volvió a enviar a Jack a la guardería, ¿verdad? –quise saber–. No por el dinero, sino porque decía que había oído a aquel animal y usted temía que lo dijera allí.

Jenny se estremeció como si le hubiera alzado la mano para abofetearla.

–¡No paraba de repetirlo! Al principio del verano lo decía de vez en cuando, pero solo porque Pat lo alentaba a hacerlo. Bajaban a la planta de abajo y Pat me decía: «¿Lo ves, Jen? No me estoy volviendo loco. Jack acaba de escucharlo hace un momento, ¿verdad, Jack?». Y, claro, Jack contestaba: «¡Sí, mami, he oído al *aminal* del techo!». Si le dices a un crío de tres años que ha oído algo y él sabe que quieres que lo haya oído, por supuesto que acabará convenciéndose de que lo ha hecho. Entonces ni siquiera me pareció que tuviera que darle importancia. Lo tranquilicé diciéndole: «No te preocupes, cariño, no es más que un pajarito, se irá dentro de un minuto». Pero luego...

Algo le tensó el cuerpo, tanto que pensé que iba a vomitar. Tardé un segundo en darme cuenta de que había sido un escalofrío.

–Luego empezó a repetirlo cada vez con más frecuencia –prosiguió–. «¡Mamá, el *aminal* ha estado rascando, rascando y rascando en mi pared! Mamá, el *aminal*, el *aminal*, el...». Y entonces, una tarde, en agosto, creo, hacia finales de mes, lo llevé a jugar a casa de su amiguito Karl y cuando fui a recogerlo los dos estaban en el jardín, gritando y fingiendo ver algo que asomaba. Aisling, la madre de Karl, me comentó: «Jack ha estado fabulando sobre un animal que gruñe y Karl asegura que deberían matarlo, así que eso es lo que han estado haciendo. ¿Te parece bien? ¿No te importa?».

Aquel escalofrío martirizador de nuevo.

–Pensé que me iba a desmayar –me explicó–. Por suerte, Aisling creyó que Jack se lo había imaginado todo; lo único que le preocupaba es que yo creyera que estaba alentando a los niños a ser crueles con los animales o algo así. No sé cómo logré salir de allí. Me llevé a Jack a casa y me senté en el sofá con él sobre mi regazo; es lo que hacemos cuando vamos a tener una conversación seria. Le dije: «Jack, mírame. ¿Recuerdas que te expliqué que el Gran Lobo Malo no era real? Ese animal del que le hablabas a Karl es del mismo tipo que el Gran Lobo Malo: es una invención. Sabes que no hay ningún animal de verdad, ¿verdad? Sabes que solo es imaginario, ¿verdad?». No me miraba. No dejaba de contonearse e intentar bajar al suelo... Jack odiaba estarse quieto, pero no era solo eso. Lo agarré de los brazos con más fuerza. Me aterrorizaba hacerle daño, pero quería escucharlo decirme que sí. Tenía que hacerlo. Finalmente gritó: «¡No! ¡Gruñe dentro de las paredes! ¡Te odio!», me dio una patada en la barriga, se soltó y se marchó corriendo.

Jenny alisó la manta con cuidado sobre sus rodillas.

–Así que –continuó– telefoneé a la guardería y les dije que Jack no regresaría. Puse la excusa del dinero; no es que me hiciera demasiada gracia, pero no se me ocurrió nada mejor. Cuando Aisling telefoneó después de aquello, no respondí al teléfono. Me dejó mensajes, pero me limité a borrarlos sin escucharlos. Al cabo de un tiempo dejó de llamar.

—¿Y Jack? —le pregunté—. ¿Continuó hablando de aquel animal?

—Después de aquello no. Una o dos veces lo mencionó de paso, pero igual que podía hablar de Baloo o de Elmo, ¿entiende? No como si formara parte de su vida real. Yo sabía que podía deberse a que él sabía que yo no quería oírlo, pero me parecía bien. Jack era muy pequeño. Mientras supiera no actuar como si fuera de verdad, no importaba demasiado que supiera el porqué. Una vez acabara todo, se olvidaría de ello.

Con mucho tacto le pregunté:

—¿Y Emma?

—Emma —dijo Jenny con tanta dulzura como si quisiera acurrucar su nombre entre sus manos y protegerlo de salpicaduras—. Tenía tanto miedo por Emma. Era todavía demasiado pequeña como para acabar creyendo en aquella cosa si Pat insistía en hablar de ello, pero no lo bastante pequeña como para que los demás se dieran cuenta de que solo era un juego, como sucedió con Aisling y Jack. Y no podía desapuntarla de la escuela tampoco. Y Emma... cuando algo la intranquiliza, no consigue quitárselo de la cabeza; puede pasarse preocupada semanas y semanas, retomando el tema una y otra vez. Si empezaba a obsesionarse con aquello, yo no sabría qué hacer. Cuando intentaba buscar una solución, se me quedaba la mente en blanco. Así que, una noche de agosto, cuando fui a arroparla a la cama, después de haber hablado con Jack, intenté explicárselo. Le dije: «Cielo, ¿sabes ese animal del que habla papá? ¿El del desván?». Emma me lanzó una mirada cautelosa. Me partió el alma: no debería tener que ser vigilante conmigo, pero, al mismo tiempo, casi me alegré por el hecho de que supiera que debía tener cuidado. «Sí, el que araña», me respondió. Yo le pregunté: «¿Tú lo has oído alguna vez?» y negó con la cabeza y me dijo: «No».

El pecho de Jenny se infló y se desinfló.

–Sentí tanto alivio, tanto... –prosiguió–. A Emma no se le da bien mentir; la habría descubierto si lo hubise hecho. Le dije: «Claro. Porque no existe. Lo que ocurre es que últimamente papá está un poco confundido. A veces, la gente piensa cosas tontas cuando no se encuentra bien. ¿Recuerdas cuando tuviste la gripe y te equivocabas de nombre al llamar a tus muñecas porque se te mezclaba todo en la cabeza? Pues así es como papi se siente ahora. Así que tenemos que cuidar mucho de él y esperar a que se ponga mejor». Emma lo entendió; le gustaba ayudarme a cuidar de Jack cuando estaba enfermo. Me dijo: «Probablemente necesite tomar un medicamento y sopa de pollo». Y yo le contesté: «Claro. Voy a probar si así se cura. Pero, si no se pone bueno enseguida, ¿sabes qué es lo más importante que puedes hacer para ayudar? No contárselo a nadie. A nadie, nadie, nunca. Papá se recuperará pronto y, cuando lo haga, es muy importante que nadie sepa nada de esta historia o pensarán que es un tonto. El animal tiene que ser un secreto de la familia. ¿Lo entiendes?».

Acariciaba la sábana con el pulgar, un movimiento minúsculo y tierno.

–Emma me preguntó: «Pero ¿estás segura de que no está ahí?» –agregó–, y yo le respondí: «Claro, cariño, completamente segura. Es solo una tontería, así que no hablaremos más sobre ello, ¿de acuerdo?». Emma se puso mucho más contenta. Se acurrucó en la cama y dijo: «Vale, sshhh» y se llevó el dedo a la boca, sonriéndome...

Jenny contuvo el aliento y dejó caer la cabeza hacia atrás. Tenía los ojos idos, inquietos. Me apresuré a preguntarle:

–¿Y no volvió a mencionarlo?

No me escuchó.

–Lo único que yo intentaba es que los niños estuvieran bien. Era lo único que podía hacer. Mantener la casa limpia, a los niños seguros y levantarme por las mañanas. Algunos días pensaba que ni siquiera sería capaz de conseguir eso. Sabía que Pat no iba a ponerse mejor, que nada iba a mejorar. Incluso había dejado de solicitar trabajos y, además, ¿quién iba a contratarlo en el estado en que se encontraba? Y necesitábamos dinero, pero, aunque hubiera logrado ingeniarme una manera de conseguirlo, no podía dejar a los niños a solas con él.

Intenté emitir un sonido tranquilizador, pero no sé muy bien qué me salió. Jenny no se detuvo:

–¿Quiere que le diga qué sensación tenía? Tenía la impresión de estar atrapada en una ventisca. ¿Sabe? Cuando no ves a dos palmos de ti y no escuchas nada más que ese rugido blanco incesante y no tienes ni idea de dónde estás ni adónde te diriges, y la ventisca te azota en todas las direcciones, te azota y te azota sin cesar. Y lo único que puedes hacer es continuar dando un paso y luego otro… no porque vaya a conducirte a sitio alguno, sino solo para no tumbarte y morir. Así era como me sentía.

Su voz, al narrar aquella pesadilla de recuerdo, salía desgarrada, hinchada, como si algo oscuro y podrido hubiera empezado a reventar. Le dije, por su bien o por el mío, ni lo sé ni me importa:

–Avancemos en el tiempo. ¿Esto sucedió en agosto?

Pero yo no era más que unos sonidos imperceptibles y sin sentido, parloteando en el borde de aquella ventisca.

–Me sobrevenían mareos. Subía las escaleras y, de repente, la cabeza empezaba a darme vueltas y tenía que sentarme en un escalón y apoyarla sobre las rodillas hasta que se me pasaba. Se me empezaron a olvidar cosas, cosas que acababan de ocurrir. Por ejemplo, le decía a los niños: «Poneos los abrigos, que vamos a salir a comprar» y Emma me miraba raro y me decía: «Pero si ya hemos ido esta mañana». Entonces yo comprobaba los armarios y, efectivamente, todo lo que creía que necesitábamos ya estaba ahí, pero era incapaz de acordarme. No recordaba haber colocado los productos en su sitio, ni siquiera haberlos comprado o haber ido a la tienda. O bien decidía darme una ducha y, cuando me quitaba la camiseta, me daba cuenta de que ya tenía el cabello mojado: ¡y es que acababa de ducharme haría menos de media hora! Habría pensando que estaba perdiendo el juicio, pero ni siquiera tenía espacio mental para preocuparme de eso. No podía concentrarme en nada más que en el instante presente.

En aquel momento pensé en Broken Harbour: en mi paraíso estival bañado por las curvas del agua y los bucles de las aves marinas y el largo descenso de aquella luz entre dorada y plateada a través del dulce aire; en el estiércol, los cráteres y las paredes de cantos afilados donde los seres humanos disfrutaban de su retiro. Por primera vez en mi vida vi aquel lugar tal y como era: letal, concebido y condenado a la destrucción con la misma precisión que aquella trampa que amenazaba en el altillo de los Spain. Su amenaza me cegó y me resonó como un avispero en los huesos del cráneo. Necesitamos líneas rectas para sentirnos seguros, necesitamos paredes: construimos sólidos bloques de hormigón, señales viales y horizontes urbanos abarrotados porque los necesitamos. Sin todo eso a lo que aferrarse, la mente de Pat y la de Jenny se habían desatado y volaban sin control, zigzagueando en un espacio sin cartografiar, sin ataduras.

–Lo peor de todo era tener que hablar con Fi –confesó Jenny–. Siempre habíamos hablado cada mañana, así que, si dejaba de hacerlo, sabría que algo no iba bien. Pero me resultaba tan difícil. Tenía tantas cosas que recordar, tenía que asegurarme de que Jack estuviera en el jardín o en su habitación antes de que telefoneara, porque no quería explicarle que ya no iba a la guardería, así que no podía oírlo. Y tenía que intentar recordar lo que le había contado antes; durante un tiempo incluso tomé notas mientras conversábamos para poder consultarlas al día siguiente y no equivocarme, pero empecé a ponerme paranoica con que Pat o los niños las encontraran y quisieran saber qué sucedía. Además, tenía que esforzarme por sonar alegre, incluso aunque Pat anduviera frito en el sofá porque había estado ahí sentado hasta las cinco de la madrugada mirando un agujero en la maldita pared. Era espantoso. Llegó... –Se enjugó una lágrima de la cara, con gesto ausente, como alguien espantando una mosca–. Llegó un momento en que me despertaba temiendo esa llamada telefónica. ¿No es horroroso? Mi propia hermana, a quien quiero con toda mi alma, y yo soñaba despierta con encontrar una excusa para discutir tanto con ella como para que me dejara de hablar. Lo habría hecho, salvo porque ni siquiera podía concentrarme el tiempo suficiente para ingeniar nada.

–Señora Spain –dije en voz más alta, con un tono algo tajante–. ¿Cuándo llegó la situación a este punto?

Al cabo de un momento volvió el rostro hacia mí.

–¿Qué?... No estoy segura. Tengo la sensación de que se dilató años, pero... No lo sé. Quizá en septiembre. ¿En algún momento de septiembre?

Apuntalé mis pies con fuerza en el suelo y le dije:

–Avancemos hasta el pasado lunes.

–El lunes –repitió ella. Desvió la mirada hacia la ventana y por un instante temí haberla perdido de nuevo, pero luego exhaló un largo suspiro y se enjugó otra lágrima–. De acuerdo. Sí.

Al otro lado de la ventana, la luz había cambiado; incendiaba las hojas revoloteantes con un destello naranja transparente y las convertía en banderines rojos de peligro que me dispararon la adrenalina. En el interior de aquella habitación el aire parecía despojado de oxígeno, como si el calor y los desinfectantes lo hubieran chamuscado y la habitación se hubiera secado y hubiera quedado hueca. Toda la ropa me picaba terriblemente en la piel.

–No fue un buen día –explicó Jenny–. Emma se levantó con el pie izquierdo: la tostada le sabía raro, la etiqueta de la camisa le molestaba y no dejaba de quejarse... Y Jack se le sumó y empezó a dar la murga también. Insistía en que quería disfrazarse de animal para Halloween. Yo le había confeccionado un disfraz de pirata y se había pasado semanas con una bufanda enrollada a la cabeza diciendo que era un pirata y, de repente, decidió que iba a disfrazarse del «animal temible de papi». No dejó de hablar de ello en todo el día. Intenté de todo para distraerlo: le di galletas, le dejé mirar la tele y le prometí que le compraría una bolsa de patatas cuando fuéramos a la tienda... Sé que suena terrible como madre, pero normalmente no comía ese tipo de guarradas... Es que no podía escucharlo hablar de aquello, no aquel día.

Me resultaba tan familiar el tono de ansiedad de su voz, el ceño fruncido entre sus cejas cuando me miraba, tan corriente. Ninguna mujer quiere que un extraño piense que es una mala madre por mimar a su niñito comprándole comida basura. Tuve que reprimir un escalofrío.

–Lo entiendo –la reconforté.

–Pero no paraba. Incluso en la tienda comenzó a hablarle del animal a la cajera. Le juro que le habría gritado que se callara, y es algo que tampoco hago nunca, pero no lo hice porque no quería que la muchacha le diera importancia. Una vez salimos de allí, le retiré la palabra durante todo el trayecto de vuelta a casa y no le di sus patatas, de manera que se puso a dar alaridos tan altos que estuvo a punto de reventarnos el tímpano a Emma y a mí, aunque no le hice ni caso. Era lo único que podía hacer para conducir hasta casa sin tener un accidente con el coche. Probablemente podría haber manejado mejor la situación, pero es que... –Jenny movió la cabeza sobre la almohada, inquieta–. La verdad es que yo tampoco estaba en demasiada buena forma.

«Domingo por la noche. Recordarle a Jenny los momentos en los que había sido feliz».

–Algo sucedió esa mañana cuando usted descendió las escaleras –aventuré yo.

No me preguntó cómo lo sabía. Las fronteras de su vida se habían vuelto irregulares y permeables desde hacía tanto tiempo que contar con otro intruso más no la inquietó.

–Sí. Fui a encender la tetera y, justo al lado, sobre la encimera, había una... una chapa. Como las que llevan los niños en las chaquetas, ¿sabe? Decía: «Yo voy a Jojo's». Yo solía tener una chapa como aquella, pero hacía años que no la veía... Probablemente la tirara cuando nos mudamos a la casa nueva, ni siquiera lo recuerdo. Era imposible que hubiera estado ahí la noche antes. Yo había limpiado y ordenado la cocina antes de acostarme; estaba inmaculada. Era imposible.

–¿Cómo creyó que había llegado hasta allí?

El recuerdo le aceleró la respiración.

–No se me ocurría nada. Me quedé ahí plantada como un fantasma, contemplándola boquiabierta. Pat solía tener una de aquellas chapas también, así que intenté convencerme de que debía de haberla encontrado en algún sitio y la había dejado ahí para que yo la encontrara, como un gesto romántico, para recordarme los buenos tiempos y disculparse por lo espantoso que se había vuelto todo. Es el tipo de detalle que habría tenido antes... Pero él no guarda ese tipo de recuerdos. Y, aunque lo hubiera hecho, habría estado en una caja en el altillo y aquella estúpida malla seguía clavada a la trampilla, así que ¿cómo podía haberla bajado sin que yo me diera cuenta?

Me exploraba el rostro, en busca de alguna partícula de duda.

—Le juro por Dios que no me lo imaginé. Puede verlo usted mismo. Envolví aquella chapa en un pañuelo de papel, ni siquiera quería tocarla, y me la guardé en el bolsillo. Cuando Pat se despertó, rogué al cielo que comentara algo sobre aquello, algo como: «¿Qué? ¿Has encontrado tu regalo?», pero, por supuesto, no lo hizo. Así que la subí arriba, la escondí en un jersey y la guardé en el cajón inferior de mi mesilla de noche. Vaya a comprobarlo. Ahí está.

—Lo sé —le respondí con tono amable—. La hemos encontrado.

—¿Lo ve? ¿Lo ve? ¡Era real! De hecho yo... —Jenny agachó la cara para ocultarla de mí un instante; su voz, cuando comenzó a hablar de nuevo, sonaba apagada—. De hecho, al principio, incluso me pregunté si era real. Yo estaba... Ya le he explicado cómo estaba la situación. Pensé que quizá fueran imaginaciones mías. Así que me clavé el alfiler en el dedo, hondo; me sangró durante un buen rato. Pero al menos supe que eso no podía ser producto de mi imaginación, ¿entiende? Durante todo el día no pude pensar en nada más; me salté un semáforo en rojo cuando iba a recoger a Emma al colegio. Pero, al menos, cuando empezaba a temer que todo hubiera sido una alucinación, podía mirarme el pulgar y decirme: «Ninguna alucinación hace eso».

—Sin embargo, usted estaba muy alterada.

—Claro, por supuesto que lo estaba. Solo se me ocurrían dos respuestas y ambas eran... malas. O bien aquella persona había vuelto a colarse en nuestra casa y la había dejado allí, pero comprobé la alarma y estaba puesta y, además, ¿cómo iba alguien a saber lo de Jojo's? Tenía que haber sido alguien que me había estado acosando, que había descubierto algo sobre mi vida y ahora quería que yo lo supiera... —Tembló—.

Tuve la sensación de estar perdiendo la razón solo por pensarlo. Esas cosas solo pasan en las películas. Pero la única alternativa que se me ocurría era que yo tuviera guardada mi chapa en algún sitio y lo hubiera hecho todo sola: salir, encontrarla y colocarla en la cocina. Y no recordaba nada de eso. Y eso significaría...

Jenny clavó la vista en el techo y pestañeó para reprimir las lágrimas.

—Una cosa es hacer las tareas cotidianas, las que haces con el piloto automático puesto, y olvidarte de ello... Por ejemplo, ir de compras o darte una ducha, cosas que habrías hecho de cualquier modo. Pero hacer algo como desenterrar aquella chapa del recuerdo me parecía una locura tal que no le veía el sentido... Y, si hacía eso, podía hacer cualquier cosa. Cualquier cosa. Una mañana podía levantarme, mirarme en el espejo y darme cuenta de que me había rapado la cabeza o me había pintado la cara de verde. O podía ir a recoger a Emma a la escuela un día y descubrir que la maestra y el resto de las madres no me dirigían la palabra y no tener ni idea de por qué.

Resollaba, buscaba cada respiración como si le hubieran arrebatado el aire.

—Y los niños. ¡Madre mía, los niños! ¿Cómo se suponía que iba a protegerlos si no sabía ni lo que iba a hacer al segundo siguiente? ¿Cómo podía saber si estaba velando por su seguridad o si yo, yo... Ni siquiera podía explicar qué me daba miedo hacer, porque no lo sabría hasta que hubiera sucedido. Pensar en ello me provocaba arcadas. Era como si pudiera notar aquella chapa en el piso de arriba, contoneándose, intentando salir del cajón. Cada vez que me llevaba la mano al bolsillo, me aterrorizaba encontrarla allí.

«Para recordarle los momentos en que había sido feliz». Conor, flotando en su fría burbuja de hormigón, con nada a lo que amarrarse salvo las imágenes mudas y luminosas de los

Spain moviéndose al otro lado de sus ventanas y la gruesa cuerda que anclaba su amor por ellos: jamás había imaginado que su regalo pudiera tener justo el efecto contrario al que pretendía, que Jenny podía no reaccionar tal y como él había previsto; que, con las mejores intenciones del mundo, podía hacer añicos el frágil andamio que la mantenía en pie.

–Entonces, ¿por qué la primera vez que acudimos a visitarla me explicó que aquella noche había sido normal, que Pat y usted habían bañado a los niños, que Pat había hecho reír a Jack jugando con el vestido de Emma? –pregunté yo–. Todo eso no era verdad.

Una lánguida sonrisa chueca y amarga.

–Madre mía. Se me había olvidado que había dicho eso. No quería que pensaran que estábamos... Debería haber sido verdad. Antes solíamos hacer esas cosas. Pero no: yo bañé a los críos y Pat permaneció en el salón. Me aseguró que tenía «grandes esperanzas» de que saliera por el agujero que había junto al sofá. Tenía tantas esperanzas, que ni siquiera había cenado con nosotros, por si aquel agujero hacía algo asombroso entre tanto. Alegó que no tenía hambre, que ya se prepararía un bocadillo o algo después. Cuando nos casamos, solíamos tumbarnos en la cama y hablar del futuro, de cuando tuviéramos hijos: de qué aspecto tendrían, de cómo los llamaríamos; Pat solía bromear imaginando a toda la familia cenando alrededor de la mesa cada noche, pasara lo que pasara, incluso cuando los niños se convirtieran en adolescentes insoportables y nos odiaran con todas sus fuerzas...

Jenny seguía mirando al techo y pestañeaba con fuerza, pero se le escapó una lágrima que se le escurrió hasta el suave cabello de la sien.

–Y allí estábamos –continuó–, con Jack golpeando en la mesa con el tenedor y gritando: «¡Papi, papi, papi, ven aquí!» una y otra vez, porque Pat estaba en el salón, aún con el pijama puesto de la noche anterior, mirando fijamente un agujero. Y Emma se tapaba los oídos con los dedos y le gritaba a Jack que se callara. Y yo ni siquiera intentaba que se calmaran, porque no me quedaban fuerzas. Tenía todo mi empeño puesto en acabar aquel día sin cometer ninguna locura. Lo único que quería era dormir.

Richie y yo, en aquel primer registro con la linterna, divisando el edredón arrugado que revelaba que alguien había estado en la cama cuando la situación se había torcido.

–Entonces bañó usted a los niños y los acostó. ¿Y luego...?

–Me fui a la cama también. Oía a Pat moviéndose en la planta de abajo, pero no podía enfrentarme a él, no habría podido soportar escuchar lo que el animal estaba haciendo, aquella noche no, así que me quedé en el piso de arriba. Intenté leer un libro un rato, pero era incapaz de concentrarme. Quería colocar algo delante del cajón donde estaba la chapa, algo pesado, pero sabía que era una locura. Así que, al final, apagué la luz e intenté conciliar el sueño.

Jenny se detuvo. Ninguno de los dos quería que prosiguiera.

–¿Y luego? –inquirí.

–Emma empezó a llorar. No sé qué hora era; yo daba cabezaditas mientras esperaba a que Pat subiera; escuchaba lo que hacía en la planta de abajo. Emma siempre había tenido pesadillas, desde muy niña. Pensé que sería solo eso, una pesadilla. Me desperté y fui a verla y la encontré sentada en la cama, muerta de miedo, horrorizada. Lloraba tanto que apenas podía respirar; intentaba decirme algo, pero no podía hablar. Me senté en la cama y la abracé. Se aferró a mí, sollozando a más no poder, la pobrecita. Cuando se calmó un poco, le pregunté: «¿Qué sucede, cielo? Cuéntaselo a mamá y yo lo arreglaré». Y me dijo... –Jenny abrió la boca y tomó una respiración honda–. Me dijo...: «Está en mi armario, mamá. Iba

a salir a atraparme». Yo le pregunté: «¿Qué hay en tu armario, cariño?». Seguía pensando que era solo una pesadilla, quizá una araña, porque a Emma le aterran las arañas. Pero me respondió: «¡El animal! Mamá, el animal, es el animal, se está riendo de mí con sus dientes...». Empezaba a desmoronarse de nuevo. Yo le dije: «Ahí no hay ningún animal; ha sido una pesadilla», y ella ululó, emitió un gemido tan agudo y espantoso que ni siquiera parecía humano. La agarré, incluso la sacudí. Jamás antes había hecho algo así, nunca. Tenía miedo de que despertara a Jack, pero no solo era eso. Estaba...
–Otra vez una de aquellas respiraciones profundas–. Yo también estaba asustada del animal. Me daba miedo que la oyera y fuera a por ella. Yo sabía que no había nada ahí, pero, aun así, solo con imaginarlo... Tenía que conseguir que Emma se callara antes de... Dejó de gemir, gracias al cielo, pero seguía llorando y aferrada a mí y señalaba con el dedo su mochila del colegio, que estaba en el suelo, junto a la cama. Lo único que logré descifrar fue «ahí, ahí», así que encendí la lámpara de la mesita de noche y vacié la mochila en el suelo. Cuando Emma vio esto... –Jenny sostuvo en alto el dedo sobre el dibujo–... dijo: «¡Esa cosa! ¡Mamá, esa cosa! ¡Está en mi armario!».

Había dejado de respirar con dificultad; su voz se había serenado, ralentizado y se había convertido en un suspiro de vida que rasgaba el denso silencio de la habitación.

–La lámpara de la mesita de noche es muy pequeña y el papel estaba medio en sombras. Lo único que veía eran los ojos y los dientes en medio de aquella negritud –continuó explicando–. Le dije: «¿Qué es esto, cielo?». Pero ya lo sabía. Emma contestó (empezaba a recuperar la respiración, pero seguía teniéndola entrecortada): «El animal. El animal que papi quiere atrapar. Lo siento, mamá. Lo siento muchísimo...». Yo entoné con mi voz más sensata: «No seas tonta, cariño.

663

No tienes que disculparte por nada. Pero ya hemos hablado antes de este animal. No es real, ¿recuerdas? Es solo un juego al que papá está jugando. Solo está un poco confundido. Ya lo sabes». Parecía estar destrozada. Emma es una niña muy sensible; las cosas que no comprende la desmontan. Se arrodilló en la cama, me abrazó por el cuello y me susurró, justo al oído, como si temiera que pudieran oírla: «Lo veo. Hace días que lo veo. Lo siento, mamá, he intentando no...». Quise morirme. Me habría gustado fundirme en un charco y empapar la moqueta. Yo, que había creído estar velando por su seguridad. Es lo único que había querido en mi vida. Pero ese animal, esa cosa, se había infiltrado en todos sitios. Estaba dentro de Emma, dentro de su cabeza. Si pudiera, habría matado a ese bicho, lo habría hecho con mis propias manos, pero no podía, porque no existía. Emma me decía: «Sé que me dijiste que no hablara de esto, pero la señorita Carey nos dijo que dibujáramos nuestra casa y me salió. Lo siento, lo siento...». Sabía que tenía que llevarme a los niños de allí, pero no tenía ningún lugar adonde llevarlos. Aquella cosa había escapado, ahora estaba también fuera de la casa. Ya no quedaba ningún refugio seguro. Y nada de lo que yo pudiera hacer tendría ningún valor, porque ya no confiaba en poder hacer nada a derechas.

Jenny apoyó las puntas de los dedos en el dibujo, con cuidado y con una especie de funesta maravilla: aquella cosa insignificante, aquella lámina de papel y lápiz que cambió el mundo.

–Mantuve la calma y le dije a Emma: «Está bien, cielo. Sé que lo has intentado. Mamá se encargará de solucionarlo todo, ¿de acuerdo? Ahora a dormir. Yo me quedaré aquí para que el animal no pueda atraparte. ¿Entendido?». Abrí su armario y revisé todos los rincones, para que viera que no había nada dentro. Volví a guardar sus cosas en la mochila de la escuela. Luego apagué la luz y me senté en la cama, agarrándola por la mano, hasta que se quedó dormida. Tardó un rato, no cesaba de abrir los ojos de tanto en cuanto para comprobar si yo seguía ahí, pero estaba exhausta del susto y de tanto llorar; al final cayó rendida. Entonces yo agarré aquel dibujo y me dirigí abajo a hablar con Pat.

»Lo encontré sentado en el suelo de la cocina. Tenía abierta la puerta del armario, el armario en cuyo fondo había hecho un agujero, y estaba agazapado delante de él como un animal, como un gran animal a punto de abalanzarse sobre su presa. Tenía una de las manos dentro del armario, con la palma abierta sobre el estante. En la otra tenía un jarrón, un jarrón de plata que mi madre nos había regalado para la boda y que yo solía colocar en el alféizar de la ventana de nuestro dormitorio con rosas rosas, igual que las del ramillete de novia, para recordar el día de nuestro enlace... Pat lo tenía agarrado por el cuello, como si estuviera a punto de machacar algo con él. Y había un cuchillo en el suelo, junto a él, uno de esos cuchillos de cocina tan afilados que habíamos comprado cuando solíamos preparar recetas de Gordon Ramsay[16]. «Pero ¿qué haces?», le pregunté. Pat me contestó: «Calla y escucha». Agucé el oído, pero no escuché nada. ¡Allí no había nada! Así que eso fue lo que le dije: «No hay nada ahí». Pat soltó una carcajada; ni siquiera me miró, tenía la vista clavada en aquel armario y me dijo: «Eso es lo que quiere que pienses. Está aquí, dentro de la pared, lo oigo, y si te callas un segundito, también lo escucharás. Es un bicho muy inteligente, se mantiene en silencio hasta que estoy a punto de rendirme y justo entonces rasca un poquito, para ponerme en alerta. Es como si se riera de mí. Pero no lo conseguirá. Yo soy más listo que él. Así que he decidido sacarle ventaja. Si él tiene pla-

---

[16]. Célebre chef, restaurador y presentador de televisión escocés. *(N. de la T.)*

nes, yo también los tengo. No voy a apartar la vista del premio. Estoy dispuesto a pelear». Yo le dije: «Pero ¿de qué hablas, Pat?», y Pat, inclinado hacia mí, prácticamente entre susurros, como si creyera que aquella cosa pudiera entenderlo, me dijo: «Al fin me he dado cuenta de lo que quiere. Me quiere a mí. Y también quiere a los niños, y a ti, nos quiere a todos, pero, sobre todo, me quiere a mí. Eso es lo que persigue. No me extraña que no haya podido atraparlo antes, haciendo el panoli con la mantequilla de cacahuete y la hamburguesa... Así que aquí estoy. Venga, hijo de puta, aquí estoy, ¡sal a por mí!». Le hacía señas con la mano para que se acercase dentro del armario, como un hombre provocando a otro. Continuó: «Puede olerme, estoy tan cerca que casi puede saborearme, y se está volviendo loco. Es muy listo, eso sí, y también muy cauteloso, pero antes o después..., no, antes, lo presiento, en cualquier momento, va a tener tantas ganas de saltar sobre mí que va a dejar de serlo. Va a perder el control y asomará la cabeza por ese agujero y me morderá la mano y entonces yo lo agarraré y bam, bam, bam, ahora ya no eres tan listo, ¿eh?, hijo de puta, ya no eres tan inteligente...».

El recuerdo la hacía temblar.

—Tenía toda la cara roja y cubierta de sudor —continuó— y los ojos prácticamente desorbitados. Golpeaba con el jarrón una y otra vez, como si estuviera aplastando algo. Parecía estar loco. Le grité que se callara. Le dije: «Esto tiene que acabar. Ya me he hartado. Mira esto, mira... y le puse el papel delante de la cara». —Tenía ambas manos sobre el dibujo, presionándolo sobre la manta—. Intentaba no alzar la voz porque no quería despertar a los niños, no quería que vieran a su padre en aquel estado, pero supongo que grité lo suficiente como para captar al menos la atención de Pat. Dejó de blandir el jarrón, agarró el dibujo, lo contempló impasible durante un rato y luego preguntó: «¿Qué pasa?». Yo le contesté: «Lo ha dibujado Emma, en la escuela». Seguía mirándome atónito: «¿Y qué problema hay?», quiso saber. Tenía ganas de gritarle. Pat y yo no solemos discutir a gritos, no somos así... no éramos así. Pero seguía allí agachado, mirándome como si esto fuera completamente normal, y no pude contenerme... Apenas podía soportar mirarlo. Me arrodillé a su lado en el suelo y le dije: «Pat, escúchame. Tienes que escucharme. Esto tiene que parar ahora mismo. Ahí no hay nada. Nunca ha habido nada. Antes de que los niños se despierten mañana por la mañana, vas a tapar todos y cada uno de estos malditos agujeros y yo voy a llevarme estos puñeteros monitores a la playa y los voy a arrojar al mar. Y luego nos olvidaremos de todo este asunto y no volveremos a mencionarlo nunca, nunca jamás». Creí haber zanjado el tema de una vez por todas. Pat dejó el jarrón en el suelo, sacó la mano que utilizaba como cebo del armario, se inclinó hacia mí y me agarró de las manos. Pensé que... –Una respiración rápida que la sorprendió con la guardia baja e hizo que le vibrara todo el cuerpo–. Sus manos tenían un tacto tan cálido. Eran tan fuertes como siempre, como las había notado desde que éramos unos adolescentes. Me miraba a los ojos, como es debido, volvía a parecer Pat. Por un instante, pensé que todo estaba bien. Pensé que Pat iba a darme un abrazo, un largo abrazo, y que luego encontraríamos un modo de enmendar esos agujeros juntos, nos iríamos a la cama y dormiríamos abrazados. Y algún día, cuando fuéramos viejecitos, nos reiríamos de toda aquella locura. Le prometo que lo pensé de verdad.

El dolor que transmitía su voz era tan intenso que tuve que desviar la mirada para no ver cómo la desgarraba delante de mí, para no ver la negritud que se abría camino hasta el centro de la tierra. Burbujas en la pintura de magnolias de la pared. Hojas rojas repiqueteando y rascando la ventana.

–Pero Pat dijo: «Jenny, amor mío, mi mujercita adorable, sé que he sido una birria de marido en los últimos tiempos. Soy perfectamente consciente, créeme. No he sido capaz de cuidar de ti, no he sido capaz de cuidar de los críos y vosotros me habéis estado apoyando mientras yo estaba aquí sentado y dejaba que nos hundiéramos cada vez más en el fango». Intenté explicarle que no tenía nada que ver con el dinero, que el dinero había dejado de ser importante, pero no me dejaba hablar. Sacudió la cabeza y dijo: «Ssshhh. Espera. Necesito decirte esto, ¿de acuerdo? Sé que no os merecéis vivir así. Tú te mereces todas esas ropas bonitas que tanto te gustan y todas las cortinas caras del mundo. Emma se merece ir a clases de danza. Y Jack, entradas para ir a ver los partidos del Manchester United. Y me mata no poderos ofrecer todas esas cosas. Pero, esto, esto al menos sí que puedo hacerlo. Puedo atrapar a ese capullo. Lo disecaremos y lo colgaremos en la pared del salón. ¿Qué opinas?». Me acariciaba el pelo, la mejilla, me sonreía, ¡me estaba sonriendo!, parecía verdaderamente feliz. Alegre, como si la respuesta a todos nuestros problemas resplandeciera justo delante de él y él supiera exactamente cómo atraparla. Continuó: «Confía en mí. Por favor. Por fin sé lo que estoy haciendo. Nuestra encantadora casa, Jen, volverá a ser un lugar seguro. Y los niños volverán a estar seguros. No te preocupes, cariño. Todo va bien. No dejaré que esta cosa os coja».

La voz de Jenny se tambaleaba salvajemente; agarraba las sábanas con los puños cerrados.

–Yo no sabía cómo decírselo –siguió relatando–, no sabía cómo decirle que eso era justamente lo que estaba haciendo: dejar que aquella cosa, aquel animal, aquella imaginación estúpida y loca suya que ni siquiera había sido nunca un animal, devorara vivos a Jack y a Emma. Cada segundo que permanecía sentado mirando aquel agujero daba otro bocado a nuestras mentes. Si no quería permitírselo, lo único que tenía que hacer era despertar de una vez, ¡maldita sea! ¡Arreglar los agujeros! ¡Y guardar el maldito jarrón!

Hablaba con una voz tan ronca por el dolor, por las lágrimas y por la histeria creciente que me costaba descifrar sus palabras. Quizá otra persona le habría dado unas palmaditas en el hombro y le habría dicho exactamente lo que necesitaba oír. Pero yo no era capaz de tocarla. Agarré el vaso de agua que había en la mesilla de noche y se lo ofrecí. Jenny enterró la cara en él, se atragantó y tosió, hasta que consiguió tragar un poco de agua y aquellos espantosos ruidos cesaron.

Dijo, mirando al vaso:

—Así que me senté allí a su lado, en el suelo. Hacía un frío de muerte, pero no era capaz de ponerme en pie. Estaba demasiado mareada, más que nunca, todo parecía deslizarse e inclinarse. Pensé que, si intentaba ponerme en pie, me caería de bruces y me estamparía la cabeza contra uno de los armarios, y sabía que eso no podía suceder. Creo que permanecimos allí sentados un par de horas, aunque no lo sé. Yo seguí aferrándome a esta cosa —el dibujo, salpicado ahora con gotas de agua—, mirándolo fijamente. Me aterrorizaba pensar que, si dejaba de mirarlo, aunque fuera por un segundo, olvidaría que había existido alguna vez y entonces me olvidaría de que necesitaba hacer algo al respecto.

Se secó la cara, de agua o lágrimas, no supe discernirlo.

—Yo no dejaba de pensar en aquella chapa de Jojo's que había en mi cajón —añadió—, en lo felices que habíamos sido entonces y en que seguramente fuera eso lo que me había llevado a recuperarla de alguna caja, porque intentaba encontrar algo feliz. Lo único en lo que podía pensar era: «¿Cómo habrá llegado hasta aquí?». Tenía la sensación de que Pat y yo debíamos haber hecho algo para que sucediera y, si lograba descubrir qué era, entonces quizá podría cambiarlo y todo volvería a ser diferente. Pero no lo descubría. Me acordé de la primera vez que nos besamos, a los dieciséis años; fue en la playa de Monkstown, un atardecer de verano luminoso y cálido, con la brisa acariciándome los brazos. Estábamos sentados en una roca, charlando, y Pat se inclinó hacia mí y... Revisé cada momento que fui capaz de recordar, todos y cada uno de ellos, pero no encontraba nada, no lograba descubrir cómo habíamos llegado hasta allí, hasta el suelo de aquella cocina, a partir de donde habíamos comenzado.

Se había sosegado. Tras la fina melena dorada de su cabello, su rostro estaba quieto, reconcentrado. Hablaba con voz firme. Era yo quien estaba asustado.

–Todo me parecía tan extraño –explicó Jenny–. Me daba la sensación de que la luz se hacía cada vez más luminosa, hasta acabar convirtiéndose en reflectores por todas partes; o como si me hubiera pasado algo raro en los ojos desde hacía meses, como si una especie de neblina me los hubiera nublado y, de repente, hubiera desaparecido y pudiera ver de nuevo. Todo parecía tan brillante y tan pulcro que hacía daño, y todo era tan bonito; cosas normales, como el frigorífico, la tostadora o la mesa se me antojaban hechas de luz, flotantes, como si fueran objetos angelicales que pudieran transformarte en átomos si los tocabas. Y entonces yo también empecé a flotar, me elevaba sobre el suelo y sabía que tenía que hacer algo rápido, antes de salir por aquella ventana e ir a la deriva y que los niños y Pat se quedaran allí expuestos a que los devorasen vivos. Le dije: «Pat, tenemos que salir ahora mismo», o al menos eso creo, no estoy segura. En cualquier caso, no me escuchó. Tampoco se dio cuenta cuando me puse en pie, ni cuando me marché de la cocina... Le estaba susurrando algo a aquel agujero, no oí qué... Me costó una eternidad subir las escaleras, porque los pies no me aferraban al suelo y no podía avanzar; allí estaba, suspendida, intentando subir a cámara lenta.

Sabía que tenía que estar asustada porque no iba a llegar a tiempo, pero no lo estaba: no notaba nada en absoluto, me sentía entumecida y triste. Muy triste.

El delgado hilillo ensangrentado de su voz serpenteando a través de la oscuridad de la noche hasta su monstruoso corazón. Las lágrimas se habían detenido: aquel lugar quedaba allende del llanto.

–Les besé, a Emma y a Jack, y les dije: «No pasa nada. No pasa nada. Mamá os quiere mucho. Ahora voy. Esperadme. Me reuniré con vosotros tan pronto como pueda».

Quizá debería haberla obligado a decirlo, pero no podía abrir la boca. El zumbido era como una sierra de calar chirriándome en el cráneo; si me movía, si respiraba, la haría saltar en un millón de pedazos. Mi mente se sacudía en busca de otra cosa, cualquier cosa: Dina, Quigley, Richie blanco como el papel.

–Pat seguía en el suelo de la cocina. El cuchillo estaba justo ahí, a su lado. Lo agarré, se volvió para mirarme y se lo clavé en el pecho. Se puso en pie y me preguntó: «¿Qué...?». Se miraba el pecho y parecía tan sorprendido que no acertaba a entender qué había ocurrido, no lo comprendía. Le dije: «Pat, tenemos que irnos», y volví a hacerlo. Entonces él me agarró por las muñecas y peleamos, por toda la cocina. Él intentaba no hacerme daño, solo detenerme, pero era mucho más fuerte que yo y a mí me daba miedo que me arrebatara el cuchillo, así que no dejaba de propinarle patadas mientras le gritaba: «Pat, rápido, tenemos que darnos prisa...». Él repetía: «Jenny, Jenny, Jenny» y volvía a parecer el mismo Pat de siempre, me miraba como antes, era espantoso, ¿por qué no me había mirado así antes?

O'Kelly. Geri. Mi padre. Desenfoqué la vista hasta que Jenny se convirtió en un borrón blanco y dorado. Su voz en mis oídos continuó resonando con una nitidez inclemente, como un delgado hilo que me atraía a continuar y me perforaba por dentro.

–Había sangre por todos sitios. Noté que se estaba debilitando, pero yo también... Estaba tan cansada... Le dije: «Por favor, Pat, por favor, para, tenemos que ir a buscar a los niños, no podemos dejarlos solos allí arriba», y se quedó helado, se detuvo en medio del suelo y me miró absorto. Escuchaba a los dos respirar con aquellos ruidos sonoros y espantosos, en busca de aire. Pat dijo (su voz, Dios mío, el sonido de su voz), dijo: «Madre mía, ¿qué has hecho?». Dejó de agarrarme con fuerza por las muñecas. Me zafé de él y volví a clavarle el cuchillo. Ni siquiera se dio cuenta. Empezó a caminar hacia la puerta de la cocina, pero cayó de bruces. Cayó de golpe. Intentó arrastrarse un segundo, pero se detuvo.

Jenny cerró los ojos un instante. Yo también. La única esperanza que había albergado para Pat, lo único que había deseado es que no hubiera sabido lo de los niños.

Jenny continuó:

–Me senté a su lado y me clavé el cuchillo en el pecho y luego en el estómago, pero no funcionó. Tenía las manos... Se me resbalaban y temblaba tanto que no tenía fuerza suficiente. Lloraba. Probé a clavármelo en la cara y en la garganta, en todos sitios, pero no podía: tenía las piernas de gelatina. Ni siquiera podía sentarme. Estaba allí tumbada en el suelo, pero seguía estando allí. Yo... ¡Oh, Dios mío! –El estremecimiento le galvanizó todo el cuerpo–. Pensé que iba a quedarme allí para siempre. Pensé que los vecinos nos habrían oído pelear y habrían llamado a la policía y que vendría una ambulancia y... Nunca he estado tan asustada. Nunca. Nunca.

Estaba rígida, con la vista clavada en los pliegues y los valles de aquella manta raída, viendo cosas.

–Recé –continuó–. Sabía que no tenía derecho a hacerlo, pero lo hice de todos modos. Pensé que quizá Dios me fulminaría por ello, pero eso era precisamente lo que imploraba. Recé a la Virgen María: pensé que ella me entendería. Dije un Ave María: no me acordaba de las palabras, hacía mucho que no lo recitaba, pero recé los fragmentos que sí recordaba. No dejaba de repetir: «Por favor, por favor, por favor, por favor».

–Y entonces llegó Conor –dije yo.

Jenny levantó la cabeza y me miró, confusa, como si hubiera olvidado mi presencia allí. Al cabo de un momento, negó con la cabeza.

–No. Conor no hizo nada. No he visto a Conor desde, desde hace años...

–Señora Spain, tenemos pruebas que demuestran que estuvo en su casa aquella noche. Podemos demostrar que usted no se infligió algunas de sus heridas. Y eso hace que al menos parte del ataque recaiga en Conor. Ahora mismo está a punto de ser acusado de tres asesinatos y un intento de homicidio. Si quiere evitarle problemas, lo mejor que puede hacer por él es explicarme exactamente lo ocurrido.

Me sentía incapaz de imprimir contundencia a mi voz. La notaba presa de una especie de lucha submarina, ralentizada, recelosa; ambos estábamos demasiado exhaustos para recordar por qué nos peleábamos, pero continuamos adelante, porque no había nada más que hacer.

–¿Cuánto tardó en llegar? –pregunté.

Jenny estaba más cansada que yo. Su lucha se agotó antes que la mía.

Transcurrido un momento, desvió la mirada de nuevo y respondió:

–No lo sé. Parecieron siglos.

Salir del saco de dormir, descender por el andamio, saltar la tapia, recorrer el jardín y abrir con llave la puerta trasera: un minuto, a lo sumo dos. Conor debía de estar dormitando, acurrucado en su ceñido y cálido saco de dormir, con la certeza de que las vidas de los Spain navegaban a buen rumbo a sus pies, en su resplandeciente barquito. Quizá fue la pelea lo que lo despertó: los chillidos ahogados de Jenny, los gritos de Pat, los leves golpes secos de los muebles al caer. Me pregunto qué había visto al inclinarse sobre aquel alféizar, entre bostezos, frotándose los ojos, y cuánto tiempo habría tardado en entender lo que estaba sucediendo y darse cuenta de que era lo bastante real como para hacer añicos la pared de cristal que lo había mantenido alejado de sus mejores amigos durante tanto tiempo.

–Debió de entrar por la puerta trasera –conjeturó Jenny–; noté el viento en el cuerpo cuando se abrió. Olía a mar. Me levantó del suelo, la cabeza, y me atrajo sobre su regazo. Emitía un sonido, como un gemido o un lamento, como un perro atropellado por un coche. Al principio ni siquiera lo reconocí. Estaba muy delgado y muy pálido y tenía un aspecto espantoso; tenía el rostro desfigurado, ni siquiera parecía humano. Pensé que era otra cosa, un ángel, tal vez, que me habían enviado de tanto rezar, o un monstruo horroroso salido del mar. Entonces dijo: «Madre mía, Jenny, madre mía, ¿qué ha pasado?». Y tenía la misma voz de siempre, la misma que cuando éramos críos.

Se señaló con un vago gesto la barriga.

–Tiraba de mí, del pijama. Supongo que intentaba ver... Estaba cubierto de sangre, pero yo no entendía por qué, porque no me dolía nada. Le dije: «Conor, ayúdame, tienes que ayudarme». Al principio, no lo entendió. Me dijo: «Está bien, está bien, llamaré a una ambulancia» e hizo amago de ir a por el teléfono, pero yo grité, lo agarré y grité: «¡No!», hasta que se detuvo.

La uña que se había roto mientras Emma luchaba por su vida, que se había enganchado un instante en la lana rosa de su almohada bordada y finalmente se había desgarrado en el grueso tejido del jersey de Conor. Ni él ni Jenny se habían dado cuenta. ¿Cómo iban a hacerlo? Y más tarde, en casa, cuando Conor se había zafado de sus ropas ensangrentadas y las había lanzado al suelo, no había visto aquel fragmento cayendo en la alfombra. Era imposible. Debía de estar cegado, destrozado, rezando con todas sus fuerzas por poder ver algo más que aquella cocina algún día.

–Yo le dije: «No lo entiendes. Nada de ambulancia. No quiero una ambulancia» –prosiguió Jenny–. Me sostenía con tanta fuerza. Me presionaba el rostro contra su jersey. Tuve la sensación de que tardé una eternidad en poderme soltar lo bastante como para poder hablar con él.

Jenny seguía con la mirada perdida, pero tenía los labios separados, flácidos como los de un niño, y su rostro parecía casi tranquilo. Para ella, la peor parte había pasado; aquello se le había antojado un final feliz.

–Ya no estaba asustada. Sabía exactamente lo que tenía que hacer, como si estuviera escrito delante de mí. El dibujo estaba allí en el suelo, aquel dibujo horroroso de Emma, y le dije: «Quita esa cosa de ahí. Guárdatela en el bolsillo y quémala cuando llegues a casa». Conor se la metió en el bolsillo; no creo siquiera que lo mirara, se limitó a hacer lo que le pedí. Si alguien hubiera encontrado aquel dibujo, podría haber adivinado lo sucedido, como usted, y yo no quería que nadie lo adivinara, ¿entiende? Pensarían que Pat estaba loco. Y no se lo merecía.

–No –repliqué yo–. Desde luego que no.

Pero cuando Conor había encontrado aquel dibujo, más tarde, en casa, no había sido capaz de quemarlo. Aquel último mensaje de su ahijada: lo había guardado, un último recuerdo.

–Entonces –continuó Jenny–, le dije lo que necesitaba que hiciera. Le dije: «Ten, ten el cuchillo; hazlo, Conor, por favor, tienes que hacerlo». Y le puse el cuchillo en la mano. Sus ojos. Miró el cuchillo y luego me miró como si me tuviera miedo, como si yo fuera la cosa más aterradora que había visto en su vida. Me dijo: «No piensas con claridad», pero yo insistí: «Sí, de verdad. Sí». Intenté gritarle de nuevo, pero lo único que me salió fue un susurro. Le dije: «Pat está muerto, lo he apuñalado y está muerto...». Él me preguntó: «Pero ¿por qué, Jenny? Cristo, ¿qué ha pasado?».

Jenny emitió un doloroso sonido rasgante que podría haberse interpretado como una especie de risa.

–Si hubiéramos tenido un mes o dos, entonces quizá... Pero me limité a decirle: «Nada de ambulancias. Por favor». Conor dijo: «Espera. Espera un momento. Por favor», me tendió en el suelo y se acercó a rastras a Pat. Le volvió la cabeza e hizo algo, no recuerdo qué, intentó abrirle los ojos o algo así. No dijo nada, pero le vi la cara, le vi la mirada y lo supe. Y al menos de eso me alegré.

Me pregunté cuántas veces habría revivido Conor aquellos minutos mentalmente, contemplando el techo de su celda, cambiando algún aspecto insignificante cada vez: «Si no me hubiera quedado dormido... Si me hubiera levantado en cuanto escuché ruidos... Si hubiera corrido más rápido... Si hubiera sido más raudo localizando la cerradura...». Si hubiera llegado a aquella cocina unos minutos antes, habría tenido tiempo de salvar a Pat, al menos.

Jenny continuó:

–Pero entonces, Conor... empezó a intentar ponerse de pie. Intentaba agarrarse de la mesa del ordenador, pero volvía a caerse, como si se resbalara en la sangre o quizá estuviera mareado, pero supe que se dirigía a la puerta de la cocina. Quería ir al piso de arriba. Lo agarré, lo agarré por la pernera del pantalón, y le dije: «No. No subas. También están muertos. Tenía que matarlos». Conor cayó de rodillas. Exclamó, con la cabeza gacha, pero lo escuché de todos modos, exclamó: «¡Dios mío...!».

Hasta entonces debió de pensar que era una pelea doméstica que había avanzado por un cauce espantoso, amor transformado bajo toneladas de presión en algo duro como el diamante que cortaba la carne y el hueso. Quizá incluso pensara que había sido en defensa propia, que Pat finalmente se había vuelto loco y había atacado a Jenny. Pero una vez ella le reveló lo de los niños, ya no quedó espacio para los interrogantes, para la comodidad, para ambulancias, para médicos ni para mañanas.

–Le imploré: «Necesito estar con los niños. Necesito estar con Pat. Por favor, Conor, sácame de aquí». Conor emitió un ruido parecido a una tos o a una arcada. Me dijo: «No puedo». Sonaba como si deseara que todo aquello fuera una pesadilla, como si estuviera buscando un modo de despertarse y escapar de todo. Conseguí acercarme a él; tuve que arrastrarme; tenía las piernas adormecidas, me temblaban. Lo agarré por la muñeca y le dije: «Conor, tienes que hacerlo. No puedo quedarme aquí. Date prisa, por favor». –La voz de Jenny se apagaba, era poco más que un destello ronco de sonido; se le agotaban las fuerzas–. Se sentó junto a mí y me volvió la cabeza para apoyarme de nuevo la cara contra su pecho. Me dijo: «Está bien. De acuerdo. Cierra los ojos». Me acariciaba el cabello. Yo le dije: «Gracias» y cerré los ojos.

Jenny extendió las manos sobre la manta, con las palmas hacia arriba.

–Eso es todo –remató sin más.

Conor había creído que era lo último que haría en la vida por Jenny. Antes de marcharse, había hecho dos últimas cosas por Pat: borrar el historial del ordenador y llevarse las armas. Ciertamente, el borrado había sido rápido y no muy eficaz; cada segundo que Conor permaneció en aquella casa le había hecho trizas la mente. Pero sabía que, si leíamos la espiral de locura en aquel ordenador y si no había pruebas de que nadie más había estado en aquella casa, jamás miraríamos más allá de Pat.

Seguramente también sabía que, si le echaba la culpa de todo a Pat, él habría salido intacto, o todo lo intacto que pudiera estar. Pero Conor había creído lo mismo que yo: que no era justo hacerlo. Había perdido su oportunidad de salvar la vida que Pat debería haber tenido. Y, en su lugar, se había puesto en el campo de mira para salvar aquellos veintinueve años de quedar reducidos a una mentira.

Cuando fuimos a por él, había confiado en silencio, para sus adentros, en la esperanza de que no pudiéramos demostrar nada. Y entonces yo le había explicado que Jenny estaba viva y él había hecho aún otra cosa más por ella, antes de que yo la forzara a contarme la verdad. Probablemente una parte de él hubiera recibido bien aquella oportunidad.

Jenny dijo:

–¿Lo ve? Conor solo hizo lo que yo le pedí que hiciera.

Su mano luchaba por desplazarse por la manta de nuevo, en mi dirección, y su voz transmitía cierta urgencia.

–Pero la atacó. Intentó matarla. Y eso es un delito. El consentimiento no sirve para defenderse de un intento de asesinato.

–Pero yo lo obligué a hacerlo. No pueden meterlo en la cárcel por eso.

–Eso depende –respondí–. Si usted testifica todo esto ante un tribunal, entonces, desde luego, existen muchas posibilidades de que Conor quede en libertad. Los jurados son humanos; a veces doblegan las reglas e imponen lo que les dicta la conciencia. Con que usted me proporcionara una declaración oficial, probablemente podría hacer algo. Pero, tal y como está la situación, lo único que tenemos para agarrarnos son las pruebas y la confesión de Conor. Y eso lo convierte en autor de un triple asesinato.

–¡Pero él no ha matado a nadie! Ya le he explicado lo que sucedió. Usted me dijo que si se lo contaba...

–Usted me ha explicado su versión y Conor la suya. Las pruebas no los descartan a ninguno de los dos y Conor es el único dispuesto a dejar constancia. Eso implica que su versión tiene mucho más peso que la de usted.

–Pero usted me cree, ¿verdad? Si usted me cree...

Me había alcanzado la mano con la suya. Me agarró los dedos como un niño. Los suyos eran tan delgados que noté los huesos moverse y estaban terriblemente fríos.

–Que yo la crea o no sirve de poco –respondí–. Yo no soy un miembro lego de un jurado; no tengo el privilegio de actuar según me dicta mi conciencia. Mi trabajo consiste en guiarme por las pruebas. Si no desea que Conor vaya a la cárcel, señora Spain, deberá acudir a un juicio a salvarlo. Después de lo que él hizo por usted, considero que se lo debe.

Me escuché a mí mismo: sonaba pomposo, moralmente superior, insípido, el tipo de gilipollas engreído que se pasa la vida en la escuela aleccionando a sus compañeros de clase sobre las maldades del alcohol y se golpea la cabeza contra las puertas de las taquillas. De haber creído en maldiciones, pensaría que aquella era la mía: cuando más importa, en los momentos en los que sé con una claridad cristalina exactamente qué hay que hacer, no digo más que sandeces.

Jenny dijo, tanto para las máquinas, las paredes y el aire en general como para mí:

–Conor estará bien.

Seguía planeando su nota de suicidio.

–Señora Spain –le dije–. Entiendo un poco lo que usted está atravesando. Probablemente no me crea, pero le juro por lo más sagrado que es verdad. Entiendo lo que pretende hacer. Pero aún hay personas que la necesitan. Todavía le faltan cosas por hacer. No puede abandonarlas. Son suyas.

Por un instante, pensé que Jenny me había escuchado. Sus ojos se posaron en los míos, desconcertados y transparentes, como si en aquel momento hubiera atisbado un destello del mundo que seguía girando fuera de aquella habitación sellada: niños a quienes la ropa se les quedaba pequeña y ancianos que olvidaban antiguas heridas, amantes que se reunían y se separaban, mareas que erosionaban las rocas en arena y hojas que caían y cubrían las semillas que germinaban en las profundidades de la fría tierra. Por un instante pensé que, por algún milagro, había encontrado las palabras adecuadas.

Luego desvió los ojos y giró la mano para soltarse; hasta entonces no me había dado cuenta de que se la estaba apretando tanto que le hacía daño.

–Ni siquiera sé qué estaba haciendo allí Conor –dijo–. Cuando me desperté aquí, cuando empecé a recordar lo ocurrido, pensé que probablemente ni siquiera hubiera estado allí, que fue una alucinación mía. De hecho, es lo que pensaba hasta que usted lo ha mencionado hoy. ¿Qué estaba...? ¿Cómo llegó allí?

–Había pasado un montón de tiempo en Brianstown. Cuando vio que Pat y usted tenían problemas, acudió a ayudarlos.

Vi las piezas empezar a encajar, lenta y dolorosamente.

–La chapa –dijo Jenny–. La chapa de Jojo's. ¿Fue...? ¿Fue cosa de Conor?

Me quedaba demasiado poco espacio mental para determinar qué respuesta le sentaría mejor, cuál sería la menos cruel. El instante de silencio le reveló todo lo que necesitaba saber.

–¡Oh, Dios! Y yo que pensé... –Una respiración ahogada, rápida, como un niño al hacerse daño–. ¿Y también los allanamientos?

—Eso no puedo revelárselo.

Jenny asintió. Su esfuerzo por luchar le había consumido las últimas fuerzas; ni siquiera parecía poder moverse. Al cabo de un rato dijo, con voz queda:

—Pobre Conor.

—Sí —convine yo—. Supongo que sí.

Permanecimos allí sentados bastante rato. Jenny no habló ni me miró; había acabado. Recostó la cabeza en las almohadas y observó sus dedos recorrer las arrugas de la sábana, despacio, a un ritmo constante, una y otra vez. Al cabo de un rato cerró los ojos.

Por el pasillo pasaron dos mujeres charlando y riendo, con sus zapatos repiqueteando con brío en el suelo embaldosado. Me dolía la garganta de respirar aquel aire tan seco. Al otro lado de la ventana, la luz había continuado su curso; no recordaba haber oído la lluvia, pero las hojas tenían un tono oscuro y estaban empapadas y temblaban recortadas contra un cielo moteado y malhumorado. Jenny dejó caer la cabeza a un lado. Pequeños estremecimientos entrecortados le tomaban el pecho, hasta que poco a poco el ir y venir de su respiración logró sosegarlos.

Sigo sin saber por qué permanecí allí. Quizá mis piernas se negaran a andar o quizá temiera dejar a Jenny sola; quizá una parte de mí aún esperara que se quedara dormida y murmurara la contraseña secreta que me llevaría a descodificar el código, la magia que convertiría aquella nube de grises borrosos en blanco y negro y me revelaría el sentido de todo aquello.

19

Fiona estaba en el pasillo, encorvada en una de las sillas de plástico que había diseminadas a lo largo de la pared, enrollándose una raída bufanda a rayas alrededor de las muñecas. Más allá de ella, el brillo verde del suelo encerado se extendía por lo que se antojaban kilómetros.

Levantó de repente la cabeza cuando cerré la puerta tras de mí.

—¿Cómo está Jenny? ¿Se encuentra bien?

—Está dormida.

Así una silla y me senté a su lado. Su trenca de lana roja olía a aire frío y a humo: había salido a la calle a fumarse un cigarrillo.

—Debería entrar. Se asusta si no hay nadie cuando se despierta.

—¿Desde cuándo lo sabe usted? —le pregunté.

Fiona puso cara de incomprensión.

—¿Saber qué?

Había un millar de modos inteligentes de hacer aquello, pero no me quedaban fuerzas para probarlos.

—Su hermana acaba de confesar los asesinatos de su familia. Estoy seguro de que no será una gran sorpresa para usted.

La mirada impertérrita no cambió.

–No sabe lo que dice, con tantos calmantes. No piensa con claridad.

–Créame, señorita Rafferty, sabía exactamente lo que decía. Y los detalles de su historia coinciden con las pruebas.

–Usted la ha forzado a confesar. En el estado en que se encuentra, podría forzarla a decir cualquier cosa. Podría denunciarlo.

Estaba tan cansada como yo, tanto que ni siquiera pudo imprimir un tono duro a su advertencia.

–Señorita Rafferty –le imploré–, por favor, no haga esto. Cualquier cosa que me diga es extraoficial; ni siquiera podría demostrar que hemos mantenido esta conversación. Y lo mismo se aplica a la confesión de su hermana: a efectos legales, no existe. Lo único que intento es dar con un modo de poner fin a este embrollo antes de ocasionar más daño.

Fiona me escrutó el rostro, intentando enfocar sus cansados ojos. Las luces implacables conferían un tono grisáceo a su piel, que se antojaba llena de cráteres; parecía mayor y más enferma que Jenny. Al otro lado del pasillo, un crío lloraba, con unos sollozos inmensos y desconsolados, como si el mundo se hubiera hecho añicos a su alrededor.

Algo, no sé qué, le reveló a Fiona que hablaba en serio. Poco común, había pensado yo cuando la habíamos interrogado, perceptiva; entonces no me había gustado que lo fuera, pero al final había jugado a mi favor. Dejó de luchar con el cuerpo y apoyó la coronilla en la pared.

–¿Por qué lo...? –preguntó–. Los quería tanto, tanto... ¿Qué demonios...? ¿Por qué?

–No puedo revelárselo. ¿Cuándo lo supo usted?

Al cabo de un instante, Fiona respondió:

–Cuando ustedes me explicaron que Conor había confesado. Al margen de lo que le hubiera sucedido desde la última vez que yo lo había visto, al margen de si había tenido otra discusión con Pat y Jenny, aunque hubiera perdido por completo la cabeza, jamás haría algo así.

Su voz no albergaba dudas, ni una sombra de duda. Por un momento extraño y agotador, los envidié a ambos, a ella y a Conor Brennan. Prácticamente todo en esta vida es traicionero, puede girarse y cambiar de forma en cualquier segundo; me dio la sensación de que el mundo sería un lugar distinto si tuvieras a alguien en quien confiar, en quien confiar hasta la médula, o si pudieras ser ese alguien para otra persona. Conozco a maridos y mujeres que significan eso el uno para el otro. Y también a compañeros de profesión.

—Al principio pensé que se lo estaban inventando —continuó Fiona—, pero soy bastante buena intuyendo cuándo me mienten. Así que intenté imaginar por qué Conor confesaría algo así. Probablemente lo habría hecho para proteger a Pat, para librarlo de la cárcel, pero Pat estaba muerto. Solo quedaba Jenny. —Escuché el doloroso y leve sonido cuando tragó saliva—. Así fue como lo supe.

—Por eso no le explicó a Jenny que habían arrestado a Conor.

—Sí. No sabía cómo podía reaccionar..., si confesaría, si perdería el control y tendría una recaída o algo así...

—Pero enseguida estuvo usted segura de que era culpable —dije yo—. Estaba convencida de que Conor jamás haría algo así, pero no opinaba lo mismo de su hermana.

—Usted cree que no debería haberlo pensado.

—Yo no sé lo que debería haber pensado usted —afirmé yo. Regla número cual sea: los sospechosos y los testigos necesitan creer que el detective es omnisciente; nunca hay que dejarles que te vean dudar. No recordaba, ya no, por qué era importante aquella regla—. Lo que me pregunto es dónde radicaba la diferencia.

Se enrolló la bufanda alrededor de la mano, mientras buscaba las palabras. Al cabo de un momento, dijo:

–Jenny lo hace todo bien y todo le sale bien. Por eso su vida siempre ha funcionado. Cuando algo se torció, cuando Pat se quedó sin trabajo... no supo cómo gestionarlo. Por eso yo temía que se estuviera volviendo loca cuando me contó aquello de que alguien había entrado en su casa. Estaba preocupada por ella desde que despidieron a Pat. Y tenía razón: estaba hecha pedazos. ¿Es eso...? ¿Fue por eso por lo que...?

No le respondí. Fiona añadió, en voz baja y temible, tensando más la bufanda:

–Debería haberlo intuido. La verdad es que se las ingenió de maravilla para ocultármelo, pero debería haber prestado más atención a los detalles, debería haberla visitado más a menudo...

No había nada que ella hubiera podido hacer. No se lo dije: necesitaba que se sintiera culpable. En su lugar, le pregunté:

–¿Ha sacado usted el tema a colación con Jenny?

–¡No, claro que no! Me mandaría a la porra y me diría que no volviera nunca más o me diría... –Un gesto de dolor–. ¿Cree que yo quiero oírla hablar de ello?

–¿Y alguna otra persona con quien pueda hablarlo?

–No. ¿Como quién? Esto no es algo que le vayas contando a tus compañeros de piso. Y tampoco quiero que mi madre lo sepa. Nunca.

–¿Tiene usted alguna prueba de estar en lo cierto? ¿Algo que Jenny dijera, algo que haya visto? ¿O solo se lo dice el instinto?

–No. No tengo pruebas. Si estuviera equivocada..., madre mía, sería tan feliz.

–No creo que usted esté equivocada –le desmentí–. Pero tenemos un problema: yo tampoco tengo ninguna prueba. La confesión que Jenny me ha hecho no puede presentarse ante un tribunal. Y las pruebas que tenemos no bastan para detenerla y mucho menos para condenarla. A menos que consiga algo más, saldrá de este hospital caminando como una mujer libre.

–Bien. –Fiona detectó algo en mi rostro, o pensó haberlo detectado, y se encogió de hombros recelosa–. ¿Qué esperaba? Sé que probablemente debería ir a prisión, pero no me importa. Es mi hermana, y la quiero. Además, si la arrestaran, mi madre lo descubriría. Sé que no debería esperar que saliera impune de esto, pero lo hago. Ahí lo tiene.

–¿Y qué hay de Conor? Me dijo que seguía sintiendo aprecio por él. ¿Va a permitir de verdad que se pase el resto de su vida en la cárcel? Aunque, sinceramente, no creo que dure demasiado. ¿Sabe lo que opinan los otros delincuentes de los asesinos de niños? ¿Quiere saber lo que les hacen?

Tenía los ojos como platos.

–Aguarde un instante. No puede enviar a Conor a la cárcel. Usted sabe que no es culpable.

–Ante mí no lo es, señorita Rafferty. Pero ante el sistema... No puedo pasar por alto el hecho de tener pruebas más que suficientes para presentar cargos contra él; si luego lo condenan o no es asunto de los abogados, del juez y del jurado. Yo me limito a trabajar con lo que tengo. Y, si no tengo nada contra Jenny, entonces tendré que incriminar a Conor.

Fiona negó con la cabeza.

–No lo hará –dijo.

Su voz volvía a traslucir aquella certeza de nuevo, clara como el bronce acuñado. Parecía un don extraño, cálido como una diminuta llama en aquel frío lugar donde jamás habría sospechado encontrarlo. Aquella mujer y yo ni siquiera deberíamos haber estado hablando, aquella mujer que ni siquiera me caía bien y resultaba que ella, de entre todas las personas del mundo, me intuía con certeza.

–No –le dije. No fui capaz de mentirle–. No lo haré.

Asintió.

–Bien –respondió, y emitió un pequeño suspiro de cansancio.

–Pero no es Conor quien debería preocuparle –añadí–. Su hermana planea suicidarse a la menor oportunidad que se le presente.

Lo dije con toda la brutalidad de la que fui capaz. Esperaba conmocionarla, quizá, que le sobreviniera un ataque de pánico, pero Fiona ni siquiera miró alrededor; dejó la vista clavada en el fondo del pasillo, en unos deslucidos carteles que proclamaban el poder salvador de los desinfectantes de manos.

–Mientras esté en el hospital, no intentará nada –dijo.

Fiona ya lo sabía. Me sorprendió que, en realidad, quisiera que lo hiciera, como un gesto misericordioso, como le ocurría a Richie, o como un castigo, o como una amalgama violenta de sentimientos fraternales que ni siquiera ella entendería jamás.

–¿Qué planea hacer usted cuando le den el alta? –quise saber.

–Vigilarla.

–¿Usted sola? ¿Las veinticuatro horas del día? ¿Los siete días de la semana?

–Con ayuda de mi madre. Ella no lo sabe, pero imagina que, después de lo sucedido, Jenny podría... –Fiona se sacudió la cabeza y se concentró más en aquellos carteles. Entonces repitió–: La vigilaremos.

–¿Durante cuánto tiempo? –inquirí–. ¿Un año? ¿Dos? ¿Diez? ¿Y qué sucederá cuando necesite usted ir al trabajo y su madre tenga que darse una ducha o dormir un rato?

–Podemos contratar a una enfermera. O a una cuidadora.

–Para eso les tendría que tocar la lotería. ¿Sabe cuánto vale contratarlas?

–Ya sacaremos el dinero de algún sitio.

–¿Del seguro de vida de Pat? –Mi pregunta la silenció–. ¿Y qué ocurrirá cuando Jenny despida a la enfermera? Es una adulta libre: si no quiere que la cuide nadie, y ambos sabemos que no transigirá, no hay absolutamente nada que ustedes puedan hacer para detenerla. Está usted entre la espada y la pared, señorita Rafferty: no podrá velar por su seguridad a menos que la encierren.

–La cárcel no es exactamente un lugar seguro. Nosotros nos encargaremos de cuidarla.

El deje afilado de su voz me reveló que mis palabras estaban haciendo mella en ella.

–Probablemente lo hagan durante un tiempo –continué–. Es posible que la vigilen durante semanas, meses incluso. Pero antes o después le quitará el ojo de encima. Quizá su novio la llame para charlar con usted o sus amigas le insistan en que salga a tomar una copa y echar unas risas con ellas y usted piense: «Solo por esta vez. Solo por esta vez, la vida me dejará soltarme del anzuelo; no me castigará por querer ser una persona normal solo durante una o dos horas. Me lo merezco». Quizá deje usted a Jenny a solas un minuto. Un minuto es todo lo que se tarda en encontrar un desinfectante o unas cuchillas. Si alguien quiere suicidarse en serio, hallará el modo de hacerlo. Y si eso sucede durante su turno de vigilancia, se pasará usted la vida rasgándose las vestiduras.

Fiona se metió las manos dentro de las mangas opuestas de su abrigo y dijo:

–¿Qué quiere usted?

–Necesito que Conor Brennan quede limpio de lo que sucedió aquella noche –le contesté–. Quiero que usted le explique exactamente lo que está haciendo. No solo está pervirtiendo el curso de la justicia, sino que le está dando una patada en la boca: está dejando que Pat, Emma y Jack acaben bajo tierra mientras la persona que los asesinó sale a la calle libre como un pajarillo. Y está dándole vía libre a Jenny para morir.

Una cosa es hacer lo que Conor hizo en aquel momento espantoso de pánico desesperante y terror, con Jenny aferrándose a él con sus manos ensangrentadas y suplicándole, y otra aguardar de pie, a la fría luz del día, y esperar a ver cómo alguien a quien amas se tira a las ruedas de un autobús.

—Si se lo digo yo, pensará que solo intento confundirlo. Pero a usted la creerá —concluí.

Fiona arrugó la comisura de los labios en lo que casi pareció una sonrisita amarga.

—Usted no entiende a Conor, ¿verdad?

Podría haber soltado una carcajada.

—Creo, sinceramente, que no demasiado, no.

—A él le importa un comino el curso de la justicia o la deuda de Jenny con la sociedad y todas esas cosas. Lo único que le importa es Jenny. Seguramente él sabe lo que ella quiere hacer. Por eso se confesó autor de los crímenes: para brindarle la oportunidad de hacerlo. —Ese gesto de nuevo—. Es probable que creyera que yo soy una egoísta por intentar salvarla, porque lo que quiero es retenerla conmigo. Y quizá lo sea. No me importa.

«Intentar salvarla». Ella estaba de mi parte. Tenía que encontrar un modo de poder aprovechar eso.

—Entonces dígale que Jenny ya está muerta. Él sabe que saldrá del hospital en cualquier momento: explíquele que le dieron el alta y aprovechó la primera oportunidad que se le presentó. Si ya no puede hacer nada por protegerla, es posible que intente salvarse.

Fiona ya negaba con la cabeza.

—Sabría que le miento. Conoce a Jenny. Es imposible que ella... Ella no se iría sin dejar una nota exculpándolo. De ninguna manera.

Habíamos bajado nuestras voces, como conspiradores.

–Entonces, ¿cree usted que podría convencer a Jenny de hacer una declaración oficial? Suplíquele, acósela con el remordimiento, háblele de los niños, de Pat, de Conor, dígale lo que haga falta. Yo no he tenido suerte, pero quizá viniendo de usted...

Seguía sacudiendo la cabeza de lado a lado.

–No va a escucharme. ¿Lo haría usted si estuviera en su piel?

Ambos posamos la vista en aquella puerta cerrada.

–No lo sé –le dije–. A mí me herviría la sangre de la frustración (por un instante, me acordé de Dina royéndose el brazo)... si me hubiera quedado algo. No tengo ni idea.

–Yo no quiero que se muera.

La voz de Fiona se había tornado súbitamente gruesa y temblorosa. Estaba a punto de llorar.

–Entonces necesitamos alguna prueba –le expliqué.

–Pero ha dicho que no la tiene.

–Y así es. Y, a estas alturas, ya no conseguiremos ninguna.

–Entonces, ¿qué podemos hacer?

Se presionó las mejillas con los dedos y se enjugó las lágrimas.

Al respirar, me pareció que inhalaba algo más volátil y violento que el aire, algo que me abrasaba al descender por mis membranas hacia la sangre.

–Solo se me ocurre una solución posible.

–Pues póngala en práctica, por favor.

–No es una buena solución, señorita Rafferty, pero en ocasiones muy contadas, en los momentos desesperados, recurrimos a medidas desesperadas.

–¿Como qué?

–Rara vez, y digo muy rara vez, aparece una prueba crucial por la puerta trasera. A través de canales que no son legítimos al cien por cien.

Fiona me miraba fijamente. Sus mejillas seguían mojadas, pero se había olvidado de llorar.

–¿Cree usted que podría...? –Se detuvo y volvió a comenzar la frase, con más cuidado–. Bien. ¿A qué se refiere?

Sucede. No a menudo y desde luego no con la frecuencia que probablemente crean, pero sucede. Sucede porque un uniformado deja que un gilipollas lo incordie, o porque un capullo holgazán como Quigley siente celos de los detectives de verdad y de nuestras tasas de resolución de casos o porque un detective sabe a ciencia cierta que un individuo está a punto de mandar al hospital a su esposa o de prostituir a una cría de doce años. Sucede porque alguien decide confiar más en su propia mente que en las reglas que le han enseñado a seguir.

Yo nunca lo había hecho. Siempre había creído que, si no podías resolver un caso por la vía correcta, no te merecías resolverlo. Ni siquiera había sido nunca el tipo que mira hacia otro lado mientras el tejido manchado de sangre se desplaza al lugar correcto o mientras alguien tira una lata de coca cola o mientras se alecciona a los testigos. Nunca me lo habían solicitado, probablemente por si me presentaba ante Asuntos Internos, y yo agradecía a mis compañeros que no me hubieran obligado a hacerlo. Pero sabía que ocurría.

–Si usted pudiera traerme alguna prueba que vinculara a Jenny con los asesinatos pronto, pongamos esta tarde –le expliqué–, entonces podría arrestarla antes de que le den el alta del hospital. A partir de ese momento, estará vigilada para evitar que se suicide.

Todo aquel tiempo que había pasado en silencio contemplando a Jenny dormir había estado pensando en aquello. Vi el rápido pestañeó mientras Fiona interiorizaba mis palabras. Al cabo de un largo momento, me preguntó:

–¿Yo?

—Le aseguro que si se me ocurriera algún modo de hacerlo sin solicitar su ayuda, no estaría hablando con usted.

Tenía una expresión tensa, recelosa.

—¿Cómo sé que no me está tendiendo una trampa?

—¿Con qué fin? Si lo único que quisiera fuera solucionar este caso y buscara a alguien a quien incriminar, no la necesitaría para nada: tengo a Conor Brennan, bien empaquetadito y listo para entregar. —Un celador pasó empujando con gran estruendo un carrito por el otro extremo del pasillo y ambos nos sobresaltamos. Dije, en voz todavía más baja—: Y yo me estoy arriesgando al menos tanto como usted. Si alguna vez le revela esto a alguien, ya sea mañana, el mes que viene o dentro de diez años, Asuntos Internos me abrirá una investigación, eso cuando menos, y lo peor a lo que me enfrento es a una revisión de todos y cada uno de los casos en los que he participado y la presentación de cargos delictivos contra mí. Estoy poniendo en sus manos todo lo que tengo, señorita Rafferty.

—¿Por qué? —quiso saber Fiona.

Había demasiadas respuestas. Por aquel instante, que aún revoloteaba abrasador y luminoso dentro de mí, en el que me había dicho que estaba segura de mí. Por Richie. Por Dina, con los labios manchados de vino tinto, diciéndome: «No hay un porqué». Al final, le di el único que podía soportar compartir.

—Teníamos una prueba que podría haber bastado, pero se destruyó. Fue culpa mía.

Al cabo de un momento, Fiona preguntó:

—¿Qué le harán a Jenny? Si la detienen, quiero decir. ¿Cuánto tiempo...?

—La enviarán a un hospital psiquiátrico, al menos al principio. Si la consideran apta para soportar un juicio, su defensa alegará inocencia o enajenación. Si el jurado considera que

692

tuvo un arrebato de locura, entonces regresará al psiquiátrico hasta que los médicos decidan que ya no representa ningún peligro para sí misma ni para los demás. Si la declaran culpable, probablemente pasará en prisión entre diez y quince años. –Fiona se estremeció–. Sé que suena a mucho tiempo, pero podemos asegurarnos de que reciba el tratamiento que precisa y, para cuando tenga mi edad, estará de nuevo en la calle. Podrá comenzar de cero, con usted y con Conor ahí para ayudarla.

El sistema de megafonía cobró vida con un chirrido y solicitó al Doctor Fulanito que acudiera a urgencias de accidentes. Fiona no se movió. Finalmente asintió. Tenía tenso hasta el último músculo del cuerpo, pero aquel recelo había desaparecido de su expresión.

–De acuerdo –dijo–. Le ayudaré.

–Necesito que esté segura.

–Estoy segura.

–Bien. Esto es lo que vamos a hacer –le expliqué. Notaba mis palabras pesadas como piedras, hundiéndome–. Va a decirme usted que se dirige a Ocean View para recoger algunas cosas para su hermana: su camisón, el neceser, su iPod, libros, lo que crea usted que puede necesitar. Yo le indicaré que la casa aún está precintada y que todavía no puede entrar. En su lugar, me ofreceré a conducirla hasta allí yo mismo, a entrar por usted en la casa y a recoger lo que Jenny necesite. Usted me acompañará, para asegurarse de que recojo las pertenencias correctas. Puede confeccionarme una lista de camino. Anótela, para que yo pueda mostrarla si alguien me pregunta.

Fiona asintió. Me observaba como un refuerzo cuando le asignas una misión, alerta, atenta, memorizando cada palabra.

–Al ver la casa de nuevo, le vendrá algo a la memoria. De repente, recordará que la mañana en que usted y los agentes uniformados hallaron los cadáveres, cuando entró en la casa tras ellos, recogió algo que había a los pies de las escaleras. Lo hizo de manera instintiva, porque la casa siempre estaba tan ordenada que cualquier objeto que hubiera en el suelo parecía fuera de lugar... Se lo guardó en el bolsillo del abrigo, sin darse cuenta de lo que hacía... Al fin y al cabo, tenía la mente ocupada en otras cosas. ¿Lo ha comprendido?

–Eso que recogí. ¿Qué es?

–Jenny tiene un puñado de pulseras en su joyero. ¿Hay alguna que lleve más que las demás? No una de esas sólidas, ¿cómo se llaman...?, esclavas. Necesitamos una cadena. Una cadena fuerte.

Fiona pensó en mis palabras.

–Tiene una pulsera con dijes, con una cadena de oro bastante gruesa. Parece bastante fuerte. Pat se la regaló cuando cumplió veintiún años y después le fue regalando los dijes para los acontecimientos importantes... cuando se casaron, las iniciales de los niños cuando nacieron y una casita cuando se compraron la casa. Jenny la lleva a menudo.

–Perfecto. Esa es la otra razón por la que usted la recogió: porque sabía que significaba mucho para Jenny y a ella no le gustaría que anduviera tirada por el suelo. Cuando vio usted lo sucedido, se le olvidó por completo aquella pulsera. Como es natural, no se había acordado más de ella. Pero, mientras me espera a que salga de la casa, lo recordará. Se rebuscará en los bolsillos del abrigo y la encontrará. Cuando yo regrese al coche, me la entregará, por si por casualidad pudiera sernos de utilidad.

Fiona quiso saber:

–¿Cómo nos ayudará eso?

–Si todo hubiera sucedido exactamente como lo estoy describiendo –le contesté–, usted no habría tenido modo de saber que esa pulsera nos ayudaría en la investigación. Así que

694

mejor que no se lo explique ahora. Así nos ahorramos la posibilidad de que se le escape. Tendrá que confiar en mí.

–Está usted seguro, ¿verdad? –preguntó–. ¿No nos saldrá el tiro por la culata? ¿Está convencido?

–No es el plan perfecto. Algunas personas, incluido el fiscal, pensarán que usted lo sabía desde el principio y ocultó la prueba a propósito. Y otras pondrán en tela de juicio la conveniencia de tal casualidad... Es la política del departamento. Pero usted no necesita conocer los detalles. Yo me aseguraré de que no se meta en problemas. No la arrestarán por ocultación de pruebas, por obstrucción a la justicia ni nada de eso. Sin embargo, no puedo garantizarle que el fiscal no le haga pasar un mal trago, o incluso la defensa, si llegamos a ese punto. Quizá incluso sugieran que usted debería considerarse sospechosa, ya que habría sido la beneficiaria si Jenny hubiera muerto.

Fiona abrió los ojos como platos.

–No se preocupe –la tranquilicé–. Le prometo que tal acusación no llegaría a ningún sitio. No va a meterse en problemas. Pero sí debo advertírselo de antemano: no se trata de un plan perfecto. Aun así, es la mejor opción que tenemos.

–De acuerdo –convino Fiona, respirando hondo. Se enderezó en la silla y se apartó el pelo de la cara con ambas manos, lista para la acción–. ¿Qué hacemos ahora?

–Necesitamos hacerlo, mantener las conversaciones y todo eso. Si llevamos cada paso a la práctica, entonces usted recordará los detalles cuando preste declaración o cuando la sometan a interrogatorio. Sonará sincera, porque estará diciendo la verdad.

Asintió.

–Bien –dije–. ¿Adónde se dirige, señorita Rafferty?

–Si Jenny está dormida, debería acercarme a Brianstown. Tengo que traerle algunas cosas de la casa.

Tenía la voz acartonada, vacía; no quedaba en ella más que un sedimento de tristeza.

—Me temo que no puede entrar en la casa. Sigue estando precintada. Si le sirve de ayuda, yo puedo llevarla hasta allí y sacar lo que necesite.

—Sería fantástico. Gracias.

—Vamos —dije.

Me puse en pie, sujetándome a la pared como un anciano. Fiona se abotonó el abrigo, se enrolló la bufanda alrededor del cuello y se la apretó bien. El niño había dejado de llorar. Permanecimos allí en pie en el pasillo un rato, escuchando a través de la puerta si Jenny llamaba o si hacía algún movimiento, algo que nos hubiera retenido, pero no oímos nada.

Recordaré aquel viaje durante el resto de mi vida. Fue el último momento en que podía haber dado la vuelta: haber recogido los fragmentos de Jenny, haberle explicado a Fiona que había detectado un defecto en mi magnífico plan, haberla dejado de nuevo en el hospital y haber dicho adiós. De camino a Broken Harbour aquel día, fui lo que me había propuesto ser toda mi vida adulta: un detective de homicidios, el mejor de la brigada, el que solucionaba los casos y lo hacía de manera clara, sin complicaciones. A mi regreso ya era otra cosa.

Fiona se acurrucó contra la puerta del copiloto y se dedicó a mirar por la ventanilla. Cuando nos incorporamos a la autopista, solté una mano del volante, busqué mi bloc de notas y el bolígrafo y se los entregué. Se apoyó el cuaderno en la rodilla y yo mantuve la velocidad constante mientras escribía. Cuando hubo terminado, me devolvió el papel y el boli. Le eché un vistazo rápido a la página: tenía una caligrafía inteligible y redondeada, con pequeñas florituras rápidas en las astas. «Crema hidratante (lo que haya en la mesita de noche o en el cuarto de baño). Unos tejanos. Una blusa. Un jersey. Un sujetador. Calcetines. Calzado (zapatillas deportivas). Abrigo. Bufanda.

Fiona dijo:

—Necesitará ropa para salir del hospital, al margen de adónde se dirija.

—Gracias —le dije.

—No puedo creer que esté haciendo esto.

«Estás haciendo lo correcto». Casi me salió de manera automática. En su lugar, dije:

—Le está salvando la vida a su hermana.

—La estoy enviando a la cárcel.

—Lo está haciendo lo mejor que puede. Es lo máximo que podemos aspirar a hacer.

De repente me explicó, como si no hubiera podido contenerse:

—Cuando éramos crías, yo solía rezar por que Jenny hiciera algo mal. Yo siempre me metía en líos. Nada grave, no era ninguna delincuente ni nada de eso, cosas menores, como contestarle mal a mi madre o hacer novillos. Jenny nunca hizo nada mal, nunca. Era una santa por naturaleza. Yo solía rezar por que hiciera algo verdaderamente espantoso, al menos una vez. Entonces yo podría acusarla y se metería en problemas y todo el mundo diría: «Bien hecho, Fiona. Has hecho lo correcto. Buena chica».

Tenía las manos enlazadas sobre el regazo, con fuerza, como un crío durante una confesión.

—No vuelva a relatar esa historia, señorita Rafferty —le dije, con una voz más dura de lo que pretendía.

Fiona volvió a mirar por la ventanilla.

—No lo haría.

Después de aquello no volvimos a hablar. Al doblar la esquina de Ocean View, un hombre salió corriendo de la nada de una calle lateral; pise a fondo el freno, pero era simplemente un corredor que corría con la vista fija, sin mirar, y cuyas aletas de la nariz se ensanchaban y estrechaban como las de un caballo a la fuga. Por un instante me pareció oír las grandes bocanadas de su respiración a través del cristal; luego desapareció. Fue la única persona a quien vimos. El viento que soplaba del mar agitaba las verjas encadenadas, inclinaba en un marcado ángulo los altos hierbajos de los jardines y golpeaba las ventanillas del coche.

–He leído en la prensa que están pensando derribar estos lugares, estas urbanizaciones fantasma –comentó Fiona–. Las demolerán, se marcharán y fingirán que nunca han existido.

Por un último instante vi Broken Harbour como debería haber sido. Los cortacésped zumbando y las radios sonando a todo volumen al son de dulces ritmos animados mientras los hombres lavaban sus coches en la entrada de sus casas, los críos lanzaban alaridos y viraban bruscamente en sus motos; las jóvenes corrían con sus colas de caballo balanceándose; las mujeres se inclinaban sobre las vallas de los jardines para intercambiar noticias; los adolescentes se daban codazos, prorrumpían en risitas y flirteaban en cada esquina; vi la explosión de color de las macetas con geranios, coches nuevos y juguetes de niño, y olí el olor a pintura fresca y a barbacoa que transportaba la brisa marina. La imagen se materializó en el aire, con tal viveza que la vi con más claridad que las tuberías oxidadas y la suciedad de los baches.

–Es una pena –observé.

–¡Adiós y buen viaje! Deberían haberlo hecho hace cuatro años, antes de que se construyera este lugar: quemar los planos y largarse. Más vale tarde que nunca.

A aquellas alturas, yo me conocía bien la urbanización: llegamos a casa de los Spain al primer intento, sin pedirle indicaciones a Fiona, que había vuelto a perderse en sus pensamientos, y yo no tenía intención de sacarla de ellos. Cuando aparqué el coche y abrí la puerta, el viento rugió y me llenó los oídos y los ojos como agua fría.

—Regresaré dentro de unos minutos —le dije—. Haga gestos como si buscara algo en sus bolsillos, por si hay alguien observándonos.

Las cortinas de los Gogan no se habían movido, pero era cuestión de tiempo.

—Si se le acerca alguien, no hable con él.

Fiona asintió desde el otro lado de la ventanilla.

El candado seguía en su sitio: los cazadores de recuerdos y morbosos aguardaban su momento. Encontré la llave que le había requisado al doctor Dolittle. Al entrar en la casa y quedar protegido del viento, el silencio instantáneo resonó en mis oídos.

Rebusqué en los armarios de la cocina, sin preocuparme por no tocar las salpicaduras de sangre, hasta que encontré una bolsa de basura. Me la llevé arriba y arrojé las cosas en ella, afanándome; para entonces es seguro que Sinéad Gogan ya estaría pegada a la ventana y se alegraría de explicarle a cualquiera que le preguntara exactamente cuánto tiempo había pasado yo en la casa. Cuando hube acabado, me puse los guantes y abrí el joyero de Jenny.

La pulsera con dijes estaba extendida en un pequeño compartimento propio, lista para ponérsela. El corazón dorado y la diminuta casita también dorada resplandecían bajo la tenue luz procedente de la lámpara de color crema; la E afiligranada, con diamantitos engastados; la J, esmaltada en rojo; y la gota de diamante que debió de marcar el vigesimoprimer aniversario de Jenny. Quedaba aún mucho espacio libre en la cadena, para todas las cosas maravillosas que el futuro había deparado.

Deposité la bolsa de basura en el suelo y me llevé la pulsera a la habitación de Emma. Encendí la luz: me negaba rotundamente a descorrer las cortinas. El dormitorio estaba tal y como Richie y yo lo habíamos dejado cuando acabamos el registro: ordenado, lleno de pensamientos, de amor y de rosa; solo la cama despojada de sábanas indicaba que allí había ocurrido algo. Sobre la mesilla de noche, el monitor emitía una advertencia intermitente: «12° C: DEMASIADO FRÍO».

El cepillo de pelo de Emma, rosa y con un poni en la parte trasera, descansaba sobre la cajonera. Seleccioné unos cuantos cabellos con sumo cuidado, haciendo coincidir sus longitudes y sosteniéndolos en alto (eran tan finos y rubios que, en según qué ángulos, se desvanecían por efecto de la luz) para localizar los que tenían raíces y restos de piel enganchados, arrancados con un cepillado demasiado fuerte. Al final conseguí ocho.

Los alisé formando un diminuto mechón, sostuve las raíces entre los dedos pulgar e índice y enganché el otro extremo a la pulsera con dijes. Me llevó unos cuantos intentos (en la cadena, en el cierre y en el corazoncito de oro) antes de que quedaran bien enganchados en la argolla que sostenía la J esmaltada. Conseguí arrancármelos de los dedos con un tironcito y que quedaran revoloteando contra el oro.

Me coloqué la pulsera en una muñeca y tiré con fuerza, hasta que una argolla se dobló y se abrió. Me quedó una marca roja en la palma, pero Jenny tenía las muñecas llenas de moratones y abrasiones por los puntos por donde Pat había intentado sujetarla. Cualquiera de ellos, difuminado por los otros, podía haber estado causado por aquella pulsera.

Emma había luchado: Cooper nos lo había dicho. Por un instante logró apartarse la almohada de la cabeza. Cuando Jenny buscó a tientas para volver a colocarla, se le había enganchado la pulsera en el cabello azotado de Emma. Emma se había agarrado a ella y había tirado con todas sus fuerzas hasta que una de aquellas débiles argollas se había abierto;

luego dejó de tirar: su mano había quedado atrapada de nuevo bajo la almohada y en la pulsera apenas habían quedado enredados unos cuantos cabellos.

La pulsera había permanecido en la muñeca de Jenny mientras acababa lo que estaba haciendo. Al bajar a la planta de abajo para ir en busca de Pat, la argolla se había soltado.

Con toda probabilidad, no bastaría para condenar a Jenny. El cabello de Emma podía haberse enredado en la pulsera mientras Jenny le cepillaba el pelo antes de acostarla aquella última noche; la argolla podía haberse enganchado en la manecilla de una puerta mientras Jenny bajaba a toda prisa para comprobar qué era todo aquel follón. Todo estaba sembrado de grandes dudas razonables. Pero, junto con todo lo demás, sería suficiente para arrestar a Jenny, presentar cargos contra ella y tenerla en prisión preventiva mientras aguardaba la celebración del juicio.

Eso puede tardar al menos un año. Para entonces, Jenny habría pasado el tiempo suficiente con diversos psiquiatras y psicólogos que la atiborrarían de medicamentos y la tratarían de otros modos para poder brindarle una oportunidad de apearse de aquel precipicio azotado por el viento. Si cambiaba de opinión con respecto a suicidarse, se declararía culpable, ya que nada la aguardaba al otro lado de los barrotes. Su declaración de culpabilidad eliminaría toda sombra de sospecha recaída sobre Pat y Conor. Y, si no cambiaba de opinión, alguien detectaría lo que tenía planeado (a pesar de lo que piensan algunos, la mayoría de los profesionales de salud mental hacen bien su trabajo) y haría lo necesario para mantenerla en un lugar seguro. Le había contado la verdad a Fiona: no era un plan perfecto, ni mucho menos, pero en aquel caso no había lugar para la perfección.

Antes de abandonar la habitación de Emma retiré una de sus cortinas y permanecí en pie junto a la ventana, contemplando las hileras de casas a medio construir y la playa que se extendía tras ellas. El invierno empezaba a cernirse sobre Broken Harbour; apenas pasaban de las tres de la tarde y, sin embargo, la luz cobraba ya esa melancolía vespertina y el azul se había evaporado del mar, dejándolo de un gris agitado con vetas de espuma blanca. En el escondite de Conor, las protecciones de plástico vibraban con el viento; las casas de los alrededores proyectaban sombras insanas sobre la carretera sin pavimentar. El lugar parecía Pompeya, un descubrimiento arqueológico conservado para que los turistas deambularan por él boquiabiertos, alargando el cuello e intentando imaginar el desastre que había barrido de allí toda vida; así permanecería durante unos cuantos años, pocos, hasta que quedara reducido a escombros, hasta que aparecieran hormigueros en medio de los suelos de las cocinas y la hiedra se enredara alrededor de las lámparas.

Cerré la puerta de Emma a mi espalda, con delicadeza. En el descansillo, junto a un rollo de cable eléctrico que se introducía en el baño, la preciada videocámara de Richie apuntaba a la trampilla del altillo y parpadeaba con un diminuto ojo rojo para indicar que estaba grabando. Una arañita gris ya se había construido una hamaca de telaraña entre la cámara y la pared.

En el ático, el viento se filtraba por el agujero que había bajo el alerón con un agudo lamento agitado, como de zorro o hada llorona. Escudriñé aquella trampilla abierta. Por un instante creí ver algo moverse, un cambio y una fusión en negro, una onda musculada deliberada, pero, cuando pestañeé, solo quedaba oscuridad y la ráfaga de aire frío.

Al día siguiente, una vez cerrado el caso, enviaría al técnico de Richie a recoger la cámara, inspeccionar cada fotograma del metraje y escribirme un informe por triplicado sobre cualquier cosa que viera. No había motivo para no agarrar aquel pequeño monitor incorporado y rebobinar el metraje yo mismo, arrodillado en aquel descansillo, pero no lo hice. Ya sabía que ahí no había nada.

Fiona estaba apoyada en la puerta del copiloto, con la vista perdida en el armazón de la casa donde habíamos hablado con ella aquel primer día, con un cigarrillo entre los dedos que proyectaba un fino hilillo de humo. Al ver que me acercaba, arrojó el cigarrillo a un bache medio lleno de barro.

–Aquí tiene las cosas de su hermana –le dije, sosteniendo en alto la bolsa de basura.

–¿Son lo que usted tenía en mente o había pensado en algo distinto?

–Esto nos va perfecto. Gracias.

Ni siquiera me miró. Por un instante confuso, pensé que había cambiado de opinión.

–¿Se encuentra bien? –le pregunté.

–Ver la casa me ha hecho recordar que el día que los encontramos, a Jenny, a Pat y a los críos, recogí esto del suelo –dijo.

Se sacó la mano del bolsillo, cerrada en un puño, como si sostuviera algo. Yo extendí mi palma, ahuecada alrededor de la pulsera para protegerla de los curiosos y del viento, y ella abrió su mano vacía sobre la mía.

–Debería tocarla, por si acaso –le aconsejé.

Cerró la mano alrededor de la pulsera, con fuerza, un instante. Incluso a través de los guantes noté el frío de sus dedos.

–¿Dónde la encontró? –le pregunté.

–Cuando los policías entraron en la casa aquella mañana, yo entré detrás de ellos. Quería saber qué sucedía. Vi esto a los pies de las escaleras, cerca del escalón inferior. Lo recogí. A Jenny no le habría gustado que anduvieran dándole patadas a su pulsera por el suelo. Me la guardé en el bolsillo del abrigo. Tengo el bolsillo agujereado y se coló en el forro. Se me había olvidado por completo hasta ahora.

Hablaba con voz fina y monótona; el incesante rugido del viento transportaba sus palabras para estrellarlas contra el hormigón visto y el metal oxidado.

—Gracias —le dije—. Lo investigaré.

Me dirigí hacia el lado del conductor y abrí la puerta. Fiona no se movió. Hasta que hube guardado la pulsera en un sobre de pruebas, debidamente etiquetado, y que me guardé en el bolsillo del abrigo, no se enderezó y entró en el coche. Seguía sin mirarme.

Encendí el motor y abandonamos Broken Harbour, maniobrando alrededor de los baches y los cables diseminados por el suelo, con el viento aún azotando las ventanas como una bola de demolición. Fue así de fácil.

El emplazamiento de las caravanas estaba en la misma playa que la casa de los Spain, pero más al norte, a unos noventa metros. Cuando Richie y yo habíamos caminado por la penumbra hacia el escondite de Conor Brennan y de nuevo con él entre nosotros y nuestro caso resuelto, probablemente habíamos atravesado el punto donde estaba acampada la caravana de mi familia.

La última vez que vi a mi madre estaba fuera de esa caravana, en nuestra última noche en Broken Harbour. Mi familia había ido al restaurante de Whelan's para celebrar la cena de despedida; yo me había preparado un par de emparedados de jamón rápidos en la pequeña cocina de la caravana y me estaba acicalando para reunirme con mi pandilla en la playa. Teníamos botellones de sidra y paquetes de cigarrillos escondidos en las dunas de arena, señalados con bolsas de plástico azul atadas a barrones; alguien iba a llevar una guitarra, y mis padres me habían dicho que podía salir hasta medianoche. El perfume almizclado a desodorante Lynx Musk invadía la caravana y una luz baja y densa se filtraba por las ventanas e incidía en el espejo, tanto que tuve que agacharme y ladear la cabeza para engominarme bien el pelo de punta; la maleta de Geri estaba abierta y a medio hacer sobre su litera; sobre la de Dina descansaban su gorrito blanco y sus gafas de sol. En algún lugar, unos niños reían y una madre los llamaba a cenar; en una radio lejana sonaba «Every Little Thing She Does Is Magic» y yo canturreé por lo bajini con mi nueva voz profunda y pensé en Amelia echándose el pelo hacia atrás.

Me puse la cazadora vaquera, bajé corriendo los peldaños de la caravana y me detuve seco. Mi madre estaba sentada fuera, en una silla plegable pequeña, con la cabeza echada hacia atrás, contemplando cómo el cielo se volvía de color dorado y melocotón. Tenía la nariz quemada por el sol y, tras haber pasado el día tumbada en la playa, construyendo castillos de arena con Dina y paseando por la orilla agarrada de la mano de mi padre, el moño se le había medio deshecho y le caían mechones desordenados de cabello lacio y rubio. La brisa le levantaba y le arremolinaba el dobladillo de la falda larga que llevaba puesta, una falda de algodón azul cielo estampada con florecillas blancas.

—Mikey —me dijo con una sonrisa—: estás muy guapo.

—Pensaba que estabas en el pub.

—Había demasiada gente. —Eso debería haberme dado la primera pista—. Aquí se está tan bien, se respira tanta paz. Mira.

Lancé una mirada simbólica al cielo.

—Sí. Muy bonito. Voy a bajar a la playa, ¿recuerdas? Volveré...

—Siéntate aquí conmigo un momentito.

Extendió su mano, haciéndome un gesto para que me acercara.

–Tengo que irme. Los chicos me...

–Ya lo sé. Solo serán unos minutos.

Debería haberme dado cuenta. Pero aquellas dos semanas parecía estar tan feliz. Siempre era feliz en Broken Harbour. Aquellas eran las únicas dos semanas del año en las que yo tenía oportunidad de ser un muchacho corriente: nada de lo que protegerse, salvo de decir alguna tontería delante de la pandilla, ningún secreto trepándome por la nuca, salvo los pensamientos de Amelia que me sonrojaban en los momentos más inoportunos, y nada que vigilar, salvo al gran Dean Gorry, a quien también le gustaba Amelia. Me había relajado. Durante todo el año había estado alerta y me había esforzado tanto, que pensaba que me lo merecía. Se me olvidó que Dios, el mundo o lo que sea que talla las reglas en piedra no te da tiempo libre en cuanto a buen comportamiento se refiere.

Me senté en el borde de otra silla e intenté no menearme. Mi madre se recostó y suspiró, un sonido contento y soñador.

–Mira eso –me dijo, y alargó los brazos hacia el ir y venir del agua.

Lucía una tarde cálida, nos llegaban ráfagas de aroma a lavanda y el aire sabía dulce y salado como un caramelo; solo una clara neblina alta sobre la puesta de sol anunciaba que el viento podía girarse en nuestra contra y azotar en algún momento de la noche.

–No hay ningún lugar como este, desde luego que no. Ojalá nunca tuviéramos que regresar a casa, ¿no te parece?

–Sí. Probablemente. Es bonito.

–Dime algo. Esa chica rubia, la que tiene ese padre tan agradable que nos dio leche el día que nos quedamos sin ella, ¿es tu novia?

–¡Jolines, mamá! –Me retorcía de la vergüenza.

Pero ella no se dio cuenta.

–Bien. Eso está bien. A veces me preocupa que no tengas novias porque... –Otro leve suspiro, mientras se apartaba el pelo de la frente–. Eso está muy bien. Es una chica muy guapa, tiene una sonrisa muy bonita.

–Sí. –La sonrisa de Amelia, su forma de deslizar los ojos hacia los lados para buscar los míos; la curva de su labio, que tantas ganas me daban de morderlo...– Supongo que sí.

–Cuídala mucho. Tu padre siempre me ha cuidado. –Mi madre sonrió, alargó la mano para salvar el vacío entre nuestras sillas y me dio unas palmaditas en la mano–. Y tú también. Espero que esa muchacha sepa lo afortunada que es.

–Hace solo unos días que salimos.

–¿Vais a seguir viéndoos?

Me encogí de hombros.

–No lo sé. Ella es de Newry.

En mi cabeza, yo ya le estaba enviando a Amelia casetes con mezclas, escribiendo su dirección con mi mejor caligrafía e imaginando la habitación de chica donde los escucharía.

–Mantened el contacto. Tendríais unos hijos muy guapos.

–¡Mamá! Pero si acabamos de conocernos...

–Nunca se sabe. –Algo se deslizó sobre su rostro, algo rápido y frágil como la sombra de un pájaro sobre el agua–. En esta vida nunca se sabe...

Dean tenía un millón de hermanos y hermanas pequeños, a sus padres no les importaba dónde estaba; y ya estaría en la playa, preparado, a la espera para aprovechar cualquier oportunidad.

–Mamá, tengo que irme, ¿vale? ¿Puedo?

Ya estaba fuera de la silla, con las piernas bien plantadas en el suelo, listo para salir como un rayo y saltar las dunas. Su mano volvió a salvar ese hueco y agarró la mía.

–Todavía no. No quiero estar sola.

Alcé la vista hacia el sendero que conducía al pub de Whelan's, rezando, pero estaba vacío.

—Papá y las niñas regresarán en cualquier momento.

Ambos sabíamos que tardarían más que eso. El pub de Whelan's era el lugar al que acudían todas las familias de aquel camping de caravanas: Dina andaría correteando por ahí jugando al pilla pilla y chillando con los otros niños pequeños. Papá se echaría una partida a los dardos y Geri se sentaría en la tapia y flirtearía solo un minutito más. Mi madre seguía agarrándome de la mano.

—Hay cosas de las que necesito hablarte. Es importante.

Yo solo podía pensar en Amelia y en Dean. El aroma desbocado del mar me hervía en la sangre, con todo un mundo con sabor a cerveza, a noche, a risas y misterio aguardándome en aquellas dunas. Pensé que quería hablarme de amor, de chicas, de Dios y, ojalá no, de sexo.

—Sí. De acuerdo, pero ahora no, mamá. Mañana, cuando lleguemos a casa... Ahora tengo que irme, en serio. He quedado con Amelia...

—Te esperará. Quédate conmigo. No me dejes sola.

La primera nota de desesperación se filtró en su voz, contaminando el aire como humo tóxico. Solté mi mano de la suya con un gesto brusco, como si su contacto me abrasara. Al día siguiente, en casa, habría estado dispuesto a aquello, pero no allí, no entonces. La injusticia de la situación se me desató como un latigazo en el rostro y me dejó perplejo, indignado, ciego.

—Mamá. No empieces.

Seguía teniendo la mano alargada hacia la mía, lista para agarrarse.

—Por favor, Mikey. Te necesito.

—¿Y qué? —exploté de manera tan incontrolada que me quedé sin aliento y me descubrí jadeando. Me habría gustado apartarla de mi camino a empujones, apartarla de mi mundo–. ¡Estoy harto, hartísimo de cuidar de ti! ¡Se supone que eres tú quien debería cuidar de mí!

Su rostro afligido, boquiabierto. La luz del atardecer cubriendo de oro las canas de su cabello, volviéndola más joven y resplandeciente, lista para desvanecerse en su cegadora luminosidad.

–Mike, perdona. De verdad, perdona. Lo siento mucho.

–Sí. Ya lo sé. Yo también. –Me revolvía en la silla, rojo de la vergüenza, del desafío y de aquel espantoso bochorno, me moría de ganas de largarme de allí, cada vez más–. No hablaba en serio.

–Claro que sí. Sé que lo hacías. Y tienes razón. No deberías tener que... Madre mía, cariño, lo siento muchísimo.

–No pasa nada. Está bien. –Destellos luminosos de color se desplazaban sobre las dunas, sombras de largas piernas se proyectaban ante ellos mientras corrían hacia el agua. Una muchacha rio; no discerní si se trataba de Amelia–. ¿Puedo irme ya?

–Claro. Desde luego. Vete. –Retorcía entre sus manos las flores de su falda–. No te preocupes, Mike, amor mío. No volveré a hacerte esto. Te lo prometo. Que tengas una noche maravillosa.

Al ponerme en pie de un brinco, con una mano en la cabeza para comprobar con cautela mi peinado y pasándome la lengua por los dientes para asegurarme de que los tenía limpios, me agarró por la manga.

–Mamá, tengo que...

–Lo sé. Solo un segundo.

Tiró de mí para obligarme a agacharme, me agarró por las mejillas por ambas manos y me dio un beso en la frente. Olía a bronceador de coco, a sal, a verano, a mi madre.

Después la gente culpó a mi padre. Habíamos hecho un trabajo excelente, tanto él como Geri y yo, en mantener nuestro secreto dentro de nuestras cuatro paredes, un trabajo demasiado bueno. Nadie había sospechado jamás que mi madre tenía días en los que permanecía tumbada en la cama mirando la pared; pero en aquellos tiempos los vecinos cuidaban unos de otros o se vigilaban, no lo sé bien. Toda la calle sabía que mi madre había pasado esporádicamente semanas sin salir de casa y que había días en los que ni siquiera lograba pronunciar un débil «¡hola!», días en los que agachaba la cabeza y se escabullía de sus miradas curiosas.

Los adultos procuraban ser sutiles, pero bajo cada condolencia subyacía un interrogante; en la escuela, los chavales ni siquiera intentaban disimular la mitad de las veces. Todos querían saber las mismas cosas. Cuando caminaba con la cabeza gacha, ¿ocultaba morados en los ojos? Cuando permanecía en casa, ¿esperaba a que se le soldaran las costillas? Cuando entró en aquel mar, ¿fue porque mi padre la envió allí?

Yo callaba a los adultos con una mirada fría y rotunda y me liaba a palos con mis compañeros de clase cuando se volvían demasiado descarados, hasta el día en que consumí los puntos de compasión por mí y los profesores empezaron a dejarme castigado cuando acababa la escuela por pelearme. Necesitaba llegar a casa a tiempo para ayudar a Geri con Dina y con las tareas domésticas. Mi padre no podía ocuparse de ello; apenas hablaba. No podía permitirme que me castigaran. Así fue como empecé a aprender a controlarme.

En el fondo, no los culpaba por preguntar. Parecía pura curiosidad morbosa, pero incluso entonces yo entendía que había algo más. Querían saber. Tal y como yo le había explicado a Richie, la causa y la consecuencia no son un lujo. Suprimidas, nos sentimos paralizados, aferrados a una balsa diminuta que avanza salvajemente a la deriva por un mar negro infinito. Si mi madre se había hundido en el mar porque sí, también podían hacerlo las suyas, cualquier noche, en cualquier momento, y también ellos. Cuando no logramos ver un patrón, movemos las piezas hasta que una encaja, porque tenemos que hacerlo.

Yo me peleaba con ellos porque el patrón que veían era equivocado y no podía explicárselo. Sabía que en algo estaban en lo cierto: las cosas no pasan sin una razón. Yo era el único en el mundo que sabía que esa razón era yo.

Había aprendido a vivir con ello. Había encontrado un modo de hacerlo, lentamente y con una cantidad ingente de esfuerzo y dolor. No podía olvidarlo.

«No existe un porqué». Si Dina tenía razón, entonces el mundo era un lugar inhóspito. Si se equivocaba, si (y más valía que fuera verdad) el mundo estaba cuerdo y solo era la extraña galaxia que orbitaba en su mente la que giraba sin sentido fuera de eje, entonces todo aquello era por mi culpa.

Dejé a Fiona a las puertas del hospital. Al aparcar el coche, le dije:

—Necesitaré que venga a la comisaría y me proporcione una declaración oficial sobre el hallazgo de la pulsera.

La vi cerrar los ojos un instante.

—¿Cuándo?

—Ahora, si no le importa. Puedo esperarla mientras sube a dejarle las cosas a su hermana.

—¿Cuándo tiene previsto...? —Señaló con la barbilla hacia el edificio.

—¿Decírselo a su hermana?

Arrestarla.

—Lo antes posible —aclaré—. Probablemente mañana.

—Entonces iré a la comisaría después de eso. Me quedaré haciéndole compañía hasta entonces.

—Le resultaría más fácil si viniera esta tarde —apunté—. Tal vez le resulte duro estar con Jenny en estos momentos.

Fiona dijo sin ningún matiz en la voz:

−Tal vez sí.

Salió del coche y se alejó, sosteniendo la bolsa de basura entre ambas manos, inclinada hacia atrás, como si pesara demasiado para transportarla.

Aparqué el Beemer en el parking y esperé a las afueras de la muralla del castillo, acechando en las sombras como un camello callejero, hasta que finalizó el turno y los muchachos se hubieron marchado a casa. Luego acudí a reunirme con el superintendente.

O'Kelly seguía ante su escritorio, con la cabeza inclinada sobre el círculo de luz que proyectaba el haz de la lámpara, repasando con su bolígrafo las líneas de una hoja de declaración. Se apoyaba las gafas de lectura en la punta de la nariz. La acogedora luz amarilla resaltaba las profundas arrugas alrededor de sus ojos y boca y las canas que se multiplicaban en su cabello; parecía un viejecito de cuento, el abuelo sabio que sabe cómo solucionarlo todo.

Al otro lado de la ventana, el cielo era de un denso negro invernal y las sombras comenzaban a apilarse alrededor de las pilas irregulares de expedientes que se inclinaban en los rincones. El despacho me recordó un lugar con el cual había soñado en una ocasión de niño y que había pasado años intentando encontrar, un lugar cuyo valiosísimo detalle debería haber preservado en mi memoria, un lugar que se me escapaba entre los dedos, perdido.

Me moví en la puerta y O'Kelly levantó la cabeza. Por una milésima de segundo, pareció cansado y triste. Luego todo eso se desvaneció y su rostro se volvió adusto, completamente inescrutable.

−Detective Kennedy −me saludó, al tiempo que se quitaba las gafas de lectura−. Cierra la puerta.

La cerré tras de mí y permanecí de pie hasta que O'Kelly señaló una silla con su bolígrafo.

–Quigley ha venido a verme esta mañana.

–Debería haber dejado que fuera yo quien lo hiciera –me defendí.

–Es precisamente lo mismo que yo le he dicho. Ha puesto su cara de monja y me ha dicho que no confiaba en que admitieras tu error.

Maldito hijo de puta.

–Yo creo que es más probable que quisiera exponer su versión primero –aventuré.

–Se moría de ganas de lanzarte al fango. Si le hubiera valido, habría venido a verme en calzoncillos nada más despertarse. Pero hay un problema: Quigley tergiversa las historias a su conveniencia, eso lo sabemos todos, pero nunca he tenido constancia de que se las invente de la nada. Vigila demasiado su propio trasero.

–No se lo ha inventado –dije yo.

Me saqué el sobre con la prueba del bolsillo (tuve la sensación de que hacía días que lo había guardado allí) y lo deposité sobre el escritorio de O'Kelly.

No lo cogió.

–Explícame tu versión –me pidió–. Necesitaré una declaración por escrito, pero primero quiero escucharla de viva voz.

–El detective Curran encontró esto en el apartamento de Conor Brennan mientras yo estaba fuera haciendo una llamada telefónica. El esmalte de uñas coincide con el de Jennifer Spain. Y la lana coincide con la almohada que se utilizó para asfixiar a Emma Spain.

O'Kelly silbó.

–¡Que me aspen con la mamaíta! ¿Estás seguro?

–He pasado la tarde con ella. No confesará bajo apercibimiento, pero me ha explicado con pelos y detalles lo ocurrido.

–Lo cual no nos sirve de nada... sin esto. –Señaló con la cabeza el sobre con la prueba–. ¿Cómo llegó al piso de Brennan, si no es nuestro hombre?

–Estuvo en la escena del crimen. Él fue quien intentó acabar con la vida de Jennifer Spain.

–Demos gracias al cielo. Al menos no arrestaste a un santo inocente. Un pleito menos que tenemos que afrontar. –O'Kelly reflexionó sobre lo que le había explicado y gruñó–. Continúa. Curran encuentra esto y deduce qué significa. ¿Y luego? ¿Por qué no lo entregó?

–Estaba indeciso. A su modo de ver, Jennifer Spain ya había sufrido lo suficiente y no conseguiríamos nada con su arresto: la mejor solución sería dejar en libertad a Conor Brennan y cerrar el caso, lo que implicaba que el culpable era Patrick Spain.

O'Kelly soltó una carcajada.

–Maravilloso. Estupendísimo. ¡Maldito imbécil! Y se dedica a pasear por ahí, frío como un pepino, con esta prueba en el bolsillo.

–Estaba reteniendo la prueba mientras decidía qué hacer con ella. Anoche, una mujer que yo también conozco estuvo en casa del detective Curran. Divisó ese sobre y pensó que no debería estar allí, así que se lo llevó consigo. Intentó entregármelo a mí esta mañana, pero Quigley la interceptó.

–Esa joven... –dijo O'Kelly. Metía y sacaba la punta del bolígrafo accionando el mecanismo con el pulgar y observándolo como si fuera algo fascinante–. Quigley me ha insinuado que estabais manteniendo un trío extraño; asegura que le preocupa que se pierdan los valores morales en la brigada y todas esas chorradas de monaguillo. ¿Cuál es la verdadera historia?

O'Kelly siempre se ha portado bien conmigo.

–Es mi hermana –aclaré.

Eso captó su atención.

–¡Caramba! A ese Curran le deben faltar unos cuantos dientes ahora mismo, ¿no?

–Él no lo sabía.

–Eso no es excusa. Maldito capullito.

–Señor, me gustaría mantener a mi hermana al margen de esto, si es posible –le pedí–. No está bien.

–Sí, eso me ha comentado Quigley. –Aunque seguramente no con esas palabras–. No hace falta que la mandes llamar. Los de Asuntos Internos tal vez quieran hablar con ella, pero les diré que no puede añadir nada más. Asegúrate de que no hable con ningún periodista malnacido y no le pasará nada.

–Gracias, señor.

O'Kelly asintió.

–¿Y esto? –preguntó, dándole un toquecito al sobre con el bolígrafo–. ¿Me juras que no lo habías visto hasta hoy?

–Se lo juro, señor –respondí–. No sabía que existía hasta que Quigley me lo pasó por la cara.

–¿Cuándo lo recogió Curran?

–El jueves por la mañana.

–El jueves por la mañana –repitió O'Kelly. Su voz no auguraba nada bueno–. Así que se lo quedó para él solito durante dos días enteros. Os habéis pasado los dos todos los momentos de vigilia juntos, sin hablar de otra cosa que no fuera este caso, o al menos eso espero, y Curran tenía la respuesta en el bolsillo de su chándal de licra todo el tiempo. Dime, detective: ¿cómo cojones se te ha podido escapar algo así?

–Estaba centrado en el caso. Sí que noté...

–¡Virgen santa! –explotó O'Kelly–. ¿Qué demonios te parece esto? ¿Una nimiedad? Esto es el jodido caso. Y no se trata de un asunto de narcotráfico de pacotilla que a nadie le importa un bledo. Estamos hablando de niños asesinados.

¿No se te ocurrió que quizá era un buen momento para actuar como un maldito detective y estar ojo avizor a lo que sucedía a tu alrededor?

–Sabía que algo le atosigaba el pensamiento a Curran, señor –me defendí–. Eso no se me pasó por alto. Pero pensé que se debía a que no estábamos de acuerdo en el sospechoso. Yo pensaba que Brennan era nuestro hombre y que buscar otro culpable era una pérdida de tiempo; Curran creía, o dijo que creía, que Patrick Spain encajaba más en el perfil del sospechoso y alegó que deberíamos invertir más tiempo en investigarlo. Creí que ahí radicaba el problema.

O'Kelly respiró hondo para no seguir echándome la bronca, pero no estaba convencido.

–Entonces o Curran se merece un Óscar por su actuación –dijo, ahora ya sin ira en la voz– o tú te mereces un buen puntapié en el trasero–. Se frotó los ojos con los pulgares y los índices–. ¿Y dónde está ahora ese listillo?

–Lo he enviado a casa. No quería que tocara nada más.

–Y bien que has hecho. Llámalo y dile que venga a verme a primera hora de la mañana. Si sobrevive a eso, le encontraré un bonito escritorio donde pueda archivar papeleo hasta que Asuntos Internos haya acabado con él.

–Sí, señor.

Le enviaría un mensaje de texto. No tenía ninguna gana de volver a hablar con Richie nunca más en la vida.

–Si tu hermana no hubiera robado la prueba –continuó O'Kelly–, ¿crees que Curran la habría entregado? ¿O la habría tirado por el lavabo y habría mantenido el pico cerrado para siempre? Tú lo conoces mejor que yo. ¿Qué opinas?

«La habría entregado hoy mismo, señor, me apostaría el salario de un mes...». Todos esos compañeros que yo tanto había envidiado lo habrían afirmado sin pensárselo dos veces, pero Richie ya no era mi compañero, jamás lo había sido.

–No lo sé –contesté–. No tengo ni idea.

O'Kelly resopló.

–Tampoco importa demasiado. Curran está acabado. Lo devolvería al piso de protección oficial del que ha salido si pudiera hacerlo sin que Asuntos Internos, los jefazos y los medios de comunicación me tocaran las narices; pero como no puedo, volverán a colocarlo con los uniformados y le buscaré un bonito agujero lleno de drogadictos y armas blancas donde pueda esperar a que llegue su pensión. Si sabe lo que le conviene, cerrará el pico y aceptará lo que le proponga.

Hizo una pausa por si yo quería discutir esa opción. Su mirada me reveló que no tendría sentido, pero de todos modos yo no lo habría hecho.

–Creo que es la solución correcta –sentencié.

–¡Soooo! No tan rápido. Asuntos Internos y los peces gordos tampoco van a estar muy contentos contigo. Curran todavía está en período de prueba; tú eres el hombre al cargo. Si esta investigación se ha ido al garete, la responsabilidad es toda tuya.

–Soy consciente de ello, señor, pero no creo que se haya ido al garete todavía. Mientras estaba en el hospital con Jennifer Spain, me encontré con Fiona Rafferty, la hermana. Recogió esto del vestíbulo de los Spain la mañana en la que nos llamaron para que acudiéramos a la escena del crimen. Se le había olvidado por completo hasta hoy.

Saqué el sobre con la pulsera y lo coloqué sobre la mesa, junto al otro sobre. Una parte ajena de mí fue capaz de congratularse por lo firme que tenía el pulso.

–Ha identificado la pulsera como perteneciente a Jennifer Spain. Y, a juzgar por el color y por la longitud, los cabellos enganchados a ella podrían pertenecer a Jennifer o a Emma, algo que los técnicos del laboratorio no tendrán problema en confirmar: si pertenecen a Jennifer, todo estará perdido, pero si pertenecen a Emma, y apuesto a que sí, entonces aún tenemos caso.

O'Kelly me observó durante largo rato, accionando el mecanismo de su bolígrafo, con aquellos agudos ojos suyos posados en mí.

–¡Caramba! ¡Qué casualidad más conveniente!

Era una pregunta.

–Cuestión de buena suerte, señor.

Tras un largo momento, asintió.

–Te aconsejo que juegues a la lotería esta noche. Eres el hombre más afortunado de Irlanda. No necesito explicarte el follón en el que te habrías metido de no haber aparecido esta prueba.

Scorcher Kennedy, la flecha más recta de todas, veinte años de servicio y jamás se había sobrepasado, ni una sola vez: tras aquella sombra de sospecha, O'Kelly creyó que le estaba diciendo la verdad y toda la verdad. Y lo mismo ocurriría con los demás. Ni siquiera la defensa perdería el tiempo intentando impugnar la prueba. Quigley haría correr rumores, pero nadie le hace caso.

–Lo sé, señor –respondí.

–Entrégalo al laboratorio de pruebas, rápido, antes de que encuentres un modo de fastidiarla. Y luego vete a casa y duerme un poco. Necesitaré que estés en plena forma el lunes cuando aparezcan los de Asuntos Internos.

Se ajustó las gafas de lectura de nuevo a la nariz y de nuevo agachó la cabeza sobre la hoja de declaración. La conversación había concluido.

–Señor, hay algo más que debería saber –lo interrumpí.

–¡Madre santa! Si hay otra jodienda relacionada con este embrollo, no quiero oírla.

–No es nada de eso, señor. Cuando este caso esté cerrado, me gustaría presentar mi dimisión.

O'Kelly levantó la cabeza.

–¿Por qué? –preguntó al cabo de un momento.

–Creo que es hora de un cambio.

Sus afilados ojos me golpearon.

–Aún no llevas treinta años en el cuerpo –me indicó–. No cobrarás pensión hasta que cumplas los sesenta.

–Ya lo sé, señor.

–¿Y a qué te dedicarás?

–Todavía no lo sé.

Me observó, dando golpecitos con el bolígrafo en la hoja que tenía delante.

–Te he devuelto al ruedo demasiado pronto. Pensaba que estabas listo para la lucha de nuevo. Habría jurado que te morías de ganas de saltar del banquillo.

En su voz permeaba algo que podría interpretarse como preocupación, incluso como compasión.

–Y así era –confirmé yo.

–Debería haberme percatado de que aún no estabas preparado. Ahora este follón te ha hecho flaquear. Eso es lo que ocurre. Un buen sueño durante unas cuantas noches, unas cuantas cervezas con los muchachos y estarás en forma de nuevo.

–No es tan sencillo, señor.

–¿Por qué no? No es que vayas a pasarte los próximos años compartiendo mesa con Curran, si es eso lo que te preocupa. Eso fue error mío. Se lo explicaré a los jefazos. No quiero que te confinen a tareas administrativas, o al menos no más de las que ya haces; déjame a mí ocuparme de ese puñado de memos. –O'Kelly señaló con la cabeza hacia la sala de la brigada–. No permitiré que te incordien. Tendrás que aguantar una serenata y perderás unos cuantos días de vacaciones, eso desde luego, pero tienes muchos ahorrados, si no me equivoco... Luego todo volverá a la normalidad.

–Gracias, señor –dije–. De verdad que se lo agradezco, pero no tengo problema en aceptar lo que se interponga en mi camino. Tiene usted razón: debería haberme dado cuenta de esto.

–¿Es por eso? ¿Estás enfurruñado porque se te ha pasado por alto una jugarreta? Por todos los santos, muchacho, eso nos ha sucedido a todos. Los muchachos te darán la brasa durante un tiempo: el Detective Perfecto ha pisado una piel de plátano y se ha pegada una hostia; tendrían que ser unos santurrones para desperdiciar una ocasión así. Pero sobrevivirás. Cálmate un poco y no me des la gran charla de despedida.

No era solo que hubiera contaminado todo lo que hubiera tocado o tocara en el futuro; si aquello salía a la luz, entonces ni uno solo de mis casos resueltos estaría a salvo. No era solo que supiera, por alguna razón más profunda que la lógica, que iba a perder mi siguiente caso, y el próximo y el de después de ese: yo era peligroso. Me había resultado demasiado fácil saltarme la línea cuando no me había quedado más alternativa, me había parecido natural... Puedes repetirte tanto como quieras: «Solo ha sido esta vez, no volverá a suceder, este caso era distinto». Pero siempre habrá otra ocasión única, un caso especial que requiere dar un pasito un poco más allá. Lo único que se necesita es un agujerito diminuto en el dique, tan pequeño que no se nota el deterioro. Pero el agua lo encontrará. Penetrará en la grieta, empujará y erosionará, mecánica e incesantemente, hasta que el dique que construiste se derrumbe y el mar se abalance rugiendo sobre ti. La única posibilidad de parar eso es al principio.

–No estoy enfurruñado, señor –me defendí–. En ocasiones anteriores, cuando la he jodido, he afrontado el cachondeo de los muchachos; no diré que lo disfrutara, pero sobreviví. Quizá esté usted en lo cierto: quizá haya perdido el temple.

Pero si de una cosa estoy seguro es de que este ya no es lugar para mí.

O'Kelly se pasó rodando el bolígrafo por los nudillos y me observó atentamente para comprobar si hablaba en serio.

—Será mejor que estés completamente seguro. Si te lo replanteas después de abandonar, no tendrás derecho a regresar. Reflexiona. Piénsalo con detenimiento.

—Lo haré, señor. No renunciaré hasta que el juicio de Jennifer Spain concluya.

—Bien. Entre tanto, no se lo mencionaré a nadie. Si cambias de opinión, ven a contármelo cuando quieras, y todo esto quedará en agua de borrajas.

Ambos sabíamos que no cambiaría de opinión.

—Gracias, señor, se lo agradezco sinceramente.

O'Kelly asintió.

—Eres un buen policía —me dijo—. Has elegido el caso equivocado para cagarla, es verdad, pero eres un buen policía. No lo olvides.

Eché un último vistazo a su despacho antes de cerrar la puerta tras de mí. La luz caía con suavidad sobre la inmensa taza verde que O'Kelly tenía desde que me incorporé a la brigada, sobre los trofeos de golf que decoran su estantería y sobre la placa de latón con el nombre que anuncia: «DET. SUPERINT. G. O'KELLY». En el pasado yo había soñado con que algún día aquel fuera mi despacho. Me lo había imaginado tantas veces: las fotos enmarcadas de Laura y de los hijos de Geri sobre la mesa, mis libros desfasados de criminología en las estanterías y tal vez un bonsái o un pequeño acuario con pececillos tropicales. No es que quisiera que O'Kelly se marchara, no lo quería, pero hay que mantener los sueños vivos o se pierden por el camino. Y aquel había sido el mío.

Subí al coche y me dirigí a casa de Dina. La busqué en su apartamento y en todos los apartamentos de aquel edificio piojoso en el que vivía. Les mostré mi placa a todos los rostros peludos de perdedores que respondieron a las puertas: hacía días que nadie la veía. Probé suerte en las casas de cuatro de sus exnovios y recibí de todo, desde un interfono colgado con mala leche hasta un «Cuando aparezca, dile que me llame». Recorrí hasta el último rincón del vecindario de Geri, asomándome a cada pub cuyas ventanas iluminadas podían haber atraído la vista de Dina y a cada espacio verde que pudiera habérsele antojado apaciguador. Busqué también en mi casa y en los callejones aledaños, donde despreciables seres infrahumanos venden hasta la última cosa vil en la que posan sus manazas. La llamé a su teléfono móvil un par de docenas de veces. Probé a echar una ojeada en Broken Harbour, pero Dina no conduce y el trayecto era muy largo para ir en taxi.

Me dediqué a recorrer el centro de la ciudad, asomándome por la ventanilla del coche para comprobar la cara de todas las chicas junto a las cuales pasaba: la noche era fría y todo el mundo iba bien protegido con bufandas, gorros y capuchas. Una docena de veces la grácil forma de andar de una joven delgada me hizo sentir una bocanada de esperanza... antes de sacar el cuello lo suficiente para lograr verle la cara. Cuando una chica morena diminuta con unos tacones de aguja y un cigarrillo me mandó a la porra, caí en la cuenta de que era medianoche pasada y yo parecía lo que parecía. Aparqué a un lado de la calle y permanecí allí sentado un buen rato, escuchando el buzón de voz de Dina y observando mi aliento transformarse en vaho en el frío del coche, antes de reunir las fuerzas para rendirme y regresar a casa.

En algún momento pasadas las tres de la madrugada, cuando llevaba ya tumbado en la cama un largo rato, noté que alguien toqueteaba la puerta de mi apartamento. Tras unos cuantos intentos, una llave abrió la cerradura y una franja de luz blanquecina procedente del rellano se ensanchó en el suelo de mi salón.

–¿Mikey? –susurró Dina.

Me quedé quieto. El haz de luz se encogió hasta convertirse en nada y la puerta cerró con un clic. Pasos cautelosos por el suelo, de puntillas; luego, su silueta en el marco de la puerta de mi habitación, una delgada condensación de negritud balanceándose ligeramente por la incertidumbre.

–Mikey –dijo, elevando el tono de su susurro–. ¿Estás despierto?

Cerré los ojos y respiré con regularidad. Al cabo de un rato, Dina suspiró, un suspiro leve y exhausto, como el de un crío después de pasarse un largo día jugando en el parque.

–Está lloviendo –dijo casi para sí misma.

La escuché sentarse en el suelo y quitarse las botas, el golpe seco al dejarlas sobre el suelo laminado. Se metió en la cama a mi lado y nos arropó a ambos con el edredón, remetiendo bien los bordes. Apretó su espalda contra mi pecho, insistente, hasta que la rodeé con el brazo. Luego suspiró de nuevo, acurrucó un poco más la cabeza en la almohada y se metió la punta del cuello del abrigo en la boca, lista para dormir.

En todas aquellas horas que Geri y yo habíamos pasado formulándole preguntas, a lo largo de todos aquellos años, había una que jamás nos habíamos atrevido a hacerle. «¿Te escapaste cuando estabas en la orilla, con las olas rodeándote los tobillos? ¿Retorciste el brazo y te zafaste de sus cálidos dedos y echaste a correr hacia atrás, en medio de la oscuridad, hasta aquellos borrones sibilantes que se cerraron en torno a ti y te ocultaron de su llamada? ¿O fue la última cosa que hizo ella, antes de saltar de aquel precipicio: abrió la mano y te dejó marchar? ¿Te gritó que te fueras corriendo, corriendo?». Aquella noche podría habérsela formulado. Creo que Dina me habría contestado.

Escuché los ruiditos que hacía al succionarse el cuello, su respiración ralentizándose y ahondándose al caer presa del sueño. Olía a aire frío callejero, a cigarrillos y a moras. Tenía el abrigo empapado por la lluvia, tanto que me caló el pijama y me congelaba la piel. Me quedé allí tumbado, quieto, contemplando la oscuridad y sintiendo su cabello húmedo contra mi mejilla, aguardando el amanecer.

Agradecimientos

Son muchas las personas a quienes debo un sincero agradecimiento: a Ciara Considine de Hachette Books Ireland, a Sue Fletcher de Hodder & Stoughton y a Josh Kendall de Viking, por ser el tipo de editores con quien todo escritor sueña; a Breda Purdue, Ruth Shern, Ciara Doorley y todo el personal de Hachette Books Ireland; a Swati Gamble, Kerry Hood, Emma Knight, Jaime Frost y todo el personal de Hodder & Stoughton; a Clare Ferraro, Ben Petrone, Meghan Fallon y todo el personal de Viking; a las maravillosas hadas madrinas de la Darley Anderson Agency, en especial a Maddie, Rosanna, Zoe, Kasia, Sophie y Clare; a Steve Fisher de la Agency for the Performing Arts; a Rachel Burd, por revisar el texto con la atención al detalle de un detective; al doctor Fearghas Ó Cochláin, por responder a preguntas que probablemente le llegaran en un listado; a Alex French, por sus conocimientos expertos en informática; a David Walsh, el responsable de todos los fragmentos correctos sobre los procedimientos personales, a quien eximo de toda responsabilidad por los incorrectos, que son todos míos; a Oonagh *Sandbox* Montague, Ann-Marie Hardiman, Kendra Harpster, Catherine Farrell, Dee Roycroft, Mary Kelly,

Susan Collins y Cheryl Steckel, por las risas, conversaciones, cervezas, abrazos y tantas otras cosas buenas; a David Ryan, que me ha obligado a poner esto así: ☐◆♏ ◯♏ ♒︎♋ ☐♌●♓♑♋♋♎☐ ♋ ☐☐■♏☐ ♏☐◆☐ ♏■ ◆♓■♑♎♓■♑◆; a mis padres, Elena Hvostoff-Lombardi (sin cuya ayuda habría finalizado este libro en torno a 2015) y a David French; y siempre y en más sentidos de los que soy capaz de expresar, a mi esposo, Anthony Breatnach.

Tana French (1973), escritora estadounidense afincada en Irlanda, autora de ocho libros, de los cuales se han vendido más de ocho millones de ejemplares en todo el mundo. Ha recibido galardones de la talla de los premios Edgar, Anthony, Macavity y Barry. Su novela *Intrusión* fue considerado el mejor thriller del año por *The Washington Post* y *TIME* y ganó en 2016 el premio BGE Irish Book Award al mejor thriller. *El secreto del olmo* fue uno de los mejores libros de 2018 para Amazon, *Elle* y *The New York Times*. *El explorador* ocupó los primeros puestos de las listas de libros más vendidos desde el momento de su publicación. *El silencio del bosque*, *En piel ajena* y *No hay lugar seguro,* son otras de sus novelas más destacadas.

También disponible en TuBolsillo *La última noche de Rose Daly,* otra cautivadora novela de Tana French en la que el detective Frank Mackey regresa a su viejo barrio para resolver la desaparición de una antigua novia.

Más de **TANA FRENCH**, la Gran Dama del *thriller* irlandés:

El cazador, un absorbente relato policíaco que explora lo que hacemos por nuestros seres queridos, lo que hacemos por venganza y lo que sacrificamos cuando ambas cosas chocan.

En piel ajena, una brillante historia de suspense que explora la naturaleza de la identidad y la pertenencia.

El silencio del bosque, una extraordinaria novela con dos casos por resolver separados por 20 años y unidos por un oscuro misterio.

El explorador, un espectacular *thriller* con un sinfín de giros y recovecos, una novela llena de matices que atrapa al lector hasta el final.

El secreto del olmo, un fascinante *standalone* que se pregunta en qué nos convertimos y de qué somos capaces cuando dejamos de saber quiénes somos.

Intrusión, un enrevesado y trepidante caso de la detective Antoinette Conway, ganador del BGE Irish Book Award.